御製

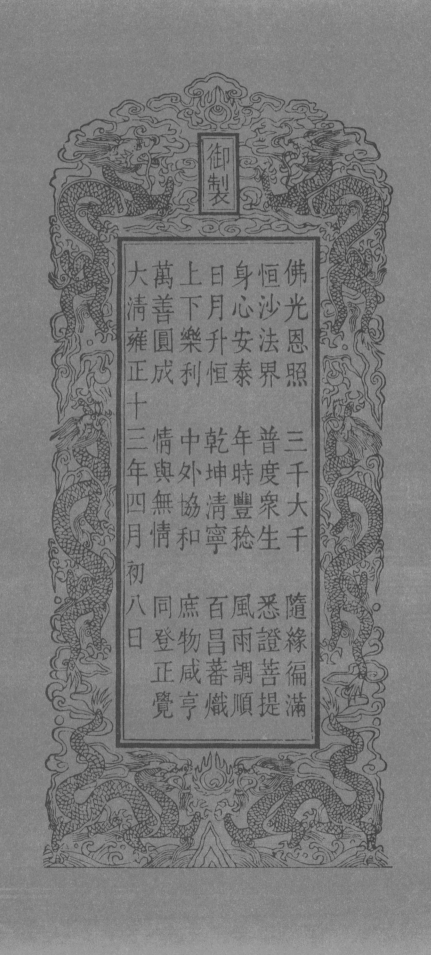

佛光恩照　三千大千　隨緣徧滿
恒沙法界　普度衆生　悉證菩提
身心安泰　年時豐稔　風雨調順
日月升恒　乾坤清寧　百昌蕃熾
上下樂利　中外協和　庶物咸亨
萬善圓成　情與無情　同登正覺
大清雍正十三年四月初八日

第九三册　小乘論（五）

阿毗曇毗婆沙論

阿毗曇毗婆沙論

北涼沙門浮陀跋摩共道泰譯

清刻龍藏佛說法變相圖

阿毗曇毗婆沙論卷第十一

迦旃延子造

北涼沙門浮陀跋摩共道泰譯

雜揵度智品第二之六

云何名身云何句身云何味身乃至廣說問曰何以故作此論答曰彼作經者意欲爾乃至廣說復有說者彼尊者迦旃延子於此經中現種種事善於義相或有人疑彼但善於義不善於文爲斷如是等疑欲現於文義中俱得自在故作此論復有說者如聲論家欲令字是色法字體是聲聲是色陰所攝爲斷如是意故作如是說字是心不相應行行陰所攝復有說者此名身句身味身能照煩惱出要法所以者何若稱煩惱名當知此法是煩惱若稱出要名當知此法是出要以名身

句身味身能顯照煩惱出要法故而作此論復有說者以覺知名句味等法故有三種菩提差別其事云何答曰若增上慧覺知名等法是名爲佛若以中慧名辟支佛若以下慧名曰聲聞復有說者以覺知名等法故名佛一人爲無量說法者復有說者若不能觀察名句味身生大過患若能觀察生大善利其事云何若不能觀察名句味身則煩惱惡行之河常流不絕如罵瑠璃太子言婢子何以昇釋種堂彼以不能觀察四五字故與百千衆生墮惡道中彼若能觀察四五字者如山等惡行亦能堪忍以不觀察故有如是損減問曰行者得他罵時云何觀察名身等令恚心不生答曰或有說者阿拘盧奢秦言是罵拘盧奢秦言喚聲行者作如是念我今不應念是阿字所以者何若有阿字是名爲罵若無阿字名曰喚聲若我不念是阿字者使他人終日竟夜常作喚聲於我何爲生瞋恚心復有說者行者作如是念君以如是等字罵我於此方是卑陋語於他方是歎美語我若於此方卑陋語中生於憂苦於異方語生喜樂者我則常憂常苦常喜常樂誰有苦人與我等者以是事故不生恚心復有說者罵我者以是等字行者作是念讚歎我者爲以是字更有異字諦觀察之更無異字但此諸字次第顛倒言是罵是讚我今何爲於是字中而生瞋恚復有說者行者作如是念若人罵我以一界少入一入少入一陰少入餘不罵我者十七界一界少入十一入一入少入四陰一陰少入如是不罵我者多罵我者少而

我何爲生瞋恚心復有說者行者作是念此罵名誰所成就爲是罵者爲是受罵者推之應是罵者成就若然者便是自罵於我何爲而生瞋恚復有說者行者作是念若以一字則不成罵二字則成無有能一時稱二字者若稱後字時前字已滅不至後字如是但以意分別故言是罵者是受罵者以是事故不生瞋恚心復有說者行者作是念罵者及我一時同一剎那滅後生諸陰亦無罵者及受罵者罵法不可得故是以不生恚心復有說者行者作是念罵者受罵者皆悉是空所以者何無我無人無衆生無壽命無作無作者無受無受者但有諸陰空聚是故不生瞋心行者應以如是等法觀名身句身味身問曰何以復依名句味身作論耶答曰欲現此經文義具足故而作此論復有說者以依此文能顯明陰界入中衆多之義亦能讚歎佛法僧寶以是事故而作此論

云何名身名身梵音有三種一語名名二語名名身三語以上名多名身一語名名者一法一名二語名名身者二法二名三語以上名多名身者法三名以上名多名身句身味身亦如是此所問名身者問多語名身也

問曰何以問多語名身不問名不問名身耶答曰彼作經者意欲爾乃至廣說復有說者應問而不問者當知此是有餘之說復有說者名與名身悉入多語名身中是故問多語名身不問名與名身答曰名者稱語種種語增語想數施設世所傳說是謂名如是等語盡說是名問曰何故問多名身而答名耶答曰以名成滿多名身故多名身還成滿多名身復次名能生多名身多名身還生多名身

是故問多名身答名問曰名多名身體性是何答曰是心不相應行已說體性所以今當說何故名名答曰名者亦名隨亦名求亦名合(天竺名音中含此三義也)隨者隨其所作有如是名求者以是名求有此物應復次求者四陰名求以四陰能取諸界能取諸趣能取諸生是故名求合者於義於造相應故名合問曰何故名多名身答曰衆多名合聚故名多名身如一鳥不名多鳥身衆多鳥名多鳥身馬等亦如是如是一名不名多名身衆多名合集名多名身句身味身當知亦如是如是有名有名身有多名身名者有一字名二字名多字名一字名者名曰名二字名者名曰名身多字名身者或說三字或說四字名多名身二字名者亦名名四字名名身或六字或八字名多名身三字名者亦名名六字名名身或九字或十二字名多名身四字名者亦名名八字名名身或十二字或十六字名多名身如是乃至多字立門亦爾如名身味身當知亦如是云何句身(此問多句身也)答曰隨句義滿現如是事是名句身所以引偈者爲作證故如說

諸惡莫作 諸善奉行 自淨其意 是諸佛教

彼諸惡莫作是初句乃至廣說隨句義滿者滿偈義也現如是事者顯明如是事也是名句身此偈有說有解如說諸惡是說莫作是解下諸句亦如是說如說諸惡於說是足於解不足於句是足於偈不足莫作於說於解於句足於偈不足乃至是諸於說足於解於句足於偈不足佛教於說於解於句於偈足

此偈是中不長不短八字爲一句三十二字爲一偈此結偈法名阿㝹吒闡提是經論數法亦是計書寫數法六字爲句者名初偈二十六字爲句者是後偈或有減六字爲句者此偈名周利茶若過二十六字爲句者此偈名摩羅云何味身答曰字說是味身所以引偈者爲作證故如說

欲是偈本　字即是味　偈依於名　造是偈體

欲是偈本者云何爲欲答曰欲者欲造偈欲作偈是名爲欲本者是所起是所因是名爲本字即是味者諸字即是味偈依於名者偈依名有造是偈體者造者是作偈者偈從作偈者生如泉出水如乳房出乳偈從造者生故以爲體

有名有名身有多名身有句有句身有多句身有味有味身有多味身彼一字名者名曰名不名名身不名多名身不名句不名句身不名多句身是名味不名味身不名多味身二字名者名曰名不名名身不名多名身不名句不名句身不名多句身是名味名味身不名多味身彼二字名一字爲名者名曰名二字名名身不名多名身不名句不名句身不名多句身是名味名味身不名多味身四字名者名曰名不名名身不名多名身不名句不名句身不名多句身是名味名味身不名多味身彼四字名一字爲名者名曰名二字名名身餘二字名多名身不名句不名句身不名多句身是名味名味身名多味身以二字爲名者名曰名名名身不名多名身不名句不名句身不名多句身名味名味身名

多味身八字名者名曰名不名名身不名多
名身是名句不名句身不名多句身是名味
名味身名多味身彼八字名以一字爲名者
名曰名名身名多名身名句不名句身不
名多句身名味名味身名多味身以二字爲
名亦如是四字爲名者名曰名名身不名
多名身名句不名句身不名多句身名味名
味身名多味身十六字爲名者名曰名不名
名身不名多名身名句名句身不名多句身
名味名味身名多味身彼十六字一字爲名
者名曰名名名身名多名身名句名句身不
名多句身名味名味身名多味身二字四字
爲名亦如是八字爲名者名曰名名名身不
名多名身名句名句身不名多句身名味名
味身名多味身三十二字爲名者名曰名不

名名身不名多名身名句名句身名多句身
名味名味身名多味身彼三十二字一字爲
名者二字爲名者四字爲名者八字爲名者
如前說十六字爲名者名曰名名名身不名
多名身名句名句身名多句身名味名味身
名多味身一字一名如上廣說一字二名者
名曰名名名身不名多名身不名句不名句
身不名多句身名味名味身不名多味身一
字四名者名曰名名名身名多名身不名句
不名句身不名多句身名味名味身名多味
身一字八名者名曰名名名身名多名身名
句不名句身不名多句身名味名味身名多
味身一字十六名者是名句名句身不名多
句身餘如上說一字三十二名者說皆具足
二字一名如前說二字二名者名曰名名名

身不名多名身不名句不名句身不名多句身名味名味身名多味身二字二名一字爲名者如前說四字一名者如前說四字二名者名曰名名名身不名多名身名句不名句身不名多句身名味名味身名多味身彼四字二名一字二字爲名者如前說八字一名者如前說八字二名者名曰名名身不名多名身名句名句身不名多句身名味名味身名多味身彼八字二名一字二字四字爲名者如前說十六字爲一名者如前說十六字二名者名曰名名名身不名多名身名句名句身名多句身名味名味身名多味身彼十六字二名一字二字四字八字爲名者如前說問曰名爲隨身處所爲隨語處所答曰或有說者名隨語處所諸作是說名隨語處所者生欲界中作欲界語語是欲界名是欲界人是欲界所說義或三界繫或不繫生欲界作初禪地語語是初禪地名是初禪地人是欲界所說義或三界繫或不繫生初禪中作初禪地語語是初禪地名是初禪地人是初禪地所說義或三界繫或不繫生初禪中作欲界語語是欲界名是欲界人是初禪所說義如前說生二禪三禪四禪中作初禪地語語是初禪名是初禪人是二禪三禪四禪所說義如前說生二禪三禪四禪中作欲界語語是欲界名是欲界人是二禪三禪四禪所說義如前說問曰諸作是說名隨語處所者名是欲界初禪餘三禪地爲有名不答曰或有說者無復有說者有而不可說評曰不應作是說如前說者好復有說者名隨人處

若作是説名隨人處者生欲界中作欲界語語是欲界名是欲界人是欲界所説義如前説生欲界中作初禪地語語是初禪地名是欲界人是欲界所説義如前説生初禪中作初禪地語語是初禪名是初禪人是初禪所説義如前説生初禪中作欲界語語是欲界名是初禪人是初禪所説義如前説生二禪三禪四禪中作初禪地語語是初禪名之與人即是彼地所説義如前説生二禪三禪四禪中作欲界語語是欲界名之與人即是彼地所説義如前説問曰若作是説名隨人處者二禪三禪四禪地有名無色界爲有名不答曰或有説者無復有説者有而不可説評曰不應作是説如前説者好問曰名爲是衆生數爲非衆生數耶答曰名是衆生數問曰

名者爲是長養爲是報爲是依答曰一切名是依非長養非報問曰若名非報者此經云何通如佛告阿難我亦説名從業生答曰此中説業威勢果言從業生如作如業亦生好名問曰名當言善不善無記耶答曰名當言無記問曰誰成就此名爲是説者爲是所説法耶若是説者斷善根人亦説善法可成就善耶離欲人亦説不善可成就不善耶若是所説法者非衆生數法及無爲法亦是所説法可成就名耶答曰應作是説名是説者成就問曰若然者斷善根人亦説善法離欲人亦説不善法可成就善不善耶答曰不也所以者何彼雖成就善不善法名然名體是無記法

聲聞一心能起一語一語不能説一字問曰

如說何此非一字耶答曰爾所時巳經多剎那世尊一心起一語一語說一字惟佛世尊其言輕疾言聲無過辭辯第一

問曰諸法過去有過去現在未來名耶答曰有過去法有過去名者如毗婆尸佛以如是名說過去法過去法有未來名者如彌勒佛以如是名說過去法過去法有現在名者如今現在以如是名說過去法頗未來法有未來現在過去名耶答曰有未來法有未來名者如彌勒佛以如是名說未來法未來法有過去名者如毗婆尸佛以如是名說未來法未來法有現在名者如今現在以如是名說未來法頗現在法有現在過去未來名耶答曰有現在法有現在名者如今以今如是名說現在法現在法有過去名者如毗婆尸佛以如是名說現在法現在法有未來名者如彌勒佛以是名說現在法如語能說名名能顯義問曰一切名盡能顯義不耶答曰一切名盡能顯義問曰若然者以如是名顯斷常見第二頭第三手第六陰第十三入第十九界如是等名爲顯何義答曰顯衆生常想斷想第二頭想第三手想第六陰想第十三入想第十九界想顯如是等義問曰若以名顯一切法無我此何所不顯答曰或有說者不顯自體相應共有餘法悉顯復有說者唯除自體餘法悉顯復有說者唯除四字所謂諸法無我餘法悉顯復有說者一切法悉顯所以者何如婆字顯婆字娑字顯娑字問曰爲名多耶爲義多耶答曰或有說者義多何以故義攝十七界一界少入十一入一入少入

四陰一陰少入名攝一界一入一陰少入復有說者名多非義多何以故一義有多名故如尼揵荼書分別諸名一義有千名評曰如是說者好義多非名多所以者何不須更以餘事但以攝界等多故義攝十七界一界少入十一入一入少入四陰一陰少入名攝一界一入一陰少入彼名亦是義若然者應全攝陰界入復有說者若以說法故則名多於義所以者何世尊說法一義以多名說故若以陰界入則義多於名問曰義爲可說不耶若可說者說火則應燒舌說刀則割舌說不淨則汚舌若不可說云何不顛倒耶如索象則馬來如索馬則象來此經復云何通如佛告比丘我所說法文亦善義亦善答曰應作是論義不可說問曰若然者云何所索非顛倒耶答曰古時人立於象名有如是想索象則象來非馬索馬則馬來非象復有說者語能生名名能顯義如是語生象名象名能顯象義馬等亦如是此經云何通者尊者和須蜜答曰說顯義文故言說義復有說者爲破外道所說法故外道所說或無義或有少義世尊所說有義有多義是故言說義復有說者外道所說文與義相違義與文相違世尊說法文不違義義不違文問曰文義有何差別答曰文者味義者所味問曰彼味亦爲餘味所味彼味亦是所味耶答曰彼味亦是所味問曰若然者味與所味有何差別答曰所味是十七界一界少入十一入一入少入四陰一陰少入所攝味是一界一入一陰少入所攝復有說者義是色非色文是非色如色

非色相應不相應有依無依有勢用無勢用有行無行有緣無緣文是不相應乃至是無緣復有說者義是可見不可見文是不可見義是有對無對文是無對義是有漏無漏文是有漏義是有爲無爲文是有爲義是善不善無記文是無記義是墮世不墮世文是墮世義是三界繫不繫文是欲色界繫義是學無學非學非無學文是非學非無學義是見道斷修道斷不斷文是修道斷義是染污不染污文是不染污如染污不染污有過無過黑白隱没不隱没退不退有報無報文是不染污乃至是無報文義是謂差别

如經說云何爲名四陰爲名問曰如名是心不相應行陰所攝以何等故世尊說四陰非色陰爲名耶答曰佛說色法非色法爲二分諸色法爲色陰諸非色法爲四陰諸顯義名是心不相應行陰所攝名有六種所謂功德生處時隨欲作事相功德爲名者如誦修多羅故名修多羅者誦毗尼故名持律者誦阿毗曇故名阿毗曇者以得須陀洹果故名須陀洹乃至得阿羅漢果者名阿羅漢生處爲名者城中生者名城中人如是隨何國生名彼國人時爲名者如小兒時名爲小兒如老時名爲老人隨欲名者如生時父母爲作名亦沙門婆羅門爲作名作事名者如能畫故故名爲畫師能銅鐵作故名銅鐵師相爲名者如擲杖執蓋故名爲擲杖執蓋者復有說者有四種名所謂一想二枳氏三呾地多四三摩娑想爲名者如世貴人以奴爲名如貧賤人以貴爲名枳氏爲名者能腹行故名腹

行蟲𧈢地多爲名者如事毗紐天名事毗紐天者如從婆修提婆天生名婆修提婆子三摩浚爲名者如牛駮色名爲駮牛如人屬王名爲王人復有說者名有二種所謂生作生爲名者如婆羅門刹利毗舍首陀作爲名者如生時父母爲作名若沙門婆羅門爲作名復有說者生爲名者如生時父母爲作名亦沙門婆羅門爲作名作爲名者後時親友知識更爲作名名第二名復有說者有二種名所謂有相無相有相爲名者如無常苦空無我陰入等名無相爲名者如衆生人那羅禪頭等名若佛出世作有相名若佛不出世唯無相名復有說者有二種名所謂共不共不共爲名者如三寶等名共爲名者諸餘名復有說者一切名盡是共無不共名所以者何

一義可立一切名一切義可立一名復有說者有二種名所謂決定不決定決定爲名者如須彌山四天下大海此世界始成時是決定名不決定爲名者諸餘等名復有說者無決定名所以者何諸餘邊方亦爲須彌山等更作餘名評曰如是說者好世界初成時名須彌山四天下大海名亦如是問曰如劫盡時一切散壞誰復作此名答曰或有說者是仙人入定力復傳此名復有說者衆生有因力能說此名問曰諸名爲先有共傳爲更有新作者答曰世界初成須彌山等諸名先有共傳餘名不定復有說者名有二種所謂物作物爲名者如提婆達多延若達多若作爲名者如作者刈者煑者讀者等名問曰爲有知名邊際者不答曰有唯佛能餘無知者所

以者何以佛能知一切名邊際故名一切智如經說如來出世便有名身等出現世間問曰若佛出世若不出世常有名身等現於世間何以言如來出世便有名身等出現世間答曰言名身等出世者所謂陰界入名隨順無我隨順解脫隨順空斷人見生覺意背煩惱向出要止愚癡生智慧斷猶豫生決定猒生死樂寂靜斷外道意歎内道意爲說如是等名身言出現世間

問曰如火名火此名爲是有相名爲是無相名耶答曰是有相名如向所說一切顯義名此名是有相問曰若然者火有何相答曰凡義有二種有相無相如火外無火相言是無相如啖是火相言有火相

佛經有三種名說法謂去來今問曰此三種名說法體性是何答曰如波伽羅那說三種名說法體性攝十八界十二入五陰問曰如波伽羅那說三種說法體性攝十八界十二入五陰所說是語所顯是名應是一界一入一陰少入云何說攝十八界十二入五陰答曰或有說者取三種名說法及眷屬故其事云何答曰語能生名名能顯義故說及其眷屬復有說者爲三義說法故言三名說法所以者何說者聽者皆爲於義以是事故盡攝陰界入問曰何故有爲法說是三名說法不說無爲法耶尊者和須蜜答曰此經爲說有爲法有爲法不得作第四第五名說法復有說者此經爲說一切法無爲法墮現在世中所以者何以現在法能證得無爲法故以是故無爲法亦在三種名說法中復有說者若

有三性者說是三名說法三性者所謂語名義無爲法雖言有義無語無名是故說不在三名說法中問曰何故世尊說世是三名說法答曰或有說者爲止外道意故外道於世中愚故復有說者爲壞未來世中說無過去未來者意故是故說世是三種名說法復有說者外道作如是說若無我者是人說法終無所爲爲壞如是意而作是說雖無有我爲世故說問曰若爲過去說法解未來現在事若爲未來說法解過去現在事若爲現在說法解未來過去事於三種名說法中爲是何名說法答曰或有說者如是說者於三種名說法中是異說復有說者若爲過去說法解未來現在事者爲過去即過去世解未來現在事即未來現在世攝乃至爲現在說過去未來亦如是復有說者若作是說是說三世義若爲過去是說過去義解未來現在是說未來現在義未來現在亦如是如經說有三種名說法無第四第五問曰若說三種名說法有說有解於義已足何以復言無第四第五答曰無第四者遮有第四世無第五者決定此義無第五世復有說者無第四者遮第四世無第五者遮無爲法復有說者應說四種名說法所謂四聖諦無第五者無第五諦無第六者遮虛空非數滅復有說者應有五種名說法所謂五陰無第六者無第六陰無第七者遮無爲法此爲三世名說法故無第四第五應有一種名說法所謂作觀無第二第三無第二者無第二作觀無第三者遮作觀所不攝法復有說者應有二種名說法所

謂定慧無第三者無第二定若第二慧無第四者遮定慧所不攝法此說三世名說法故無第四第五無第四者遮第四世無第五者遮三世所不攝法以如是數法應說三解脫門說四諦五陰六聖明分想七覺分八道分九次第定十種無學法如來十力應有十種名說法無第十一第十二無第十一者無第十一力無第十二者遮十力所不攝法

阿毗曇毗婆沙論卷第十一

音釋

揵度梵語也此云法聚揵其偃切　搊初尤切手搊也　駮比角切馬色不純也　刈魚制切割也

阿毗曇毗婆沙論卷第十二

迦旃延子造

北涼沙門浮陀跋摩共道泰譯

雜揵度智品第二之七

即彼經說應以四事察人是長老爲可與語爲不可與語云何爲四一不住是處非處二不住智論三不住分別四不住道跡問曰如此四事有何差別答曰或有說者不住是處非處者不如實知是處非處不住智論者不如實知智與知不住分別者不如實知世諦第一義諦不住道跡者不如實知此身集道跡不如實知此身滅道跡復有說者不住是處非處者如眼色能生眼識乃至意法能生意識名爲是處不如實知者名爲不住不住智論者不如實知十智不住分別者不如實知了義不了義經不住道跡者不如實知四種道跡復有說者不住是處非處者不能自定所說是處非處不住智論者不能堪忍分別前後問答不住分別者不如實知詭誑眞實不住道跡者他如法問心不悅可復有說者不住是處非處者不別有無不住智論者不解智人論不住分別者不知假設無有是處之言不住道跡者無有隨應覺意復有說者不住是處非處者於所言論不別自義他義不住智論者於先所聞執著不捨後所聞義不能觀察不住分別者他說正義心生疑慮如人見蘇謂是米飯不住道跡者不識他人所說次第以前爲中以中爲後復有說者不住是處非處者不知現前可了不可了事不住智論者不能以比想籌量所論不住分

別者不知前後所說次第不住道跡者不解
他人所問意尊者婆摩勒說曰不住是處非
處者不能定所說不住智論者不知詭誑及
與眞實不住分別者不堪忍分別前後問答
不住道跡者他人如法論心不悅可尊者僧
伽婆秀說曰不住是處非處者不知多界經
所說是處非處義不住智論者不知四十四
智七十七智體分不住分別者不知煩惱出
要不住道跡者不如實知色滅道法復應以
四事察人是長老應以決定答論作決定答
是可與語乃至廣說云何決定答論如問佛
是等正覺耶應決定答言是此佛法是善好
耶應決定答言是此聲聞是善隨順衆耶應
決定答言是一切行無常一切行無我涅槃
是寂靜耶應決定答言是是名決定答論問
曰何故如是問者作決定答答曰此問於義
利益能增長善亦進梵行通達覺意能得涅
槃是故如是問者作決定答論云何分別答
論答曰若作是問爲我說法彼應作是答法
亦衆多過去未來現在善不善無記欲界繫
色界繫無色界繫不繫學無學非學非無學
見道斷修道斷無斷如是等法爲說何法如
是隨所問應分別答是名分別答論云何反
問答論答曰如說爲我說法應作是答法亦
衆多有過去乃至無斷法於此法中爲說何
法是名反問答論問曰分別答反問答有何
差別答曰若以答而言無有差別若以所問
應有差別所以者何問有二種有欲知義故
問爲觸惱故問若爲知義故問爲我說法者
應作是答法亦衆多有法過去乃至不斷於

此法中爲說何法若言爲我說過去法應作是答過去法亦衆多有善不善無記若作是言爲我說善法應作是答善法亦衆多有色乃至識若作是言爲我說色法應作是答色亦衆多有不殺生乃至不綺語若作是言爲我說不殺生法應作是答不殺有三種從不貪不恚不癡生爲說何等若作是言爲我說從不貪生者應作是答從不貪生有二種作無作若爲知義故問應次第分別顯說若爲觸惱故問者應答言法亦衆多爲說何法不應語言有過去未來乃至不斷若作是言爲我說過去法應作是答過去法亦衆多不應說善不善無記若作是言爲我說善法應作是答善法亦衆多不應說色乃至識若作是言爲我說色應作是答色亦衆多不應說不

殺生乃至不綺語若作是言爲我說不殺生應作是答不殺生亦衆多不應說從無貪無恚無癡生若作是言爲我說從不貪生者應作是答從無貪生亦衆多不應說作無作如是爲觸惱問者應作如是答乃至問盡或時自答如是有求善義故問有試他覺意深淺故問或有求義故問或有輕他故問或有質直故問或有諂曲故問或有情性耎弱故問或有自恃智故問如耎弱問者應分別答若自恃智問者應反問答乃至問盡或時自答云何置答論答曰如諸外道詣世尊所作如是問沙門瞿曇世界是常無常佛言是不應答問曰何故問世界常無常佛不答耶答曰諸外道以人是常往詣佛所作如是問人爲是常是無常耶佛作是念畢竟無人若答言

無人彼當作是言我不問有無若答言斷常畢竟無人有何斷常如人問他言善男子石女兒爲恭敬孝順不彼作是念石女無兒若我答言石女無兒彼當作是語我不問有無若當答言恭敬孝順者石女無兒有何恭敬孝順彼亦如是此問論非是眞實以是非有非實故佛不答如是有常無常亦常無常非有常非無常世界有邊無邊亦有邊無邊非有邊非無邊當知亦如是復作是問沙門瞿曇神即身耶佛言是不應答問曰何故佛不答此問答曰諸外道以身是神往詣佛所作如是問沙門瞿曇是身即神乃至廣說佛作是念有身無神若我答言有身無神彼當作是言我不問有無若當答言神異於身畢竟無神云何是身是異如人問他言善男子兎角牛角爲等相似耶彼人作如是念兎無角牛有角若我答言兎無角牛有角彼當作是言我不問有無若言等相似兎無有角云何言等相似彼亦如是是問論是有是無是虛是實以是問論是有是無是虛是實故佛不答身異神異亦復如是復作是問沙門瞿曇如來死後爲斷爲常乃至廣作四句佛言是不應答問曰何故佛不答耶答曰諸外道以神本無今有往詣佛所作如是問沙門瞿曇如此神本無今有已有爲是常爲是斷佛作是念畢竟無神云何本無今有已有若斷若常是問是論非有非實以是問論非有非實故佛不答復作是問沙門瞿曇自作自受耶佛言是不應答問曰何故佛不答耶答曰諸外道以我作我受世尊常說無我復作是問

沙門瞿曇他作他受耶佛言是不應答問曰何故佛不答耶答曰諸外道作如是說自在天作我受世尊常說自行果報復作是問沙門瞿曇無作無受耶佛言是不應答問曰何故佛不答耶答曰諸外道作如是說苦樂不從因生佛常說有因有緣問曰如前三答與答法相應此云何名答論乃至不說一句答曰雖無所說此是根本答論所以者何與答理相應乃至不說一句於理善通或有默然於理得勝況有所說而不勝耶曾聞有大論師名奢提羅至罽賓國于時佛跡林中有阿羅漢名婆秀羅具足三明離三界欲通達三藏於內外經論無不究暢時奢提羅聞彼林中有大論師即詣其所到已與尊者婆秀羅共相問訊種種慰勞在一面坐時奢提羅語尊者婆秀羅言誰當先立論門婆秀羅答曰我是舊住應先立論門然汝遠來聽汝隨意先立論門時奢提羅作如是言一切論有報論時婆秀羅聞是語已默然而坐時奢提羅諸弟子輩唱如是言沙門釋子今墮負處從坐欲起而去時尊者婆秀羅作如是言善去汝師若是奢提羅者自知此事從彼林中展轉前行其師作是思惟沙門釋子何故作是言汝師若是奢提羅者自知此事即便自憶我作是言一切論有報彼沙門釋子默然不言便爲我論無報沙門釋子已爲勝我即如所念告諸弟子今我當往還歸謝之諸弟子言於大衆中今已得勝何須復往時師復言我寧於智者邊負不於愚者邊勝即時還詣婆秀羅所作如是言汝是勝者我墮負處汝

今是師我是弟子如是默然而能得勝何況所說

如佛世尊責諸弟子言是癡人乃至廣說問曰何以作此論答曰佛世尊無相似愛無相似恚無相似慢無相似無明世尊愛恚已斷離於憎愛斷一切諍訟根本如諸弟子有煩惱習如畢陵伽婆蹉有瞋恚習彼長老罵恒河神言小住弊婢長老阿難則有愛習以憐諸釋子故尊者舍利弗有憍慢習捨隨病藥等如是等習佛世尊永無所以者何已離一切諸無巧便煩惱習故然佛有巧便相似言愛相似言者如說善來比丘快能出家瞋恚相似言者汝是釋種婢子諸釋是汝大家慢相似言者如說我成就十力四無所畏無明相似言者如說大王從何處來如告阿難園林外何以有高聲大聲問曰如來以拔習氣根本何以有如是相似言答曰為守護受化田故其事云何此中應廣說破僧因緣所以者何即是此經根本因緣故諸比丘為提婆達多所壞尊者舍利弗化使還來彼諸比丘生大慚愧兼有疑心我等親近提婆達多所受禁戒將不失耶以慚愧心往詣佛所爾時世尊以親愛耎語而告之言善來比丘快能出家說是語時彼諸比丘皆得除去慚愧及其疑心所以罵菴婆吒言婢子者欲破其憍慢心以破憍慢心故次第二身得生天上見於聖諦所以說我成就十力四無所畏者不知佛功德者欲令知故所以言大王從何處來者欲生談論次第法故所以問園林外有高聲大聲者欲令阿難生閑靜親近心故以

如是等衆因緣故而作此論何故世尊責諸弟子言是癡人此有二義一是呵責二言是癡人令斷癡人義故作是說云何名癡人答曰於佛法中坐於愚癡佛法者所謂道也問曰云何於道坐愚癡耶答曰不能令道愚癡但於自身增長愚癡復有說者亦能令道愚癡所以者何以道遠離故道不得自在故復有說者佛說斷愚癡法是人於此法不斷愚癡反增愚癡故作是說於佛法中生於愚癡無生分別者令佛功用方便無有果實其事云何如婦人不產名無產分如是聞佛所說不受聖道胎者是人於佛法中名無產分無果者無依果解脫果無得者於佛法中無所得故無味者不得出離味閑靜味道品味寂滅味故言無味無利者無善果利故譬如良醫四方勤求種種草藥以與病人爲除病故而彼病人反以藥草棄糞掃中生二過患一自病不愈二唐捐醫功如是諸佛世尊作百千萬種種苦行勤求無漏聖道之藥爲受化者而解說之而聞法者不能修行生二過患一不能自愈諸煩惱病二唐捐諸佛所行功報復次生愚癡者能令自身爲非器故名生愚癡復有說者斷佛期心故名生愚癡佛期心者欲令衆生解脫諸苦彼不能修離苦方便故言斷佛期心復有說者斷於佛法令不相續若彼人身修正行亦令他人修於正行如是轉轉令多衆生修於正行若自身不能修於正行亦令他人不修正行如是轉轉令多衆生不修正行如是之人不能利益一身何況多人復有說者本出家所爲而不能得

名生愚癡復次於佛法中不如義次行言是癡人此中以佛語爲佛法行者應如義次行然復不能行故言癡人復有說者如所應行名如義次行彼於佛法中不如所應行名不如義次行不隨順者於佛法中不如法隨順不次第行者於佛法中不作相續行犯衆過惡者犯於佛法不如法行者不行次法謂聖道也復有說者不如義語次行者不於一切時能行如婆他利比丘於三月後乃受不非時食法復有說者不如義次行者此答前說於佛法中生於愚癡云何生愚癡答曰於佛教戒不如義次行乃至不如法修行次法亦如是以何等故佛責諸弟子此答先所說義答曰是佛世尊常訓誨語如今和尚阿闍梨向諸弟子以憐愍意言是癡人佛亦如是以憐愍饒益故言是癡人諸佛世尊常以四事教化一以歎美二以呵責三以因他四以放捨歎美者如歎美億耳等善哉善哉比丘能以清妙之音聲唄誦經法呵責者如呵責優陀耶等因他者如轉法輪時爲五比丘說法令八萬諸天得道如頻婆娑羅王迎佛令八萬人天得道如帝釋問佛亦有八萬諸天得道放捨者如犢子性梵志等諸應以呵責教化者若不呵責則不受化以是故佛世尊呵責弟子如阿闍梨向近住弟子和尚向同住弟子以苦切語而呵責之而彼和尚阿闍梨非是惡心但以不順法故而呵責之如父母見子爲非法事欲擁護故以苦切言而呵責之而彼父母無有惡心若當諸子爲非法事而彼父母生苦惱心欲制諸子爲非法事以

若切語而呵責之佛亦如是不以惡心若當應以呵責受化而不呵責彼人畢竟無有調伏是故世尊而呵責之復有說者佛大悲心重於一切時常作是念以何方便饒益衆生若如來不呵責提婆達多者諸餘比丘隨從者衆復當數數觸嬈世尊若當向無比女不言如是盛屎尿器破女欲心無由得息若當不罵菴婆羅吒言是婢子者彼人無由能破憍慢若不罵其師弗迦羅娑羅者亦無由能破憍慢如是等爲增益功德故亦呵責餘人復次以二事故呵責餘人一善根不熟者以呵責故令善根熟二善根雖熟不作方便以呵責故令生方便得於道果問曰以何義故言癡人耶爲以從癡生故言是癡人爲以現行癡故言是癡人若從癡生者阿羅漢亦是癡人何以故阿羅漢身從癡生故若以現行故言癡人者唯阿羅漢得言不癡所以者何阿羅漢不現行癡故若然者此經云何通如說癡人遠去莫我前住評曰應作是論現前行癡名曰癡人問曰若然者惟阿羅漢是不癡人此經云何通乃至廣說答曰此經應如是說遠去比丘莫我前住曾聞佛般涅槃時長壽諸天嫌如是事此大德神力比丘今者何以在我前立障我等前使不得見世尊身此是我等最後見世尊身所以者何世尊不久當般涅槃爾時世尊知諸天心所念告比丘言遠去莫我前住復有說者先說應以呵責得度者而呵責之若呵責阿羅漢得勝進者佛亦呵責言是癡人問曰人有愛有恚有慢有見有癡何以言是癡人不言是愛等人

耶答曰以癡徧一切處故若行彼地癡即是彼地癡人

有六因乃至廣說說曰此六因非佛經說四緣是佛經說今欲以因解緣其事云何相應因乃至報因是因緣所作因者是次第緣境界緣威勢緣問曰因攝緣緣攝因答曰隨體性相攝或有說者應有差別云何差別如相應因乃至報因是因緣所作因是威勢緣次第緣境界緣是緣非因爲因攝緣爲緣攝因緣攝因非因攝緣不攝何等次第緣境界緣復有說者六因亦是佛經說如增一阿含六法中說經久遠故而有亡失彼尊者迦旃延子以願智力觀佛經中說六因處於此阿毗曇中依六因而作論曾聞增一阿含從一法增乃至百法今惟有一法增乃至十法在餘悉亡失又於一法中亡失者多乃至十法亡失亦多曾聞有大德阿羅漢名奢那婆藪是尊者耆婆迦和尚彼尊者般涅槃時即日有七萬七千本生因緣有一萬阿毗曇論滅不復現從是以後更不復行一論師滅有爾所經論更不復行何況若百若千諸論師滅復有說者雖無有經一處全說六因處處經中別說六因中一一因問曰若然者何經中說相應因答曰如說是名見道根本信名不壞智相應此經說相應因何處說共生因者如說眼緣色生眼識亦生共生受想等此經說共生因何處說相似因者如說此人成就善法亦成就不善法此人不善法滅善法更生此經說相似因何處說徧因者如說比丘若有所思有所分別是名起使何處說報因者

如說修行廣布殺生身壞命終生地獄中受不善報此經說報因何處說所作因者如說以二因二緣生於正見乃至廣說此經說所作因如是等經皆說六因此揵度分別因不分別緣見揵度分別緣不分別因問曰何故彼尊者依六因作論答曰以此六因斷無因惡因者意故復有說者彼尊者所以依六因作論者欲顯現四種果如觀掌中阿摩勒故若說相應共生因即顯現功用果若說相似因徧因即顯現依果若說報因即顯現報果若說所作因即顯現威勢果以是事故依六因作論云何相應因答曰受於受相應法相應因中因受相應法於受相應因中因問曰何故此法展轉爲因答有爲法性羸劣故義言問受法不用想能所覺不受當答言不能

如是餘法相離不能有所作是故心心數法展轉相長養展轉相增益展轉相依而能負重如二葦束相依而住衆多亦然如以一繩不能挽大材多繩則能彼亦如是問曰何故不說心耶答曰或有說者彼作經者意欲爾乃至廣說復有說者應說心心數法相應因中因乃至廣說而不說者當知此義是有餘說復有說者此文說諸因義不盡若盡說者應作是說云何相應因心心數法相應因中因云何共生因一切有爲法云何相似因過去現在法云何一切徧因過去現在一切徧使及使相應共有法云何報因不善及善有漏法云何所作因一切諸法應如是說諸因若不說者當知說諸因義不盡復有說者已說在先所說受相應法中其義云何如說受

受相應法相應因中因乃至廣說問曰若然者何以不即心名說耶答曰等義是相應義此心是宗主如偈說心是第六增上王復有說者以心故名相應不相應法如說是名心相應法是名心不相應法如是想思觸作觀欲解脫念定慧慧相應法相應因中因乃至廣說問曰何以但說十大地數法不說餘數法耶答曰或有說者彼作經者意欲爾乃至廣說復有說者應說而不說者當知此義是有餘說復有說者諸界諸地諸心諸種中可得者說餘數法與上相違故不說問曰云何是相應義答曰等義是相應義問曰若等義是相應義者此數法於心或多或少於善心多於染污心少於染污多於不隱沒無記少於欲界繫多於色界繫少於色界繫多於無色界繫少於有漏多於無漏少如是者云何等義是相應義答曰以體等故言等義是相應義若當一心中有二受一想如是不名爲等非相應義一心一心受餘數法亦爾以是故等義是相應義復有說者等不相離義是相應義復有說者等不別異義是相應義復有說者等同受義是相應義如車載時諸分皆載無不載者如是心車受緣時諸大地於緣等受無不受者復有說者等同受義是相應義非前後故如秋時羣鴿一時詣場一時食一時起如是心心數法於緣一時造一時所作一時滅復有說者合義是相應義如水乳不相妨故共合如是此法與彼法不相妨故相應復有說者等相愛義是相應義如人更相隨順言是相愛如是此法與彼法更相

隨順言是相應尊者婆巳說曰有四事等故是相應義所謂時所依行境界時者同一刹那所依者同一所依行者同於一行境界者同行一境界以是事故是相應義復有說者葦束義是相應義如葦二束多束相依而住如是心心數法性羸劣故一一不能生不能取緣心與十大地合能行世能取果能知境界能有所作復有說者繫材義是相應義如一片麻不能繫材若多合爲索則能繫材如是心大地法廣說如上復有說者相牽渡河義是相應義相牽者展轉相牽手如山谷中駛河一人則不能度若與多人更相牽手然後能度如是心與大地廣說如上復有說者同伴義是相應義如曠野道多諸盜賊惡獸一人則不能過若集多人展轉相因然後能過如是心與大地廣說如上尊者和須蜜說曰云何是相應義相生義是相應義問曰若然者眼識能生意識彼是相應耶答曰所依異若同所依能相生者是相應義復次不別異義是相應義問曰若然者四大亦不別異是相應耶答曰四大無有所依若有所依不別異者是相應義復次有所緣義是相應義問曰若然者五識亦有所緣是相應耶答曰所依各異若同所依同所緣是相應義復次同一緣義是相應義問曰若然者眼識意識同於一緣是相應耶今現見多人俱共生心同觀初月是相應耶答曰所依各異若同所依同於一緣是相應義復次合義是相應義問曰若然者壽命暖氣識合在一處是相應耶答曰彼二無所依若有所依亦有合相是

相應義復次一時生義是相應義問曰若然者四大一時生是相應耶答曰四大無所依若有所依一時俱生是相應義復次俱生俱住俱滅是相應義問曰若然者心迴轉色心不相應行俱生俱住俱滅則相應耶答曰無有所依若有所依俱生俱住俱滅是相應義復次同一所依同一行同一所緣是相應義問曰何以知同一所依同一行同一所緣是相應耶答曰復何以知同一所依同一行同一所緣非是相應義耶復次同作一事義是相應義問曰若然者忍智同作一事是相應耶答曰彼不同時生若同時生同作一事是相應義尊者佛陀提婆說曰同伴義是相應義如識隨所緣事爲諸數名離於俱生是相應義尊者瞿沙說曰同一依同一行同一緣是相應義所以者何有爲法性羸劣展轉相因力生不見有一大地獨行世者是故說名相應此相應因於三世中決定能生功用果

云何共生因乃至廣說問曰相應因共生因有何差別答曰或有說者若有相應因則有共生因頗有共生因非相應因耶答曰有諸不相應共生因也問曰此事可爾所問差別者於一剎那中受與想有二因所謂相應因共生因有何差別答曰不相離義是相應因義同一果義是共生因義復有說者同一所依同一行同一緣是相應因義同一生一住一滅是共生因義復有說者牽手度河義是相應因義自勤力度義是共生因義復有說者共財義是相應因義能起義是共生因義復有說者等義是相應因義不相離義是共

生因義云何共生因答曰心與數法是共生因中因乃至廣說先不說心今則說之心與數法是共生因中因數法轉還與心是共生因中因心與心迴轉身口業是共生因中因身口業者謂禪無漏戒問曰何以不說心迴轉身口業與心是共生因中因答曰應說而不說者當知此義是有餘說復有說者前後廣說中說則略如所作因前後廣說中說則略此亦復爾復有說者心於身口業與因不隨其事身口業於心隨其事不與其因如王於其眷屬與其飲食饒益不隨其事眷屬於王隨其事不與飲食饒益如是心身口業乃至廣說復有說者身口業從心起屬於心從心生故是共生因身口業不能起心心不屬業亦不從生故非共生因評曰不應作是說

如是說者好心與心迴轉身口業共生因當知心迴轉身口業與心共生因中因所以者何同一果同一所作故問曰若然者何以不說答曰上已廣說故心不相應行共生因中因問曰何等是心不相應行答曰或有說者心自體生生與心共生因中因復有說者心與自體生老住滅共生因中因生與心共生因中因非老住滅所以者何增長義是因義彼是散壞義復有說者心與生等生等與心共生因中因復有說者心與心數法生等共生因中因心生等與心共生因中因評曰不應作是說如是說者好心與心數法生等共生因中因心數法生等與心共生因中因問曰若然者此說云何通如說除身見生老住滅諸餘苦諦於身見非共生因答曰應作是

說除身見相應法生老住滅諸餘苦諦於身見非共生因而不說者當知此義是有餘說復次共生四大共生因中因諸作是說四大勢無偏者地大水火風大共生因中因三大於地大共生因中因諸作是說四大勢有偏者地大於三大共生因中因三大於地大共生因中因所以者何地大則有多體一體與多體是共生因多體於一體是共生因乃至風大亦如是評曰如是說者好四大若有偏勢若無偏勢地大於三大三大於地大作共生因所以者何地大不因地大生於造色問曰爲生巳是因爲未生是因答曰生亦是因未生亦是因所以者何生巳未生盡墮因義中如波伽羅那說云何從因生法一切有爲法如彼所說生與未生悉是從因生法此亦如是問曰造色爲有共生因不耶答曰有所以者何以一切有爲法盡有共生因故問曰造色與造色有共生因不耶答曰無所以者何自體不與自體作共生因復有說者造色與造色作共生因其事云何如眼根共生微塵展轉共生因評曰不應作是說所以者何有對造色不得還與有對造色作共生因一切心盡有俱共迴轉所謂數法及生等非一切心盡有心迴轉色有十事故名迴轉云何爲十一共生二共住三共滅四共一果五共一依六共一報七善共善八不善共不善九無記共無記十共墮一世中共一果者謂解脱果共一依者謂依果共一報者謂報果總而言之有十事如世俗斷結道迴轉有八事除不善無記除世俗斷結道迴轉諸餘善有

漏迴轉有七事除解脱果不善無記無漏斷結道迴轉有七事除報果不善無記除無漏斷結道迴轉諸餘無漏迴轉有六事除解脱果報果不善無記不善心迴轉有七事除解脱果善無記無記心迴轉有六事除解脱果報果善不善是故總而言之有十事心於數法迴轉有五事一共所依二共所行三共所緣四共果五共報數法迴轉於心亦同有五事心與心迴轉色心不相應行有二事一果二報心迴轉色心不相應行與心迴轉有二事一果二報問曰何者是迴轉體性答曰是四陰五陰如色界是五陰欲界無色界是四陰所以者何欲界無色界無心迴轉戒此是迴轉體性是我是物是相是分是性巳說體性所以今當說問曰迴轉是何義答曰隨順義是迴轉義取一果義是迴轉義同作一事義是迴轉義如義言如汝等所作我等亦作是迴轉義

阿毗曇毗婆沙論卷第十二

音釋

罽賓 梵語也此云賤種罽居例切　耎 乳兖切柔弱也　憍慢 憍居袄切憍恣也慢莫晏切倨慢也　挽 無遠切引也牽挽也　駛 疎士切疾也

阿毗曇毗婆沙論卷第十三

迦旃延子造

北涼沙門浮陀跋摩共道泰譯

雜犍度智品第二之八

問曰何故欲界戒不與心迴轉答曰非其田非其器非其地以非田非器非地故復有說者以欲界非是定地非修地非離欲地此中戒亦不與心迴轉色界是定地修地離欲地彼中戒與心迴轉復次義言欲界戒語欲界心汝能為我若破戒若起破戒心煩惱作擁護不欲界心答言不能戒言汝若不能我何為隨順汝耶猶如有人怖畏怨家語他人言汝能為我作覆護不我當隨順汝他人答言不能其人語言汝若不能者我何為隨順汝耶彼亦如是色界心能為破戒及起破戒煩惱而作擁護是故彼戒隨順於心問曰一切色界善心盡有迴轉戒色不答曰不盡有也初禪中有六善心無迴轉戒色三善識身聞慧死時善心起作善心二禪三禪四禪中有二善心無迴轉戒色聞慧死時善心無色界無戒問曰何故無色界無戒答曰非其田故乃至廣說戒與色俱無色界無色故無戒復有說者戒是四大造無色界無四大故無戒問曰無無漏四大亦無無漏戒耶答曰無漏戒不以四大故是無漏以心故是無漏戒復次戒對治破戒及起破戒煩惱無色界無破戒及起破戒煩惱是故無戒問曰何故無色界無破戒及起破戒煩惱對治耶答曰破戒及起破戒煩惱是欲界法無色界於欲界有四事極遠謂所依所依者是次第緣也所行所緣對治

極遠問曰若然者二禪三禪四禪無犯戒及起犯戒煩惱對治彼亦無迴轉戒色耶答曰對治有二種一斷對治二過患對治二禪三禪四禪雖無斷對治有過患對治如世尊說不動法心解脫聖弟子人三昧斷不善法修善法爾時彼身中無不善法以過患對治故作如是說無色界無過患對治亦無斷對治有二種戒一道俱生二定俱生道俱生戒是無漏定俱生戒是有漏若是道俱生戒非定俱生戒若是定俱生戒非道俱生戒復有說者道俱生戒是無漏定俱生戒是有漏無漏是故道作初句若有道俱生戒彼有定俱生戒耶答曰彼若有道俱生戒亦有定俱生戒頗有定俱生戒非道俱生戒耶答曰有謂有漏戒復有說者道俱生戒是無漏定俱生戒是根本禪是故應作四句若有道俱生戒彼亦有定俱生戒耶若有定俱生戒彼亦有道俱生戒耶答曰或有道俱生戒非定俱生戒乃至廣作四句道俱生戒非定俱生戒者謂未至中間禪無漏定俱生戒非道俱生戒者根本禪中有漏戒道俱生戒亦定俱生戒者根本禪中無漏非道俱生戒非定俱生戒者未至中間禪有漏戒一切欲界戒若得道俱生戒彼亦得定俱生戒耶若得定俱生戒彼亦得道俱生戒耶應作四句得道俱生戒非定俱生戒者未離欲得正決定見道中十五心道比智離欲者依未至禪得正決定見道十五心聖人離欲界欲方便道九無礙道八解脫道未離欲信解脫人轉根作見到方便無礙解脫道未離欲聖人起無量心起不淨

安般念處如是等時得道俱生戒非定俱生戒得定俱生戒非道俱生戒者凡夫人離欲界欲最後解脫道離初禪欲即以初禪爲方便方便道最後解脫道若依二禪邊爲方便方便道最後解脫道乃至第三禪亦如是離第四禪欲若以第四禪爲方便方便道起神通時五無礙道三解脫道離欲凡夫起無量心起初第二第三解脫起勝處起八一切處起不淨安般念處依禪起達分善根無色界死生色界時色界中上地死生下地時如是等時得定俱生戒非道俱生戒得道俱生戒定俱生戒者離欲人依未至禪得正決定道比智依上地得正決定見道十五心道比智聖人離欲界欲最後解脫道離初禪欲方便道九無礙道九解脫道如是乃至離非想非非想處欲離欲信解脫人轉根得見到方便無礙解脫道時解脫阿羅漢轉根得不動時方便道九無礙九解脫道勳禪時三心起神通時五無礙道三解脫道離欲聖人起無量心解脫勝處一切處不淨安般念處辯無諍願智半多俱提迦空空無相無願空無相無願滅空微細相如是等等得道俱生戒得定俱生戒不得道俱生戒定俱生戒者除上爾所事若捨道俱生戒亦捨定俱生戒耶乃至應作四句捨道俱生戒非定俱生戒者得須陀洹果得斯陀含順次得阿那含未離欲信解脫轉根得見到斯陀含果於勝進道退須陀洹果勝進道退是時捨道俱生戒不捨定俱生戒捨定俱生戒不捨道俱生戒者凡夫人離欲色界欲退時凡夫人聖人欲色界命

終生無色界色界命終生欲界中是時捨定
俱生戒不捨道俱生戒捨道俱生戒亦捨定
俱生戒者依禪得阿那含果阿羅漢果離欲
信解脫轉根得見到時解脫轉根得不動退
阿羅漢果阿那含勝進道退阿那含果是時
捨道俱生戒亦捨定俱生戒不捨道俱生戒
不捨定俱生戒者除上爾所事若成就道俱
生戒亦成就定俱生戒耶乃至廣作四句成
就道俱生戒非定俱生戒者生欲界中未離
欲聖人是名成就道俱生戒非定俱生戒成
就定俱生戒非道俱生戒者生欲界中離欲
凡夫人亦生色界中是名成就定俱生戒非
道俱生戒俱成就者生欲界中聖人離欲界
欲亦生色界中是名俱成就俱不成就者生
欲界凡夫人不離欲生無色界凡夫人是名

俱不成就若不成就道俱生戒亦不成就定
俱生戒耶乃至廣說作四句前成就初句作
第二句第二句作第一句第三句作第四句
第四句作第三句

有四種戒一遠解脫戒二禪戒三無漏戒四
斷戒遠解脫戒者欲界戒禪戒者色界戒無
漏戒者道俱生戒斷戒者禪戒無漏戒其事
云何離欲界欲九無礙道中世俗迴轉色是
名禪戒斷戒離欲界欲九無礙道中無漏迴
轉色是名無漏戒斷戒問曰何故離欲界欲
九無礙道中迴轉色名斷戒耶答曰以離欲
界欲九無礙道中迴轉色是犯戒及起犯戒
煩惱對治以是事故應作四句若是禪戒彼
亦是斷戒耶若是斷戒亦是禪戒耶乃至廣
作四句是禪戒非斷戒者除離欲界欲九無

礙道中迴轉色諸餘世俗迴轉色是名禪戒非斷戒是斷戒非禪戒者離欲界欲九無礙道中無漏迴轉色是名斷戒非禪戒俱是者離欲界欲九無礙道中世俗迴轉色是名俱是俱非者除離欲界欲九無礙道中無漏迴轉色諸餘無漏道迴轉色是名俱非若是無漏戒彼亦是斷戒耶乃至廣作四句是無漏戒非斷戒者除離欲界欲九無礙道中無漏迴轉色諸餘無漏迴轉色是名無漏非斷戒是斷戒非無漏戒者離欲界欲九無礙道中世俗迴轉色是名斷戒非無漏戒俱是者離欲界欲九無礙道中無漏迴轉色是名俱是俱非者除離欲界欲九無礙道中世俗迴轉色諸餘世俗迴轉色是名俱非問曰此四種戒若成就者成就幾種耶答曰或有但成就逮解脫戒或有但成就禪戒或有但成就無漏戒無有但說成就斷戒者或有成就逮解脫戒禪戒者無有但成就逮解脫戒無漏戒者無有但成就逮解脫戒斷戒者或有但成就無漏戒禪戒者或有但成就禪戒斷戒者無有但成就無漏戒斷戒者或有成就逮解脫戒禪戒無漏戒非成就斷戒者或有成就逮解脫戒禪戒斷戒非成就無漏戒者無有成就逮解脫戒無漏戒斷戒非禪戒者或有成就禪戒無漏戒斷戒非成就逮解脫戒者或有成就四種者成就逮解脫戒非餘者生欲界中受戒不得色界善心者也但成就禪戒非餘者生欲界中不受戒具縛凡夫人得色界善心生第二第三第四禪凡夫人也但成就無漏戒非餘者聖人生無色界者也但

成就遠解脫戒禪戒非餘者生欲界中受戒具縛凡夫人得色界善心者也但成就禪戒無漏戒者生欲界聖人不受戒欲界修道所斷具縛聖人生二禪三禪四禪者也成就禪戒斷戒非餘者生欲界中凡夫人不受戒離欲界欲一種乃至九種凡夫人生初禪中者也成就遠解脫戒禪戒無漏戒非斷戒者生欲界中受戒聖人欲界修道所斷具縛者也成就遠解脫戒禪戒斷戒非無漏戒者生欲界中凡夫人受戒離一種欲乃至九種欲是也成就禪無漏斷戒非遠解脫者生欲界中不受戒聖人離一種欲乃至九種生初禪中聖人者也成就四種者生欲界中受戒聖人離一種欲乃至九種問曰此四種戒幾與心迴轉幾不與心迴轉答曰三與心迴轉所謂

禪無漏斷戒一不與心迴轉所謂遠解脫戒問曰何故遠解脫戒不與心迴轉答曰非其田乃至廣說復次遠解脫戒麤心迴轉戒細復次遠解脫戒重心迴轉戒輕復次遠解脫戒從有作生心迴轉戒從心生復次遠解脫戒從他生心迴轉戒從自生復次遠解脫從衆聚和合生心迴轉戒不爾復次遠解脫戒假施設受得心迴轉戒從法而得復次遠解脫戒行不及心心迴轉戒行則及心復次遠解脫戒爲破戒所弊心迴轉戒不爲破戒所弊復次遠解脫戒爲惡心劫殺意所弊心迴轉戒不爲所弊復次心迴轉戒與心俱生住滅遠解脫戒不爾復次心迴轉戒與心同一果一依一報遠解脫戒與上相違復次法應如是心若善心迴轉法亦善心若不善無

記心迴轉法亦不善無記逮解脱戒是善若與心迴轉者惟與善心迴轉不善無記心應斷復次法應如是欲界繫心欲界繫迴轉色界繫心色界繫迴轉無色界繫心無色界繫迴轉不繫心不繫迴轉逮解脱戒是欲界繫若與欲界繫心迴轉色無色界繫心及不繫心現在前時應斷復次法應如是學心學迴轉無學心無學迴轉非學非無學心非學非無學迴轉逮解脱戒是非學非無學若與非學非無學心迴轉學無學心現在前時應斷復次法應如是見道所斷心見道所斷迴轉修道所斷心修道所斷迴轉無斷心無斷迴轉逮解脱戒是修道所斷若與修道所斷心迴轉見道所斷心無斷心現在前時應斷復次逮解脱戒若與心迴轉者應未來世修若未來世修亦無有過應未來世成就然無未來世成就復次逮解脱戒與心迴轉者界地還生時應得若從色無色界命終生欲界中相續心時應得有如是過則無三種人差別謂住戒住非戒住非戒住非非戒復次逮解脱戒以四事故捨一捨戒時二變成二形時三死時四斷善根時若當逮解脱戒與心迴轉者不以此四事亦應捨復次逮解脱戒從受以後一切時生謂眠狂迷悶等時若逮解脱戒與心迴轉者有心時則有無心時應斷復次逮解脱戒與心迴轉者則受戒人無有上下然有上下欲令無如是等過故逮解脱戒不與心迴轉暖法迴轉戒是破戒捨對治頂法忍法世第一法見道修道中道比智迴轉戒是時於破戒作二種對治遠分對治持

對治離欲界欲方便道迴轉戒與破戒作捨對治離欲界欲初無礙道迴轉戒與破戒作遠分對治持對治與起破戒煩惱作斷對治捨對治七無礙道迴轉戒與破戒作遠分對治持對治與起破戒煩惱作捨對治斷對治遠分對治持對治第九無礙道與破戒作斷對治遠分對治持對治與起破戒煩惱作斷對治捨對治遠分對治持對治除上所說迴轉戒諸餘迴轉戒與破戒及起破戒煩惱作遠分對治持對治問曰如法智迴轉戒能捨破戒及起破戒煩惱非比智何以言比智有迴轉戒耶尊者和須蜜答曰彼是因故復次屬彼故復次與彼相續故復次從彼生故復次此已住對治法故所以者何若當法智不捨破戒及起破戒煩惱者比智當捨復次對治法多比智與破戒及起破戒煩惱雖不作捨對治斷對治而作遠分對治持對治尊者佛陀提婆說曰若當法智有迴轉戒比智無迴轉戒者則雖有能對治戒然世尊說有能對治戒有不能對治戒

問曰爲欲界戒多爲色界戒多答曰或有說者欲界多所以者何以根本業前業後業可得故又以從正性罪遮罪可得故色界雖有根本業性業非餘處可得評曰應作是說色界戒多但未至禪所可攝戒與欲界戒等餘者則多問曰有漏戒多無漏戒多答曰或有說者有漏戒多有漏戒有二種一種少入無漏戒少無漏戒有一種一種少入評曰應作是說無漏戒多但苦法忍迴轉戒則與有漏戒等餘則是多問曰苦法忍迴轉戒多盡智

無生智迴轉戒多答曰或有說者苦法智迴轉戒於苦法忍迴轉戒一倍勝如是次第轉倍勝乃至盡智無生智於施設經說善通所謂苦法智勝苦法忍乃至道比智勝道比忍離欲界欲方便道一無礙一解脫則勝如是轉轉勝乃至第九解脫所以者何如漸漸捨破戒及破戒煩惱彼戒亦漸漸增益如是次第轉轉一倍勝乃至盡智無生智評曰如是說者好如苦法忍戒乃至盡智無生智戒等無有異所以者何因從身口七善生故問曰若然者施設經說云何通答曰從因生增益故作如是說如苦法智從苦法忍因生而得增益乃至盡智無生智亦如是如是等戒盡是七善

問曰佛戒多聲聞戒多答曰或有說者聲聞戒多非佛所以者何佛唯有一界身戒聲聞有二界身戒評曰應作是說佛戒多所以者何力無畏大悲三不共念處如是等戒聲聞辟支佛所無

問曰生欲界中得阿羅漢道得幾地身迴轉戒答曰如西方沙門作如是說得二十六地身迴轉戒所以者何初禪地有三種所謂梵迦夷梵富樓大梵如罽賓沙門說曰得二十五地身迴轉戒所以者何初禪有二處所所謂梵迦夷梵富樓大梵天即梵富樓攝故猶如村落與阿練若處得彼地身迴轉戒未來世中修不得起現在前所以者何即彼地報身能起彼地身迴轉戒現在前諸餘地身迴轉戒成就不起現在前生無色界成就不起現在前所以者何此戒是六地所攝未至禪

乃至第四禪無色界自地無戒下地所攝不能起現在前問曰諸生下地盡能起現在前耶答曰不盡起也所以者何一切功德不必盡起現在前故過惡猶不盡起現在前何況諸功德諸功德皆從方便生如先所說依彼地報身起彼地身迴轉戒無有一時起二地報身現在前者何況多也是故得二十五地身迴轉戒不盡起現在前

問曰何故世尊弟子生無色界成就道俱生戒不成就定俱生戒何以故無色界阿羅漢成就道俱生戒不成就定俱生戒答曰或有說者世俗戒縛是繫法是以不成就無漏戒不縛不是繫法是以成就復有說者世俗戒墮在界中墮在地中是故不成就無漏戒雖在地中不墮界中是故成就問曰諸佛世尊有百年時身戒乃至八萬歲時身戒若百年時身得阿耨多羅三藐三菩提為得八萬歲時身戒不耶若得者云何此身得異身中戒若不得者施設經說云何通如說諸佛世尊皆等應作是說得問曰若然者云何此身得異身中戒答曰若以此身得異身戒復有何過復次百年時得阿耨多羅三藐三菩提於百年時身所得戒名得在身中成就現在前異身中戒名得不在身中名成就不現在前八萬歲時身得阿耨多羅三藐三菩提於八萬歲時身所得戒名得在身中成就現在前於餘異身名得不在身中名成就不現在前復有說者不得問曰若然者施設經說云何通如說諸佛皆等答曰即彼經說以三事故等過去世積行皆等所得法身皆等利世間

皆等過去世積行皆等者如一佛於三阿僧祇劫行四波羅蜜然後得阿耨多羅三藐三菩提諸佛皆爾所得法身皆等者如一佛成就力無畏大悲三不共念處諸佛亦爾利世間等者如一佛度百千萬那由他衆生令入涅槃諸佛亦爾復次根等故言等所以者何皆住增上根故戒亦等皆得增上戒故地亦等皆依第四禪得阿耨多羅三藐三菩提故云何相似因乃至廣說問曰何以作此論答曰爲止無過去未來法現在是無爲法以如此文止無過去未來者意故復以爲止謂相似法沙門意故彼作是說心唯與心作因受唯與受作因乃至慧唯與慧作因爲止如是意故作如是說心與心數法心數法與心作相似因以是事故而作此論問曰以何等故作如是說前生善根與後生善根及善根相應法作相似因而不作是說過去善根與現在善根及善根相應法作相似因答曰欲現過去有前後義故過去法衆多應有前後若作是說過去法與現在作相似因者則不明過去於過去有相似因若作是說則明過去於過去有相似因問曰以何等故前生善根不說相應法後生善根說相應法答曰應作是說前生善根善根相應法與後生善根及善根相應法自界中作相似因中因而不說者當知此是有餘說如先所說此文說因處不盡復有說者爲止說相似法沙門意故彼作是說善根與善根作相似因非善根相應法善根相應法與善根相應法作相似因非善根不善無記根亦如是爲止如是意故作

如是說善根與善根相應法善根相應法與善根作相似因自界中者欲界還與欲界色界還與無色界無色界還與色界如說自界自地亦如是初禪地還與初禪地乃至非想非非想處還與非想非非想處過去善根與未來現在過去現在與未來善根作相似因中因問曰何以復作此論答曰若別世說於文不亂乃至廣說自界無記根亦如是前生不善根乃至廣說問曰以何等故此不善根中不說自界耶答曰以不善根唯在欲界故復有說者應說自種見苦所斷種還與見苦所斷種乃至修道所斷種還與修道所斷種復有說者應作是說說善根已不善無記根亦如是問曰若然者不善根唯在欲界云何言自界耶答曰以自種故言是自界問曰以何等故不作是說前生不善根與後無記根前生無記根與後生不善根作相似因耶答曰或有說者應作是說而不說者當知此義是有餘說復有說者若作是說則明不善根在三界中無記根唯在欲界少因則有多果多因則有少果故問曰未來世有相似因不若有者此中何以不說如說云何相似因答曰前生善根與後生善根善根相應法自界相似因中因如是過去與未來現在過去現在與未來作相似因中因而不說未來與未來作相似因中因若有者云何不二心展轉爲因若無者此說云何通如說若法能與彼法作因或時而不與彼法作因耶答曰不也問曰此法與彼法或時作因或時不作因若法生者則作因若不生者則不作因何以言

不耶若無者波伽羅那說云何通如說非心因法云何答曰得正決定人初無漏心是也諸餘凡夫必當得正決定者初無漏心問曰如未得正決定者一切無漏心是非心因法何以但說初無漏心耶若無者復與此經餘所說相違如說苦諦或以身見爲因不與身見作因乃至廣說身見爲因不與身見作因者除過去現在見苦所斷使及使相應法若諦除過去現在見集所斷一切徧使及使相應法苦諦除未來世身見及身見相應法諸餘染汚苦諦是謂以身見爲因不與身見作因問曰如未來身見不能與未來身見作因何以故除未來身見及身見相應法若無者識身經說云何通如說過去染汚眼識諸使所使亦是因耶若是因亦使所使耶應廣作四句是因不爲使所使者諸使在彼心前是自界一切徧不緣若緣已斷相應使解脫爲使所使非因者諸使在心後彼是自界一切徧緣而不斷亦因亦使者諸使在彼心前是自界一切徧緣而不斷相應使不解脫非因非使者諸使在彼心後是自界一切徧非緣緣者已斷他界一切徧使如過去未來現在亦應如是廣作四句問曰過去現在四句可爾未來云何通若無者施設經說云何通如說諸法以四事故決定一因二果三所依四所緣若無者云何不無因而有因無果而有果答曰應作是說未來世無相似因以無故所以不說亦無二心展轉相因過問曰若然者如所說若法能與彼法作因或時不作因乃至廣說此云何通答曰或有說者此中以

二因故作論所謂相應因共生因復有說者以四因故作論所謂相應因共生因報因所作因復有說者以五因故作論除所作因所以者何一切處不遮故應作是說以六因故而作論問曰有法或與彼法作因或時不作因何故作如是說若法能與彼法作因或時不與彼法作因答言不也答曰此說最後生時能作一切徧相似因義從是已後生者無不以此法爲因問曰若然者此說云何通如說若法能與彼作次第或時不作次第答曰若彼法未生問曰次第緣最後生時亦能作次第緣義從是已後生者無不以此爲次第緣何以答言未生不說最後生時耶答曰應說而不說者當知此義是有餘說復次現異說異文若以異文莊嚴於義義則易解復次

現二門義故現二種略義故現二種入法性故現二種炬故現二事故現二種文影故現俱生俱通故如說最後生因義亦應說最後生緣義如說次第緣未生義亦應說因未生義說現二門義乃至廣說如波伽羅那說非心因法乃至廣說云何通答曰此說究竟非心因法如未得正決定者一切無漏心未生盡是非心因法若得正決定時初無漏心是非心因法諸餘無漏心是心因法是故彼經說初無漏心是非心因法復有說者此中不說相似因此說二種凡夫所謂能得涅槃者不能得涅槃者此中說不能得涅槃者言是非心因何以知有不得涅槃者答曰如此所說必得正決定者當知亦有不必得正決定者如是則所說善通如此波伽羅那第二所

說除未來身見及身見相應法此云何通答曰應作是說除未來身見相應法諸餘染汚苦諦如是者此亦善通如識身經說復云何通答曰如過去作四句現在亦應作四句未來世應作三句或有是因非使所使或是因爲使所使或非是因非使所使是因非使所使者諸使與彼心相應已斷是因爲使所使者諸使與彼心相應不斷非是因非使所使者如餘緣他使所使他界一切徧使應作如是說而不說者有何意答曰欲現未來世有前後義故如施設經說一切有爲法有四事決定此義云何通答曰因者說四因相應因共生因報因所作因果者說三果功用果報果威勢果所依者說六種所謂眼識及相應法依眼乃至意識意識相應法依意緣者眼識眼識相應法緣色乃至意識意識相應法緣法云何不無因而有因無果而有果者答曰如我義亦無因而有因無果而有果言因者以時故說非謂無法而有復有說者未來世中有相似因問曰若然者諸所難者善通經文何以不說答曰應說而不說者當知此義是有餘說復有說者此說相似因不盡此中唯說因有力能與果取果者未來世相似因不能與果取果若有者云何不二心展轉相因答曰未來世中有四行相隨從以通此事如無常行有四行相隨從苦空無我亦有四行相隨從如無常行先生爲因後生三行不能與無常行作因餘三行亦如是若作是說依第四禪得阿羅漢彼第四禪相隨從有九地無漏未來世修若出彼禪欲起無漏初

禪現在前時則無有因何以故以無相隨從故若然者過去現在無漏道則有作相似因者有不能作者復違此經文前生善法與後生善法乃至廣說欲令無如是等過者未來世中無相似因問曰色法爲有相似因不答曰譬喻者作如是說色法無相似因以緣力故生其事云何如鑿地深百肘出泥天雨日曝風吹而便生草如此泥未曾生物如屋上生草樹此處亦未曾生物誰與彼作相似因問曰若然者彼文云何通如說過去四大與未來四大因威勢緣彼作是答我無如是經欲去如是文故作如是說以是事故不必須通若欲必通者當云何通彼威勢緣有二種有近有遠有在此身有在餘身諸近在此身者說名爲因若遠在餘身者說名爲緣阿毗曇人作如是說色法有相似因問曰若有者譬喻者說云何通答曰以有種子在彼法中住但未得生芽因緣故不生若得便生屋上生草樹者若鳥銜種來若風吹來然後乃生以是事故色法有相似因復有說者色法有相似因亦與相似法作因亦與不相似法作因與相似法作因者與此身相似作因不與餘身相似作因與此身相似作因者如此身歌羅羅時與歌羅羅作相似因作不相似因者如歌羅羅與老作因如此身阿浮陀時與阿浮陀作因乃至老時亦作因與歌羅羅作緣如是此身老時與老時作因與餘時作緣非因若作如是說者初歌羅羅則無因最後色則無果復有說者色法有相似因與相似法作因不與不相似法作因亦與此身相似

法作因亦與餘身相似法作因餘身相似法與此身相似法作因此身相似法亦與餘身相似法作因於餘時作緣非因如是餘身老時與此身老時作因此身老時復與餘身老時作因於餘時作緣非因復有說者色法有相似因與相似法作因亦與不相似法作因與此身作因亦與餘身作因如餘身歌羅羅與此身歌羅羅作因此身歌羅羅乃至身老時作因此身歌羅羅與餘身歌羅羅作因乃至與餘身老時作因餘身阿浮陀與此身阿浮陀作因乃至老時作因此身阿浮陀與餘身阿浮陀作因乃至老時作因於歌羅羅時作緣非因餘身老時與此身老時作因此身老時與餘身老時作因於餘作緣非因評曰應作是說餘身十時與此身十時作因此身十時與餘身十時作因外法當知隨所應亦如是說

善五陰展轉爲因染污亦如是展轉爲因不隱沒無記五陰或有說者展轉爲因復有說者不隱沒無記四陰與不隱沒無記色陰爲因色陰不能與不隱沒無記四陰作因何以故性羸劣故復有說者不隱沒無記色陰與不隱沒無記四陰作因不隱沒無記四陰不與不隱沒無記色陰作因所以者何四陰是勝法色陰是下法勝法不爲下法作因復有說者不隱沒無記四陰不與色陰作因不隱沒無記色陰不與四陰作因不隱沒無記四陰展轉爲因不隱沒無記四陰有三種謂威儀工巧報彼三種展轉爲因不答曰或有說者展轉爲因復有說者報與報作因亦與威

儀工巧作因威儀與威儀作因亦與工巧作因不與報作因勝法不與下法作因故工巧與工巧作因非報非威儀勝法不與下法作因故復有説者此三法展轉爲因所以者何同在一界同一縛故評曰不應作如是説前所説者好

染污法有九種下下下中下上中下中中中上上下上中上上問曰彼爲展轉作因不答曰展轉爲因問曰若然者云何有九種答曰對治有九種故此法亦有九種其事云何如下下修道對治上上煩惱乃至上上修道對治下下煩惱以對治有九種故此法亦有九種復有説者以現前行有九種故善法亦有九種從下下乃至上上問曰此法爲展轉爲因不答曰善法有二種有生得善方便善彼生得善九種相於展轉爲因問曰若然者云何有九種答曰以報有九種故此法有九種如最勝善能生最勝報乃至下下善生下下報復有説者以此法現前行有九種故方便善亦有九種下下乃至上上問曰此法展轉爲因不答曰不也下下與下下作因乃至與上上作因生得善與方便善作因以方便善勝故方便善不與生得善作因以生得善劣故方便善有三種聞慧思慧修慧問曰此展轉作因不答曰不也聞慧與聞慧作因亦與思慧修慧作因思慧與思慧作因不與修慧作因以不同界故不與聞慧作因以聞慧下故修慧與修慧作因不與聞慧思慧作因以異界故以下故修慧有四種有暖頂忍世第一法暖法與暖法作因乃至與世第一法作

因頂法與頂法作因乃至與世第一法作因忍法與忍法作因亦與世第一法作因欲界變化心有四種初禪果乃至第四禪果問曰此四種心爲展轉作因不答曰初禪果爲初禪果作因乃至第四禪果爲第四禪果作因所以者何如禪不展轉作因彼果亦如是復有說者初禪果與初禪果作因乃至與第四禪果作因二禪果與二禪果作因乃至與第四禪果作因三禪果與三禪果作因亦與第四禪果作因第四禪果與第四禪果作因復有說者盡展轉爲因所以者何俱墮一界同一縛故評曰如第二說者好問曰如初禪地有識身有變化心爲展轉作因不答曰識身與變化心作因非變化心爲識身作因所以者何勝法不爲下法作因故

問曰若相似因能取果者亦能與果耶答曰若能與果亦能取果頗有能取果不能與果耶答曰有阿羅漢最後陰如此是總說今當分別說善不善無記問曰若善相似因能取果者亦能與果耶若能與果者復能取果耶乃至廣作四句取果不與果者斷善根時最後捨善根得與果不取果者善根得最初現在前取果與果者如不斷善根餘時不取果不與果者除上爾所事若不善相似因能取果亦能與果耶乃至廣作四句能取果不能與果者如離欲界欲最後捨不善得能與果不取果者離欲界欲退不善得最初生能取果能與果者如不離欲者餘時不取果不與果者除上爾所事若隱沒無記法相似因能取果亦能與果耶能與果亦能取果耶乃至

廣作四句能取果不能與果者如離非想非非想處欲最後捨隱沒無記得與果不取果者退阿羅漢果時隱沒無記得最初生取果與果者不離非想非非想處欲餘時不取果不與果者除上爾所事若不隱沒無記相似因取果者亦能與果耶答曰若能與果彼亦能取果若不取果云何與頗有取果不與果耶答曰有阿羅漢最後心已說善不善無記相今當說能緣相若善相似因能取果亦能與果耶若與果亦能取果耶乃至廣作四句能取果不與果者善心次第生不善無記心現在前與果不取果者若不善心無記心次第善心現在前取果與果者如善心次第善心現在前不取果不與果者除上爾所事若不善心相似因能取果者亦能與果耶若與果者亦能取果耶乃至廣作四句取果不與果者如不善心次第若善心無記心現在前與果不取果者如善心無記心次第不善心現在前取果與果者如不善心次第不善心現在前不取果不與果者除上爾所事若隱沒無記心相似因能取果亦能與果耶若能與果亦能取果耶乃至廣作四句能取果不與果者隱沒無記心次第善不善不隱沒無記心現在前與果不取果者善不善不隱沒無記心次第隱沒無記心現在前取果與果者隱沒無記心次第隱沒無記心現在前不取果不與果者除上爾所事若不隱沒無記心相似因能取果亦能與果耶若能與果亦能取果耶乃至廣作四句取果不與果者不隱沒無記心次第善不善隱沒無記心現在

前與果不取果者善不善隱沒無記心次第不隱沒無記心現在前取果與果者不隱沒無記心次第不隱沒無記心現在前不取果不與果者除上爾所事已說相似因有緣相相似因相續相今當說若相似因取果亦能與果耶若能與果亦能取果耶乃至廣作四句善心後相續生二十善心取果不與果者除第二心餘十八心與果不取果者初心滅在過去十八心若生現在前取果與果者第二心是也不取果不與果者除上爾所事不善隱沒無記不隱沒無記亦如是

頗一剎那頃若得相似因亦得相似因因耶若得相似因因亦得相似因耶乃至廣作四句得相似因因不得相似因因者從上沙門果退住須陀洹果勝進道本得須陀洹初果現在前是時不成就見道得相似因因不得相似因者如本住須陀洹果勝進道能與後生沙門果作相似因得相似因亦得相似因因者除須陀洹初心諸餘須陀洹果曾起現在前不得相似因亦不得相似因因者除上爾所事頗一剎那頃知相似因不知相似因所緣耶知相似因所緣不知相似因耶乃至廣作四句知相似因不知相似因所緣者見道中道法智緣前生苦集滅智分知相似因所緣不知相似因者緣未生法智分知相似因亦知相似因所緣者道法忍是也不知相似因不知所緣者除上爾所事

問曰相似因有增減不答曰有其事云何或有前身煩惱作增上相似因非今身曾聞阿難入舍衛城乞食時摩登伽女見已隨逐而

行所以者何以五百世中曾爲阿難妻今見阿難欲覺熾盛無心能離斷長老彌祇迦在菴羅林中坐是時三惡覺意增上所以者何曾聞此長老本昔曾於此林處作王若本五樂自娛樂處則欲覺增上心生猒患復至餘處恚覺增上所以者何本爲王時恒於此處割截人民手足頭耳故恚覺增上心生猒患復至餘處害覺增上所以者何曾於此處繫縛鞭打人民奪其財物故害覺增上如是等過去身煩惱作增上相似因非此身也或有欲心與恚心作增上相似因令恚心增上或有恚心與欲心作相似因令欲心增上如說不善說善無記亦如是以是事故當知相似因因有增減是相似因定在過去現在世果是依果

阿毗曇毗婆沙論卷第十三

音釋

鑿（疾各切穿也）　肘（陟柳切一肘二尺也又一尺五寸爲一肘）　曝（步木切日乾也）

阿毗曇毗婆沙論卷第十四

迦旃延子造

北涼沙門浮陀跋摩共道泰譯

雜揵度智品第二之九

云何一切徧因前生見苦所斷一切徧使乃至廣說問曰何以作此論答曰或有說者一切結使盡是徧使爲止如是意故亦明結使是一切徧非一切徧而作此論復有說者此五種所斷結有一切徧非一切徧爲止如是意明苦集所斷使有一切徧非一切徧故而作此論復有說者苦集所斷使盡是一切徧滅道所斷使盡是無漏緣爲止如是意明苦集所斷使有一切徧有非一切徧滅道所斷使有有漏緣有無漏緣故而作此論復有說者諸使通三界者是一切徧如諸見疑愛慢無明爲止如是意明通三界使亦是一切徧非一切徧而作此論復有說者無明有愛是一切徧使如譬喻者說彼何故作是說耶答曰以是根本使故其事云何無明是前生緣起因有愛是後生緣起因爲止如是意亦明徧不徧使故而作此論復有說者五結是一切徧使所謂諸見愛慢無明心此是毗婆闍婆提所說如說偈

一切處五法　能廣生於苦　諸見愛無明
慢心是爲五

爲止如是意亦明一切徧不徧使故而作此論如是爲止他義欲顯已義亦現法性相應義故而作此論云何一切徧因答曰前生見苦所斷一切徧使乃至廣說問曰何故不先說過去答曰欲現過去世中有一切徧因故

過去法衆多亦有前後若先說過去則不明過去世一切徧因若先作是說則明過去世有一切徧因其事云何若作是說過去於未來現在現在於未來是一切徧因則不明過去於過去有一切徧因若作是說則明過去世有一切徧因前生見苦所斷一切徧使後生見集滅道修道所斷使乃至廣說問曰自種一切徧使與自種一切不徧使作徧因不若作者此中何以不說若不作者何以他種作自種不作答曰應作是說作問曰若然者何以不說答曰應作如是問前生見苦所斷一切徧使後生見苦集滅道修道所斷乃至廣說而不說者爲有何意答曰欲明不成義自種使不說義已成是故欲明不成義故是以不說復次自種於自種有二種因所謂一切徧因相似因他種唯有一切徧因無相似因故是以不說復次自種於自種有二種增長所謂一切徧因門相似因門他種唯有一切徧因門增長故是以不說問曰何故前生見苦所斷一切徧使不說相應法後生使說相應法耶答曰應作是文前生見苦所斷一切徧使及相應法與後生見集滅道修道所斷使及相應法乃至廣說而不作者當知此義是有餘說復次爲止說相似法沙門意故彼作是說使還與使作因不與使相應法作因使相應法與使相應法作因不與使作因爲止如是說者意故作如是文使與使作因亦與使相應法作因使相應法與使相應法作因亦與使作因自界者欲界還與欲界作因色界還與色界作因無色界還與無色界

作因如說自界自地亦爾初禪地還與初禪地作因乃至非想非非想處還與非想非非想處作因過去見苦所斷乃至廣說問曰何以復作此論答曰爲止言無過去未來以現在世是無爲徧於世故而作此論一切徧因未分别爲分别故如說見苦所斷相似略說故言見集所斷亦如是問曰一切徧因體性是何答曰欲界有十一徧使見苦所斷七五見疑無明見集所斷四二見疑無明如是色無色界亦十一以是事故波伽羅那作如是說此九十八使幾是一切徧幾非一切徧答曰三十三是一切徧六十五非一切徧問曰如見苦所斷無明使非一切徧何以故言三十三是一切徧六十五非一切徧答曰如西方沙門此文作如是說二十七是一切徧六十五非一切徧六當分别見苦所斷無明使或是一切徧或非一切徧云何一切徧見苦所斷非一切徧使不相應無明使如是說者好見苦所斷非一切徧使不相應無明使若作是說一切徧使相應無明則不攝不共無明所以者何彼不與使相應故云何非一切徧見苦所斷非一切徧使相應無明見集所斷亦如是西方沙門作如是說罽賓沙門何以不作如是說答曰是文應如是說如西方沙門若不說當知義則如是復次分多故其事云何見苦所斷無明使有十種七種是一切徧三種非一切徧見集所斷無明使有七種四種是一切徧三種非一切徧以分多故說在一切徧使分中復次彼見苦所斷不共無明使一向是徧以自功用力生以是事故

三十三是一切徧六十五非一切徧若說身見是一切徧當知相應無明亦一切徧其義已成邊見見取戒取邪見疑若說如是等是徧當知相應無明亦是徧若說愛恚慢是非一切徧當知相應無明亦非一切徧餘所不說者是何惟有不共無明一向是一切徧以自功用力生以是事故作如是說三十三是一切徧六十五非一切徧皆是一切徧體性乃至廣說已說體性所以今當說何故言一切徧一切徧有何義一切縁義是一切徧義於縁中有力義是一切徧義縁中有力義者能廣縁義是縁中有力義復次有三種一切本曾起故是一切徧義初一切者是九品使中一切者是一切衆生後一切者是一切有漏法處問曰何以知初一切後一切本曾起耶答曰如施設經說一切皆是苦於是苦法中無有一法凡夫人於中不起我我所見無有不起斷常亦謗無因無作亦起見最勝第一亦起見淨見解脫見是乘凡夫人無有不曾起疑心無知愚闇者如是等衆生無有不曾起者以曾起三種一切故名一切徧復次若於一刹那起現在前能爲五種所斷作因能縁五種所斷能令五種所斷生愚問曰云何能令縁無漏縁使於縁生愚答曰若計於我則謗於對治及我寂滅先於中愚然後生謗復次若於一刹那起現在前則爲五種所斷作因亦能縁使是一切徧義彼相應法雖能作因亦能縁而不能使非使性故彼共俱生等雖能作因而不能縁亦不能使非縁非使性故問曰徧使相應共有法爲是一切徧

爲非一切徧若是者何以但說三十三使是徧若非者何以相應共有法或是一切徧或非一切徧答曰應作是說非一切徧問曰若然者何以相應共有法或是一切徧或非一切徧答曰如相應共有法或是使或非使如是相應共有法或是一切徧或非一切徧評曰應作是說是一切徧問曰若然者何以但說三十三是一切徧答曰爲使故說所爲有二種一爲法二爲使若爲使故說有三十三若爲法故說是一切徧復有說者此文以章故說一切徧一以因故二以緣故三以使故彼徧使相應法以因以緣故名一切徧不以使故一切徧使共有法以因故不以緣不以使使則以三事故而以爲文以是事故使共俱生等是一切徧問曰一切徧得爲是一切徧不尊者僧伽婆修說曰是一切徧若一切徧得非一切徧者非一切徧是一切徧耶此難非難所以者何若作是說色法得非色非色是色耶如是說者好非是一切徧問曰何故一切徧生老住無常是一切徧得非一切徧耶答曰生老住無常與一切徧使同一果常相隨不相離前後不相遠得不同一果不相隨相離前後相遠於彼聚便爲非聚如樹皮離樹彼亦如是問曰以何等故見苦見集所斷立一切徧使見滅見道所斷不立一切徧耶舊阿毗曇人作如是說此處是一切徧使族姓生地故復有說者見苦集所斷使同一意同一住以同意同住故所爲牢固以牢固故立一切徧使彼見滅道所斷使意不同所作亦不同以不同故羸劣羸劣故不立一

切徧使猶如城邑村落人民若意同所作同者村主怨敵不能降伏若彼諸人意不同所作不同者則爲村主怨敵之所降伏彼亦如是復有說者見苦集所斷使有二種作相應使亦作緣使是故立一切徧見滅道所斷使或作相應使緣使或唯作相應使是故不立一切徧使復有說者見苦集所斷使安立二足安立二足者即上二種使義見滅道所斷使不安立二足不安立二足者即上一種使義復有說者見苦集所斷使於緣得增長云何於緣增長答曰此緣有漏法以緣有漏法故能自增長如人觀月眼得增益無有損減彼亦如是見滅道所斷使於緣不得增長云何不得增長以緣無漏法若緣無漏法不得增長如人觀日眼無增長唯有損減彼亦如是復有說者一切見諦所斷結分爲二分見苦集所斷作一切徧分非一切徧分見滅道所斷作有漏緣分作無漏緣分復有說者此諸結皆是隨相云何隨相答曰隨在苦集中爲苦集諦所攝故復有說者以苦集所斷使能徧緣一切有漏因果故復有說者以我見可得故問曰見集所斷有何我見可得耶答曰雖無我見可得而有增長我見法可得復有說者若知見苦所斷果若知見集所斷因則見滅道所斷根本羸劣以羸劣故不立一切徧使如樹斷根故羸劣彼亦如是以如是等緣故不立一切徧問曰何故見苦集所斷使立一切徧使立不徧使不一切徧者愛恚慢答曰或有說者此無一切徧相故復有說者此是別相使若是總相使立一切徧云何

別相使答曰於髮爪齒各各別起愛等諸使云何總相使答曰於一切界於一切地一切生處能取我見乃至能取無知愚闇復有說者難可熾然是非一切徧易可熾然是一切徧云何難可熾然答曰爲欲故求瓔珞衣服塗香園林樓閣遊戲之處亦求妻妾侍女爲恚故求種種鎧杖鬬戰之具爲慢故見他莊嚴治身亦莊嚴治身以是難熾然故不立一切徧云何易熾然答曰諸結若現在前猶如河流諸惡行煩惱不用功流行亦復如是復有說者此七使能緣四諦故立一切徧能緣者見疑無明問曰何故滅道所斷愛恚慢見取戒取非無漏緣答曰彼滅道無怨害故無愛恚彼體無可慢故不生慢見取見第一戒取見清淨若於滅道見第一清淨者云何是使以是事故愛等諸結非無漏緣

欲界有十一徧使九是他界緣二是自界緣自界緣者身見邊見問曰以何等故身見邊見不緣他界答曰唯有爾所勢力故復有說者身見邊見從麤法生亦從現見生於麤現見陰而取於我生欲界中色無色界陰非是麤非現見問曰生色界中欲界陰是麤是現見何以色界身見不於欲界陰取我答曰若是現見不離欲能於中取我生色界中欲界陰雖是現見以離欲故不於中取我復有說者生色界中欲界陰雖是現見法無有結使能緣下地問曰如是則因論生論以何等故無有結使能緣下地答曰若離下地欲上地煩惱現在前以離下地欲故上地煩惱不緣下地問曰何以知離下地欲上地煩惱現在

前答曰如施設經說有六種非戒欲界繫有二種有心相應心不相應色無色界繫亦有二種有心相應不相應若欲界繫心相應法非戒現在前則四種非戒現在前一欲界心相應二心不相應三色界心不相應四無色界心不相應色界繫心相應非戒現在前則三種非戒現在前一色界心相應二色界心不相應三無色界心不相應無色界繫心相應非戒現在前則二種非戒現在前一無色界心相應二心不相應此中諸煩惱以非戒名說以是事故知離下地欲上地煩惱現在前不緣下地問曰以何等故欲界諸使能緣色無色界色無色界諸使不能緣欲界答曰欲界是不定界非離欲地非修地不能善攝伏諸使故能緣色無色界色無色界是定地離欲地修地能善攝伏諸煩惱故彼諸使不能緣下地如人不攝伏已妻得與他人作非法事若善攝伏乃至不能以眼視他況作非法彼亦如是復有說者生欲界中於色無色界陰生疑恠心彼為是常耶非常耶為第一耶非第一耶為淨耶為非淨耶以有如是疑恠故能緣生色無色界中於欲界陰不生如是疑恠心故不緣欲界復有說者若色無色界使能緣欲界者則能緣使欲界若使欲界者則界壞問曰如欲界諸使緣色無色界而不使如是色無色界諸使緣欲界而不使者有何等過答曰色無色界是尊勝界欲界諸使緣而不使欲界是卑賤界若色無色界諸使緣則能使如下賤人於尊勝者不能作不愛事如尊勝人於下賤者隨意能作彼亦如

是問曰如欲界有九種他界緣使色界亦有九種他界緣使無色界亦有他界緣使不答曰或有說者無所以者何以上更無界故復有說者有以能緣故不以現在前故有評曰不應作是說更無有界彼何所緣初禪地有九種他地緣一切徧使乃至無所有處亦有九種非想非非想處爲有他地緣一切徧使不答曰或有說者無所以者何更無上地又不緣下地復有說者有以能緣故有不以現在前故有評曰不應作如是說更無上地彼何所緣欲界邪見能緣三界苦集非一剎那頃能謗先謗欲界若苦若集異剎那頃謗色無色界問曰以何等故不於一剎那頃謗三界若苦若集答曰欲界邪見緣欲界亦使緣色無色界不使問曰以何等故緣欲界使緣色無色界不使耶答曰欲界是緣處使處緣而則使色無色界是緣處非是使處雖緣不使復有說者欲界是緣聚使聚緣而則使色無色界是緣聚非使聚緣而不使復次欲界有五種一切徧果色無色界無故緣而不使復次欲界若見苦若見集所斷邪見緣三界若苦若集者云何而緣爲如欲界緣而則使色無色界亦緣而則使耶爲如色無色界緣而不使欲界亦緣而不使耶若如色無色界緣而不使欲界亦緣而不使者無有自界使緣有漏法而不作二種使緣使相應使者若一時能緣三界苦集或有使或不使彼相應法亦應或有所使或無所使彼若然者有如是過則體無自相使性亦壞相應法欲令無如是過故別緣欲界若苦若集別緣色無色

界若苦若集如是初禪地邪見能緣八地若苦若集非一刹那頃能謗八地若苦若集先謗初禪地若苦若集異刹那頃謗餘七地若苦若集如是乃至無所有處邪見緣二地若苦若集非一刹那頃能謗二地若苦若集先謗無所有處若苦若集後異刹那頃謗非想非非想處若苦若集欲界見苦集所斷邪見能緣三界苦集欲界見滅所斷邪見能緣欲界諸行滅問曰以何等故欲界見苦集所斷邪見能緣三界苦集見道所斷邪見唯緣欲界斷諸行對治尊者婆已說曰若爲欲愛所愛起我我所見此法斷對治爲欲界見道斷邪見所緣彼我見法不能他界緣故復次欲界見苦集所斷邪見所緣異對治異欲界見道所斷邪見所緣即是其對治初禪地見苦見集所斷邪見能緣八地若苦若集初禪地見滅所斷邪見緣初禪地諸行滅廣說如上初禪地見苦集所斷邪見能緣八地若苦若集初禪地見道所斷邪見或有說緣斷初禪地諸行對治或有說緣九地皆智分斷對治九地者從未至禪乃至無所有處評曰說緣一切比智分此是實義問曰以何等故初禪邪見緣九地比智分答曰滅不展轉作因道展轉作因如是乃至非想非非想處見苦集所斷邪見緣非想非非想處苦集非想非非想處見滅所斷邪見緣非想非非想處諸行滅見道所斷邪見緣九地比智分餘問答如初禪說

問曰如一使不能使一切云何名徧使答曰

總而言之能使一切諸一切徧使是一切徧因一切徧因是一切徧使耶應廣作四句是一切徧使非一切徧因者未來一切徧使是也一切徧因非一切徧使者過去現在一切徧使相應共有法是也是一切徧使一切徧因者過去現在一切徧使是也非一切徧使非一切徧因者除上爾所事問曰見道所斷法盡爲一切染汚法作因不若見道所斷法盡爲一切染汚法作因者斷亦作因不斷亦作因斷與不斷有何差別若見道所斷法盡爲一切染汚法作因者何故聖人修道所斷染汚或起現在前或不起現在前不起現在前者謂無有中愛瞋恚纒諸慢起現在前者謂諸餘愛恚纒慢若見道所斷法盡爲一切染汚法作因者施設經說云何通如說頗有不善以不善爲因耶答曰有離欲聖人於彼退最初染汚思現在前若見道所斷法不爲一切染汚法作因者波伽羅那說云何通如說何者是見道所斷作因法答曰染汚法亦見道所斷法執若見道所斷法不爲一切染汚法作因者復與此經相違如說云何無記作因法答曰無記有爲法不善法若不作因者復違此文如說以身見爲因不爲身見作因乃至廣說若不作因者復與識身經文相違如說頗有不善眼識以不善無記爲因乃至不善意識以不善無記爲因耶答曰有答曰應作是說見道所斷法盡爲一切染汚法作因問曰若然者諸後所說善通前所說者云何通答曰如所說斷與不斷有何差別者名即差別本作因時不斷今雖爲因已斷是

名差別復有説者前作因時則不爲對治所壞今雖爲因爲對治所壞復有説者本作因時能於自身障礙聖道今雖爲因不障聖道復有説者本作因時能於自身辦所作事今雖爲因不復能作復次本作因時於自身中能取果與果今雖爲因不能取果與果唯除已取果者復次本作因時能於自身與相似因一切徧因今雖爲因更不與相似因一切徧因復次本作因時能於自身取依果報果與依果報果今雖爲因不能取依果報果復次本作因時於自身中生於諸得如火出煙今雖爲因更不生得復次本作因時於自身中墮可嫌責墮在非法亦自染污今雖爲因於自身中不墮嫌責不墮非法亦不染污斷與不斷是名差別何故聖人修道所斷染污或起現在前或不起現在前答曰見道所斷法或與修道染污法作相續近因或作不相續遠因若作相續近因者彼聖人則不起現在前若作不相續遠因者彼聖人則起現在前復次若得非數滅者不起現在前若不得者起現在前何故不起無有中愛現在前答曰彼爲斷見所長養斷見相續生此愛聖人已斷斷見故不起此愛現在前何故不起瞋恚纏現在前答曰彼爲邪見所長養邪見相續生此瞋纏聖人已斷邪見故不起此瞋續現在前何故不起諸慢現在前答曰彼爲我見所長養我見相續生此慢彼聖人我見已斷故此諸慢不現在前施設經說云何通答曰爲不斷因故說彼思有二種因有斷不斷彼說不斷因問曰如聖人未離欲時彼思以

不善爲因何故說退時答曰爾時此得斷還相續死結還生故問曰後相續思亦以不善爲因何故說最初思耶答曰以爾時不成就今成就不相續今相續故復有說者非一切見道所斷法爲一切染汚作因問曰若然者先所說善通波伽羅那識身經云何通答曰當以總相通所以者何自有染汚色以見道所斷法爲因者非一切色乃至行陰亦如是自有染汚眼識以見道所斷法爲因非一切識乃至意識亦如是是故應以總相通彼所說尊者奢摩達多立諸使異彼作是說自有見苦所斷使還以見苦所斷使爲因自有見苦所斷使以見苦所斷爲因亦以見集所斷爲因自有見集所斷使以見集所斷爲因自有見集所斷使以見集所斷爲因亦以見苦所斷爲因彼作是說實無是處以分別故說假設聖人見苦不見集乃至從聖道起從聖道已若見集所斷使現在前此使當言見集所斷因見集所斷生生見集所斷因見苦所斷生答曰應作是說是使因見集所斷生見集所斷使因見苦所斷生不現在前所以者何彼因已斷故如是自有見滅所斷使唯以見滅所斷爲因自有見滅所斷使以見滅所斷爲因亦以見苦所斷爲因自有見滅所斷使以見滅所斷爲因亦以見集所斷爲因無三種因見道所斷亦如是自有修道所斷法惟以修道所斷爲因自有修道所斷法以修道所斷爲因亦以見苦所斷爲因自有修道所斷法以修道所斷爲因亦以見集所斷爲因無三種因諸修道所斷惟以修道所斷爲

因者聖人起現在前諸修道所斷以見苦所斷爲因亦以見集所斷爲因者聖人不起現在前所以者何因巳斷故尊者奢摩達多作如是說則爲通前所說彼作如是說如聖人離欲界欲諸修道所斷以修道所斷爲因者修道所斷以見苦所斷爲因者諸修道所斷以見集所斷爲因者盡合集爲束如剋契法九品斷後於離欲退諸修道所斷修道所斷爲因者成就亦得諸修道所斷見道所斷爲因者成就而不得所以者何因巳斷故諸修道所斷使未來世成就亦得當起現在前過去者成就而不得評曰不應作是說所以者何同一對治斷使於彼對治道退時云何成就亦得云何成就不得如是波伽羅那識身經所說便不通如前說者好見道所斷法爲一切染汚法作因

問曰如愛果斷地斷種斷他界緣使何以不使他界他地但使他種耶答曰此一切徧使於自界自地五種中有依果故能使他界他地無依果故不使問曰一切徧使報一切不徧使報展轉爲因不答曰或有說者一切徧使報與不一切徧使報爲因非一切徧使報不與一切徧使報作因所以者何如一切徧與不一切徧作因彼一切徧報亦與不一切徧報作因如他種不徧使不能與徧使作因如是不一切徧報不能與一切徧報作因評曰如是說者好一切徧報與不一切徧報作因不一切徧報與一切徧報作因所以者何一切徧使一切不徧使異一切徧使報一切不徧使報不異一切徧因定在過去現在果

是依果云何報因乃至廣說問曰何以作此論答曰爲止他義故其事云何或有說者離思更無報因離受更無報果如譬喻者說思是報因受是報果爲止如是意令離思有報因離受有報果復有說者報熟因則失壞彼作是說爲因乃至報未熟報熟因則失壞如爲種乃至芽未生芽生則種失壞爲止如是意明報熟因不失壞故復有說者爲止諸外道意故外道言善惡諸業無有果報爲止是意明善惡諸業有果報故復有說者爲止摩訶僧祇部意故摩訶僧祇部作如是說唯心心數法能生報非餘法爲止是意明五陰是報因是報果爲止他義現於已義亦顯法相相應義故而作此論云何報因答曰諸心心數法受報色心心數法心不相應行乃至廣說色者是色陰心者是識陰心心數法是三陰心不相應行是彼生老住無常此五陰是報果心迴轉色亦攝在心心數法中復次身口業受報色乃至廣說問曰如心迴轉身口業前已說今復言身口業者是何答曰或有說者是作無作所以者何同受一果故不應作是說言同受一果復有說者此說作即此剎那生無作所以者何同一時受報故此亦不定或有前受或有後受評曰應作是說是作無作復次心不相應行受報色乃至廣說問曰彼法生老住無常已攝在彼法中今說心不相應行是何心不相應行答曰是無想定滅盡定諸得報問曰無想定爲受何報答曰或有說者受無想及色命根受身處是等四禪有心報其餘陰是共報復有說者無想

定唯受無想報命根受身處是第四禪有心報餘陰是共報復有說者無想定受無想報命根是第四禪有心報餘陰是共報復有說者無想定受無想報餘陰是共報問曰若然者如所說云何通一法是業報業非業答曰一切命根盡是報報以業差別故作是說一法是業報非業復有說者此是世俗言說法如見短壽人言是人作短壽業如見長壽人言作長壽業命根亦從非業生報復有說者無心時亦受第四禪有心報有心時亦受無心報問曰云何無心時亦受第四禪有心報有心時亦受無心報耶答曰若爾有何過如受色報時亦受非色報如受非色報時亦受色報尊者奢摩達多說曰無想定報得無想得受身處有心報得色得命根餘心不相應行心心數法非是報評曰不應作是說如是說者好無想定不能造受身處（受身處有二種一是五陰性二是心不相應行此中言不造者不造具五陰性者也）所以者何非是業故業能造受身處及能得報命根無想定報得無想諸餘陰是彼報果（諸餘者除五情根餘悉是）

問曰滅盡定爲受何報答曰滅盡定不造受身處若業造受身處受彼報時亦受彼四陰報問曰諸得爲受何報答曰得亦不造受身處若造受身處業受彼報時亦受彼報色心心數法心不相應行色者四入四入者色香味觸心心數法者苦受樂受不苦不樂受及相應法心不相應行者得生老住無常尊者僧伽婆修作是說得能造受身處其事云何積集諸得能造受身處受身癡不猛利甲小如是報當知皆從得生得能造受身處能得

報色心心數法心不相應行色者九入除聲入心心數法者苦受樂受不苦不樂受及相應法心不相應行者命根受身處得生老住無常評曰如是說者好得不能造受身處所以者何若得同一果可言積集業造受身處諸得不同一果積集百千億得亦不能造受身處積集何所益尊者佛陀羅叉說曰得不能造受身處受受身處報時亦受彼報如眼處所色香味觸等展轉受報如是乃至身處所色香味觸等展轉受報生老住無常無有別報諸法生老住無常還與彼法俱共受報問曰已得報當得報者爲是報因不耶答曰是報因問曰此文何以不說答曰以現在顯過去未來故若說現在當知亦說過去未來復有說者所以施設是地獄乃至天因何事故施設答曰以現在事故施設如說報現在前是名地獄衆生以是事故但說現在如波伽羅那說云何有報法答曰不善法有漏善法問曰彼經所說與此文說報因有何差別答曰彼經所說是了義此文所說是不了義此有餘意彼無餘意此說有餘彼說無餘此有岸有影有相續彼無岸無影無相續復次此說生彼說生不生此說現在彼說三世此文彼說是謂差別

問曰有作無作同一報不答曰不也有作報異無作報異問曰身口有作同一報不答曰不也即身有作報亦不同彼身有作有爾所微塵有爾所報即彼生老住無常俱同一報所以者何同一意所起同一果故有作有七種不殺生乃至不綺語當知如向所解如欲

界中善不善心心數法四陰作報因得一果善不善色二陰作報因得一果得生老住無常一陰作報因得一果初禪地有心迴轉五陰作報因得一果善心無迴轉四陰作報因得一果善身口有作二陰作報因得一果得生老住無常一陰作報因得一果二禪三禪四禪有心迴轉五陰作報因得一果無迴轉善心四陰作報因得一果得生老住無常及無想定一陰作報因得一果無色界善心四陰作報因得一果得生老住無常及滅盡定一陰作報因得一果

阿毗曇毗婆沙論卷第十四

阿毗曇毗婆沙論卷第十五

迦旃延子造　北涼沙門浮陀跋摩共道泰譯

雜犍度智品第二之十

有業得一入報謂法入中命根有業得二入報謂意入法入觸入法入亦如是若得報眼入得四入眼入身入觸入法入如眼入耳鼻舌入亦如是若得身入得三入身入觸入法入如身入色香味入亦如是諸作是說一切四大能生色聲一切欲界色香味終不相離若業報得眼入爾時得七入眼身色香味觸法如眼耳鼻舌入亦如是若得身入得六入身色香味觸法若得色入得五入色香味觸法如色入香味觸入亦如是有業報得八入九入十入十一入問曰何故業或報得多入或報得少入答曰有業得種種果有業不得種種果得種種果者得入多不得種種果者得入少如小種子法有得果多者有得果少者得多果者如甘蔗蒲萄稻藕華子等得少果者如種婆羅樹子後生極高惟有一葉其形如蓋如修芝草等生雖極高惟有一葉彼亦如是問曰何故一世業得三世報無三世業得一世報耶答曰無有多業生於少果如是有一刹那業得多刹那報無有多刹那業得一刹那報問曰爲先作受身處造業先作滿業答曰或有說者先作造業然後作滿業若不造者彼何所滿猶如畫師先摹後以衆采滿之彼亦如是復有說者先作滿業後作造業如菩薩於三阿僧祇劫修集滿業於最後身乃於受身處造業評曰應作是說不定或有先作造業後作滿業或有先作滿業後

作造業有三種業謂現報業生報業後報業云何現報業若業於此生作亦令增益彼業即此生中得報非餘生是名現報業云何生報業若業於此生作亦令增益彼業次生中得報非餘生是名生報業云何後報業若業於此生作亦令增益彼業後生中得報是名後報業云何報義答曰不相似義是報義報有二種有相似報有不相似報相似報者如善法有善依不善法有不善依無記法有無記依不相似報者如善不善法得無記報問曰若不相似義是報義者如地獄作不善業受無記報亦不相似何故言無報耶答曰彼亦是報但是下賤以下賤故名爲無報如下賤村名爲無村復次彼亦有報以極苦切故名曰無報猶如無巧便陶師以多薪燒物燒過爛壞言物不熟彼亦如是復次無善果故言無報彼中無有善報問曰餓鬼畜生趣中亦有善報何故言無報答曰以少故言無復次彼雖有善但減無增猶如倉穀有出無入名曰倉空復有說者彼雖有報所趣非處故言無報問曰何故不善善有漏法生報無漏無記法不生報耶答曰如外種子其性不破堅實糞土調適溉灌以時亦以自力亦衆具力然後生芽如不破堅實種子在良田中如外種子不破堅實不以糞土調適溉灌不時無衆具力不能生芽如種子在於倉中如外種子若不破亦不堅實羸劣腐壞雖復糞土調適溉灌以時以性羸劣不能生芽如腐種子在良田中如外緣起法有三種内緣起法亦有三種如初種子如是不善善有漏法其

性不破堅實以愛水漑灌諸餘煩惱糞土調適亦以自力亦衆具力生於有芽如外種子在良田中如第二種子如是無漏善法其性不破堅實無愛水漑灌亦無煩惱糞土調適無衆具力故不生有芽如種子在於倉中如第三種子如是無記法亦不不破不堅實其性羸劣敗壞雖以愛水漑灌煩惱糞土調適自性羸劣故不生有芽如腐種子在良田中問曰復以何故無漏法不生報耶答曰行苦集性則能生報無漏是苦集對治道則不生報如是行諸有世俗生死老病道則有報無漏法斷諸有世俗生死老病道則不生報復次如無漏法有報者無漏道則與世俗相續若與世俗道相續無有是事復次無漏道無報器故若無漏法有報者何處受耶若在欲界受非欲界繫法若在色界受非色界繫法若在無色界受非無色界繫法除三界繫法更無報器復次若無漏法能生報者則勝法爲下作因因是善無漏果是無記有漏復次無漏法是對治若當生報復須對治彼對治復須對治如是便爲無窮若無窮者則無解脫出要欲令無如是過故說無漏法無報何故無記法無報答曰有記法能生報若當無記法能生報者如是報法復能生報若報復生報便爲無窮乃至廣說欲令無如是過故說無記法無報有種種法以報名說或有是依或有增益或有豐賤饑饉之相或有梵天當來或有即報如是等以報名說或有是依以報名說者如說誰是受報當言愛是我說愛是受報或有增益以報名說者如說樂受

是飲食醫藥等報或有豐賤饑饉之相以報名說者如說日月在如是道行有如是相當有豐賤饑饉等報或有梵天當來以報名說者如說今此光明照曜爲是梵天當來爲有餘事我等更不餘行當待此光爲有何報或有即報以報名說者如今此文報得色心心數法乃至廣說問曰爲以一業造一受身處爲以一業造多受身處若以一業造一受身處者施設經說云何通如說如此衆生本爲人時曾作大王若作大臣非法取財以供已身及與妻子僮僕兵人以是惡行報故生阿毗地獄彼處命終彼行果報不得生四天下生大海中作水性衆生其形長大所食亦多常噉衆生所噉衆生復噉其餘衆生如是轉轉相噉有餘衆生著其身者如拘執毛嘍食其身常受苦痛受苦痛故以身揩摩頗梨山上殺諸衆生流血染水經百由旬阿尼盧頭經復云何通如說諸長老我以一食報故七生三十三天七生波羅奈國摩訶迦葉因緣復云何通如說我以一器莠子飯施報故千反生鬱單越一兩鹽喻經復云何通如說爾許地獄行報於現身受現身行報於地獄受若一業造多受身處者涅毗陀經復云何通如說以此業報生地獄中以餘業報乃至生諸天中施設經復云何通如說以業種種差别種種勢力種種行緣便施設諸趣以趣種種差别種種勢力種種行緣施設諸生以生種種差别種種勢力種種行緣施設諸根以根種種差别種種勢力種種行緣施設諸人復云何有三業差别現報業生報業後報業

施設經說復云何通如說修行廣布增上殺生之罪身壞命終墮阿毗地獄中中者下者乃至廣說評曰應作是說一業造一受身處若然者後所說善通前所說云何通如施設經說者答曰此說別業不說一業餘報本造業時造五道業以造二趣業故生二趣中謂地獄趣業畜生趣業地獄業者生地獄中畜生業者生畜生中阿尼盧頭經云何通者答曰若取食報食則無報所以者何是無記法故以因食故作如是說因食故生多善思以思多故受生亦多或有天中取果或有人中取果天中取果者生於天中人中取果者生於人中復有說者言一食施報者取初種子以一食施故生大富家饒財多寶或有說彼有憶前世念或有說有前因力復以百千食施此處命終復生轉勝大富之家饒財多寶復行布施以是事故作如是說猶如農夫春時下一升種後所獲實不敢食用而復種之如是勤種不息後獲百千斛子實其人於大衆中作師子吼唱如是言我種一升子實今得百千斛彼人不能以一升種得百千斛實以種子轉轉相生故獲如是實如人於一兩金倍息得百千兩彼亦如是復有說者彼以一食施造上中下業下者生人中中者生天中上者出家得解脫摩訶迦葉因緣亦當如是通一兩鹽喻經云何通者答曰或有說者彼中說二人作二業受二報有二人俱同殺生作地獄業一人不修身不修戒不修心不修慧生地獄中一人修身修戒修心修慧得生人中復有說者此說一人作二業受二報

作一業報生地獄中作異業報得生人中若不修身等生地獄中若修身等得生人中復有說者此說一人作一業受三種報如一人殺生應受地獄報彼業報應生人中若不修身等生地獄中應生人中報住不生法中若修身等得生人中應生地獄報住不生法中彼不應作是說若作是說則破趣破業一業亦是地獄業亦是人業亦是惡趣亦是善趣應作是說此說一人作一業受一報如一人殺生造地獄業報後時於佛法出家彼勤方便求道得阿羅漢果以修道力故取地獄業人身中受以是事故尊者和須蜜作如是說地獄業能於人身中受不答曰能人身中有修道力故如煑飯人以水漬手取飯之時則不燒手不漬則燒彼亦如是問曰豔喻經文說爾許云何名爾許答曰爾許者若少若等若相似業故言爾許復有說者一業能造多受身處問曰若然者前所說善通後所說云何通答曰或有業別異轉行或有業不別異不轉行若業別異轉行則通前所說諸不別異不轉行者通後所說如是者前後所說俱得善通評曰應作是說一業造一受身處若如是者現報等三業則有別異作增上不善業生地獄中受增上不善報作中業生畜生中受中報下業生餓鬼中受下報復有說者作增上業生地獄中受增上報中報畜生餓鬼如前說復有說者作增上業生地獄中受三種報中業生畜生中受中下報餓鬼如前說復有說者增上業生地獄中受三種報中業生畜生中受三種報下業生餓鬼中受中

下報復有説者增上業生地獄中受三種報中業生畜生中受三種報下業生餓鬼中受三種報評曰應作是説或有上中下業生地獄中各受三種報畜生餓鬼亦如是或有作三種業生畜生餓鬼中各受三種報作欲界增上善業生他化自在天中受增上善報中業生五天中受中報下業生人中受下報問曰若下業生人中受下報者菩薩業是人中受報此業最上何以言生人業是下荅曰菩薩業勝者自有異緣所以者何此身是力無畏所依故若以受報輕妙則他化自在天業勝所以者何彼報身輕妙無垢猶如燈焰菩薩報身故有糞穢不淨復有説者增上善業生他化自在天受三種報五天中人中如前説如是下中上善業從他化自在天轉增乃至人中亦如前不善業廣分别評曰應作是説或有上中下業生他化自在天中各受三種報五天人中亦如是或有作三種業生五天及人中各受三種報初禪地作不別異三種業生初禪地受不別異三種報作第二禪下業生少光天中受下報中業生無量光天受中報上業生光音天中受上報作第三禪下業生少淨天中受下報中業生無量淨天中受中報上業生徧淨天中受上報作第四禪下業生無罣礙天中受下報中業生受福天中受中報增上業生廣果天中受上報修下勲禪生不煩天中受下報修中勲禪生不熱天中受中報修上勲禪生善現天中受上報修勝上勲禪生善見天中受勝上報修勝上滿足勲禪生色究竟天中受勝上満足報

作不別異業生空處受不別異報乃至作不別異業生非想非非想處受不別異報不善業造地獄受身處生地獄中受不善報色心心數法心不相應行色者九入除聲入心心數法者苦受及相應法心不相應行者命根受身處得生老住無常不善業造畜生餓鬼受身處生畜生餓鬼中受善不善報色心心數法心不相應行色者不善色有九入除聲入心心數法者苦受及相應法心不相應行者命根受身處得生等善色有四入色香味觸心心數法者樂受不苦不樂受及相應法心不相應行者得生等復有說者善業不生畜生餓鬼中善報色若生報生心心數法心不相應行問曰今現見畜生餓鬼形色好妙或有形色醜陋答曰或有不善業不善業爲眷屬善業爲眷屬諸不善業爲眷屬者形色醜陋善業爲眷屬者彼善業力障蔽不善業使形色好妙善業造人六欲天受身處生彼處受善不善報色心心數法心不相應行色者善報色有九入除聲入心心數法者樂受不苦不樂受及相應法心不相應行者命根受身處得生等不善報色有四入色香味觸心心數法者苦受及相應法心不相應行者得生等復有說者不善業不生人六欲天不善報色若生報生心心數法心不相應行問曰今現見人天或有形色醜陋形色好妙答曰或有善業善業爲眷屬不善業爲眷屬善業爲眷屬者形色好妙不善業爲眷屬者彼不善業障蔽善業使形色醜陋善業造色無色界受身處生彼中受善報問曰生人中有

二形者爲是善業報爲是不善業報答曰一形是善業報若非時非處第二形生者是不善報復有說者諸根體是善業報根處所是不善業報問曰何故欲界不善業受一劫報善業無受一劫報者答曰不善業自有勝事所以者何五道中受報故善業自有勝事所以者何於三界中受報故自有俱勝事所以者何俱受五陰報故問曰若然者何以欲界不善業受一劫報善業不耶答曰欲界是不定界非離欲地非修地是故不善業受一切報善業不受復有說者欲界不善根強盛善根劣弱復次欲界不善根恒增長善根恒不增長復次欲界不善根是舊住善根是客舊住勢勝客則不如復次欲界不善根能斷善根欲界善根不能斷不善根復次欲界法不相忌難猶如夫妻威儀無忌如居士子與旃陀羅子交復次無報器故欲界中一切處無器受善業報經一劫者問曰如四天下須彌山金山等此非一劫器耶答曰言非報器者此四天下須彌山金山等非是善報復次若欲界善業能得一劫報者何由而得惟有最上善業然最上善業離欲時得以離欲業不能造受身處復次先作是說不善業於五道受報問曰因論生論何故善業不五道受報答曰應如先答欲界善根此中惟有一不共善所謂欲界是不善田種不善法易種善法難如田惡草易長稻等難生

佛經說業是眼因阿毗曇說四大是眼因復有說眼是眼因此三所說有何差別答曰以報因故佛經說業是眼因以生因所依因住

因增長因潤益因以生因等故言四大是眼因以相似因故言眼是眼因問曰如四大是眼因眼亦是眼因何故佛經但說業是眼因答曰業是衆生自業以業故生業是衆生取果財處衆生屬業衆生以業故有差別異所謂貴賤好惡復次以業種種差別種種勢力種種行緣乃至廣說復有說者以業故壽有增減興衰進退復有說者以業故有愚小聰黠復有說者以業故諸界諸生諸趣受報差別復有說者以業故七衆有次第別異復有說者一切衆生皆爲業所印復次以業異故諸根亦異如種異故芽亦異

佛經說若人修行廣布殺生生地獄中從彼命終來生人中壽命短促問曰即以生地獄業來生人中得短命耶答曰或有說者即以如說修行廣布殺生生地獄中從彼命終來生人中壽命短促復有說者以殺生業生地獄中以業方便生便短命復有說者以殺生業生地獄中生便短命是彼依果復有說者殺衆生時使他受二種苦一者使他受苦痛二者斷他所愛命以苦痛他故生地獄中斷他所愛命故生便短命問曰若人短命爲是善業報爲是不善業報尊者和須蜜說曰是善業報非不善業報所以者何以人命等八根是善業報故以善業造人中二十年壽報以殺生故使壽損減應壽二十年唯壽十年十年則斷佛經說人壽十歲時當生壽二十歲男女問曰無有成就他業者亦無他作他受者何以故作如是說答曰即彼壽十歲人轉壽二十歲如是行十善業道則壽命十倍

尊者瞿沙說曰諸業各有定報十歲業有十歲報乃至八萬歲業有八萬歲報隨修何等因受如是報問曰人壽十歲時不殺生爲是善報道所攝不答曰非是業道所攝是不作道非是業道所以者何彼作是制不應殺生爲不作道不爲業道施設經說頌不受現法報受生報後報耶答曰有若現報業不現前與報生報業後報業現前與報爾時受生報後報得阿羅漢者非不得生報後報亦如是說問曰如學凡夫人亦有是事何以但言阿羅漢答曰阿羅漢能知業是遠是近是可轉是不可轉復有說者阿羅漢更不受有彼諸業起現在前如人欲至佗國債主來責彼亦如是學人凡夫人更受身故當受此報是故不說復有說者若有自力能了知此業報是故說之諸作是說一業歷諸趣有餘報者彼作是說阿羅漢於前餘生作業受報此報有餘以修道力故捨人身上現法業報受生報後報所以受者能以如是緣發起是報唯阿羅漢能學人凡夫人不能施設經說有四種人有壽盡財不盡死者有財盡壽不盡死者有壽盡財盡死者有壽不盡財不盡死者初句者如有一人作短壽業廣令增長廣作財業亦令增長彼壽盡財不盡而死第二句者如有一人作少財業廣令增長復作壽業亦令增長彼財盡壽不盡而死第三句者如有一人作少財業作短壽業俱令增長彼財盡壽盡而死第四句者如有一人廣作財業廣作壽業俱令增長彼財不盡壽不盡以餘惡緣故死彼尊者目揵連作如是說明有橫死

是報因定在三世報異是其果云何所作因乃至廣說問曰何以作此論答曰爲止諸法生時無所作者意亦明法生時因所作而作此論云何所作因眼緣色生眼識彼識以眼作所作因亦以色亦以相應共有法亦以耳聲乃至意識相應共有法作所作因如眼識乃至意識亦如是應說如是等不應說色法無色法等所以者何此六二法攝一切法以善說善解應作是說而不說者有何意答曰初是廣說後是略說初是別說後是總說初是分別後不分別初說是次第後非次第問曰何以不作是說云何所作因答曰一切法有自體過故若說一切法是所作因自體亦在一切中欲令無如是過故不作是說眼緣色生眼識問曰除自體餘一切法亦是緣能生眼識何以但言眼緣色生眼識耶答曰取眼識所依取眼識所緣故復次以眼色與眼識作近威勢緣故作如是說眼色與眼識作近威勢緣勝眼識俱生生等是故作是說除其自體問曰何故自體不作所作因答曰非其田器乃至廣說復有說者一切法除其自體於他法作緣自體於自體無損無益無增無減無進無退復有說者有無差別過所以者何因即是果作即作事成即成事乃至生即生事復次自體不能與自體作依復次自體不於自體作尊勝復次與世現見法相違世現見眼不自見指端不能自觸刀不能自割多力之人不能自負彼亦如是復有說者不障礙義是所作因義自體障礙自體障礙有二種一者假名二者眞實假名障礙者如

人在牀坐上眞實障礙者如自體障礙自體復有說者若自體作所作因者復違佛經如經說無明緣行乃至廣說若自體作所作因者則無明緣無明不緣行乃至生緣生不緣老死如經說眼緣色生眼識不應眼緣色生眼識應緣眼識生眼識欲令無如是過故自體不作所作因所作因即是威勢緣云何威勢緣如說此法與彼法作威勢緣或時此法不與彼法作威勢緣耶答曰無也問曰法生時除自體餘一切法是威勢緣和合則生無有不和合時何以不數數生尊者和須蜜說曰法生時有一和合無二無多法滅時亦一和合無二無多復有說者法生已餘生法多彼法無力能更生如人墮河欲起復墮一河彼亦如是尊者佛陀提婆說曰一和合能生一事無有一事能生二果問曰威勢緣體性是何答曰一切法問曰云何是威勢緣義答曰多勝義是威勢緣義問曰如波伽羅那說云何境界緣云何威勢緣答曰一切法此有何多勝答曰若以境界若以前物言之則無多勝若以剎那則有多勝若緣一切法無我此法何所不緣答曰不緣自體自體不緣相應共有誰不作威勢唯自體威勢緣即是所作因云何是所作因義答曰如先說不障礙義是所作因義問曰若不障礙義是所作因義者如人陰界入障礙人趣餘趣不能障礙如眼識障礙所依處餘識不生處所有房舍樹木則餘房舍樹木不生若如是者云何不障礙義是所作因義答曰以如所說故不障礙義是所作因義如義言人中陰界入語餘

趣陰界入言我障礙人趣不障礙餘趣使汝餘趣得生如是眼識語餘識言我障礙眼處所不障礙餘處所使汝得生一房舍樹木語餘房舍樹木言我障礙此處所不障礙餘處所使汝得成以是事故不障礙義是所作因義五陰生時一切法與威勢緣若有一法不隨順者則不生問曰如色法生時一切法與威勢緣無色法生時一切法亦與威勢緣不若無色法生時一切法與威勢緣色法生時一切法亦與威勢緣不答曰不也若與色法威勢緣時與無色法威勢緣亦爾者一切法皆是色耶若與無色法威勢緣時與色法作威勢緣亦爾者一切法皆是無色耶阿毗曇者作如是說法生時有因故生滅時有因故滅有緣故生有緣故滅有事故生有事故滅

譬喻者作如是說法生時有因故生法滅時無因故滅有緣故生無緣故滅有事故生無事故滅我不說滅法有因緣應說喻如射箭空中去時用力墮時不用力誰作其因如陶家輪轉時用力住時不用力誰作其因評曰不應作是說如前說者好問曰若然者譬喻者說喻云何通答曰此不必須通所以者何此非修多羅毗尼阿毗曇不可以世間現喻難賢聖法世俗法異賢聖法異若欲通者當云何通答曰彼箭墮亦有因以何爲因箭去時若楯等種種餘物障礙使墮即是其因設無障礙者用力射時即是其因若無射者何由而墮如是陶家輪轉若以手等餘物持令不行即是其因設無手等持者先用力轉時即是其因若無轉者何由而住問曰若法生

亦有因滅亦有因乃至廣說何以生時不滅滅時不生尊者和須蜜說曰生時和合異滅時和合異復有說者法生時作緣異法滅時作緣異云何生時異生時作緣則隨順滅時作緣則不隨順猶如外國皆夏安居時多持衣鉢從一寺至一寺爾時諸賊善取其相此諸比丘出在曠野有人之處諸賊親近禮拜而隨順之前至嶮難無人之處劫其衣鉢而不隨順彼亦如是

一法與多法作所作因多法亦與一法作所作因問曰一法與多法作因時爲如一法與耶爲如多法與耶多法與一法作因時爲如多法與耶爲如一法與耶若如一法與多法作因者云何非一因果若如多法與一法作因者云何一法不作多果多法與一法作威勢緣時云何作爲如多法與耶爲如一法與耶若如多法與一法作威勢緣者云何不多因多果若如一法與者云何多法作一法耶評曰應作是說一法如多法與威勢緣多法如一法與威勢緣問曰若然者云何多不作一一不作多答曰如我義一亦作多多亦作一以所作因義不以法體有異

過去法與未來現在法作近所作因義言過去法語未來現在法言若我不與汝等作所作因者則汝無因一切有爲法無有無因者現在法與過去未來法作近所作因義言現在法語過去未來法言若我不與汝等作所作因者則汝過去法無果未來法無因一切有爲法無有無果無因者過去法是未來現在法所作因未來現在法是過去法果未來

法是過去現在法所作因過去現在法非未來果所以者何果法若俱若在後過去現在於未來法不俱不在後現在法與過去未來法作所作因未來法作所作因未來法與現在法作果過去法非果所以者何果法若俱若在後過去法於現在法不俱不在後色法與色法作所作因作威勢果色法與無色法作所作因及威勢果無色法與無色法作所作因及威勢果無色法與色法作所作因及威勢果如是可見與可見可見與不可見不可見與不可見不可見與可見作所作因及威勢果有對無對有漏無漏亦如是有爲法與有爲法作所作因及威勢果有爲法與無爲法作威勢果不作所作因無爲法與無爲法不作所作因不作威勢果無爲法與有爲法作所作因不作威勢果問曰何以故有爲法有因有緣無爲法無因無緣答曰有爲法性羸劣須因緣無爲法性猛健不須因緣如人羸劣依他而住如人猛健不依他住彼亦如是復次有爲法有所作故須因緣無爲法無所作故不須因緣如掘者須钁刈者須鎌彼亦如是復次有爲法隨世行能取果能知緣故須因緣無爲法不隨世行廣說如上如人遠行須粮不遠行者不須粮彼亦如是復次有爲法如王及眷屬如因陀羅及眷屬故須因緣無爲法如王不如王眷屬如因陀羅不如因陀羅眷屬故不須因緣問曰有爲法不生爲是有爲留難故不生爲是無爲留難故不生耶答曰有爲留難故不生非無爲法無爲法威勢緣不與他不生法作留難若生

隨順作緣如潢池邊剋木作師子口摩竭魚口水在中流出水不流時非此口中爲作留難自有餘緣令水不流水若流時爲作所依彼亦如是問曰無爲法與有爲法二種緣謂境界緣威勢緣無爲法與他作近威勢緣時爲與有緣者爲與無緣者答曰或有說者與有緣者不與無緣者評曰不應作是說應作是說與他作威勢緣等無有異如小豆聚境界緣或與或不與有緣法則與無緣法則不與善法與善法作近所作因善法與不善法作近所作因不善法與不善法作近所作因

阿毗曇毗婆沙論卷第十五

音釋

摹莫胡切規倣也　溉灌溉居代切灌注也灌古玩切澆灌也　唼色甲切食也　莠與久切似稷無實今狗尾草是也　漬疾賜切浸潤也　黠胡八切慧也　楯乳允切兵器也干櫓之屬　掘其月切穿地也　钁居縛切大鉏也　鎌力鹽切鍥也

阿毗曇毗婆沙論卷第十六

迦旃延子造

北涼沙門浮陀跋摩共道泰譯

雜犍度智品第二之十一

善法與善法作近所作因善法與不善法作近所作因者以善業故生大富長者商主家其家諸人好樂行善以親近故亦好行善是名善與善作近所作因善與不善作近所作因者以善業故生王若大臣家其家諸人好行諸惡以親近故亦好行諸惡是名善與不善作近所作因不善與不善作近所作因者以不善業故生惡戒家以親近故常作諸惡是名不善與不善作近所作因不善與善作近所作因者以不善業故身生重患以猒患故修行於善是名不善與善作近所作因內法與內法作近所作因內法與外法外法與外法外法與內法作近所作因內法與內法作近所作因者如一人能供足多人內法與外法作近所作因者如人種外種子外與外者如糞土水等長養苗稼外與內者如以飲食等長養衆生身如是衆生數與衆生數衆生數與非衆生數非衆生數與非衆生數非衆生數與衆生數廣說如上

一趣能長養五趣如多人食一羊肉或有行善或有行惡行善者能長養二趣謂天趣人趣行惡者長養三趣謂地獄畜生餓鬼問曰如一人殺生一切衆生盡與作所作因何以有得殺罪有不得者答曰若作殺方便亦滿殺果得殺罪若不作方便不滿殺果不得殺罪復次若有惡心而得殺罪若無惡心殺心

不得殺罪問曰如一衆生不與取一切衆生與作所作因何以有得不與取罪有不得者答曰若作方便不滿其果者得不與取罪不作方便不滿其果不得不與取罪復次若以貪心取他物想得不與取罪不者不得罪問曰如外物是一切衆生威勢所生何以或於他邊得不與取罪或不得耶答曰若有功用果威勢果者是人邊得不與取罪唯有威勢果無功用果者是人邊不得不與取罪復次於物作已有想是人邊得罪於物不作已有想者是人邊不得罪問曰威勢果功用果有何差別答曰作者是功用果食者是威勢果如農夫種作者是功用果威勢果食其子實者是威勢果非功用果問曰如四天下須彌山等外物是一切衆生業威勢故生衆生有得涅槃者此物等何故不減少耶尊者和須蜜說曰有餘世界衆生來生此間以其業勢力故使不減少復次是一切衆生業勢力故生設令唯有一衆生在猶不減少所以者何彼亦有業威勢在其中故何況阿僧祇那由他衆生在如尊貴人業威勢故生園林樓觀象馬車乘如是衆生數非衆生數物等其人雖死此物不減彼亦如是尊者佛陀提婆說曰以過去業故所以不減少問曰如一轉輪聖王王四天下而得自在彼是何業報耶答曰是造生處業果報問曰爲所作因多爲所作因果多答曰所作因多非所作因果所以者何所作因是一切法所作因果是有爲法以是事故作如是論煩法非是因非次第非境界非威勢耶答曰有自體於自體是也於他

體有耶答曰有有爲於無爲無爲於無爲佛經說有三種威勢所謂世威勢我威勢法威勢世威勢者猶如有一煩惱現有前境界易得爲世人譏嫌故不作惡業我威勢者猶如有一煩惱現在前境界易得爲我不墮惡道故不作惡業法威勢者猶如有一煩惱現在前境界易得彼以多聞故不作惡業亦令世人不識嫌故不作惡業問曰此三何以說名威勢答曰以能近生善法故一切衆生威勢盡故死除佛世尊威勢不盡而般涅槃問曰所作因爲有增減不答曰有如有多人挽大材時其中或有盡手足力者有不多用力者如竪大塔柱時紖索其中有急有緩如是等是名外法有增減如與親里所作因及供給所須則勝他人是名內法有增減若是因緣

亦是次第緣亦是境界緣亦是威勢緣如是一一緣應次第有四緣義問曰若然者云何有四緣體答曰以所作故有四非以物體故有四其事云何如前剎那使後剎那增長名曰因緣前作次第緣令後者生名次第緣後能緣前是境界緣不爲他作障礙是威勢緣因緣如種子法次第緣是開導法境界緣是執杖法威勢緣是不障礙法總而言之因緣有四緣義非一一法從因緣生盡有四緣義問曰因之與緣有何差別尊者和須蜜說曰因即是緣若有此則有是亦是因亦是緣世尊亦說阿難有如是因如是緣如是作生爲老死因問曰若有此則有是是因是緣者如人見瓶生覺心瓶是覺因耶答曰不以有瓶是覺因所以者何自有瓶不生覺心和合乃

生覺心和合是覺緣非甁復有說者和合是因和合事是緣問曰若一不爲因多亦不爲因答曰如一一事不能爲因和合衆事則能爲因其事云何如一一事不名和合衆事集故乃名和合彼亦如是復有說者相似是因不相似是緣相似者如麥似麥如火似火問曰麥與麥芽有何相似答曰總而言之麥是芽因問曰若然者四大因等總而言之亦是芽因耶復有說者近者是因遠者是緣問曰若然者因之與緣無有差別所以者何如善心次第生善心是因不是名爲緣耶復有說者不共者是因共者是緣問曰若然者麥亦是芽亦是爛壞彼復是緣耶如眼是眼識生處不共餘識彼眼復是眼識因耶復有說者生是因隨生是緣問曰若然者生不是緣隨生不是因耶復有說者自體長養是因他體長養是緣問曰若然者現在善心緣於善法唯名爲因不名爲緣耶尊者佛陀提婆說曰作是因所作是緣復有說者相似是因不相似是緣復有說者近者是因遠者是緣如近遠彼此亦如是此所作因定是一切法果是威勢果問曰若有相應因亦有共生因耶答曰若有相應因亦有共生因頗有共生因無相應因耶答曰有不相應法共生因若有相應因亦有相似因耶若有相似因亦有相應因耶乃至廣作四句有相應因無相似因者未來世相應因有相似因無相應因者不相應法相似因有相應因亦有相似因者相應法相似因無相應因亦無相似因者除上爾所事若有相應因亦有一切徧因耶若有一

切徧因亦有相應因耶乃至廣作四句有相應因無一切徧因者未來世相應因過去現在非一切徧相應因一切徧因非相應因者不相應法一切徧因相應因一切徧因者相應法一切徧因非相應因非一切徧因者除上爾所事若有相應因亦有報因耶若有報因亦有相應因耶乃至廣作四句有相應因無報因者無記無漏相應因有報因無相應因者不相應法報因有相應因亦有報因者相應報因非相應因非報因者除上爾所事若有相應因亦有所作因耶答曰若相應因亦有所作因頗有所作因無相應因耶答曰有諸不相應法所作因若有共生因亦有相似因耶答曰若有相似因亦有共生因頗有共生因無相似因耶答曰有未來世共生因

若有共生因亦有一切徧因耶答曰若有一切徧因亦有共生因頗有共生因無一切徧因耶答曰有非一切徧共生因若有共生因亦有報因耶答曰若有報因者亦有共生因頗有共生因非報因耶答曰有無記無漏共生因若有共生因亦有所作因耶答曰若有共生因亦有所作因頗有所作因非共生因耶答曰有無爲法所作因若有相似因亦有一切徧因耶答曰若有一切徧因亦有相似因頗有相似因無一切徧因耶答曰有非一切徧相似因有相似因亦有報因耶若有報因亦有相似因耶乃至廣作四句有相似因無報因者無記無漏相似因有報因無相似因者未來世報因有相似因亦有報因者過去現在報因非相似因非報因者除上爾所

事若有相似因亦有所作因耶答曰若有相似因亦有所作因頗有所作因非相似因耶答曰有未來世無爲法所作因若有一切偏因亦有報因耶若有報因亦有一切偏因耶乃至廣作四句一切相偏因非報因者無記一切偏因有報因非一切偏因者未來世報因過去現在非一切偏報因一切偏因報因者一切偏報因非一切偏因非報因者除上爾所事若有一切偏因亦有所作因耶答曰若有一切偏因亦有所作因頗有所作因非一切偏因耶答曰有未來世過去現在非一切偏無爲法所作因若有報因亦有所作因耶答曰若有報因亦有所作因頗有所作因非報因耶答曰有無記無漏所作因問曰此六因幾色幾非色答曰二是非色謂相應因一切偏因餘是色非色如色非色相應不相應有依無依有勢用無勢用有緣無緣有對無對可見不可見當知亦如是問曰此六因幾有漏幾無漏答曰二有漏謂一切偏因報因餘有漏無漏問曰此六因幾有爲幾無爲答曰五是有爲相應因乃至報因一是有爲無爲謂所作因問曰此六因幾過去幾現在幾未來答曰二是過去現在謂相似因一切偏因三在三世謂相應因共生因報因一在三世亦不在世謂所作因問曰此六因幾善幾不善幾無記答曰一是不善無記謂一切偏因一是善不善謂報因餘是善不善無記問曰此六因幾欲界繫乃至不繫答曰二是三界繫謂一切偏因報因餘是三界繫不繫問曰此六因幾學幾無學幾非學非無學答

曰二是非學非無學謂一切徧因報因餘是三種問曰此六因幾見道所斷幾修道所斷幾無斷答曰一是見道所斷謂一切徧因一是見道修道斷謂報因餘是見道斷修道斷不斷問曰此六因幾染汚幾不染汚答曰一是染汚謂一切徧因餘是染汚不染汚如染汚不染汚有過無過黑白隱沒不隱沒退不退當知亦如是問曰此六因幾有報幾無報答曰一是有報謂報因餘是有報無報相應因共生因現在世一刹那頃取果與果相似因一切徧因所作因現在取果過去現在與果一刹那頃取果多刹那與果報因現在取果過去與果一刹那取果多刹那與果若心有使使有使心彼使使此心耶乃至廣說問曰何故作此論答曰爲止一心者論故彼作是說有使心無使心即是一心所以者何聖道生時與使相妨不與心相妨如治刀法與垢相妨不與刀相妨如衣器鏡垢與治法相妨不與衣器鏡等相妨如是聖道生時與使相妨不與心相妨乃至聖道未生心則有使聖道若生心則無使我人論者作如是說人縛人解非法縛解尊者曇摩多羅作如是說諸使不相應使亦不緣使彼作是說若作緣使相應使無漏法若作相應使一切時恒使無不與心心數相應時以是事故欲止他義欲顯已義欲現與法相相應義故而作此論也

若心有使者有五種心名有使見苦所斷心乃至修道所斷心以二事故心名有使一以使性二以伴性見苦所斷心見苦所斷使有

二事使性伴性見集所斷一切徧使有使性餘使無使性伴性見集所斷心見集所使使有二事使性伴性見苦所斷一切徧使有使性餘使無使性伴性見滅所斷心見滅所斷使有二事使性伴性見苦見集所斷一切徧使有使性餘使無使性伴性見道所斷亦如是修道所斷心修道所斷使有二事使性伴性見苦見集所斷一切徧使有使性餘使無使性伴性見苦所斷心與一切徧相應不一切徧相應見集所斷亦如是見滅所斷心有漏緣使相應無漏緣使相應見道所斷亦如是修道所斷心染污不染污彼見苦所斷一切徧使相應心見苦所斷一切徧使有二事使性伴性見苦所斷不一切徧使見集所斷一切徧使有使性餘使無使性伴性見苦所斷不一切徧使相應心不一切徧使有二事使性伴性見苦見集所斷一切徧使有使性無伴性餘使俱無見集所斷亦如是見滅所斷有漏緣使相應心見滅所斷有漏緣使有二事使性伴性見苦見集所斷一切徧使有使性無伴性餘使俱無見滅所斷無漏緣使相應心見滅所斷無漏緣使俱有見滅所斷有漏緣使見苦見集所斷一切徧使有使性無伴性餘使俱無見道所斷亦如是修道所斷染污心修道所斷使俱有見苦見集所斷一切徧使有使性無伴性餘使俱無修道所斷不染污心修道所斷使見苦見集所斷一切徧有使性無伴性餘使俱無彼見苦所斷心有十種謂五見相應心疑愛恚慢不共無明相應心見集所斷心有七種謂二見相應

心疑愛恚慢不共無明相應心見滅所斷亦如是見道所斷心有八種謂三見相應心疑愛恚慢不共無明相應心修道所斷有五種謂愛恚慢不共無明相應心不染污善無記相應心彼身見相應心身見身見相應無明有二事有使性伴性餘見苦所斷使見集所斷一切徧使有使性無伴性乃至見苦所斷慢使亦如是見苦所斷不共無明相應心見苦所斷不共無明使有二事使性伴性餘見苦所斷使見集所斷一切徧使有使性無伴性餘使俱無見集所斷亦應如是說見滅所斷邪見相應心見滅所斷邪見邪見相應無明有二事使性伴性見滅所斷有漏緣使見苦集所斷一切徧使有使性無伴性疑相應心當知亦如是見滅所斷見取相應心見滅所斷見取見取相應無明俱有餘見滅所斷有漏緣使諸一切徧使有使性無伴性餘俱無見滅所斷愛恚慢當知亦如是見滅所斷不共無明相應心見滅所斷不共無明使俱有見滅所斷有漏緣使諸一切徧使有使性無伴性餘使俱無見道所斷亦應如是說修道所斷愛相應心修道所斷愛愛相應無明俱有餘修道所斷使諸一切徧使有使性無伴性餘使俱無修道所斷恚慢當知亦如是修道所斷不共無明相應心修道所斷不共無明俱有餘修道所斷使諸一切徧使有使性無伴性餘使俱無修道所斷不染污心修道所斷使諸一切徧使有使性無伴性餘使俱無所說是集要毗婆沙若心有使三界有五種使有使心三界亦有五種若心有使使

有使心彼使使此心耶答曰或使或不使云何使答曰諸使未斷彼使使此有使心云何不使答曰諸使斷彼使不使此有使心所以者何諸使未斷故使斷故不使問曰何故緣使未斷名有使心斷則不有相應使斷與不斷恒名有使心耶答曰先作是說以二事故心名有使一是使性二是伴性諸緣使與心是名使性不名伴性若彼得斷彼使性義亦斷相應使有二事使性伴性彼若得斷使性則斷伴性不斷不能除心伴性如去文闍草皮尊者和須蜜說曰相應使心染污緣使心不染污相應使無別異緣使不爾相應使覆蔽心緣使不爾相應使同一時依同一行同一緣緣使不爾相應使與心同一生一住一滅緣使不爾亦同一果一依一報緣使不爾

相應使與心俱生緣使不爾無有能除心相應使如去文闍草皮設使使心即使使彼有使心耶答曰或是彼非異或是彼是異是彼非異者或有說者具縛凡夫染污心評曰不應作是說所以者何具縛者可爾不具亦可爾染污心可爾不染污心亦可爾應作是說若心不斷是說爲使所使心名有使若不爲使所使是說心名無使是彼是異者苦智已生集智未生若心見苦所斷見集所斷緣是彼者見集所斷使所使是異者見苦所斷不使問曰以何等故他種說是彼自種說是異答曰是故先作是說設使使心即彼使有心彼見集所斷使緣使故說是彼見苦所斷不使故說是異復有說者是異者置異處故云何置異處斷故說置異處復有說者本得自

在隨意所作今者已斷是故說異復有說者今已斷故更無所爲猶如死人是故說異復有說者聖道力使彼異故說異問曰修道中亦有是彼是異何故不說答曰或有說者應說而不說者當知此義是有餘說復有說者若他種是彼自種是異此中說之修道所斷自種是彼自種是異是故不說問曰云何緣使云何相應使罽賓沙門作如是說諸使隨所行如愛於境界愛樂可適廣說餘使隨所行亦爾相應使者如同罪同繫西方沙門作如是說繫縛義是緣使親近義是相應使尊者婆已說曰以四事故使名所使一墮惡意二如火熱三如煙塵垢四是呵責墮惡意者如一人作惡令多人亦作以一煩惱故令多心心數法盡墮惡意如火熱者如火燒鐵丸所著器中其器皆熱如是煩惱從何心品生令彼皆熱如煙塵垢者如煙塵垢所著之處令彼皆汚如是諸煩惱隨彼生處令彼心垢汚呵責者如一比丘作惡令僧受呵責如是諸使隨彼生處令彼心受呵責云何相應使答曰如緣使所使相應使亦爾問曰相應使無緣云何說如緣使答曰相應使雖無緣有如上四過問曰過去未來使能使不耶答曰能使若不能者無染心現在前應是無使人復有說者出生諸得如火出煙過去未來諸結出生諸得亦復如是復有說者若不使者則違佛經如經說佛告摩勒子比丘童子不知欲事況起欲心然爲欲愛所使復有說者以五事故過去未來使所使一不斷其因二得不斷三不轉其器四不知緣五不得對治

若心有使使有使心彼使此心當斷耶此說緣使當斷諸使於緣可制伏相應使不可制伏如去文闍草皮若心有使乃至廣說云何斷諸使於緣不斷不應作是說諸使於緣不斷所以者何先已問故應作是說諸使不斷當斷云何不斷諸使已斷及相應使諸使云何斷答曰諸使緣斷先已現義(先已現義者上言緣使當斷者是也)今欲說文諸使於緣生過患是故制伏於緣如人好樂博弈喜入酒舍婬舍而可制伏如是諸使於緣生過患亦可制伏如是汝語諸使緣斷耶此是定他之言若不定他言說他過患反生自過彼作是說答曰如是若作是說諸使見滅見道所斷無漏緣此使云何斷若言此相應使斷先定言諸使緣斷非相應使若如此所說諸使緣斷者諸使於緣不生過患應作是說諸見滅見道有漏緣使此使當斷此使若斷彼使亦斷如樹有根莖葉等滋茂若斷其根莖等更不滋茂彼亦如是問曰若然者先定言諸使緣斷今則明後緣使斷復有說者如是使緣斷耶答曰諸使若見所緣則斷若作是說諸使見滅見道有漏緣使此使云何斷若見苦集斷此使非見苦集時斷若見滅道斷此使則不緣滅道應作是說諸見滅道無漏緣使若斷彼使亦斷所以者何有漏緣使依無漏緣使而得增長若彼無漏緣使斷此亦斷如人依材得立若去其材是人必墮彼亦如是問曰若然者先定言諸使見緣斷今則明緣使斷答曰若爾有何過諸使見緣則斷何況所緣斷而彼不斷耶如菓依樹動樹則墮何況斷根而不墮

耶彼亦如是復有說者如是使緣斷耶答曰諸使有緣道所斷評曰不應作是說所以者何世尊說此八聖道能斷去來今苦永無生分滅盡離欲得寂滅涅槃有緣道無緣道俱能斷使尊者奢摩達多說曰以四事故諸使斷一以緣故二以後緣故三以展轉相緣故四得對治故以緣斷者見滅道所斷有緣使以後緣斷者自界使斷他界緣使亦斷展轉緣斷者餘有漏緣使得對治斷者隨所得對治即以斷彼使復有說者以四事故諸使斷一知緣故斷二斷緣三斷後緣四得對治斷亦應廣說也設使心當斷彼心有此使耶答曰或是彼非異或是彼是異云何是彼非異答曰若心無染修道所斷是彼緣使非異相應使使所使所以者何以體無使故是彼是異者染污心是彼者緣使所使是異者共住不相離問曰以何等故相應使說是異答曰是故先作是說設使心當斷彼心有此使耶諸緣使說是當斷彼心說有使莫謂諸當斷者是心有使諸不斷者如相應使非心有使欲現決定義故亦說心有使復有說者彼相應使雖不與心可斷而於緣可斷復次有說者欲生論本故作是說是彼者緣使是異者相應使頗使斷慧不見所緣慧見所緣使不斷乃至廣作四句使斷慧不見所緣者見諦道中見欲界苦集時斷他界緣使見滅道時斷見滅道所斷有漏緣使修道中以滅道法智離欲時斷修道所斷使慧見所緣使不斷者見色無色界苦集時欲界他界緣使見苦時見集所斷自界緣使見滅道所斷有漏緣

使修道所斷使見集時當知亦如是修道中以苦智集智等智離欲時見道所斷有漏緣使以滅智道智離欲時無漏緣使使斷慧見所緣者見苦見集時自界緣使見滅道時無漏緣使修道中以苦智集智等智離欲時斷修道所斷使使不斷慧不見所緣者除上爾所事頗一剎那頃使斷慧不見所緣慧見所緣使不斷乃至廣作四句使斷慧不見所斷者一品欲乃至離多分欲道法忍現在前時彼斷欲界見道所斷有漏緣使慧見所緣使不斷者先所斷道諦所斷無漏緣使使斷慧亦見所緣者斷見道所斷無漏緣使使不斷慧不見所緣者先所斷見道有漏緣使道比忍亦應作如是四句見滅時亦作如是二四句頗使滅身作證慧不見滅身不作證慧見滅乃至廣作四句初句者見苦時斷見苦所斷使見集時斷見集所斷使見道時斷見道所斷使修道中以苦智集智道智等智離欲斷修道所斷結第二句者見滅時見苦見集見道所斷使第三句者見滅時斷見滅所斷使修道中以滅智離欲第四句者除上爾所事頗一剎那頃使滅身作證慧不見滅慧見滅身不作證乃至廣作四句以滅法智得斯陀含果時使滅身作證慧不見滅者色無色界見道所斷使慧見滅身不作證者欲界餘不斷使身作證慧見滅者欲界先所斷使及今所斷使非身作證非慧見滅者色無色界修道所斷使云何緣斷因識乃至廣說此中所說識者所緣斷因亦斷諸作是說因種不與自種作徧因者此說緣斷因識因都斷其

事云何苦智已生集智未生若心集諦所斷苦諦所斷緣此說因都斷所緣都斷緣斷因識是時集諦所斷心緣集諦所斷緣滅道修道所斷此心因都斷所緣不斷是時集諦所斷心緣苦集滅道修道所斷此心因都斷所緣有斷不斷諸作是說自種與自種作徧因者是說他種因斷緣斷因識其事云何苦智已生集智未生若心集諦所斷苦諦所斷緣是名緣斷因識所以者何苦諦所斷是彼因是彼所緣彼已俱斷故名緣斷因識若以苦諦所斷言之是緣斷因識若以集諦所斷言之因有斷不斷緣斷是時集諦所斷心緣集滅道修道所斷因有斷不斷所緣不斷是時集諦所斷心緣苦所斷乃至修道所斷因有斷不斷所緣亦有斷不斷如此現義今當說

問緣斷因識幾使答曰十九一心耶答曰不也未離欲界欲苦智已生集智未生若心集諦所斷苦諦所斷緣此心爲欲界集諦所斷七使所使已離欲界欲未離色界欲乃至彼識爲幾使所使答曰色界集諦所斷六使問曰未離欲界欲亦可爾何以說離欲界欲耶答曰是中說現前行時不說成就色界使現在前時要離欲界欲非不離欲是故說現前行時不說成就離色界欲未離無色界欲評曰不應說未離無色界欲所以者何若集智未生當知未離無色界欲應作是說離色界欲苦智已生集智未生乃至廣說彼識幾使所使答曰無色界欲諦所斷六使問曰修道中亦有緣斷因識其事云何答曰如上上使斷餘八種心是緣斷因識所以者何彼上上

斷使亦是因亦是所緣乃至八種斷餘一種未斷八種於一種亦是因亦是所緣何故不説耶答曰應説而不説者當知此義是有餘説復有説者他種爲因他種爲緣是他種識是中説之彼三種盡在修道中彼雖有九種而盡在修道中是故不説問曰以何等故諸因次第説使答曰以是阿毗曇藏故應以十四事了知阿毗曇何等十四六因四緣攝相應成就不成就若了知此十四事名了知阿毗曇復有説者應以七事了知阿毗曇一善知因二善知緣三善知總相四善知別相五善知攝不攝六善知相應不相應七善知成就不成就若於七法善知者當知於阿毗曇亦善於七法善者名阿毗曇人非謂但誦持其文

阿毗曇毗婆沙論卷第十六

音釋

譏嫌（譏居依切誚也嫌戶兼切憎也疑也）糺（具有切絞也）博弈（博伯各切局弈也弈羊益切圍棋也）

阿毗曇毗婆沙論卷第十七

迦旃延子造
北涼沙門浮陀跋摩共道泰譯

雜揵度人品第三之一

一人此生十二支緣幾在過去幾在未來幾在現在如是章及解章義此中應廣說優波提舍問曰何故作此論答曰爲止他義故如毗婆闍婆提說緣起是無爲法問曰彼以何義故說緣起是無爲法答曰彼依佛經佛經說若佛出世若不出世法住法界如來成等正覺爲他顯現乃至廣說彼以是義故說緣起法是無爲爲止如是說者意故緣起法墮在世中若墮在世當知緣起法定是有爲非是無爲所以者何無有無爲法墮在世中問曰若緣起是有爲法彼經云何通若佛出世若不出世法住法界乃至廣說答曰應知彼經意趣問曰彼經意趣云何答曰彼經說因果決定義故若佛出世若不出世無明常是行因行常是無明果如是乃至生是老死因老死是生果如此義是彼經意趣若如汝所解彼經意趣若佛出世若不出世地常堅相乃至風常動相四大可是無爲法耶若佛出世若不出世色常色相乃至識常識相如是諸陰復是無爲法耶若佛出世若不出世訶梨勒菓迦中伽盧醯尼藥常是苦味復是無爲法耶如汝所說若佛出世若不出世四大諸陰訶梨勒菓迦中伽盧醯尼藥等常是有爲如是緣起法若佛出世若不出世雖住法界亦應是有爲非是無爲是故爲止他義欲顯已義亦欲現法相相應義故而作此論一

人此生乃至廣說彼尊者於此中欲明五種義故一者何以唯說一人二者爲說何等人三者何以說此生四者爲說何等生五者說何現在唯說一人者欲去經文煩閙過故若說一切衆生經文則煩欲令無煩過故唯說一人如說一人當知一切衆生亦爾爲說何等人者若人經歷十二支緣猶如登石亦如上梯若過去無明行起現在前能生現在識名色六入觸受若現在愛取有起現在前能生未來生老死者說如此人若過去無明行起現在前能生現在識名色六入觸受若現在愛取有不起現在前不能生未來生老死者此中不說如此人若過去無明行乃至能生未來生老死者此中說之如智揵度中所說學人成就八種道迹彼中爲說何等學人答曰若經歷諸禪三昧猶如登石亦如上梯者先入有覺有觀定次入無覺無觀定次入無色定出無色定入滅盡定出滅盡定起世俗心現在前者彼中說如此人若入有覺有觀定從彼定起乃至入滅盡定從滅盡定起無漏心現在前者彼中不說若入有覺有觀定從彼定起乃至入滅盡定從滅定起有漏心現在前彼中說之亦如經說見此姊妹形容端正彼於後時羸瘦老劣復於後時見病著牀席復於後時見其已死經一日二日乃至七日復於後時見其青色乃至骨節散壞彼中所說女人要經上爾所時事若不經上爾所時事彼中不說此中說一人者要經歷十二因緣廣說如上何以說此生者若說現在生當知說過去未來亦爾爲說何等生者

通此一身以生名說說何現在者說此一生現在不說刹那現在不說時現在一人此生十二支縁幾在過去答曰二謂無明行則止無前世所更事二在未來謂生老死則止無未來世生事以是現在識乃至有則說因果相續二是過去則止常見二是未來則止斷見以是現在則顯中道問曰過去亦有十二支縁未來亦有十二支縁現在亦有十二支縁何故說二在過去二未來八在現在耶答曰現在法以因推果以果推因現在以因推果者現在愛取有是未來生老死因生老死是其果以果推因者現在識名色六入觸受果此因是過去無明行以現在因推果以現在果推因故而作是說此中說衆生數縁起法如波伽羅那經所說云何縁起法答曰一切有爲法問曰此說彼說有何差別答曰此說衆生數彼說衆生數非衆生數此說有根法彼說有根無根法此說有心法彼說有心無心法此說内法彼說内外法此文不了義彼文了義乃至廣說縁起法有四種一者刹那二者相續三者時四者次第此說刹那彼說相續此說時彼說次第問曰此中何以唯說衆生數縁起法耶答曰彼尊者依佛經作論佛經中說衆生數縁起法佛經是此論根本是故彼尊者依佛經作論問曰如是因論生論以何等故世尊經中唯說衆生數縁起法不說非衆生數答曰隨順有義是支義此支隨順有故是故唯說衆生數不說非衆生數如此經說衆生數縁起法當知餘經說有支亦說衆生數縁起法問曰縁起法縁生法

有何差別答曰或有說者無有差別所以者何如波伽羅那經所說云何緣起法一切有爲法云何緣生法一切有爲法此義可爾然亦應更求差別相因是緣起果是緣生如因果事所事相所相成所成續所續生所生取所取當知亦如是復有說者過去是緣起未來現在是緣生復有說者過去是緣起未來是緣生復有說者無明是緣起行是緣生乃至生是緣起老死是緣生復有說者無明是緣起老死是緣生餘十支是緣起緣生復有說者二在過去是緣起二在未來是緣生餘支是緣起緣生尊者富那奢說曰此中應作四句或有緣起非緣生或有緣生非緣起乃至廣作四句緣起非緣生者未來法是也緣生非緣起者過去現在阿羅漢最後死陰是也緣起緣生者除過去現在阿羅漢死五陰諸餘過去現在法是也非緣起非緣生者無爲法是也如法身經所說諸無明決定生行不相離常相隨是名緣起緣生若無明不決定生行或時相離不相隨是名緣生非緣起乃至生老死亦應如是說尊者和須蜜說曰因是緣起從因生法是緣生復次和合是緣起從和合生是緣生復次起所起生所生亦如是緣起緣生是謂差別問曰此緣起法體性是何答曰體是五陰五陰是緣起體是性是我是物是相已說體性所以今當說以何等故名緣起法答曰或有說者體性可起待緣而起故名緣起復有說者各各從異緣起故名緣起復有說者等從緣生故名緣起問曰諸法或從四緣生或從三緣生二緣生云

何等從緣生是緣起義耶答曰即以是事故等從緣生是緣起義若法應從四緣生者三緣二緣則不能生從三緣生者二緣四緣則不能生從二緣生者三緣四緣則不能生以是事故等從緣生是緣起義復有說者法生時除其自體餘一切法與威勢緣以是事故等從緣生是緣起義復有說者等生是緣起義如說一切衆生心等生等住等滅復有說者一切衆生等同此緣故名緣起法問曰如此衆生或有前般涅槃者或有後般涅槃者云何等同此緣耶答曰前般涅槃者於緣起法前少後多後般涅槃者於緣起法前多後少以是事故等從因緣生是緣起義此中說時緣起法有十二時十二支十二五陰尊者奢摩達說曰於一剎那頃有十二支緣若以

貪心殺生彼相應愚是無明彼相應思是行彼相應心是識起有作業必有名色起有作業必有六入彼相應觸是觸彼相應受是受貪即是愛彼相應纏是取彼身口作業是有如此諸法生是生此諸法變是老此諸法壞是死此所說可爾但此中說時緣起有十二時十二支十二五陰不說一剎那頃也如識身經說於前物愚故生愛愚即是無明愛即是行分別前物是識與識俱生四陰是名色與名色相隨諸根是六入六入和合是觸觸所更是受受所樂是愛愛增廣是取能得未來業是有增長諸陰是生諸陰變是老陰散壞是死內熱是憂發聲哀泣是悲身心憔悸是苦惱如是等事是大苦陰種種厄難問曰前說此說有何差別答曰前說是一心此說

是多心前說是一剎那後是多相續如施設經所說云何無明過去諸結是也評曰不應作是說若然者諸法則離自相應作是說云何無明過去諸結時云何行過去諸行時云何識相續心及眷屬云何名色已受生相續未生四種色根六入未具一名歌羅羅二阿浮陀三早尸四伽那五波羅奢呵如是等名曰名色云何六入已生四種色根具足六入此諸根未能為觸作所依是時名六入云何為觸此諸根已能為觸作所依未別苦樂不能避危害捉火觸毒把刃及諸不淨是時名觸云何為受能分別苦樂避諸危害不捉火觸毒不把刃離諸不淨能生貪愛不起婬欲於一切物不生染著是時名受云何為愛具上三愛是時名愛云何為取以貪境界故四方追求是時名取云何為有追求之時起身口意業是時名有云何為生如現在識在於未來是時名生云何老死如現在名色六入觸受在於未來是時名老死復有說者無明有二種有破體無明有不破體無明緣行有二種有思有思所造行緣識有二種有與悔俱有不與悔俱識緣名色有二種有愛處有不愛處名色緣六入有二種有報有長養六入緣觸有二種有對觸增語觸觸緣受有二種有身受有心受受緣愛有二種有婬欲愛有資生愛愛緣取有二種有從見生有從愛生取緣有有二種有從內生有從外生有緣生有二種有一剎那有通一身生緣老有二種有根所見有覺慧所見老緣死有二種有剎那死有一身死如說無明緣行問

曰以何等故但説無明緣行不説無明因行耶答曰或有説者亦説無明因行如摩訶尼陀那經所説佛告阿難以如是因如是緣如是事生爲老死因如生爲老死因乃至無明爲行作因亦如是復有説者若説無明因行但説因緣不説餘緣若説無明緣行則具説四緣復有説者若説無明因行惟説染汚行若説無明緣行則説染汚不染汚行問曰以何等故唯説無明緣行不説行緣無明答曰或有説者若説行緣無明則唯説緣不説因復次此中説時緣起法前生者是無明後生者是行問曰如無明是十二支緣何以但説無明緣行答曰或有説者應説而不説者當知此説有餘乃至廣説復有説者緣有二種有近有遠若説無明緣行則説近緣若於餘支則説遠緣是中説近不説遠如近遠此生他生當知亦如是復次無明與行作緣隨順不同餘支是故説與行作緣不與餘支如説行緣識亦説名色緣識復説緣二生識此三有何差別答曰或有説者行緣識説業差別名色緣識説識住差別緣二生識説所依及境界差別復有説者行緣識如初取時名色緣識如守護時緣二生識如長養時復有説者行緣識説初相續名色緣識説已成立緣二生識説成立已能緣境界復有説者行緣識説行名色名色緣識説報名色緣二生識説所依及緣境界復有説者行緣識説惡趣識名色緣識説人及六欲天識緣二生識説色無色界色識尊者波奢説曰行緣識是中陰識名色緣識是生陰識緣二生識是根本

有識復有說者行緣識名色緣識說染污識緣二生識說染污不染污識如染污不染污隱沒不隱沒有過無過退不退當知亦如是問曰識緣名色名色緣識有何差別答曰識緣名色說初相續名色緣識已相續說成立如是識緣名色說初生名色緣識說生已守護復有說者此展轉相緣如束葦相依而立如御者與象展轉相依能有所至亦如船與船師展轉相依到彼岸問曰如化生云何說緣名色答曰此說胎生不說化生也評曰應說化生亦爾如化生者初得諸根未猛利時說是識時後若猛利說名色名色緣六入問曰如名色在六入內何故言名色緣六入耶答曰如先說未得四種色根六入未具歌羅羅阿浮陀卑尸伽那波羅奢佉時是名名色時六入緣觸問曰此中說六入緣觸餘處復有說名色緣觸復說緣二生觸此三有何差別答曰六入緣觸說所依差別名色緣觸說所依及境界差別所以者何一切外法和合皆依於內緣二生觸說現在觸復有說者六入緣觸說時觸名色緣觸即說觸體緣二生觸說三等觸觸緣受問曰觸受是相應共有法何故說觸緣受不說受緣觸耶答曰雖是相應共有法自有法與彼法有隨順有不隨順如觸與受作緣隨順受與觸作緣不隨順如燈雖與照俱生燈是照因照非燈因彼亦如是如向所說此中說時緣起法觸是前時受是後時是故說觸緣受不說受緣觸受緣愛問曰如樂受緣愛可爾所以者何爲稱意故四方追求苦受云何與愛作緣尊者和須

蜜說曰苦受與愛作緣勝於樂受不苦不樂受其事云何如世尊說爲苦受所逼貪求樂受受樂受故爲欲愛使所使復有說者三種受盡能與愛作緣其事云何義言曰樂受作如是說我能使生有相續衆生以貪我故四方追求苦受作如是說我亦能使生有相續爲我所逼以貪樂故四方追求不苦不樂受作如是說有苦樂受處我亦能使生有相續何況第四禪已上無苦樂處而不能也復有說者三受悉能與愛作緣如識身經所說不如實知三受使生於愛問曰此三受云何與愛作緣耶答曰愛有五種一求樂愛二不欲離樂愛三不生苦愛四速離苦愛五愚愛求樂愛者未生樂愛欲令生故生愛不欲離樂愛者已至樂受心不欲離故生愛不生苦愛者苦受未至欲令不生故生愛速離苦愛者已生苦愛欲令速滅故生愛未生不苦不樂受欲令生故生愛已生欲不失故生愛亦能生於愚愛愛緣取問曰受緣愛取中愛此二有何差別答曰初生愛名愛愛增廣名取復有說者下者名愛上者名取復有說者若愛以愛爲因是名愛緣愛以愛爲因是名爲取復有說者若愛是受果是名受緣愛若愛是愛果是名爲取復有說者若愛從受生是名受緣愛若愛從愛生是名爲取復有說者若愛能生煩惱是名受緣愛若愛能生業是名爲取問曰以何等故前生緣起無明在初後生緣起愛在初耶答曰或有說者以此二結是根本使無明是過去緣起因愛是未來緣起因復有說者無明有六事一通五種二通

六識三能起身口業四是使性五斷善根時能作堅强方便六是一切徧愛有五事如上所說唯非一切徧以無明有六事故在前生緣起法初以愛有五事故在後生緣起法初復有說者無明有三事故說在初一常爲元首二與一切結相應三是一切徧愛於受生法中勝故說在後緣起法初復有說者無明有四事一緣有漏無漏二緣有爲無爲三是徧非徧四能緣自界他界愛唯緣有漏緣有爲是不徧緣自界以是事故愛能生未來苦勝故說在後緣起法初此中因事故略說後當廣說有緣生問曰以何等故三有爲相中生獨說一支老死共說一支耶尊者波奢說曰佛知諸法相餘無能過乃至廣說復有說者隨其事相故法起時生勢用勝法滅時老死勢用勝復有說者法起時生能使此法相續成立老死能使不相續不成立問曰以何等故病不立有支耶答曰或有說者病無支相故復有說者若一切衆生一切時一切處有者說支病非一切衆生一切時一切處盡有如尊者婆拘羅所說我於佛法中出家年過八十不曾有小頭痛何況身病如此欲界衆生不盡有身病況色無色界老死緣憂悲苦惱問曰憂悲苦惱爲是有支非耶答曰非也所以者何有支既立憂悲等法壞散有支猶如霜雹是故非支問曰如憂悲等法壞散有支猶如霜雹十二有支盡爲作緣何以唯說老死耶答曰或有說者應作是說無明緣行乃至憂悲苦惱而不說者當知此說有餘復有說者以終顯始故復有說者老死時生

大憂悲苦惱故復有說者當於爾時行惡行者生大恐怖故問曰無明爲有因不老死爲有果不若有者云何不有十三十四支緣耶若無者云何無明非是無因法老死非是無果法耶答曰應作是說無明有因老死有果但不在有支中何者是無明因謂不正念思惟何者是老死果謂憂悲苦惱復有說者無明有因老死有果體是有支非不在有支中是故有支有非十三十四無明因是何謂老死老死果是何謂無明現在愛取是過去無明現在名色六入觸受此四若在未來名老死如說受緣愛當知說老死緣無明十二支緣當知猶如輪轉

阿毗曇毗婆沙論卷第十七

音釋

羸（倫爲切瘦弱也）雹（蒲角切雨氷也）

阿毗曇毗婆沙論卷第十八

迦旃延子造

北涼沙門浮陀跋摩共道泰譯

雜揵度人品第三之二

應知有一種緣起法如說云何緣起法謂一切有爲法復有二種緣起法所謂因果復有三種緣起法所謂業煩惱體行有是業無明愛取是煩惱餘支是體復有四支緣起法所謂無明行生老死現在八支應攝在過去未來四支中現在愛取攝在過去無明中現在有攝在過去行中現在識攝在未來生中現在名色六入觸受攝在未來老死中復有五種緣起法所謂愛取有生老死過去現在七支應攝在現在未來五支中過去無明是現在愛取過去行是現在有現在識是未來生現在名色六入觸受是未來老死復有六種緣起法過去因果現在因果未來因果復有七種緣起法所謂無明行識名色六入觸受諸未來現在五支應攝在過去現在七支中現在愛取是過去無明現在有是過去行未來生是現在識未來老死是現在名色六入觸受復有八種緣起法所謂識乃至有過去未來四支應攝在現在八支中過去無明是現在愛取過去行是現在有未來生是現在識未來老死是現在名色六入觸受復有九種緣起法如摩訶尼陀那經所說復有十種緣起法如城喻經所說復有十一種緣起法如智種中說復有十二種緣起法如餘經處處中說十二有支此十二支緣煩惱爲業作緣業爲苦作緣苦爲苦作緣苦爲煩惱作緣

煩惱爲煩惱作緣煩惱爲業作緣業爲苦作緣苦爲苦作緣如說無明緣行是名煩惱爲業作緣行緣識是名業爲苦作緣識緣名色乃至觸緣受是名苦爲苦作緣受緣愛是名苦與煩惱作緣愛緣取是名煩惱與煩惱作緣取緣有是名煩惱與業作緣有緣生是名業與苦作緣生緣老死是名苦與苦作緣此十二支緣二是相續餘是三分二是相續者識與生三分者業煩惱體業者行與有煩惱者無明愛取體者謂餘支如業煩惱體當知三集三道亦如是此十二支緣如樹有根有體有華有果無明行是其根識名色六入觸受是其體愛取有是其華生老死是其果此十二支緣或有華有果或無華無果有華有果者謂凡夫人學人無華無果者謂阿羅漢

問曰此十二支緣幾是刹那幾是相續答曰二是刹那謂識與生餘是相續問曰十二支幾是染汚幾是不染汚答曰五是染汚謂無明識愛取生餘是染汚不染汚評曰此中說時緣起法應說是染汚不染汚如前所說五時若是心心數法是染汚餘染汚不染汚此十二支緣幾在欲界幾在色無色界答曰或有說者此中唯說欲界網生衆生復有說者欲界有十二支色界有十一支除名色時無色界有一支除名色六入時色界應作是說識緣六入無色界應作是說識緣觸評曰應作是說欲界有十二支色無色界亦有十二支問曰如色界無名色無色界無名色六入云何俱有十二支耶答曰如初生色界衆生諸根未猛利名名色時無色界雖無色有名

雖無色根而有意根彼應作是說識緣名名緣意入意入緣觸以是義故一切處悉有十二支緣相似有支還令相似有支相續欲界有支還令欲界有支相續色無色界亦如是唯除受生時能令不相似支相續其事云何如生欲界中未離欲起欲界愛取有現在前造未來生老死彼現在有一愛一取一有未來有一生一老死離欲界欲未離初禪欲起初禪愛取有現在前造未來生老死彼現在有二愛二取二有未來有二生二老死如是乃至離無所有處欲未離非想非非想處欲起非想非非想處愛取有現在前造未來生老死彼現在有九愛九取九有未來有九生九老死彼人從欲界命終生非想非非想處彼本曾起非想非非想地現在愛取是過去無明有是行未來生是現在識未來老死是現在名意觸受諸餘地若現在若未來諸支彼亦不過去亦不現在亦不未來所以者何若成就因果則有過去未來現在以不成就因果故則無過去未來現在彼復從非想非非想處命終生無所有處本曾起無所有處現在愛取有愛取是過去無明有是過去行未來生是現在識未來老死是現在名意觸受諸餘地若現在未來諸支亦不過去未來現在所以者何以成就因果故則有過去未來現在以不成就因果故則無過去未來現在從無所有處命終乃至生欲界中本曾起欲界愛取有現在前愛取是過去無明有是過去行未來生是現在識未來老死是現在名色六

入觸受諸餘地支若現在未來非過去未來現在所以者何若成就因果則有過去未來現在若不成就因果則無過去未來現在生欲界中能造業增長諸有無明現在時現在有一支即無明也餘支在未來無明時造諸行現在有二支謂無明行十在未來從行時至識時一在現在謂識也二在過去謂無明行餘支在未來乃至從取時至有時二支在過去謂無明行二支在未來謂生老死八在現在識乃至有尊者富那奢重明此義若無明行在現在當知十支在未來八在次生中謂識乃至有二在第三生謂生老死若生老死現在前十支在過去八支在次前生中謂識乃至有二在前第三生謂無明行若八現在前二在過去謂無明行二在未來謂生老死佛經中處處說因緣法或時說因或時說果或時說因果爲誰說因爲誰說果爲誰俱說答曰受化衆生凡有三種有上中下根爲上根者說因爲中根者說因果爲下根者說果復有衆生初學已學久學應隨爲說或有衆生於因中果中因果中愚若於因中愚者爲說因果中愚者爲說果因果中愚者爲說因果問曰若爲下根衆生說緣起果菩薩於一切衆生中其根最勝以何等故觀緣起果答曰或有說者彼隨順觀法故所以者何菩薩見老病死作是思惟此老病死何緣而有皆由有生乃至廣說復有說者菩薩見老病死猒世出家既出家已隨其本心觀生老病復有說者隨順得正決定故菩薩得正決定時先觀於果何況未得正決定不先觀也復

有說者如先所說爲初學者說果菩薩於最後生名爲初學雖曾無數劫觀因緣法後若觀時還從本始如人先雖數數上樹後若上時還從根上彼亦如是復有說者欲燒增長有樹使無餘故如人以火先燒樹端至根乃盡彼亦如是尊者波奢說曰不以菩薩觀因緣果故名爲下根然有二種人有隨見行有隨愛行若隨見行者依空三昧得正決定觀緣起因隨愛行者依無願三昧得正決定觀緣起果菩薩雖隨愛行能依空三昧得正決定觀緣起果菩薩猒老病死苦於諸生死不生欲樂問曰何故菩薩不觀無明行耶答曰或有說者先已廣略觀故觀愛取時即是觀無明觀有時即是觀行以是事故名先已觀乃至廣說問曰若然者觀老死時即是觀名色六入觸受觀生時即是觀識何以復更觀耶答曰先是略觀後是廣觀先不分別後是分別問曰若然者識無廣略何以重觀耶答曰雖無廣略菩薩畏於生故是以重觀所以者何菩薩猒老病死推求其本此老病死由何而有知從相續識生誰造相續識知從業而得業從誰起知從煩惱起煩惱爲何所依知依於體彼復更思惟誰造此體知從相續識生菩薩作是念從相續識造一切過患以是事故重觀於識不觀於行以行無廣略義故齊識而止問曰若然者無明有廣略義何以不觀耶答曰以行無廣略義故是以不觀不可捨行復觀無明何以故觀緣起法應從次第不應越次復有說者菩薩觀有緣生時即是觀業名色若觀行緣識亦是觀業名色

如此則是無差別觀復非是觀報名色若觀名色緣識則是觀報名色復有說者若觀有緣生時是名觀遠緣法若觀行緣識亦是觀遠緣法如此則是無差別觀復非是觀近緣法若觀名色緣識則是觀近緣法如近遠此身他身當知亦如是復有說者若觀有緣生則是觀前生緣法若觀行緣識亦是觀前生緣法復非是觀共生緣法若觀名色緣識則觀共生緣法復有說者識從二緣生謂遠緣生伴侶生若觀有緣生是則觀遠緣若觀行緣識亦是觀遠緣如此則是無差別觀復非是觀伴緣法若觀名色緣識是則觀伴緣法復有說者欲離無窮過故菩薩觀老死時即觀此身名色六入觸受觀生時即觀此身相續識若觀名色六入觸受即觀第二生中老死若觀識時即觀第二身生若觀無明行即是觀第三世亦可觀第四世如是轉轉便爲無窮欲離如是過故不觀無明行

問曰以何等故菩薩於起作分中觀十支寂滅分中觀十二支耶答曰菩薩憎惡起作愛樂寂滅是故於起作分中觀十寂滅分中觀於十二如說比丘我於是識心便轉還問曰以何等故菩薩於識心中便轉還耶尊者波奢說曰識住所依何等是識所依所謂名色以名色未斷故齊識而還復有說者以緣還故名爲轉還如說識緣名色亦說名色緣識以識是名色緣故說於緣轉還復有說者以此二法展轉相緣故名於緣轉還復有說者如步屈蟲乘草而行先安前足得移後足若至草端無安足處而便轉還彼亦如是復有

說者菩薩猒老病死求其原本何由而有知從相續識生乃至知煩惱依體推體復依何而有知從相續識生作是思惟一切衆患皆從此生若觀識緣名色即觀此身相續識若觀名色緣識即觀過去身相續識以是事故尊者富那奢所說義便爲明了若生老死二支現在時十支在過去八支在次前生中二支在前第三生中若觀此生過去相續識過患未來相續識亦如是是故於識心便轉還佛經處處說緣起法喻如燈如火聚如城問曰以何等故佛經說緣起法如燈乃至如城答曰有人以燈喻緣起法而得明了者佛說如燈若以火聚城喻得分明者佛說如火聚如城復有說者或有衆生於愛取中有少分在者有中分在者有上分在者若少分在者說猶如燈中分在者猶說如火聚上分在者說猶如城如佛經說無明緣行乃至廣說問曰何故作此論答曰欲令疑者得決定故所以者何行與有體俱是業人謂是一今欲說其所以及差別相故作此論云何無明緣行答曰爲顯示分明施設解說諸業相故若於餘生中作業亦令增長彼業報令得此身彼業此生中俱受報是名無明緣行問曰作與增長有何差別答曰或有說者無有差別所以者何作即增長增長即作故復有說者應有差別所以者何或有以一惡行故墮於惡道或有以三惡行故墮於惡道若作一惡行應墮地獄方便時止是名爲作不名增長若此行成滿亦名爲作亦名增長以三惡行應墮地獄若作一行二行是名爲作不名增長

若作三行滿足亦名爲作亦名增長善行生人天當知亦如是復有說者若作一無間業應墮地獄若方便時止是名爲作不名增長若此業成滿亦名爲作亦名增長若作五無間業應墮地獄若作一二三四是名爲作不名增長若具作五無間業是名爲作亦名增長十惡墮惡道十善生人天說亦如是復有說者或以一善業得生人中或以多善業得生人中如菩薩以三十二百福故得最後邊身若作三十一百福時是名爲作不名增長若具三十二百福是名爲作亦名增長復有說者業有二種有決定有不決定若作不決定業者是名爲作不名增長作決定業者是名爲作亦名增長如是必生報必不生報現報生報後報不定報當知亦如是復有說者

業有二種有方便業無方便業有方便業有作有增長無方便業有作無增長如是故作不故作有先思而作有不思而作當知亦如是復有說者業或有是造非滿或是滿非造或是造是滿若是造是滿是名爲作亦名增長餘者名作不名增長復有說者若業不善得惡道果若業不善得人天果不善得惡道果者是名爲作亦名增長不善得人天果者是名爲作不名增長復有說者不善業或有心壞方便不壞有方便壞心不壞有心壞方便壞若心壞方便壞者是名爲作亦名增長餘者名作不名增長復有說者有善心具足方便不具足有方便具足善心不具足有善心具足方便具足者是名爲作亦名增長餘者名作不名增長復有

說者不善業有壞戒不壞見有壞見不壞戒有壞戒壞見壞戒壞見者是名爲作亦名增長餘者名作不名增長如是善業便戒具足見具足說亦如是復有說者有善業以善業爲眷屬有善業以不善業爲眷屬善業以善業爲眷屬者是名爲作亦名增長善業以不善業爲眷屬者是名爲作不名增長若說不善與上相違復有說者作不善業不捨不出不呵責不依對治是名爲作亦名增長作不善業捨出呵責依對治是名爲作不名增長復有說者有作善業常生憶念有作善業不生憶念常生憶念者是名爲作亦名增長不生憶念者是名爲作不名增長復有說者若作不善業不悔是名爲作亦名增長若作不善業悔是名爲作不名增長如是見過不見過犯惡向他說罪還如法行犯惡不向他說罪不如法行說亦如是復有說者若作惡知有報是名爲作不名增長若作惡不知有報是名爲作亦名增長復有說者若數數作業不隨喜是名爲作不名增長若數數作業隨喜是名爲作亦名增長復有說者若作善行於此身中數生善心是名爲作亦名增長若作善行不數生善心是名爲作不名增長作不善行說亦如是復有說者若作業都竟如作房舍一切都竟是名爲作亦名增長若作業不竟是名爲作不名增長復有說者若作業爲同行人所稱譽者是名爲作亦名增長不者名作不名增長復有說者若作和合行得和合果是名爲作亦名增長若作和合行不得和合果者是名爲作不名增長和合如

作十善行具足得人天果復有說者若善業決定迴向者是名爲作亦名增長若善業不決定迴向者是名爲作不名增長不善業決定迴向亦如是復有說者善業爲煩惱所覆者是名爲作不名增長不爲煩惱所覆者是名爲作亦名增長不善業不爲善業所覆是名爲作亦名增長爲善業所覆是名爲作不名增長作與增長是名差別若業報今得此有是名無明緣行諸過去如是等業當知盡攝在行分中云何取緣有若於此作業亦令增長彼業報使未來有相續諸未來如是等業當知盡攝在有分中問曰以何等故過去業說名爲行現在業說名爲有耶答曰以過去業已消已用已作已與果無勢力報已熟猶如糞掃棄於空地更不能生報果以是事故說名爲行與上相違說名爲有

問曰無明緣行取緣有有何差別答曰已說差別此是過去此是現在此是已與果此是未與果此是故業此是新業問曰如汝所說可爾應當說緣差別相答曰無明緣行爲顯示業廣說如上彼業緣世尊說是一結謂無明結也取緣有者若於此作業乃至廣說彼業緣世尊說是一切結所謂諸取問曰何故過去業緣說是無明現在業緣說是一切結答曰諸過去世不現見故云何爲說答曰所謂趣生方時所爲方便起處身緣趣者不知本在何趣造今有業生者不知於何生造今有業方者不知在何方造今有業時者不知於何時造今有業所爲者不知爲是殺生爲是打縛乃至爲是無義言造今有業方便者

不知爲於衆生數爲於非衆生數作方便造
今有業起處者爲是貪欲瞋恚愚癡處造今
有業身者不知爲是男女身造今有業緣者
不知爲緣過去未來現在爲緣色聲香味觸
造今有業如是過去世不現見故說行緣是
無明現在世如上所說趣乃至緣盡是現見
是故彼業說緣是一切結復有說者過去無
明緣行是已作方便是已與果不猛利不猛
利故說是無明取緣有是現在業不已作方
便未與果性是猛利以猛利故說是取復有
說者過去業不知爲從貪生爲從瞋生爲從
癡生自身他身無現見者然煩惱相應共有
法中盡有無明是故說是無明現在業自身
他身俱可現見亦可知從貪恚癡及餘煩惱
生是故說一切結問曰諸阿羅漢所有業爲
是無明緣行爲是取緣有耶答曰非是無明
緣行亦非取緣有所以者何以不從無明生
亦不從取生雖然已與果報已熟當知盡攝
在行分中若未與果報未熟當知此業攝在
有分中已離有支不在有支中

阿毗曇毗婆沙論卷第十八

阿毗曇毗婆沙論卷第十九

迦旃延子造
北涼沙門浮陀跋摩共道泰譯

雜犍度人品第三之三

問曰凡夫人生欲界中爲造幾種業耶答曰凡夫人生欲界中未離欲能造四種善不善業已離欲界欲未離初禪欲能造欲界四種善業造初禪三種業除現報業如是乃至離無所有處欲能造欲界四種善業能造四禪四無色定三種業除現報業凡夫人生初禪中未離欲能造初禪中四種業若離初禪欲未離第二禪欲能造初禪中三種業除生報業能造二禪中三種業除現報業離二禪欲未離三禪欲能造初禪中三種業除生報業能造二禪中二種業除生報現報業能造三禪中三種業除現報業乃至離無所有處欲能造初禪中三種業除生報業三禪三無色定中能造二種業除生報現報業能造非想非非想處三種業除現報業如是凡夫人乃至生無所有處未離欲能造無所有處四種業已離欲能造無所有處三種業除生報業能造非想非非想處三種業除現報業凡夫人生非想非非想處能造四種業聖人生欲界中未離欲能造四種業若離欲界欲未離初禪欲能造欲界二種善業除生報後報業能造初禪三種業除現報業離初禪欲未離二禪欲能造欲界二種業如前說若是不退法唯能造初禪一種業謂不定報業若是退法能造三種業除現報業能造二禪中三種業除現報業離二禪三禪四禪欲當知說亦

如是未離空處欲能造欲界二種業除生報後報業若是不退法能造四禪中一種業謂不定報業若是退法能造三種業除現報業能造空處三種業除現報業若造生報業不造後報業若造後報業不造生報業乃至離無所有處欲未離非想非非想處欲能造欲界二種業如前說若是不退法能造四禪三無色一種業如前說若是退法能造三種業如前說能造非想非非想處三種業如空處說聖人生初禪中未離初禪欲能造初禪三種業除後報業離初禪欲未離二禪欲能造初禪二種業除生報後報業能造二禪三種業除現報業離二禪欲未離三禪欲能造初禪二種業除生報後報業能造二禪一種業謂不定報業能造三禪三種業除現報業乃

至離四禪欲未離空處欲能造初禪二種業如前說能造餘三禪一種業謂不定報業能造空處二種業除現報後報業乃至離無所有處欲未離非想非非想處欲能造初禪二種業如前說能造餘三禪三無色定一種業謂不定報業能造非想非非想處二種業除現報後報業如說生初禪當知生餘三禪亦如是是中差別者生餘三禪中未離自地欲能造四種業聖人生空處未離彼地欲能造空處二種業除生報後報業離空處欲未離識處欲能造空處二種業如前說能造識處二種業除現報後報業乃至離無所有處欲二種業除現報後報業乃至離無所有處欲未離非想非非想處欲能造空處二種業如前說能造識處無所有處一種業謂不定報業能造非想非非想處二種業除現報後報

業如是生無所有處說亦如是聖人生非想非非想處若離欲若未離欲能造彼處二種業除生報後報業
住欲界中陰中能造二十二種業還中陰受定不定報如是歌羅羅阿浮陀卑尸伽那波羅奢佉嬰孩僮子少年中年老時皆受不定報住歌羅羅時能造二十種業還歌羅羅時受定不定報乃至老時皆受定不定報乃至住老時造二種業還於老時受二種報謂定不定報問曰住中陰中造業生陰中受報此報爲是生報爲是現報耶答曰當言現報不當言生報所以者何中陰即是此生身故頗行緣無明不緣明耶乃至廣說問曰何故因無明與明而作此論答曰或有說者作經者意欲爾乃至廣說復有說者無明與明相違明與無明相違無明與明作對治明與無明作對治復有說者以俱是無首俱是九種俱是根本無明是起作法根本明是寂滅分根本頗行緣無明乃至廣說處處廣說諸行名如說無明緣行阿毗曇人作如是說此中說時五陰是行尊者瞿沙作如是說此中說業是行如說有害他行此中說不善業是行如說無有害他行此中說善業是行如說造有爲行如說一造有爲行此中說思是行如說五陰色心心數法心不相應行無爲此中說心不相應行陰是行如說有此色受想行識此中說心相應不相應五陰是行如說三行謂身口意身行者謂出入息口行者謂覺觀意行者謂想思此中說想陰及二陰少分是行如說三行有福分非福分不動分此中說

善不善業是行如說行有五過患此中說不善法是行亦說是苦觸復有說者此中說五取陰是行如說聰明者不以行捨行如說諸行無常此中說五取陰是行如說寂滅爲樂此中說寂滅爲樂此中說寂滅是數法無漏行非以數滅如說諸行無常諸法無我涅槃寂靜此中說一切有爲法是行此經亦說一切有爲法是行若說相似行凡有十一種欲界有四善不善隱没不隱没色界有三善隱没不隱没無色界亦爾及無漏行無明與明非欲界善行因爲作三緣謂次第境界威勢緣無明與不善行作四因謂相應共生相似偏因爲作四緣明非其因爲作二緣謂境界威勢緣欲界隱没無記說亦如是無明非欲界不隱没無記因除無明報爲作三緣謂次第境界威勢緣明非其因爲作一緣謂威勢緣無明與無明報作一因謂報因作四緣謂因次第境界威勢緣明非其因爲作一緣謂威勢緣無明與明非色界善行因爲作三緣除因緣無明與色界隱没無記行作四因謂相應共生相似偏因爲作四緣明非其因爲作二緣謂境界威勢緣明與無明非色界不隱没行因無明爲作三緣除因緣明爲作一緣謂威勢緣無色界亦如是無明與無漏行除初明諸餘無漏行非因爲作二緣謂境界威勢緣明與其相似者作三因謂相應共生相似因爲作四緣初明與無明非因爲作二緣謂境界威勢緣無明與初明非因爲作一緣謂威勢緣如此說是略毗婆沙

頗行緣無明不緣明耶答曰無也所以者何

無有行於無明有縁於明無縁頗行於明有縁於無明無縁耶答曰此亦無也所以者何無有行於明有縁於無明無縁頗行於無明與明有縁耶答曰有所以者何衆生從乆來無有不謗道言非道者彼於後時作地利行亦令增長乃至廣說地利行者得田地園林果者是也王行者得作邊地王如摩兜羅王等大王行者得王於一方如瞿沙王無崘荼王秦天子等是也轉輪王行者得王四天下復有說者王行者得王一方如瞿沙王無崘荼王秦天子等是也大王行者得爲轉輪王太子巳登王位七寶來至是也轉輪王行者巳登王位七寶自至是也復有說者地利行者謂一切地處於中尊貴王行者得爲轉輪王眷屬小王大王行者居轉輪王太子位轉輪王行者得王四天下七寶自至以是因縁展轉生故使諸衆生及種子藥草樹木皆得生長亦以如法賦稅以此業力故使外種子皆得增長如此義今當廣說如諸外道見壽命有增有減心生猒離復爲怨憎會苦愛別離苦在家諸苦之所逼切而便出家既出家巳少欲知足精勤苦行持嶮難戒種種苦行欲求解脫彼依邪道故轉遠聖道以轉遠故不能得道不得道故便生誹謗言無有道雖有解脫而無其道若當有者我等種種苦行應得此道以不得故當知無道於修行法而便退還作是思惟於生死中多修福者猶有嶮難況不作者我今當修施福即作大祀以諸飲食充足多人作如是願使我爲王乃至轉輪王如佛弟子見壽命有增有減心生猒

離復爲怨憎會苦愛别離苦在家諸苦之所逼切而便出家既出家已初夜後夜勤修方便一七二七日没於其中間結加趺坐頂安禪鎮行禪毱法杖常住山頂巖石間修行精進雖然以二事故不得道一善根未熟二行邪方便善根未熟者始於此身而求解脱佛法之中速得解脱者一身中種解脱分善根二身中成熟三身中得解脱而彼未種解脱分善根而求解脱是名善根未熟行邪方便者受錯謬對治以是事故不能得道以不得故便謗於道雖有解脱而無其道若當有者我今種種精進苦行則應當得以是事故而便退還復更思惟於生死中多作福者猶爲嶮難何況不作我今當修福業自作亦教他作施設長齋般闍于瑟因講經法會等以種種飲食充足多人發如是願使我爲王至轉輪位如願皆得若當無道邪見無由生謗以有道故邪見便謗是故無漏道作近緣若邪見不謗道後則不生施俱心如是染污心與不染心作緣若無施俱心則外種子不增長如是内法與外法作近緣此前心具有四緣前心者謂邪見俱心彼相應共有是因緣疑是次第緣道是境界緣除其自體餘一切法是威勢緣彼後心有一威勢緣後心者謂施俱心也問曰以何等故前心有四緣後心有一緣耶答曰或有説者此文應如是説前心有四緣後心亦應有四緣應如是説而不説者當知此説有餘復有説者此中一向説近緣如識身經所説不爲心作障礙是威勢緣諸法爲作境界者是境界緣前滅心是次第

緣俱生法是因緣如是皆說近緣當知此文亦說近緣前心四緣是近緣前心四緣於後心是一威勢緣非因緣非次第緣非境界緣所以者可前心與邪見作因緣邪見相應心不行布施疑心不能與施心開次第緣道心不行布施問曰如後生心體以在四緣中前心四緣於後心是威勢緣故云何不自體還與自體作威勢緣耶答曰或有說者此文應如是說前心四緣與後心作一威勢緣除其自體而不說者當知此說有餘乃至廣說復有說者我先作是說此中一向說近緣後心於前心四緣是遠緣是爲捨遠取近復有說者先已除自體是餘論餘曰誦餘揵度中說除其自體者猶當信受何況此論此揵度問曰誦前品中說一切諸法除其自體作威勢緣而不信受以是事故此中雖不言除其自體亦復無過頗行不緣無明亦不緣明耶答曰無也無有行不緣無明亦不緣明復次若別爲一法說者則有頗行緣無明不緣明乃至廣說緣無明不緣明者謂無明報染汚行無明報者無明爲作報因明非其因所以者何明無因義故無明與染汚行作四因謂相應共生相似徧因明非其因無因義故緣明不緣無明者除初明諸餘無漏行明與彼作三因謂相應共生相似因無明非其因無因義故緣無明緣明者此則無也所以者何無有行緣無明亦緣明者遠故如偈說

虛空大地相去遠　海彼此岸亦復遠

日出沒處斯亦遠　正法邪法遠中遠

不緣無明不緣明者除無明報諸餘不隱沒

無記行何者是耶謂一切善行報不善身口業得生住老無常等報諸長養色餘依色威儀工巧通果法及初明有漏善行如是等法不緣無明不緣明何以故無明與明非其因故問曰如苦法忍得無明與明俱非其因此中何以不說耶答曰或有說者應說者而不說當知此說有餘復有說者以分別初明共有法時彼亦在中故評曰不應作是說如前說者好問曰無明是何義答曰不知不解不識是無明義問曰除明餘一切法亦不知不解不識彼盡是無明耶答曰若不知不解不識是愚癡相者說是無明餘一切法雖不知不解不識無愚癡相故說不是無明問曰明是何義答曰知解識義是明義問曰世俗智亦知解識何以不說是明耶答曰或有說者若知解識能於眞諦決定者是明世俗智雖知解識不能於眞諦得決定故如遠分智雖復猛利不能於眞諦盡得決定復有說者若知解識能於眞諦決定了知究盡第一義者是明世俗智雖知解識不能於眞諦決定了知究盡第一義故非明復有說者若知解識能斷煩惱更不生者是明世俗智與上相違故非明復有說者若知解識能破壞有是明世俗智與上相違故非明復有說者若知解識斷生死有相續法及老死相續法者是明世俗智與上相違故非明復有說者若知解識是盡苦集身見識取道者是明世俗智與上相違故非明復有說者若知解識非身見顛倒體非貪欲瞋恚愚癡是處離垢濁毒不隨諸有不墮苦集諦中者是明世俗智與上

相違故非明復有說者若知解識知已更非無知得決定智更不生愚癡猶預邪見者是明世俗智與上相違故非明復有說者世俗智在無明明分中所以者何於明無明俱有三緣義故如人親友亦親他怨是人於他不名親友不名怨家彼亦如是復有說者不雜無明故是明義世俗智雜無明故非明復有說者世俗智分能生謗道法是中應說叛臣喻復有說者能治義者是明如人爲鬼所著以呪治之如是凡夫爲煩惱鬼所著以無漏道治彼世俗智不能究竟治故非明除心因法及非心法諸餘法攝二界一入一陰彼是何耶謂苦法忍相應心攝二界者意界意識界一入者意入一陰者識陰除明因法及諸餘法非明者攝一界一入一陰彼是何耶謂苦法忍是也攝一界者法界一入者法入一陰者行陰說受等諸數法亦應如是問曰諸明以明爲因耶設爲明因是明耶乃至廣作四句是明非以明爲因者謂初明也是明因非明者明相應共生法也是明亦以明爲因者除初明諸餘明也非明不以明爲因者除上爾所事諸明是明因耶設是明因亦是明耶乃至廣作四句是明不爲明作因者謂未來明也爲明作因非明者謂明相應共生法也是明亦爲明作因者謂過去現在明也非明不爲明作因者除上爾所事苦法忍得有十五一與苦法忍俱二與苦法智俱如是乃至與道比忍俱苦法智得有十四如是轉滅乃至道比忍得有一問曰見道更有餘得不耶答曰或有說者無所以者何如見道滅彼

得亦隨滅猶如日没光亦隨没如是日如見道日光如諸得若彼道滅得亦隨滅評曰應更有得謂未來世是也此中唯說生者不說不生者苦法忍有一得俱生忍於得不作因得於忍亦不作因與後生無漏道盡爲作因苦法智俱生得有三二是道得一是解脱得二是道得者一是苦法忍得二是苦法智得解脱得者謂欲界見苦所斷十使解脱是也苦法智於得無因義得於智亦無因義苦法忍及俱生得與彼三得作相似因苦比忍俱生得有四三是道得一是解脱得苦比忍與得無因義得於苦比忍亦無因義苦法忍及俱生得與四得作相似因苦法智及俱生得與三得作相似因除苦法忍得以此事故而作是說頗有前生無漏不與後生無漏道而作因耶答曰有勝不與下作因苦比智俱生得有六四是道得二是解脱得苦比智與六得無因義六得亦與苦比智亦無因義苦法忍俱生得與六得作相似因苦法智及俱生得與五得作相似因除苦法忍得苦比忍及俱生得與後三得作因與前三得不作因問曰何故不爲前三得作因耶答曰以下故勝道不爲下作因問曰以道下故不爲作因可爾解脱得勝何故不爲作因也答曰解脱得雖勝下道力所得故不爲作因如是乃至道比忍有二十二得俱生十五是道得七是解脱得道比忍與二十二得無因義二十二得與道比忍亦無因義苦法忍及俱生得與二十二得作相似因乃至道法智及俱生得與後三得作相似因不與前得作因若苦法忍

現在前未來中所修道盡爲作因苦法忍乃至無學道作因復有說者苦法忍現在前未來中所修道不爲作因何以故乃至無一刹那生云何名果評曰說是因者好俱是一身所得復是勝道故如是乃至道比忍現在前未來中所修道彼道比忍盡爲作因從道比智乃至無學道盡爲作因乃至金剛喻定現在前未來中所修道盡爲作因及諸無學前盡爲作因初生盡智除其自體與一切無學道作因信行人道還與信行人道作因亦與法行人道作因法行人道唯與法行人道作因復有說者信行人道與信行人道作因不與法行人道作因無有信行人作法行人者評曰如是說爲作因者好俱是一身復是勝道故信解脱道與信解脱道作因亦與見到道作因見到道唯與見到道作因時解脱道與時解脱道作因亦與不時解脱道作因不時解脱道唯與不時解脱道作因見道與見道作因亦與修道無學道作因修道與修道作因亦與無學道作因無學道唯與無學道作因聲聞道還與聲聞道作因辟支佛道還與辟支佛道作因佛道還與佛道作因此三道各不更相爲因無漏道亦依女身亦依男身或有說者依女身道還與依女身道作因依男身道還與依男身道作因應展轉爲因隨其利鈍根性如是說者好或有說一道者或有說多道者說一道者不言見道即是修道見道異修道異見道依九處身得三天下六欲天說一道者閻浮提道乃至即是他化自在天道說多道者閻浮提所依身道異乃

至他化自在天所依身道異言多道者復有二種一者作如是說若以閻浮提身得見道此道名在得身中成就亦現在前餘身所依道是得不在身中成就不現在前二者作是說若以閻浮提身得見道彼道名得在身中成就亦現在前餘身所得見道不名得不在身中不成就不現在前修道依欲界身亦依色界無色界身言一道者若得欲界身所得道色無色界身所得道即是一道言多道者依欲界無所得道異依色無色界身所得道異言多道者復有二種一者說依欲界身得道此道名得在身中成就現在前依餘身得道名得不在身中成就不現在前二者說依欲界身得道名得在身中成就現在前依餘身中成就現在前依餘身得道不得不在身中不成就不現在前評曰不應作是說若然者依欲界身得果已生色無色中彼生已起聖道現在前可言重得果耶如前說者好聖道亦依女身亦依男身言一道者依女身道依男身道即是一道言多道者女身道異依男身道異言多道者復有二種一者言若女身所得道此道名得在身中成就現在前男身中道此道名得不在身中成就不現在前二者言若依女身所得道此道名得在身中成就現在前男身中道此道不得不在身中不成就不現在前評曰不應作是說所以者何依女身得果後得男身起聖道現在前可言重得果耶如前說好阿耨多羅三藐三菩提依百歲身而得乃至亦依八萬歲身而得言一道者依百歲身而得阿耨多羅三藐三

菩提即是依八萬歲身得者言多道者百歲時身所得道異八萬歲身所得道亦異言多道者有二種一者言依百歲身得阿耨多羅三藐三菩提此道名得在身中成就現在前餘道名得不在身中成就不現在前二者言百歲身得阿耨多羅三藐三菩提此道名得在身中成就現在前餘身道不得不在身中不成就不現在前問曰若然者一切諸佛皆等此說云何通耶答曰以三事故言等一者本修集善行等二者成就法身等三者利益世間等修集善行者一切諸佛盡於三阿僧祇劫修諸方便四波羅蜜成就法身等者諸佛盡有十力四無所畏大悲三不共念處盡住上上根利益世間等者欲令無量那由他衆生眷屬皆得解脫入於涅槃以是三事故名等復有說者戒亦等盡住上上戒故根亦等盡住上上根故道亦等盡成就上上道故評曰如前說者好問曰頗有一法於一剎那頃能起二十四得現在前耶答曰有若依第四禪得正決定得六地中苦法忍一地有四行謂無常行等得現在前問曰頗斷煩惱得得而不捨捨而不得乃至廣作四句得而不捨者凡夫人離欲界欲乃至離無所有處欲聖人除轉根及得果時諸餘斷結道是也捨而不得者凡夫人離欲還退時從色無色界命終生欲界中時下地命終生上地聖人果中間退時是也亦得亦捨者凡夫人從無色界命終生於色界上地命終生色無色界下地中聖人得果時轉根時及退果時是也不得不捨者除上爾所事

阿毗曇毗婆沙論卷第十九

音釋

嬰孩
嬰伊盈切人始生曰嬰兒嬰胸前也謂抱之胸前以乳養之故曰嬰兒也孩何開切小兒笑聲也年二三歲稍知孩笑故曰孩兒也

叛
叛薄半切離背叛也又叛跋危也

阿毗曇毗婆沙論卷第二十

迦旃延子造

北涼沙門浮陀跋摩共道泰譯

雜揵度人品第三之四

入息出息當言依身迴耶乃至廣說問曰何故作此論答曰如攝法經所說世尊何故說入息出息是身行耶答言此是身法身是其本亦屬於身依身故迴如施設經說如曇摩提那經說以何等故死者入息出息不迴耶答言入息出息由心勢力死者無心故入息出息不迴一經說由身一經說由心人謂此二經亦是了義亦是不了義欲顯此二經眞實義故而作此論入息出息當言依身迴耶當言依心迴耶答曰當言依身迴依心迴隨其宜便問曰云何隨宜便答曰或有說者如嬰孩入息出息少中年中老年多復有說者此有四事故言隨宜便云何爲四一者依身二者風道通三者諸孔開四者入息出息地麤心現在前此四事說隨其宜便若當入出息但依身不依心者入無想滅盡定入出息亦應迴何以故彼亦有入出息所依身風道亦通諸毛孔亦開雖無麤心現在故入出息不迴若入出息但依心不依身者無色界衆生亦應入出息迴然彼無此四事故不迴若入出息但依身心不隨宜便者此則在卵等中時乃至廣說在卵等中身非入出息所依風道不通諸孔不開惟有入出息地麤心故是以不迴若當迴者則應躁動復有說者以卵迦羅羅時軟薄故入出息不迴阿浮陀卑尸時身諸孔未開故入出息不迴入第四禪

雖有入出息所依身風道亦通諸毛孔不開以定力故身體盡合復不起入出息地麤心彼地心微細故問曰以何等故說入第四禪者不說生第四禪者耶答曰或有說者作經者意欲爾乃至廣說復有說者此文應作是說入第四禪及生第四禪而不說者當知此說有餘乃至廣說復次若說入定當知亦說生處如經說前修此定後生彼處是故入出息依身迴亦依心迴隨其宜便從阿鼻獄上至徧淨天於其中間諸衆生生諸根具者乃至廣說此中說諸根具足者具上四事非眼等根也問曰以何等故入第四禪入出息不迴耶答曰麤心能起入出息彼心心數法細故復有說者躁動心能起入出息彼心不躁動如人在煩閙道行便起於塵彼亦如是尊者和須蜜說曰以何等故入第四禪入出息不迴耶以入第四禪者身諸毛孔合以無所依故入出息不迴尊者婆檀陀說曰入第四禪身不動揺彼心不動故身亦不動復有說者欲界以愛境界故令身心麤初禪以覺觀故第二禪以喜故第三禪以樂故第四禪中永離如是法故無入出息有出息有入出息地有無入出息地入息者來出息者去四地中有入出息四地者謂欲界初禪二禪三禪五地中無入出息五地者謂第四禪及四無色定問曰住入出息地無入出息地心現在前爲有入出息迴不耶答曰不迴問曰住不入出息地入出息地心現在前爲有入出息迴不耶答曰不迴問曰若住入出息地身入出息地心現在前當言入出息迴爲以身故

迴爲以心故迴耶答曰或有說者以身故迴諸作是說以身故迴者生欲界中欲界中心現在前此身是欲界入出息亦是欲界從欲界心迴即是此心所觀境界生欲界中初禪心現在前身是欲界入出息是欲界從初禪心迴即是彼心所觀境界問曰若然者此說云何通如說欲界入出息是初禪無礙道中滅答曰欲界入出息或從欲界心迴或從初禪心迴若從欲界心迴者滅若從初禪心迴者現在前復有說者言滅者是數滅也生欲界中二禪三禪心現在前身是欲界入出息是欲界從二禪三禪心迴即是彼心所觀境界生初禪初禪心現在前身是初禪入出息是初禪從初禪心迴即是彼心所觀境界生初禪欲界心現在前身是初禪入出息是初禪從欲界心迴非是彼心所觀境界生初禪二禪三禪心現在前身是初禪入出息是初禪從二禪三禪心迴即是彼心所觀境界生二禪中隨其相說生第三禪中第三禪心現在前身是三禪入出息是第三禪從第三禪心迴即是彼心所觀境界生三禪中欲界心現在前身是第三禪入出息是第三禪從欲界心迴非是彼心所觀境界如是起初禪二禪心現在前身是第三禪入出息是第三禪從初禪二禪心迴非是彼心所觀境界諸作是說入出息以身故迴者欲界入出息爲四種心作境界初禪入出息爲三種心作境界第二禪入出息爲二種心作境界第三禪入出息即爲第三禪作境界諸作是說入出息以心故迴者生欲界中欲界心現在前身是

欲界入出息是欲界從欲界心迴即是彼心所觀境界若初禪心現在前身是欲界入出息是初禪從初禪心迴即是彼心所觀境界若第二第三禪心現在前身在欲界入出息是第二第三禪從第二第三禪心迴即是彼心所觀境界生初禪中初禪心現在前身是初禪入出息是初禪從初禪心迴即是彼心所觀境界若欲界心現在前身是初禪入出息是欲界從欲界心迴即是彼心所觀境界若第二第三禪心現在前身是初禪入出息是第二第三禪從第二第三禪心迴即是彼心所觀境界生第二禪中說亦如是生第三禪中第三禪心現在前身是第三禪入出息是第三禪從第三禪心迴即是彼心所觀境界若欲界心現在前身是第三禪入出息是欲界從欲界心迴即是彼心所觀境界若初禪二禪心現在前身是第三禪入出息是初禪二禪從初禪二禪心迴即是彼心所觀境界諸作是說入出息依心迴者欲界入出息即是欲界心所觀境界初禪即初禪二禪即二禪三禪即三禪評曰不應作是說如前說者好問曰入出息爲是衆生數爲非衆生數耶答曰是衆生數問曰爲是內法爲是外法耶答曰是外法此身中亦有內風然入出息是外風爲是長養爲是依爲是報耶答曰是依此身亦有長養風報風然入出息是依如經說佛告阿難若能令入出息如射箭栝栝相續者是名異食云何名異食耶答曰雖以上妙飲食長養人身不如正方便入出息切害身法莫若耶方便入出息如箭栝栝相續

是何義耶答曰如以後箭射於前箭是名栝栝相續義復有說者相續不斷義是栝栝相續義問曰入出息爲先入耶爲先出耶答曰或有說者言先出齋邊有風起能開諸孔然後乃出復有說者能開諸孔風非入出息諸孔開已風先入如飢渴人少有所食令身長養死時最後息出更不復入名死復有說者最後息入更不復出是名死如說使我常得入出息入第四禪時息出出第四禪時息入如說有阿那般那有阿那般那念云何名阿那云何名般那云何名修阿那般那念耶答曰諸入息是阿那出息是般那復有說者出息是阿那入息是般那如說比丘吸外風入時名阿那如內風出散名般那能緣彼念是名阿那般那念修行廣布念相應共有法是名修阿那般那念阿那般那念說有六事云何爲六一數二隨三止四觀五轉六淨數者有五種一數二減數三增數四聚數五淨數數者一至二乃至十減數者從三至一增數者從一至三四聚數者觀六息入六息出復有說者聚數者觀入息是出觀出息是入淨數者觀五息出問曰爲先數入息爲先數出息耶答曰先數入息所以者何生時息入死時息出如是觀者是名隨順生死觀法是以先觀入出乃至廣說隨者觀息至咽時心亦隨至至心至齋乃至脚指心亦隨至止者息入時住在咽心亦止觀如是至心至齋乃至住脚指心亦止觀復有說者止者觀風在身中住如觀明珠中縷觀者不但觀風以風大故等觀四大不作差別觀此四大能生何物

知生造色次觀造色者爲誰作依能有所作知爲心心數法以是事故都觀五陰轉者轉此入息觀起身念處次起受心法念處次起煖頂忍世第一法淨者謂苦法忍是也復有說者是諸善根皆是慧分數有二事一數入出息二能捨惡覺隨有二事一能隨入出息二捨離欲覺止有二事一能住息在鼻端二不捨三昧觀有二事一能觀入出息住異相二能取心心數法相轉有二事一能知陰二能入聖道淨有二種一能斷結二能淨見問曰阿那般那念體性是何答曰是慧以此心品中念偏多故名阿那般那念取其相應共有法故欲界體依是四陰性色界是五陰性地者在五地中欲界未至禪禪中間二禪未至三禪未至所依身者依欲界身亦依色界然初起時必依欲界行者體非行境界者境界是風念處者非根本念處是念處方便若取念處眷屬者則是身念處所以者何以緣色故問曰若然者何故佛經說阿那般那念是四念處耶答曰以是念處方便故名四念處問曰若然者不淨觀亦是四念處方便何故不說名四念處耶答曰若有衆生應聞阿那般那是念處者世尊則說若有衆生應聞不淨是念處而得悟者佛亦說之復有說者如此經中亦說不淨觀是念處如此經偈說

若能觀青色　亦能觀爛壞　是名身念處
觀淨生欲心　是中亦有受　是名受念處
能以無瞋心　是名心念處　示斷於愛恚
是名說念處

復次何故說阿那般那念是念處不說不淨

觀耶答曰以阿那般那念觀牢固可恃不淨觀法則不爾若行者失念煩惱現在前時速能還觀如人恐怖速走入城彼亦如是復有說者阿那般那念不與外道共不淨觀共復有說者不淨觀能增長衆生想所以者何觀時必觀男女身骨故阿那般那念能增長法想所以者何以是空三昧根本故是故說四念處復有說者阿那般那念緣近法是不雜觀非次第觀非是因衆生觀不多用功不淨觀不爾是故說是念處不說不淨觀也智者一等智根相應者一根相應謂捨根世者謂是三世緣世者謂緣三世善不善無記者謂是善緣善不善無記者謂緣無記欲色無色界繫者謂欲色界繫緣三界繫及不繫者謂緣欲色界繫是學無學非學非無學者謂是非學非無學緣學無學非學非無學法者謂修緣非學非無學見道斷修道斷無斷者謂修道斷緣見道修道不斷者謂緣修道斷緣名緣義者謂緣義也緣自緣他者謂緣自他如經說偈

若於安般念　具足能修行　次第而習學
如佛之所說

問曰此偈中說誰具足誰不具足答曰或有說者此中說佛具足聲聞緣覺不具足復有說者佛辟支佛是具足聲聞是不具足復有說者阿羅漢以上是具足學人凡夫人是不具足復有說者聖人是具足凡夫人是不具足評曰如是說者好若具上六事名爲具足若不具上六事名不具足

如經中說佛言我於二月入於禪定現如是

所應瑞相云何瑞相答曰世尊自敷牀而坐化作比丘眷屬圍遶是其瑞相復有說者世尊令地微動諸比丘見已尋詣佛所此亦是其瑞相爾時世尊告諸比丘若有外道梵志來問汝言沙門瞿曇於二月中爲入何定者汝當答言入阿那般那定問曰如諸外道梵志乃至不識阿那般那定名佛何故作如是說若諸外道來問汝者汝當答言入阿那般那定耶答曰欲令外道生希有想若謂外道聞阿那般那定名必生希有想以生希有想故來至我所以此緣故當入我法作如是說問曰如世尊悉入諸禪定解脫三昧何以但說入阿那般那定耶答曰以阿那般那定在諸禪定初故如說當觀息短乃至廣說問曰息爲先短後長爲先長後短耶答曰先觀短後觀長何以知耶答曰如說世尊入定不久入出息速動入定轉久入出息安住如人重擔上嶮難處身體疲極入出息速動若止息時入出息住佛亦如是入息時知息徧身出息時亦知徧身問曰繫念在鼻端云何復知入出息徧身耶答曰尊者和須蜜作如是說徧知此身是無常法而不失念問曰若然者不名起定耶答曰不名起以不捨其方便故如是展轉觀此身是苦空無我穢汚不淨性若此阿那般那念未成時繫念在鼻端後若成已觀身毛孔猶如藕根風從中入出問曰若然者云何不名起定耶答曰以不捨方便所期心故不名起定尊者婆檀陀說曰如菩薩觀時先繫念在身諸孔風入出處令心不散亂亦不捨方便止息身行入息出息乃至

廣說止息身行者令此入出息轉微寂靜或時不觀復有說者觀息短時名入初禪觀息長時入第二禪知息徧身入第三禪止息身行入第四禪如是等四義亦應如是說覺喜入出息者謂初禪二禪也覺樂入出息者即觀察此樂也覺心行入出息者觀察想思也復有說者覺心行者觀意業思止息意行入出息者令彼意行轉微寂靜或時不觀覺心入出息者謂觀察於識也覺隨喜心定心解脫心入出息者如來無隨喜心無定心無解脫心觀察菩薩本所行隨喜心定心解脫心也覺無常入出息者觀察入出息是無常也覺斷入出息者觀察斷過去煩惱也覺離欲入出息者觀察斷未來煩惱也覺滅入出息者觀察斷現在煩惱也復有說者覺無常入出息者觀察心心數法是無常也覺斷入出息者除愛結觀察斷餘結也覺離欲入出息者觀察斷諸煩惱也覺滅入出息者觀察斷一切結法也復有說者覺無常者是觀察身無常也覺斷者觀察斷無明也覺離欲者觀察離欲愛也覺滅者觀察涅槃是寂靜也尊者婆檀說曰覺無常者觀察五取陰也覺斷者觀察五取陰是空無我也覺離欲者觀察五取陰是苦也覺滅者觀察五取陰是不生寂滅法也我作如是念如是住者皆是麤定我應廣住微細定中問曰云何微細定耶答曰或有說者第四禪是復有說者滅盡定是是時夜分有欲界三天來詣菩薩所一下根二中根三上根彼下根天見其無入出息又不動摇無思想行作如是言此瞿曇沙門今

者已死彼中根天見其身猶煖雖復經久而不爛壞彼作是言今雖未死後必當死彼上根天曾見諸佛及佛弟子入禪法彼作是言今非是死亦不當死然住此定法應如是若有人問云何聖住云何天住云何梵住云何學住云何無學住云何如來住應當答言是阿那般那念如是說者是名正答問曰如阿那般那念是非學非無學何故說是學住無學住耶答曰從學無學邊得故名學無學能入學無學法故名學無學復有說者無煩惱故名聖清淨天所有故名天不惱害故名梵學所有故名學能得學法故名學無學所有故名無學能生無學法故名無學如來住者阿羅漢住名如來住未得而得者勝進是也已曾得者一受現法樂二已至不動復有說者聖所有故名聖住能生聖法故名聖住天所有故名天住能生天故名天住乃至如來所有故名如來住能生如來法故名如來住未得而得者阿羅漢是也已得受現法樂者現法樂有四種一出家樂二閑靜樂三寂滅樂四三菩提樂

如色衆生依身故心迴乃至廣說問曰何以作此論答曰如欲色界衆生依色故心迴無色界無色或謂彼心無所依而迴爲令彼意得決定故而作此論說有所依問曰彼何所依耶答曰命根受身處如是等諸餘心心不相應行心不相應行名何等謂凡夫性不成就得相生住老滅問曰亦依心迴何以但說身耶答曰以身麤故說身眼根及次第滅心與眼識作依作所依生眼根四大身根生身

根四大命根受身處得生住老滅如是等法作依不作所依耳識鼻識舌識說亦如是身根及次第滅心與身識作依作所依生身根四大命根受身處得生住老滅如是等法作依不作所依意識前次第滅心與意識作依作所依身根生身根四大命根受身處得生住老滅如是等法作依不作所依復有說者眼根及次第滅心與眼識作依作所依生眼根四大身根生身根四大色香味觸命根受身處得生住老滅如是等法作依不作所依耳識鼻識舌識說亦如是身根及次第滅心與身識作依作所依生身根四大色香味觸命根受身處得生住老滅如是等法作依不作所依意識前次第滅心與意識作依作所依身根生身根四大色香味觸命根受身處得生住老滅如是等法作依不作所依復有說者眼根及次第滅心與眼識作依作所依俱生四陰作依不作所依耳鼻舌身識亦如是意識前次第滅心與意識作依作所依俱生四陰作依不作所依如是則說生欲色界者生無色界者云何答曰意識前次第滅心與意識作依作所依俱生三陰作依不作所依問曰命根體爲是一爲是多耶若是一者斷其手足何故命不斷耶若是多者斷其手足何以手足中而無命耶答曰應作是說體實是一以一命根在身中故名之有命如有一受名之有受如有一思名曰有思有一心故名曰有心一心滅故名曰無心如是有一命故名曰有命問曰若然者斷其手足何以不死耶答曰命所依身有二種有具足不具

足若斷手足時具足者滅不具足者續生具足所依身在不生法中住不具足者遇緣便生問曰何故斷手足時不死斷頭截腰而便死耶答曰若斷手足及餘身分時不壞害多入若斷頭截腰則壞害多入復次若斷手足時不壞害多入因亦不壞緣若斷頭截腰則壞害多入因亦破其緣令多入在不生法中住復次以頭是諸根聚處以腰是入出息住處若壞害則死手足等身分非諸根聚處亦非入出息住處是故斷截不死復有說者命根體是多法手足中異如是諸餘身分中亦異問曰若然者斷其手足棄在於他何以無命耶答曰手足中命雖性各異而屬於身若離於身更不屬身是故不活復次以離所依長養緣故不活

云何受身處答曰衆生相似法受身處亦是一體是不隱沒無記亦是報亦是依報者說諸趣相似如地獄衆生展轉相似如是餘趣餘生當知亦展轉相似依者說界相似如欲界還似欲界色無色界說亦如是如界相似如是方士族姓居家比丘婆羅門學無學亦應隨相說復有說者報者初生時所得者是也依者後時所得者是也如沙門還似沙門婆羅門還似婆羅門此相似法有得有捨捨者或身死時捨或餘事故捨餘事者如得正決定捨凡夫相似得聖相似阿羅漢般涅槃時捨而不得復有說言衆生相似法有三種謂善不善無記如八人相似法是善五無間業人相似法是不善諸餘人相似法是無記問曰諸死此生彼盡捨受身處耶設捨受身

處盡死此生彼耶乃至廣作四句死此生彼不捨受身處者地獄中死還生地獄中乃至天中死還生天中是捨受身處非死此生彼者謂得正決定者是也死此生彼亦捨受身處者地獄中死生餘道中乃至天中死生餘道中是也不死此生彼亦不捨受身處者除上爾所事

無有中愛當言見道斷當言修道斷乃至廣說問曰何故作此論答曰此是佛經世尊經說有三種愛一欲愛二有愛三無有愛世尊經雖說無有中愛不說見道斷修道斷彼經是此論所爲根本彼中不說此悉說之以是事故而作此論問曰無有中愛當言見道斷當言修道斷答曰當言修道斷所以者何無有是無常諸緣彼愛是無有中愛問曰此亦是見道斷何以但言修道斷耶答曰爲隨順經義故如經中說猶如有一人爲恐怖苦痛所逼作如是念使我斷壞乃至死死後無病常得安樂彼經義趣說愛身處無常彼所緣愛是修道斷以隨順經義故說修道斷復次或有說者無有中愛或見道斷或修道斷云何見道斷答曰見道所斷無有中愛乃至廣說此文先說隨順經義今者則說眞實義如我義無有中愛當言修道斷如我義者如我隨順佛經中義彼經是此論根本以是事故言無有中愛修道所斷如是汝欲令無有中愛修道所斷耶此是毗婆闍婆提（毗婆闍婆提秦言分別論）定育多婆提之言（育多婆提秦相應論）若不定他言說他過者此則非理故言汝欲令無有中愛修道斷耶育多婆提答曰如是毗婆闍婆提

作如是言若作是說須陀洹能起此愛使我斷壞乃至死死後無病常得安樂耶答曰不也問曰何故須陀洹不能起此愛耶答曰或有說者須陀洹信法信業故復有說者已見諸法自體生故復能滿足修空解脫門故復有說者此愛是斷見所增長依斷見生聖人已離斷見故復有說者此愛從次第因生彼次第已斷故尊者奢摩達說曰見道所斷法是其因聖人已斷見道所斷法故毗婆闍婆提作如是言聽我所難說汝違言負處汝作是言無有中愛修道所斷汝亦應說須陀洹能起此愛使我斷壞乃至死死後無病常得安樂若作是語此事不然不應作是說無有中愛修道所斷若說無有中愛修道所斷此事不然若說此愛修道所斷不應言須陀洹不起此愛若須陀洹不起此愛不應言此愛修道所斷育多婆提作如是說我不言諸不斷者必起現在前自有不斷不起現在前有雖斷而起現在前若當不斷盡起現在前者則無解脫出要所以者何凡夫人學人未來世中不斷者多若當盡起現在前則不得解脫以未來世無邊故如是事者智人所不可育多婆提先說如是等法爲說他過而欲立難如見汝意欲令須陀洹未盡地獄畜生餓鬼愛耶毗婆闍婆提答言如是育多婆提復更定言汝意欲令須陀洹能起如此愛使我作伊羅跋那龍王善住龍王若閻羅王使我於地獄衆生中尊毗婆闍婆提答言不也問曰何故須陀洹不起如是等愛耶答曰凡夫人生處非聖人生處復有說者愚者生彼中

彼是智者故復有說者彼惡道已得非數滅故若法得非數滅不復起現在前復有說者愛有二種一生處愛二資生愛須陀洹於惡道雖不起生處愛而起資生愛愛於象馬等如帝釋於青衣鬼所而起愛心問曰於地獄趣復云何起耶答曰若其父母生地獄中從可信人邊聞便生愛心育多婆提復作是言聽我所難說汝違言負處汝作是言須陀洹未盡地獄畜生餓鬼愛應作是說須陀洹能起此愛使我作伊羅跋那龍王乃至廣說若作是說此事不然若不說須陀洹能起此處亦不應說須陀洹未盡地獄畜生餓鬼愛也若須陀洹未盡地獄畜生餓鬼愛而不起現在前即是汝違言負處如汝所說須陀洹緣惡道愛未盡而不起現在前我所說無有中

愛亦如是育多婆提復難毗婆闍婆提言於意云何爲纏所纏殺父母此纏是修道所斷耶毗婆闍婆提答曰如是育多婆提責毗婆闍婆提答曰不也問曰何故須陀洹不起此纏耶答曰或有說者有增上惡心者能起此纏殺父母從須陀洹有增上善心故復有說者有增上無慚無愧者能殺父母須陀洹有增上慚愧故復有說者彼纏邪見所長養隨邪見後生須陀洹邪見已斷故復有說者須陀洹已得不作戒以是事故不起此纏育多婆提復責毗婆闍婆提廣說如上育多婆提復更難毗婆闍婆提言於意云何修道所斷法無有中愛此愛當言修道斷即毗婆闍婆提答曰如是修道所斷法者謂有漏善法無有者謂斷善根育多婆提復責毗婆闍婆提

言於意云何須陀洹能起此愛我當斷善根耶毗婆闍婆提答曰不也問曰何故須陀洹不起如是愛耶答曰聖人愛樂功德常欲成就善法現在前不欲遠離是故不起育多婆提復責毗婆闍婆提廣說如上諸言不斷必起現在前應說有如上等過外書中有三種難一名疑難二名說過難三名除壞難佛經中說世尊亦以三種難難他一名轉勝難二名等義難三名違言難轉勝難者如長爪梵志作如是言我一切不忍佛難言汝於此見亦不忍耶等義難者如波知離問佛汝知幻耶佛答言知波知離言沙門瞿曇即是幻者佛問波知離汝知拘荼國有惡人名薩婆周羅多行惡法者不耶答言我知佛言汝亦是多行惡法人也違言難者如優波離居士先言身業重後說仙人惡意故滅迦陵伽大城等此中育多婆提以等義難毗婆闍婆提使墮負處無有名何法耶答曰三界無常問曰何以作此論答曰欲令毗婆闍婆提無所言故若不作是說毗婆闍婆提當作是說汝雖以言語伏我然無有中愛體性與法相相應者或見道斷或修道斷是故彼尊者作如是說無有名何法三界無常復有說者先說隨順經義趣後說真實義復有說者育多婆提還語毗婆闍婆提我雖以言伏汝然無有中愛體性與法相相應或見道斷或修道斷是故作如是說無有名何法三界無常問曰無漏法亦有無常此中何以不說耶答曰若法是愛安足處所緣處此中便說無漏無常非愛安足處非愛所緣處是故不說

阿毗曇毗婆沙論卷第二十

音釋

躁則到切躁動謂急躁不安靜也 箭栝栝古活切正作筈箭筈謂箭本受弦處也 臍徂奚切肚臍也 綖私箭切與線同縷也

阿毘曇毘婆沙論卷第二十一

迦旃延子造

北涼沙門浮陀跋摩共道泰譯

雜揵度人品第三之五

何等心解脱有欲心耶無欲心耶乃至廣說問曰何故作此論答曰此是佛經佛經中說欲心得解脱恚癡心得解脱不作是說爲有欲心得解脱無欲心得解脱乃至廣說彼經是此論根本今當廣解此經復次或有說心性本淨爲客煩惱所覆如毗婆闍婆提說心性本淨彼客煩惱生覆心故不淨問曰若當心性本淨客煩惱覆故不淨可爾者何不以本性淨心令客煩惱亦淨耶汝若不說以心淨故令客煩惱淨者爲有何因緣復次爲心先生後客煩惱生爲俱生耶若心先生後客煩惱生者則心住待客煩惱客煩惱生然後覆心若作是說是則一心住二刹那若當俱者爲以何時言心性本淨復無未來世以住本性淨心是故爲止他義自顯已義亦欲說法相相應義故而作此論何等心解脱有欲恚癡心解脱耶無欲恚癡心解脱耶答曰無欲恚癡心解脱問曰無欲恚癡心即是解脱復何所解脱耶答曰若以煩惱而言則心名解脱若以世以身而言則不名解脱若諸煩惱不斷彼心不行於世不於世得解脱不行於身不於身得解脱若諸煩惱斷彼心行於世於世得解脱行於身於身得解脱復次或有說者欲相應心得解脱恚癡相應心得解脱如毗婆闍婆提作如是說染污心即是無染污心若煩惱未斷是染污煩惱已斷是不

染污猶如銅器有垢未去垢時名曰有垢已去垢故名曰無垢彼亦如是彼如是説者應當違逆呵責所以者何非彼心與欲恚癡相應雜合若欲恚癡不斷此心不名解脱欲恚癡若欲恚癡斷此心名解脱欲恚癡欲證此義故引佛經世尊經説日月有五曀爲五曀所覆故日月不明淨云何爲五謂雲乃至廣説雲者如夏時少雲能遍虚空煙者如焚燒草木煙徧虚空塵者如天不雨時風動地塵徧於虚空霧者如大河邊出霧徧於虚空復有説者東方國土若晝若夜雨後日出時霧從地起徧於虚空羅睺羅阿修羅王障者日月是諸天前軍天與阿修羅常共鬬戰以日月威力故諸天常勝羅睺羅阿修羅王而先欲摧滅以是一切衆生業力故而不能滅以

手障之如此諸曀與日月相遠而不相近未除彼曀日月於此諸曀而不明淨若除諸曀日月於此諸曀而得明淨如是彼心不與欲恚癡相應雜合若是欲恚癡不斷彼心不名解脱欲恚癡若欲恚癡斷彼心名解脱欲恚癡世尊經説比丘當知得第一大身者謂羅睺羅阿修羅王是也乃至廣説無有衆生能自化身端正第一如羅睺羅阿修羅王者此説變化非謂實身何等心解脱過去耶未來耶現在耶答曰未來遠心生時無學諸障礙得解脱障者非想非非想處下下煩惱是也若説未來則止過去現在若説無學則止學心問曰如學心亦得解脱何以但言無學耶答曰或有説者以尊勝故若求勝法無學法勝於學法若求勝人則無學人勝於學人尊

者瞿沙說曰若多勝無過言是解脫若得無學心則解脫多亦勝無過復次若心得二種解脫者名爲解脫謂自體解脫身得解脫以是事故而作四句或有心自體得解脫非身或有身得解脫非自體乃至廣作四句自體得解脫非身者謂學心是也身得解脫非自體者阿羅漢善有漏不隱沒無記心是也自體解脫身亦解脫者謂無學心是也非自體解脫非身解脫者謂學有漏心一切凡夫心是也復次無障礙故名解脫學人則爲邪解脫所障無學不爾如是學正解脫與邪解脫相對無學不爾復次若心於一切結得解脫名爲解脫學心有分解脫有分不解脫無學不爾復有說者若心於五種煩惱事中得解脫五種緣中得解脫名爲解脫五種煩惱障礙五種緣障礙說亦如是復有說者若不爲如摩樓多愛草所繫者是名解脫復次若能揃有頂所依周羅者是名解脫復次若斷三界諸煩惱髮是名解脫復次若滅少解脫能令滿足是名解脫如學人乃至金剛喻定名不滿足得無學心名爲滿足復次若得猗樂不爲煩惱所障是名解脫學人雖得猗樂復爲煩惱所障無學人得猗樂不爲煩惱所障復次若廣受猗樂名爲解脫學人以有所作故受猗樂不廣若得無學心所作已辦則廣受猗樂猶如國王怨敵未盡受樂不廣若怨敵盡者則廣受樂若所作已辦除去重擔更無欲求亦復如是復次衆生常共煩惱獨語若得遠離牟尼意滿足是名解脫復次若離染污諸陰重擔者是名解脫復次若離煩惱

熱諸入得清涼入是名解脫復次若離煩惱所依諸入得無煩惱所依諸入是名解脫復次若遠離煩惱衆生聚自立無煩惱衆生聚中是名解脫復次若得爲世作福田者是名解脫如偈言

欲心壞衆生　如草敗良田　若施無欲者

必得於大果

復次若害其命得無間罪者是名解脫復次若斷諸著決煩惱堤塘除一切障礙斷於四食離四識住破壞四魔過九衆生居者是名解脫復次若行不雜功德學人離行善法過惡行善惡行善根不善根互現在前若唯行善行等不行不善行等者是名解脫問曰如五陰悉得解脫何以獨說心得解脫耶答曰或有說者以心勝故此中應說如第一品中答問曰唯有一刹那心得解脫耶答曰不也若說一刹那生心當知盡說未來一切心所以者何未來無學心得行於世故問曰得盡智時未來世所有修三界善根爲得解脫不耶答曰得所以者何亦除其障故問曰若退阿羅漢果還得阿羅漢果先所得過去無漏道彼爲得解脫不耶答曰不得以不除障故

如無礙道滅乃至廣說無礙道者是金剛喻定問曰何故名金剛喻耶答曰猶如金剛無所不斷無所不壞無所不穿若鐵若牙若石若摩尼珠若玻瓈若山如是等物無不摧破彼定亦爾於一切煩惱無不摧破無有是處以分別故說若設當具縛凡夫能起此定則能斷一切煩惱何以故是一切煩惱對治法故何以知耶答曰得阿羅漢時證一切三界

見道修道所斷煩惱解脫得以是事故如此定是一切煩惱對治法問曰如金剛喻定體性若是五陰若是四陰何以但名定耶答曰以定勢偏多故名爲定如見道體是五陰以見勢偏多故名爲見道如見道邊等智體性是五陰四陰以智勢偏多故説名爲智如四道通體性是五陰四陰以通勢多故説名爲通金剛喻定體性是五陰四陰以定勢多故説名爲定問曰若然者則因論生論彼處何故定勢多耶答曰或有説者以非想非非想處難斷難破難過須堅固定以安其足發大精進如人欲害象時先安其足發其武勇然後可害如是非想非非想處難斷難破難過當先安其足發大精進已然後能斷如象非想非非想處下下煩惱復有説者非想非非想處微細難知難可解了當須大持意法如人欲射一毛當須大持意法彼亦如是此金剛喻定若在未至禪則有五十二金剛喻定其事云何金剛喻定與六智俱謂四比智二法智二法智者謂滅智道智依未至禪以苦比智當得阿羅漢果彼觀非想非非想處苦等四行若一行現在前當得阿羅漢果若以集比智觀非想非非想處集等四行若一行現在前當得阿羅漢果若以滅法智觀欲界諸行滅等四行若一行現在前當得阿羅漢果若以道法智觀欲界斷諸行道等四行若一行現在前當得阿羅漢果若以滅比智彼或有觀初禪諸行滅等四行若一行現在前當得阿羅漢果如是乃至觀非想非非想處諸滅亦如是如是八四有三十二若以道比

智觀九地中比智分道等四行若一行現在前當得阿羅漢果滅比智三十二道比智四前有十六是名依未至禪有五十二金剛喻定如是依初禪禪中間第二禪第三禪第四禪亦有五十二金剛喻定空處有二十八若依空處以苦比智觀非想非非想處苦等四行若一行現在前當得阿羅漢果若以集比智說亦如上若以滅比智觀空處諸行滅等四行如前說或觀識處或觀無所有處或觀非想非非想處滅等四行廣說如上若以道比智觀九地中比智分道等四行廣說如上滅比智有十六道比智有四前有八是名依空處二十八金剛喻定識處有二十四無所有處有二十如是隨所應說此是一家義復有說者未至禪中有八十其事云何金剛喻定與六智俱如上說若依未至禪以苦比智當得阿羅漢果觀非想非非想處苦如先說若以集比智觀非想非非想處集如先說若以滅法智觀欲界諸行滅如先說以道法智觀欲界斷諸行道如先說若以滅比智觀初禪諸行滅如先說或有觀乃至非想非非想處諸行滅亦如上說此八四有三十二道比智亦有三十二合六十四前有十六是名依未至地有八十金剛喻定如是初禪禪中間第二禪第三禪第四禪亦有八十空處有四十若依空處以苦比智當得阿羅漢果廣說如上以集比智說亦如上若以滅比智觀空處諸行滅乃至非想非非想處諸行滅有十六道比智亦有十六前有八是名空處有四十金剛喻定識處有三十二無所有處有二

十四應隨相廣說評曰應作如是說者好依未至禪應有百六十四金剛喻定其事云何若依未至禪以苦比智觀非想非非想處苦廣說如上若以集比智觀非想非非想處集說亦如上若以滅法智觀欲界諸行滅說亦如上若以道法智觀欲界斷諸行道說亦如上若滅比智觀初禪諸行滅或有乃至觀非想非非想處諸行滅如是八四有三十二如前說或有觀初禪亦觀第二禪或觀第二禪亦觀第三禪或觀第三禪亦觀第四禪或觀第四禪亦觀空處或觀空處亦觀識處或觀識處亦觀無所有處或觀無所有處亦觀非想非非想處或有觀初禪第二禪第三禪或有觀第二禪第三禪第四禪或有觀第三禪第四禪空處或有觀第四禪空處識處或有觀空處識處無所有處或有觀識處無所有處非想非非想處或有觀初禪第二禪第三禪第四禪或有觀第二禪第三禪第四禪空處或有觀第三禪第四禪空處識處或有觀第四禪空處識處無所有處或有觀空處識處無所有處非想非非想處或有觀初禪乃至空處或有觀第二禪乃至識處或有觀第三禪乃至無所有處或有觀第四禪乃至非想非非想處或有觀初禪乃至識處或有觀第二禪乃至無所有處或有觀第三禪乃至非想非非想處或有觀初禪乃至無所有處或有觀第二禪乃至非想非非想處或有觀初禪乃至非想非非想處若以道比智觀九地中比智分道等四行若一行現在前當得阿羅漢果此有四前苦比智有四集比智有

四滅法智有四道法智有四滅比智有百四十四如是依未至禪有百六十四金剛喻定初禪禪中間乃至第四禪亦有百六十四空處有五十二若依空處若以苦比智當得阿羅漢果觀非想非非想處苦等四行廣說如上若以集比智觀非想非非想處集廣說如上若以滅比智或觀空處諸行滅乃至或觀非想非非想處諸行滅廣說如上或有觀空處識處或有觀識處無所有處或有觀無所有處非想非非想處或有觀空處乃至無所有處或有觀識處乃至非想非非想處或有觀空處乃至非想非非想處若以道比智觀九地比智分道等四行廣說如上此有四前苦比智有四集比智有四滅比智有四十是名依空處五十二金剛喻定識處有三十六

若依識處以苦比智觀非想非非想處苦四行廣說如上若以集比智觀非想非非想處集四行廣說如上若以滅比智觀識處諸行滅乃至或觀非想非非想處諸行滅廣說如上若以滅比智觀識處無所有處或觀無所有處非想非非想處或有觀識處乃至非想非非想處若以道比智觀九地道智分道等四行廣說如上此有四前苦比智四集比智四滅比智二十四如是依識處有三十六金剛喻定無所有處有二十四依無所有處若以苦比智觀非想非非想處苦四行廣說如上若以集比智觀非想非非想處集四行廣說如上若以滅比智觀無所有處諸行滅或觀非想非非想處諸行滅廣說如上或觀無所有處非想非非想處諸行滅廣說如上若

以道比智觀九地比智分道等四行廣說如上此有四前苦比智四集比智四滅比智有十二如是依無所有處有二十四金剛喻定無色界中不應說法智生色界中不應說法智不應說生上地依下地離欲除非想非非想處亦不應說生上地觀下地滅餘生色界亦如生欲界說生無色界如生欲色界說尊者瞿沙說金剛喻定有十三云何十三謂諸斷非想非非想處煩惱無礙道見道所攝有四修道所攝有九已解脫心得解脫耶未解脫心得解脫耶答曰已解脫心言得解脫如是汝語已解脫心言得解脫不應說已解脫心言得解脫所以者何若已解脫不得言當解脫若當解脫不得言已解脫問曰已解脫心何以言得解脫耶答曰以是事故先作是說若以煩惱而言名已解脫若以行世在身而言名得解脫我亦說已解脫言得解脫亦說已作事言作如是說者復有何過佛亦說已解脫言得解脫已作事言作欲證此義故引佛經於汝意云何佛經為是善說不耶如說偈

若斷欲無餘　如蓮華在水　比丘捨此彼
如蛇脫皮去

問曰佛說此偈為已捨言捨耶未捨言捨耶答曰佛說已捨言捨此中說斷欲無餘言已捨言捨如此偈中已捨言捨已作言作我亦如是已解脫言得解脫而無有過為證此義故復引佛經如說偈

慢盡自定意　善心一切脫　一靖居無亂
能度死彼岸

問曰此偈中爲說已度度未度度耶答曰此中說已度度若善心一切得解脱時名已度而言是度如此經說已度言度已作言作我亦如是已解脱言得解脱又世尊言習猒無欲習無欲解脱習解脱涅槃問曰何以作此論答曰此是佛經佛經說習猒無欲乃至廣說不分別云何猒云何無欲乃至廣說佛經是此論根本彼中不說者今當說之以是事故而作此論習有二種一者能生二者能到能生者如習猒能生無欲習無欲能生解脱能到者如習解脱能到涅槃復有說者習有二種一者隨順二者隨應隨順者如習猒得無欲習無欲得解脱隨應者習解脱應得涅槃問曰若是習性亦是緣性耶答曰諸是緣性則是習性問曰頗是習性非緣性耶答曰有謂習解脱得涅槃者是也（此習於涅槃無四緣義而能到涅槃也）云何爲猒答曰無學惡賤五取陰諸行如經本廣說問曰如此猒亦是學亦是無學亦是非學非無學何以唯說無學耶答曰或有說者以名義俱勝故若求法勝則無學法勝若求人勝則無學人勝尊者瞿沙說曰以多勝無過故唯說無學猒不說學人凡夫人也復有說者世尊說勝法根本故無學是勝法根本故無學是勝法根本非學人凡夫人也復有說者若說終者亦明其始復有說者若無二法相對應如上無學廣說問曰猒體性是何答曰或有說者體是慧性問曰若然者猒體性是苦忍苦智彼說善通此文云何通如說云何習猒得離欲答曰與猒相應無欲恚癡善根問曰若然者慧還與慧相應耶

答曰此文應如是說彼猒相應無欲善根不應說無恚無癡應作是說而不說者當知此文是誦者長說復有說者此猒是心數法與心相應問曰若然者此文善通見揵度所說體是苦忍苦智復云何通答曰彼中說猒以親近苦忍苦智故於何處得猒答曰苦忍苦智邊評曰不應作是說如前說者好猒體性是慧云何世俗猒答曰與不淨相應者是也即是阿那般那體是緣苦集暖頂忍是世第一法是緣苦集見道邊等智與悲相應第一第二解脫相應與初四勝處相應是身如病如癰如瘡無常苦空無我因集有緣等行麤說則有如是等相若廣說者量過四海問曰若猒體是可猒耶若體是可猒是猒耶乃至廣作四句初句者無漏猒是也第二句者除世俗猒諸餘有漏體是也第三句者世俗猒是也第四句者除無漏猒諸餘無漏體是也問曰如一切法無我觀爲是猒觀耶爲是欣踊觀耶答曰此義前無我行中已說云何習猒得離欲答曰與猒相應無欲無有欲善根此文應如是說不應說無恚無有恚問曰無欲體性是何答曰體性是無貪云何習無欲得解脫答曰彼無欲相應解脫乃至廣說一切諸法中有二法體是解脫一者有爲二者無爲有爲者心數法中解脫是也無爲者數滅是也此中惟說有爲解脫不說無爲解脫有爲解脫有二種一者染汚二者不染汚染汚者是邪解脫不染汚者是正解脫正解脫復有二種一者有漏二者無漏有漏者與不淨觀相應慈悲喜捨相應無漏者與學無學

相應學者有四向住三果無學者唯住一果無學復有二種一時心解脫二非時慧解脫時心解脫者謂五種阿羅漢是也非時慧解脫者不動阿羅漢是也此即是斷欲心得解脫此即是斷無明慧得解脫問曰若斷欲即是心得解脫斷無明即是慧得解脫者攝法論所說云何通耶如說云何斷欲心得解脫答曰無貪善根云何斷無明慧得解脫答曰無癡善根問曰如無貪無癡善根非解脫性何故說是解脫耶答曰此文應如是說云何斷欲心得解脫答曰無貪善根相應解脫是也云何斷無明慧得解脫答曰無癡善根相應解脫是也此文應如是說而不說者有何意耶答曰各有所爲故或有爲斷欲故勤方便或有爲斷無明故勤方便或有爲斷欲勤方便者名心解脫或有爲斷無明勤方便者名慧解脫然其解脫更無别體復有說者無貪與貪相對無癡與癡相對是故以無貪無癡名說云何習解脫得涅槃答曰若斷一切愛盡乃至廣說問曰如斷一身見盡亦名涅槃何以言斷一切愛盡耶答曰或有說者此中說滿足涅槃何者是耶謂斷一切愛盡乃至廣說復有說者此中諸所說道盡說無學身中道如說無學身中道說無學身中道果亦如是學人所斷有餘非是無餘問曰云何名涅槃義答曰或有說者諸陰永斷更不生是涅槃義復有說者滅一切煩惱義是涅槃義復有說者滅三種火故是涅槃義復有說者不織義是涅槃義如因經緯織丈匹等織氎便成若不因經等織氎不成如是因業煩

惱經緯故識受生氎便成若不因業等識受生氎不成以是事故不識義是涅槃義問曰猒無欲解脫涅槃有何差別答曰惡賤是猒不求是無欲心無垢是解脫捨擔是涅槃復有說者惡賤煩惱是猒斷煩惱是無欲不與煩惱俱是解脫諸陰盡是涅槃如尊者瞿沙解此經如實知見是說見地猒是薄地無欲者是無欲地解脫者是無學地涅槃者是諸陰不生

世尊說三界斷界無欲界滅界乃至廣說問曰何故作此論答曰此是佛經佛經說尊者阿難往詣名長老上座所到已乃至廣說問曰以何等故尊者阿難往詣彼所答曰或有說者彼尊者阿難是持佛法船柂者常監臨四衆數數往詣諸比丘所慮諸比丘謬受境界竄墮空過以是事故往詣彼所復有說者尊者阿難作是思惟若彼長老比丘有得勝進功德者我當讚善隨喜若不得者我當示其方便爾時阿難往詣彼所生彼相似信信有二種有相似有不相似相似信者彼若是阿練若問阿練若法是阿毗曇人問阿毗曇法是持脩多羅人問脩多羅法是持律人問於律法不相似信者問與上相違爾時阿難問彼長老上座阿練若法汝數數觀何境界耶彼答言我觀舍摩他毗婆舍那阿難復問若修行廣布舍摩他法有何利耶彼答曰若修行廣布舍摩他法是名修心若修心者得心解脫問曰如阿毗曇義一心中有定有慧云何分別是修定方便人修慧方便人耶答曰以依具故知或有多依定具或有多依慧

具多依定具者性樂獨住常好閑靜樂居空舍不喜言說多依慧具者常好受持讀誦修多羅阿毗曇毗尼亦以教人觀察總相別相如是等事是名差別復有說者或有繫心一緣而不分別法相或有不繫心一緣而分別法相繫心一緣不分別法相者是名修定若不繫心一緣分別法相者是名修慧阿難問言若以定方便修心者得心解脫若以慧方便修心者得慧解脫若以定以慧方便修心者得何等解脫耶答言得界解脫復問何等界解脫答言三界謂斷界無欲界滅界問曰如斷是無緣法不能有所緣何故說言得斷界解脫耶答曰此中觀涅槃解脫以界名說所以者何雖勤行精進而不能生觀涅槃解脫者終不能得心解脫也以是事故觀涅槃

解脫說名爲界爾時尊者阿難從長老上座比丘所聞如是說已便詣迦梨勒壇上以如是義盡問五百比丘諸比丘皆以如是義答問曰是諸比丘云何而答答曰或有說者如今法會處先下坐說彼亦如是復有說者一人答餘者印可尊者波奢說曰爾時作白羯磨行籌受籌者名答爾時尊者阿難問諸比丘已往詣佛所以如是等義問佛佛亦以如是義答問曰尊者阿難以不可上座比丘及五百比丘所說而往問佛耶答曰可適問曰若可適者何以復問佛耶答曰欲顯善說法中同見同欲同意具足問答故外道法中意欲不同破壞法塔善說法中意欲同故不壞法塔以此法妙故師與弟子始終所說不相違背復有說者欲令多人遠罪過故其事云

何曾聞彼長老上座比丘經六十年在毋胎中却後生巳身形老瘦無有威德爾時多人生輕懱心作如是言此諸年少氣力強盛初夜後夜勤行精進於勝進法猶故難得何況老瘦身者能得此法然此五百比丘以飲食故爲提婆達多所壞後還歸佛是時多人生不信心是諸比丘貪利供養豈當能得勝進之法乃令多人作諸罪過是時阿難欲令多人去罪過故而往問佛彼經雖說斷界無欲界滅界而不廣說此論因彼經故作種種雜說優婆提舍彼經是此論所爲根本謂彼中所不說者今此悉說故作此論

阿毘曇毘婆沙論卷第二十一

音釋

曀於計切陰曀也 揃子踐切與剪同齊斷也 猗於羈切輕安也 竫疾郢切安也 癰於容切癰疽也 經緯經堅靈切緯余貴切縱曰經橫曰緯 氎徒協切細毛布也 柂徒可切正船木柂也 謬靡幼切誤也善也 窳憜窳勇主切懶也憜徒果切怠也 阿練若梵語也亦云阿蘭若此云閑靜處若爾者切 羯磨梵語也此云作法又云辦事羯居謁切 籌直由切竹籌也 懱莫結切輕易也

阿毘曇毘婆沙論卷第二十二

迦旃延子造

北涼沙門浮陀跋摩共道泰譯

雜犍度人品第三之六

云何斷界我今當先說阿毗曇名數近對治法云何斷界答曰除愛結諸餘結斷是名斷界諸餘者除愛結餘八結是也云何無欲界答曰愛結若斷是近對治有欲對無欲故云何滅界答曰除九結諸餘結法滅是名滅界此中一切有漏體說是結法復有說者八結八結相應法及所起處生等若斷是名斷界愛結愛結相應法及所起處生等若得離欲是無欲界若說九結則攝一切染汚法盡餘惟有有漏善法及不隱没無記彼若滅是名滅界復有說者有法縛而不染汚有法亦縛亦染有法不縛不染縛而不染法若斷是名斷界亦縛亦染法若得離欲是無欲界不縛不染者他縛他染若滅者是名滅界如縛繫義亦如是復有說者煩惱體若斷是名斷界煩惱於緣得離是名無欲界諸煩惱果更不生是名滅界復有說者過去諸陰若斷是名斷界未來諸陰離欲是名無欲界現在諸陰若滅是名滅界復有說者若苦受斷是名斷界若於樂受離欲是名無欲界不苦不樂受若滅是名滅界復有說者若苦苦斷是名斷界變苦若離欲是名無欲界行苦若滅是名滅界尊者奢摩達說曰捨於重擔是名斷界無欲對治有欲若離有欲是名無欲界令生不相續相續者若滅是名滅界復有說者或有言唯斷愛結問曰若然者則違佛經佛經

說諸行若斷是名斷界諸行離欲是名無欲界諸行若滅是名滅界復違波伽羅那經如說可斷法云何答言一切有漏法復說斷智法云何答言一切有漏法答曰愛有緣八結者有還緣愛者有緣餘法者緣八結愛若斷是名斷界緣愛結愛若斷是名無欲界緣餘法愛若斷是名滅界復有說者唯斷於使緣八結使若斷是名斷界緣愛結使若斷是名無欲界緣餘法使若斷是名滅界若斷界是無欲界耶問曰何以復作此論答曰先說阿毗曇名數義今欲說眞實義若不爾者人謂但自隨已意不順佛經今欲隨順佛經故作如是說若斷界是無欲界耶答曰如是乃至廣說所言斷無欲滅此三名雖異義無差别世尊說三想乃至廣說問曰何以作此論答曰此是佛經佛經說三想不廣分别佛經是此論所爲根本彼中不說者今悉說之故作此論問曰十六行外更有聖道不耶若有者智揵度識身經中何以不說耶若無者此經云何通如說受樂受時如實知受樂受此是何行又如說我已知苦爲是何行不復更知此是何行乃至我已修道此是何行不復更修此是何行我生已盡梵行已立所作已辦更不受後有如攝法經所說比丘盡欲漏是名盡智更不復盡是名無生智是何等行有漏無明漏說亦如是評曰應作是說十六行外更無聖道問曰若無者先說善通此經云何通耶受樂受時如實知受樂受乃至廣說答曰不以知受樂受故名如實知樂受知此樂受是道如迹乘故名如實知我已知苦者

是二行謂無常行苦行不復更知亦是無常行苦行我已斷集是集等四行更不斷集亦是集等四行我已證滅是滅等四行更不證滅亦是滅等四行我生已盡是集等四行梵行已立是道等四行所作已辦是滅等四行不受後有是苦等二行謂無常行苦行復有說者我生已盡有五事一者身二者對治三者所作四者果五者人身者一切處生身盡對治者得如此對治能盡一切生所作者智能所作使諸生盡果者得智果能盡一切生人者言是人能盡一切生如攝法經所說比丘盡欲漏者是盡智有六行不復更盡是無生智亦有六行六行者謂無常苦二行及集四行有漏無明漏說亦如是復有說者十六行外更有聖道問曰若有者智揵度識身經中何故不說耶答曰應說而不說者當知此說有餘問曰此有餘說有何義耶答曰若行能得正決定得果離欲及盡諸漏者智揵度識身經則說若諸行不能得正決定不得果不離欲不盡諸漏者然是聖所得道爲受現法樂故爲遊戲故觀本所作故受用無上聖法故而起現在前復有說者若行現在斷煩惱時能害煩惱能有所作有大功用者則說現在斷煩惱時彼諸行不能害結不有所作無大功用是故不說唯在未來世中修復有說者若行在方便無礙解脱勝進道者則說彼諸行不在無礙道解脱道或在勝進道或在遠方便道以是事故智揵度識身經不說若作是說十六行外有聖道者想是聖道若行於斷是斷想若行無欲是無欲想若行於

滅是滅想猶如一的爲若木若鐵衆箭所中如是一無爲體爲三想所行諸作是說十六行外更有聖道者斷想非離欲想非滅想乃至廣說諸作是說十六行外更無聖道者彼想是緣若緣斷是斷想若緣無欲是無欲想若緣滅是滅想此文應如是說若斷想是無欲想耶答曰如是乃至廣說

雜揵度愛敬品第四之一

云何爲愛云何爲敬乃至廣說如此章及解章義此中應廣說優婆提舍問曰何故作此論答曰此是佛經佛經中說若比丘習慚愧滿足則有愛敬雖作是說不廣分別云何爲愛云何爲敬今欲說故而作此論復有說者所以作此論者欲斷小人法現大人法故其事云何答曰小人愛則妨敬敬則妨愛云何愛妨敬猶如在家法父毋於子則有親愛子於父毋有愛無敬出家法中和尚阿闍梨於諸弟子則有親愛弟子於和尚阿闍梨有愛無敬是名愛妨敬云何敬妨愛猶如在家法中父毋於子教訓嚴難欲令諸子遠惡修善子於父毋有敬無愛出家法中和尚阿闍梨於諸弟子教訓嚴難欲令諸弟子遠惡修善諸弟子於和尚阿闍梨有敬無愛如是小人愛則妨敬敬則妨愛大人不爾若愛則加敬敬則加愛是故爲斷小人法欲現威勢大人法故而作此論佛出世時一人具此二法者多佛不出世一人具此二法者少設令有者當知皆是菩薩摩訶薩云何爲愛答曰若愛乃至廣說如是等言盡說愛相問曰愛體性是何答曰愛有二種一染污二不染污染污

者體是渴愛不染汚者體是信渴愛有二種
一是渴愛二是信愛問曰若渴愛是愛耶答
曰若渴愛則有愛頗有愛非渴愛耶答曰有
不染汚愛也信亦有二種一是信二是愛問
曰若信是愛耶答曰或有信非愛或有信是
愛信非愛者信而不求者是也信是愛者亦
信亦求者是也復有以此義非四句者或有
信非愛或有愛非信乃至廣作四句信非愛
者信其事而不求也愛非信者染汚愛是也
亦信亦愛者愛其事而求者也非信非愛者
除上爾所事云何敬若敬善敬乃至廣說如
是等言盡說敬相問曰此敬體性是何答曰
體性是慚愧云何愛敬問曰何故作此論答
曰先雖說其體未說此二法俱在一人身中
今欲說故復作此論云何愛敬答曰猶如有

一以愛敬故意常念佛凡夫人愛敬佛者以
佛力故使我得離賦役驅使種種苦事使我
復得種種資生隨意之物聖人愛敬佛者以
佛力故使我斷無始已來無量諸苦盡惡道
因住決定法見於眞諦正見清淨復有說者
俱愛敬佛意常念之以佛力故使我出家得
比丘法及餘諸善安樂之利如尊者優陀耶
言世尊滅我無量惡法益我無量善法復次
以佛出世故淨三種眼如尊者舍利弗言若
佛不出世則我盲無目過此一生復次佛於
此法最尊勝故復有說者佛是法主故復有
說者無始已來七依之法隱蔽不現佛能開
示故復有說者佛能令無數那由他衆生入
涅槃城故復有說者佛世尊獨出無明㲉轉
於法輪故復有說者以世尊說法故令無量

那由他衆生種諸善根亦令成熟使得解脱以佛説法故使有念處正斷神足根力覺道禪定解脱三摩提辦如是等一切功德盡現世間以如是等事故凡夫聖人愛敬於佛亦愛敬法意常念之所以者何能盡我身心等苦亦依此法能到涅槃亦愛敬僧意常念之所以者何以僧力故使我出家受具足戒得畜百一種物得共和尚阿闍梨等梵行者同住佛法如是等人我行道時是我伴侶以於如是等處有愛有敬故名愛敬有人有愛無敬有敬無愛乃至廣作四句有愛無敬者如在家法父母於子和尚阿闍梨於諸弟子有愛無敬有敬無愛者如於有德他師長所不相伏習者有敬無愛亦敬亦愛者如在家法子於父母弟子於和尚阿闍梨所無愛無敬者除上爾所事愛敬四趣中盡有此中所説愛敬是佛法中所行者也云何爲養云何爲敬乃至廣説問曰何故作此論答曰爲斷小人法現大人法故所以者何小人養則妨敬敬則妨養養妨敬者如在家法父母老病以衣服飲食隨病醫藥以養父母而無有敬出家法中如諸弟子威德多聞善解法相衆所知識彼以衣服飲食隨病醫藥以養和尚阿闍梨其師或時於弟子所受經問義如是等養妨於敬大人不爾若養則加敬若敬則加養佛出世時一人具此二法者多佛不出世一人具此二法者少設當有者當知皆是菩薩摩訶薩也菩薩若與人養必加其敬若與其敬必加其養以是事故欲斷小人法現大人法甚希有故而作此論云何爲養答曰養

有二種一者財二者法問曰財養體性是何答曰或有說者所捨物是復有說者身口業捨是復有說者能令諸根四大長養者是評曰應作是說財養體性是五陰問曰爲是何趣耶答曰除地獄趣餘趣盡有復有說者六欲天中無所以者何諸天若欲食時以空金鉢置前隨其福力飲食自出何須財養復有說者彼飲食雖等有餘財物可以與他問曰何處施誰與誰取答曰或有說者畜生趣中還施畜生餓鬼趣中施於二趣人施三趣天施前三趣復有說者能施四趣若人以饒益他意施飲食他人食之四大諸根而得長養是名爲施亦名爲養雖有饒益他意施他飲食他人食之不長養諸根四大是名爲施不名爲養若人害心以雜毒食施他他人以呪術藥草力若是有德衆生諸根四大而更增長是名爲養不名爲施彼施者受不善報問曰法養體是何耶答曰或有說者法養體性是名復有說者是語復有說者若聞法時生未曾有善巧方便是法養體性評曰應作是說取其聞法巧便相應共生法者體是五陰問曰何處有法養耶答曰五趣盡有何以知地獄趣中有耶答曰曽聞彌多達子小生地獄中謂是浴室而便說偈

人間空處受苦樂　非我非他之所作
若受諸觸皆緣身　無有身者誰受苦

時諸衆生聞說此偈緣斯福故從是命終脫地獄苦云何知畜生道中亦有法養答曰如迦賔闍羅鳥等身行梵行爲他說法者是也餓鬼中如畢陵迦等是也人天中者盡可現

見天中六欲天及色界諸天非無色界天何以知色界諸天亦有耶答曰如手天子往詣佛所作如是言如今世尊四衆圍繞而說諸法聞者歡喜奉行我還至無熱天中諸天圍繞而爲說法聞者歡喜奉行亦復如是以是事故知色界天中亦有法養若以饒益心爲他說法他聞法已生善巧便是名爲施亦名爲養若以饒益心爲他說法他聞法已不生善巧方便者是名爲捨不名爲養若以譏刺心爲他說法他人聞已以智慧心生善巧便是名爲養不名爲施云何爲敬若敬重敬乃至廣說敬體性是慚如前說云何敬養問曰何以復作此論答曰先已說敬養體性未說一人具此二事故而作此論云何敬養答曰猶如有一而敬養佛問曰以何敬養佛答曰以財敬養佛不能以法所以者何不能生佛未曾有善巧便故所以者何以阿羅呵三藐三佛陀不受用他法法應爾故問曰何故此中不說敬養法耶答曰作緣義是養義彼法離緣故問曰若欲施法當施何處答曰法有二種一者名數二者眞實若欲施名數法者應施說法人若書寫經若欲施眞實法者守護此物當如敬佛塔云何施僧法養答曰於衆僧中作三契經偈作婆曷遮說決定義種種問答是也云何財養答曰若以種種飲食施作長齋般遮于瑟解經法會供養和尚阿闍梨及餘淸淨梵行者問曰誰施誰受答曰佛能施一切衆生法養財養一切衆生能施佛財養不能施法養辟支佛能施一切衆生法養財養除佛世尊一切衆生能施佛施辟

支佛財養不能施法養舍利弗能施一切衆生法養財養唯除佛辟支佛一切衆生能施佛辟支佛舍利弗財養不能施法養目揵連能施一切衆生財養法養唯除佛辟支佛舍利弗一切衆生能施佛辟支佛舍利弗目揵連財養不能施法養乃至利根者能施鈍根者財養法養鈍根者能施利根者財養不能施法養問曰若無有能施佛法養者世尊何故稱可阿難所說讃言善哉善哉如汝所言精進能生菩提亦稱讃億耳比丘善哉善哉汝能以微妙音聲詠頌妙法以阿槃提國語音聲偏滿其言正直易解令多人樂聞故此說復云何通如佛告阿難我亦增益出家閑靜善法答曰何故稱讃阿難者以阿難所說應時是以稱可何以知之曾聞世尊遊行人間而患背痛數鬱多羅僧枕僧伽梨右脇而卧告阿難言汝今當爲諸比丘說法爾時阿難爲諸比丘解說覺意諸長老如來以念覺意故而得成道亦爲他說乃至廣說擇法覺意精進覺意當於阿難分別覺意時世尊即自憶念過去無數阿僧祇劫行諸方便皆是精進力以憶念故而起善心令此有患四大速滅無患四大速生背痛即除尋起加趺而坐告阿難言汝說精進耶阿難言如是佛言善哉善哉阿難實如汝所言精進能生菩提以是事故稱可阿難稱讃億耳比丘者或有說者欲生彼比丘無畏心故阿槃提國和尚大迦旃延曾遣億耳汝往佛所請求五願所謂一求常澡浴二求皮作敷具三求毗尼師作第五人得受具戒四求著一重革屣五求

聽畜長衣過十夜以此五事故來詣佛所世尊威德乃至梵釋護世者不能側近正觀以是事故不敢輙求後世尊稱美乃敢求之是故爲令彼比丘生無畏故而稱讚之復有說者欲饒益彼比丘故而稱讚之所以者何彼比丘於阿槃提土地能作佛事欲令彼諸人加尊重心故而稱讚之復有說者以善能誦持優陀那波羅延衆義經等適可佛意故而稱讚之復有說者以修淨業令言音清妙故而稱讚之所言增益出家閑靜善法者諸轉轉出家得正決定證於道果能離愛欲亦盡諸漏種佛道因及緣覺聲聞道因生於尊貴多財之家眷屬成就有大威勢顏貌端正能淨天道及解脫道者皆是我力以我力故令多衆生於我法中出家有如是等利而起喜心故言我今增益出家閑靜善法復有說者欲離誹謗過故讚歎阿尼盧頭等欲令其人威德尊重故讚歎目揵連等欲顯有大功德故讚歎舍利弗等欲令生無畏故讚歎如億耳比丘等

云何身力云何身力劣乃至廣說問曰何故作此論答曰如毗婆闍婆提說身力身力劣不由於身是心所爲爲止如是說者意故欲明力體是觸入故而作此論復有說者所以作論者欲止彌沙塞部意故彼作是說身力體是精進身力劣體是懈怠爲止如是說者意故欲明身力身力劣體是觸入復有說者所以作此論者欲止譬喻者意故彼作是論說身力身力劣無有定體如象力勝馬馬力勝牛云何一體即是身力是身力劣欲止如

是說者意故欲明身力身力劣是決定法故若當身力非決定法則非入所攝非識所識問曰若身力是決定者譬喻者所說云何通如象力勝馬力馬力勝牛力答曰此因他故說勝如馬力於象弱四大則多強四大則少牛力於馬弱四大則多強四大則少然則強力常強弱力常弱以是事故爲止他意欲顯巳義故乃至廣說而作此論一切有爲法力有強弱所以者何如眼明了能見是名強力不如者名爲弱力乃至身亦如是如意善能知法是名強力不如者名爲弱力此中說身力身力劣而作此論云何身力答曰若身力身勇等乃至廣說如是等名盡顯現力相如二力士捔力乃至廣說以是義故知身力身力劣觸入所攝所以者何由觸故知是人力

強是人力劣猶如二健夫捉一力劣者彼當捉時展轉相知如強力者捉劣力者知其力劣力劣捉強力者亦知其力強強力劣力俱一入所攝謂觸入二識所識謂身識意識身識識別相意識識別相總相以如是義則止說身力不定者意所以者何若當身力身力劣不定者則不應定說一入所攝二識識也問曰身力身力劣體性是何答曰或有說者體是四大問曰若然者何大增故身力強何大增故身力劣耶答曰或有說者四大無增自有相似四力生身力則強有相似四大生身力則劣復有說者地大增故身力則強水大增故身力則劣外物亦爾如陀婆樹佉陀羅樹毗摩樹婆陀羅樹等以地大偏多故則堅鞕如葦栟𥢶胡麻幹等水大偏多故則弱

復有說者身力身力劣觸入所攝體非四大是造色性問曰若然者造色性有七種何者增故身力強何者增故身力劣耶答曰重徧多故身力強輕徧多故身力劣外物亦爾重者則強輕者則劣復有說者七種造色外更有身力身力劣評曰應作是說四大身等身力則強四大不等身力則劣如說菩薩有那羅延力那羅延力齊量云何答曰或有說者十凡牛力與一村天牛力等十村天牛力與一青牛力等十青牛力與一凡象力等十凡象力與一香象力等十香象力與一大力人力等十大力人力與一鉢建陀力等十鉢建陀力與半那羅延力等二半那羅延力與一那羅延力等一那羅延力與菩薩一節力等是名菩薩身力復有說者此說甚少十凡牛力與一村天牛力等乃至十凡象力與一野象力等十野象力與一伽尼羅象力等十伽尼羅象力與一阿羅勒迦象力等十阿羅勒迦象力與一雪山象力等十雪山象力與一香象力等十香象力與一青山象力等十青山象力與一黃山象力等如是次十倍赤白優鉢羅拘物頭波頭摩說亦如是十波頭摩象力與一大力人力等十大力人力與一鉢建陀力等十鉢建陀力與一沙楞伽力等十沙楞伽力與一婆楞伽力等十婆楞伽力與一章嵬勒力等十章嵬勒力與一婆羅章嵬勒力等十婆羅章嵬勒力與一半那羅延力等二半那羅延力與一那羅延力等是名那羅延力量復有說者此說亦少千伊那拔羅龍王力與菩薩一節力等曾聞三十三天欲

遊戲時伊那扳羅龍王其色純白如拘物頭華七枝安立具有六牙頭赤如因提具波色左右脇各二由旬半前後各一由旬如是遶身有七由旬高二由旬半此是常身有八千眷屬彼諸眷屬其色赤白如拘物頭華七枝安立具有六牙頭赤如因提具波色三十三天欲遊戲時伊那扳羅龍王身上自然有香手現便作是念今者諸天須我即自化身有三十二頭頭有六牙頭赤如因提具波色第三十三者是其常頭一一牙上化作七池一一池中化作七蓮華一一華上化作七臺一一臺上化作七絞絡帳一一帳中有七天女一一天女有七侍者一一侍者有七伎女作是化已往至諸天城中所化二十二頭三十二輔臣及其眷屬而乘其上帝頭帝釋及其眷屬而乘其上如是凡有一萬諸天家族其身輕舉猶如旋風吹於草葉乘空而上詣遊戲處爾時諸天都不自見有前後者到遊戲處爾時諸天各各自詣遊戲園林歡娛快意爾時龍王亦自化身作天子形而自娛樂如是伊那扳羅龍王力菩薩身者有十八大節一一大節有千伊那扳羅龍王力如是等名菩薩身力復有說者此說猶少菩薩身力有十八大節前所說者是菩薩十八節中最下節力第二所說是菩薩次勝節力第三所說是第三節力如是次第各轉倍勝尊者婆檀陀說曰意力無量當知身力亦無量何以知之如阿耨多羅三藐三菩提道在未來世必生現在前爾時三千大千世界大地震動以是事故知意力無量身力亦無量問曰若然

者何以言菩薩有那羅延力耶答曰以那羅延力世人所尚是以爲喻然則意力無量身力亦無量問曰以何等故菩薩修集如是力耶答曰欲現一切皆勝事故如菩薩於諸世間一切事勝所謂色族財富眷屬積集功德及諸名聞力亦應爾如色族等蓋於世間力亦應爾復有說者爲阿耨多羅三藐三菩提故所以者何阿耨多羅三藐三菩提應住如是堅牢身故無有是處以分別故說若當阿耨多羅三藐三菩提住須彌山頂者須彌山便當摧破以力無畏甚尊重故是以如來初成道時舉足欲行安徐蹈地地故震動復有說者以阿耨多羅三藐三菩提故於三千大千世界中閻浮提閻浮提中有金剛座自然而出菩薩坐上成等正覺如是亦爲阿耨多羅三藐三菩提故積集堅牢之身復有說者以此力引致應化衆生故是中應說化力人喻諸釋子射喻般涅槃時堅石喻曾聞世尊般涅槃時詣波波村爾時五百力士修治道路時有一石長十二丈廣六丈諸力士等盡其身力不能令動世尊既至問諸童子今何所爲答曰修治道路世尊復問我今爲汝去此石耶答言可爾佛告諸人汝悉遠去爾時世尊以脚拇指舉此大石安置右掌中復以手擲置虚空中下復接之以口吹散令如微塵散復還合與本無異時諸力士而問佛言如是之事爲是何力世尊答言以足拇指舉著掌中是我父母生身之力後以手擲置虚空中者亦是父母生身之力以口吹散令如微塵是神足力散復還合如本無異者是解

脫力時諸力士復更問佛頗更有力勝於世尊如是力不佛答言有謂無常力佛告力士若是父母所生之力及神足解脫力今日中夜當爲無常力之所破壞爾時力士聞說是事心生猒離佛爲說法得見眞諦是故爲欲引致應化衆生故修集此力問曰菩薩何時具滿此力耶答曰菩薩年二十五時具滿此力從是以後至年五十其力無減過是已後其力轉減復有說者其力無減所以者何意力無減故身力亦爾評曰應作是說法身無減生身有減以是報故如優陀耶言今見世尊身色損減乃至廣說問曰餘衆生有那羅延力不耶答曰如初所說菩薩力餘衆生尚無何況餘說然世界初成時世界衆生有那羅延力者有半那羅延力者有鉢建陀力者有大力者滿閻浮提問曰彼諸人骨節相次云何答曰除彼四種人其餘衆生骨節相遠若人力與象馬等者骨節相近大力者骨相接鉢建陀力者骨節相鉤那羅延力者骨節連鎖菩薩骨節蛟龍相結如渴伽角辟支佛名曰大力問曰轉輪王爲有那羅延力無耶答曰轉輪王無那羅延力隨輪寶德身力及餘寶亦然若其輪是金王四天下其力最勝若其輪是銀王三天下其力轉減若其輪是銅王二天下其力復減若其輪是鐵王一天下其力最劣佛在世時三人有鉢建陀力一是尊者阿難二是睒彌釋子三是瞿毗迦釋女問曰辟支佛出世爲如佛獨出爲有俱者耶答曰或有說者獨出無俱者所以者何辟支佛根勝舍利弗如舍利弗並出於世猶無

是事何況五百功德者一時俱出問曰若辟支佛不並出世言有五百功德一時出世者爲是何人耶答曰此皆本是聲聞以緣悟菩提故名辟支佛若本種辟支佛行成辟支佛者獨出世間當知如佛

阿毘曇毘婆沙論卷第二十二

音釋

評蒲兵切品論也　觳苦角切皮觳也　譏刺譏居依切刺七自切譏刺誚譏誚諷刺也　脇虚業切腋下也　屣所爾切革履也　長衣長直亮切長衣謂餘剩之衣也　捔古岳切校也競也　鞕魚孟切堅牢也　瓠胡故切匏也　章　兑勒梵語也兑奴侯切　絞絡絞古巧切絡歷各切絞絡謂纏絞聯絡也　擲直炙切掉也投也　睒彌梵語也睒失冉切

阿毘曇毘婆沙論卷第二十三

迦旃延子造

北涼沙門浮陀跋摩共道泰譯

雜揵度愛敬品第四之二

已說如來身力今當說意力如來有十力所謂是處非處智力乃至漏盡智力問曰力體性是何答曰體性是智體是智身已說體性今當說所以何等是力義答曰不爲他所伏義是力義不爲他所覆蓋義是力義不斷伏義是力義害義決定知義能誓義最勝義是力義界者宿命智力生死智力在色界餘力若是有漏是三界繫若無漏者是不繫地者宿命智力生死智力在根本四禪地餘力有漏者在十一地無漏者在九地依者依欲界身行者是處非處智力至一切道智力行十六行亦行非行知業法集智力行八行亦行非行第三第四第五第六智力行十二行亦行非行宿命智力生死智力行於非行漏盡智力若以境界行於四行若以在身則行十六行亦行非行緣境界者是處非處智力緣一切法知業法集智力緣苦集諦第三第四第五第六智力緣於三諦除滅諦至一切道智力緣於四諦宿命智力緣於前世欲色界五陰生死智力緣於色入漏盡智力若以境界緣於滅諦若以在身緣一切法念處者知欲智力宿命智力是法念處生死智力是身念處漏盡智力若以境界是法念處若以在身是四念處餘力是四念處智者是處非處智力至一切道智力是十智知業法集智力是八智除滅智道智第三第四第五第六智

力是九智除滅智宿命智力如舊阿毗曇人說是等智尊者婆已說是四智法智比智苦智等智尊者瞿沙說是六智除盡智無生智滅智他心智評曰應如前說一等智者好生死智力舊阿毗曇人說是一等智尊者婆已說是四智法智比智集智等智眞實義者是一等智漏盡智力若以境界是六智除他心智苦智集智道智若以在身則有十智所以者何此十智於如來身中盡可得故根者總而言之則與三根相應過去未來現在者是三世法緣過去未來現在世者是處非處智力至一切道智力緣於三世亦緣非世第二第三第四第五第六智力緣於三世宿命智力過去現在者緣過去世未來世當生者緣過去世若不生者緣於三世生死智力過去者緣過去世現在者緣現在世未來當生者緣未來世不生者緣於三世漏盡智力若以境界緣非世法若以在身緣於三世亦緣非世善不善無記者是善緣善不善無記者知禪解脫三摩提智力緣善無記漏盡智力若以境界緣善若以在身緣善不善無記餘力緣三種繫者宿命智力生死智力色界繫餘力有漏者三界繫無漏是不繫緣三界繫者宿命智力生死智力緣欲色界繫知業法集智力緣三界繫漏盡智力若以境界緣不繫若以在身緣三界繫及不繫餘力緣三界繫緣不繫是學無學非學非無學者宿命智力生死智力是非學非無學餘力若是無漏是無學若是有漏是非學非無學緣學無學非學非無學者知業法集智力宿命智力生死

智力緣非學非無學漏盡智力若以境界緣非學非無學若以在身能緣三種餘力三種盡緣見道斷修道斷不斷者宿命智力生死智力是修道斷餘力若有漏是修道斷若無漏是不斷緣見道斷修道斷不斷者知業法集智力宿命智力緣見道斷修道斷生死智力緣修道斷漏盡智力若以境界緣不斷若以在身緣於三種餘力三種盡緣緣名緣義者知欲智力生死智力緣義漏盡智力若以境界緣義若以在身則緣名義餘力亦緣名亦緣義緣自身他身非身者是處非處智力至一切道智力緣自身他身亦緣非身法漏盡智力若以境界緣於非身若以在身三種盡緣餘力緣自身他身問曰此諸力爲從方便生爲從離欲得耶答曰可言從方便生亦從離欲得所以者何以從三阿僧祇劫積集方便生故言從方便生以從離非想非非想處欲得故言從離欲得問曰何處生此力答曰依欲界身生閻浮提非餘方依男子身非女身問曰知業法集智力生死智力有何差別答曰從麤至細是生死智力從細至麤是知業法集智力如麤細現見不現見因果當知亦如是已說力無畏今當說三藐三佛陀有四無所畏乃至廣說問曰無畏體性是何答曰體性是慧身初力是初無畏第十力是第二無畏第二力是第三無畏第七力是第四無畏一一力攝四無畏一一無畏攝十力則有四十力四十無畏佛略說故我成就十力四無所畏廣說則成就四十力四十無畏已說體性所以今當說何等是無畏義答曰

不可動義是無畏義勇猛義是無畏義不怯弱義是無畏義安隱義清淨義純白義是無畏義問曰力即是無畏爲異無畏耶答曰諸力即是諸無畏如先所說初力即初無畏乃至廣說問曰若然者力與無畏有何差別答曰無有差別如說無畏即力力即無畏復有說者名即差別所以者何是名爲力是名無畏復有說者初立是力已立不動是無畏復次有堅強是力勇決是無畏復次不爲他所伏是力不怯弱是無畏復次智是力辯是無畏復次因是力果是無畏復次不爲他所蓋是力能蓋他是無畏復次自饒益是力饒益他是無畏自利利他亦爾復次自覺是力爲他說是無畏積集是力受用是無畏受財義是力分財義是無畏復次知醫方是力治他病是無畏復次法義無礙是力辭樂說無礙是無畏復次讚求法義無礙是力讚求辭樂說無礙是無畏諸餘分別如力中說

如來有大悲問曰大悲體性是何答曰是慧復有說者是照評曰不應作是說如前說者好大悲當知即是是處非處力地者是第四禪地其餘分別應隨相說問曰此中何以唯說力無畏大悲不說三念處耶答曰是三種於說法分中勝三念處不念說力則顯現自義說無畏則現摧伏他義大悲則生欲說法心三念處不念是故不說如來 亦說成就七法彼七法者當知即是是處非處力如來若更有餘不共法者當知盡是是處非處力問曰此七爲是幾智性耶答曰知法知量知衆生是一等智知義者諸作是說涅槃是第一

義者是六智性除苦集智他心智道智諸作是說一切法是第一義者是十智性知時知人是九智性除滅智自知是八智性除滅智他心智尊者婆已說曰自知是四智性謂法智比智道智等智評曰如此諸所說可有是理但彼經所說七法義是一等智如來有五聖智三昧此亦是是處非處力五智者法智比智道智盡智無生智云何數滅云何非數滅乃至廣說問曰何故作此論答曰爲止並義者意如譬喻者說三種滅無體爲止如是說者意欲明三種滅各有體相故而作此論復次所以作此論者毗婆闍婆提說三種滅皆是無爲欲止如是說者意說三種滅二是無爲一是有爲故而作此論云何數滅答曰若滅得解脱是也彼法滅彼得得解脱得解脱得是名數滅云何非數滅答曰若滅非解脱是也彼法若滅彼得不得解脱不得解脱得是名非數滅云何無常滅答曰諸行散滅是也無常滅散滅諸行非如散豆穀等無常滅令諸行於前一刹那能有所作於後剎那更不能有所作非無行體止其所作故作如是說問曰非數滅無常滅有何差别答曰非數滅者疾瘦困厄自作他作苦惱種種魔事如是隨世等法若得解脱是名非數滅若說疾瘦困厄自作他作苦惱種種魔事等法若得解脱是名有漏諸行得非數滅若說隨世等法若得解脱是名無漏諸行得非數滅所以者何無漏諸行亦在世故無常滅者令諸行散滅乃至廣說問曰何故但問非數滅無常滅不問數滅耶答曰或有說者彼作經者

意欲爾乃至廣說復有說者先已說差別如說云何數滅其滅者是解脫乃至廣說二滅者非解脫是以問其差別復有說者以此二滅俱不用功滅故復有說者盡應問三種滅差別云何數滅答曰若滅是解脫不繫相非數滅者是解脫非不繫相無常滅非是解脫亦非不繫相復有說者數滅三世陰入界中可得非數滅未來世不生法中可得無常滅現在世中可得復有說者數滅是善彼得亦善非數滅是無記彼得亦是無記無常滅有三種彼得亦有三種復有說者數滅是不繫彼得是繫不繫非數滅是不繫彼得是繫無常是繫不繫彼得亦是繫不繫復有說者數滅是非學非無學彼得是學無學非學非無學非數滅是非學非無學彼得亦是非學非

無學無常滅三種彼得亦三種復有說者數滅是不斷彼得或修道斷或不斷非數滅是不斷彼得是修道斷無常滅三種彼得亦三種復有說者數滅是道果彼得或是道是道果或非道非道果非數滅非道果彼得非道非道果無常滅或是道非道果或是道亦道果或非道非道果彼得亦爾復有說者數滅是滅諦所攝彼得是三諦所攝非數滅非滅諦所攝彼得苦集諦所攝無常滅三種諦所攝得亦爾問曰何等是數滅義答曰數者是慧滅是慧果故名數滅復有說者別數得故言是數滅如見苦時苦忍苦智所得別見集見滅見道所得亦別故名數滅復有說者以難得多用功故名爲數滅問曰此滅爲是一體爲是多體耶答曰或有說者是一體問曰

若是一體者證見道所斷諸結滅時亦證修道所斷諸結滅不耶若證者則修道無用若不證者云何一體法少分證少分不證復有說者滅體有五見苦所斷煩惱滅是一種乃至修道所斷煩惱滅是第五種問曰此亦有過所以者何如證欲界修道所斷上上使滅時復證餘品使滅不耶若當證者餘品對治道則無功用若不證者云何一體法少分證少分不證復有說者滅體有十三見道所斷有四修道所斷有無問曰此亦有過所以者何若證欲界修道所斷滅時復證初禪修道所斷滅不若證不證俱同前過評曰應作是說隨有漏法體滅體亦爾問曰若然者先何故問涅槃爲一體爲多體耶答曰先應作是問若一衆生證一法滅時一切衆生亦同證

此滅不耶若同者云何涅槃不是共法一衆生得涅槃時一切衆生亦應得涅槃若異者云何涅槃非是相似法耶此經復云何通如說如來解脱阿羅漢解脱等無差別答曰應作是說如一衆生證此法一切衆生亦同證此法問曰若然者云何涅槃不是共法耶答曰以體言之則同以得言之則異所以者何以諸得各異故問曰若然者云何不一衆生得涅槃時一切衆生亦得涅槃耶答曰若成就涅槃得者得涅槃若不成就得者不得涅槃復有說者若一衆生證此滅時餘衆生所證者各異問曰若然者云何涅槃非是相似法答曰言非相似者非相似因以涅槃無相似因故言非相似法問曰若然者苦法忍無相似因亦是非相似法耶答曰苦法忍雖不

從相似因生而能與他作相似因涅槃不從相似因生亦不與他作相似因復有說者以不同故言不相似有爲法性同云何性同同在世同是陰同是苦無有一法是常是善者復有說者世法是同彼非世故不同如是陰法苦法諸生法諸趣法當知亦爾復有說者前後是相似彼法無前後故言不相似如前後上中下法亦如是如來解脱羅漢解脱此經云何通者以俱是常是善故復有說者以在一身中決定俱有故所以者何一切衆生盡有三種菩提性所謂佛辟支佛聲聞菩提若從佛道去亦證此法若從辟支佛聲聞道去亦證此法是故言無差别評曰不應作是說如前說者好問曰外物中數滅爲有得者不耶若得者衆生不成就外法云何得若得

者此經復云何通如說諸長老我斷一切愛得内解脱若不得者此經復云何通如說云何斷界答曰一切諸行斷是名斷界乃至廣說答曰應作是説有得者問曰若然者不成就外法云何得耶答曰雖不成就外法而得外法數滅如過去未來命等八根雖不成就得其數滅我斷一切愛得内解脱此經云何通者此說若内得解脱當知外法亦得解脱復有說者以此解脱從自身修方便得不由外人修方便得是故言得内解脱復有說者不得外法中數滅問曰若然者此經云何通如說一切諸行斷名斷界乃至廣說答曰有二種一切有分一切有一切一切此中說分一切故言一切復有說者外物中有數滅而不可得評曰不應作是說寧當說無不應說

有而不可得何用是無用物爲亦有亦得如是説者好若當外物數滅不可得者則違波伽羅那經如說云何得作證法答言一切諸法此法是善亦得可得證欲令無如是過故說言可得問曰此數滅體爲是陰爲非陰耶若是陰者何不本是涅槃何以故先有諸陰故若非陰者云何爲無所有法而修於道答曰應作是說體非是陰亦非非陰然從色陰乃至識陰體得之此數滅亦名涅槃亦名不相似亦名非品亦名無跋那亦言最勝亦名智亦名應亦名不親近亦名不修亦名可樂亦名近亦名妙亦名離問曰何故言涅槃答曰槃那言林涅者言離永離陰林離三火林離四林故言涅槃復次不織義是涅槃如先說何故名不相似者無相似因故如先說亦無上中下等故何故名非品者離諸品故如有爲法體性是品諸作是說有住相者四相及彼法五法是俱生品諸作是說無住相者三相及彼法四法是俱生品彼法無如是相故名爲非品復有說者世是品法彼法離世名爲非品諸陰諸苦諸生諸趣說亦如是何故名無跋那者稱讚之體已自成故不待復更稱讚如人本性賢善不待稱讚本賢善故彼亦如是復次有爲法中或以因稱果或以果稱因彼法無果可以稱因無因可以稱果復次諸聖親證此法故不待稱讚復次不稱讚者有無邊稱故如人大德言此人德不可說彼亦如是復次不可稱讚者周匝有美稱讚故如淨明珠周匝除闇彼亦如是亦如阿波那加珠所在之處而便安立如是若解脫

得在人身中此身名爲安立復次不可稱讚者名爲非稱無有人能如法說其過者名爲非稱復有說者離諸性故言無跋邪此中無刹利婆羅門居士首陁性故言無跋邪亦無青黃等色故言無跋邪有爲法或性是色或依色或爲色作所依彼法性非是色亦非依色亦不爲色作所依何故名最勝者以上妙故名最勝如世間以上妙飲食衣服瓔珞等故名最勝尊者瞿沙說曰彼法是最勝以是通暢究竟法故何故名智者以智果故如經中說六入是業六入是業果以業名說如斷是智果以智名說如天眼天耳是通果以通名說彼亦如是是智果故以智名說何故名應者應受供養故名應世界所有上供盡應受故何故名不親近者以無可親近故有爲法以貪其果而親近之如人爲貪蔭凉華果故親近於樹彼法與上相違故名不親近問曰若說不親近者何以故經中說親近明人耶答曰以得智故明人者佛若佛弟子以親近故得所緣忍智及成就得是故說親近復有說者明人所依去故說親近如說阿羅漢去至涅槃何故名不修者以不在身中若法住在身中者修彼法不在身中是故不修復有說者以無可修法故如阿毗曇所說修法彼中無故名曰不修復有說者以無可親近事故所以不修問曰若不修者此偈云何通如偈說

瞿曇坐樹下　禪思不放逸　不久履道迹
涅槃在心中

答曰如尊者波奢所說言涅槃在心中者心

中成就涅槃得故何故名可樂者以離一切苦故聖人畏苦涅槃無身心苦故聖人樂之如苦惡戒生死增長老死說亦如是世尊經說時解脫是樂法無漏戒是樂戒者以能到涅槃故何故名近者以是有法故或有說是非有法而彼法實有體性是故說近以是事故世尊經說行者精進成就十五法是名學迹得近涅槃復次不選擇身故名近若剎利修道即證婆羅門毗舍首陀修道亦證復次不選擇處所故名近若於村落若於靜處修道即得復次以是近觀故名近諸聖起緣彼忍智現在前正觀此法如在目前復次以比相故知近如波伽羅那經所說云何遠法謂過去未來法云何近法謂現在前及無爲法復次住近處得故名處近近處者謂現在世

現在世證故名近復次捨近法得故名近近法名現在聖人捨現在法入涅槃故名近尊者瞿沙說曰精勤次第趣向修正方便者得故名近復次聖道所依身定故此法不爾名近若依此身應起聖道餘身不能涅槃不爾隨修道所依身則能證是名爲近問曰何故名妙耶如道亦是妙何以獨稱涅槃爲妙波伽羅那所說云何妙法無漏善法是也答曰道雖是妙涅槃是妙中妙復次道雖是妙雜無常過故涅槃不爾復次道有對治猒惡善根故如空空三昧無相無相三昧無願無願三昧無有善法能猒惡涅槃者故名爲妙法問曰涅槃何故名離耶如道亦是離相如波伽羅那所說云何離法答言欲界繫或色無色界繫出要寂靜善定學法無學法數滅等

法是也答曰涅槃唯是離道是離是可離復次捨一切法故言離有漏法有二種捨一者離欲捨二者棄捨無漏有爲法雖無離欲捨而有棄捨涅槃無離欲捨亦無棄捨復次第一義是離以色故離欲以無色故離色諸有所作諸有所思以涅槃故離云何非數滅答曰是滅非解脫問曰何故名非數滅答曰不以功作而得是名非數滅所以者何如人住此四方所有色聲香味觸是五識身所緣法不以功作而住不生法中故非數滅問曰以何法能得此法耶答曰或有說者以過去未來陰入界非現在世所以者何以陰入界現在身中可得故如此說者一一刹那中有失有得刹那生時失刹那滅時得復有說者未來世中得非過去所以者何過去諸陰曾在

身中今日陰即在身故此說亦有過所以者何未來法生時此法亦捨故評曰於未來不生法中得如是說者好以是故一切時常增益問曰數滅多非數滅多耶答曰或有說者數滅多非數滅少所以者何數滅於過去未來現在法中得非數滅唯未來不生法中得故復有說者非數滅多數滅少所以者何非數滅有漏無漏法中得數滅唯有漏法中得故評曰應作是說此二法俱無量無邊以是事故應作四句有法是數滅所得非非數滅所得有法非數滅所得非是數滅所得有法亦數滅所得亦非數滅所得有法非數滅所得亦非非數滅所得初句者過去現在有漏法及未來世生者是也第二句者未來世不生無漏法是也第三句者謂未來世不生有

漏法是第四句者謂過去現在無漏法未來世必生無漏法是也如住此凡夫人得五道中五識非數滅所以者何彼中所有色聲香味觸緣彼識住在不生法中故是以得彼非數滅如此處色聲香味觸彼五處衆生亦於此得非數滅若惡道分已斷者彼盡得惡道中非數滅問曰誰能斷惡道答曰或是布施或是持戒或是聞慧或是思慧如不淨阿那般那念處或是修慧如煖法頂法至忍必斷尊者婆檀陀說曰若不因覺知緣起法則不斷惡道此說云何言覺知緣起法者盡是無漏道評曰不應作是説如是説者好或以布施或以持戒得惡道非數滅乃至以頂得惡道非數滅自有衆生得如上善根惡道分斷鈍根者乃至忍斷問曰爲一時得三惡道非

數滅爲次第得耶答曰或有說者三種一時得問曰若爾者提婆達多生地獄中豈非得餓鬼畜生非數滅耶答曰唯除地獄一生分餘地獄生分及餓鬼畜生分一時得評曰若起達分善根斷惡道者一切惡道得非數滅若施等斷惡道此則不定若斷地獄則得地獄非數滅餘則不定餘趣亦如是若以達分善根斷惡道者彼惡道一時非數滅已說得惡道非數滅復云何得生處非數滅答曰住增上忍時除人天中七生分色無色界一切處一生分其餘諸生皆得非數滅須陀洹趣斯陀含果住方便道不起得斯陀含得欲界六生分非數滅若起得者住第六無礙道時得也若斯陀含趣阿那含果住方便道不起得阿那含得欲界一生分非數滅最後無礙

道當得欲界一切生分數滅若起得者最後無礙道得欲界一生分非數滅當得欲界一切生分數滅離初禪欲時若是不退法住方便道不起者得初禪二分二生分非數滅最後無礙道當得初禪一切生分數滅若起者最後無礙道得二生分非數滅當得一切生分數滅若是退法若起若不起最後無礙道當得初禪地一切生分數滅不得非數滅乃至離無所有處欲說亦如是若離非想非非想處欲若是不退住方便道不起者得非想非非想處一生分非數滅最後無礙道當得非想非非想處一切生分數滅若起者最後無礙道得非想非非想處一生分非數滅當得一切生分數滅若是退法不起離欲者住方便道得八地餘生分非數滅最後無礙道當得非想非非想處一切生分數滅若起者最後無礙道得八地中餘生分非數滅當得非想非非想處一切生分數滅已說生處諸煩惱復云何答曰住增上忍時得三界見道所斷煩惱非數滅隨無礙道隨種當得數滅若是聖人是不退法是不起離欲界欲隨所斷種住方便道得非數滅隨無礙道隨種當得數滅若起者隨無礙道隨種得非數滅當得數滅若是退法若起若不起隨無礙道隨種不得非數滅當得數滅乃至離非想非非想處欲說亦如是問曰退法者於諸煩惱何時得非數滅答曰或有說者若信解脫轉根得見到時解脫轉根得不動評曰應作是說若得決定更不退爾時得諸煩惱非數滅以是事故而作四句或有煩惱先得非數滅後

得數滅先得數滅後得非數滅或有俱得或有俱不得初句者住增上忍於三界見道所斷煩惱是不退法不起離欲住方便道修道所斷煩惱是謂先得非數滅後得數滅第二句者若是退法三界修道所斷煩惱是謂先得數滅後得非數滅第三句者若是不退法起離欲隨無礙道隨種得非數滅得數滅復有離欲界欲斷上上煩惱時染污五識身於所緣得非數滅乃至離八種欲亦如是若斷下下煩惱時彼下下染污五識身於所緣得非數滅得數滅亦得欲界善不隱沒無記行數滅離初禪欲斷上上煩惱彼上上染污三識身於所緣得非數滅得數滅離八種欲亦如是若斷下下煩惱時彼初禪下下染污三識身於所緣得非數滅得數滅亦得初禪地善不隱沒無記行數滅是謂俱得第四句者除上爾所事

阿毘曇毘婆沙論卷第二十三

音釋

跋那 梵語也此云色又云性又云稱讚又云字跋蒲末切

闇 烏紺切不明也

蔭 於禁切陰景曰蔭

阿毘曇毘婆沙論卷第二十四

迦旃延子造
北涼沙門浮陀跋摩共道泰譯

雜犍度愛敬品第四之三

已說煩惱道復云何答曰堅信人行堅信道時於堅法道得非數滅堅法人行堅法道時於堅信道得非數滅見到人行見到道時於信解脫道得非數滅非時解脫人行非時解脫道時於時解脫道得非數滅聲聞人於聲聞道決定者於辟支佛道佛道得非數滅辟支佛人於辟支佛道決定者於佛道聲聞道得非數滅求佛道者於佛道決定時於聲聞辟支佛道得非數滅阿羅漢有六種一退法二思法三護法四等住五能勝進六不動問曰此諸阿羅漢於何時得非數滅耶答曰若退法者於退法決定者於五種得非數滅若不決定者不得乃至能勝進說亦如是不動法者得不動法於五種道得非數滅問曰非數滅皆是勝進時得何以不是道果耶答曰本離欲時不爲此法作方便得故若當爲非數滅作方便者非數滅則不可得所以者何若心貪著有是人不能過三惡道若心爲涅槃能過惡道問曰非數滅得是何心果答曰或有說者是造受生處心果復有說者若心能使生相續是彼心功用果評曰應作是說隨住何心得非數滅即彼心果問曰於何法得非數滅答曰於三界繫及不繫法中得生欲界於此四法中得生色無色界亦如是非數滅得隨生何地即彼地繫問曰非數滅於何法得增長耶答曰生欲界中於欲界繫五

識身而得增長亦有緣現在欲界意識身而得增長然微細難現於色界三識無量解脫勝處一切處而得增長無色界唯一切處生色界中於欲界五識身而得增長意識亦得增長然微細難現色界三識無量解脫勝處一切處而得增長無色界唯一切處生無色界中於欲界五識色界三識無量解脫勝處一切處而得增長問曰聖人生色界中於欲界繫何法中得非數滅耶答曰初禪命終生二禪中初禪果欲界變化心得非數滅若生三禪中初禪二禪果欲界變化心得非數滅若生第四禪中初禪二禪三禪果欲界變化心得非數滅乃至第三禪命終生第四禪中第三禪果欲界變化心得非數滅問曰色界命終生無色界中於欲界繫何法中得非數滅耶答曰若初禪命終生無色中四禪果欲界變化心得非數滅第二禪命終生無色中三禪果欲界變化心得非數滅第三禪命終生無色中二禪果欲界變化心得非數滅第四禪命終生無色中一禪果欲界變化心得非數滅聖人生無色界中於欲色界繫法不得非數滅所以者何先已得故問曰先入涅槃阿羅漢得非數滅多後入涅槃阿羅漢得非數滅多耶答曰前入涅槃者多迦葉佛時入涅槃者則多釋迦牟尼佛時入涅槃者釋迦牟尼佛時入涅槃者則多彌勒佛時入涅槃者問曰何等阿羅漢成就非數滅最多答曰生無色界阿羅漢住最後心者於一切法得非數滅多頗有陰界入永滅而不得非數滅耶答曰有謂阿羅漢住最後心評曰不應

作是說所以者何無有陰界入永滅而不得
非數滅者問曰阿羅漢住最後心時非是不
得非數滅耶答曰不得所以者何阿羅漢若
決定欲入涅槃時爾時除若五心六心當起
現在前餘陰界入悉得非數滅
世尊說有二涅槃界謂有餘身涅槃界無餘
身涅槃界乃至廣說問曰何故作此論答曰
上說云何數滅答曰若滅是解脫彼數滅有
二種一是有餘身涅槃界二是無餘身涅槃
界未說云何有餘身涅槃界無餘身涅槃界
今欲說故而作此論復有說有餘身涅槃界
有體無餘身涅槃界無體復有說有餘身涅
槃界是善無餘身涅槃界是無記復有說有
餘身涅槃界是道果無餘身涅槃界非道果
復有說有餘身涅槃界是諦所攝無餘身涅
槃界非諦所攝復有說有餘身涅槃界是有
爲無餘身涅槃界是無爲有漏無漏亦如是
爲止如是說者意欲明此義俱是無漏以是
事故爲止他義欲顯已義乃至廣說而作此
論云何有餘身涅槃界答曰阿羅漢住壽四
大未滅乃至廣說四大者即四大是也諸根
者造色是也相續心者是心心數法也若此
四大造色心心數法未滅是有餘身涅槃界
復有說者四大是四大身諸根即諸根相續
心是覺性若身諸根覺性未滅是有餘身涅
槃界如是等諸有餘故名有餘身涅槃界身
有二種一煩惱身二生身惟無煩惱身而有
生身復有說者身有二種有染污不染污染
污已盡唯有不染污是故說四大等有餘故
言有餘四大爲生何法謂生造色依造色能

生心心數法乃至廣説彼斷一切結得作證是名有餘身涅槃界云何無餘身涅槃界若阿羅漢已入涅槃四大滅乃至廣説四大者即四大諸根者是造色相續心者是心心數法若此四大諸根心心數法滅是名無餘身涅槃界復有説者四大者即四大身諸根即諸根相續心是覺性若身諸根覺性滅是名無餘身涅槃界問曰此文不應作是説身諸根覺性滅名無餘身涅槃界應作是説阿羅漢斷一切結盡入於涅槃是名無餘身涅槃界而不説者有何意耶答曰彼尊者依世俗言説信經故而作是説阿羅漢死時風大能損火大火大損故飲食不消飲食不消故四大羸四大羸故諸根亦劣諸根劣故不能與心心數法作所依心心數法無所依故則不生心心數法不生便是無餘身涅槃界身有二種一者生身二煩惱身彼二種身俱滅是名無餘身涅槃界復有説者身有二種謂染汚不染汚二種身俱滅一切結使斷是名無餘身涅槃界問曰此中何以不説斷一切結得作證耶答曰以現在得作證故言得作證彼時現在得滅故不言得作證復有説者有衆生處有得誰得此得言是提婆達多延若達多彼中無如是衆生差別故唯是法性是故不説得作證等

問曰凡夫人學人斷爲是有餘身涅槃界爲是無餘身涅槃界耶答曰亦不名有餘身涅槃界亦不名無餘身涅槃界但名爲斷亦名無欲亦名爲滅亦名爲諦少分是斷智少分非斷智少分是沙門果少分非沙門果問曰

頗有阿羅漢不住有餘身涅槃界不住無餘身涅槃界耶答曰如經本所說有如說具三事者名有餘身涅槃界無三事者名無餘身涅槃界生色界阿羅漢入滅盡定唯有四大諸根無相續心生無色界阿羅漢唯有相續心無諸根四大生欲界阿羅漢唯有四大相續心有諸根不具者評曰如是諸阿羅漢皆當言住有餘身涅槃界經文應如是說云何住有餘身涅槃界答曰阿羅漢住壽一切結盡得作證云何無餘身涅槃界答曰阿羅漢一切結盡入涅槃若作是說盡攝生欲界生色無色界有心無心具根不具根者

涅槃當言學耶乃至廣說問曰何故作此論答曰先說數滅是二種涅槃界乃至廣說未說是學無學非學非無學今欲說故而作此論復次何故作此論者爲止並義者意故如犢子部說涅槃有三種是學無學非學非無學若學斷諸結得作證是名學若無學斷諸結得作證是名無學若非學非無學斷諸結得作證是名非學非無學爲止如是說者意欲顯己義故而作此論

涅槃當言學無學非學非無學耶答曰涅槃當言非學非無學復有說者涅槃是學無學非學非無學者此是犢子部所說所以者何彼說涅槃有三種性若學斷諸結得作證是名學也無學非學非無學說亦如是作如是說者則有大過云何一解脫體爲三得所得便有三性如我義者如此文如此義如此論如我等意涅槃是非學非無學此是尊者迦旃延子欲顯己義經本應齊作是說不應作

餘說所以者何若作餘說育多婆提所說有過復有說者應作餘說所以者何毗婆闍婆提問育多婆提如是汝說涅槃是非學非無學耶此是問亦是定言所以者何若不定他言說說他過者是則不可育多婆提答言如是毗婆闍婆提復作是難於意云何若先以世俗道斷結作證乃至廣說得阿那含果彼是學耶育多婆提答言不也所以者何我說涅槃是非學非無學育多婆提欲說毗婆闍婆提過若當先以世俗道斷結得作證乃至廣說乃至得阿那含果彼是學者本應是學若不得果而是學者何事則不可趣阿羅漢斷結作證阿羅漢斷結作證退說亦如是育多婆提於他法中不順義者集置一處而說其過若當涅槃是非學非無學復作學學作

無學無學作學者是則不定若不定者則是無常若無常者有爲無爲無有差別所以者何涅槃未曾作非學非無學復作學學作無學無學作學以是故涅槃於一切時是常是寂滅是非學非無學廣說如經本復有說者育多婆提欲說毗婆闍婆提過毗婆闍婆提有二種一說涅槃是非學非無學復作學學作無學無學作學二說涅槃是非學非無學者常是非學非無學學常是學無學常是無學育多婆提難毗婆闍婆提言涅槃是非學非無學復作學學作無學無學作學者如是汝說涅槃是非學非無學然後作學耶毗婆闍婆提答曰如是育多婆提復難毗婆闍婆提言於意云何若先以世俗道乃至廣說後見四聖諦得阿那含果彼是學耶毗婆闍婆

提答言如是所以者何我說涅槃是非學非無學復作學故育多婆提復問毗婆闍婆提言汝意云何先以世俗道斷結得作證是非學非無學是彼非學非無學作學耶毗婆闍婆提答言如是所以者何我說非學非無學後作學故育多婆提復說毗婆闍婆提過若先以世俗道斷結得作證後得阿那含果當是學者本應是學若不得果而是學者是則不可育多婆提復難毗婆闍婆提言趣阿羅漢斷結得作證是學後作無學阿羅漢斷結得作證退作學說亦如是育多婆提於他法中不順義者集置一處說過如上若說涅槃是非學非無學常是非學非無學乃至無學常是無學者育多婆提難毗婆闍婆提言汝說涅槃有三種耶答曰如是育多婆提難毗婆闍婆提言於意云何若先以世俗道斷欲愛恚未見真諦欲得見故勤修方便修方便時得見真諦得阿那含彼是學耶答曰如是所以者何我說涅槃有三種故育多婆提難毗婆闍婆提言於意云何若先以世俗道斷結作證是非學非無學後得阿那含果即是學耶答言不也所以者何我說涅槃是非學非無學常是非學非無學乃至廣說毗婆闍婆提反難育多婆提若當涅槃是非學非無學後作學者未得阿那含果時本應是學育多婆提欲去此過故若不得阿那含果而是學者此則不可育多婆提復難毗婆闍婆提若趣阿羅漢果斷結作證阿羅漢斷結作證退說亦如是育多婆提於他法中不順義者集置一處而說其過若當涅槃是非學非無

學後作學學作無學無學作學非學非無學常是非學非無學乃至無學常是無學者是則不定若不定者則是無常若無常者有為無為無有差別涅槃未曾作非學非無學後作學學作無學無學作學非學非無學常是非學非無學乃至無學常是無學以是事故涅槃於一切時是常是寂滅非學非無學廣說如經本

問曰所說得復有得不耶若當有者得復有得便為無窮若無窮者無成就此得者答曰應作此論得復有得問曰若然者是則無窮答曰無窮有何過未來世寬能容此得以生死法無窮故得亦復然是故難斷難除難過衆若相續猶如連鎖復有說者以俱在一世一剎那中故非無窮評曰應作是說法生時

三法俱生謂法得得得以得故成就彼法及得得以得得故成就得是故非無窮以是事故而作此論頗有行陰色陰同於一得耶答曰有所謂色得得是也乃至行陰識陰說亦如是有為無為亦同一得所以者何無為得得無為及得得是名有為無為同共一得問曰有成就過去未來得不若成就者云何非是無窮所以者何法生時法得得得俱生此三滅已便生六得二是得三是得得是六生十二十二生二十四乃至無量無邊若不成就者定揵度文云何通耶如說無色界命終生欲界中所得陰界入四大善不善無記根結縛使纏煩惱當言本得得本不得得答曰善染污當言本得得報當言本不得得彼得亦有善亦有染污復有說者有成就過去未

來得者問曰若然者云何非是無窮答曰假令無窮復有何過未來世寬無容處耶以生死是無窮故難斷難除難過衆苦相續猶如連鎖復有説者無有成就者問曰若然者如説無色界命終生欲界乃至廣説此文云何通耶答曰此文不説得説得所不攝法評曰不應作是説應作是説有成就過去未來得者所以者何以得故沙門果有差別若不成就過去未來得者一一刹那沙門果亦得亦捨修梵行者則無休息心復更有過以三事故捨於聖道一退二轉根三得果不因此三亦捨聖道然無是處是故有成就過去未來得者苦法忍有十五得一是苦法忍俱二是苦法智俱乃至道比忍俱有十五乃至無學初智除其自體盡是因廣説如上苦集諦得苦集諦攝滅諦得三諦攝道諦得即道諦攝苦集道諦三世攝彼得亦三世攝滅諦不在三世得三世攝苦集諦是善不善無記彼得亦是善不善無記滅道諦是善彼得亦是善苦集諦是三界繫彼得亦三界繫滅諦是不繫彼得是色無色界繫亦是不繫道諦是不繫得亦是不繫苦集諦是非學非無學彼得亦是非學非無學滅諦是非學非無學彼得是學無學非學非無學道諦是學無學彼得亦是學無學苦集諦是見道修道斷彼得亦是見道修道斷滅諦是不斷彼得是修道斷不斷道諦是不斷彼得亦是不斷欲界見道修道所斷乃至無所有處見道修道所斷解脫得有三種學無學非學非無學非想非非想處見道所斷修道所斷八種解脫得有二

種學無學第九種解脫得是無學所以者何彼得與盡智俱生故問曰欲界見道修道所斷乃至非想非非想處見道修道所斷彼解脫得斷地所攝耶答曰或有說者隨其斷對治道在何地彼得亦爾諸作是說隨其斷對治道所在之地彼得亦爾者欲界見道修道所斷解脫得未至禪所攝初禪解脫得三地所攝謂未至初禪中間禪第二禪者四地所攝第三禪者五地所攝第四禪見道修道所斷無色見道所斷者是六地所攝空處修道所斷者七地所攝識處八地無所有處非想非非想處九地復有說者隨彼過患對治所在之地彼得亦爾諸作是說彼隨有過患對治所在之地彼得亦爾者欲色界見道修道所斷解脫得六地所攝空處見道修道所斷七地識處見道修道所斷八地無所有處非想非非想處見道修道所斷九地復有說者隨地有法智分彼地亦有欲界見道修道所斷解脫得若地有比智分彼亦有色無色界見道修道所斷解脫得諸作是說隨彼有法智分彼地亦爾者欲界見道修道所斷解脫得六地所攝色無色界見道修道所斷解脫得九地所攝評曰不應作是說如前說隨地有斷對治道彼得亦爾者好

問曰若以滅道法智離色無色界欲彼色無色界修道所斷解脫得爲是法智分爲是比智分耶答曰或有說是法智分所以者何以是法智所證故評曰不應作是說是比智分問曰是法智所證云何是比智分耶答曰雖是法智所證而以比智所知然皆是色無色

界根本對治隨以何斷而皆是比智分問曰若離五種欲入見道者苦法忍滅苦法智生彼前所斷欲界見苦所斷五種欲彼刹那中所斷四種欲彼九種盡是與苦法智俱生無漏得作證如是乃至道法忍滅道法智生彼前所斷欲界見道所斷五種欲彼刹那中所斷四種欲彼九種盡是與道法智俱生無漏得作證若道比忍滅道比智生是時得三界見道所斷與道比智俱生解脫得彼得欲界修道所斷五種欲無漏解脫得不尊者僧伽婆修答曰得所以者何以是須陀洹亦是斯陀含向故評曰不應作是說言不得者好所以者何不可說住果時復得趣果道彼不得趣果道爲以何事言是趣果問曰爲以何時得彼解脫得耶答曰或有說者若修向斯陀含果方便是時便得評曰不應作是說言是時得解脫得應作是說若得斯陀含果是時便得

問曰聖人以世俗道離欲此道爲是曾所得道爲是未曾得道耶答曰或有說者是曾所得道所以者何如無始以來所用離欲道今所用道即是彼道若以曾所得道離欲界上上欲時於離上上欲中得二種解脫得一是世俗以曾得者二是無漏道未來修故亦得欲界見道所斷上上煩惱解脫無漏得問曰若作是說是共對治亦是不共對治所以者何以曾所得道斷見道修道所斷煩惱同在一處如斷草束亦如剋契斷九種欲是名共對治道若聖人以此道斷修道所斷結時是名不共答曰所曾得道唯是共對治所以者

何以見道所斷結已斷若當不斷此亦能斷復有說者聖人所用世俗道是未曾得道所以者何無始以來所用道異今所用道異若作是說以未曾得道離欲界上上欲時得二種解脫得一是世俗二是無漏世俗者以未曾得道故無漏者以未來修故於欲界見道所斷上上煩惱非對治所以者何以未曾得此道故若作是說則是不共對治第九解脫道若未曾得道已曾得道一時悉得亦得欲界見道修道所斷漏無漏二種解脫得問曰以何等故第九解脫道已曾得道未曾得道修餘無礙解脫道何以不修耶答曰離欲得地時修異斷欲道時異第九解脫道時是離欲得地是故以曾得道未曾得道修斷欲道時不得地是故未曾得道修曾得道不修以

是事故智捷度所說善通如說若成就現在他心智亦成就過去未來耶答曰如是評曰如是說者好以未曾得道離欲已曾得道未曾得道修若作是說以未曾得道離欲已曾得道未曾得道修者離欲界修道所斷上上欲時得三種解脫得一是世俗曾得道二未曾得道三無漏於見道所斷上上欲得一解脫得以曾得道故以是義故善去不共對治過亦作是說頗有不退不得果不轉根而於見道所斷結得作證耶答曰有如此所說者是也如上上煩惱乃至下下煩惱說亦如是如離欲界欲乃至離無所有處欲說亦如是問曰頗一剎那頃當得信等五根得而不捨捨而不得乃至廣作四句答曰有初句者向阿那含果住最後無礙道時當得初禪地善

有漏諸根是也第二句者欲界悔憂俱根是也第三句者無漏諸根捨無礙道所攝當得解脱道所攝第四句者除上爾所事問曰諸得過去彼法亦過去耶若法過去彼得過去耶乃至廣作四句答曰有初句者數滅非數滅得在過去彼法非過去是也第二句者過去世非衆生數法是也第三句者過去世衆生數法是也第四句者虚空未來現在非衆生數法是也未來現在亦應如是作四句問曰若法修彼法得亦修耶答曰若法修彼法得亦修頗法得修彼法不修耶答曰有數滅是問曰若法無得彼法非不有解脱得耶若無解脱得彼法非不有得耶乃至廣作四句答曰有初句者非衆生數法是謂無得非不有解脱得也第二句者有爲無漏數滅非數滅是謂無解脱得非不有得也第三句者虚空是謂非有得非有解脱得也第四句者衆生數有漏法是謂非不有得非不有解脱得也問曰若法有得彼法無解脱得耶若法有解脱得彼法無得耶乃至廣作四句答曰有初句者有爲無漏及數滅非數滅是也第二句非衆生數法是也第三句者衆生數有漏法是也第四句者虚空是也（此是句應在非句前）

阿毘曇毘婆沙論卷第二十四

阿毘曇毘婆沙論卷第二十五

迦旃延子造
北涼沙門浮陀跋摩共道泰譯

雜犍度愛敬品第四之四

世尊說無學成就戒身乃至廣說問曰何故作此論答曰此是佛經佛經中說無學成就戒身雖作是說而不分別佛經是此論根本今欲廣解佛經故而作此論復次所以作此論者先說有餘身涅槃界無餘身涅槃界涅槃當言學無學非學非無學如此皆說無爲阿羅漢果今說有爲阿羅漢果故而作此論云何無學戒身答曰無學身戒口戒及淨命如餘處無學支中說正業即是此中無學身戒正語即是口戒正命是淨命問曰如身口戒外更無淨命云何立此三名耶答曰以淨不淨相對故而立三名七不善業從貪瞋癡生從貪生者是名邪命從瞋癡生者身業是邪業口業是邪語從貪生者不復更作是正命從瞋癡生不復更作身業是正業口業是正語復有說者或有爲命故或以遊戲故或以怨心故起七不善業若爲命故是名邪命若不爲命起身業是邪業起口業是邪語復有說者或有爲命故行於種種醫方呪術或有爲餘事者餘如前說復有說者或爲四種愛故行諸惡行或爲餘事者若爲四種愛行諸惡行是名邪命餘如前說復有說者若行諂誑等五事是名邪命若爲餘事餘如前說復有說者或有遮罪或有性罪若作遮罪是名邪命若作性罪餘如前說所以者何遮罪難除者故復有說者有根本不善業有方便

不善業若行方便不善業是名邪命若行根本不善業餘如前說所以者何以方便業難除者故與上所說相違是名正命無學成就戒身乃至廣說問曰如學非學非無學亦成就戒身何以但說無學耶答曰或有說者此是如來教化有餘略勝之說復有說者說最勝義故所以者何若以法而言則無學法勝若以人而言則無學人勝廣說如上無學法勝學法復有說者世尊或稱譽歎說最勝弟子或稱中者或稱下者稱最勝者如偈說

阿羅漢最樂　以無渴愛故　亦斷於我慢
壞裂無明網

稱中者如讚七善人經中所說稱下者如池喻經說此中唯說稱譽讚說最勝弟子

問曰云何是尸羅義耶答曰冷義是尸羅義所以者何破戒能令身心熱持戒能令身心冷復有說者學習義是尸羅義所以者何數數修習善福故云何無學定身答曰無學空三昧無相三昧無願三昧問曰定體是一云何說三耶答曰以三事故說三一以對治二以期心三以境界以對治故說空空是我見近對治法

問曰身見有二種一行於我二行我所空有二種一行於空二行無我此行與彼何行作近對治耶答曰無我行對於我見空行對我所見復次無我行對五我見空行對十五我所見復次無我行對已見空行對已所見復次無我行對我親愛空行對我所親愛復次陰非是我是無我行陰中無我是空行復次眼入非我是無我行眼入中無我是空行乃

至意入說亦如是復次性空是無我行無所行是空行以期心故說無願無願者不願於有問曰若以期心不願於有名無願者亦期心不願聖道而言無願耶答曰期心不願於陰而聖道依陰期心不願於世而聖道在世期心不願於苦而聖道依苦期心不願增長而聖道依於增長問曰若然者聖人何以修道耶答曰欲至涅槃故所以者何聖人觀察除於聖道更無有法能至涅槃是以修道以境界故說無相無相者無十相無十相故言無相十相者謂色聲香味觸男女三有爲相涅槃無如是相而彼定緣之復次陰是有相彼定緣陰不生復次前後法是有相彼定緣無前後復次若法有上中下是名有相彼定緣無上中下復有說者以行故說三彼空定行於二行謂空無我行無願定行於十行謂苦無常行集諦四行道諦四行無相定行於四行謂滅諦四行復有說者以對治故說三空行是我見近對治無願是戒取近對治無相是癡近對治

云何無學慧身答曰若智若見若明若覺若現觀乃至廣說評曰此說可爾但此中說正慧身不說分別慧身此文應如是說云何無學慧身答曰盡智無生智不攝無學慧是也云何無學解脫身耶答曰無學正觀相應解脫此時解脫是大地是盡智無生智無學正見相應解脫

云何無學解脫知見身耶答曰盡智無生智是也問曰何故說盡智無生智是無學解脫知見身耶答曰以是解脫人身中生故問曰

無學慧身無學解脫知見身有何差別耶答曰無學苦智集智是無學慧身所以者何此二智緣縛法故無學滅智道智是無學解脫知見身所以者何緣無縛法故復次無學苦智集智滅智是無學慧身所以者何此三智緣於解脫不緣解脫無漏智無學道智是無學解脫知見身所以者何此道智緣於解脫亦緣緣解脫無漏智解脫有二種謂有爲解脫無爲解脫有爲者苦集智所緣無爲者滅智所緣智解脫無漏見是道智所緣是故道智是無學解脫知見身以道智知三智故復有說者慧或對治耶慧或對治無知若對治耶慧是無學慧身若對治無知是無學解脫知見身如耶慧無知利鈍愚智亦如是戒身在六地謂未至中間根本四禪餘身在九地

問曰佛辟支佛聲聞此五種身爲有差別不耶答曰若以地以體則無差別若以根者則有差別利根者說勝中根者說中下根者說下如佛告諸比丘一究竟非衆究竟乃至廣說

問曰何故作此論答曰此是佛經佛經說一究竟非衆究竟佛經雖說一究竟而不分別爲以發心故言究竟爲以事成故言究竟佛經是此論所爲根本諸佛經所不說者今欲說故而作此論

問曰究竟有二何以世尊唯說一耶尊者波奢答曰一究竟謂發心究竟無二發心究竟一事成究竟無二事成究竟世尊亦說一諦無有二諦謂一苦諦無第二苦諦乃至一道諦無第二道諦復有說者唯一究竟無二究

竟謂事成究竟發心究竟者皆爲事成故發心復有說者諸外道等各各自於所行法中生究竟想佛作是說唯善說法中有究竟法惡說法中無究竟法復有說者此中不說第一究竟但欲說諸外道過失諸外道等斷見者非於常見常見者非於斷見佛作是言若常見者是究竟斷見應非若斷見者是究竟常見應非然常斷俱非究竟法是故欲說外道過故說一究竟非衆究竟如說一究竟非衆究竟乃至廣說究竟名爲何法答曰世尊或說道究竟或說涅槃究竟云何說道究竟如偈說

若不知道是聰明慢未到究竟不調而死

不知道者謂不見八道也是聰明慢者外道愚小自謂聰明而生憍慢未到究竟者雖復發意不到究竟不調而死者如有煩惱而生有煩惱而死如偈說道究竟云何涅槃究竟如偈說

到究竟無畏　無說亦無悔　能盡於有箭
此身是後邊

到究竟者究竟有二種一發心究竟二成事究竟是到第一事成究竟也無畏者善修空三昧深解緣起法故不畏惡道及生死苦無說者不如諸外道說邪智邪見無義之言也無悔者善除戒取生畢竟智故能盡於有箭者以善修聖道能令有愛已盡永滅寂靜住不流法中此身是後邊者已盡其因故更不生更不生故此身是後邊也

此是最究竟　無上寂滅道　能盡一切相
出要到不死

此是最究竟者說事成究竟也寂滅者離三火故道者智所立處無上者無所依故能盡一切相者顯現斷一切業斷一切煩惱相出要者除諸煩惱得清淨故到不死者畢竟到不滅法故

如數目揵連婆羅門往至佛所而白佛言沙門瞿曇所化弟子一切盡到究竟耶世尊告言婆羅門此事不定或有到者有不到者此中說涅槃是事成究竟有發心有發心究竟有事成有事成究竟云何發心究竟乃至事成究竟答曰或有說者世俗道是名發心非究竟聖道名發心亦名究竟世俗道所斷是名事成不名究竟無漏道所斷是名事成亦名究竟復有說者果中間道是名發心不名究竟根本沙門果道是名發心亦名究竟果中間道所斷是名事成不名究竟根本果報道所斷是名事成亦名究竟復有說者學道是名發心不名究竟無學道是名發心亦名究竟學道所斷是名事成不名究竟無學道所斷是名事成亦名究竟

如世尊說有諸外道梵志乃至廣說問曰何故作此論答曰此是佛經佛經中說有諸外道梵志作如是論我斷諸取乃至廣說佛經雖作是說而不分別佛經是此論所爲根本諸佛經中所不說者今阿毗曇盡欲說故而作此論

此中問三事一問諸外道實不斷諸取何以佛說諸外道言斷諸取二問如諸外道不施設斷諸取何以言諸外道施設斷欲取戒取見取三問如諸外道施設斷欲取戒取見取

不施設斷我取於此三種問中尊者迦旃延子先答中者問曰如諸外道不斷諸取何以言斷欲取戒見取乃至廣說答曰或有說者此是世尊小小說法之言此言應當違逆不應隨順所以者何世尊說法不以無因緣亦不以少因緣諸佛所說盡有因緣非無因緣盡有所爲非無所爲盡有所化非無所化若他人無緣者佛終不說復有說者世尊現少分斷故作如是說此言亦應違逆不應隨順所以者何如凡夫人斷欲界戒取見取乃至斷無所有處戒取見取凡夫亦斷初禪地我取乃至斷無所有處我取是故此言亦不中用然佛世尊廣說諸法乃至廣說此說是眞實義佛未出世時外道興學得名譽利養後佛出世蔽於外道猶如日光蔽於螢火外道弟子歸伏世尊外道利養轉轉減少時諸外道盡集一處而共議言沙門瞿曇未出世時世間所有名譽利養皆歸我等瞿曇既出如是等事轉轉減少然彼瞿曇無有實德但形容端正善於經論我等形容粗足相況然彼所說經法難及我等今當作何方便得彼經法若當得者世間利養還歸我等作是議言如我衆中蘇尸摩納等聰明利根兼有念力必能受持沙門瞿曇所說經法今可遣往爲彼弟子沙門瞿曇必爲此人廣說經法彼誦讀已當爲我等而來解說時諸外道作是議已即便喻遣蘇尸摩納等汝當往詣瞿曇沙門所求爲弟子乃至出家於佛法中所聞經法而能受持是時如來以十力四無所畏於大衆中廣爲人天解說諸法有諸外道在大

衆邊彷徉而行以竊法故心懷恐怖以恐怖故受持者少忘失者多以是義故當知世尊廣說諸法諸外道等唯誦斷三受忘斷我受復有說者世尊說法或有滿足有不滿足其所爲事無不滿足如經說四念處於念處義便爲滿足如說一念處名不滿足如說衆生住身身觀者如爪甲上土不住身身觀者如大地土如說五蓋七覺支六界此說亦是不滿足如說十蓋十四覺支十八界是名滿足以是事故其所爲事無不滿足說法有滿足不滿足有諸外道異學受佛法名者乃至廣說爲作證故而引佛經如經說有諸外道梵志詣諸比丘所集會堂作如是言諸長老如汝師瞿曇爲諸弟子作如是說當斷五蓋於四念處安止其心修七覺支我等爲諸弟子亦說如是法乃至廣說彼諸外道與蓋俱生俱死猶不識蓋何況知見念處覺支尚不聞香況知其味然佛廣說諸法乃至廣說如摩揵提梵志來詣佛所披欝多羅僧以手摩此如病如癰如箭如瘡之身作如是言沙門瞿曇此身無病即是涅槃彼梵志身無疹病常得飲食身無病故言身無病得飲食故言是涅槃彼梵志猶尚不識四大調適無病何況結盡涅槃復有說老無病是道涅槃是道果彼梵志尚不識無病道何況無病道果然佛廣演說法乃至廣說彼所問者今當說之何故外道梵志不施設斷我取答曰如經本說外道梵志長夜著我著衆生乃至廣說復有說者外道異學於我取心生恐怖如人在於山崖上立怖畏於下彼亦如是復有說者畏

捨已見隨逐他見外道異學以我見爲已見根本而不欲捨復有說者畏斷我命故復有說者畏爲同梵行者所輕賤故前所問者今當說之如諸外道不知斷諸取何以言斷諸取耶答曰此是世尊隨世言說爲作證故而引佛經知說有諸衆生見滅斷壞實義中無有衆生爲隨外道世俗言說有衆生此亦如是乃至廣說

有二智一斷智二知智乃至廣說問曰何故作此論答曰前說外道異學施設斷諸取不施設斷我取雖作是說不分別爲是斷智爲是知智今欲說故而作此論

有二智謂斷智知智云何知智若知見明覺現觀是也智者對無知見對邪慧明對無明覺對邪見現觀對邪觀復有說者此中說無漏知智所以者何無有世俗道能現觀者以是事故唯說無漏知智復有說者此中亦說有漏無漏知智何以知之世俗智亦有知見明覺現觀相故問曰世俗道無現觀義云何言現觀耶答曰現前觀了了是現前觀義世俗道亦能現觀故問曰若然者爲說何等世俗知智耶答曰除虛現觀相應慧所謂無量初第二第三解脱八勝處十一切處除如是等觀相應慧諸總相別相觀者去緣中愚者去物體愚者諸餘實觀如聞思修煖頂忍世第一法如是等也問曰何以定知世俗慧是現觀耶答曰如說現前觀了了義是現觀義世俗慧亦能了了現觀何以知之如城喻經說我未成三菩提等亦能生是現觀以是事故知世俗慧能作現觀云何斷智答曰若一

切愛恚癡斷一切煩惱斷名爲斷智問曰如斷無所緣智有所緣何以說斷名智耶答曰或有說者以斷是智果故斷名爲智如阿羅漢是智果以智名說如天眼天其是通果以通名說如六入是業果以業名說如此六入是本業如是斷是智果故說名斷智問白如修道中斷是智果見道中斷是忍果何以說名斷智耶答曰彼是世俗智果故若以世俗道離欲界欲乃至離無所有處欲彼欲界乃至離無所有處是世俗智果問曰世俗道有功處可爾世俗道於非想非非想處無功非想非非想處見道所斷盡是忍果云何彼斷復是斷智耶尊者僧伽婆修答曰有二斷智一是慧果二是智果彼是慧果評曰不應作是說所以者何世尊說二智一是斷智二是

知智不說斷慧復有說者斷智是無漏知智功用果所以者何如須陀洹以無漏道當得斯陀含果第六無礙道當通證三界見道所斷及欲界修道所斷六品結斯陀含以無漏道當得阿那含果第九無礙道當通證三界見道所斷及欲界修道所斷阿那含當得阿羅漢果金剛喻定當通證三界見道修道所斷斷是金剛喻定功用果以是事故斷是無漏知智功用果尊者佛陀羅測說曰當言斷法所以者何此是諸聖道第一所應第一畢竟第一勝法故尊者瞿沙說曰此當言斷捨所以者何捨棄一切生死法得此斷故復次從智種中生故言斷智如瞿曇姓中生名瞿曇彼亦如是復有說者彼斷雖無所緣而住智相如過去未來眼雖不能見而是見相如

過去未來受雖無所覺而是受相乃至慧說亦如是如是斷雖無所緣而是智相是故名斷智問曰如斷身見一結亦名斷智何以說一切結盡名斷智耶答曰斷一身見亦是斷智此中說斷一切結盡斷智不說漸漸斷智復次世尊或說智是知智或說智是斷智云何智是知智如偈說

此賢年少者　欲饒益世間　愛能生諸苦　能知是聰明

多求王此論根本曾聞有王名曰多求受性暴惡爲人輕躁多劫人民種種財貨是時人民普共集議退其王位以其次第立以爲王時多求王至國邊邑編草作�以自存活是時弟王問諸臣言我有大兄今何所在諸臣答言聞在邊邑編草作�以自存活王聞此言心生愁惱作是思惟惟有一兄勤苦如此我今何用在此王位即遣使往追命使還封一村落是時人民親附者衆所得封邑不供食用復更封與二村三村乃至半國猶故不足是時其兄以半國人力興兵殺弟自立爲王爾時帝釋作是思惟今此國王不識恩義作如是惡我當往誑而苦惱之爾時帝釋自化其身作婆羅門像頂戴螺髻身著麤衣左執軍墀右把法杖往詣王所以語告言讚美於王在一面立時王問言大婆羅門從何所來婆羅門答言我從大海外來王復問言大海之外有何奇事婆羅門言我見一國人民熾盛豐樂無極王復問言如我今日多諸兵衆若當討伐爲可得不婆羅門言往必可得王復問言誰當爲我導引在前婆羅門言我

當導引王復問言若可爾者後更幾日當示我路婆羅門言却後七日言已便去時王日日下筭計所期日至七日旦處處推求先婆羅門而都不見以不見故心生愁苦坐於靜室時釋迦菩薩在彼王國内婆羅門村中生有小因緣來詣王城聞王愁苦無能止者是時菩薩語諸臣言我能去王心中愁苦是時諸臣便將菩薩詣其王所爾時菩薩爲其國王說衆義經偈

追求五欲　若獲得時　以稱意故　必生歡喜

乃至盡說染欲品偈是時菩薩誦此偈已心生猒離得離欲愛以離欲故復說此偈

能行說爲正　不行何所說　若說不能行　不名爲智者

菩薩說此一偈半爲帝釋半爲國王若不能行不應許他若許他者便應即行而不行者是名不善事汝亦應當籌量彼人爲能去不能去復於何時曾見有人從大海外來而信其言耶是時國王於菩薩所心生歡喜便說此偈

此賢年少者　欲饒益衆生　愛能生諸苦　能知是聰明

如此偈說智是知智云何說智是斷智如說佛告比丘我今當說智所知法智成就智者云何智所知法答曰五陰是也問曰如智知一切法何以但說知五陰耶答曰若作是問者如下章答所以唯知苦此中應盡說之評曰不應作是說所以者何此中說斷智不說知智知五陰不知一切法故問曰若然者應作此論如五陰是二智所知謂知智斷智何

以世尊捨知智說斷智耶答曰或有說者以因此五陰得斷知智故下答知滅等是中盡應說云何為智答曰一切結盡乃至廣說問曰如佛說一切行盡是名斷智此中何以說一切結盡是斷智耶答曰此是如來教化有餘略勝之言復有說者若說結盡當知盡說一切有漏行斷如上說若過去者一切盡滅耶彼中答者此盡應說云何成就智者答曰漏盡阿羅漢是也問曰如學人處處有智何以唯說阿羅漢是智人耶答曰或有說者此是如來有餘之說乃至廣說復有說者以勝故如上答無學人勝學人此中應廣說復有說者學人隨其所知不悉捨有無學人隨其所知悉能捨有此中亦說云何為說答曰一切結盡誰盡一切結唯是無學人復有說者此文應如是說云何知智答曰若知見明覺現觀等乃至廣說亦如說賢年少等乃至廣說云何斷智答曰一切結盡亦如說我今當說智法乃至廣說若歸趣佛彼何歸趣乃至廣說問曰何故作此論答曰為非歸處生歸處想故欲顯真實歸趣處故而作此論如偈說

多有歸趣　山川樹林　園觀塔廟　以畏他故
此歸非安　此歸非勝　其所歸趣　不能免苦
若歸趣佛　法及眾僧　於四聖諦　能以慧見
此趣是安　此趣是勝　此趣能免　一切眾苦

是故為非歸趣作歸趣想欲現真實歸趣處故而作此論復有說者為止眾生愚歸趣故眾生或謂歸佛者謂歸趣如來父母所生之身頭足等分為止如是意故若歸趣佛者當

歸趣佛菩提無學法者若歸趣法者謂歸善不善無記法及諸比丘所行是應作是不應作法若歸趣法者當歸趣愛盡涅槃法若歸趣僧者謂歸趣四姓出家之人欲令衆生於此法中得決定若歸趣僧者當歸趣學無學法是故欲止衆生愚歸趣故而作此論

阿毘曇毘婆沙論卷第二十五

音釋

諂誑 諂丑琰切諛也佞言也誑居況切欺也 憍慢 憍居妖切恣也逸也慢莫晏切倨也怠也 粗 坐五切畧也疏也 彷徉 彷蒲光切徉與章切彷徉徘徊也 疹 丑刃切熱病也 躁 則到切不安靜也 ⿰革徙 所爾切履也 螺髻 螺落戈切髻古詣切螺髻謂髮髻如螺也 軍墀 梵語也此云餅墀直夷切

阿毘曇毘婆沙論卷第二十六

迦旃延子造

北凉沙門浮陀跋摩共道泰譯

雜揵度愛敬品第四之五

問曰若歸趣佛彼何歸趣答曰佛者實有此法以有此法故施設作如是語如是名如是想名爲佛乃至廣説問曰何故作如是説佛者實有此法以有此法故施設作如是語如是名如是想名爲佛耶答曰或有説者佛但有名施設作如是語如是名如是想名爲佛而無其實爲止如是意故而作是説佛者實有此法乃至廣説若歸趣者歸趣如是無學佛菩提法問曰若無學菩提法是眞實佛者此經云何通如須達居士所問云何名佛彼答言佛者有釋種子以信出家剃除鬚髮身著染衣是名爲佛答曰此是説佛所依若説所依當知亦説依者問曰若無學菩提法是眞佛者何故惡心出血而得逆罪耶答曰或有説者以心憎惡無學菩提法故是以惡心出血而得逆罪復有説者壞無學菩提所依故若壞所依則壞依者是故得逆罪若歸趣法彼何歸趣答曰若歸趣法則歸趣愛盡離涅槃若歸趣僧彼何歸趣答曰僧者實有此法乃至廣説是名爲僧問曰云何爲歸云何爲趣歸趣是何義耶答曰歸者是滅諦道諦少分趣者是口語復有説者趣者能起口語心是也復有説者信可此法是名爲趣評曰如是説者好能起口語心及共有法五陰體是趣云何是歸趣義答曰救護義是歸趣義問曰若救護義是歸趣義者提婆達多亦歸

趣佛法僧而墮惡道不爲救護耶答曰若歸趣者不破戒行不趣分界能作救護若歸趣者破於戒行趣於分界不爲救護如人畏於怨家歸趣於王求其救護王語救人若在我國不越分界我能爲汝而作救護若越我分界我則不能爲汝救護如是衆生畏惡道故歸趣於佛佛作是言若歸趣我不應破於戒行越於分界若破於戒行越於分界我則不能爲汝救護是故救護義是歸趣義復有說者隨爾所歸趣則有爾所救護以歸趣因緣故得出惡道問曰若歸趣佛者爲歸趣一佛爲歸趣恒河沙等諸佛若歸趣一佛者云何不是分歸趣耶若歸趣恒河沙等諸佛者何以但言歸趣一佛耶此經復云何通如說我爲毗婆尸弟子我爲尸棄弟子或有乃至我爲釋迦牟尼佛弟子評曰應作是說歸趣恒河沙等諸佛問曰若然者何以言歸趣一佛耶答曰此文應如是說我歸趣諸佛而不說者若歸趣一佛當知亦歸趣諸佛言我爲一佛弟子者隨其見眞諦處言我是彼佛弟子問曰若歸趣法者爲歸趣自身諸陰滅爲歸趣他身諸陰滅爲歸趣自他身諸陰滅耶若歸趣自身諸陰滅者云何不是分歸趣耶若歸趣餘者云何救護義是歸趣義答曰若歸趣者歸趣自身他身問曰若然者云何救護義是歸趣義耶答曰雖於我無救護而性是救護是故救護義是歸趣義問曰若歸趣僧者爲歸趣一佛僧爲歸趣諸佛僧若歸趣一佛僧者云何不是分歸趣耶若歸趣諸佛僧者何以言歸趣一佛僧耶此經復云何通如

說佛告賈客汝當歸趣未來世僧評曰應作是說歸趣諸佛僧問曰若然者何以言歸趣一佛僧耶答曰此文應作是說歸趣諸佛僧而不說者若歸趣一佛僧則爲歸趣諸佛僧此經云何通者以現前無僧寶故復有說者以僧寶難得故所以者何有佛出世而無僧寶問曰何處有此歸趣耶答曰若與戒俱者惟人中有若不與戒俱餘趣悉有問曰有受戒而不受歸趣者是人爲得戒不答曰或有說者不得所以者何若欲受戒應先受歸趣故復有說者若以自大慢心而不歸趣者是人不得戒若人不知爲先受戒爲先受歸趣者若不受歸趣而受戒是人得戒而與戒者得罪問曰若不求受歸趣爲得歸趣不耶答曰不得問曰若不得者或有在母腹中初生

小者而亦受歸趣此云何通答曰此爲隨順戒故此人本前生時能施他人受戒具若在腹中若初生小時父母爲其受歸趣後若長大作非法事時人便呵言汝在母腹中及初生小時已受歸趣今者何爲作非法事其人聞已即遠惡修善是故爲隨順戒爲受歸趣而實不得復有說者欲令信佛諸天爲擁護故問曰若他人爲求受歸趣者是人爲得不耶答曰不得問曰若不得者佛涅槃時阿難白佛拘尸城諸其甲人等歸趣世尊亦歸法僧此言云何通答曰或有說者佛威神力故般涅槃時令拘尸城諸力人等他人爲求而得於戒復有說者尊者阿難入拘尸城爲多力人授歸趣戒而還白佛世尊復有如是最後弟子衆復有說者得如迦尸女羅啞不能

言者是也如說若歸趣佛不墮惡道問曰若諸歸趣佛盡不墮惡道耶答曰此爲得不壞信者作如是說復有說者爲深心歸趣者作如是說問曰如法實勝佛何以歸趣時先歸趣佛後歸趣法耶答曰或有說者佛於教法中尊故是以先歸趣佛復有說者猶如病人先依附醫然後服藥佛如明醫法如良藥僧如授藥人

雜犍度無慚愧品第五之一

云何無慚云何無愧如此章及解章義此中應廣說優波提舍問曰何故作此論答曰以此二法所行相似故世人見行無慚言是無愧見行無愧言是無慚此二法實異人謂是一欲說其定體亦說差別故而作此論復有說者以此二法能壞世人世尊亦說有二黒法能壞世人謂無慚無愧復有說者以此二法行不善法時勢力最勝如說與何纏相應此心滓是不善謂無慚無愧復有說者以此二法令衆生有種種差別相如說若世無此二法則衆生無種種差別相謂豬羊雞犬等復有說者阿毗曇以此二法一心中可得是故尊者迦旃延子欲說其體及差別相故而作此論云何無慚答曰若無慚無慚分乃至廣說如是等盡說一無慚體而文有種種問曰雖說無慚體亦應說其所行答曰如不善所行無慚所行亦如是所以者何與不善法相應故問曰此爲何所緣耶答曰緣於四諦復有說者先說所行未說其體問曰若然者體是何耶答曰自身即是其體何以知之如說自身法是自相似法是總相諸作是說先

說是所行者應作四句初句者無慚行餘所行是也第二句者行無慚所行無慚相應法是也第三句者無慚行無慚行是也第四句者即是無慚行餘行相應法是也若不爾者除上爾所事如無慚行作四句餘行亦應作四句復有說者先說所緣未說其體未說所行如說無慚無慚分無惡賤無惡賤分是緣苦集諦如說不尊重不善尊重不避他不善避他是緣滅道諦云何無愧答曰無愧無愧分無愧他乃至廣說如是等盡說一無愧體而文有種種問曰若然者所行云何答曰如不善法所行無愧所行亦如是餘如無慚說問曰所緣云何答曰緣四聖諦廣說如無慚諸作是說先說是所行者亦應作四句初句者無愧行餘行是也第二句者無愧相應法行無愧行是也第三句者無愧行無愧行也第四句者即無愧行餘行相應法是也若不爾者除上爾所事如無愧行作四句餘行亦應作四句復有說者先說所緣未說其體未說所行如說無愧無愧分不愧他不數數愧無羞無羞分不羞他是緣滅道諦如說行惡不畏行惡不怖不見惡事可畏怖是緣苦集諦問曰無慚無愧有何差別何故復作此論答曰以此二法相似故雖說其體相而故須說差別不避他是無慚不見惡事可畏怖是無愧復次不尊重是無慚不見惡事可畏怖是無愧復次不惡賤煩惱是無慚不惡賤惡行是無愧復次自於身作惡是無慚於他身作惡是無愧復次若於一人前作惡不羞是無慚於多人前作惡不羞是無愧復次造智

者所呵嘖因時不羞是無慚造智者所呵嘖果時不羞是無愧是名差別問曰如此惡法何以不名爲使耶答曰此所行麤使性微細復次此習氣不牢固如燒樺皮使習氣牢固如燒佉陀羅木復次此不能自立使能自立復次此依於使無慚依貪欲無愧依無明使是根本以是事故不名爲使云何爲慚云何爲愧乃至廣說問曰何故作此論答曰此二法所行相似世人見行於慚名之爲愧見行於愧名之爲慚此二法實異人謂是一欲說其定體亦說差別故而作此論復有說者慚愧是無慚無愧近對治先說無慚無愧今說慚愧是彼近對治復有說者此是佛經佛經中說有二白法守護世人所謂慚愧若世人無此二法則謂不施設父母兄弟姊妹男女眷屬有衆生種種形差別謂猪羊雞犬驢馬狐狼等禽獸以有此二法故施設有父母兄弟姊妹男女眷屬亦應有猪羊等種種形差別佛經雖說慚愧不分別其體亦不說差別佛經是此論所爲根本彼中所不說者今欲說故而作此論云何爲慚若慚慚分乃至廣說如是等語盡說慚體如上所說問曰慚體如此所行云何答曰如善法所行此亦復爾與一切善法相應故問曰爲緣何法答曰緣一切法諸作是說先說是所行者應作四句初句者慚行餘行是也第二句者慚相應法行慚所行是也第三句者慚行慚行是也第四句者即慚相應法行餘行是也若不爾者除上爾所事如是餘行亦應作四句復有說者此論所緣如說慚慚分惡賤惡賤分此緣

苦集諦尊重善尊重避他善避他能制惡事是緣滅道諦云何愧答曰若愧愧分愧他乃至廣說如是等語盡說愧體問曰若巳說體所行云何答曰如諸善法所行此亦復爾乃至廣說若作是說先說是所行者應作四句初句者愧行餘行是也第二句者愧相應法行愧所行是也第三句者愧行愧行是也第四句者即愧相應法行餘行是也若不爾者除上爾所事餘行亦應作四句復有說者此說所緣如說愧愧分愧他羞羞分羞他是緣滅道諦如說見可惡事是可怖畏是緣苦集諦問曰慚愧有何差別何故復作此論答曰以此二法相似故雖說其體相故須說差別避他是慚見惡事可畏是愧餘答與上相違是慚是愧有無慚與慚相似有慚與無慚相似有無慚與無慚相似有慚與慚相似無慚與慚相似者不可慚事而慚慚與無慚相似者不可慚事而不慚無慚與無慚相似者可慚事而不慚慚與慚相似者可慚事而慚愧說亦如是界者無慚無愧在欲界慚愧在三界若是無漏不繫如法身論說信力乃至慧力是學無學非學非無學慚愧力是非學非無學復有說者慚愧是學無學非學非無學人者凡夫人有聖人亦有以有此法故當知是有漏無漏云何增上不善根云何微不善根乃至廣說問曰何故說增上不善根不說中耶答曰或有說者彼作經者意欲爾乃至廣說復有說者應作是問云何增上不善根云何中云何微而不說者當知此說有餘乃至廣說復有說者巳說初後當知亦略說中

間復有說者已說在此二中攝所以者何若說上當知中分在微分中若說微當知中分在上分中復有說者若易見易知者則說中法難見難知是故不說復有說者若是世現見者則說若不現見則不說世尊必知二法謂上與微何以知之如說利根者謂央掘魔羅鈍根者謂薩波達婆而不說中者復有說者若說於中則文重不便若不說中則文輕便云何增上不善根答曰不善根能斷善根者乃至廣說問曰斷善根者是邪見何以言是不善根耶答曰或有說者不善根斷善根方便時勢勝所以者何一切內外法方便時功勝於成時如菩薩見衆生老病死苦發菩提心此心能荷負三阿僧祇劫善行使不散壞亦無留難此心甚難後得盡智三界善根未來中修未足爲難復有說者邪見所以能斷善根皆以不善根力不善根能令善根羸劣微薄更無勢力亦令因緣多諸留難然後邪見能斷善根復有說者此文應如是說不善根能斷善根何等不善根答言邪見相應癡不善根亦斷欲界欲時最初滅者是也問曰斷欲界欲不應言亦所以者何即是一答故答曰或有說者此答前所說何等邪見能斷善根答言離欲界欲時初滅者云何微不善根答曰斷欲界欲時最後滅者彼滅已得名無欲問曰不善根斷善根時爲一種斷爲九種斷若一種斷者此說云何通如說云何微善根答言善根斷時最後滅者彼滅時名善根斷若九種斷者此文云何通如說云何增上不善根斷欲界欲時最初滅者云何以

一種不善根斷九種善根答曰或有說者一種斷問曰若然者此文云何通如說云何微善根答言斷善根時最後滅者彼滅得名善根斷答曰此以現在不行故作如是說如上上善根先不現在前後得不成就乃至第八善根亦如是彼下善根於一時得二種現前不行亦得不成就所以者何若斷下下善根時於下下善根一時得二種一不現前行二得不成就於八種善根得不成就不得不現前行本已得故以次第得不現前故而作是說斷善根時最後滅者彼滅得名善根故以一時得九種不成就故而作是說斷欲界欲時最初滅不善根以是義故此二說善通復有說者九種斷問曰若然者此說云何通如說斷欲界欲最初滅者乃至廣說答曰有多名九種有因九種有對治九種有報九種有善根斷九種因九種者如下下善根乃至能爲上上善根作因上上與上上作因不爲餘者對治九種者如下下對治道斷上上煩惱上上對治道斷下下煩惱報九種者如施設論所說修行上上殺生生阿毗大地獄中轉滅者生熱地獄中乃至轉轉滅者生畜生餓鬼中善根斷九種者如下下邪見斷上上善根乃至上上邪見斷下下善根若以斷善根邪見則有九種若以離欲邪見則有一種所以者何斷善根九種邪見時盡從離欲一種中起故下下邪見斷上上善根上上邪見斷下下善根以盡從一種中起故此二說善通問曰斷善根體是何耶答曰是不成就不隱没無記心不相應行行陰所攝所以者何邪

見斷善根非如刀之斷木若斷善根邪見在彼身中時成就善根得則滅不成就善根得則生以無善根得故名斷善根復有說者能斷善根邪見則是其體若作是說當知斷善根體是染汚法餘義如上頂退中說問曰何處斷善根答曰閻浮提弗婆提瞿陀尼能斷善根尊者僧伽婆修說曰唯閻浮提能斷非餘方所以者何如閻浮提人於善分猛利於不善分亦猛利問曰若然者此文云何通如說閻浮提成就諸根極多有十九極少八如閻浮提弗婆提瞿陀尼亦如是彼作是答此文應如是說弗婆提瞿陀尼極多十九極少十三閻浮提如先說評曰不應作是說如前說者好如此文義閻浮提極多十九極少八弗婆提瞿陀尼亦如是問曰爲男子能斷善根爲女人耶答曰如施設論所說以三事勝故能斷善根女人三事不如一男子造業勝於女人二男子欲有所作勝於女人三男子能令諸根利勝於女人是故男子能斷女人不能問曰若然者此文云何通如說若成就女根必成就八根彼作是答此文應作是說若成就女根必成就十三根評曰不應作是說如是說者好男子女人俱能斷善根如此文義若成就女根必成就八根若女人作斷善根方便重於男子如旃遮婆羅門女謗於世尊問曰爲愛行人能斷善根爲見行人能斷善根耶答曰見行人能非愛行者所以者何愛行人於煩惱法不堅固於出要法亦不堅固見行人行惡堅固是故見行人能斷善根非愛行人問曰黃門般吒無形二形能斷

善根不耶答曰不能所以者何見行人能彼是愛行多恚人能彼是多欲復有說者彼心輕躁故不能斷善根問曰斷何等善根耶答曰欲界善根問曰若然者此說云何通如說若人殺折脚蟻子無有悔心當言此人斷三界善根答曰此文應如是說此人當言斷三界中善根而不說者有何意答曰欲令三數滿故成就欲界善根不成就色無色界善根若斷欲界善根則三界善根不成就以是義故爲滿三數故作如是說復有說者以色無色界善根依欲界善根故復有說者若此不斷彼則生長若此斷者彼則乾萎復有說者復更得不成就故所以者何令彼轉更遠故問曰爲斷生得善根爲斷方便善根耶答曰斷生得善根非方便所以者何方便善根先已不成就故問曰爲縁有漏邪見斷善根爲縁無漏邪見斷善根耶答曰有漏縁非無漏縁所以者何無漏縁使其性羸劣有相應使無縁使故有漏縁使其性强盛有縁使相應使故問曰爲自界縁邪見斷善根爲他界縁邪見斷善根耶答曰自界縁者所以者何如前所說故問曰爲謗因邪見斷善根爲謗果邪見斷善根耶答曰或有說者謗因者能所以者何如說殺折脚蟻子無有悔心當知是人斷善根者復有說者謗果者能斷善根所以者何如說若決定言無善惡果報當知是人斷三界善根評曰俱能斷善根如是說者好所以者何謗因者如無礙道謗果者如解脫道謗因者與成就得俱滅謗果者與不成就得俱生是故俱能斷善根問曰何故以折

脚蟻子爲喻耶答曰以無過於人故殺無過者猶無悔心况有過者是故引以爲喻問曰住戒人斷善根時爲先捨戒後斷爲俱耶答曰或有說者先捨戒後斷善根所以者何彼人身中有一邪見生捨戒後一邪見生斷善根喻如猛風吹樹先折其枝葉後拔其根彼亦如是評曰應作是說若捨彼能生戒心當知戒亦捨問曰善根還相續時爲九種一時相續爲一一種續耶答曰或有說者一一種續復有說者地獄中死還生地獄中三種相續生畜生餓鬼中六種相續生人天中九種相續評曰如是說者好一時九種相續次第現在前喻如病人一時除病漸漸生力彼亦如是問曰善根爲斷者多爲相續者多耶答曰隨其所斷還有爾許相續若斷欲界善根還欲界善根相續若斷生得善根還生得善根相續問曰若斷善根於現法中還能令相續不耶答曰如說此人於現法中不能還令善根相續決定地獄中生地獄中死還能令善根相續問曰何等人地獄中生時相續何等人死時相續耶答曰或有說者若於中陰中乃至死時受邪見報以報盡故死時善根還相續若中陰中不受邪見報者則生時善根還相續所以者何如邪見與善根相妨報亦復爾復有說者或有以因力斷善根者或有以緣力斷善根者若以因力斷善根者死時相續若以緣力斷善根者生時相續復有說者或有自力斷善根者或有他力斷善根者若以自力斷善根者死時相續若以他力斷善根者生時相續復有說者或以常見或

以斷見若以常見死時相續若以斷見生時相續尊者瞿沙說曰生地獄中時不無報現在前彼作是念我自作此業當受此報若受彼報亦作是念是時善根還相續復有說者現法中能令善根還相續尊者佛陀提婆作如是說何等人於現法中能令善根還相續何等人轉身答言若得如是善知識多聞能爲是人說次第法語如是言若於我有信敬心於諸梵行者亦應生信敬心若能生信敬心者當知是人於現法中能令善根還相續何等人轉身者斷善根人有作無間罪者有不作者若不作無間罪是人現法中還令相續若作無間罪是人轉身或有破見破戒或有破見不破戒若破見不破戒是人現法若破見破戒是人轉身破其心破方便當知亦如是問曰若現法能生善根者彼所說云何通如說此人於現法不能還生善根答曰此說斷善根作無間罪者若於現法還相續者是名成就善根亦現在前若死時生時還相續者是名成就不能令現在前若於現法還相續者不必生地獄中問曰若於現法中還令相續者能得正決定不耶答曰或有說者不能所以者何以彼身中曾斷善根故使善根羸劣善根羸劣故不能得正決定而故能生達分善根復有說者能生達分善根得正決定乃至能得阿羅漢果如優仇吒婆羅門居士曾斷善根尊者舍利弗還令其人生於善根得正決定是故當知能生達分善根乃至亦能得阿羅漢果問曰殺斷善根人殺折脚蟻子何者罪重耶答曰或有說者若住等

纏其罪亦等是爲折脚蟻子斷善根人其量正等復有說者殺折脚蟻子罪多於彼所以者何折脚蟻子不斷善根彼人斷善根如是說者呵嘖斷善根者若以殺生殺折脚蟻子罪重若以得罪殺人罪重所以者何若殺人於人則得邊罪若殺折脚蟻子不得邊罪問曰於何處受斷善根邪見報耶答曰於阿毗地獄受如阿羅漢所趣最上到於涅槃斷善根者所趣最下到阿毗獄問曰諸斷善根盡住邪定聚耶答曰如是若斷善根盡住邪定頗有住邪定不斷善根耶答曰有如阿闍世王是也復有作四句者或斷善根非邪定或邪定不斷善根乃至廣作四句初句者富蘭那等自言是佛六師是也第二句者阿闍世王是也第三句者提婆達多是也第四句者除上爾所事問曰爲不起斷九種善根爲數數起斷九種善根耶答曰或有說者不起斷諸善根如是見道中不起彼亦如是復有說者或有斷一二三善根而起已復斷評曰不應作是說如說不起者好云何欲界增上善根云何微乃至廣說問曰何故問欲界繫善根不問色無色界耶答曰或有說者作經者意欲爾乃至廣說復有說者此問初起方便入法如問欲界當知亦問色無色界而不說者當知此問有餘復有說者先說不善根誰是不善根近對治所謂欲界善根也是故問之復有說者若易見易施設者則問色無色界增上善根雖易見易施設而微者難見難施設所以不問復有說者欲令經文便故色無色界增上善根雖易顯現而微者難見若

顯現者經文煩亂所以者何無斷善根法故欲界有斷善根法故若說微者則經文不煩是以問之

阿毘曇毘婆沙論卷第二十六

音釋

啞 烏下切口不能言也 呵嘖 呵虎何切譴也責也嘖正作責側革切 樺 胡化切木名 佉陀羅 梵語不名也佉丘迦切 央掘魔羅 梵語也正云鴦窶利魔羅此云指鬘謂殺人取指屈首爲鬘也掘其月切 般吒 梵語也此云黃門般逋潘切吒陟駕切 乾萎 乾古寒切燥也萎於爲切蔫也枯也

阿毘曇毘婆沙論卷第二十七

迦旃延子造

北涼沙門浮陀跋摩共道泰譯

雜犍度無慚愧品第五之二

云何欲界繫上上善根答曰菩薩得正決定時見道邊所得等智如來得盡智時得欲界無貪無恚無癡善根問曰何故見道邊等智得盡智時善根此二法等而論耶答曰或有說者此不等論但欲說見道邊等智於見道邊等智勝者得盡智時善根於盡智時善根勝者所以者何如辟支佛所得見道邊等智則勝聲聞如佛所得見道邊等智則勝辟支佛辟支佛得盡智時善根則勝聲聞佛得盡智時善根則勝辟支佛以是義故欲說見道邊等智於見道邊等智勝故乃至廣說復有說者此二法等而論之俱能摧伏過於有頂而得之故所以者何摧伏出過見道所斷有頂得見道邊等智摧伏出過修道所斷有頂得盡智時善根以是義故等而論之復有說者欲說轉勝法故如辟支佛得見道邊等智則勝聲聞得盡智時善根菩薩得見道邊等智則勝辟支佛得盡智時善根問曰若然者云何言聲聞辟支佛有增上善根耶答曰以身勝故說增上如在辟支佛身中則勝聲聞如在佛身中則勝辟支佛復有說者有二道見道修道若以見道力得佛亦勝若以修道力得佛亦勝復有說者此中亦不說勝亦不說等但說二種善根問曰如菩薩得正決定已得此等智何以言得正決定時耶答曰或有說者此文應如是說菩薩得正決定已得

此等智而不說者有何意答曰此中得決定已言得決定時已來言來如說大王從何處來廣說如上復有說者得決定時得此等智所以者何此智苦比智時修從苦比忍決定得苦比智時故集比忍集比智滅比忍滅比智亦如是同於所緣未休息故問曰何故言此智是見道邊耶答曰以二事故一從見道中得二從見道後邊得行人見道中得故言見道中見苦集滅最後得故言後邊問曰如此法體是四陰五陰何以說名爲智耶答曰此中智分多從多分故說名爲智如見道亦體是五陰以見分多故說名見道四道通金剛喻定此智亦如是問曰見苦邊欲界等智見集邊欲界等智此二何者爲勝答曰以見集邊等智在勝身中故勝所以者何見集時其道轉淨勝見苦時問曰欲界見苦邊等智色界見苦邊等智何者爲勝答曰色界者勝所以者何以色界法勝於欲界法故欲界繫見集邊等智色界繫見苦邊等智何者爲勝答曰欲界者以在勝身中修故勝色界者以界勝故勝問曰見苦邊欲界等智見集邊色界等智此二何者爲勝答曰色界者以二事故勝一以界勝二以在勝身中故勝如以苦問集以苦問滅以集問滅當知亦如是問曰何故法智邊不修此智耶答曰以非田非器故乃至廣說復有說者此智以見道後邊得故名見道邊智若當法智邊亦修者此智當言見道中智復有說者此智能摧伏出過有頂然後得之如苦比智現在前此智便修是時名摧伏出過見苦所斷法見集見滅說亦

如是復有說者所作已竟不作方便時得此等智如苦比智現在前此智則修是時名於苦已竟不作方便集比智滅比智說亦如是法智當多有所作雖知欲界苦未知色無色界苦雖斷欲界諸行集證欲界諸行滅未斷色無色界諸行集未證色無色界諸行滅復有說者若苦比智現在前時此智修見苦所斷愛畢竟滅集比智現在前時此智修見集所斷愛畢竟滅滅比智現在前時此智修見滅所斷愛畢竟滅法智分時見苦集滅所斷愛不畢竟滅是以不修問曰道比智邊何以不修此智耶答曰或有說者非其田器故乃至廣說復有說者此智是見道眷屬隨從見道道比智是修道故復有說者見道邊等智依堅信堅法身道比智依信解脫見到身復有說者見道邊等智是向道所得道比智是果道所得復有說者所作已竟不作方便是時此智修道比智當多有所作爲作何等謂當得未曾得道捨曾得道所斷結使同一味一時得八智修十六行復有說者此智見道邊得故言是見道邊等智若諦有邊名者是處便修三諦有邊名非道諦如說此身苦邊此身集邊此身滅邊不說此身道邊問曰因論生論何故佛經不說道邊耶答曰有能盡知苦盡斷集盡證滅無有能盡修道者佛於道盡得修不能盡得行修復有說者若諦以世間道出世間道能見者說邊無有以世間道見道諦者如世間道出世間道有味無味有愛出要繫不繫當知亦如是復有說者前無有際無始以來或曾以世俗道見於三諦

彼世俗道亦言我是道後若以眞實道見道諦時世俗道慚羞捨去如村落中未立主時自貴者多後若立主諸自貴者慚羞捨去彼亦如是復有說者見道邊等智體是有苦諦是有果是有果說名爲邊苦集諦是有是有果滅諦雖非有是有果道諦非有有亦非有果故復有說者三諦有無量過患無量功德苦集諦是無量過患滅諦是無量功德道諦亦無無量過患亦無無量功德故復有說者凡夫於無始生死已來於三諦曾已有功德若得正決定時彼見道邊等智亦欲證此法猶如與欲法我亦當知苦乃至證滅然無有凡人曾修聖道者復有說者見苦時不見眞道見集滅時亦不見眞道見道諦時乃見眞道時世俗道言我非道是中應說烏孔雀等喩復有說者見道諦時斷緣道諦道使非三諦是故世俗道於三諦自言是道後見道諦而便退還是故不修界者在欲色界問曰何故無色界中無耶答曰非其田器故乃至廣說復有說者若地有見道則有見道邊等智無色界無見道故無如是因論生論何故無色界無見道耶答曰非其曰故乃至廣說復次若有緣一切法無我行是中則有見道無色中無緣一切法無我行故無見道復次若地有達分善根則有見道無色界無達分善根故無見道復次若地有忍有智復次若地有法智分比智分復次見道法決定應爾若依下地得正決定則上地不修無色中若有見道邊等智者依第四禪入見諦道彼則無用故不修地者七地中有謂欲界未至中間

根本四禪若依未至禪得證決定彼一地見道修二地見道邊等智修若依初禪得正決定二地見道修三地見道邊等智修若依中間禪得正決定三地見道修四地見道邊等智修若依二禪得正決定四地見道修五地見道邊等智修若依三禪得正決定五地見道修六地見道邊等智修若依四禪得正決定六地見道修七地見道邊等智修依者依欲界身或有說者依色界身所以者何如來展轉曾有色界身亦能作所依故辟支佛聲聞亦如是報者後當廣說行者行十二行苦邊者行苦四行集邊者行集四行滅邊者行滅四行緣者欲界緣欲界苦色界緣色無色界苦緣集滅說亦如是復有說者此是總緣如緣欲界苦者緣色無色界苦者此總緣苦諦乃至滅諦說亦如是評曰此是別緣非總緣如前說者好念處者苦集邊是四念處滅邊是法念處智者是等智定者不與定俱根者總而言之與三根相應謂喜樂捨根三世者是未來世緣三世者若苦集邊者緣於三世滅邊者不緣世善不善無記者是善緣善不善無記者緣欲界苦集者緣三種色界苦集邊者緣善無記滅邊者唯緣善三界繫者是欲色界繫緣三界者欲界苦集者緣欲界繫色界苦集邊者緣色無色界繫滅邊者見緣不繫是學無學非學非無學者是非學非無學緣學無學非學非無學者是緣非學非無學見道斷修道斷不斷者是修道斷緣見道修道不斷者若苦集邊者緣見道修道斷若滅邊者緣不斷緣名緣義者若苦集邊者

是緣名緣義若滅邊者是緣義緣自身他身不緣身者若苦集邊者緣自身他身若滅邊者不緣身問曰此智爲依凡夫身爲依聖人身耶若依凡夫身者何以不名凡夫法若依聖人身者此法終不起現在前若起者云何不二道俱現在前或有說者應作此論不依凡夫身亦不依聖人身評曰不應作是說云何名善根不依凡夫身不依聖人身實義者當言依聖人身問曰聖人不起現在前何以言依聖人身耶答曰雖不起現在前以時而言應在聖人身復有說者依堅信堅法身彼堅信堅法人不起所期心故不現在前問曰如堅信堅法身唯智忍所依云何復是此智所依耶答曰彼有二種身一種得見道亦在身中成就亦現在前即此身得此智不在身中成就不現在前第二身得等智在身中成就亦現在前即此身得見道不在身中成就不現在前若此身得見道在身中成就現在前得是智不在身中成就不現在前如此身堅信堅法起現在前若此身得是智在身中成就現在前得見道不在身中成就不現在前若起期心堅信堅法亦能起此身現在前是聞思修慧者欲界者是思慧以勝故非是聞慧以欲界非離欲地非定地非修地故非修慧若欲修時墮思慧中若色界是修慧非聞思慧所以者何以勝故非聞慧以色界是離欲地定地修地故非思慧若欲思時墮修慧中爲在意識五識者在意地非五識身問曰得須陀洹果捨見道亦捨見道邊等智不耶答曰不捨所以者何捨無漏時異捨有

漏時異無漏法以三時捨謂退時得果時轉根時有漏法亦三時捨謂退時離地離界時善根斷時彼時非退不離地界不斷善根故不捨復次修道與見道二事相妨一不得俱成就二不俱現在前修道與見道邊等智一事相妨不俱現在前得俱成就問曰若不捨者於修道中起現在前不耶答曰不起現在前以是事故先作是說修道於見道邊等智一事相妨成就不現在前以不妨成就故不捨妨現在前行故不現在前復次以是見道眷屬不離見道故修道中不現在前復次以依堅信堅法身故依餘身不起現在前復次以不離向道故不依餘身現在前問曰此爲有報無耶答曰有報問曰此報爲在何處答曰若欲界者報在欲界若色界者報在色界若在初禪報在初禪乃至若在四禪報在四禪問曰如聲聞可爾所以者何聲聞當在色界身故佛辟支佛云何可爾答曰彼亦有展轉凡夫時身在色界受報問曰若然者云何聖人身作因凡夫身受報耶答曰若然者有何過有聖人身作因凡夫身受報如惡道有二種因一見道所斷二是修道所斷六種煩惱如此聖人身作因凡夫身應受報無過彼亦如是復有說者佛辟支佛亦有聲聞陰界入展轉色界身分而受此報評曰不應作是說如是說者好以是有漏善根故言有報而此報不熟未曾有受之者得盡智時三界善根未來修者問曰爲修幾耶答曰若生欲界得阿羅漢則三界善根未來世修若生初禪則八地修乃至若生非想非非想處則一地

修問曰此善根爲是生得爲是方便耶答曰是方便非生得爲是聞思修慧者若欲界者是聞思慧若色界是聞修慧若無色界是修慧問曰如欲界是聞思慧色界是聞修慧聞思慧羸劣云何未來世修耶答曰以他力故未來世修非自力爲是意地是六識身是意地非五識身所以者何方便善在意地生得善在五識問曰若唯在意地者此說云何通如說漏盡阿羅漢成就六識支幾過去成就幾未來成就幾現在成就爲有耶爲無耶若有者誰有耶云何有耶答曰有若阿羅漢初起善眼識現在前一支過去六支未來一支現在彼滅已不捨若善耳識現在前二過去六未來一現在彼滅已不捨乃至善意識現在前六過去未來一現在此云何通答曰此中所說者最初得阿羅漢清淨身所得善根不取無始生死已來者復有說者此說阿羅漢六常住法問曰阿羅漢六常住法體性是何答曰或有說者體性是念慧何以知之答曰依佛經故佛經中說阿羅漢若眼見色以念慧力住於捨心不生憂喜乃至意知法廣說亦爾復有說者若取迴轉相應共有體是四陰五陰此是六常住體性乃至廣說已說體性所以今當說何故名常住云何常住義答曰阿羅漢常住此法未曾遠離故名常住問曰一切阿羅漢盡有此常住法不答曰或有說者不盡有若阿羅漢是非時解脫得種智者盡有此常住法評曰應作是說一切阿羅漢盡有所以者何一切阿羅漢常有念慧故界者是欲界色界地者五地謂欲界四禪

問曰以何等故得阿羅漢果三界善根未來世修非餘時耶答曰阿羅漢必須世俗出定入定心復次當於爾時不滿解脱得滿足故學人解脱乃至金剛喻定不名滿足若得盡智乃名滿足猶如農夫灌田一畦滿已復流一畦若諸畦已滿更不復流彼亦如是復有説者是時心得自在首繫解脱羂是時所修善根如貢上法猶如國王登位首繫羂時一切萬姓貢上珍寶彼亦如是復次是時能折伏未曾折伏煩惱力士諸善根皆稱善故修猶如大衆集會一處若能撲未曾有力士者大衆稱慶彼亦如是復有説者是時能破未曾破煩惱怨家諸善根如迎法故修猶如有人能破怨家歸國之時多人出迎彼亦如是復有説者無有前際無始已來諸善根身常爲煩惱身所覆蔽沉没不能自勉欲界煩惱盡時不得止息乃至非想非非想處八種煩惱斷時猶不得止息若九種煩惱盡時是時乃得止息如束羂法九處約之若斷一約乃至八約其束不散若九約都斷然後乃散彼亦如是時解脱阿羅漢是時二種慧修謂盡智無學正見盡智行十四行無學正見行十六行若依未至禪三十法智修三十比智修乃至第四禪亦如是若依空處三十比智修非法智乃至無所有處亦如是非時解脱阿羅漢是時三種慧修謂盡智無生智無學正見盡智無生智有十四行無學正見有十六行若依未至禪有四十四法智修四十四比智修乃至第四禪亦如是若依空處有四十四比智分修非法智乃至無所有處亦如是

諸心過去一切彼心變易耶乃至廣說問曰何故作此論答曰爲止於世中愚言無過去未來現在世是無爲法爲止如是意欲明過去未來是有法故而作此論諸心過去一切彼心變易耶心變易有二種一隨世變易二法變易過去染汚心有二種變易一隨世變易二法變易不染汚心唯一種變易謂隨世變易非法也未來現在染汚心是法變易非隨世也不染汚心非法變易亦非隨世變易諸心過去一切彼心變易耶答曰諸心過去一切彼心變易若爲染汚者有二種變易不染汚者有一種變易謂隨世變易頗心變易彼心非過去耶答曰有未來現在欲恚相應心爲明此義引佛經爲證如說佛告比丘若伺賊以鋸截汝支節是時心變易口不應惡言若心變易口出惡言是汝留難以是義故恚相應心是名變易如說若比丘婬欲變心以是義故欲相應心是名變易問曰一切染汚心盡是變易何以唯說欲恚相應心是變易不說餘使相應心耶答曰或有說者此說有餘乃至廣說復有說者應說餘使相應心而不說者當知此義有餘復有說者若正是佛經所說此中則說此二心正是佛經所說是故說之如是因論生論何故世尊說欲恚相應心是變易不說餘使相應心耶答曰以欲能變身恚能變境界所以者何若於境界生愛所有心心數法馳騁緣中是時此身猶無情物若於境界生恚猶不能以面向之何況正視復有說者此二能變身能變生處欲心能變身者或有衆生起貪欲纏能變男形

使滅女形使生或有衆生起瞋恚纏能使人身滅使成虵身此中應說外道來作比丘喻曾聞有尼揵子來詣佛法出家時諸比丘在其人前說惡說法中種種過患其人聞已於佛法生大瞋恚以瞋恚故人身即滅便成虵身云何欲心能變生處如世尊說告諸比丘有遊戲失念天彼天若快意遊戲受樂之時身體疲倦心則失念以失念故於彼命終云何恚變生處世尊亦說有恚害意天彼諸天心懷恚時以惡眼相視惡眼相視故恚心轉盛恚心轉盛故於彼命終瞋恚復能變生處如以恚心打他他人即死復有說者欲能變時恚能變形欲變時者以欲故有嬰孩少壯男女等時差別恚變形者以恚故鋸截他手足耳鼻種種身分以此二法能壞時壞形故是以說之復有說者以此二法能生憎愛種種過患故是以說之復有說者此二法速能令身色變異是以說之若心有染一切彼心變易耶乃至廣說問曰何故作此論答曰先說婬欲心變易或謂唯婬欲心是變易非餘今說三界欲心盡是變易故而作此論若心有染一切彼心變易耶答曰若心有染一切彼心變易若過去心有二種變易若未來現在有一種變易謂法變易頗有心變易彼心非有染耶答曰有過去欲不相應心若染汚有二種變易不染汚一種謂隨世變易未來現在恚相應心如說伺賊以鋸截汝身體乃至廣說如是心是法變易非有染問曰現在心至過去名變易未來心至現在何以不名變易耶答曰若變易心更不變易故名變易

未來心至現在復當變易至過去故不名變易復有說者若所作變易隨世變易是名變易現在心雖有隨世變易無所作變易所以者何猶有所作復當變易至過去世故問曰何故名伺賊耶答曰晝伺其便夜則偷刼問曰何故以鋸爲喻耶答曰以刀截人有入時痛出時不痛有出時痛入時不痛以鋸截人出入俱痛是以爲喻若心有恚一切彼心變易耶答曰若心有恚一切彼心變易如前所說盡應說之頗變易一切彼心非有恚耶答曰有過去恚不相應心未來現在欲相應心如是一切煩惱相應心隨相應說

阿毘曇毘婆沙論卷第二十七

音釋

畦 奚圭切田五十畝曰畦　羂 古泫切網也　撲 弼角切踣也　覆蔽 覆敷救切蓋也蔽必袂切障也　伺 息利切候察也　鋸截 鋸居御切刀鋸也截在節切斷也

阿毘曇毘婆沙論卷第二十八

迦旃延子造

北涼沙門浮陀跋摩共道泰譯

雜犍度無慚愧品第五之三

一切掉盡悔相應耶乃至廣說問曰何故作此論答曰世尊說掉與悔作一蓋或謂掉外無悔悔外無掉欲說悔外有掉掉外有悔決定義故而作此論一切掉盡悔相應耶乃至廣說作四句云何掉不與悔相應答曰非悔時心不休不息乃至廣說彼是何耶答曰一切色無色界掉欲界見道所斷四種掉修道所斷五識身掉意識地欲恚慢慳嫉相應掉如是等掉不與悔相應所以者何彼品中無悔故云何悔不與掉相應答曰不染污心悔乃至廣說彼是何耶如比丘畏戒故悔若不自舉若使人舉露地臥具若自閉若使人閉大小行處門若爲作福悔何者是耶有悔因不善悔亦不善有悔不善因善有悔因善悔亦善有悔善因不善有悔因不善悔亦不善者猶如有一作惡悔我所作惡少應當益作有悔不善因善者猶如有一作善後悔我何故作此善耶如彼居士施辟支佛食後便悔言我寧以此食與奴婢作人何用施是人爲有悔因善悔亦善者猶如有一作善後悔便悔言我作善少應當益作如尊者阿尼盧頭作如是言我若知此大德有如是威神者我當益施其食有悔善因不善者猶如有一於戒有犯我作如是事非是善好如不舉露地敷具如是等戒是也此四種中悔善因善悔善因不善是悔不與掉相應云何掉與悔相

應謂染污心悔是也乃至廣說問曰何故問掉應悔而答悔應掉耶答曰此文應如是說云何掉應悔若心悔時不休不息乃至廣說而無說者有何意耶答曰此說染污心悔應於掉時諸餘染污心唯掉相應不與悔相應復有說者悔之與掉體俱是蓋應作是問云何掉與悔相應云何悔與掉相應云何掉不與悔相應悔不與掉相應除上爾所事諸法已立名已稱說者作第一第二第三句未立名未稱說者作第四句一切睡眠相應耶乃至廣說問曰何故作此論答曰世尊說睡與眠作一蓋或謂睡外無眠眠外無睡今欲說睡外有眠眠外有睡決定義故而作此論一切睡眠相應耶乃至廣作四句云何睡不與眠相應若身未動時身重是說五識身睡心重是說意識身睡身心瞪瞢等餘句亦如是彼是何耶一切色無色界睡欲界不眠時睡是謂睡不與眠相應云何眠不與睡相應不染污心眠夢身動心不散心不行五識在意識中眠不染污心者善心不隱沒無記心是名眠不與睡相應云何睡與眠相應答曰染污心眠夢乃至廣說餘句答餘句如上掉悔中說眠當言善耶乃至廣說問曰何故作此論答曰此因論生論先說不染污心眠夢乃至廣說不說眠是善不善無記彼中不說者今欲說故而作此論眠當言善耶乃至廣說答曰眠或善不善無記云何善善心眠夢是謂善問曰爲是生得善心眠夢爲是方便善心眠夢耶答曰生得善非方便善問曰何等衆生善心中眠耶答曰不眠時多修行善者

以多修行善故眠時亦善如行者不眠時念其境界耶念境界而眠眠中還見本境界誦經施主亦如是如是衆生善心眠何等衆生不善心眠耶答曰不眠時多作惡行者如屠兒獵師畫作不善眠夢亦然如屠獵師盜賊婬人亦如是如是等衆生不善心眠何等衆生無記心眠耶答曰不眠時多作無記行亦無記心眠還見無記事報無記心中亦眠威儀工巧心亦眠還作威儀工巧事身見邊見隱沒無記心亦眠如本有陰多修行善不善無記善不善無記心而死不眠時多行善不善無記眠時亦善不善無記心而眠眠中所作善增益當言迴耶乃至廣說問曰何故作此論答曰前說善心眠乃至廣說不說眠所作善增益當言迴耶不迴耶　彼中不說者今欲說故而作此論眠中所作善增益當言迴耶乃至廣說或有說得是增益或有說生是增益云何說得是增益耶如定揵度說以何等故凡夫人退時見道修道所斷煩惱增益世尊弟子退時唯修道所斷煩惱增益云何說生是增益如施設經說凡夫人若生欲界愛必生五法何謂爲五一欲界愛二欲界愛增益三無明　四無明增益五掉此中說善不善思得愛不愛果說名增益彼增益爲生愛果爲生不愛果耶答曰若善生愛果若不善生不愛果云何善增益如眠夢時施與如人常行布施彼眠夢時亦行是事若好行多聞彼眠夢時亦行是事讀誦修多羅阿毗曇持戒善亦如是若好修定彼眠夢時亦行是事如修不淨等善眠是名善增益云何不善增

益若好惡事彼眠夢時亦行是事如獵師屠兒夢作殺事賊取他財婬人犯他女色是名不善增益云何非善增益非不善增益如人好行威儀工巧事彼眠夢時亦行是事如行者夢作農夫種植如銅鐵師等夢作銅鐵等物問曰若眠時所作善增益者何以佛說愚人眠時無有果報答曰如不眠人能作田種等作以眠故不作佛說是人言無果報如不眠人能讀誦經能修不淨等善根能生念處能生暖等達分善根能得須陀洹果斯陀含阿那含阿羅漢果以眠故不得如是等果報是故佛說愚人眠時無有果報尊者和須蜜說曰以眠時得果少故佛說無果佛經中說寧當眠莫起惡覺問曰若眠不善增益者何故佛說寧當眠不起惡覺耶答曰以不眠時數數多起惡覺故眠時則少以是事故佛說寧當眠不起惡覺問曰眠時能作生處造業不耶答曰或有說者能作惡道生處造業如婆羅地迦蟲曲蟺蟲等受此微怯弱之身是也夢名何法乃至廣說問曰何故作此論答曰先說夢所作事未說夢體今欲說故而作此論復次佛經說我爲菩薩時夢見五事波斯匿王夢見十事如難陀迦毋優波斯白佛言我夫命過爲我現夢餘經說偈

夢中共人會　寤已便不見　一切所有物
死已亦不見

餘經亦說汝等當捨如夢之法云何如夢法五陰是也乃至廣說佛經雖處處說夢而不分別佛經是此論所爲根本彼中不說者今欲說故而作此論復有說者譬喻者說夢非

實有法彼以何故作如是説答曰以世現事故作如是説如人夢中飲食飽足諸根增益寤已飢渴夢中夢作五樂寤已都不復見夢四種兵而自圍繞寤已獨已以是事故夢非實有爲止如是説者意亦明夢是實有法故而作此論夢名何法答曰眠時心心數法隨其所緣寤已不忘向他人説我夢見如是事是名爲夢問曰如夢所見事寤已不憶設憶不向他人説爲是夢不答曰此亦是夢此中所説是滿足夢滿足夢者夢中所見寤已不忘亦向他人説者是也問曰夢體性是何答曰體性是意所以者何以意力故心心數法生復有説者夢體性是心心數法所以者何如經本説心心數法隨其所緣復有説者心心數法境是夢體性所以者何如經本説心心數法隨其所緣復有説者夢體性是五陰問曰何處有夢耶答曰欲界非色無色界或有説者欲界不盡有夢如地獄衆生所以者何以苦痛所逼故不得眠復有説者地獄亦有眠時所以者何如説活地獄中或時有冷風來如是唱言衆生活衆生活時諸衆生即便還活冷風吹故暫時得眠以是事故知地獄中亦有眠夢畜生餓鬼人亦有眠夢問曰何等人有夢耶答曰凡夫聖人俱夢聖人從須陀洹至辟支佛盡夢唯有諸佛不夢所以者何唯有諸佛無有疑故亦離一切無巧便習氣故問曰夢中所見爲是所更事爲非所更事耶答曰是所更事非不所更事問曰若然者夢見人有角何處曾見有角人耶答曰此是亂想故異處見人異處見角以亂想故

言是一處見人有角復有說者大海中有人形蟲頭上有角以曾見故今亦夢見問曰如菩薩夢見五事爲於何處曾見是事耶答曰所更有二種一者曾見二者曾聞菩薩所夢是曾聞於何處聞過去諸佛爲諸弟子說此五夢菩薩於彼而得聞之以曾聞故今亦夢見問曰誰現此夢耶答曰或有說者是諸鬼神爲現吉不吉事尊者和須蜜說曰以五事故現夢如偈說

以疑心分別　覺習因現事　非人來相語
因此五見夢

醫方說有七事故夢如偈說

或所更聞見　所求亦分別　覺習及諸患
因此七見夢

問曰如現在意識不能見色等云何言夢是意地而能見色等耶答曰以見吉不吉相故言見諸仙人說夢亦如是尊者佛陀提婆說曰眠時五識不現在前不能見色等如難陀迦毋優波斯所夢以眠勢衰微是以能見色等問曰夢所念事多第四禪地宿命智所念事多耶答曰夢所念事多非第四禪地宿命智所念事多以是事故而作是說頗不入禪不起通現在前能憶念阿僧祇劫事不答曰有謂夢中所念是也仙人所說夢書若人夢見如是事當有如是果問曰如知未來世事是願智境界彼不得願智何由能知耶答曰以過去現在事比未來世事故能知如諸仙曾有如是夢有如是果今有如是夢亦當有如是果如此皆以比相故知如經說當捨如夢等法云何是如夢等法答曰五陰等是也

問曰以何等故說五陰如夢答曰以不適人意暫有不經久故說陰如夢問曰於何處眠耶答曰如經先說五道中有眠中陰中亦眠在母胎諸根具者亦眠乃至佛世尊亦眠問曰如薩遮尼揵所說若人眠者其人亦愚所以者何以是蓋故此云何通答曰非一切眠盡是蓋有眠是蓋有眠非蓋眠非蓋者佛起現在前欲調適身故眠是蓋者佛不起現在前所以者何已離一切愚故有五蓋五蓋攝一切蓋耶乃至廣說問曰何故作此論答曰佛經說五蓋或謂唯五蓋更無餘蓋欲明五蓋外更有無明蓋故而作此論五蓋攝一切蓋一切蓋攝五蓋耶答曰一切蓋攝五蓋非五蓋攝一切蓋乃至廣說五蓋者所說者是也一切蓋者第六無明蓋是也彼一切蓋能攝五蓋以多故五不攝一切以有餘故如以大器覆小器則遍小器覆大器則不徧彼亦如是一切攝五非五攝一切不攝何等謂無明蓋佛說無明覆愛結繫愚小得此身聰明亦然問曰如無明是蓋亦是結愛亦是蓋亦是結何以唯說無明覆不說愛覆耶答曰或有說者欲現種種文種種說故若有種種文義則易解復有說者蓋義是覆義更無有結覆衆生慧眼如無明者繫義是結義更無有結繫於衆生如愛結者猶如一人有二怨家一縛其手足二以土坌其目是人被縛無目不能有所至如是無明覆衆生慧眼愛結繫之不能起向涅槃以是事故尊者瞿沙作如是說以無明覆愛結繫故不善法得生是中應說一名伊利摩二名摩舍輸賊尊者佛陀

羅測說曰此現二門乃至廣說如說無明覆愛結繫說愛結覆無明繫亦如是以是故欲現二門義乃至廣說問曰以何等故不說無明蓋在五蓋中耶答曰覆義是蓋義此五法覆勢用等無明覆勢用偏多如一無明盡覆勢用勝於五蓋所覆勢用復有說者以無明體重故不立無明蓋在五蓋中諸蓋盡覆耶乃至廣說問曰何故作此論答曰先解經中五蓋所不攝無明蓋今欲說阿毗曇義一切煩惱盡是蓋所以者何一切煩惱盡覆此身中故以是事故尊者迦旃延子作如是問諸蓋盡覆耶乃至廣作四句云何是蓋非覆過去未來五蓋是也所以者何以是蓋相故言蓋過去蓋所作已竟未來蓋所作未生故不名爲覆云何覆非蓋除五蓋諸餘煩惱現在前何者是也謂色無色界一切結欲界繫諸見慢無明蓋所不攝諸纏現在前時是也云何蓋亦覆五蓋展轉現在前若不眠欲愛蓋現在前時三蓋現在前謂欲愛睡掉蓋眠時有四即增眠蓋瞋恚疑悔說亦如是不眠睡蓋現在前時二蓋現在前謂睡掉蓋眠時三蓋現在前即增眠是也云何非蓋非覆除上爾所事諸法已立名已稱說者作第一第二第三句未立名未稱說者作第四句何者是耶行陰作四句在三世五蓋現在煩惱五蓋所不攝者如是法作第一第二第三句諸餘相應不相應行陰全四陰無爲法如是等法作第四句問曰如過去煩惱覆過去法未來煩惱覆未來法現在煩惱覆現在法何以故但說現在煩惱是覆不說過去未來耶答曰

或有說者若說現在當知亦說過去未來復有說者現在煩惱能障聖道過去未來煩惱不能障聖道復有說者現在煩惱能取依果報果非過去未來復有說者現在煩惱能取果與果非過去未來復有說者現在煩惱現可呵責染汚此身墮不是處非過去未來復有說者現在煩惱能生世愚及緣中愚復有說者現在煩惱能有所作復有說者現在煩惱障礙所依所行所緣復有說者或有爲法或有爲人若爲法而言過去法爲過去煩惱所覆未來現在法爲未來現在煩惱所覆若爲人而言則現在煩惱名覆人如世人言誰爲煩惱所覆謂不得解脫人爲煩惱所覆現在陰界入假名爲人過去未來陰界入假名爲法以是事故現在煩惱名覆非過去未來也

一切欲界繫無明使盡不善耶乃至廣說問曰何故作此論答曰或有說一切結使盡是不善如譬喻者作如是說一切煩惱盡是不善所以者何無巧便故欲止如是說者意亦欲說欲界身見邊見及相應無明色無色界一切結盡是無記故復有說者一切欲界煩惱盡是不善一切色無色界煩惱盡是無記今欲明欲界身見邊見及相應無明亦是無記以是事故欲止他義顯於已義亦欲說法相相應義故而作此論一切欲界繫無明使盡不善耶答曰諸不善者盡欲界繫無明使頗有欲界無明使非不善耶答曰有欲界身見邊見相應無明使是也問曰何故欲界身見邊見相應無明非不善耶答曰若體是無

慚無愧與無慚無愧相應從無慚無愧生是無慚無愧依果者是不善彼與此相違故非不善復次此法非一向壞於期心云何非一向壞於期心耶答曰體非無慚愧等故復次此法不妨布施持戒修定等故所以者何計我見者爲我樂故行於布施爲我生善道故行於持戒爲我得解脫故而修於定邊見隨身見後生彼相應無明亦爾復次此二見於自法中愚不遍切他所以者何我見者不如是說眼能見色是可見作如是說我能見我所是可見乃至意知法說亦如是此見未曾遍切於他邊見隨身見後生故相應無明亦爾復次以此見不能生報故尊者和須蜜作如是說何故身見邊見是無記耶答言以不能生身口麤業故問曰不善煩惱亦有不能生身口麤業者可是無記耶答曰現在雖不起後增益時能起身口麤業身見邊見終不能起復次此見不能令衆生墮於惡道問曰不善煩惱亦有不能令衆生墮惡道者可是無記耶答曰不善煩惱後增長時能令衆生墮於惡道身見邊見終不能令衆生墮惡道故復次此見不能生不愛果故問曰若能得未來有即是生不愛果世尊亦說比丘我不稱美乃至彈指頃生未來有者所以者何有皆是苦故邊見隨身見後生相應無明亦爾尊者佛陀提婆說曰此二見是顛倒能生諸煩惱非安隱法故是不善若當身見非是不善者誰是不善世尊亦說比丘若無明是不善邊見隨身見後生相應無明亦爾一切色無色界無明使盡無記耶答曰一切色無色

界無明使盡是無記廣說如經本問曰何故色無色界煩惱是無記耶答曰若體是無慚無愧乃至是無慚無愧依果者是不善色無色界煩惱與此相違故非不善復次此諸煩惱不一向壞期心如上所說復次以不能生報故如是因論生論以何等故彼諸煩惱不能生報答曰此諸煩惱爲四支五支三昧所制持故猶如毒蛇爲呪所持不能螫人彼亦如是復次彼無報器故若當色無色界煩惱當生報者應生何報必生苦報苦報在欲界不可以色無色界行欲界中受報復次彼煩惱非一向受於顛倒亦少有所因如色無色界邪見謗苦彼有少樂故亦有少勝見取見第二亦有少淨戒取見淨如色界道能淨欲界色無色界道能淨色界無色界道能淨無色界尊者和須蜜說曰以何等故色無色界煩惱是無記答曰言不能生身口麤業廣說如上尊者佛陀提婆說曰若當色無色界煩惱非是不善者誰是不善世尊亦說煩惱生業一切見苦集所斷無明使盡是一切徧耶

問曰何故作此論答曰應如上一切徧因中說一切見苦集所斷無明使盡是一切徧使耶答曰諸一切徧盡是見苦集所斷無明使頗見苦集所斷無明使非一切徧耶答曰有非一切徧使相應無明何者是耶欲恚慢等相應無明隨相而說云何不共無明使答曰不說苦於苦不忍不可餘諦亦爾此心一向愚一向劣一向癡是故說不共無明問曰若然者云何非是邪見耶答曰邪見謗言無苦此不欲忍苦猶如宿食不消增於乳食彼亦

如是或有說者上已說體所行云何答曰無知黑闇愚癡是也復有說者先說所行如不說苦於苦不忍不可是也問曰若然者波伽羅那經所說云何通如說云何無明使所使答曰若無知黑闇愚癡是也答曰彼說無明所行不盡有煩惱所行彼中不說復有說者不說苦等是說無明所緣問曰云何是不共義耶答曰罽賓沙門作如是說不與緣四諦煩惱相應故名不共復有說者此使緣於四諦惟是凡夫所行故名不共尊者婆已說曰不共餘煩惱故名不共所以者何以遠離煩惱所行各異不待煩惱而生故名不共尊者婆摩勒說曰與煩惱別異不共一意故名不共復有說者與煩惱別異不共方便故名不共問曰不共無明爲是五種所斷爲是見道所斷耶若是見道所斷者識身經所說云何通如說彼是修道所斷不共無明相應心若是五種者此中何以不說耶答曰或有說者見道所斷問曰若然者識身經所說云何通答曰此文應如是說彼是修道所斷無明使相應心應作是說而不說者有何意答曰識身經所說不說不共無明使若以自功力不因他生者是不共無明彼雖不與煩惱相應不以自功力因他而生是故不是不共復有說者是五種斷問曰此中何以不說耶答曰或有說者若無明緣四諦不與餘使相應故名不共修道所斷無明有不與煩惱相應者不緣四諦復有說者若不與諸使相應唯凡夫所行者是中則說彼修道所斷雖有不與煩惱相應而是凡夫聖人所行是故不說問

曰修道所斷不共無明使何等心邊可得耶答曰欲界十小煩惱大地色界初禪地諂放逸第二禪乃至非想非非想處放逸俱者是也問曰於何時現在前行耶答曰若人起正見若人起見心疲勞已或時起如是等不共無明不共無明不說苦乃至廣說問曰如一切心中盡有慧何以說不忍可苦耶答曰爲無明所蔽故彼慧不明不了頗有使不爲俱使所使耶答曰有緣使已斷不共無明使是也頗有使不爲使所使耶答曰有即前者是也頗有使不能使使耶答曰有無漏緣不共無明使是也云何不共掉纏耶答曰無不共掉纏問曰何故作此論答曰爲止人疑故如有不與煩惱相應不共無明使亦謂有不共掉纏爲止如是疑意故答曰無不共掉纏所以者何一切染汚心中盡有無明使復次如有不與煩惱相應不共無明使亦謂有不與纏相應不共掉纏爲斷如是疑意答言無不共掉纏所以者何一切染汚心有睡掉故以是事故而作此論問曰如睡掉通三界五種斷六識身一切染汚心可得何故不問睡但問掉耶答曰或有說者作經者意欲爾乃至廣說復有說者以掉多放逸過生諸罪咎故以多過患故波伽羅那經立掉爲煩惱大地此經本中問云何不共掉纏亦立爲上分結施設經亦說凡夫起欲愛使時五法現在前謂欲愛使欲愛使增益無明使無明使增益掉睡無如上等過故不問復次掉能發動四支五支定覺心睡隨順三昧與三昧相似若睡現在前時如入禪者復次睡爲無明所蔽

似無明所行愚小不猛利掉不與無明相似猛利是故問掉不問於睡復次睡依於無明若說無明當知已說睡復有說者修善時掉能令遠善退失令人心退故發動睡則不爾復有說者掉能令三昧中心心數法散亂亦於所緣事移動睡則不爾復有說者亦應問睡此文應如是說云何不共睡纏答曰無不共睡纏而不說者當知此說有餘復有說者若說掉當知亦說睡所以者何一切處共俱故

阿毘曇毘婆沙論卷第二十八

音釋

掉（徒弔切搖也舉也）瞪瞢（瞪澄應切視貌瞢母亙切不明也又悶也）獵（力涉切逐禽也）曲蟺（蟺常演切曲蟺蚯蚓也）波斯匿（梵語也此云勝軍匿女力切）寤（五故切寐覺也）坌（蒲悶切塵坌也）螫（施隻切蟲行毒也）罽賓（梵語也此云賤種罽古刈切）

阿毘曇毘婆沙論卷第二十九

迦旃延子造
北涼沙門浮陀跋摩共道泰譯

雜揵度色品第六

色法生住老無常當言色耶乃至廣說此章及解章義是中應廣說優婆提舍問曰何故作此論答曰此是佛經佛經中說告諸比丘有三有爲相不解此經義趣故諸家作種種異說其義不同如譬喻者說三有爲相無有實體所以者何三有爲相是不相應行陰所攝不相應行陰無有實體欲止如是說者意亦明三有爲相是實有法故而作此論復有說者言此法是無爲法如毗婆闍婆提作如是說若此法是有爲者其性羸劣以羸劣故不能生法住法滅法無爲有力以有力故能令法生住滅或有說此二法是有爲一是無爲如曇摩掘部作如是說二是有爲謂生住一是無爲謂滅若此是有爲其性羸劣不能滅法以是無爲故能滅法爲止如是說者意欲明此三法是有爲故復有說者此法是相應爲止如是說者意故復有說者爲止即彼法沙門意故即彼法沙門作如是說色法生住老無常即是色體乃至識亦如是爲止如是等說者意欲顯已義亦欲說法相相應義故而作此論

色法生住老無常當言色耶非色耶答曰當言非色問曰非色入有二種爲意入法入爲意入所攝爲法入所攝耶答曰法入所攝非色法當言非色即法入所攝可見法當言不可見不可見法有十一入除色入彼非眼入

乃至意入所攝是法入所攝不可見法當言不可見即法入所攝有對法當言無對無對是二入謂意入法入非意入所攝是法入所攝無對法當言無對即法入所攝有漏法當言即有漏從是已後還與彼法相似無漏即無漏有爲即有爲以是義故爲止說有爲相是無爲者意故無爲法無過去未來現在當言即過去未來現在問曰何以過去法得通三世生住老無常唯過去耶答曰過去法得與彼不同一果不共行相離不相隨於彼聚爲非聚如樹皮離樹生等不爾與彼同一果乃至廣說如過去者未來現在說亦如是善不善無記當言即善不善無記三界繫不繫學無學非學非無學見道所斷修道所斷不斷說亦如是

云何老云何死云何無常問曰何故作此論答曰先說真實義有爲相今欲說假名有爲相故復有說者先說剎那無常今欲說一世無常故作此論云何爲老乃至廣說問曰此中何故不問生耶答曰或有說者彼作經者意欲爾乃至廣說復有說者若法於彼法無增益令彼法散壞者是中則問生於彼法能令增益熾盛是故不問復有說者若法能令彼法相離相遠此中則問生能令彼法相近相隨是故不問云何爲老答曰髮白零落身體皮皺轉轉損減身形曲僂氣息損少身生黑點猶如彩畫扶杖而行恒患顛伏行步遲微諸根漸損轉轉衰熟舉身戰掉是爲老云何爲死答曰諸行散滅是名爲死如說若死即無常耶云何死是無常云何無常非死答

曰或有說者最後命根滅一剎那是名爲死亦名無常餘時陰散滅是名無常不名爲死復有說者與最後命根俱滅五陰是名爲死亦名無常餘時陰散滅是名無常不名爲死復有說者一生中命根散滅是名爲死亦名無常餘陰散滅是名無常不名爲死復有說者一生中與命根俱五陰散失是名爲死亦名無常餘陰散失是名無常不名爲死復有說者衆生數陰散失是名爲死亦名無常非衆生數陰散失是名無常不名爲死問曰業力強無常力強耶答曰業力強非無常業是聖道無常即無常世尊或說道是受或說是想或說是思或說是意或說是燈明或說是信進念定慧或說是栰是石是水是華或說是慈悲喜捨何處說道是受如說我實覺苦聖諦何處說道是想如說比丘修行廣布無常想能斷欲愛乃至廣說何處說是思如說有業無黑報無白報能盡業何處說是意如偈說

意能燒屋宅　亦不染於緣　謂佛天人師
應受一切供

何處說是燈明如偈說

汝起莫放逸　以戒自調伏　如是等燈明
馳流不能滅

何處說是信如偈說

信能度大河　不放逸亦然　精進除衆苦
慧能到解脫

何處說精進如說佛告阿難精進能增長菩提何處說是念如說佛告比丘我說念過一切處我聖弟子具足念力守護根門則離不

善法能修善法何處說是定如說有定是正道無定是邪道有定心得解脫非不定如是等是也何處說是慧如偈說

慧爲世間上　趣向於至眞　若能正知此
必盡於老死

何處說是栰如說比丘當知栰者卽八聖道何處說是石如說比丘當知此是正見大石山何處說是水如說比丘當知此八聖道是八味水何處說是華如說此七覺意華何處說是慈悲喜捨如說修慈心三昧得阿那含果悲喜捨亦如是此中說道是業是故說業力強非無常業能滅過去未來現在行其滅是數滅無常滅現在行其滅是無常滅或有說無常力強非業力所以者何業能滅過去未來行無常能滅彼業若人能殺千人敵者是人名爲二千人敵彼亦如是是故無常力強非業力如我義者業力強非無常力所以者何業能令過去未來現在行不行境界無常何所滅耶復有說者業名和合無常名壞和合爲業力強無常力強答曰業力強非無常力所以者何和合事難壞和合易復有說者無常力強非業力所以者何彼和合者必有別離如我義業力強非無常力所以者何和合事難壞和合易如人作瓶時難壞瓶時易復有說者若業能作五道受生處造業是業力強非無常力復有說者無常力強非業力所以者何彼業亦爲無常所壞如我義業力強非無常力所以者何法造時難壞時易

此中亦應說瓶喻

世尊說三有爲相問曰何故作此論答曰爲

止他義故如譬喻者不欲令一刹那中有三有爲相彼作是說若一刹那中有三有爲相者則一法一時即生即老即無常問曰若然者其義云何答曰法初時名生後時名無常此二中間名老如是說者則一刹那中無三有爲相此說不如實分別所以者何說一生中相似法故一生中初生者名生最後者名無常此二中間名老若作是說者則一法無三相爲止如是說者意亦明一法有三相故問曰若一法有三相者云何不一法一時即生即老即無常耶答曰所作異故所以者何法生時生有所作法滅時老無常有所作以所作次第各異故而無有過是故爲止他義欲顯已義亦欲說法相相應義故而作此論此三有爲相有爲法有生有滅有住變云何有爲法一刹那中有生有滅有住變耶答曰法起時生生彼法法滅時滅滅彼法住變是老老能熟彼法問曰若然者法體是變異者云何法不捨自體耶若不變異者何以說住變是老答曰應作是說法體無變異問曰何以說住變是老耶答曰此是老名老名爲老亦名住變復有說者以其體不異故名不變異所作異故名爲變異所以者何法生時所作異滅時所作異云何生時所作異滅時所作異答曰法生時有力有功能有所作法滅時衰退散壞以是義故言有變異復有說者法迅速故生遲微故滅濕潤故生萎枯故滅復有說者以經三世故變異所以者何過去法異未來現在法問曰此相爲是總相爲是別相耶若是別相者云何一法而有四相若

是總相者諸法各自有相云何是總相耶答曰或有説者此相是别相問曰若然者云何一法而有四相答曰此説自相非如火熱是自相如受自有生住滅受生住滅不能生乃至識是故言自相諸法各各自有别相如色是不久散壞如病如癰如瘡如箭等百四十種相相有二種一者舊相二是客相生等於彼法是客相非是舊相合聚他物相本自體相亦如是復有説者是總相問曰若然者諸法各自相云何是總相耶答曰相似總如一法有三相一切法亦有三相復有説者非别相亦非總相所以者何非自體故非别相各有相故非總相問曰若此非總相非别相者當言是何法耶答曰此是諸法印幟若法有此印幟是有爲無印幟者是無爲如大人相非大人體若有此相者名爲大人若無此相者不名大人彼亦如是評曰不應作此説説總相者好

問曰法生時除其自體餘一切法能生此法何故唯説生能生此法耶答曰法生時餘法雖有功不名能生唯生體能生如女人產時諸餘女人雖復佐助不名爲產唯母名產彼亦如是尊者和須蜜説曰唯生能生彼法非餘法所以者何若無生者則彼法不生評曰生若無餘法彼法亦不生復次若有生彼法生非無生問曰亦有餘法作緣使此法生非無餘法緣尊者佛陀提婆説曰法生時生勢最勝故生得其名餘法不爾如作伎書畫淶法作伎時非無伎子毗頭梢等而伎得成然彼伎成師得其名如書非不因筆墨紙等而

人受其名晝時非不因衆彩而人受其名染時非不因盆水等而染者得名彼亦如是問曰生相爲有生相不若有者云何非無窮彼生復有生故若無者誰生此生答曰應作是說生相復有生相問曰若然者云何非無窮答曰無窮有何過未來世寬無住處耶又生死是無窮法以是事故難除難過能生衆生無量連鎖之苦復次此二同在一刹那中故非無窮彼一刹那中生生二法一生法二生生生生唯生生問曰何故生生二法生生唯生生答曰如是亦無有過猶如女人有生一子者有雙生者復有說者生相生八法謂彼法生生老後老住後住無常後無常生生生一法謂生問曰何故生生八法生生唯生生答曰是亦無過猶如猪犬豺狼等或生一子或生多子

問曰諸行爲有住相不若有者有爲相中何以不說此經復云何通如說諸行不住猶如壽行乃至廣說若無者此文云何通如說色法生老住無常當言色耶乃至廣說波伽羅那經亦說云何住諸行生不散壞答曰應作是說諸行有住相問曰諸行有住相者有爲相中何以不說耶答曰應說有爲法有四相若不說者當知此義有餘復次住相似無爲法故不說是有爲相復次若相能令諸行歷世者是有爲相如生移未來行在現在世老無常移現在行在過去世住與彼法相著無捨離時復次分別諸相時三相墮有爲部中住相墮無爲部中復次若相能令諸行增益不散壞者說是有爲相住能令諸行增益不

散壞不說是有爲相問曰若然者生能令諸行增益不散壞何以說是有爲相耶答曰生能令諸行增益散壞甚於老無常所以者何若生不生諸行在現在者則老無常不能散壞以生生諸行在現在世故老令衰微無常能壞猶如有人雖居牢固之處有三怨家一於牢固之處挽其人出二共斷其命此三於彼人俱作不饒益事若一人不於牢固之處挽出者則二人無由斷其人命彼亦如是問曰若諸行有住相者佛經云何通耶答曰佛經說不住無有久住相非謂一剎那如命根等復次言無住者無長久時住住相謂少時住復次剎那中住相微細唯佛所知所以者何如以神足屈伸臂頃從此間沒住須彌山頂於其中間衆多剎那相續非不相續是故言從此至彼如是等時唯佛境界非餘所知是故經說無有住相復有說者雖有少時住速爲老所衰無常所滅是故住相有如是過患故佛經不說復有說者諸行無住相是以有爲相中不說佛經善通此文云何通如說色法生老住無常乃至廣說答曰此文應如是說色法生老無常乃至廣說不應言住若言住者有何意耶答曰此住是老異名如生名生亦名出現無常名無常亦名滅盡老名老亦名住評曰應作是說諸行有住相若諸行無住相者不能有所緣欲令無如是過故說諸行有住相

問曰何者是變異爲以滅故壞故爲以變易故言變異耶者以滅故言變異者變異與滅則是一體有爲法唯有二相若以壞者則法

捨自相若以變易者云何不助成外道作如是說諸法變易答曰應作是說勢衰故言變異所以者何諸行勢盛故生勢衰故言變異復次諸行有力故生衰劣故變異復次諸行未熟名生已熟名變異復次諸行漸羸故變異復次諸行新故名生舊故名變異問曰若然者云何不助成外道義答曰諸行相續不住外道計有住時住滅言是變如乳作酪如薪作灰不說刹那勢衰故變異此說刹那勢衰變異不說住時變異問曰此有爲相與所相爲一爲異耶若一者云何一法不爲多法相耶若異者相與所相則異何故不以餘相爲相答曰應作是說相所相不一是故一不爲三三不爲一問曰若然者云何不以餘相爲相耶答曰隨相所作處則相所相是故無過

復次相與所相常不相離若相離者可以餘相爲相以相所相不相離故無如是過如是離合不相離共說亦如是復次相從所相生所生異如烟雖從火生烟火各異彼亦如是復次相是所相過患如病是人之過患人異病若當不異者人病愈時應當無人餘亦如是復次佛說此相是有爲相以是言故當知相異所相如言此人舍亦如是

問曰一切刹那中盡有老者何以不一切時頭生白髮耶答曰不應作如是問有白髮無白髮然老與壯年或有相妨或不相妨相妨者不生白髮不相妨者頭生白髮復次或有羸弱四大多強盛四大少或強盛四大多羸弱四大少若羸弱四大多強盛四大少頭生白髮若強盛四大多羸弱四大少不生白髮

多力少力亦如是復有說者白髮非老白髮是色老是非色但此身後時生如是報滓不好之法猶如麻油亦如米酒後欲盡時必生濁滓彼亦如是問曰何處有此白髮答曰界者欲界中有非色無色界趣者人畜生餓鬼中有方者三方有非欝單越所以者何白髮是罪報彼方非受罪報處問曰誰有此白髮耶答曰凡夫聖人俱有聖人從須陀洹至辟支佛唯除世尊所以者何佛世尊無髮白漸落皮緩面皺音聲破壞死時無解支節痛心不錯亂根不漸滅一時而滅此是佛身之法問曰以何等故佛世尊無白髮漸落皮緩面皺耶答曰此是惡色佛世尊永離惡色故問曰佛作何業無如是報耶答曰佛世尊本爲菩薩時修行善法信心堅固未曾衰退以行相似因故受如是相似果以是事故無白髮漸落皮緩面皺問曰若一切剎那中盡是無常者何以不一切時有死屍現耶答曰不應問此事有死屍無死屍所以者何有相有相法異無相無相法異有心無心說亦如是復有說者以根法滅生有根法所以無死屍有根法滅生無根法所以有死屍有心無心衆生數非衆生數內法外法說亦如是復有說者衆生業力故所以有衆生業力故所以無衆生業力故所以有者衆生須皮肉筋骨齒爪毛角等以爲資生具所以便有衆生業力故所以無者一日一夜二十不滿有六十五百千剎那一一剎那有五陰生滅若當一一剎那有死屍者則一衆生死屍滿於世間以衆生業報所以無問曰化生衆生何以無死

屍耶答曰或有說者以生時頓得諸根死時頓捨諸根故如人水中暫出暫没不知没至何所出從何來復有說者化生衆生其身輕漂猶如火燄風吹至空不知去處雲霧電光亦復如是復有說者四大多者有死屍彼造色多故無死屍復有說者受身非根法多者有死屍受身非根法少者無死屍復有說者受身可捨法多者有死屍受身可捨法少者無死屍可捨法謂髮毛爪齒等也

問曰有爲法爲體是生故生爲與生合故生耶若體是生者生相何所作若與生合故生者何故不與無爲法合而使無爲法生耶答曰應作是說體是生相問曰若然者生相何所作耶答曰雖體是生由生相故顯發猶如闇中有瓨瓶等物而由燈顯發不從燈生彼亦如是復有說者與生合故生問曰若然者何以不與無生法合令使無爲法生耶答曰以無合義故若有者亦應生無常說亦如是

問曰如有爲法有三有爲相無爲法有三無爲相不耶若有者云何無爲法非是聚法耶若無者波伽羅那經所說云何通如說云何不生法答曰無爲法以無生相故云何不住法答曰無爲法以無住相故云何不滅法答曰無爲法以無滅相故答曰應作是說無爲法無無爲法相問曰若然者波伽羅那經所說云何通答曰對有爲法故如有爲法有生住滅無爲法無生住滅故作如是說

佛經說汝等比丘即出現即生即没即滅問曰出現與生有何差別没與死有何差別耶答曰或有說者無有差別所以者何出現即

生没即死同是刹那性故尊者波奢説曰受中陰身是名出現受生陰身是名生壞中陰身是名没壞生陰身是名死復次卵生胎生濕生衆生受身時是出現所以者何眼等諸根漸出現故化生衆生受身是生所以者何頓得眼等諸根故捨卵胎濕生衆生身是名死所以者何有死屍故捨化生衆生身是名没所以者何以無死屍故尊者和須蜜説曰入母胎時名生出胎時名出現代謝諸陰是名没死時陰是名死尊者佛陀提婆説曰諸趣中初受身時名生已在趣中諸陰名出現中陰中死向生陰中是名没捨命根時陰是名死

雜揵度無義品第七之一

諸他修苦行　當知無義俱　畢竟無有利如陸地船椑

如此章及解章義此中應廣説優波提舍問曰何故作此論答曰雖一切阿毗曇盡皆説佛經然此品偏多所以者何此論品多以經爲論復次所以作此論者此是佛經佛經中説佛在優樓頻螺村尼連禪河邊菩提樹下成佛未久爾時世尊告諸比丘我遠離苦行於此苦行快得解脱以自願力故今得第一菩提時諸比丘聞佛所説深生愛樂一心不亂攝耳聽法爾時惡魔波旬作如是念沙門瞿曇今在尼連禪河邊優樓頻螺村菩提樹下坐爲弟子説法乃至攝耳聽法我今應往爲作留難爾時惡魔化作婆羅門摩納婆像往詣佛所到已説如是偈言

汝今捨苦行　衆生清淨道　若更行餘道

畢竟無有淨

此偈義者時魔語世尊言汝捨古仙苦行之道所依邪不能令人淨而生淨想魔以無是淨種種苦行是淨道佛語惡魔非我不能行於苦行而捨之也我諦觀察此道不能斷煩惱以無所能故而我捨之以是事故而說此偈

諸他修苦行　當知無義俱　畢竟無有利
如陸地船栰

諸修苦行有何義耶答曰或有說者此法之外所行盡言爲他說法者謂八聖道及聖道方便除此餘是邪道以是邪道故與無義俱以是事故說諸他修苦行當知無義俱復有說者他者言下賤非他言妙勝諸外道所行苦行是下賤法所以者何以計我故是故說諸修苦行當知無義俱復有說者他言不死不死者惡魔也是故世尊告不死言諸他修苦行當知無義俱復有說者諸爲生天修苦行者是苦行皆言不死苦行以是事故而作是說諸他修苦行當知無義俱畢竟無有利如陸地船栰無用邪見所行苦行不能斷結無用亦如是時魔復語佛言若種種苦行是邪行者汝以何道而自淨耶爾時世尊即說此偈

我修戒定慧　如是究竟道　今已逮清淨
無有上菩提

佛經雖作是說而不廣分別此論即是佛經優波提舍佛經是此論根本諸佛經中所不說者今欲說故而作此論問曰世尊何故說諸他修苦行當知無義俱答曰此是老死道

近老死法隨順老死法不能以是法得盡老死道所以者何衆生欲度老死海行此苦行此諸邪見所行苦行還令衆生没老死海尊者瞿沙説曰一切增長法是無義一切寂滅法是有義邪見所行苦行是隨順增長法以隨順增長故不能生寂滅法衆生欲度老死海故修諸苦行而此苦行必令衆生墮老死海所以者何以行邪方便邪方便者爲生天故行此苦行是故言墮老死海中

阿毘曇毘婆沙論卷第二十九

音釋

皺側救切皮膚蹙也 僂隴主切傴僂謂脊背俯曲而不伸也 栰房越切簰也小曰桴大曰栰 幟尺志切旗也 挽武遠切引也拽也 滓壯士切澱也 瓨户江切長頸甖也 椑正作簰步皆切桴栰也

阿毘曇毘婆沙論卷第三十

迦旃延子造

北涼沙門浮陀跋摩共道泰譯

雜犍度無義品第七之二

又世尊言正身結加趺坐繫念在前乃至廣說問曰如一切威儀盡中行道何故但說結加趺坐答曰或有說者此是舊所行法所以者何過去恒河沙諸佛及佛弟子盡行此法復有說者能生他人恭敬心故若結加趺坐起於惡覺猶生他人恭敬之心是故欲生他人恭敬心故復有說者此法非是世俗愛欲法故餘威儀者世俗用之復次此法能生三種菩提道故聲聞辟支佛佛菩提不以餘威儀得但以是得復次此法行道時隨順安隱非餘威儀故復次此法能壞魔軍如佛世尊結加趺坐能破煩惱及天魔軍復次此法能適可天人心故復次此法不與外道共故餘威儀與外道共云何名結加趺坐尊者波奢說曰加趺坐者累兩足正觀境界則得隨順定名加趺坐云何繫念在前面上故名繫念在前復次背煩惱在後正觀寂滅在前故名繫念在前復次背生死在後正觀涅槃在前故名繫念在前復次背色等境界在後正觀所緣在前故名繫念在前復次繫念在眼中間故名繫念在前復次以勝慧力正觀境界念令不散故名繫念在前復次念與不貪俱緣於境界故名繫念在前復次繫念在眉中間故名繫念在前觀青想等乃至廣說問曰何故繫念在面上耶答曰無始以來男於女身起欲心女於男身起欲心多因於面復有

說者以面是七入所依處行者欲觀察諸入故復有說者面是隨順不淨觀所以者何面上有七孔流出不淨以此處多出不淨故行者徧觀復有說者非因照不於自面而生於愛以不生愛故繫念在面復次以面上能生猗樂然後徧身猶如受欲時男女根邊生樂然後徧身復次面上速能生欲心故如見眼耳鼻口好相即生欲心問曰繫念在面者爲是初行爲是已行爲是久行人耶答曰是久行人行人有三種謂初行已行久行初行者往至塚間善取死屍相謂若青若脹若爛若壞若骨若鎖若骨鎖善取如是相已復觀脚骨踝骨蹲骨膝骨髀骨髖骨腰骨脊骨臂骨手骨腕骨肩骨項骨頷骨齒骨髑髏骨於塚間善取如是相已憶而不忘速還住處洗足坐繩牀上若草敷上憶念所見死屍我身亦爾如是名爲初行行者於所觀境界能令廣亦能令略云何名廣如觀自身骨觀所坐牀亦復是骨次觀屋舍所住之坊僧伽阿覽村落田地所有國土人民乃至大海內所有大地皆觀是骨是名爲廣云何爲略捨大海內所有骨觀一國土所有骨捨國土內骨乃至捨觀牀骨惟觀已身骨能作如是廣略觀是名已行捨自脚骨觀自踝骨捨踝骨乃至觀髑髏骨髑髏骨有二種有左分右分若捨左分觀於右分若捨右分觀於左分捨於二分繫念眉間是名久行是時名爲始入身念處觀不淨觀或有緣少自在多或有自在少緣多或有緣少自在少或有緣多自在多初向者爲能數數觀自身於所觀境界不能令轉

廣第二句者謂能觀大海内骨不能令此觀數數現在前第三句者謂唯觀自身不能令此觀數數現在前第四句者謂能觀大海内骨復令此觀數數現在前不淨觀或有緣無量非自在無量或有自在無量非緣無量或有緣亦無量自在亦無量或有緣亦非無量自在亦非無量初句者謂行者能觀大海内骨不能令此觀數數現在前第二句者謂能觀自身骨數數現在前不能令此觀廣第三句者能觀大海内骨數數現在前第四句者能觀自身骨不能令此觀數數現在前是名行者觀於骨想云何觀摶食不淨想行者觀手中若器中食此食爲從何處來知從倉中種種穀中來觀倉中穀復從何來知從田中種種種子中來復觀以何長養種子知以糞水糞復從何來知從屎尿糞掃聚中來如是觀時見不淨物還增益不淨物行者或時入村乞食或在僧中欲入村時所受用水而作尿想所嚼楊枝作臂骨想所取衣作人皮想帶作腸想鉢作髑髏想杖作脛骨想行石道上時作髑髏骨想若至村時見墻壁屋舍作骨聚想見男女大小作骨人想其所得食麨作骨麨想鹽作碎齒想種種菜作髮想麨作皮想飯作蟲想羹作膿糞穢想生酥乳酪作腦想酥油蜜石蜜作人肪想蒲萄漿作血想肉作人肉想若入僧時所受淨草作人髮想得麨等作骨麨想餘如前說問曰行者何故作如是想耶答曰彼行者作是念無始已來不淨爲淨今應觀此物不淨即作不淨想能作如是想者能對治欲愛復次欲對治欲愛

故作如是觀義言行者作師子吼語不淨分我無始以來取汝淨相今欲廣取汝不淨相問曰何以說不淨觀繫念在前不說阿那波那念觀界方便耶答曰或有說者此說初起方便如說不淨觀繫念在前亦應說阿那波那念觀界方便而不說者當知此說有餘復有說者隨多分故諸比丘多修不淨觀少有修阿那波那念者是故說不淨觀不說阿那波那念尊者瞿沙說曰隨其入法時所用繫念在前不必以不淨觀也尊者迦旃延子解佛經故佛經說正心繫念在前除世貪心住無貪法中乃至斷疑蓋亦如是五蓋之中何者最重謂貪欲蓋不淨觀是貪欲蓋近對治不淨觀次第亦能斷餘蓋亦能起禪是故以不淨想繫念在前問曰不淨觀體性是何答曰是無貪若取其相應共有則體是五陰諸阿練若說體是慧所以者何佛經說若能善攝諸根是名見不淨觀復有說者不淨觀體是猒猒名相應心數法在如是等是名心數法中評曰不應作是說說是不貪者好若取相應共有體是四陰五陰界者是欲色界地者是十地謂欲界中間禪根本四禪四禪邊身者在欲界行者非十六行別行不淨行緣者緣欲界色入問曰此爲緣欲界一切色入不答曰盡緣問曰若然者何以尊者阿尼盧頭不能於快意天身作不淨觀耶曾聞尊者阿尼盧頭於一林中加趺坐禪有四快意天女自化其形端正極妙來詣尊者阿尼盧頭所作如是言尊者阿尼盧頭我是快意天能於四處自在變化若欲見我身何色者我悉

能現以娛樂之是時阿尼盧頭作是思惟我今應當作不淨觀即起初禪不淨觀而不能令此觀現在前乃至欲起第四禪不淨觀亦復不能復作是念彼是種種色若當純是一色我則能起即語天女言諸姊妹盡作青色是時天女即作青色復作不淨觀猶故不能復作是言諸姊妹盡作黃色是時天女即作黃色復起不淨觀猶故不能復語之言諸姊妹盡作赤色是時天女即作赤色復起不淨觀猶故不能問曰尊者阿尼盧頭何故語諸天女作種種色耶答曰彼作是念移轉其色我或能起不淨觀復次欲觀彼色好不好相故如是語復作是念白色隨順骨相彼若作白色者我能作不淨觀即語言姊妹汝作白色是時天女即作白色起不淨觀猶故不能復作是念此諸天女端正殊妙即時默然閉目不看是時天女忽然不現如是義云何通耶答曰彼尊者阿尼盧頭雖不能觀餘利根者能如尊者目揵連舍利弗辟支佛佛

問曰有能於佛身作不淨觀不耶答曰一切聲聞辟支佛能觀而不能作不淨想所以者何佛身極明淨極妙極勝無諸過咎衆生樂見故是故一切聲聞辟支佛不能作不淨觀惟佛能觀復有說者聲聞亦能觀所以者何不淨有二種一是色過患二是色緣起不能觀色過患而能觀色緣起不淨觀復有二種一是總相二是別相能觀總相不能觀別相念處者根本而言非念處方便而言是身念處智者與等智相應根者總與三根相應定者不與定相應過去未來現在者是三世法

緣過去未來現在者過去即緣過去法現在者即緣現在法未來不生者緣三世當生者緣未來善不善無記者是善緣善不善無記者三種盡緣緣無記法多三界繫者欲色繫緣三界者緣欲界學無學非學非無學者是非學非無學緣學無學非學非無學者緣非學非無學見道斷修道斷無斷者是修道斷緣見道斷修道斷不斷者是緣修道斷緣自身他身者緣自身亦緣他身緣名緣義者是緣義是離欲得方便得者亦是離欲亦是方便離欲得者離欲界欲得初禪地者乃至離三禪欲得第四禪地者最後身凡夫人聖人得曾所得亦得未曾得其餘凡夫得曾所得離欲得者離欲時得後作方便起現在前佛不以方便起現在前辟支佛起下方便聲聞

或作中方便或作上方便起現在前不淨觀有作方便而得後作方便起現在前問曰何等人能起不淨觀耶答曰凡夫聖人俱能聖人者從須陀洹乃至阿羅漢何處起者答曰先作是說欲界中是三方非鬱單越欲界天中不能使初行現在前所以者何以無青等死屍故先於人中得後於彼起現在前聞思修者是三種欲界者是聞思色界者是聞修問曰觀一切是骨而一切非骨云何此觀非顛倒耶答曰能斷結故非是顛倒問曰觀房舍是骨此觀何所緣耶答曰或有說者緣本所見塚間骨鎖復有說者緣房舍中所有虛空界評曰此是虛想觀其所觀即緣彼法如是說者好問曰此不淨觀爲在意地爲在六識身耶答曰是意地緣於形色非五識身問

曰若是意地非五識身者此經云何通如說眼見色作不淨思惟答曰先眼識見色後意地作不淨思惟復有說者從其門從其道如六喜觀行是意識地從眼門道生乃至身門道生是故說六不淨觀當知亦如是問曰從眼門道生不淨觀作如是說者可爾如彼經說耳聞聲鼻齅香身覺觸意知法作不淨思惟此云何通所以者何除色入餘入非不淨觀境界答曰或有說者不淨觀不緣聲等更有勝行能猒離聲等復有說者爲色愛所覆修不淨觀爲聲香味觸法愛所覆亦修不淨觀故作如是說復有說者行者觀形色是不淨形色所依聲香味觸法更以勝不淨觀猒離行觀故作如是說復有說者行者善修不淨觀能伏作色復欲伏於聲等境界若能伏者善若不能者還修不淨觀猶如鬪軍時先安營壘然後出陣與怨共鬬若勝怨者善若不勝者便還營壘彼亦如是是故作如是說經說有五現見三昧云何爲五如說汝等比丘當如實觀察此身從足至頂髮種種不淨充滿其中所謂髮毛爪齒薄皮厚皮筋脉肉骨心肺脾腎肝膽痰癊大小腸胃屎尿洟唾口中流涎肪删髓腦及以腦肢膿血汗淚生藏熟藏猶如有人於門窻向觀見倉中種種雜穀謂胡麻秔米大小諸豆大麥小麥等比丘如實觀察此身亦復如是若能如是觀者是名初現見三昧復次比丘如實觀察此身乃至廣說除去血肉唯觀白骨識於中行若能如是觀者是名第二現見三昧復次比丘如實觀察此身乃至廣說觀此骨身識於中

行亦住今世亦住來世若能如是觀者是名第三現見三昧復次比丘如實觀察此身乃至廣說但觀骨身識在中行住於來世不住今世若能如是觀者是名第四現見三昧復次比丘乃至觀身白骨識在中行不住今世亦不住來世若能如是觀者是名第五現見三昧問曰此五現見三昧誰之所有答曰第一第二現見三昧凡夫聖人所有第三者是須陀洹斯陀含所有第四者阿那含所有第五者阿羅漢所有問曰第一第二三昧是現見可爾所以者何因現見生故觀識行時云何是現見答曰現見是其方便從現見生故亦名現見諸法立名處多或以自體故立名或以所依故立名或以相應故立名或以對治故立名或以行或以緣或以行緣故立名或以方便故立名自體立名者如諦如陰諦者體是逼切故名苦諦乃至體是求故名道諦體是色故名色陰乃至體是識故名識陰所依立名者如眼識依眼生故名眼識乃至意識依意生故名意識相應立名者如意業意行如意觸生愛此法與意相應故立名對治立名者如法智比智若法對治欲界是名法智若法對治色無色界是名比智行立名者如苦智集智所以者何此智緣同行不同緣立名者如無相三昧緣無十相法故名無相行緣立名者如滅智道智所以者何此二智行不同緣亦不同方便立名者如他心智空處識處五現見三昧以現見爲方便生此定故名現見三昧問曰不淨觀何故名現見三昧耶答曰能生現見三昧故問曰何故佛

不淨觀獨名無上耶答曰或有說者佛不淨觀能勝伏一切境界故獨名無上聲聞辟支佛所有不淨觀不能勝伏一切境界如尊者阿尼盧頭不能勝伏境界不名無上復有說者佛不淨觀是骨觀觀骨是骨觀筋肉等是筋肉乃至廣說評曰若作是說通佛是少境界不淨觀者如前說者好能勝一切境界故獨稱無上

如佛告目揵連提舍梵天何以不爲汝說第六人住無相乃至廣說問曰何故作此論答曰此是佛經佛經中說佛住舍衛國祇陀林中給孤獨精舍爾時有三梵身天光明照耀以夜初分來詣佛所到佛所已頂禮佛足在一面立時一梵天白佛言世尊婆翅多國有衆多比丘尼命過第二梵天復白佛言世尊彼命過者有是有餘涅槃者第三梵天復白佛言世尊彼命過者有是無餘涅槃者時諸梵天說是語已繞佛三帀忽然不現爾時世尊過此夜已使敷牀座於僧中坐已告諸比丘作如是言昨夜初分有三梵天光明照耀來詣我所乃至第三梵天說是語已繞我三帀忽然不現爾時大目揵連在彼衆中作是思惟彼天有如是知見言是有餘涅槃無餘涅槃者是何天耶爾時大目揵連隨其所應即入三昧三昧力故於祇陀林忽然不現住梵天上去提舍梵天不遠爾時目揵連從三昧起詣提舍梵天所到已作如是言提舍何等梵天有如是知見知是有餘涅槃知是無餘涅槃問曰如目揵連知見勝於梵天百千萬分何以問於梵天耶答曰欲顯提舍梵天

功德故此天本是目揵連弟子得阿那含果有大功德彼諸梵天無有識者欲顯彼功德令諸梵衆恭敬尊重故是以問之時提舍梵天答目揵連言此梵身諸天有如是知見能知有餘涅槃者爾時目揵連問提舍梵天一切梵身諸天盡有此知見知有餘涅槃無餘涅槃不耶提舍梵天答言非一切梵身天有如是知見乃至廣說此諸梵天雖有天壽妙色名譽而不知足不知如實最上遠離法者無是知見若諸梵天有壽色名譽而行知足能知如實最上遠離法者有如是知見尊者目揵連復問提舍梵天此諸梵天云何能知提舍答言尊者目揵連若諸比丘得阿羅漢道是俱解脫是諸梵天作是思惟若此大德有身之時人天皆見若身壞命終人天更不復見不但俱解脫若比丘得阿羅漢是慧解脫是諸梵天作是思惟此比丘得阿羅漢是慧解脫此大德有身之時人天皆見乃至廣說不但慧解脫也若比丘是身證此大德亦能勝進得無學根見到信解脫說亦如是問曰彼諸梵天何以不說堅信堅法耶答曰或有說者若是彼天境界者則說堅信堅法非其境界是故不說復有說者若是諸梵所行法者則說此法非其所行是故不說爾時目揵連聞提舍梵天所說心生歡喜隨其所應即入三昧以三昧力從梵天沒到祇陀林爾時尊者目揵連從三昧起往詣佛所頂禮佛足在一面坐先共提舍梵天所論說事具以白佛爾時世尊告目揵連言提舍梵天不說第六人行無相耶爾時大目揵連即從座起

合掌向佛而白佛言世尊今正是時惟願世尊說第六人行無相若諸比丘聞已當奉行之佛告目揵連諦聽善思念之我今當說目連當知若比丘不觀一切相入心無相三昧是名第六人行無相佛經雖作是說而不分別佛經是此論所爲根本此論是佛經優波提舍諸經所不說今欲說故而作此論云何第六人行無相答曰堅信堅法是第六人行無相人所以者何七種聖人攝一切聖人提舍梵天已說五種不說此二種是以知之問曰此二人何以說行無相者耶答曰彼尊者不可施設立名在此在彼乃至廣說問曰此是二人何以說一耶答曰即如文說此二俱不可施設立名在此在彼以義同故說名爲一復有說者此二俱不起不相似心復有說者此二所行心等俱有十五心故復有說者此二俱不起期心故復有說者此二俱是不可施設俱是無言說俱是速疾道以是義故二人爲第六人問曰彼五人是行無相人耶何以說此行無相者名第六行無相人答曰彼五人者非行無相人唯此名行無相人問曰若然者何以說此是第六行無相人答曰此是數法第六非是行無相第六餘處亦說已害第五常行前四非是常唯第五者是常以數法故第五者是常非四盡是常如說第六增上五亦如是如是以數法故言第六非無相故言第六也問曰此所說無相無相解脫門不動法心解脫亦說是無相非想非非想處亦說是無相此四有何差別答曰此中說見道是無相所以者何此是速疾道不起

期心若人入此法者不可施設在此在彼故說無相無相解脫門言無相者以緣無十相法故言無相不動法心解脫言無相者不爲諸煩惱相所覆蔽亦不更生煩惱相故言無相非想非非想處言無相者以彼處愚劣不猛利不決定所行似疑彼無了了想相無了了非想相是故言無相見道有十五心第十六心俱道比智是修道聲聞能知見道中二心謂苦法忍苦法智苦欲觀第三苦比忍心是時乃知第十六道比智相應心辟支佛知見道中三心謂苦法忍苦法智若欲知苦比忍時是時乃知第八集比智相應心佛世尊知見道中所更相續心問曰何故聲聞知見道中二心辟支佛知三心佛悉知耶答曰他心智知相似境界不知不相似境界世俗知

世俗心心數法無漏知無漏心心數法法智知法智分比智知比智分聲聞辟支佛作方便他心智乃現在前行者欲入見道聲聞他心智現在前是時知見道中二心謂苦法忍俱心苦法智俱心行者入比智分聲聞作比智分他心智方便起比智分他心智現在前欲知第三心乃知第十六心行者欲入見道辟支佛作法智分他心智方便行者入見道辟支佛起法智分他心智現在前知二心謂苦法忍苦法智行者入比智分辟支佛作比智分他心智方便起比智分他心智現在前欲知第三苦比忍心乃知第八集比智心佛不作方便他心智現在前如行者起見道中一一剎那現在前佛亦起他心智知見道一一所更相續心問曰有能施堅信堅法人食

者不耶答曰不能若施衣服牀座則能食則不能所以者何此是速疾道故若入此道必不起期心不可施設在此在彼是故不能施其食問曰若不能施其食者優伽長者經云何通如說居士此是須陀洹此是向須陀洹乃至廣說答曰此是天語此天或有說是魔王眷屬欲嬈亂居士心故復有說者彼天是餓鬼欲欺誑居士故作如是說復有說者此天是居士家中受祀祠神欲令居士心生歡喜亦欲示現情相親近故作如是說復有說者此天是彼居士本日親屬欲示其福田非福田故作如是說問曰天於居士縱令極親非其境界何由而知答曰向須陀洹果有二種一是假名二是眞實若眞實者非其境界若假名者是其境界復有說者有能施其食者而彼未食所以者何如行者入見道若弟子若比座爲其受食若檀越以食著其草上若衣械上如餘經說婆陀利於意云何若比丘是堅信我語之言汝於汚泥以身爲橋我欲從上而過爲違我言不答言不此亦說假名須陀洹向非是眞實所以者何眞實須陀洹向者不起不相似心聞佛所說故復有說者此中亦說眞實須陀洹向問曰彼不起不相似心能聞佛所說云何言是眞實耶答曰雖不聞佛所說以深心敬重佛故假令見道可起者亦當隨順佛言是故佛作是言有如是功德者隨順我言何況汝無功德者也如說世尊轉法輪地神唱言乃至廣說問曰何故作此論答曰爲斷疑故人謂地神有現前了了智知佛轉法輪非是比相智欲說地神

無有現前了了智有比相智知佛轉法輪故而作此論

阿毘曇毘婆沙論卷第三十

音釋

脹之亮切脹滿也　爛盧旰切腐爛也　踝户瓦切足骨也又腿兩旁曰內外踝　⿰足尃市兖切腓腸也　⿰月坒部禮切股也　髖苦官切兩股間也　脊資昔切背吕也　臂必至切肱也　腕烏貫切臂腕也　頷胡感切口下曰頷　髑髏髑徒谷切髏落侯切髑髏頂骨也　塚知隴切高墳也　摶度官切以手團之也　嚼在爵切咀嚼也　麨尺沼切乾糧也　麱必郢切與餅同麨餈也　膿奴冬切腫血也　腦奴浩切頭髓也　肪分房切脂也　蒲萄蒲薄胡切萄徒刀切蒲萄草實也　壘魯水切軍壁也　筋舉欣切骨絡也　脉莫白切幕也謂幕絡一體也　肺芳吠切金藏也　脾頻彌切土藏也　腎時忍切水藏也　洟延知切鼻液也　涎夕連切口液也　⿰月冊蘇干切脂肪也　胲古哀切胲膜也　秔古行切稻之不粘者曰秔

阿毘曇毘婆沙論卷第三十一

迦旃延子造

北涼沙門浮陀跋摩共道泰譯

雜犍度無義品第七之三

問曰轉法輪非是生得慧境界地神云何知耶答曰以五事故知一世尊起世俗心故知問曰何故世尊起世俗心答曰見三阿僧祇劫所行今有果報生歡喜故起世俗心復有說者見本所立弘誓今已果故復有說者見本所立願今已果故復有說者欲饒益他意令滿足故以是事故世尊欲令他知起世俗心乃至畜生亦知何況地神世尊或起世俗心舍利弗等諸大聲聞入頂第四禪以願智力尚不能知或時起世俗心乃至畜生亦能知二者亦告他問曰佛何故告他耶答曰欲現善說法中所言誠諦故復有說者欲現三阿僧祇劫所行有果報故復有說者欲顯憍陳如是世良福田故復有說者欲令人天生信敬心故復有說者欲現非如世師悋法已破法悋故復有說者欲現已身是大人法故復有說者欲現已身是聰明人故如說有三事是聰明相謂所思是善所行是善所言是善以是事故告他三者彼尊者亦起世俗心問曰彼尊者何故起世俗心耶答曰彼尊者令無始生死今有邊故除無量苦斷惡道因生決定聚得見真諦故復有說者見本所立誓本所立願本所行事今有果故起世俗心四者彼尊者亦告他問曰何故告他耶答曰欲現善說法中所言誠諦故復次欲現世尊三阿僧祇劫所行今有果故復次欲現佛法

有大威勢故亦欲現已身爲世福田故復次欲生五人等欣仰心故復次欲顯現如來大功用故復次欲現佛法是神變出離法故告他五者從大威德天邊聞問曰何者是大威德天耶答曰或有說者是淨居天復有說者是欲界天見眞諦者復有說者是欲界天曾見過去佛者所以者何過去諸佛轉法輪時有如是相今現是相知佛欲轉法輪即便告他從彼得聞問曰云何是法輪義答曰或有說者法體法性義是法輪義復有說者選擇法義是法輪義復有說者能現見法義是法輪義復有說者淨法眼義是法輪義復有說者對治非法輪義是法輪義所以者何如六師自言是天人師亦轉法輪然其輪是八邪道是故對非法輪是法輪義問曰何等是輪義答曰速疾義是輪義復有說者捨此趣彼義是輪義復次破煩惱義是輪義問曰何故此輪名梵法輪耶答曰以梵世在初具聖道故名梵法輪第二第三禪不在初亦不具聖道第四禪雖是佛身初得而不具聖道復次梵行者身中可得故名梵法輪復次對非梵行故名梵法輪復次破非梵煩惱故名梵法輪復次如來等正覺是梵法分別解說施設顯現名梵法輪復次以梵音說故名梵法輪復次若具有八聖道處名梵法輪復次若有三界見道修道所斷煩惱對治法可得處名梵法輪不善無記有報無報能生二果能生一果無慙無愧相應無慙無愧不相應有聚體無聚體忍對治智對治可得處名梵法輪復次若有九斷知果道名梵法輪餘三禪中

有五斷知果道無色中有一斷知果道初禪中俱有九斷知果道故名梵法輪亦如經說四十法二十是不善分二十是善分若分別解說此四十法名梵法輪（四十法者如十邪道自稱勝有十傍十直道有十正見等十直亦如是）問曰如善法隨順法輪可是梵法輪不善法不隨順法輪云何言是梵法輪耶答曰不以善不善體言是法輪以緣善不善智名梵法輪所以者何此是寂靜無有過咎不害於他故名梵法輪問曰何故說見道是法輪修道非法輪耶答曰或有說者速疾義是法輪義見道是速疾道不起期心道故復有說者捨此趣彼是法輪義見道捨苦趣集捨集趣滅捨滅趣道復有說者以四事故名法輪一捨此二趣彼三未選者選四已選者不捨捨此者見道中捨苦趣彼者趣集未選擇選擇者是集已選擇不捨者是苦復有說者上下義是法輪義猶如輪輻或時在上或時在下見道亦爾或時智忍緣欲界苦在下或時智忍緣於有頂在上緣於有頂已復緣欲界是故上下義是法輪義復有說者降伏四方天下義是法輪義如轉輪王所有輪寶則能降伏四方天下行者亦爾以見道輪降伏四諦四方天下復有說者猶如輻轂輞法輻用持輞轂用持輻見道苦忍苦智集忍集智如輻滅忍滅智如轂道忍道智如輞所以者何此忍智緣一切道故法智緣法智分比智緣比智分復有說者見道所斷結能生非法八邪法輪見道能對治此法故名法輪尊者瞿沙說曰八聖道一時在此身中轉故名法輪正見正覺正精進正念如輻正

語正業正命如轂正定如輞此八法皆是見道中修故名法輪佛在波羅柰國初轉法輪問曰菩提樹下已轉法輪何以言波羅柰國初轉法輪答曰轉法輪有二種一在自身二在他身在菩提樹下是自身轉法輪波羅柰國是他身轉法輪以在波羅柰國他身中初轉法輪故言初轉法輪復有說者轉法輪有二種有共不共如聲聞辟支佛是共法輪佛是不共法輪以轉共法輪故言初轉法輪復有說者以最初得無我證人故言初轉法輪復有說者若是時得勝辟支佛者言初轉法輪所以者何辟支佛亦於自身能轉法輪不能於他身而轉法輪惟佛能於他身而轉法輪復有說者若於三阿僧祇劫所行得其果處名初轉法輪所以者何佛若欲於過去諸佛所般涅槃者即得隨意所以身心不懈作百千苦行者但欲利益他故若我得無上智時當令無量衆生於生死牢獄而得解脫如是願行於波羅柰國而得滿足故名初轉法輪復有說者能降伏他故名輪猶如國王降伏城村一切人民故得名爲王不但降伏宮人妓直名之爲王如是能降伏他身名爲法王不獨已身名爲法王問曰若聖道所在身中即自身名轉法輪者何以名佛轉法輪耶答曰或有說者以覺悟故言佛轉法輪所以者何隨彼身中有聖道若不以佛語光照則聖道不生若以佛語光照則彼身中聖道使生如池水中雖有波頭摩拘物頭分陀利華若日光不照則不開不敷不香日光若照則開敷香彼亦如是復有說者雖有聖道在彼

身中若不以如來言說之手而轉之者則聖道不生如轉輪王若不以金輪寶置左手中以右手轉之作如是言我金輪寶當有所降伏者是時諸神則不爲轉行其輪若以輪寶置左手中以右手旋之是時諸神則爲轉行其輪然轉其輪者是神而王受其名彼亦如是復有說者彼身中雖有聖道若不得如來緣顯發者則聖道不生猶如倉中有諸種子若不以緣發者芽則不生彼亦如是復有說者彼身中雖有聖道若如來不以善巧方便名句味身除彼身中障礙者則聖道不生若除其障礙則聖道生復有說者有二因二緣生於正見一從他聞法二內自思惟如從他聞法名佛轉法輪如內自思惟言身中自有聖道如是得於人身成就四法者名多有所作如近善知識從其聞法名佛轉法輪如內自思惟如法修行言身中有聖道問曰如住苦法忍時已轉法輪何以道比智時言轉法輪耶答曰或有說者住苦法忍時雖轉法輪而轉義未足道比智時轉義乃足復有說者以道比智時有五事應一得未曾得道二捨曾得道三斷煩惱同一味故四頓得八智五修十六行是時名轉法輪憍陳如汝解法耶乃至廣說問曰此五人皆是解法者何以獨問憍陳如耶答曰或有說者以憍陳如先見聖諦後及餘者憍陳如見聖諦時餘者方在達分善根復有說者以本願故先告憍陳如汝解法耶答言已解乃至廣說問曰世尊何故三問憍陳如耶答曰或有說者憍陳如見聖諦已世尊起於知見觀前後際爲憍陳如

應在惡道陰界入多爲我於三阿僧祇劫所經剎那須㬰頃多作是觀時見憍陳如應在惡道陰界入多非我三阿僧祇劫所經種剎那須㬰頃多佛見是已作是思惟我於三阿僧祇劫修集無量苦行令得無上智但能使憍陳如應在惡道陰界入在不生法中不更爲餘事者於我便足是以三問復有說者憍陳如能緣縛一切衆生身一切衆生亦能緣縛憍陳如身憍陳如見諦已佛作是念我今得阿耨多羅三藐三菩提更不作餘事但斷憍陳如及一切衆生展轉緣縛者於我便足是故三問更相吞噉更相斷命說亦如是復有說者爲近誹謗故佛本爲菩薩時出迦毗羅城是時迦毗羅諸釋遣侍者五人二人是母親三人是父親二人言受欲得淨三人言苦行得淨當於菩薩修苦行時言受欲得淨者即便捨去言苦行得淨者而故給侍菩薩菩薩捨苦行處已酥油塗身食諸飯食彼言苦行得淨者心生惱亂即便捨去是時菩薩身力轉增詣菩提樹下降伏衆魔得阿耨多羅三藐三菩提成正覺已徧觀世間誰先應聞法我當爲說見鬱陀迦子應先得聞是時有天即便白言鬱陀迦子昨日命終爾時如來亦說知見知昨日命終復作是念誰次應聞法我當爲說見阿蘭迦蘭次應得聞天復白言阿蘭迦蘭喪來七日佛亦起知見知阿蘭迦蘭喪來七日佛作是念阿蘭迦蘭不聞我法便爲大失問曰佛已成道應爲彼人說法而不爲說云何不名教化失時尊者瞿沙說曰佛初成道心愛敬法不思餘食未觀衆

生誰應得度復有説曰如來大悲未及彼人而便命終復有説者佛未分衆生立爲三聚復有説者受佛化者必須根熟彼根未熟而便命終又諸根成熟必由自心彼人慢意行禪自稱是一切智必須久時諸根乃熟問曰若此人根未熟者佛何以言彼人不聞我法便爲大失答曰若彼人不命終者佛能除其自稱一切智心亦生信佛是一切智心亦可先令憍陳如前諸根得熟而能受化若彼一人佛得道後四十二日有餘命者能令彼人於我法中大得利益而彼命行盡故世尊捨之若有衆生應受化者如來能自住壽如待須跋陀羅等若能住他壽命者無有是處復有説者佛本爲菩薩時是彼人弟子若當彼人不命終者當示其師法亦令彼人知佛所得法非是彼人本所授法以是事故言彼人大失佛作是念誰次應聞法天復白言阿若憍陳如等五人次應得聞佛亦起知見知阿若憍陳如等次應聞法佛復作是念今在何所天復白言在波羅柰國佛亦起知見知在波羅柰國於時世尊漸次向波羅柰國趣彼五人是時五人見世尊來即共立制如修多羅廣説憍陳如見眞諦已佛告之言汝於法解耶乃至廣説汝今觀我有懈慢耶多行法耶於離欲法有退失耶我得甘露法耶是時憍陳如極生慙愧而答佛言今觀世尊無有懈慢不行多法於離欲法亦無退失得甘露法我悉證知以是事故而三問之復次欲滿本誓願故曾聞此賢劫中有王名惡行有仙人名忍辱時王除去男子將諸妓女遊戲林

間種種快意時王疲猒而便眠卧時諸妓女爲華菓故於林樹間處處求覔是時仙人於自住處閑靜禪思時諸妓女遥見仙人即詣其所頂禮足已在一面坐是時仙人爲諸妓女說欲過患時王眠覺四方顧視不見侍人作是思惟將無有人將我妓女去耶其王即時瞋恚抜劒徧林樹間而推求之見諸妓女坐仙人邊心生是念今此大鬼將我妓女來前問之言汝是誰耶仙人答言我是仙人王復問言汝於此間何所作耶仙人答言行忍辱道王作是念此人見我瞋恚自稱忍辱我今當試爲實爾不復更問言汝得初禪耶答言不得汝乃至得非想非非想定耶答言不得其王問已瞋恚轉增語仙人言可伸汝臂以刀斷之而問之言汝是何人仙人答言是忍辱人如是復斷一臂亦斷兩足割其耳鼻令仙人身使爲七分復問之言汝是何人仙人答言是忍辱人仙人語王今何故生疲猒心汝若以刀割我身體令如微塵者我言忍辱終無有異爾時仙人復作是念如汝今日斷我身體使爲七分我得阿耨多羅三藐三菩提時先以大悲令汝修七種道斷汝七使時惡行王者今憍陳如是忍辱仙人者今世尊是見憍陳如見眞諦已佛之威力自見已身本是惡行王斷仙人身使爲七分亦憶本誓願是時世尊告憍陳如非我違本誓耶導本所願耶是時憍陳如即從座起極懷慙愧白佛言世尊不違本誓導本所願我愚小作是罪今重懺悔以本願滿故三問阿若憍陳如地神作如是唱世尊轉聖法輪乃至廣說

問曰時會亦有餘天唱言佛轉法輪何以獨言地神唱耶答曰或有說者地神隨從世尊欲令轉法輪無諸留難如來從時轉正法輪無諸留難地神自念所有功勞今已得果心生歡喜是以高聲先唱復有說者時會雖有餘天而閒地神輕躁是以先唱如今大衆集處性輕躁者每喜高聲先唱彼亦如是復有說者彼深生歡喜故是以先唱復有說者是次第法故所以者何地神先唱次虛空神經剎那須臾頃上至梵世問曰如處所起聲即處所滅何以言上至梵世耶答曰此是轉轉法地神唱已餘天復唱如是轉轉乃至梵世猶如一燈轉轉相然彼亦如是問曰如天亦解法何故言爲人轉法輪答曰或有說者以人先見諦天在後故復有說者人是現見天非現見故復有說者以人爲證不以天爲證故復有說者佛所行事業與人同故天則不同復有說者諸天亦從人中得善利故復有說者人中有四衆故復有說者若於此處滅亦於此處生雖有聖人滿諸天宫人中有證甘露法者不名法滅若無證者乃名法滅是故若於此處滅亦於此處生若轉輪聖王出世聲徹他化自在天宫憍陳如等聲徹梵世佛聲徹阿迦膩吒問曰何故轉輪聖王聲徹自在天宫憍陳如等聲徹梵世佛聲徹阿迦膩吒答曰或有說者衆生造業有下中上造下業者聲徹自在天宫造中業者聲徹梵世造上業者聲徹阿迦膩吒復有說者衆生造名譽業有下中上造下業者聲徹自在天宫造中業者聲徹梵世造上業者聲徹阿迦膩

吒復有說者衆生讚歎父母師長沙門婆羅門有下中上若下者聲徹自在天宫中者聲徹梵世上者聲徹阿迦膩吒復有說者若轉輪聖王出世則以十善教化於六欲天中受其果報若有新生天者諸天歡喜我受樂親屬今已增多以轉輪聖王出世之時諸天歡喜故聲徹自在天宫梵天請佛轉法輪故聲徹梵世首陀會諸天覺悟菩薩故出迦毗羅城得無上智是以佛出於世聲徹阿迦膩吒復有說者轉輪聖王是愛欲人是以聲徹不離欲處梵世中有尊甲上下故憍陳如聲徹梵世佛有最勝大名稱故聲徹阿迦膩吒設當有頂衆生有耳識者世尊聲亦應徹彼世尊廣修無量名譽業故問曰何故轉法輪聲徹於梵世答曰以梵世是一切人所尊重處

復有說者以梵世作三千大千世界分齊故復有說者以梵世有尊甲上下故復有說者以彼地有言語根本覺觀法故如說以覺觀心故而有言語復有說者以彼有自地善染汙不隱没無記耳識故復有說者以彼有自地善染汙不隱没無記口有作法故以是事故聲徹梵世問曰諸佛所說法盡是法輪耶答曰不也說見道者是名法輪問曰聞佛說法入見道者多何以不名法輪耶答曰彼雖是法輪而不在初初入法者得名法輪是最後入法如須跋陀羅者亦名法輪問曰一切諸佛盡在波羅柰國轉於法輪此處定不耶若定者此說云何通如說然燈佛燈光城而轉法輪若不定者曇摩須菩提所說偈云何通如偈說

應念過去佛所依　伽耶大城施鹿林
皆於此處善分別　清淨妙法無有上

答曰或有說者應作是說轉有四處定菩提樹轉法輪處天上來下處大現神變處何以知菩提樹定曾聞有文陀竭轉輪王與四種兵飛行空中到菩提樹下其輪便住不得前過時王怖懅作是思惟我今將無欲失王位有命難耶菩提樹神而語王言大王莫怖不失王位亦無命難王不見下菩提樹耶此中有金剛座一切菩薩皆坐此上得無上智王欲過者可避此處從餘道往時王便下種種供養菩提樹已從餘道去以是事故知菩提樹定何以知轉法輪處定耶即以上偈知其處定何以知天上來處定耶曾聞佛去世後從天上來處有苦惱事諸比丘捨之而去外道異學來居其中從諸比丘還來其處語外道言此是我師天上來處外道復言是我天祠常住之處乃至生大鬪諍時諸比丘諸外道言今當俱立誠言應屬誰者當有瑞相時諸外道皆言爾時諸比丘便立誠言諸神證知若今此處是過去諸佛爲母說法來下處者當現瑞相時彼住處有大石柱上有石師子即便大吼時諸外道心懷怖懅捨之而去口中又出衆寶華鬘繞此石柱皆悉周徧以是事故知佛從天上來下處定何以知現大神變處定佛在世時諸外道輩求佛共捔現神變經十六大國佛不現神變還舍衛國乃現神變以是事故知現大神變處定問曰若轉法輪處定者然燈佛於燈光城轉于法輪此說云何通答曰今此波羅柰國即是昔日

燈光城復有說者有三處定謂菩提樹天上來下處現大神變處此三處定如上所說三處不定轉法輪處生處般涅槃處何以知轉法輪處不定若阿羅鬱陀迦子不命終者佛不往其所而爲說法從摩伽陀將至波羅柰國耶問曰若轉法輪處不定者曇摩須菩提偈云何通答曰此不必須通所以者何此非修多羅毗尼阿毗曇此是造文頌法凡造文頌者言必過實若必欲通者當云何通答曰過去亦曾有佛於彼處轉法輪是以作如是說波羅柰是何義耶答曰有河名波羅柰去其不遠造立王城故名波羅柰何以名仙人論處答曰若作是說一切諸佛皆於波羅柰國轉法輪者諸佛是最勝仙人始初於彼轉法輪故名仙人論處若作是說諸佛不必於彼處轉法輪者佛出世時有阿羅漢大仙於彼處已住今住當住若佛不出世有辟支佛住若無辟支佛有五通仙住以是事故名仙人論處亦名仙人住處施鹿林有何義衆鹿於中遊行名曰鹿林復次梵摩達王以此樹林施與衆鹿名施鹿林

又世尊言此比丘漏盡三十三天數集會乃至廣說問曰何故作此論答曰波利質多樹喻經是此論所爲根本或謂三十三天有現前了了智知比丘漏盡非是比相知欲決定說三十三天無現前了了智是比相智所以者何生得慧不知漏盡法以是事故而作此論問曰若生得慧不能知漏盡法者彼諸天云何知耶答曰以五事故知一世尊起世俗心問曰何故世尊起世俗心答曰以適世尊

意故誰能第一適世尊意謂能斷未來有者世尊亦說比丘若起少分未來有者我不稱讚是人乃至廣說彼比丘斷未來有適世尊意故起世俗心復有說者欲令得他心智者知故以口言告他二告他告他義如先說三彼尊者亦起世俗心問曰彼尊者何故起世俗心耶答曰彼尊者無始以來煩惱熾然今已得冷捨熾然諸入得清涼諸入捨煩惱衆生住清淨衆生中捨染汙陰重擔得清淨陰生歡喜故起世俗心四彼尊者亦告他問曰彼尊者何故告他答曰欲現法中所言誠諦故亦令彼施主施飲食衣服牀座卧具病瘦醫藥生歡喜心亦顯出家有果實行故是以告他吾從大威德天聞問曰何者是大威德天耶答曰天中得阿羅漢者是也問曰一切皆知耶答曰若根等者知問曰其餘天亦稱歎此法不耶答曰亦稱歎問曰若然者此中何故不說耶答曰或有說者若諸天數數集會者此中說之三十三天八日十四日十五日思念人天有行善法者不復有說者彼三十三天中或有以波利質多羅樹喻阿羅漢者是以稱歎復有說者三十三天若聞人多行善者天則歡喜是以稱歎復有說者三十三天常伺察人有行善者爲作擁護是故稱歎問曰亦稱學人不耶答曰亦稱歎如經說若世間人孝事父母諸天稱歎何況學人問曰若然者何以但說漏盡者不說學人耶答曰以最勝故乃至廣說復有說者以波利質多羅樹極盛時開敷爲喻復有說者以漏盡人應受供養故不雜過患故無罪咎故無嫌

恨故是以稱歎復有說者若世有阿羅漢諸天增多惡道減少是以稱歎猶如明王治國以正人民增益彼亦如是復有說者若世有阿羅漢諸天增多阿脩羅衆減少如月滿時大海水增彼亦如是復有說者若世有阿羅漢諸天與阿脩羅戰時則勝如見善精進天子諸天戰勝彼亦如是復有說者若世有阿羅漢後生諸天威德勝前生諸天故是以稱歎如以味甘施勝於四衢施者彼亦如是復有說者若世有阿羅漢以少食施得生天上故是以稱歎如摩訶迦葉以一器稊子飯施阿泥盧頭以一食施彼亦如是復有說者若世有阿羅漢見者能生敬信心得生天上故是以稱歎如蝦蟇惡狗氣噓旃陀羅以敬信心故得生天上彼亦如是復有說者若世有阿羅漢生死牢獄得遭大赦如王生子大赦牢獄彼亦如是復有說者若世有阿羅漢則能顯示善趣惡趣道如日出時則見平坦嶮難之道彼亦如是復有說者若世有阿羅漢則不失天位不墮惡道還得天位故猶如帝釋彼亦如是復有說者若世有阿羅漢一切世間常獲善利無空缺時猶如善師教善弟子常得善利無空缺時彼亦如是復有說者若世有阿羅漢雖有天樂而能捨離思得閑靜如帝釋轉輪聖王閻羅王思得出家彼亦如是復有說者若世有阿羅漢一切世間得聞道品等寶而常豐賤如海船載寶令天下豐賤彼亦如是復有說者若世有阿羅漢一切世人受樂如豐熟時彼亦如是問曰爲稱歎一切阿羅漢不耶答曰或有說者皆稱歎

一切阿羅漢所以者何諸天常好歎説人善一切事辦者甚爲希有是故皆歎復有説者不必稱歎一切阿羅漢若阿羅漢作名譽業亦令增益者則稱歎若不作名譽業雖有作不令增益者隣比猶無知者何比諸天復有説者若豪貴出家如釋婆陀王等則稱歎之復有説者如此經中所説阿羅漢者則稱歎之復有説者若有大智有大福報者若能令諸天衆增惡道減少則稱歎之復有説者若饒益他不生疲猒如舍利弗等則稱歎之復有説者若能護持佛法世所歸趣者則稱歎之問曰諸天爲知增上慢者不耶答曰若有增上慢自言是阿羅漢者諸天不知若無增上慢自言得阿羅漢者諸天則知復有説者若有深厚善根起增上慢者則不知若起欲界繫不淨觀生增上慢者則知如帝釋世無佛時若見有人閑居無事即往其所觀察是人有成佛相不帝釋尚爾何況餘天而不知也問曰復知犯戒者不耶答曰若犯麤戒則知細者不知

阿毘曇毘婆沙論卷第三十一

音釋

輻方六切車輻也　轂輞轂古祿切輻之所湊者輞文紡切車輞也　噉徒濫切食也　躁則到切不安靜也　阿迦膩吒梵語也此云色究竟阿於何切膩女利切吒陟駕切　分齊分扶問切齊才詣切分齊限量也　怖懅怖普故切懼也懅其懅切慙也　鬘莫班切　桷古岳切椽也　數數並所角切頻也　嫌戶兼切不平於心也　莠與久切似苗草也　蝦蟇蝦胡加切蟇莫加切蝦蟇蛙屬　嶮虛儉切危也

阿毘曇毘婆沙論卷第三十二

迦　旃　延　子　造

北涼沙門浮陀跋摩共道泰譯

雜犍度無義品第七之四

又世尊言有化法調伏有如法修行乃至廣說問曰何故作此論答曰禪那梨師經是此論所爲根本曾聞摩伽陀國有大疾疫當是疫時摩伽陀國頻婆娑羅王輔佐人多有死者復有說者阿闍世王殺父王時亦殺父王左右輔佐諸輔佐親屬往請阿難爲我問佛於處處村落有信樂佛者命終之後世尊常悉說其生處此摩伽陀國我諸親屬命終之者不說生處汝當爲我請問世尊此諸人等命終之者爲生何處爾時阿難以親愛故漸作方便詣世尊所而白佛言餘者人民有命終者世尊常說其生處摩伽陀國輔佐命終不說生處以佛不說其生處故彼諸親屬生愁惱心不生信敬唯願世尊說其生處世尊於摩伽陀國成等正覺又頻婆娑羅王深心信佛得究竟法敬事衆僧以是事故應說摩伽陀國諸輔佐等死者生處爾時世尊默然許之即持衣鉢入那提揵城乞食食已便還精舍洗足已於軍闍迦房內敷牀而坐善攝身心入於禪定欲觀摩伽陀國侍使生處問曰世尊有如是知見欲有所觀應念即知何以故敷牀座乃至廣說答曰或有說者欲說甚深難知難明難見事故所以者何一切佛經所說義深遠者莫若於業十二支緣雖是甚深莫若二支體是業者信是甚深如來十力知業力者最是甚深四不可思議法中業

不可思議最是甚深八揵度中業揵度最是甚深以是事故敷牀座乃至廣說復有說者欲待受化者集故復有說者禪那利師未來集故禪那利師若聞佛欲說是事必來詣佛復有說者佛因是事亦說如來有八如實功德故一明具足二戒具足三說法具足四於現明了五善說道六得善伴七得善眷屬八於一切衆生有饒益心如是廣如經說復有說者欲令阿難聞持不忘益加渴仰尊重心故復有說者欲斷無有實德輕易心故有人少有所知他人來問以輕易故所問便答如來欲現我今雖有如是知見應念即知而故作方便何況小智而不故作方便耶復有說者欲現聰明人法故世尊亦說聰明有三種相一善思所思二善言所言三善行所行復有說者摩伽陀國諸輔佐等有種種因有種種果有種種業種種報而遍生六欲天中欲諦觀如是事故敷牀座乃至廣說復有說者佛時欲入禪定阿難方問此事佛未答之即入禪定爾時世尊以日後分從禪定起於比丘僧前敷牀而坐爾時阿難作是思惟今者世尊身心寂靜正是問時佛知阿難心之所念告阿難言此摩伽陀國諸輔佐等凡八萬四千或過是數或是化法調伏或是如法修行斷於三結得須陀洹道乃至廣說問曰云何輔佐答曰或有說者是頻婆娑羅王内眷屬故名曰輔佐復有說者常侍三寶故名曰輔佐復有說者此是前世時名所以者何頻婆娑羅王本曾爲轉輪聖王與四種兵遊行虛空時王輪寶忽然不行廣說如上轉法輪

中乃至王八萬四千輔佐供養菩提樹已異道而去爾時轉輪聖王者令頻婆娑羅王是爾時輔佐八萬四千人者令諸輔佐是是故知是前世時名復有說者此諸輔佐助王治於二國使國豐盛命終之後二國空虛故名輔佐佛經中說是諸輔佐有是化法調伏有是如法修行而不分別佛經是此論所爲根本諸經中所不說者令欲說故而作此論云何化法調伏云何如法修行答曰或有說者諸摩竭輔佐天身見法者名化法調伏人身見法者名如法修行復有說者諸摩竭輔佐不受戒見法者名化法調伏受戒見法者名如法修行復有說者若於此種善根亦令成熟於彼得解脱者名化法調伏於此三事得具足者名如法修行如是於此中種達分善根彼中入見道此中種觀諦善根彼中入見道此中受假名戒彼中得真實戒此中得逮解脱戒禪戒彼中得無漏戒此中善學心善學戒彼中善學慧此中得須陀洹果此中得修治善根彼中得淨見此中得信等五根彼中得不壞信當知亦爾是化法調伏於此中種達分善根即此中入見道此中種觀諦善根即此中入見道此中受假名戒即此中得眞實戒此中得逮解脱戒禪戒即此中得無漏戒此中善學心善學戒即此中善學慧此中得須陀洹即此中得須陀洹果此中得修治善根即此中得淨見此中得信等五根即此中得不壞信當知亦爾是如法修行問曰何故天中見法者名化法調伏人中見法者名如法修行答曰人中習學故

聖道現在前亦多讀誦兼解其義初夜後夜勤修方便受一七大七法從日沒時至日出時結跏趺坐勤行精進住於山窟巖石之間頂安禪鎮行禪毱法杖作如是等精進巳然後聖道乃現在前天中無有是事故若於此間修如是等方便後生彼中不多用功聖道現在前是故名化法調伏若於人中修如是等法聖道現在前者名如法修行云何多欲云何不知足乃至廣說問曰何故作此論答曰此二法所行相似有人性多欲世人言是人不知足有人性不知足世人言是人多欲此二法相似故世人謂是一令欲說其體性亦說差別故而作此論云何多欲答曰未得色聲香味觸此說在家人衣服飲食牀敷卧具此說出家人若欲常欲極欲乃至廣說在家者求色等境界四方馳騁佃種者求田地園林牛羊等畜種種穀麥資生之具富貴者求王位國土封邑象馬金銀瑠璃等寶出家人求衣鉢等所須之物及房舍弟子徒衆等是名多欲不知足者巳得色聲香味觸此說在家人巳得衣服飲食牀敷卧具是說出家人不知足者不可遍所得乃至廣說在家不知足者若於一田地不知足復求二田地於二田地不知足乃至求多亦不知足園林牛羊等畜乃至資生之物說亦如是富貴者於一王位不知足求二王位於二王位不知足乃至求多王位乃至求多珍寶說亦如是出家人於一衣鉢不知足求於二三乃至多求不知足乃至資生之具不知足說亦如是多欲不知足有何差別問曰何故復作此論答

曰此法相似雖說體性猶應說差別云何多欲云何不知足多欲者若未得色聲香味觸乃至廣說何以知是多欲耶答曰以所求故知若求色等境界時多作方便以多方便故知所以者何多欲是多方便因不知足者已得色聲香味觸乃至廣說復欲復求何以知是不知足耶答曰若已欲復欲此必數數多求以多求故知所以者何已欲復欲是數多求因復有說者不知足是因多欲是果此二法更相顯現或以因顯果或以果顯因此二法俱是貪不善根復有說者多欲在意地不知足是在六識身所以者何五識緣現在法多欲緣未來評曰此二法俱在六識身俱是欲界法如是說者好云何少欲云何知足問曰何故作此論答曰此二法相似有人性少欲世人言是知足有人性知足世人言是少欲此二法相似故世人謂是一令欲說其體性亦說差別故而作此論云何少欲未得色聲香味觸乃至廣說此說在家人未得衣服飲食乃至廣說此說出家人若不欲不常欲不極欲乃至廣說在家佃種者不求田地等乃至廣說富貴者不求王位等乃至廣說出家者不求衣鉢等乃至廣說云何知足答曰已得色聲香味觸乃至廣說是說在家人已得衣服飲食等乃至廣說是說出家人知足者可適所得乃至廣說在家知足者於一田地知足不求二田地乃至於一資生具知足不求二乃至廣說富貴者於一王位知足不求二王位於二王位知足不求多王位乃至廣說出家者於一衣鉢知足不求於二乃至

於資生之具不求多乃至廣說少欲知足有何差別問曰何故復作此論答曰此法相似雖說體性猶應說差別少欲者若未得色聲香味觸乃至廣說何以知是少欲耶答曰以不求故知以不求是少欲因故知足者已得色聲香味觸乃至廣說何以知是知足耶答曰不數數求故不多作方便不多作方便是知足因是名差別或有少求而是多欲或有多求而是少欲少求是多欲者如須一呵梨勒果得已復欲於二是名少求而是多欲多求而是少欲者如須百千兩金資生之物得已更不復欲是名多求而是少欲或有多求是不知足或有多求是知足多求是不知足者得資生之物足以供身猶故多求是名多求而不知足多求是知足者得資生之物不足供身雖復更求猶是知足問曰何故問少欲而答曰不欲耶如說不欲不常欲不極欲答曰資生之物有二種一如法二不如法如法者少欲不如法者不欲復有說者資生之物有二種一是所應二非所應所應者少欲非所應者不欲復有說者愛他物有二種一以愚故二爲止苦止苦者少欲愚者不欲復有說者於財不欲於無漏道欲復有說者一切阿羅漢永斷欲心憐愍衆生故受他所須云何難滿云何難養乃至廣說問曰何故作此論答曰此二法所行相似有人性是難滿世人言是人難養有人性是難養世人言是人難滿此二法相似故世人謂是一今欲說其體性亦說差別故而作此論云何難滿答曰多飮多食是也云何難養答曰若數數飮

食是也問曰此二何以不問其差別耶答曰應問應作是說難滿難養有何差別答曰多食是難滿選擇食是難養而不問者當知此說有餘乃至廣說云何易滿云何易養乃至廣說問曰何故作此論答曰應如上難滿難養所以中說云何易滿答曰不多食不多飲是也云何易養答曰不數數食是也問曰此中何以不問差別耶答曰應問如上所說或有少食而是難滿或有多食而是易滿少食是難滿者應食一摶而食二摶是名少食而是難滿多食而是易滿者若食一斛乃足供身而更不食是名多食而是易滿曾聞有牸象名曰磨茶載佛舍利來入罽賓國以此善根故於罽賓國死生人中其後出家得阿羅漢果日食飯一斛乃至欲般涅槃時告諸比丘尼汝等集會我當自說所得勝法諸比丘尼不信其言作如是說汝是易滿人云何不自說得勝法耶復語諸比丘尼言莫生不信我有身已來常是易滿亦說前世因緣我本爲牸象捨彼身已今得此身能食飯一斛五斗而食一斛乃至廣說如是等雖是多食而是易滿曾聞波斯匿王能食飯二斛飯粲二斛是彼功德因緣故因一根粳米一莖苷蔗日日長生爾許飲食故身體肥大以此大身往詣佛所佛便問言大王身體肥大得無疲耶時波斯匿王心生慙愧具向佛說爾時世尊便說此偈

人當有正念　於食知止足　亦不遭苦受
易消而增壽

時波斯匿王聞佛所說漸自減食乃至後時

唯食飯一斛如是雖復多食而是易滿或選擇食而是難養或有選擇食而是易養選擇食是難養者麤食足供身而選擇好食是也選擇食是易養者麤食不能供身不選擇好食是也或有貪味故數數食所食不多或有所食多而不貪味數數食或有所食多貪味數數食或有所食不多不貪味數數食初句者鳥等是也第二句者象馬等是也第三句者狼狗狸猫等是也第四句者除上爾所事問曰此有何差別耶答曰體性即是差別如前說難滿者所食多難養者選擇食復有說者難滿者是多欲難養者是不知足此二法俱是欲界法俱是貪不善根通六識身易滿易養與上相違是也問曰此有何差別耶答曰體性即是差別如前說所食不多是易滿不選擇食是易養復有說者易滿是少欲易養是知足此二法俱是三界法是不貪善根對於貪故通六識身

佛經說有四聖種乃至廣說問曰世尊何故說此經耶答曰爲止四種業行故而說此經四種業者或以佃種爲業或以販賣爲業或以事官爲業或以尊貴爲業一種業者以乞求爲業爲止四種業行一種業故世尊說此經復次欲顯現業及所應作故業者應乞求衣服飲食牀卧敷具以自存活所應作者應樂斷煩惱樂修善法如是無盡業所應作無罪業所應作無害他業所應作不同外道業所應作說亦如是復次欲現聖道及聖道具故聖道者謂樂斷樂修者是也聖道具者謂飲食衣服牀敷等是也沙門果沙門果具婆

羅門婆羅門具亦如是以如是等事故佛說此經問曰聖種體性是何答曰對貪故名無貪善根若取相應共有是四陰五陰性復有說者性是不貪精進初三者是不貪樂斷樂修是精進評曰不應作是說如前說者好所以者何樂斷樂修亦是不貪性故問曰若然者云何有四答四爲斷生四種愛故有四爲斷因衣生愛說於衣知足聖種爲食說食知足爲房舍敷具說房舍敷具知足爲增長有故說樂斷樂修知是聖種足故爲止四種愛故說四聖種此是聖種體性乃至廣說已說體性所以今當說何故名聖種云何爲聖以善故說聖以無漏故說聖復有說者聖人行此法故說聖復有說者能生妙好適意果故說聖此說是依果復有說報果者能生妙好適意報果故說聖云何名種過去恒河沙數諸佛及諸佛弟子從是中生故名種復有說者能令佛法久住故說種所以者何佛般涅槃後遺法千年而不壞者是聖種力如椽梁持舍使不散壞彼亦如是復有說者相續義是種義佛涅槃後使佛法相續不斷是種義有如是聖有如是種故名聖種界者有漏是三界繫無漏是不繫問曰如欲界有四種可爾以有衣服飲食牀敷卧具故色界無飲食無色界無衣服飲食牀敷卧具云何有四耶答曰彼雖無如是物有如是功德復有說者此間修衣服飲食牀敷卧具知足法故雖生彼間而猶隨從尊者和須蜜說曰彼雖無此法而有此法對治對治有多種有斷對治有過患對治有持對治有遠分對治色界有此

四種對治無色界有二種謂持對治遠分對治尊者佛陀提婆說曰無無漏衣服飲食牀敷卧具而有無漏聖種彼雖無衣服飲食牀敷卧具等而有聖種地者有漏在十一地無漏在九地依者依三界身初者依欲界行者行十六行亦行餘行緣者緣一切法念處者是四念處智者與十智相應定者與三定相應根者與三根相應謂喜樂捨根世者在三世緣者緣過去未來現在亦緣非世法善不善無記者是善緣善不善無記者緣三種三界繫者如先說有漏是三界繫無漏是不繫緣三界繫及不繫者緣三界繫亦緣不繫是學無學非學非無學者是三種緣學無學非學非無學者三種盡緣見道斷修道斷無斷者是修道斷無斷緣見道修道無斷者緣三種緣自身他身非身法者緣三種緣名緣義者緣名緣義問曰爲是意地爲是五識身答曰是意地非五識身所以者何五識身是生得法故復有說者是六識身所以者何一切善心是聖種故評曰不應作是說如前說者好爲是生得善爲是方便善答曰是方便善非生得善所以者何一切聞思修善皆爲解脫故是聖種復有說者是生得善評曰不應作是說所以者何乃至蟻子有生得善可是聖種耶問曰若是方便者外道禪解脫勝處一切處爲是聖種不耶答曰不是所以者何如先說聞思修善爲解脫故是聖種外道不知足爲增長有及有具故非聖種問曰一切善心中盡有少欲知足所以者何是對貪無貪善根故何以說知足是聖種不說少欲耶

答曰或有說者少欲猶是欲名又是無所欲異名若說少欲時猶有所欲不名無所欲知足更無所欲亦無異名故說是聖種復有說者少欲於未得少欲於未來知足者知足於已得知足於現在若於現在所得少物能知足者是爲甚難於未得未來轉輪聖王位少欲者未足爲難以知足難故說是聖種復有說者少欲是欲界知足是三界復有說者少欲是三界繫非不繫知足是三界繫亦是不繫評曰不應作是說此二法俱是三界繫亦是不繫問曰若然者復還生疑何故說知足是聖種不說少欲耶答曰爲異於外道知故不說少欲是聖種若說少欲是聖種者諸外道當作是言我等亦是行聖種者所以者何汝等猶著糞掃衣而我等不著衣汝等猶乞食自活而我等多不食汝等猶坐樹下而我等或常舉手蹻足而立不坐牀座我等行如此法非是聖種耶外道梵志雖行此法於有有具而不知足是故異外道故不說少欲是聖種問曰何故隨病藥聖種中不說耶答曰或有說者此法以入上所說中所以者何隨病藥有二種一是可食二不可食可食者在飲食中攝不可食者在衣服牀敷卧具中攝復有說者若一切人一切時所用者說是聖種隨病藥非一切人一切時用如尊者婆拘羅所說我於佛法中出家過八十年不憶此身有病乃至頭痛亦不憶畜隨病藥乃至畜一呵梨勒果如此欲界一切人非一切時畜隨病藥況色無色界復次若受用此法令人放逸若能捨者是名聖種隨病藥不能令人

放逸故不說是聖種問曰何故逮解脱戒無作說是聖種不說有作是耶答曰或有說者有作隨刹那滅無作是相續不斷不斷義是聖種復有說者無作與無漏道俱得有作不爾是故無作是聖種在家人有四聖種出家人亦有四在家者有期心而不能行曾聞帝釋坐衆華座有千二百那由他侍女六萬妓女常作音樂以娛樂之而彼帝釋常有期心聖種而不受用出家者亦有期心亦行聖種出家者或有隨得於衣服飲食等而不知足是行聖種曾聞有一比丘以日没時往詣佛所從佛所求房而住爾時佛告阿難與此比丘房舍阿難與之爾時比丘語阿難言大德嚴淨此房除去瓦石糞掃之等懸繒旛蓋散種種華燒上妙香敷細輭卧具安置好枕爾時阿難具以是事往白世尊佛告阿難如彼比丘所言盡爲辦具是時阿難悉爲具足時彼比丘即入房中坐其牀座於初夜分起淨解脱次第起餘解脱盡一切漏得阿羅漢果兼起神通於日清旦以神通力從彼房舍忽然而去爾時阿難以清旦時詣彼房舍見其門開不見比丘即往白佛具說是事佛告阿難汝於此比丘莫生異想昨夜初分而彼比丘起淨解脱乃至修起神通以神通力從彼房去阿難彼比丘者性樂鮮好從性意天中來生此間若汝不爲辦具如是鮮好房舍卧具等者而彼比丘則不能得勝進之法如是出家人雖於衣服牀敷卧具等不知足不隨得而用然能行聖種過去諸佛皆稱歎糞掃衣而不聽著今佛稱歎糞掃衣而聽著問曰

何故過去諸佛稱歎糞掃衣而不聽著今佛稱歎而聽著耶答曰或有說者古昔時人性不貪愛雖有價直百千兩金衣惜著之心不如今人惜著凡衣復有說者古昔時人饒財多寶若求百千兩金衣未足爲難如今世人財寶儉少求糞掃衣猶尚難得何況價直百千兩金衣復有說者古昔時人心好鮮淨於麤弊物不生敬心是以讚歎而不聽用今世時人性好麤弊於受用麤弊物者能生信敬心是以讚歎亦聽受用復有說者古昔時人身體細輭若受用麤弊物者不能自在是以讚歎不聽受用今世時人身體麤强受用麤弊能自存身是以讚歎亦聽受用尊者佛陀提婆說曰古昔諸物若讚歎時亦聽受用所以者何佛不無事有所讚歎糞掃衣輕賤易得求時無過耶答曰或有說者糞掃衣無多人著故輕賤求時易得故輕賤處處可得故易得佛所聽故求時無過復次此業無過故求時無過復次智人所行故求時無過尊者佛陀提婆說曰少價故言輕賤不從他得故易得無主故求時無過佛以二事故於衣知足說是聖種一爲斷貪著衣心如難陀等二爲讚歎於衣知足如摩訶迦葉等以二事故於食知足說是聖種一爲斷貪食心如婆陀利等二爲讚歎於食知足如婆拘羅等以二事故於牀座知足說是聖種一爲斷貪著牀座心如愚王比丘等如說愚王比丘白佛唯願世尊觀我牀座麤弊如是二爲讚歎牀座知足如離婆多等以二事故說樂斷樂修是聖種一爲除懈慢者心如闡陀等二爲讚歎

勤行精進如意耳等以四事故當知是人住聖種者一不樂談得利養二不樂近貪美食人三不多用資生之物其所用者皆是清淨四於諸利養得與不得不生憎愛佛經說此四聖種是最勝是種性是可樂是不雜一切世間若沙門婆羅門若天魔梵不能如法說其過者問曰云何是最勝答曰或有說者若行此法墮最勝人中如佛說我五百弟子各有最勝之事若於資生之物而知足者佛亦讃歎此人是最勝復次涅槃是最勝此法能到故名最勝復次能知最勝法故名最勝法何等是最勝法謂佛若佛弟子誰能知此法謂行聖種及修聖道者復次此法於一切滿意善根中最勝故言最勝所以者何一切衆生多不意滿足而死若住聖種者命終之時其意滿足此法體是最勝能到最勝故名最勝復次能去積聚過故所以者何下劣者多積聚最勝者不積聚若住聖種者於諸所須而不積聚轉輪聖王王四天下所有財寶由是易盡住聖種業所用無盡能除積聚法故體是最勝能到涅槃最勝法故名最勝云何是種性答曰如先說過去恒河沙數諸佛及諸弟子皆從是種中生故名舊種性亦令諸佛法常相續不斷故名種性復有說者此法能知種性故名種性如來等正覺善種性唯此法能知故名種性云何名可樂答曰所有斷樂及修樂此法能樂故名可樂復次此法亦可言知也所以者何行此法者能次第知夜分故以日沒時結跏趺坐至日出時乃起復次此法能知可樂法故名可樂復次能入

聖法胎故名最勝入善法種性故名種性住善法時能知善法氣味故名可樂云何不雜答曰不雜四種業故謂佃種販賣事官尊貴不雜此業淳善功德故名不雜沙門婆羅門等不能如法說其過者不雜過患不過切他人故如經說比丘當知我聖弟子心無憎愛云何無憎愛愛名愛恚聖弟子降伏愛恚不爲愛恚所伏故名無憎愛此經亦說有樂斷樂修此二有何差別答曰無礙道是樂斷解脫道是樂修復次見道是樂斷修道是樂修如是見道修道忍智未知欲知知根知根見地修地說亦如是

阿毘曇毘婆沙論卷第三十二

音釋

揵度 梵語也此云法聚揵巨言切　毱 渠竹切以韋爲圓囊實以毛髮曰毱　馳騁 馳直離切騁丑郢切馳騁奔走也　評 蒲兵切品論也　摶 度官切捝聚也　牸象 牸疾二切牝象也　罽賓 梵語也此云賤種罽居例切　販 方願切買賤賣貴曰販　椽 莊緣切桷也　蹻足 蹻去遙切舉足也

阿毘曇毘婆沙論卷第三十三

迦　旃　延　子　造

北涼沙門浮陀跋摩共道泰譯

雜揵度思品第八之一

云何爲思云何爲憶乃至廣說如此章及解章義此中應說優波提舍問曰何故作此論答曰此二法所行相似世人見多思者言是人多憶世人見多憶者言是人多思今欲說其體性亦說差別故或有說此二法是一所以者何聲論者說思之與憶應是一字惟長一點（此是天竺書法）爲止如是意欲說差別復有說者此是心之異名如譬喻者說思之與憶是心異名更無別體爲止如是說者意欲說思之與憶是心數法各有別體故而作此論云何爲思答曰思數數思乃至廣說如是等語盡是說意業名云何爲憶答曰憶數數憶乃至廣說如是語等盡是說慧別名思憶有何差別問曰何故復作此論答曰此二法相似故雖說體性亦應說差別思憶有何差別耶答曰如經本說思者是業憶者是慧復次所作相是思所知解相是憶復次以思別業以憶故別慧總相別相思之與憶是謂差別問曰憶若是慧者慧有三種謂聞思修此三體性是何耶答曰從聞生者是聞慧從思生者是思慧從修生者是修慧復有說者若受持讀誦思惟觀察十二部經是聞慧依此聞慧次生思慧依此思慧次生修慧如依金鉚生金依金生金剛彼亦如是評曰不應作是說如是說者好受持讀誦思惟觀察十二部經是生得慧依生得慧生聞慧依聞慧生思慧

依思慧生修慧如依種生芽依芽生莖葉等彼亦如是問曰此三慧有何差别答曰聞慧一切時依名解義所以者何行者作是念和尚所説有何義修多羅毘尼阿毘曇所説有何義是名聞慧思慧者或時依名解義或時不依名解義修慧者於一切時不依名解義猶如三人於池水中洗浴一不能浮二雖能不善三善能不能浮者於一切時手攀池邊所有草木然後乃浴能浮而不善者於一切時或攀池邊草木或時不攀而浴善能浮者於一切時不攀草木入中而浴聞慧如第一人浴思慧如第二人浴修慧如第三人浴復有説者聞慧爲三慧作因思慧爲思慧作因不爲聞慧作因以下故不爲修慧作因以界異故修慧與修慧作因不爲聞慧作因以下故不爲思慧作因以界異故復有説者聞慧有三慧果思慧惟有思慧果修慧惟有修慧果復有説者聞慧現在前惟聞慧修思慧現在前惟思慧修此修是行修非得修性劣不及未來故修慧現在前時三慧俱修此是三慧體性乃至廣説已説體性所以今當説何故名聞思修耶答曰從聞生故説聞從思生故説思從修生故説修界者聞慧在欲色界思慧在欲界修慧在色無色界問曰欲界中何故無修慧答曰欲界是不定界非離欲地非修地若欲修時便墮思中色界何故無思慧答曰色界是定地修地離欲地若欲思時便墮修中復有説者欲界中盡有三慧問曰何者是修慧答曰見道邊等智空空三昧無願無願三昧無相無相三昧盡智邊所有善

根是也以少故不說色界有二種謂聞修無色界一種謂修復有說者欲界有三種色界有三種無色界有二種謂思修復有說者欲界有三種色界有三種無色界有三種評曰不應作是說如初說者好地者聞慧在七地思慧在欲界修慧是有漏在十地無漏九地依者聞慧依欲色界身思慧依欲界身修慧依三界身行者聞思慧行十六行亦行餘行修慧行十六行亦行餘行問曰若盡行十六行亦行餘行有何差別答曰聞思慧自力不能未來得修因他力故未來得修修慧自力未來得修緣者俱緣一切法念處者俱是四念處智者聞思慧是等智修慧是十智根者聞修慧與三根相應思慧與喜捨根相應定者聞思慧不與定相應修慧與三定相應亦不與定相應世者是三世法緣三世者是緣三世亦緣非世善不善無記者是善緣善不善無記者是緣三種三界繫者聞慧是欲色界繫思慧是欲界繫修慧是色無色界繫亦是不繫緣三界繫者盡緣三界繫亦緣不繫是學無學非學非無學者聞思慧是非學非無學修慧是三種緣學無學非學非無學者盡緣三種見道斷修道斷不斷者聞思慧是修道斷修慧是修道斷亦不斷緣見道修道不斷者盡緣三種緣自身他身非身法者盡緣三種緣名緣義者是緣名義在意地在六識身者盡在意地非五識身爲是生得爲方便者盡是方便佛有幾聲聞辟支佛有幾答曰佛有三種以修慧爲名所以者何如來自然成道有力無畏故辟支佛亦有三種以思

慧爲名所以者何以内自思惟自然成道故聲聞亦有三種以聞慧爲名所以者何從聞得生諸善功德故復有說者此三慧盡可言是聞慧所以者何如說多聞能知法乃至廣說亦可言盡是思慧所以者何如經本說思者是業憶者是慧亦可言盡是修慧所以者何如說云何修法答曰有爲善法是世尊亦說三慧所謂言說究竟慧禪定究竟慧出要究竟慧聞慧即是言說究竟慧思慧即是禪定究竟慧修慧即是出要究竟慧

云何爲覺云何爲觀乃至廣說問曰何故作此論答曰此二法所行相似世人見多覺者言是人多觀見多觀者言是人多覺今欲說其體性亦說差别故復次譬喻者作如是說覺觀是心之異名爲止如是說者意亦明覺觀是心數法故而作此論云何爲覺答曰心於緣貫徹種種貫徹乃至廣說如是等語盡顯說覺相云何爲觀答曰若心行緣種種行緣乃至廣說如是等語盡顯說觀相覺觀有何差别問曰何故復作此論答曰此二法相似雖說體性亦應說差别覺觀有何差别耶答曰如經本說麤心是覺細心是觀若作是說明覺觀是心復有說者若心麤時是覺心細時是觀若作是說明覺觀不在一心中復有說者應作是說心中麤者是覺細者是觀問曰云何一心中有麤細相違法耶答曰以所作異故可得麤所作是覺細所作是觀云何麤以猛利故云何細不猛利故如以針刺身生受覺所作亦爾如以鳥翅根刺身生受觀所作亦爾如一兩鹽和一兩水置之口中

鹽生舌識則猛利水生舌識則不猛利覺所作當知如鹽觀所作當知如水一兩水一兩苦酒喻亦如是法身經亦說如天雷時聲有麤細覺所作當知如麤聲觀所作當知如餘細聲銅鈴銅器出麤細聲亦如是亦如鳥飛虛空鼓其兩翼當知如覺踊身得去當知如觀若作是說明覺觀不在一心中此經所說明覺觀在一心中分別有三種有自體分別有憶念分別有現觀分別自體分別者謂覺是也憶念分別者謂念是也現觀分別者謂慧是也欲界五識身有一種分別謂自體分別雖有念不能憶念雖有慧不能了了現觀意地有三種分別初禪地三識身有一種分別謂自體分別雖有念不能憶念雖有慧不能了了現觀意地不入定時有三種分別入定有二種分別除現觀分別第二第三第四禪不入定時有二種分別除自體分別入定有一種分別謂憶念分別無現觀分別以極定故無色中不入定心有二種分別除自體分別若入定有一種分別謂憶念分別

云何爲掉云何爲心亂乃至廣說問曰何故作此論答曰此二法相似有人心掉世人言是人心亂有人心亂世人言是人心掉或謂此二法是一今欲決定說其體性亦欲說差別故而作此論云何爲掉答曰心不休息不寂靜乃至廣說如是等語盡說掉相云何心亂答曰心散不住乃至廣說如是等語盡說心亂相或有說者染汙三昧是心亂復有說者染汙三昧所不攝餘相應法名心亂評曰不應作是說如前說者好問曰掉與心亂有

何差别何故復作此論答曰此二法相似雖說體性亦應說差别掉與心亂有何差别答曰不休息相是掉心不住一緣是心亂復有說者發動定心是掉令心馳散於外是心亂外者謂色聲香味觸掉能發動定心如泉水初出心亂令心馳散色聲等如水流徧池中如人坐牀一人來挽臂使起一人驅馳令行掉發動定心如挽臂使起心亂令心馳散色等緣中如驅馳令行若掉是心亂耶若心亂是掉耶乃至廣作四句掉非心亂者若心數數行一緣中是也心亂非掉者若心行多緣中不數數行是也掉亦是心亂者若心行多緣中亦數數行是也非掉非心亂者心行一緣非數數行是也尊者佛陀提婆說曰若心是亂彼亦是掉或有掉非心散心行一緣亦數數行猶如有人行一道中而常馳走彼亦如是問曰三摩提即心亂耶答曰染汙三摩提是心亂如先所說有十大地受乃至慧有十煩惱大地謂不信懈怠亂念心亂無明惡慧不正作觀邪解脱掉放逸此十大地十煩惱大地名有二十體有十五所以者何如受想思觸欲此名有五體亦有五如不信懈怠無明掉放逸此名有五體亦有五如作觀解脱念定慧若不染汙是大地若染汙是煩惱大地是以名有十體有五是故十大地十煩惱大地名有二十體有十五復有說者名有二十體有十六所以者何心亂體異定體亦異故若是大地是煩惱大地耶若是煩惱大地是大地耶乃至廣作四句是大地非煩惱大地者受想思觸欲是也是煩惱大地非大

地者不信懈怠無明掉放逸是也是大地亦是煩惱大地者作觀解脫念定慧是也作觀即是邪作觀解脫即是邪解脫念即是亂念定即是心亂慧即是惡慧非大地非煩惱大地者除上爾所事若作是說體有十六者是大地非煩惱大地有六受想思觸欲定是煩惱大地非大地有六謂不信懈怠心亂無明掉放逸是大地亦是煩惱大地者作觀解脫念慧若不染汙是大地若染汙是煩惱大地非大地非煩惱大地者除上爾所事評曰不應作是說如前說者好有十小煩惱大地謂忿嫌覆恨慳嫉誑諂憍害有十善大地謂信猗進慚愧不貪不恚不放逸不害捨有五不善大地謂無明睡掉無慚無愧有三隱沒無記大地謂無明睡掉有十不隱沒無記大地謂受乃至慧大地一切心中可得煩惱大地一切染汙心中可得小煩惱大地非一切染汙心中可得所以者何所作各異故若有一則無二此是修道所斷意地欲界心中可得是故說小不說大善大地一切善心中可得不善大地一切不善心中可得隱沒無記大地一切隱沒無記心中可得不隱沒無記大地一切不隱沒無記心中可得有定緣一緣是散亂緣一緣非散亂行一行是散亂行一行非散亂緣一緣行一行是散亂緣一緣行一行非散亂緣多緣是散亂緣多緣非散亂行多行是散亂行多行非散亂緣多緣行多行是散亂緣多緣行多行非散亂緣一緣是散亂者如一比丘緣是法不淨思惟於緣中未善習若作青想若作赤汁想若作爛想若

作脹想若作已噉想若作血塗想若作散想若骨想若瑣想若骨瑣想作如是觀時其心散亂不作一緣不作一識前定已失後定不進是名定緣一緣是散亂緣一緣非散亂者如一比丘緣是法不淨思惟於緣善習若作青想若赤汁想乃至作骨瑣想作如是觀時心不散亂作一緣作一識前定不失能進後定乃至廣說行一行是散亂行者如一比丘行無常行於此行不善修習復觀無常復觀須臾復觀前後不相似復觀前後壞滅作如是觀時其心散亂前定已失後定不進乃至廣說行一行非散亂者如一比丘行無常行於此行善修習復觀無常乃至觀於壞滅作如是觀時心不散亂前定不失能進後定乃至廣說緣一緣行一行是散亂者如一比丘觀身是無常於此觀不善修習復觀此身是無常乃至觀身是壞滅作是觀時其心散亂前定已失後定不進乃至廣說緣一緣行一行非散亂者如一比丘觀此身無常於此觀善修習復觀此身無常乃至觀身壞滅作是觀時心不散亂不失前定能進後定乃至廣說緣多緣是散亂者如一比丘觀身是無常於此觀不善修習復觀於受觀心觀法乃至失於前定不進後定乃至廣說緣多緣非散亂者如一比丘觀身是無常於此觀善修習復觀受心法乃至不失前定能進後定乃至廣說行多行是散亂者如一比丘觀無常行於此觀不善修習復觀苦空無我行乃至失於前定不進後定乃至廣說行多行非散亂者如一比丘觀身是無常於此觀善修習復

觀苦空無我行乃至不失前定能進後定乃至廣說緣多緣行多行是散亂者如一比丘觀身是無常於此觀不善修習復觀受是苦觀心是空觀法是無我作是觀時其心散亂失於前定不進後定乃至廣說緣多緣行多行非散亂者如一比丘觀身是無常於此觀善修習復觀受是苦觀心是空觀法是無我作是觀時心不散亂不失前定能進後定乃至廣說

云何無明云何不智乃至廣說問曰何故作此論答曰不解不了是無明不知相是不智或謂此二法是一欲決定說其體相亦欲說差別故而作此論云何無明答曰如經本說不知三界是也若作是說則不攝緣滅道無明使應作是說三界中無知是也則攝緣滅道無明使云何不知答曰無巧便慧是也問曰何故問少答多耶所以者何不知是染汙無巧便慧是染汙不染汙何以知之如業揵度說諸意惡行盡是無巧便意業耶答言諸意惡行盡是無巧便意業頗有無巧便意業非意惡行耶答曰有隱沒無記意業不隱沒無記無巧便意業是也答曰此文應如是說云何不知答曰染汙慧應作是說而不說者有何意耶答曰當知此義有餘云何無巧便不知答曰染汙者是非不染汙復有說者無巧便二種一者假名二者真實業揵度說於假名此惟說真實如是汝語無巧便慧是不知耶此說是定言不定他言不應說過答曰如是於意云何汝意有如是欲如是說諸知故妄語盡是失念不知有妄語耶答曰如是

我有如是意如是欲如是說諸知故妄語盡是失念不知而妄語於意云何有無知故妄語耶答曰不也聽我說汝違言負處故作是說諸知故妄語盡是失念不知而妄語應作是說無知故妄語不應作是說知故妄語應作是說不知而妄語所以者何從不知生故若不作是說不應言不知是無巧便慧若說有知故妄語不應作是說諸知故妄語盡是失念不知而妄語若作是說此事不然答曰雖從不知生而知故妄語非不知故妄語問曰若然者何故言知故妄語耶答曰知彼事故而相違說是故言知故妄語非不知故妄語復有說者若於大衆中問於彼人知此事不若知言知不知言不知彼人實知而言不知是故言知故妄語復有說者若現前知覺此事時與此事相違說是故言知故妄語復有說者於彼事了了現見而違彼事說是故言知故妄語非不知故妄語若如汝說從不知生故言不知故妄語非知故妄語者妄語不但從不知生乃從多法生謂十大地十煩惱大地受乃至慧不信乃至放逸何故捨如是等法但言不知故妄語於意云何汝有如是欲如是說一切無明與不知相應耶答曰如是於意云何諸知故妄語盡是無明愚無明俱失念不知故而妄語耶答曰如是復於意云何有無不知故妄語耶答曰無也聽我說汝違言負處如是汝語知故妄語盡是無明愚無明俱失念不知故而妄語應作是說有無不知妄語不應但說不知故而妄語亦應說有無明故妄語所以者何從無明生故

若不說無明故妄語不應作是說一切無明與不知相應若作是說諸知故妄語盡是無明愚無明俱失念不知故而妄語如汝所說雖從無明生不名無明妄語我亦如是雖從不知生不名不知故妄語然知故名妄語

云何慢云何憍乃至廣說問曰何故作此論答曰此二法相似見慢者世人言是人憍見憍者世人言是人慢或謂此二法是一令欲決定說其體性亦欲說差別故而作此論云何慢於卑謂勝於等謂等因此起慢乃至廣說問曰云何於等謂等而作慢耶答曰猶如有一人誦半阿含有餘緣故而更不進更有一人始誦阿含此二後時一齊誦竟而後誦者便起於慢是名於等起慢云何憍我生處勝族姓勝色勝種種勝巧勝財勝端正勝因如是等勝故起憍豪乃至廣說是名憍慢憍有何差別問曰何故復作此論答曰此二法相似雖說體性亦應說其差別憍慢有何差別答曰緣他故自計勝是慢相不緣他自於法中心生染汙是憍相問曰憍體性是何答曰或有說者體性是慢問曰若然者憍慢有何差別答曰慢有二種一緣他生二緣自生緣他生者是慢緣自生者是憍復有說者體性是愛所以者何如說自於法中心生染汙復有說者有心數法名憍與心相應在意地修道所斷愛後生問曰若然者憍慢有何差別答曰有多差別慢是煩惱憍非煩惱慢是結縛使惱纏憍非結縛使惱纏是煩惱垢復有說者慢是見道修道所斷憍是修道所斷問曰無色界慢見道所斷慢云何緣他生耶

答曰本於此間修行廣布後生彼間以因力故亦現前行復有説者雖生彼間而不現行於此間因入定起慢心我於定善他則不善我能速入他則不能我能久住他則不能云何見道所斷慢緣他生耶答曰如我見者聚在一處更相問言汝我有何相耶答言我我有如是相他人聞已作如是念彼説我相則不如我因身見後生如是慢復有説者無始巳來常習此法不必因他而生如尊者阿泥盧頭生如是慢詰尊者舍利弗所作如是言我以天眼觀千世界不多用功乃至廣説尊者舍利弗而語之言此是汝慢如此慢則不因他生然慢多分因他生故言因他生亦有因自生者若生增上慢我見苦是苦乃至廣説問曰何故作此論答曰或有説者慢能緣他界亦緣無漏爲止如是説者意亦明慢是自界緣緣有漏故而作此論若生增上慢我見苦是苦此增上慢何所緣耶答曰猶如有一親近善知識善知識者謂佛佛弟子是也從其聞法聞法者聞隨順涅槃方便法内正思惟正思惟者謂自修正行復有説者正思惟者觀生死是過患觀出要是善利如法修行如法修行者謂次第行法得於順忍順忍者謂順諦忍也依此四須陀洹枝故於苦有忍有欲有説依如是等法身心潤益以是忍力令諸行衰微羸劣於諦轉明便作是念我見苦見苦不觀故須臾見疑不行問曰此文應如是説無有正觀故須臾見疑不行而不説者有何意答曰當知此義不觀者即是不正觀義須臾見疑不行見者謂身見戒取疑

者即疑西方沙門復作是說見者是戒取疑即是疑所以者何得忍者身見不行設有行者亦復不覺所以者何以根鈍故所行微細不久住故是以不覺復次見疑行細行者心麤是以不覺復次以五事故衆生煩惱不行一以定力故二以慧力故三依善師故四以處所好故五性少煩惱彼煩惱不行故作如是念我見苦是苦因此起慢乃至廣說問曰此增上慢何緣耶答曰緣苦能生增上慢者是順諦忍緣集生增上慢亦如是若生增上慢我見滅是滅此增上慢何緣猶如有一親近善知識廣說如上乃至我見滅是滅因此起慢乃至廣說問曰此增上慢何緣答曰即緣彼心心數法能生增上慢忍者若作是說則止慢緣無漏者意亦非他界緣亦非無緣若生增上慢我見道是道此中應廣說如滅問曰此慢爲是欲界爲是色界耶若是欲界者此慢緣忍欲界無忍善根若是色界者離欲者可爾未離欲者云何可爾答曰或有說者應作是說是色界慢所以者何彼慢緣順諦忍欲界中無順諦忍問曰若然者離欲者可爾未離欲者云何答曰經本所說明離欲者復有說者未離欲者亦能起此慢所以者何依未來禪與根本禪相似故評曰不應作是說如前說者如復有說者是欲色界問曰色界者可爾所以者何緣彼忍故欲界者云何可爾彼慢不能緣忍自界緣故答曰欲界中雖無忍有與忍相似善根爲慢所緣所以者何欲界中盡有一切善根種子故以欲界中有忍相似善根故慢亦能緣若生增上慢

我生已盡乃至廣說此增上慢何緣乃至廣說問曰此增上慢前所說者有何差別答曰或有說者先所說者是凡夫增上慢後所說者是凡夫聖人增上慢如凡夫聖人見諦不見諦得果不得果得正決定不得正決定住決定聚住不決定聚住正定不住正定當知亦如是復有說先所說者因見道生後所說者因修道生復有說者先所起慢有所因後所起慢無所因復有說者前者是欲色界後者是三界若生增上慢我生已盡此何緣答曰猶如有一作是念此道此迹我依此道依此迹乃至廣說此道者隨其處作道想此道迹者隨其處作道迹想生已盡者隨其處作生想問曰此增上慢何緣耶答曰緣生隨彼善根能生增上慢者是生梵行已立說亦如是乃至此增上慢何緣答曰即緣彼能生慢心心數法梵行已立者阿羅漢於學道名梵行已立於無學道名今立所作已辦者猶如有一作是念此道此迹乃至所作已辦我已斷煩惱已害使已吐結已制伏纏如是等語盡明斷義文雖種種而無異義所以者何若斷煩惱即是斷害使吐結制伏於纏問曰此增上慢何緣耶答曰即緣能生增上慢心心數法若生增上慢我更不受有乃至廣說問曰何故復作此論答曰前說是因時解脫增上慢前說是因不時解脫增上慢前說是因盡智增上慢今說是因無生智增上慢故而作此論此增上慢何緣答曰即緣能生增上慢者凡夫能起五種增上慢一於善根二於須陀洹三於斯陀含四於阿那含五於阿羅

漢須陀洹起三種斯陀舍起二種阿那含起一種阿羅漢無慢復有説者聖人亦起果間增上慢如須陀洹於斯陀舍向中起慢斯陀舍於阿那含向中起慢阿那含於阿羅漢向中起慢諸起色界增上慢者要得彼根本地能起彼地增上慢所以者何彼地煩惱屬彼地故若不得根本地不能起彼地煩惱復有説者未至法亦有似根本地若得彼地者亦能起彼地慢評曰不應作是説如前説者好

云何卑而起慢乃至廣説問曰何故作此論答曰慢法自高卑他此慢自卑高他或謂此非是慢今欲決定説其慢故而作此論云何卑而起慢猶如有人一見他勝若生處種姓色工業財富田宅見他是事作是念彼少勝我不如彼謂生處乃至田宅然彼不如他非百倍千倍生處者有四種謂刹利婆羅門毗舍首陀姓者有四種一婆蹉二憍蹉三舍持羅四婆羅婎罽亦更有餘姓一佉尼迦夷那二舍荼蛇尼那三拘荼蛇尼那色者謂白紅赤黑種者謂父種母種工者謂彩畫等業者於工巧中得利勝財富者謂色聲香味觸及其具田宅者謂居業是也見他有如是等事作是念彼少勝我我少不如彼色等乃至田宅然彼非百倍千倍而彼言一倍二倍勝我我一倍二倍不如彼便自高卑他而起於慢

阿毘曇毘婆沙論卷第三十三

音釋

鑛古猛切金鐵之樸也　翅失利切鳥翼也　掉徒弔切搖動也　挽臂挽無遠切牽引也　忿嫌忿房吻切怒也嫌戶兼切憎也　誑諂誑古況切詐也諂丑琰切佞也　脹知亮切脹滿也　骨瑣瑣蘇果切骨連結也

阿毘曇毘婆沙論卷第三十四

迦旃延子造

北涼沙門浮陀跋摩共道泰譯

雜揵度思品第八之二

有七慢一慢二過慢三慢過慢四我慢五增上慢六卑慢七邪慢問曰此慢幾見道斷幾修道斷答曰三修道斷謂過慢慢過慢增上慢餘見道修道斷復有說者二見道斷謂我慢邪慢餘是見道修道斷復有說者一是修道斷謂增上慢二是見道斷謂我慢邪慢餘四見道修道斷復有說者盡是見道修道斷問曰若然者云何我慢邪慢修道斷耶答曰身見緣五種斷法計苦諦所斷法是我於此後生我慢乃至計修道所斷是我於此後生我慢是名我慢修道所斷云何修道斷邪慢答曰邪見緣五種所斷法邪見謗苦諦所斷法言無於此後生邪慢乃至謗修道所斷法言無於此後生慢是名修道斷於邪慢問曰七慢幾在欲界幾在色無色界耶答曰或有說者三在欲界謂過慢慢過慢卑慢餘在三界所以者何色界無計生處等起慢故復有說者盡在三界問曰若然者色無色界無計生處等起慢乃至廣說答曰本於此間修行廣布以因力故於彼亦起現前復有說者彼中雖不現行於此因是故亦起現行言我定勝我定少不如彼

又世尊言有三覺謂欲覺恚覺害覺乃至廣說問曰何故作此論答曰此是佛經佛經有三覺欲覺恚覺害覺而不廣分別云何欲覺自害乃至廣說佛經是此論所爲根本諸經

中不說者今欲說故而作此論云何欲覺自害答曰猶如有一起欲愛纏身熱心熱所以者何欲愛纏如火燒於自身世尊亦說有三種火謂貪欲火瞋恚火愚癡火身熱心熱是彼依果長夜起欲愛纏三惡道中受不愛報乃至廣說是彼報果是名欲覺自害云何欲覺害他答曰猶如有一起欲愛纏眼視他妻其夫見之自罵其婦加諸苦害等是名欲覺害他問曰此亦是俱害所以者何彼眼看者亦受苦害等答曰彼看者其夫不盡能加害若加害者則爲他人之所呵責是以不說云何欲覺俱害答曰猶如有一起欲愛纏婬犯他妻俱有過故而彼殺害是名俱害問曰此是三害何以言俱所以者何彼殺者被殺者亦受罪故答曰彼雖是害不爲世人所呵責而爲世人所譽云何此人憎惡惡法是以不說云何恚覺自害答曰猶如有一起於恚纏身熱心熱乃至廣說是彼依果長夜起恚纏故於三惡道受不愛果乃至廣說若生人天中形色醜陋是彼報果是名恚覺自害云何恚覺害他猶如有一起於恚覺斷他人命是名害他問曰若斷他命是名俱害何以但言害他答曰雖斷他命不爲世人之所呵責不盡受現世罪是故不說云何俱害猶如有一斷他人命以斷他命還斷自命問曰還斷其命是名三害何以言俱答曰雖還斷他命不爲世人所呵而受歎美言是人篤親里篤親友云何害覺自害答曰猶如有一起害覺纏身熱心熱乃至廣說是彼依果長夜起害覺故乃至廣說是彼報果是名自害云何害他

答曰猶如有一起害覺纏若杖打他乃至廣說是名害他此中難答如上云何俱害答曰猶如有一起害覺纏若手若杖打他他亦還打是名俱害此中問答如上問曰此三覺體性是何答曰欲覺者是欲界五種斷六識身受相應覺也恚覺者是五種斷六識身恚相應覺也害覺者或有說者恚覺即是害覺問曰若然者恚覺害覺有何差別答曰恚覺有二種或有欲捨衆生意或有但欲打意若欲捨衆生意是恚覺若欲打意是害覺復有說者恚覺有二種或有可恚事生恚或有不可恚事生恚可恚事生恚相應覺是恚覺不可恚事生恚相應覺是害覺復有說者無明相應覺是害覺何以知之如施設經說以何等故衆生有重愚癡答言修行廣布害界害想害覺故有重愚癡彼相應覺是名害覺復有說者亦非恚相應覺亦非無明相應覺自有心數法名害與心相應是恚垢依恚恚後起現在前在意地是修道所斷此說是眞實義

有三善覺謂離欲覺無恚覺無害覺問曰此三覺體性是何答曰離欲覺者是心數法與心相應對治欲覺無恚覺無害覺說亦如是一心中不得有三不善覺得有三善覺三不善覺不遍一切不善心中三善覺遍一切善心中三不善覺不與一切不善心相應三善覺與一切善心相應三不善覺不攝一切不善覺三善覺攝一切善覺所以者何三善覺無別體故問曰若三善覺無異體者云何立三覺耶答曰以對治故立三善覺對治欲覺故名離欲覺對治恚覺故名無恚覺對治害

覺故名無害覺佛經說比丘當知我本勤行精進而不放逸欲斷煩惱而猶生欲覺恚覺害覺問曰菩薩若不放逸不應生三不善覺若生三不善覺云何名不放逸尊者和須蜜答曰菩薩雖起不善覺勤行精進故名不放逸菩薩若起不善覺時速能自知是不善覺此是煩惱非是好法復有說者菩薩若生不善覺時即捨即吐依其對治復有說者菩薩雖生不善覺不令久住尋即制伏除去以是事故雖生不善覺是不放逸復次菩薩雖生不善覺尋斷其因除其依覺知所緣是故名不放逸復次衆生以三事故生諸煩惱一以因力二境界力三方便力菩薩雖生不善覺非境界力非方便力是本因力故名不放逸尊者佛陀提婆說曰菩薩雖生不善覺不令經久即時制伏依其對治經須臾間如一滴水墮熱鐵上是故名不放逸問曰菩薩於何處起欲覺何處起恚覺何處起害覺答曰或有說者菩薩捨迦毗羅衛豐樂之國及現在轉輪王位猶如棄唾而詣多波樹林漸次至王舍城以日初分手執藕葉入王舍城乞食爾時菩薩形容甚妙百千衆生而隨逐之或以偈頌而讚歎者或有歎詠而稱吉者或有合掌而禮拜者或有仰觀無猒足者爾時菩薩作如是念此諸人等初始見我生於歡喜甚爲希有便生愛心愛相應覺是名欲覺爾時菩薩所往之處多人隨逐當於此日竟不得食作是思惟是諸人等何故隨逐我耶心生猒惡與猒患相應覺是名恚覺依此二法生於塵穢是名害覺復有說者菩薩出迦毘

羅衛任多波林是時諸釋遣侍者五人二是母親三是父親給侍菩薩是時五人二以欲是淨三以苦行是淨爾時菩薩勤行苦行以欲是淨二人便捨之去以苦行是淨三人而猶隨侍是時菩薩捨苦行處還受飲食酥油塗身煗水澡浴是時三人作如是念今觀此人於斷結法便爲錯亂即捨之去是時村主有女人一名難陀二名難陀婆羅給侍菩薩時彼二女成就妙觸或時摩觸菩薩手足是時菩薩便生愛心與愛相應覺是名欲覺是時菩薩復作是念若彼五人不捨我者我則不親近女人以爲給侍於彼五人便生恚心是名恚覺依此二法生於塵穢是名害覺復有說者菩薩在家時輸頭檀王取五百玉女以爲其妻菩薩捨此快樂之處諸多波林是時諸王遥聞悉達今已出家即遣使者白輸頭檀王王子悉達今已出家便可悉還我等諸女輸頭檀王作如是言我子悉達雖復捨我出家今見其妻如見子無異云何相還是時諸王心生忿恚合集諸軍圍迦毘羅城或有說者天神往語菩薩或有說者輸頭檀王遣使往語今坐汝故令我苦惱是時菩薩便於父所生於愛心於愛心相應覺是名欲覺於彼諸王生於恚心是名恚覺依此二法生於塵穢是名害覺尊者瞿沙説曰菩薩修苦行時以根利故於欲界聞思善根隨意能得便作是念此諸善根隨順於我雖善積集欲界善根猶生煩惱是時菩薩於此善根便生愛心行於愛禪自於身中生於愛心愛相應覺是名欲覺菩薩根猛利故即時自知我今

已起愛即是煩惱所不應爲便生恚心是名恚覺依此二法能生垢穢是名害覺復有說者菩薩行苦行時是時惡魔於六年中隨逐菩薩欲求其短或以好形或以惡形而見菩薩若以好形見時菩薩爾時便生愛心與愛相應覺是名欲覺若以惡形見時菩薩是時便生恚心是名恚覺依此二法生於塵穢是名害覺復有說者菩薩在菩提樹下憶念先所受五欲境界生於愛心是名欲覺聞提婆達入已宮中便生恚心是名恚覺諸釋縱之便生害心是名害覺復有說者菩薩在菩提樹下爾時天魔遣三天女一名渴愛二名喜樂三名喜見菩薩見之便生愛心是名欲覺魔王復將三十六億兵衆欲惱亂菩薩便生恚心是名恚覺亦於魔衆而生害心是名害覺又世尊言比丘當知我本行菩薩道時起於欲覺自害害他亦俱害乃至害覺亦如是問曰云何菩薩欲覺自害害他亦俱害耶答曰覺相應念若起欲覺則自害害他亦俱害復有說者起欲覺時捨自利益事是名自害捨他利益事是名害他捨自利利他事是名俱害復有說者起欲覺時自於身取果與果是名自害令施衣服等者不得大果是名害他自害害他故是名俱害依果報果說亦如是復有說者能令自心染汙墮邪道中是名自害餘如上說復有說者能令自身遠離聖樂是名自害亦令他遠離是名害他餘如上說復有說者能令自身遠聖定慧是名自害令他遠離是名害他餘如上說復有說者能令自身遠解脫果是名自害餘如上說是故

尊者瞿沙作如是說能令自身遠離解脫是名自害令阿私陀阿羅荼鬱陀迦等不得聖道是名害他餘如上說尊者佛陀提婆說曰若起煩惱能令身心遠一切智離於聖樂爲煩惱作依是名自害令施者不得大報是名害他餘如上說復有說者能令自身心熱是名自害損他施等餘如上說復有說者令自身心不適是名自害諸天呵責是名害他餘如上說

如經說如來初成道時多起二種覺一安隱覺二寂靜覺問曰云何名安隱覺寂靜覺耶答曰或有說者無恚無害覺是安隱離欲覺是寂靜復有說者恚覺害覺對治是名安隱覺欲覺對治是名寂靜覺復有說者無恚無癡善根相應覺是名安隱無貪善根相應覺是名寂靜復有說者對治恚癡不善根是名安隱對治貪欲不善根是名寂靜復有說者慈悲相應覺是安隱喜捨相應覺是寂靜復有說者喜捨相應覺是安隱慈悲相應覺是寂靜復有說者苦智集智相應覺是名安隱滅智道智相應覺是寂靜復有說者滅道智相應覺是安隱苦集智相應覺是寂靜復有說者空苦集無願相應覺是名安隱無相道無願相應覺是名寂靜復有說者無相道無願相應覺是名安隱空苦集無願相應覺是名寂靜復有說者見者增長是過患名安隱見止息是善利是名寂靜是故尊者瞿沙作如是說作方便見增長是過患是安隱覺行止息樂是寂靜覺尊者佛陀提婆說曰如來有無量大悲心憐愍心利益心淳淨心如是

等相續善心是名安隱覺見增長是過患止息是寂靜覺問曰何故如來初成道時多起此二覺耶答曰以此二覺能淨無上道最在初故復有說者菩薩在宮人中恒患多起欲覺是以初成佛時起寂靜覺行苦行時恒患身疲苦是以初成佛時起安隱覺

智多耶所知多耶乃至廣說問曰何故作此論答曰欲明善說法中三法等故謂智所知行所緣覺所覺惡說法中此三法不等爲顛倒所覆故是以欲明善說法三法等故而作此論智多耶所知多耶答曰所知多非智多所以者何所知攝十七界一界少分十一入一入少分四陰一陰少分智攝一界一入一陰少分復有說者智多非所知多所以者何如非想非非想處一受爲欲界十種智所緣謂欲界苦集所斷五他界緣見使苦集所斷他界緣疑無明相應智善等智如是初禪乃至無所有處盡有十一智有九種十智有九十種自地則有十一遍智謂七見苦集所斷疑無明相應四智善等智不隱沒無記智如一受一切受亦爾如受一切心心數法亦爾智增益如山所知不增益是故智多非所知多若如是說者所知多非智多所以者何欲界十種智相應法是所知非智乃至非想非非想處十三種智相應法是所知非智然智亦是所知設令智非所知者所知猶多所以者何所知攝十七界一界少分十一入一入少分四陰一陰少分智攝一界少分一入少分一陰少分何況智亦是所知是故所知攝十八界十二入五陰智攝一界一入一陰

少分是故所知多非智多智多耶識多耶乃至廣說問曰何故作此論答曰欲決定重明所知多非智多所以者何一切智處盡有識非一切識處盡有智何處無智耶謂忍相應識一切識處不必有智是故識多非智多智盡與識相應識不必與智相應何處不相應謂忍也所以者何忍非智故問曰何故忍非智耶答曰以不決定故忍非智忍唯能見不能知故忍是初觀非畢竟故忍是求覓非轉還故忍所作不捨方便故忍雖是疑對治猶與疑得俱非決定故非智無礙解脫道雖同所作不得俱在一剎那中故尊者和須蜜說曰欲可此事名忍不可忍時名智尊者佛陀提婆說曰所見究竟是智忍時所見非究竟故非智復有說者若以陰界入故識多非智多所以者何識攝七識界智攝一界少分識攝一入一陰智攝一入一陰少分是故識多非智多

有漏行多無漏行多乃至廣說問曰何故作此論答曰爲止並義者意如摩訶僧祇部說佛生身是無漏彼何故作如是說答曰彼依佛經佛經說比丘當知如來生世住世出現世間不爲世法所染以是義故知如來生身是無漏爲止如是說者意明如來生身是有漏故而作此論若如來生身是無漏者無比女不應於如來身生染心央掘魔羅不應生恚憍慢婆羅門不應生慢優樓頻螺不應生愚以如來生身生他愛恚或生慢癡是故知如來生身非是無漏問曰若如來生身是有漏非無漏者摩訶僧祇部所說經云何通答

曰彼經說如來法身所以者何若說如來生世住世則說如來生身若說出現世間不爲世法所染則說如來法身復次不爲世法所染者如來不爲世八法所染世人隨順世八法世八法亦隨順世人世八法隨順如來如來不隨順世八法已解脫世法故言不染世法問曰如來亦有世八法有利者如優伽長者一日中施佛三百萬兩財無利者如於婆羅婆羅門村乞食空鉢而入空鉢而還有譽者生時名徹他化自在天成道時名徹阿迦膩吒天轉法輪時名徹梵天非譽者旃遮女孫陀利女謗非譽名徹十六大國毀者如婆羅婆闍惡口婆羅門以五百偈現前罵佛復還以五百偈讚佛如婆柢奢優婆離以種種偈讚舍利弗讚歎佛無上法阿難讚歎佛希有法樂者謂猗樂及得一切世間最勝樂苦者如佉陀羅刺刺脚亦以瓦石傷於足指頭痛背痛如來亦有如是等世法云何言不爲世法所染答曰世尊雖遇有利等四法而心不高雖遭無利等四法而心不下雖遇有利等四法心不生愛雖遭無利等四法心不生恚如愛恚欣慼憂喜說亦如是譬如須彌山王安立在金輪上四方猛風不能傾動佛亦如是安立戒輪之上世間八法不能傾動是故爲止他義欲顯已義故而作此論有漏行多無漏行多答曰有漏行多非無漏行多所以者何有漏行攝十入二入少分無漏行攝二入少分復有說者無漏行多非有漏行多所以者何如欲界繫一法四無漏法緣謂苦法忍苦法智集法忍集法智如欲界一法餘

欲界法亦如是如色界繫一法四無漏法緣謂苦比忍苦比智集比忍集比智如一法餘色界法亦如是無色界說亦如是猶有餘無漏法是故無漏行多非有漏行復有說者有漏行多非無漏行所以者何如一無漏法爲四種有漏法所緣謂邪見疑無明善等智如一無漏法一切無漏法亦如是餘有漏法猶多是故有漏行多非無漏行有爲法多無爲法多耶答曰或有說者有爲法多非無爲法所以者何有爲法攝十一入一入少分無爲法攝一入少分復有說者無爲法多非有爲法所以者何隨所有有漏法有爾所數滅法隨所有無漏道有爾所非數滅法餘無爲法者有有漏法非數滅虛空是故無爲法多非有爲法

云何行具足云何守具足乃至廣說問曰何故作此論答曰此是佛經佛經說我聖弟子戒具足守具足乃至行具足守具足佛經雖說而不分别云何行具足云何守具足諸佛經中所不說者今欲說故而作此論云何行具足答曰無學身戒口戒命清淨問曰如學人非學非無學人亦有此法何以唯說無學人耶答曰以無學人勝故廣說無學人勝應如上第三品中戒具足者戒言尸羅亦言行亦言守信亦言器尸羅者言冷無破戒熱故破戒者身心熱持戒者身心冷破戒者三惡道中熱持戒者人天中冷又尸羅言夢持戒者身心不熱常得善夢故又尸羅言習持戒者善習戒法故又尸羅言定住戒者心易定故又尸羅言池如佛說偈

法泉戒水池　清淨無瑕穢　聖浴身不濕
必到於彼岸
又尸羅如瓔珞有瓔珞嚴身有少時好中年老年則不好有中年好少年老年則不好有老時好少年中年則不好戒瓔珞嚴身三時常好如佛說偈
戒終老安　信善安止　慧爲人寶　福無能盜
又尸羅如鏡如鏡明淨像於中現戒清淨者無我像現如說依戒立戒昇無上慧堂又尸羅言威勢如來所以於三千大千世界有威勢者皆是尸羅力故曾聞罽賓國有龍名阿利那受性暴惡去其住處不遠有僧伽藍彼龍數爲暴害時有五百阿羅漢皆共集會入於禪定以神足力欲驅遣此龍其龍有大威德而不能遣時有一羅漢次從後至時諸羅漢具以是事向後來者說時後來者不入禪定直彈指語言賢善遠此處去是時此龍聞彈指聲即便遠去時諸羅漢語後來者言汝以何禪定力令此龍去耶後來者而答之言我不以禪定力直以謹慎於戒我守護輕戒猶如重禁我以戒力故令此龍去是故尸羅名有威勢又尸羅言頭如人有頭則能見色聞聲齅香嘗味覺觸知法如是行人有尸羅頭者能見苦諦等色聞名身等義齅覺意華香嘗出離無事寂靜三菩提味覺禪定解脫等觸如色陰等法總相別相是故尸羅言頭何故尸羅名守信此是世俗言說法若人善護尸羅者言是人守信不能善護尸羅言是人不守信是故世俗言說尸羅名守信尸羅言行者如人有足能行至餘方如是行人有

尸羅足者能行至善道及至涅槃又尸羅言器者以是一切功德所依之處是故尸羅言器尊者瞿沙說曰不破義是尸羅義如人不破於足能有所至如是行者不破尸羅故能至涅槃云何守具足答曰阿羅漢諸根戒是也此諸根亦言守亦言根亦言主亦言泉亦言白淨亦言所作守者守境界故言守復有說者以念慧等根守境界故言守如鎌能刈名刈具彼亦如是根等餘處當廣說此中略故不說問曰根戒根非戒體性是何答曰是念慧何以知之如經說天神語比丘言莫生瘡疣比丘答曰我當覆之天復問言瘡疣既大以何覆耶比丘答言以念慧覆之如餘偈說

諸世所有流　正念能除斷　亦因念慧力

停住而不行

是故念慧是根戒體性亂念惡慧是根非戒體性問曰若念慧是根戒體性者此經云何通如說念慧滿足故能滿足根戒云何以自體滿自體耶答曰不也所以者何念慧有因性亦有果性因性者說名念慧果性說名根戒復有說者不放逸是根戒放逸是根非戒復有說者六常任法是根戒諸煩惱依此六門而生是根非戒復有說者五根若斷若知得成就是根戒若五根不斷不知不得不成就是根非戒若作是說則明成就不成就是根戒非根戒復有說者若成就緣五根煩惱不成就斷緣五根煩惱對治是名根非戒若不成就緣五根煩惱成就斷緣五根煩惱對治是名根戒若作是說則明成就不成就是

根戒是根非戒復有說者染汙性是根非戒不染汙性是根戒復有說者若五根能生惡行煩惱是根非戒若五根能生善根善行是戒世尊亦說根戒根非戒若作是說則明根戒根非戒是五陰性復有說者罽賓國有二阿羅漢作如是說根戒是不隱没無記性所以者何不定故不說在善中不說在不善中問曰若體性不定者云何說此是根戒此是根非戒答曰不隱没無記體是一行或時隨順善或時隨順不善若隨順善時是名戒若隨順不善時是名非戒問曰已說根戒根非戒斷戒云何答曰若以世俗道斷欲界結未至禪所攝九無礙道斷對治是也若依二禪邊斷初禪結第二禪邊所攝九無礙道是也如是乃至非想非非想處邊斷無所有處結非想非非想邊所攝九無礙道是也若以無漏道斷欲界結未至禪所攝九無礙道是也斷初禪結三地所攝九無礙道是也如是次第第二禪是四地第三禪是五地斷第四禪結及無色界見道所斷是六地空處修道所斷是七地識處八地無所有處非想非非想處修道所斷是九地九地所攝無礙道是斷結

阿毘曇毘婆沙論卷第三十四

音釋

呵 虎何切譴責也　憎惡 惡烏路切　醜陋 醜昌久切陋盧候切鄙也　唾 湯卧切口液也　酥 素姑切酪屬　煗 乃管切溫也　央掘魔羅 梵語也此云指鬘掘渠勿切　齅 許救切以鼻臨氣也　鎌 力塩切鍥也　刈 魚祭切割也　瘡疣 瘡初良切痏也疣羽求切瘤也

阿毘曇毘婆沙論卷第三十五

迦旃延子造　北涼沙門浮陀跋摩共道泰譯

雜揵度思品第八之三

云何凡夫性乃至廣說問曰何故作此論答曰爲止異義者意故如犢子部說欲界見苦所斷十種煩惱是凡夫性彼說凡夫性定是欲界繫是染汙是見道斷是相應法爲止如是說者意明凡夫性是三界繫是不染汙是修道斷是不相應法故而作此論云何凡夫性答曰若不得聖法乃至廣說問曰爲不得一切聖法是凡夫性爲不得苦法忍是凡夫性耶若不得一切聖法是凡夫性者無有聖人得一切聖法者則無非凡夫性人佛世尊則非成就一切無漏法謂聲聞辟支佛無漏法及自身學法若不得苦法忍是凡夫性者道比智已生捨苦法忍應是凡夫性答曰或有說者應作是說不得苦法忍是凡夫性問曰若然者道比智生捨苦法忍是凡夫性耶答曰苦法忍生時破凡夫性永更不生苦法忍不得言得不得言不得如不得未來眼根得現在者以得現在眼根故破未來眼根不得未來眼根不名得不名不得彼亦如是復有說者道比智生捨苦法忍體性是不得如不得未來眼根得現在眼根亦不得過去眼根如是得道比智不得苦法忍問曰若然者云何非凡夫性耶答曰成就依果故聖人身中無有不成就苦法忍依果時雖不成就苦法忍而非凡夫常是聖人問曰若不得聖法是凡夫性者如說云何凡夫性三界不染汙心不相應行其義云何答曰若說不得聖法

是凡夫性者即明三界不染汙心不相應行義所以者何不得聖法性即是三界不染汙心不相應行復有說者先說是對治後說是體性復有說者凡夫性體是一法猶如命根非不得性是不染汙心不相應行修道所斷評曰不應作是說體性是不得聖法如是說者好復有說者不得一切無漏法是凡夫性問曰若然者無有聖人盡成就一切無漏法者則無非凡夫性答曰雖無聖人盡成就一切無漏法者然非凡夫所以者何亦有得聖道亦不得聖道故復有說者若不得是不共是凡夫性若不得是共非凡夫性復有說者若不得不破是凡夫性若不得破是非凡夫性復次亦不得聖煖聖忍聖見聖欲聖慧乃至廣說問曰此復顯現何義聖答曰先是略說今是廣說先不分別今則分別復有說者此諸極下凡夫不得達分善根者聖煖者是煖法聖見者是頂法聖忍者是下中忍聖欲者是上忍聖慧者是世第一法是故此中說極下凡夫復有說者此中惟分別苦法忍所以者何苦法忍亦名煖見忍欲慧令有種子熱故名煖轉行故名見堪忍故名忍可諦故名欲分別故名慧復有說者令有種子熱故名煖轉行故名見行忍故名忍欲得脫故名欲覺知故名慧是故此中惟分別苦法忍凡夫性當言善耶乃至廣說答曰凡夫性當言無記所以者何善法由善方便得亦由餘善法得由方便者是方便善根由此善根亦令餘善未來世修如見道邊等智盡智邊所得三界善根問曰此中何故不說生得善耶答

曰應說而不說者當知此說有餘乃至廣說復有說者若勝好善此中則說彼是下劣是故不說復有說者方便得善說方便善根由他得善說離欲得善復有說者方便生善說達分勝進分善根由他得善說住分退分善根復有說者此文應如是說善法若方便得若得方便者是方便得得者是生得復有說者得善法若方便若離欲若得若退復有說者方便得者是方便生若得者善根斷還生時得善根是也無有作方便求爲凡夫所以者何無有本非凡夫者此是下賤法故無有求者若凡夫性是善則有大過斷善根時永滅善法不成就得是時應非凡夫若極惡下賤非凡夫者是事不然欲令無如是過故凡夫性不當言善何故非不善耶答曰凡夫離欲界欲不成就不善法離欲界則非凡夫以如是說則止凡夫性是不善者意若凡夫性是不善者凡夫人離欲界欲者則不應還生欲界然還生欲界是故凡夫性不得言不善凡夫性當言欲界繫耶乃至廣說答曰凡夫性或欲界繫或色無色界繫問曰凡夫性何故不當言定欲界繫耶答曰欲界沒生無色界乃至廣說問曰何故不說欲界沒生色界中耶答曰欲界沒生色界中雖捨欲界法而不悉捨生無色界悉捨所以者何生色界中猶成就欲界法謂欲界變化心生無色界不成就欲界法以是事故不當言定欲界繫何故不當言定色界繫答曰色界沒生無色界中悉不成就色界繫法問曰色界沒生欲界中亦捨色界法此中何以不說耶答曰雖捨

色界法而不悉捨生無色界悉捨是故說色界没生無色界乃至廣說若當定是色界繫者阿私陀阿羅荼鬱陀迦等則不應還生復次所以不說色界没生欲界者色界没生欲界中成就色界法生無色界悉不成就色界法是以不說何故凡夫性不當言定無色界繫答曰得正決定時乃至廣說法應如是若成就彼地凡夫性先見彼地苦然聖道生爲凡夫性作對治故若聖道生先見無色界凡夫苦者凡夫性當言定無色界繫但不爾問曰若以聖道初生者凡夫性當言定欲界繫答曰不應以此說難彼說不當言定欲界繫者先已說故凡夫性當言見道斷耶乃至廣說答曰凡夫性當言修道斷不當言見道斷所以者何見道所斷法悉染汙凡夫性非染汙若是見道斷者則是染汙然凡夫性非染汙其事云何若是見道如世第一法滅乃至廣說染汙法要斷得不成就隨斷幾種染汙法得不成就彼種乃至廣說是時未斷一種染汙法而不成就凡夫性若凡夫性是染汙法者行者亦是凡夫亦是聖人所以者何住苦法忍時成就五種染汙法是時亦是具縛亦是聖人問曰無有成就色無色界凡夫性者何以言是時三界凡夫得不成就耶答曰或有說者此文應如是說三界中凡夫得不成就而不說者有何意耶答曰欲令三數滿故作如是說成就欲界凡夫性不成就色無色界凡夫性若不成就欲界凡夫性是人不名成就三界凡夫性是故欲令三數滿故作如是說復有說者斷其可生處故作如是說

彼有更生之處令悉斷之令彼法不復得生復有說者欲令不成就法復不成就故云何不成就法復不成就耶答曰欲令極遠故復有說者三界凡夫性得非數法故說三界凡夫性是何等法耶答曰三界不染汙心不相應行問曰何故復作此論答曰為止說凡夫性定欲界繫是染汙是見道斷是相應法者意故而作此論說三界則止定在欲界不染汙則止染汙修道斷則止見道斷不相應則止是相應法者意問曰凡夫性體性是何答曰如此經說不得聖道乃至廣說此中說凡夫性是不成就不隱沒無記心不相應行行陰所攝問曰凡夫性非行陰所攝所以者何心不相應行法中不說此法故答曰亦說在如是等諸法名心不相應行中此是凡夫性

體性乃至廣說已說體性所以今當說凡夫性是何義阿毗曇人說曰凡夫分凡夫性凡夫身凡夫體是凡夫性義尊者瞿沙說曰與凡夫相似義是凡夫性義如牛似牛故名牛性餘禽獸等亦如是尊者和須蜜說曰多處受身義是凡夫性義異界生義是凡夫性義趣異趣義是凡夫性義受諸生義是凡夫性義造異業義是凡夫性義信異師義是凡夫性義行異類義是凡夫性義尊者佛陀提婆說曰受異界異趣異生增長生死義是凡夫性義行異類義是凡夫性義問曰何故名凡夫耶尊者和須蜜說曰受異生異界異生處造異業行異煩惱信異師行異類等諸法故名凡夫尊者佛陀提婆說曰異於聖法故名凡夫問曰何故說凡夫法耶答曰此法是凡

夫所有故名凡夫法猶如聖人所有法名聖法復次凡夫未得此法成就在身中是故名凡夫法復次凡夫爲此法所覆所弊所纏故名凡夫法復有說者凡夫人作此法行此法隨逐此法故名凡夫尊者佛陀提婆說曰此法是凡夫人法生增長凡夫性故名凡夫法問曰凡夫法凡夫性有何差別答曰因是凡夫性果是凡夫法如因果作巳作廣說亦如是復次無記是凡夫性善不善無記是凡夫法無報是凡夫性有報無報是凡夫法如有報無報生一果二果無慚無愧相應無慚無愧不相應說亦如是復次凡夫性攝一陰少分凡夫法攝五陰復次凡夫性是不相應凡夫法是相應不相應如相應不相應有依無依等說亦如是復次凡夫性是不染汙凡夫法是染汙不染汙尊者佛陀提婆說曰異趣所行是凡夫性異趣所得陰界入法是凡夫法如牛羊禽獸所行是牛羊禽獸性牛羊禽獸所得法是牛羊禽獸法如是等相是名差別若凡夫性不斷亦成就凡夫性耶若成就凡夫性彼凡夫性不斷耶乃至廣作四句凡夫性不斷不成就凡夫性者生欲界凡夫人未離初禪欲從初禪乃至非想非非想處凡夫性不斷亦不成就離初禪欲未離第二禪欲從第二禪乃至非想非非想處凡夫性不斷亦不成就乃至離無所有處欲非想非非想處凡夫性不斷亦不成就生初禪凡夫人未離第二禪欲第二禪乃至非想非非想處凡夫性不斷亦不成就離第二禪欲未離第三禪欲從第三禪乃至非想非非想處凡夫

性不斷亦不成就乃至離無所有處欲非想非非想處凡夫性不斷亦不成就如凡夫人生初禪乃至生識處說亦如是凡夫人生無所有處非想非非想處凡夫性不斷亦不成就凡夫人則爾聖人云何聖人未離欲界欲從欲界乃至非想非非想處凡夫性不斷亦不成就離欲界欲未離初禪欲從初禪乃至非想非非想處凡夫性不斷亦不成就乃至離無所有處欲未離非想非非想處欲非想非非想處凡夫性不斷亦不成就是名不斷亦不成就成就非不斷者凡夫人生欲界離欲界欲成就欲界凡夫性非不斷生初禪離初禪欲乃至生無所有處離無所有處欲成就無所有處凡夫性非不斷是名成就非不斷不斷非不成就者凡夫人生欲界中未離

欲界欲欲界凡夫性不斷非不成就生初禪未離初禪欲乃至生無所有處未離無所有處欲說亦如是生非想非非想處彼凡夫性不斷非不成就是名不斷非不成就非不斷不成就者凡夫人生欲界中乃至離無所有處欲從初禪地乃至無所有處凡夫性非不斷不成就生初禪中離無所有處欲從第二禪乃至無所有處凡夫性非不斷不成就乃至生識處離無所有處欲無所有處凡夫性非不斷不成就空處乃至欲界凡夫性非不斷不成就凡夫人生無所有處識處乃至欲界凡夫性非不斷不成就生非想非非想處無所有處乃至欲界凡夫性非不斷不成就一切阿羅漢三界凡夫性非不斷不成就阿那含離無所有處欲從欲界乃至無所有處

凡夫性非不斷不成就乃至聖人離欲界欲未離初禪欲欲界凡夫性非不斷不成就是名非不斷不成就若凡夫性已斷亦不成就耶若不成就凡夫性已斷耶乃至廣作四句彼初句作此第二句彼第二句作此初句彼第四句作此第三句彼第三句作此第四句凡夫性若是數滅復是非數滅耶若是非數滅復是數滅耶乃至廣作四句是數滅非非數滅者凡夫人離欲界欲乃至離無所有處欲是也是非數滅是非數滅者聖人未離欲界欲是也是數滅亦非數滅者聖人離欲界欲諸地說亦如是乃至阿羅漢三界凡夫性得數滅亦得非數滅非數滅非非數滅者未離欲凡夫人是也問曰頗有法一種時捨九種時斷耶答曰有謂凡夫性是也一種時捨者謂苦法忍是也九種時斷者謂離欲界欲時乃至離非想非非想處欲時是也

諸法與邪見相應復與邪覺耶乃至廣說問曰何以說凡夫性次說八邪支耶答曰以此二法展轉相扶持故凡夫性扶持八邪支八邪支扶持凡夫性復次行者增惡此八邪法而修道故諸法與邪見相應復與邪覺耶乃至廣作四句邪見一切地中可得非一切染汙心中可得邪覺一切染汙心中可得非一切地中可得此中說謗因果邪見不盡說五邪見是以作大四句與邪見相應非邪覺者邪覺相應邪見欲界未至禪初禪地邪見相應聚中邪覺體與邪見相應非邪覺所以者何以三事故自體不應自體一者一剎那中無二邪覺二者前後剎那不俱三者除其自

體與他一切法作緣餘邪覺不相應邪見相應法彼是何耶謂禪中間乃至無色界九大地法九煩惱大地睡心觀如是等法與邪見相應非邪覺所以者何彼地無邪覺故邪覺相應非邪見者邪見應邪覺欲界未至禪初禪邪見體應於邪覺所以者何以三事故自體不應自體如前說餘邪見不相應邪覺相應法彼是何耶除欲界未至禪初禪邪見相應法諸餘染汙聚邪覺相應法謂身見邊見戒取見取疑愛恚慢不共無明相應聚如是等法與邪覺相應非邪見所以者何彼聚中無邪見故邪見相應亦邪覺者除邪覺應邪見除邪見應邪覺餘邪見邪覺相應法彼是何耶謂欲界未至禪初禪邪見邪覺相應聚除其自體除慧餘有九大地除惡慧餘九煩惱大地心觀睡時眠時如是等法與邪見相應亦應邪覺不與邪見邪覺相應者邪覺不應邪見彼是何耶謂除欲界未至禪初禪邪見相應聚邪覺諸餘染汙聚邪覺體不應邪見所以者何聚各異故亦不應邪覺所以者何自體不應自體以三事故亦如上說邪見不應邪覺彼是何耶謂禪中間乃至無色界邪見不應邪覺不應邪見所以者何以三事故自體不應自體亦如上說亦不與邪覺相應彼地無覺故諸餘心心數法謂除中間禪乃至無色界邪見相應法諸餘染汙聚不與邪見相應彼聚中無邪見故不與邪覺相應彼地中無邪覺故善心不隱沒無記心色無爲心不相應行善心無記心不應者非染汙故色無爲心不相應行不應者非緣法故諸

法與邪見相應復與邪方便耶若與邪方便相應復與邪見耶乃至廣作四句邪見一切地可得非一切染汙心中可得邪方便一切地一切染汙心中可得故作中四句邪見相應非邪方便者邪方便應邪見邪見相應邪方便體應於邪見非邪方便以三事故自體不應自體亦如上說應邪方便非邪見者謂邪見邪方便聚中邪見體應邪方便非邪見所以者何以三事故自體不應自體亦如上說餘邪見不相應法邪方便相應法彼是何耶除邪見相應聚諸餘染汙聚與邪方便相應非邪見如是等法與邪方便相應非邪見所以者何彼聚中無邪見故與邪見亦與邪方便相應者除邪方便應邪見諸餘邪見相應法除邪方便者以邪方便多故除邪見相應聚邪方便體彼是所除諸餘邪見相應法亦除邪見體是爲於彼聚中除邪方便體亦除邪見體諸餘心心數法彼是何耶謂除慧餘九大地除惡慧餘九煩惱大地心覺觀睡無慙無愧眠應隨相說不與邪見邪方便相應者邪方便不應邪見彼是何耶謂除邪見相應聚諸餘染汙聚彼聚中邪方便體不應邪見所以者何彼聚中無邪見故不應邪方便以三事故自體不應自體亦如上說諸餘心心數法謂善不隱沒無記色無爲心不相應行善心不隱沒無記心非染汙故色無爲心不相應行非緣法故如邪見邪方便邪念邪定說亦如是邪覺對邪方便邪念邪定亦如是諸法與邪方便相應復與邪念相應耶乃至廣作四句此二法一切地一切染汙心

中可得是故作小四句與邪方便相應不與邪念相應者謂邪念是也邪念體應邪方便非邪念所以者何以三事故體不自應亦如上說邪念相應非邪方便者謂邪方便是也餘如上說亦與邪方便邪念相應者除邪方便邪念體諸餘染汙心心數法彼是何耶除念餘九大地八煩惱大地睡覺觀眠時心無慙無愧應隨相說非邪方便非邪念相應者諸餘心心數法謂善心不隱没無記心色無爲心不相應行所以如前說如邪方便對邪念對邪定亦如是邪念對邪定亦如是

問曰此八邪支幾在欲界幾在色無色界答曰欲界有八色界有八無色界有四除邪語邪業邪命邪覺幾見道斷幾修道斷答曰一是見道斷謂邪見三是修道斷謂邪語邪業邪命四是見道修道斷謂邪覺邪方便邪念邪定問曰此中何故最後說諸邪支耶答曰欲顯現世第一法功用故此揵度初明出要善法如世第一法能入見道能生聖道聖道見道能壞邪是是故始明聖道終明邪道

世第一及智　人品與愛敬　無慙色無義

思品最在後

使揵度不善品第一之一

三結乃至九十八使盡是佛經唯除五結九十八使此非佛經此章中應除此二論曾聞尊者瞿沙作如是說一切阿毘曇論盡解佛經因此經故作如是論諸經中不說者皆悉除之此二論非經所說是故應除五結說五上分結所以者何五上分結是佛經故除九十八使更無所說非佛經故復有說者五結

此章中不應除所以者何佛於增一阿含五法中說以經久故而亡失之尊者迦旃延子以願智力觀察於阿毘曇中還說五結曾聞增一阿含從一法至百法而今唯有從一法至十法者在餘悉亡失從一法至十法亡失甚多在者猶少如尊者奢那婆秀阿羅漢是尊者耆婆迦和尚般泥洹時是日亡失七萬七千本生經一萬阿毘曇論從是以後更不復行一論師滅猶失爾所經論何況佛法中多論師滅復有說者此二論雖非佛經不應除之問曰若非佛經何故不除答曰作經者意欲爾隨其所欲而造此論亦不違法相於此論中說一切遍說非一切遍說一切遍非一切遍一切遍者三結是也非一切遍者五結是也一切遍非一切遍者九結是也問曰五結可爾九十八使亦非佛經何故不除答曰一切阿毘曇廣解佛經義若廣解佛經義者是阿毘曇佛經說七使以界以種以行差別故有九十八使是故此二論俱不應除問曰彼尊者造論何故先立章答曰欲顯現諸門義故所以者何若不先立章者則門義不顯如人不能彩畫虛空若欲畫時必有所依彼亦如是復次欲令此論久住世故雖立章門造偈頌制揵度作品名百千衆中乃有一人能具足誦持阿毘曇者何況不立章門乃至品名而能具足誦持此煩亂文欲令無如是過故而先立章問曰彼尊者何故因佛經而立章耶答曰以一切阿毘曇盡廣解佛經義故復次欲顯現佛經有無邊義故外道書論有文無義雖有義而少如羅摩延書其文

有萬二千偈唯明二事一明羅摩延劫思陀還去二明羅摩將思陀還一切佛經皆是無量無邊無量者有無量義無邊者有無邊文猶如大海無量無邊無量者謂深無量無邊者謂廣大無邊復次欲顯現佛經堪忍問難轉精妙故外道書論不堪問難若其問難轉不牢固無有義味如獼猴子不耐打觸若其打觸便失糞穢佛經堪耐打觸若打觸時則出清淨戒色及善根觸亦如波羅柰衣堪耐打觸若加打觸光色轉妙出生妙觸彼亦如是復次欲顯現佛經發則妙故佛經說有三事覆則妙發則不妙謂愚人女人婆羅門書三事發則妙覆則不妙謂智人日月佛經復次欲顯現佛經堪耐思求轉精妙故如人觀日眼不明淨外道書論思求之時使慧眼不淨如人觀月眼則明淨佛法經論思求之時令慧眼明淨復次先作是說一切阿毘曇盡廣解佛經義以是事故如來所說種種不相似義立雜揵度說諸結義立結使揵度乃至說見義立見揵度一一揵度中分別一切法問曰彼尊者造論何故先立章後作門答曰如人造舍先平治地然後立舍彼尊者亦復如是欲造法舍如平地法先立於章如造舍法後立於門復次如人種樹先治地然後乃種彼尊者亦復如是欲種法樹如治地法先立於章如種樹法後作於門復次如華鬘師華鬘弟子欲造種種鬘時先經其縷然後以種種色華而莊飾之彼尊者亦復如是欲造法鬘如經縷法先立於章如以華莊飾後作於門復次如畫師畫弟子欲畫之時先摹其

像後布衆彩彼尊者亦復如是如摹像法先立於章如布彩法後作於門復次猶如工匠工匠弟子先量其木後刻肢體彼尊者亦復如是如量木法先立於章如刻肢體法後作於門復次如行者觀法先觀四大造色後觀微塵刹那彼尊者亦復如是如觀四大造色法先立於章如觀微塵刹那法後作於門復次世尊說法亦爾先說後解先說者如說六界六觸十八意行四處比丘當知是名爲人後解者此名六界乃至四處彼尊者亦復如是先立於章後作於門復次欲現二種善故先立於章現善於文後作於門現善於義如善於文義於文義有力於法無礙於義無礙法無礙果義無礙果當知亦如是復次欲現已知見不錯亂故若人知見錯亂所造經論亦復錯亂不能善立章門乃至品名若人知見不錯亂者所造經論亦不錯亂善立於章乃至品名是故欲顯已知見不錯亂故先立於章後作於門

阿毘曇毘婆沙論卷第三十五

音釋

犢子部（犢徒谷切古仙人名其所造論因名爲犢子部）　耐（奴代切猶任也）

縷（力主切綫也）　摹（莫胡切規也倣也）

阿毘曇毘婆沙論卷第三十六

迦旃延子造　北涼沙門浮陀跋摩共道泰譯

使揵度不善品第一之二

問曰以何等故彼尊者作經先立三結爲章後乃至九十八使答曰彼作經者有如是欲如是意隨其欲意造作此論亦不違法相是故先立三結爲章後乃至九十八使尊者波奢說曰雖一切處生疑然不違法相若先說三不善根後乃至九十八使亦有此疑復次阿毘曇應以相求不應以次第求前說後說俱無有過後次亦可隨義說其次第所以先立三結爲章後乃至九十八使若一一阿毘曇求其次第則經文煩亂誰能具足受持阿毘曇煩亂文者復次爲增法故先說三結後說四五六七九至九十八使復次爲說煩惱樹次第增長法故先說三結後說四五六七九至九十八使復次欲次第說得四沙門果故若斷三結得須陀洹果不盡斷三不善根及欲漏得斯陀含果盡斷得阿那含果永斷有漏無明漏得阿羅漢果餘流軛縛取蓋下分結上分結見身愛結使等皆是有漏差別廣分別漏是故欲說次第得四沙門果故先立三結爲章後乃至九十八使三結身見戒取疑問曰此三結體性是何答曰體性有二十一種身見三界見苦所斷有三種戒取三界見苦見道所斷有六種疑三界見苦集滅道所斷有十二種此二十一種是三結體我物相性分已說體性所以今當說何故名結結是何義答曰縛義是結義合苦義是結義雜毒義是結義縛義是結義者縛即是結何

以知之如經說尊者摩訶拘絺羅往尊者舍利弗所作如是問爲色縛眼爲眼縛色乃至法法亦如是問舍利弗答尊者摩訶拘絺羅色不縛眼眼不縛色其中欲愛是其縛也譬如白牛黑牛同一枙軛而以繫之尊者拘絺羅於意云何若有說言黑牛繫白牛白牛繫黑牛爲是如法說不答言不也然彼枙軛是其縛如是尊者拘絺羅色不縛眼眼不縛色但於其中欲愛是縛乃至意說亦如是以是事故知結即是縛合苦義是結義者欲界諸結與欲界苦衆生合色界諸結與色界苦衆生合無色界諸結與無色界苦衆生合欲界諸結與苦合相不與樂合色無色界諸結與苦合相不與樂合以是事故合苦義是結義雜毒義是結義者一切受生妙有漏定如無量解脫除入一切處定等聖所遠離以雜煩惱毒故猶雜毒食雖復美妙智人遠之彼亦如是以是事故縛義合苦義雜毒義是結義佛經說若斷三結名須陀洹不墮惡趣決定入究竟道惟受七有七生天上人中得盡苦際問曰如阿毘曇說斷八十八使名須陀洹如池喻經說斷無量苦名須陀洹以何等故世尊說若斷三結名須陀洹答曰或有說者此是如來有餘說略言要言爲受化者作如是說復次爲人故爲時衆故爲受化者故爲法器故所以者何諸佛說法盡爲受化者智有深淺亦觀其心及與結使觀其心者所謂善根結使者謂諸煩惱觀察其心及煩惱已隨其煩惱說對治法亦不說少若說少者則不能除煩惱之病亦不說多若說多者則是

如來無利之說譬如醫師治病先觀其病及病所因然後投其對治之藥亦不少投若少投者其病不愈亦不多投若多投者唐捐其功隨其所應而投其藥彼亦如是復次若略說斷三結名須陀洹若廣說則斷八十八使及無量苦名須陀洹如略說廣說不分別分別頓說次第說亦如是復次爲利根者說斷三結名須陀洹爲鈍根者說斷八十八結及無量苦名須陀洹如利根鈍根因力緣力內力外力依內思惟力依外說力捷智遲智說亦如是復次欲說易行法以誘進受化者如牽他手令其起故此中應說跋耆子喻曾聞有跋耆子於佛法出家是時已制二百五十戒令族姓子隨其所樂而履行之彼人聞已生憂慼心誰能守護如此諸戒便詣佛所頭面禮足而白佛言世尊制二百五十戒令族姓子隨其所樂而奉行之我今不堪守護此戒爾時世尊示親善相而不訶責以輭美言而慰喻之善哉善哉跋耆子汝能善學三戒不耶謂善學戒善學心善學慧彼人聞已生大歡喜作如是言我能善學此三種戒學三種戒故次第能學一切諸戒若如來說斷見道所斷八十八使及無量諸苦名須陀洹果者則受化者心生憂慼何能拔此八十八煩惱之樹度八十八煩惱大河乾竭八十八煩惱大海摧破八十八煩惱之山修此八十八對治之道若佛說斷三結名須陀洹諸受化者生大歡喜若斷三結則是易事若斷三結則斷見道一切諸使所以者何同一對治斷故以是事故說易行法廣說如上復次欲說

最勝法故一切見道所斷結中此三縁最勝是故尊者瞿沙作如是說此三結是一切見道所斷煩惱最勝餘隨從生如因見生愛恚慢等復次此三結是一切見道所斷煩惱首猶如勝軍常在前行以彼力故餘煩惱生復次以此三結是功德怨家功德者謂須陀洹果誰是彼怨家謂三結是也復次此三結是三三昧近對治身見是空三昧近對治戒取是無願三昧近對治疑是無相三昧近對治法復次以此三結是近見道人數數行故如雜揵度說行者住忍見疑不行設有行者亦復不覺以其智劣煩惱微細故見者謂身見戒取疑者即是疑復次以此三結難斷難破難過復次以此三結有增盛過重患多過身見有何增盛過答曰身見是六十二見根見是諸煩惱根煩惱是業根業是報根依報生善不善無記法戒取有何增盛過答曰從戒取生種種邪苦行疑有何增盛過答曰疑者疑過去未來世内懷猶豫此是何云何有此誰造此此當云何此衆生爲從何來死至何所復次以此三結雖斷雖知阿羅漢猶行相似法身見苦比忍永斷雖斷雖知阿羅漢猶行相似法而作是說此是我衣我鉢是我同房弟子是我近住弟子是我房是我房中資生之物似如計我戒取道比忍永斷雖斷雖知阿羅漢猶行相似法如洗手足住阿練若但畜三衣廣說十三清淨功德因此得究竟淨想曾聞尊者聾摩奢恒耆迦雖是阿羅漢亦日日詣水澡浴以爲淨想疑道比忍永斷雖斷雖知阿羅漢猶行相似法見於遠物疑

爲是人耶爲是杌耶見於二道疑爲是所趣道耶非所趣道耶見二衣二鉢疑爲是我衣鉢爲非我衣鉢耶復次行者爲斷三結故令一切見道所斷結亦盡得斷復次行者爲斷三結故亦見知覺識見道所斷結復次以是三結通於三界亦是下分欲愛瞋雖是下分不通三界邊見邪見見取愛慢無明雖通三界而非下分復次於七使中永斷無餘者是中則說須陀洹於七使中永斷二使謂見使疑使復次於九結中永斷無餘乃至廣說須陀洹於九結中三斷永斷謂見結疑結取結以是事故尊者瞿沙作如是說此經應如是說斷三結得須陀洹三結者謂見結疑結取結復次於十使中永斷無餘者乃至廣說十使者謂五見愛恚慢無明疑須陀洹永斷六使謂五見疑於六使中惟說三使謂身見戒取疑不說三使謂邊見邪見見取所以者何此從彼生故身見生邊見邊見從身見生戒取生見取見取從戒取生疑生邪見邪見從疑生已說能生當知亦說從生復次此是現初門現略說現始入此見道所斷結或一種斷二種斷四種斷若說身見當知已說一種斷者若說戒取當知已說二種斷雖更無二種即戒取名二種戒取相應共有法亦名二種若說疑當知已說四種斷者復次見道所斷結或是自界一切徧或他界一切徧若說身見當知已說自界一切徧若說戒取疑當知已說他界一切徧問曰何故自界一切徧說一結他界一切徧說二結答曰以他界緣於有漏亦緣無漏若說戒取當知已說有漏

緣使若說疑當知已說無漏緣使如自界一切徧他界一切徧自地一切徧他地一切徧自界緣他界緣自地緣他地緣當知亦如是復次見道所斷結或有漏緣或無漏緣若說身見戒取當知已說有漏緣使若說疑當知已說無漏緣使問曰何故說二有漏緣說一無漏緣答曰有漏緣者或自界緣或他界緣若說身見當知已說自界緣若說戒取當知已說他界緣如有漏緣無漏緣世緣出世緣味緣無味緣住緣出緣繫緣不繫緣結緣非結緣受緣非受緣纏緣非纏緣當知亦如是復次見道所斷結或有爲緣或無爲緣若說身見戒取當知已說有爲緣若說疑當知已說無爲緣如有爲緣無爲緣有常緣無常緣有恒緣無恒緣當知亦如是復次見道所斷結或性是見或性非見若說身見戒取當知已說見性者若說疑當知已說非見性者如見性非見性視不視轉行不轉行求不求轉其心不轉其心當知亦如是復次見道所斷結或不善或無記若說戒取疑當知已說不善若說身見當知已說無記如不善無記有報無報生一果二果無慚無愧相應無慚無愧不相應當知亦如是復次見道所斷結有二種或性欣踊或性憂慼若說身見當知已說欣踊者若說戒取疑當知已說憂慼者復次此三結壞三種身身見壞戒身戒取壞定身疑壞慧身復次此三結能壞八正道身見壞正語正業正命戒取壞正念正定疑壞正見正覺正方便復次欲令疑者得決定故世人多深著我我所深著吉不吉深懷猶豫佛

言若衆生行如是法者不名須陀洹若不行如是法者名須陀洹問曰爲得初道名須陀洹爲得初果名須陀洹若得初道名須陀洹者第八人應是須陀洹第八人者名堅信堅法所以者何彼得初道故若得初果名須陀洹者若離多分欲若離欲界欲得正決定道比智時應是須陀洹所以者何初得果故答曰或有説者初得道故名須陀洹問曰若然者第八人應是須陀洹所以者何以初得道故答曰初得道故名須陀洹彼所得道必緣於道者是須陀洹第八人雖初得道緣於苦故不名須陀洹復次初得道故名須陀洹彼道要是道比智果所攝道是須陀洹復次初得道故名須陀洹彼道要有三事一得未曾得道二捨曾得道三斷結同一味得未曾得道者謂修道是也捨曾得道者見道是也斷結同一味者見道所斷結都同一味證復次初得道故名須陀洹彼道要有五事一得未曾得道二捨曾得道三斷結同一味證四頓得八智五具修十六行復次初得道故名須陀洹住彼道時見道所斷結永盡無餘永斷緣倒結永斷忍對治結永斷邪見復次初得道故名須陀洹住彼道時其人可共談説可施設有相復次初得道故名須陀洹住彼道時容有生死復有説者初得果故名須陀洹問曰若然者斷多分欲盡欲界結得正決定道比智時應是須陀洹所以者何是初得果故答曰初得果故名須陀洹要是順次第具縛非超越人復次初得道故名須陀洹是初得解脱是初得度是初得果人復次初得果

故名須陀洹要不以世俗道故斷一種結而得果者復次初得果故名須陀洹是四沙門果最初果者復次初得果故名須陀洹要是具四向四果者復次初得果故名須陀洹是八人四雙者復次初得果故名須陀洹住彼道時亦不壞地亦不壞道斯陀含果雖不壞地而壞於道所以者何有漏無漏道俱能得故阿那含果亦壞於地亦壞於道壞地者依六地而得壞道者有漏無漏道俱能得故阿羅漢果雖不壞道而壞於地所以者何依九地得故須陀洹果地亦不壞道亦不壞不壞地者依未至地得不壞道者惟以無漏道不以有漏道得復有說者不以初得道故名須陀洹不以初得果故名須陀洹然以須陀洹果故彼人名須陀洹因法爲名猶如藥水以藥爲名酥瓶油瓶亦復如是問曰何故名須陀洹答曰須陀名聖道流洹名爲入入聖道流故名須陀洹問曰若然者斯陀含阿那含阿羅漢亦名須陀洹所以者何亦入聖道流故答曰此初受名初得道故餘果名者各自有義不墮惡趣者不墮三惡趣問曰如斯陀含阿那含阿羅漢亦不墮惡趣何故獨說須陀洹不墮惡趣耶答曰亦應說而不說者當知此說有餘復次沙門果各自有義如須陀洹不墮惡趣勝故說不墮惡趣斯陀含一往來勝故名一往來阿那含不還欲界勝故名不還阿羅漢更不受有勝故名更不受有以沙門果各自有義故隨義立名問曰凡夫人亦有不墮惡趣者何以不說答曰應說而不說者當知此說有餘復次凡夫人或墮惡趣

或不墮惡趣是以不説聖人必定不墮惡趣是故説之 決定者住正決定聚故名決定須陀洹義應言決定般涅槃所以者何有般涅槃因緣故譬如坏器於三重屋上投之於地未至地頃當言必破彼亦如是入究竟道者盡智無生智名道彼人有如是欲如是期心如是可 如是樂如是意近轉近彼道故言入究竟道惟受七有者問曰應受十四有若二十八有若以本有而言人中有七天中有七應有十四若以本有中有而言天中本有有七中有有七人中本有有七中有有七應有二十八何故但説七有答曰此是七數法不過於七人中亦七天上亦七本有亦七中有亦七餘經亦説三説四諦有十二行一諦有十二行四諦應有四十八行三説苦諦有十二行乃至三説道諦有十二行應有四十八行何故但説有十二行此是十二數法不離三轉十二行故餘經亦説比丘七處善三種觀義速於聖法能盡有漏彼不應但七應有三十五處善若無量處善何故但説七處善耶答曰此是七數法不離於七觀一色陰有七種乃至識陰亦七種故餘經亦説比丘我今當説二法云何二法眼色乃至意法是名二法此非一二應是六二但是二數法故不離於二此七數法不離於七亦復如是廣説如上問曰何故須陀洹惟受七有不增減耶尊者波奢説曰若增若減受於有者皆亦生疑不以疑故違於法相復次有爾許報因還受爾許報果復次以業力故惟受七有以道力故不受第八有如人爲七步蛇所螫以四

大力故能行七步以壽力故不至第八步復次若受第八有彼身中應空無聖道若空無聖道先是見諦今非見諦本是得正決定今不得正決定本是聖人今非聖人復次若受第八有者則於過去恒沙諸佛則爲外人非是內親猶如世人七世相於有親若至八世便爲外人彼亦如是復次住增上忍時除欲界七生分色無色界一一處生分餘一切生分得非數滅若法得非數滅更不復起現在前復次以惟有七生處故惟受七有七生處者謂人六欲天是須陀洹生處而於中生復次彼於七有中滿修七種道永斷七使以如是事故惟受七有不增不減如是說具受七有須陀洹天上七有人中七有者然須陀洹各有差別或有天七人六天六人五天五人四天四人三天三人二天二人一或有人七天六乃至人二天一說亦如是此中惟說具七有者故說須陀洹受於七有問曰具受七有須陀洹爲在天上爲在人中受第七有耶答曰或有說者於此生中得須陀洹即數此生爲七或有說不在七數者若如數者此說人中得道天上滿七於彼般涅槃若天上得果人中滿七即般涅槃若不數者人中得果還於人中滿七有即般涅槃天中得果還於天中滿七有即般涅槃評曰不應數初得道生在七有中所以者何彼生中有時是凡夫非是聖七若數者惟有二十七有非二十八若惟二十七有則違施設經如說須陀洹經二十八生必盡苦際欲令無如是過故不說初得道生在七有中問曰受七有須陀洹於

前六生中爲起聖道現在前不耶答曰或有說者不起若當起者應般涅槃或有說者起現在前問曰若然者何故不般涅槃答曰以業力故不般涅槃問曰若滿第七有時世無佛在家而得阿羅漢耶答曰或有說者不得雖無佛法於餘法中要當出家受其法服然後乃得或有說者在家亦得得已不住於家於餘法出家受其法服如是比有五百辟支佛住仙人山中本是聲聞天上人中者天來人中人往天中猶如世人從林至園中從園至林中彼亦如是生者生中有本有中得盡

苦際者問曰苦際爲在苦中爲在苦外若在苦中不應言苦際若在苦外世間現喩云何通猶如金籌初亦是金中亦是金後亦是金苦亦如是初亦是苦中亦是苦後亦是苦何者是苦際耶答曰或有說者阿羅漢最後陰是苦際或有說者滅盡涅槃是苦際若作是說阿羅漢最後陰是苦際者不應言苦際所以者何體盡是苦故答曰以是事故應言苦際所以者何更不生苦更不與苦相續更不造苦因是故名苦際若作是說滅盡涅槃是苦際者世間金籌現喩云何通答曰此不必須通所以者何此非修多羅毗尼阿毗曇不可以世間現喩難賢聖法所以者何賢聖法異世間法異

三不善根貪不善根恚不善根癡不善根問曰三不善根體性是何答曰有十五種貪不善根欲界五行所斷愛通六識身恚不善根五行所斷恚通六識身癡不善根欲界全四種所斷無明四種者謂集滅道修道苦諦所

斷種當分別苦諦所斷無明有十種謂與五見愛恚慢疑相應及不共法八是不善根二非不善根謂欲界身見邊見相應者問曰因是根義身見邊見相應無明是一切不善法因何故不名根耶答曰若法體是不善爲一切不善法作因者立根身見邊見相應無明雖是一切善法因體非不善是無記故是故癡不善根全是欲界四種謂集滅道修道所斷及苦諦所斷八種通六識身無明是此十五種是三不善根體乃至廣說已說體性所以今當說何故名不善根不善根是何義答曰生義養義增義是不善根義充足義饒益義滋緘義流澍不善義是不善根義尊者和須蜜說曰云何是不善根義答言不善因義是不善根義復次不善種子義是不善根義復次發起不善義是不善根義復次已生不善助生不善增益不善義是不善根義尊者浮陀提婆說曰不善元本能生不善助生不善增益不善義是不善根義問曰若因義是不善根義者前生不善五陰與後生不善五陰作因前生十不善業與後生十不善業作因前生三十四不善使與後生三十四不善使作因如是等不善法皆應是不善根此有三何異相立不善根耶尊者和須蜜答曰此是如來有餘之說略言要言爲受化者作如是說尊者波奢說曰佛決定知法根亦知勢用餘人所不知若法有不善根相立不善根無者不立尊者瞿沙說曰佛知此三法於不善法作因速疾偏重親近是故此三立不善根餘不善法無此三相故不立根復次此三

不善根於一切善法法爲元首猶如猛將勝軍在前而行以其威力故餘不善法生復次一切不善法中誰爲最勝此三法於一切不善法中名亦最勝義亦最勝是故立根復次貪不善根是不貪善根近怨對治恚不善根癡不善根是不恚不癡善根近怨對治復次以此三法是功德怨家功德者謂三善根復次以此三不善根於一切不善法作因作根作主作本所作作勢力作緣作增益作集作起處作因者猶如種子作根者令堅牢餘隨相說復次此三不善根能持不善法能使來世能生能養能增故復次以此三不善根離欲界欲時多作留難作障礙如守門者不令人入復次以此三不善根五種斷通六識身是使性能起身口業斷善根時有牢强方便五種斷者見苦斷乃至修道斷種通六識身者與眼識相應乃至意識相應使性者貪是欲愛使恚是瞋恚使癡見無明能起身口業者貪起從貪生身口業恚起從恚生身口業癡起從癡生身口業斷善根時牢强方便者如施設經說斷善根時云何而斷以何事斷答言猶如有一貪欲偏重瞋恚偏重愚癡偏重者能斷善根所以說五種斷者欲除五見及疑所以說通六識身者欲除慢所以說使性者欲除諸纏問曰如邪見能斷善根何故不立不善根答曰不善根斷善根時作方便時勢勝事成時亦勝一切善不善法方便時勢用難事成時勢用易曾聞菩薩見世間生老病死苦初發不退轉無上道心從此以後於三阿僧祇劫此心不住不退無能留難

障礙之者此心甚難非得盡智時三界善根於未來修者邪見事成時勢用勝非方便時勝是故不立不善根復次不善法斷善根時能生不善法助生不善法者立不善根貪恚癡能生不善法助生不善法邪見雖助生不善法不能生不善法復有邪見能斷善根者以諸不善根力故諸不善根先令善根羸劣微薄令其困無有勢力然後邪見能斷善根復次先作是說五種斷者立不善根邪見非五種斷不通六識身彼在意地雖是使性不能起身口業所以者何見道所斷心不與身口業俱起諸不善根所不攝不善五陰無此五事不善色陰非五種斷不通六識身非是使性不能起身口業斷善根時無牢强方便不善受陰想陰識陰煩惱所不攝相應行陰

此雖五行所斷通六識身非是使性雖能起身口業斷善根時無牢强方便不相應行陰雖五種斷不通六識身非是使性不能起身口業斷善根時無牢强方便煩惱中五見及疑非五種斷不通六識身雖是使性不能起身口業所以者何見道所斷心不與身口業俱起斷善根時無牢强方便慢雖五種斷不通六識身雖是使性能起身口業斷善根時無牢强方便纏有十種忿纏覆纏睡纏掉纏眠纏悔纏嫉纏慳纏無慚纏無愧纏睡掉無慚無愧此四雖五種斷非是使性雖能起身口業斷善根時無牢强方便眠雖五種斷不通六識身非是使性不能起身口業斷善根時無牢强方便餘纏非五種斷不通六識身非是使性或時起身口業斷善根時無牢强

方便恨很謟誑憍害此六是使垢依使而生非根本使無上五事故不立不善根復次此三不善根說是業本是業集如說迦藍摩當知貪是衆生業本是衆生業集恚癡亦是衆生業本是衆生業集復次此三不善根盡業亦盡如說貪盡業亦盡恚癡盡業亦盡復次此三不善根展轉相生展轉相助生如說從貪生恚從恚生貪於此二中亦生無明復次此三不善根能使三受如說貪使樂受恚使苦受癡使不苦不樂受問曰如此三使盡使三受何故作是說耶答曰從多分故貪多使樂受恚多使苦受癡多使不苦不樂受復次貪從樂受生以樂受爲根本多造惡業故而生多苦恚從苦受生以苦受爲根本多造惡業故而生多苦癡從不苦不樂受生以不苦

不樂受爲根本多造惡業故而生多苦復次此三不善根說是愛憎以愛憎故衆生多起諍訟天阿修羅常共鬬殺多衆生愛者是貪憎者是恚問曰此中何以不說癡耶答曰已說在此二中若當衆生有智者乃至天欲境界在前猶不共諍何況人間惡欲復次以此現初門要略始入諸煩惱盡從三分生或從愛分生或從恚分生或從癡分生佛經說婆羅門當知若人以二十一煩惱惱於心者雖修行淨心生淨想猶墮惡趣曾聞尊者曇摩哆羅一切煩惱立爲三分謂貪恚癡分此是貪分此是恚分此是癡分若說貪當知已說貪分若說恚當知已說恚分若說癡當知已說癡分如愛恚癡分親分怨分不親分不怨分有恩分無恩分不有恩分不無恩分有適

意分無適意恚分不有適意不無適意當知亦如是復次以三不善根起十惡業故墮十惡處云何三不善根起十惡業答曰佛經說殺生有三種或從貪生或從恚生或從癡生乃至邪見亦復如是施設經亦說三不善根十惡業因根廣說如上云何十惡業生十惡處佛經說修行廣布殺生之業生地獄畜生餓鬼中乃至邪見亦如是施設經亦如是說修行廣布增上殺生之業生阿毗地獄小輕者生大熱地獄轉輕者生熱地獄轉輕者生大叫喚地獄轉輕者生叫喚地獄轉輕者生衆合地獄轉輕者生黑繩地獄轉輕者生活地獄轉輕者生畜生轉輕者生餓鬼乃至邪見說亦如是是名行十惡業生十惡處復次此三不善根說是內垢如說貪爲內垢恚爲內垢癡爲內垢如內垢內怨內嫌當知亦如是復次此三不善根亦名爲增亦名爲減如說云何貪增云何恚增云何癡增云何貪減云何恚減云何癡減復次此三不善根能爲退者作重因重緣如說若比丘比丘尼自知欲心熾盛恚心熾盛癡心熾盛不能自制比丘比丘尼當知我於善法便爲衰退復次此三不善根說是煩惱障如說云何煩惱障答曰猶如有一人貪偏重恚偏重癡偏重是名煩惱障復次此三不善根說名爲塵如說是貪塵恚塵癡塵如塵穢垢箭火刺刀毒病當知亦如是問曰此三不善根云何行耶答曰若心有貪是心無恚是心有恚是心無貪癡則俱有所以者何所行各異故貪行欣踊恚行憂慼復次欲心盛時令身柔輭潤益恚心盛

時令身麤强損減復次欲令身柔輭不害前緣恚令身麤强能害前緣云何欲令身柔輭答曰欲心現在前時自身柔輭云何不害前緣答曰若於前人生愛心者晝夜觀之無有猒足云何恚心令身麤强答曰恚心現在前時令自身麤强云何能害前緣答曰若於前人生恚心者乃至不欲以眼視之此三不善根是五種斷通六識身何故五種斷若當見道斷非修道斷者修道所斷心便爲無根若當修道所斷非見道斷者見道所斷心便爲無根何故通六識身若在意地不在五識身者此五識心便爲無根若在五識身不在意地者此意地心便爲無根一切不善心以此爲根與不善欲俱心有二種根謂貪及相應無明恚俱亦如是癡俱心及餘煩惱俱心有一根謂無明也問曰根有多名或說身見是根或說世尊是根或說欲是根或說不放逸是根或說自體是根此諸根名有何差别答曰身見是根者以身見計我我所便生諸見世尊是根者以所說故雖此煩惱出要縛解增長寂滅如是等法皆從佛出是故爲根欲是根者以能集善法故所以者何若有欲心能集善法若無欲心不能集善法是故以欲爲根不放逸是根者以能守護善法若放逸者不能守護善法若不放逸則能守護善法是故不放逸爲根自體是根者以自體不捨自性是故自體爲根問曰若然者無爲法亦是自體根所以者何不捨自性故答曰若以此義不捨自性爲根者無爲法亦不捨自體爲根復有何過復有欲去如是過而作是説

自體是根者以相似因是自體根能生他故問曰若然者苦法忍及眷屬便爲無根所以者何無相似因故答曰雖不從相似因生而能與他作相似因無爲法亦不從相似因生亦不能與他作相似因評曰應作是說以不捨自性故名自性根根見根乃至自體根是名差別

阿毘曇毘婆沙論卷第三十六

音釋

梔於華切轅前橫木也　拘絺羅梵語也此云大膝絺音癡　靷以忍切車靷也　愈以主切病瘳也　捷疾葉切敏疾也　跋蒲撥切　杌五骨切木無枝也　踊余隴切跳躍也　坏普杯切燒瓦器也　螫施隻切行毒也　金籌籌直由切壺矢也以金作之曰金籌　澍之戍切霖霔也

阿毘曇毘婆沙論卷第三十七

迦旃延子造
北涼沙門浮陀跋摩共道泰譯

使揵度不善品第一之三

三漏欲漏有漏無明漏問曰此三漏體性是何答曰有百八種欲漏有四十一種欲愛有五種恚有五種慢有五種見有十二種疑有四種纏有十種此四十一種是欲漏體有漏有五十二種愛有十種慢有十種疑有八種見有二十四種此五十二種是有漏體無明漏有十五種欲界無明有五色界無明有五無色界無明有五此十五種是無明漏體此百八種是三漏體亦名百八煩惱波伽羅那經亦說云何欲漏答曰除欲界繫無明諸餘欲界繫結縛使垢纏是名欲漏云何有漏除色無色界繫無明諸餘色無色界繫結縛使垢纏是名有漏云何無明漏答言三界無知是名無明漏無明漏是三界無知如是說者好若作是說云何無明漏答言緣三界無知作是說者則不攝無漏緣使所以者何無漏緣使不緣在三界法問曰身口惡行爲是煩惱爲非煩惱若是煩惱此中何故不說若非煩惱識身經說云何通如說身口惡行是不善非結非使非縛是煩惱非纏應捨應斷應知能生苦報故或有作是答者是煩惱體若然者識身經說善通此中何以不說答曰應說身口惡行在欲漏中欲漏有四十三種而不說者有何意耶答曰若法體是煩惱體亦是纏說在欲漏中身口惡行雖是煩惱而體非纏是故不說在欲漏中復有說者身口惡

行體非煩惱是以不說在欲漏中問曰若然者識身經說云何通答曰識身經文應如是說身口惡行是不善非結非縛非使非煩惱非纏應捨應斷應知生苦報故而不說者有何意耶答曰身口惡行雖非煩惱爲煩惱所惱故說是煩惱問曰若非煩惱爲煩惱所惱說是煩惱者非結爲結所繫何故不說是結非繫爲縛所縛何故不說是縛非使爲使所使何故不說是使非纏爲纏所纏何故不說是纏耶答曰應說而不說者當知此說有餘復次欲現種種說種種文若以種種說種種文莊嚴於義義則易解復次爲現二種門二種略二種始入二種炬二種相貌二種文影二種俱通故如非煩惱爲煩惱所惱說是煩惱非結爲結所繫說是結乃至非纏爲纏所纏說是纏如非結爲結所繫不說是結乃至非纏爲纏所纏不說是纏如是非煩惱爲煩惱所惱應說非煩惱是故現二種門乃至現二種俱通此是漏體乃至廣說

已說體性所以今當說何故名漏漏是何義答曰留住義是漏義浸漬義是漏義流出義是漏義持義是漏義在內義是漏義醉義是漏義放逸義是漏義留住義是漏義者誰令衆生留住欲色無色界耶答曰漏也浸漬義是漏義者如於槽中浸漬種子其芽便生如是衆生以業種子浸漬煩惱槽中便生未來有芽流出義是漏義者如泉出水乳房出乳如是衆生於六入門流出諸漏持義是漏義者如人爲他人所持則不能隨意遊行四方如是衆生爲煩惱所持於諸界諸趣諸生生

死法中不能自出在内義是漏義者如人鬼在身内故不應説而説不應作而作不應取而取不應觸而觸衆生亦爾煩惱鬼在内不應説而説不應作而作不應觸而觸醉義是漏義者如人飲根莖枝葉華藥等酒則便醉亂無所覺知衆生亦爾飲煩惱酒便無所知放逸義亦如是是故留住義是漏義乃至放逸義是漏義聲論者説曰漏名阿羅婆阿亦言分齊羅婆亦言漏如説天雨分齊至婆吒梨城布施分齊至旃陀羅如是有漏分齊至於有頂問曰若留住義是漏義者業亦令衆生留住生死如説二因二縁而有生死亦令增長謂業煩惱業與煩惱共爲生死種子是以生死難斷難壞而不歳没若人或八歳或十歳得阿羅漢從是已後百年壽中煩惱永

斷以業力故留住生死何故唯説煩惱是漏不説業耶答曰以煩惱是業根不可不斷煩惱而捨於業是故説煩惱爲漏不説於業復次煩惱能造業猶能生報如以濕泥團打於壁上以濕故著乾猶不墮是濕時力如是衆生有煩惱故造業煩惱雖斷業猶生報復次業是壞法業或令衆生留住生死業或爲生死而作對治煩惱非是壞法但爲衆生作留住法復次煩惱盡故能得涅槃不必業盡阿羅漢業其猶如山然更不受有於無餘涅槃界而般涅槃以是等諸因縁故説煩惱是漏不説於業

問曰何故欲界諸煩惱除無明立欲漏色無色界諸煩惱除無明立有漏無明立無明漏耶答曰先作是説留住義是漏義欲界衆生

所以留住欲界者以期心於欲喜樂於欲染著於欲專求於欲以是事故欲界諸煩惱除無明立欲漏色無色界眾生所以留住色無色界者以期心於有乃至專求於有以是事故色無色界諸煩惱除無明立有漏欲界眾生所以留住以無明故色無色界眾生所以留住以無明故是故三界無明立無明漏復次欲界雖有然眾生多求於欲以多求欲故欲界諸煩惱除無明立欲漏色無色界無有欲然彼眾生多求於有以求有故色無色界諸煩惱除無明立有漏諸求欲求有皆因無明以是事故三界無明立無明漏復次若界有成有壞是界煩惱除無明立欲漏若界有成無壞是界煩惱除無明立有漏三禪以下雖有成有壞第四禪及無色界有成無壞若界有成有壞眾生留住亦因無明若界有成無壞眾生留住亦因無明是故三界無明立無明漏復有別說有漏者何故名有漏答曰以眾生於此處求彼有不於彼處求此有譬喻者說二漏謂無明漏有愛漏所以者何以此二結是根本使故無明是過去緣起因有愛是未來緣起因問曰若然者云何具三漏耶答曰彼作是說愛有二種或不善或無記或有報或無報或生一果或生二果或無慚無愧相應或不相應諸不善有報生二果無慚無愧相應愛立欲漏以愛故諸餘煩惱除無明使亦名欲漏諸無記無報生一果不與無慚無愧相應愛立有漏以愛故諸餘色無色界煩惱除無明使亦名有漏問曰何故以愛故欲界諸煩惱除無明使立欲漏色無色

界以愛故色無色界諸煩惱除無明使立有漏答曰以愛故界有差別地有差別種有差別生諸煩惱廣解如愛處説問曰何故三界無明立無明漏尊者波奢説曰佛決定知法相亦知勢用餘人所不知若法堪任獨立漏者便獨立漏若法不堪任獨立漏者彼合集爲漏復次留住義是漏義更無有結留住衆生如無明者尊者瞿沙説曰佛知速疾偏重親近留住衆生莫若無明是故獨立無明漏復次以因無明有貪有恚有癡復次無明能令衆生於前際愚後際愚前後際愚於内法愚外法愚内外法愚不知業不知報不知業報不知作善行不知作惡行不知作善惡行不知因不知從因生法不識佛不知法不識僧不知苦集滅道不知有過不知無過不知親近處不知不親近處不知好惡白法黑法不知總別不知因緣生法不如實知見六觸處法復次以無明難離是大過患愛雖難離而非大過患恚雖大過患而非難離無明是大過患亦難可離復次無明説在前法如説無明在前爲相故生諸惡不善法無有慙愧復次無明自體是重所作亦重自體重者與一切使俱亦有不共者所作重者與一切使俱作業亦有不共作業者復次無明説是根本如偈説

今世若後世　所以墮惡道　無明爲根本
亦因於貪欲

復次無明説名揠祇有虵名揠祇自身盲生子亦盲所螫之處亦令他盲無明亦爾自盲亦令相應法盲於衆生身中亦能令盲復次

無明在三界緣一界生愚謂無色界在九地緣一地生愚謂非想非非想處四陰有九種緣一種生愚謂下下種問曰如所說餘地界一切遍使所作亦爾如邪見在三界緣一界謗無無色界謂無色界四陰見取在三界緣一界計最勝謂無色界四陰戒取在三界緣一界計能淨謂無色界四陰疑在三界緣一界生猶豫謂無色界四陰地種說亦如是無明有何異事耶答曰雖同是事而無明更有異義所以者何欲界他界緣一切遍無明使有九種七與他界緣遍使相應二是不共一一無明復有九種上上乃至下下如欲界無明色無色界無明亦如是如欲界地乃至非想非非想處地亦如是以無明有如是無量門無量處所令衆生愚是故三界無明獨立無明漏復次無明在前普遍通一切處在前者爲無明所覆於苦不忍不可不欲聞說於集滅道亦爾猶如飢餓之人食惡食飽彼雖得美食而不忍可如無明惡食先在衆生身中彼雖遇四諦美妙之食而不忍可以不忍可故於謗便生疑心爲有是苦爲無是苦乃至爲有是道爲無是道如是因無明生於疑心必當決定若遇正說得正決定言有苦集滅道若遇邪說得邪決定言無苦集滅道如是疑心生於邪見彼作是念若無苦集滅道應當有我如是邪見生於身見復作是念此我爲斷爲常若見我相似相續便謂是常是名常見若見我破壞不相續便謂爲斷是名斷見是二見名爲邊見如是身見生於邊見於此三見一一計能淨能見能淨能得解脫

能出要是名戒取如是邊見生於戒取彼作是念此見能淨能解脫能出要者此見便爲第一是名見取如是戒取生於見取自可所見生愛不可他見生恚於諸見起高是慢是名無明生使使生纏纏者十纏謂忿乃至無愧忿纏嫉纏依於恚覆纏或有說依於愛者所以者何以愛故覆藏其罪或有說依無明所以者何以無知故覆藏其罪睡纏眠纏無慚纏依無明掉纏慳纏無愧纏依愛悔纏依疑六使垢亦依於使佷使垢害使垢依恚佷使垢依見取誑使垢高使垢依愛諂使垢依五見無明生如是等諸煩惱是故說在前普遍者從阿毗地獄上至有頂於中盡有通一切處者不以一剎那頃能爲一切五行作因緣一切五行所斷使一切五行所斷以通一切處故一切遍中他地一切遍中緣有漏中緣無漏中緣有爲中緣無爲中如是等處皆有與一切煩惱共俱共合如油在麻中膩在摶中以無明在前普遍通一切處是故三界無明立無明漏

佛經說以不正思惟未生欲漏令生已生欲漏令增廣有漏無明漏亦如是問曰有爾所煩惱生即爾所煩惱滅所以者何前後不俱生故云何欲漏生而得增廣答曰以下中上故說名增廣下煩惱爲中作緣中爲上作緣以下中上作緣故名增廣復次與次第緣故名爲增廣若前煩惱未生則不與後煩惱作次第緣若生者作緣復次若前煩惱未生則不與後煩惱作相似因一切徧因若生者作相似因一切徧因復次若煩惱未生則不能

與果取果若生則能取果與果尊者和須蜜說曰佛經說不正思惟故便生欲漏已生欲漏能令增廣有漏無明漏亦如是問曰此煩惱爲多不耶答言不多煩惱未生而生已生復生故名增廣復次煩惱不多說名增廣未來有煩惱生已生不更名未來故名增廣復次煩惱不多說名增廣以數數生故若一煩惱生不正思惟不依對治則二生三生乃至百生千生復次煩惱不多說名增廣但以數數生轉重故生下煩惱不正思惟不依對治便生於中中便生上復次煩惱不多說名增廣但轉行境界故如緣色生煩惱不正思惟不依對治復緣聲香味觸法生尊者佛陀提婆說曰於一生中多行煩惱說名增廣具縛之人煩惱無有增減一切衆生煩惱悉等等生阿毗地獄上至有頂但諸煩惱有多行者有少行者誰多行耶諸不正思惟不依對治者誰少行耶諸正思惟依對治者

佛經說此七漏常爲損害能生熱惱及諸憂苦或有漏是見道斷乃至廣說問曰實義有三漏謂欲漏有漏無明漏何故說七漏耶答曰世尊以漏具說漏如處處經中說彼具是漏彼廣說如上此亦如是漏具說漏尊者波奢說曰佛說三漏竟更有異衆生來在會中佛憐愍故即以此義更以異句異文令彼來衆堪任受化故說七漏復次利根者已解爲鈍根者作如是說如利根鈍根因力緣力内力外力依内正思惟力依外聞法力當知亦如是尊者富樓那耶奢說曰佛經實義說二漏謂見道所斷漏修道所斷漏見道所斷漏

即自名說修道所斷漏以對治名說彼對治有二種一須臾對治二根本斷對治初五種說是須臾斷對治後一種說是根本斷對治佛經說若有如是知如是見於欲漏心解脫於有漏無明漏心解脫問曰如離欲愛時欲漏心得解脫離非想非非想處愛時有漏無明漏心得解脫佛何故於一時中說於三漏心得解脫答曰已解脫說令解脫如言大王從何處來已來說來廣說如上復次此二法是俱一時滅故更不復現而作是說俱者謂欲漏無明漏有漏無明漏離欲愛時雖斷其俱而未永滅離非想非非想處愛時其俱永滅復次通證故作如是說離欲界欲時證欲漏斷離非想非非想欲時通證三漏斷復次同證一味解脫得故離欲時證欲漏一味解脫得離非想非非想愛時證三漏一味解脫得復次以滅作證故而作是說如說得阿羅漢果時證九十八使滅復次阿羅漢得法智故而作是說學人得法智是欲界對治離非想非非想處欲時無學得法智是欲界對治復次無學人得無學離縛故而作是說離欲界欲時學人得離縛離非想非非想處欲時無學人得離縛復次斷不相續還相續故而作是說衆生無有前際數數斷欲漏還與有漏無明漏相續若離非想非非想處欲時相續法更不相續復次緣不具故作如是說衆生不說前際有漏無明漏與欲漏作三緣謂次第境界威勢緣若離非想非非想處欲時則緣不具復次爲過患對治故而作是說行者離非想非非想處欲時於欲漏生過患想

言其穢惡而捐棄之此漏無始巳來常隱没我常欺誑我今巳脱欲漏有漏無明漏是故爲過患對治而作是説問曰如阿羅漢五陰得解脱世尊何以但説心得解脱答曰世尊以心爲首説心得解脱五陰亦得解脱復次以心名勝義亦勝故彼聚中何者最勝心是最勝猶如王與眷屬俱走人但言王走彼亦如是復次以心故數法名心數以心大故數法名大地復次證他心智通時無礙道中雖縁於心不縁心數廣説如心處説

四流欲流有流見流無明流問曰四流體性是何答曰有百八種欲流有二十九種愛有五種恚有五種慢有五種疑有四種纒有十種有流有二十八種愛有十種慢有十種疑有八種見流有三十六種欲界有十二種色界有十二種無色界有十二種無明流有十五種欲界有五種色界有五種無色界有五種此百八種是四流體乃至廣説亦名百八煩惱

巳説體性所以今當説何故名流流有何義答曰漂義是流義流下義是流義墮義是流義漂義是流義者漂諸衆生墮在諸界諸趣諸生生死中流下義是流義者流下諸衆生諸界諸趣諸生生死中墮義是流義者墮諸衆生諸界諸趣諸生生死中問曰若漂義流下義墮義是流義者上分結則無上分義所以者何上分結令諸衆生趣上向上使上生相續答曰上分義異流義異以界故立上分結所以者何此結令諸衆生趣上向上使上生相續以解脱正行聖道善法分故説流所

以者何衆生雖生有頂中猶爲流所漂不至解脫正行聖道善法分故是故尊者瞿沙作如是說雖久生上地猶爲流所漂爲枙所枙尊者婆摩勒說曰以數數現行增上煩惱故名流

問曰何故諸見流中立見流枙中立見枙取中立見取漏中何故不立見漏尊者波奢說曰佛決定知法相亦知勢用餘人所不知若法堪能別立者便別立之若法合集堪能立者便合集立之復次諸見輕躁所行猛利不住一處留住義是漏義與諸愚鈍久住煩惱合故立漏諸見隨順漂義立在流中漂諸衆生墮在諸界諸趣諸生生死中是故別立見流猶如一車駕以二牛性俱躁疾其車必破若一遲一疾則相持御其車不破彼亦如是復次此諸見其性躁動隨順離欲法不隨順留住法留住義是漏義與諸愚鈍久住煩惱合故立漏隨順漂義故立流問曰若諸見性躁動隨順離欲法何故立見流耶答曰爲外道故諸外道伺求諸見於生死中而轉覆沒譬如老象墮泥若欲動身求出轉復覆沒彼亦如是毗婆闍婆提立諸見爲見漏說有四漏謂欲漏有漏見漏無明漏如我等欲流彼爲欲漏乃至我等無明流是彼無明漏彼雖作是說亦不須問亦不須答

四枙欲枙有枙見枙無明枙如說流枙亦如是體無有異而義有異漂義是流義繫義是枙義衆生爲流所漂爲枙所繫負生死車如牛以鞙繫枙鞅以杖捶之然後挽車彼亦如是是故諸經諸論中說流後次說枙

四取欲取見取戒取我語取問曰四取體性是何答曰有百八種欲取有三十四種愛有五種恚有五種慢有五種無明有五種疑有四種纏有十種見取有三十種欲界有十種色界有十種無色界有十種戒取有六種欲界有二種色界有二種無色界有二種我語取有三十八種愛有十種慢有十種無明有十種疑有八種此百八種是四取體乃至廣說亦名百八煩惱

已說體性所以今當說何故名取答曰以三事故名取一以屬故二以攝持故三以選擇故復次以二事故名取一能熾然業二體性猛利熾然業者令五趣衆生諸業常然體性猛利者以黠慧故取是何義薪義是取義纏裹義是取義刺害義是取義薪義是取義者如緣薪故火熾衆生亦爾因煩惱故業火然纏裹義是取義者如蠶以繭自裹即於中死如是衆生以煩惱自裹惡趣中死刺害義是取義者如利刺入身而爲惱害取刺刺於法身亦復如是是故薪義纏裹義刺害義是取義問曰何故漏中立無明漏流中立無明流梔中立無明梔取中何故不立無明取尊者波奢說曰世尊決定知法相亦知勢用餘人所不知若法堪任獨立者便獨立之若法合集堪任立者便合集立之復次先作是說以三事故一以屬故二以攝持故三以選擇故無明雖有屬義攝持義無選擇義所以者何猛利者能選擇無明不猛利復次先作是說以二事故名取一熾然業二所行猛利無明雖能熾然業所行不猛利以愚小不猛利不

決定故

問曰何故五見中四見立見取一見立戒取尊者波奢說曰世尊決定知法相亦知勢用餘人所不知若法堪任獨立取者便獨立之若法合集堪任立者便合集立之復次先作是說以二事故名取一能熾然業二所行猛利戒取一見熾然五趣衆生業與餘四見等尊者瞿沙說曰佛知戒取一見速疾偏重親近熾然衆生業非餘四見是故獨立戒取取復次以戒取與道競故遠於解脫與道競者捨八正妙道行種種苦行以爲淨想如不食臥灰向日曝身服氣飲水食果裸形臥柴棘上著弊衣等遠解脫者以修邪道故轉遠解脫復次以戒取能欺誑二種人故謂內道外道云何欺誑內道如洗手足行十二頭陀以爲淨想云何欺誑外道如自餓臥灰種種苦行以爲淨想是以尊者瞿沙作如是說如是等淨行皆是世間所行現見之法欺誑內道外道如欺誑小兒

阿毘曇毘婆沙論卷第三十七

音釋

浸漬　浸子鴆切漸也　漬疾智切潤也　擭祇　擭莫辦切　擭祇蛇名　鞅　於兩切牛羈也　搊　楚鴆切手搊也　蠶繭　蠶徂含切　繭古典切　曝　步木切日乾也　裸　郎果切赤體也

阿毘曇毘婆沙論卷第三十八

迦旃延子造

北涼沙門浮陀跋摩共道泰譯

使揵度不善品第一之四

問曰何故說我語取爲以所行故爲以境界故若以所行爲我語取者身見亦應是我語取所以者何行我行故若以境界者境界中無我或有作是答者不以所行故亦不以境界故若以所行是我語取者身見應是我語取所以者何行我行故亦不以境界境界中無有我故但欲界諸煩惱除見餘立欲取色無色界諸煩惱除見立我語取問曰何故欲界諸煩惱除見不立欲取色無色界諸煩惱除見立我語取答曰欲界諸煩惱因欲造自身時須俱須境界須具色界諸煩惱造自身時不因欲不須俱不須境界不須具復次欲界諸煩惱因欲故生因境界故生因具故生因他故生樂色無色界諸煩惱不因欲不因境界不因具不因他生樂但因我生復次欲界諸煩惱不因定能造自身亦因內物亦因外物色無色界諸煩惱因定造自身因內物不因外物復次欲界諸煩惱不能造廣大自身亦不久遠相續色無色界諸煩惱能造廣大身久遠相續如阿迦膩吒大身長萬六千由旬是故欲界諸煩惱除見立欲取色無色界諸煩惱除見立我語取

佛經說此四取皆以無明爲本因無明生因無明集問曰如諸經說皆愛緣取此中何故說無明爲本乃至廣說答曰以近因故說愛緣取以遠因故說無明爲本因集如近遠在

此在彼俱不俱此身他身說亦如是復次以相似因故說愛緣取以相似因一切徧因故說無明爲本因集復次爲諸外道故作如是說諸外道無有居家亦不積聚不貪著境界作諸惡行故墮於惡趣以無明故染著諸見墮於惡道問曰如愛攝在取中何以說愛緣取耶答曰始生愛名愛增廣名取故名愛緣取復次下者名愛上者名取

四縛貪身縛恚身縛戒取身縛見取身縛問曰四縛體性是何答曰有二十八種貪身縛是欲愛有五種通六識身恚身縛有五種通六識身戒取身縛三界有六種見取身縛三界有十二種此二十八種是四縛體乃至廣說已說體性所以今當說何故名縛縛有何義答曰繫義是縛義相續義是縛義繫義是縛義者此四縛等繫衆生繫已復繫集法經亦說若不斷貪不知貪皆是一切處受身因緣等繫衆生繫已復繫譬如善巧繫花鬘師花鬘弟子以種種花積集於前然後經縷作種種鬘縷是花因亦是花緣等繫諸華繫已復繫彼亦如是恚身縛戒取身縛見取身縛說亦如是相續義是縛義者如經說以三事合故入母胎一父母俱有染心二其母無病亦復值時三受身者現在前或有欲心或有恚心以是事故相續義是縛義問曰若繫義是縛義者縛所不攝餘煩惱亦繫衆生於生死中等縛縛已復縛四縛有何異義世尊別立縛耶答曰此是世尊有餘之說乃至廣說尊者波奢說曰世尊決定知法相亦知勢用餘人所不知若法有縛相者立縛無者不立

尊者瞿沙說曰佛知四縛等繫衆生繫已復繫速疾偏重親近非餘煩惱是故立縛復次此縛於諸煩惱偏繫在家出家貪身縛恚身縛偏繫在家人戒取身縛見取身縛偏繫出家人如在家出家有家無家有積聚無積聚當知亦如是復次四縛偏重繫縛三界衆生貪身縛恚身縛偏重繫縛欲界衆生戒取身縛見取身縛偏重繫縛色無色界衆生復次此四縛是二種使鬬諍根本貪身縛恚身縛能起愛恚使鬬諍根本戒取身縛見取身縛能起見使鬬諍根本如經說執杖持澡鑵婆羅門往詣尊者迦旃延所作如是問何因何緣刹利還共刹利鬬婆羅門還共婆羅門鬬毗舍還共毗舍鬬首陀還共首陀鬬彼尊者答言婆羅門彼因貪著欲愛故刹利還共刹利鬬乃至首陀首陀共鬬又問出家之人無有居家無所積聚以何因緣而共鬬耶迦旃延答曰以各於所見而起愛著如二鬬諍根本二邊二箭二戲論二道當知亦如是復次此現門現略現始入諸煩惱或見道斷或見道修道斷若說戒取身縛見取身縛當知已說見道所斷諸煩惱若說貪身縛恚身縛當知已說見道修道所斷諸煩惱復次諸煩惱或是一切遍或非一切遍若說後二身縛當知已說一切遍煩惱若說前二身縛當知已說非一切遍諸煩惱復次諸煩惱或是見性或非見性若說後二身縛當知已說見性諸煩惱若說前二身縛當知已說非見性諸煩惱復次諸煩惱或凡夫人所行或凡夫聖人所行若說後二身縛當知已說凡夫所行諸

煩惱若說前二身縛當知已說凡夫聖人所行諸煩惱復次諸煩惱或性欣踊或性憂慼若說恚身縛當知已說憂慼諸煩惱若說餘身縛當知已說欣踊性諸煩惱是故說爲現門現略現始入

五蓋欲愛蓋恚蓋睡眠蓋掉悔蓋疑蓋問曰蓋體性是何答曰有三十種欲愛蓋有五種通六識身恚蓋有五種通六識身睡掉俱在三界五種斷通六識身是不善無記不善者立蓋無記者不立有十種眠在欲界五行所斷是意地是善不善無記不善者立蓋善無記不立有五種悔是欲界修道所斷在意地是善不善不善者立蓋善者不立有一種疑在三界四種所斷在意地是不善無記不善者立蓋無記不立有四種此三十種是五蓋

體蓋有何相尊者和須蜜說曰體即是相相即是體諸法不可離體別說於相復次專求欲是欲愛相於衆生生恚害是恚相令身心覆没是睡相不動是眠相不休息是掉相剋心悔是悔相心於所行不決定是疑相已說蓋體相所以今當說何故名蓋蓋是何義答曰障義是蓋義破義是蓋義壞義是蓋義墮義是蓋義卧義是蓋義障義是蓋義者障於聖道及聖道方便善根如經說比丘當知此五種樹名爲大樹種子雖小而枝體大覆餘小樹令餘小樹破壞墮卧云何爲五一名于闍那二名迦毗多羅三名阿濕婆多四名優曇跋羅五名尼拘陀諸小樹爲此諸大樹所覆不能生於花菓如是衆生欲界心樹爲蓋所覆不能生覺意華及沙門果是故障義是

蓋義破義壞義墮義臥義是蓋義問曰若障聖道及聖道方便善根是蓋義者蓋所不攝餘煩惱亦障聖道及聖道方便善根亦應是蓋此諸煩惱有何異義世尊獨立蓋耶答曰或有說者此是世尊有餘之說乃至爲受化者故尊者波奢說曰佛決定知法相亦知勢用餘人所不知乃至廣說尊者瞿沙說曰佛知此五蓋乃至障衆生聖道及聖道方便善根非餘煩惱復次此蓋亦障因時亦障果時因時障者五蓋一一蓋現在前時則不得生有漏善心及不隱没無記心何況聖道及聖道方便善根果時障者以五蓋果故生惡趣中則障一切諸善功德復次此五蓋欲界衆生數數行行時微細欲界所有衆生行慢者甚少如生地獄中能起是慢我受苦勝他耶畜生中如蝦蟇等以愚癡故不能起諸見是故尊者瞿沙作如是說一切煩惱盡障聖道與聖道相違但五蓋數數行行時微細世尊立蓋復次此蓋爲定及爲定果而作留難復次此蓋障三界離欲法障九斷知無漏果障四沙門果復次欲愛蓋遠離欲愛寂滅法恚蓋遠離恚寂滅法睡眠蓋遠離慧法掉悔蓋遠離定法遠離欲愛恚寂滅定慧故令疑箭在心中生爲有善惡業報爲無耶復次愛恚壞於戒身睡眠壞於慧身掉悔壞於定身壞三種身故疑心猶豫爲有善惡業報不耶如壞三戒害三戒亦如是如三戒三修三淨亦如是復次此現門現略現始入此諸煩惱或一種斷或四種斷或五種斷若說悔當知已說一種斷者若說疑當知已說四種斷者若

說餘者當知已說五種斷者復次此語煩惱或見道斷或修道斷或見道修道斷若說疑當知已說見道斷者若說悔當知已說修道斷者若說餘當知已說見道修道斷者問曰蓋名有五體有幾耶答曰名有五體有七欲愛蓋名有一體有一恚蓋疑蓋亦如是睡眠蓋名有一體有二掉悔亦爾是爲五蓋名有五體有七 如名體數體名異體異名異相體異根分別名分別體知名知體當知亦如是問曰何故欲愛蓋恚蓋疑蓋一體立蓋睡眠掉悔二體立蓋尊者波奢說曰佛決定知法相亦知勢用餘人所不知乃至廣說復次若是使性亦是纏性者一體立蓋若是纏性非是使性二體立蓋復次有滿足煩惱不滿足煩惱滿足煩惱者謂結縛使垢纏與此相違名不滿足諸滿足者一體立蓋不滿足者二體立蓋復次以三事故立蓋一食一對治一等重擔欲蓋以何爲食答曰食於淨想以何爲對治答曰不淨以一食一對治故一體立蓋恚蓋以何爲食答曰以害相爲食以何爲對治答曰以慈以一食一對治故一體立蓋疑以何爲食答曰以於世相猶豫爲食以何爲對治答曰以觀緣起法以一食一對治故一體立蓋睡眠以何爲食答曰以五法爲食一瞪瞢二愁憒三欠呿四食不消化五心悶以何爲對治答曰以慧以五食一對治故二體立蓋掉悔以何爲食答曰以四法爲食一念親屬二念國土三念不欲死四念曾所更喜笑遊戲種種樂事以何爲對治答曰以定以四食一對治故二體立蓋等重擔者欲愛

蓋恚蓋疑蓋一體能負蓋義重擔睡眠掉悔蓋二體能負蓋義重擔猶如村中事務一人能辦則立一人一人不能辦者則立多人亦如以椽蓋屋强者用一弱者用二彼亦如是是故一食一對治一等重擔者立一蓋問曰何故世尊先說欲愛蓋次說恚蓋後說疑蓋答曰如是說者則文隨順復次若作是說師授則易弟子受亦易復次隨順生時故蓋生時先生欲愛後生恚疑是故世尊後說恚疑尊者和須蜜說曰愛著妙境界故生欲愛蓋失妙境界故生恚蓋失妙境界心没故生睡蓋睡覆心故生眠蓋從眠起生掉蓋掉心生悔悔隨順疑蓋便生

佛經說五蓋或復有十問曰五蓋云何或時有十答曰以三事故一以緣内緣外二以體性三以善不善法緣内緣外者欲愛體有緣内生有緣外生内外生愛俱亦是蓋亦障於慧不生菩提不到涅槃恚蓋亦如是體性者睡眠掉悔蓋亦障於慧不生菩提不到涅槃以善不善法者有疑於善法猶豫有疑於不善法猶豫俱是疑蓋亦障於慧不生菩提不到涅槃以是三事故立蓋或說有十

七使中慢使見使無明使一切色無色界使不立蓋問曰何故慢使不立蓋答曰蓋覆没於心慢令心高問曰無明何故不立蓋答曰等負重義是蓋義無明負重偏多問曰見使何故不立蓋答曰蓋能滅慧見體是慧不可以慧滅慧如是因論生論如蓋能滅一切善心心數法此中何以但說滅慧答曰以慧名勝義亦勝故彼聚中誰爲最勝慧爲最勝若

滅於慧何況餘者猶如健夫能害千人敵者何況餘小者問曰何故色無色界使不立蓋答曰以無蓋義故是以不立復次蓋障礙三界離欲法色無色界煩惱不障礙三界離欲法復次蓋障礙九斷知果無漏道色無色界煩惱不障礙九斷知果無漏道復次蓋能障礙四沙門果色無色界煩惱不能障礙四沙門果復次蓋前爲定作留難色無色界煩惱不爲定作留難復次蓋能障礙三道謂見道修道無學道色無色界煩惱不障礙三道復次蓋能障礙三根謂未知欲知根知根已知根色無色界煩惱不障礙三根如三根三種菩提三種慧三種戒三種身三修三淨當知亦如是復次蓋一向不善色無色界煩惱非不善如是因論生論何故惟立不善爲蓋答

曰以對善法聚故世尊獨立不善爲蓋如經說比丘何等是善法聚應答四念處是若問誰是其對應答不善法聚是若問何者是不善法聚應答五蓋是是故尊者瞿沙作如是說欲界衆生數數行此煩惱行時微細不覺是過是故爲於衆生說名不善

佛經說無明覆愛結縛愚者所行聰明亦然問曰如無明亦能覆亦能繫愛亦能覆亦能繫何故說無明能覆不說繫說愛能繫不說覆答曰應說而不說者當知此是如來有餘之說復次欲以種種說種種文莊嚴於義若以種種說種種文莊嚴於義義則易解復次欲現二門如說無明是覆愛亦是覆如說愛是繫無明亦是繫是故欲現二門乃至廣說復次先作是說障義是蓋義更無有使障衆

生慧眼與無明等繫義是結義更無有使繫於衆生如愛結者如衆生爲無明所盲愛結所繫以盲以繫故不能得趣涅槃此中應說二賊喻是故尊者瞿沙作如是說無明盲衆生愛能繫是以不善法得生是中應說二賊喻復次從多分故無明多覆衆生愛多繫衆生復次無明覆義多愛繫義多

五結愛結恚結慢結嫉結慳結問曰此五結體性是何答曰有三十七種愛結三界有十五種慢亦如是恚結有五種嫉結慳結欲界修道所斷有二種此三十七種是五結體乃至廣說已說體性所以今當說何故名結結有何義答曰繫義是結義廣說如三結處五下分結欲愛結恚結身見戒取疑問曰五下分結體性是何答曰有三十一種欲愛結有五種通六識身恚結有五種通六識身身見三界見苦所斷有三種戒取三界見苦見道所斷有六種疑三界見苦集滅道所斷有十二種此三十一種是五下分結體乃至廣說已說體性所以今當說何故名下分結下分結有何義答曰下界所行故名下復次下界所斷能令下生相續能生下報果依果以是事故名下分結下界者是欲界問曰若然者一切煩惱盡下界所行六十四使是下界所斷三十六是欲界繫二十八是非想非非想處繫三十六能令下界生相續三十四能生下界依果報果二唯生依果如是等煩惱皆有下分義何故世尊惟說五結是下分結尊者波奢說曰佛世尊決定知法相亦知勢用餘人所不知乃至廣說尊者瞿沙說曰佛知

此五下分結速疾偏重親近下界所行下界中斷令下界生相續能生下界依果報果非餘煩惱是故說下分結復次有二種下一界下二衆生下界下者是欲界衆生下者是凡夫分衆生所以不能出下界者爲是何過皆是欲愛結恚結過衆生所以不能過下凡夫分者皆是身見戒取疑過如說下界下地亦如是復次此五下分結於欲界衆生猶如獄卒伺捕之人欲愛結恚結猶如獄卒身見戒取疑猶如伺捕之人譬如有人閉在獄中令二人守之使不得出令三人伺捕此人若以親友若以眷屬若以錢財若以傷害獄卒而走出者乃至遠去汝等三人必當將還閉在獄中獄如欲界被閉人如凡夫二獄卒如欲愛結恚結身見戒取疑如三伺捕人或有衆生以不淨觀傷害欲愛結慈觀傷害恚結離欲界欲乃至無所有處欲生非想非非想處身見戒取疑還復將來閉在欲界獄中是故尊者瞿沙作如是說若不斷二法則不出欲界不斷三法則還生欲界尊者婆摩勒說曰以爲二種結所縛故不出欲界不斷三結故必還生欲界復次此是現門現略現始入此諸煩惱或一種斷或二種斷或四種斷或五種斷若說身見當知已說一種斷者若說戒取當知已說二種斷者若說疑當知已說四種斷者若說愛恚當知已說五種斷者若問愛恚何以立下分結中應答如不善根中若問何以說三結立下分結中應答如三結中佛經說告諸比丘汝等受持我所說五下分結耶爾時長老摩勒迦子在會中坐即從座

起偏袒右肩合掌向佛而白佛言我受持世尊所説五下分結佛問摩勒迦子汝云何受持我所説五下分結耶彼答言世尊説欲愛是下分結我受持之説恚身見戒取疑是下分結我受持之佛告之言愚人汝若如是受持我所説者外道異學當呵責汝如嬰孩小兒仰卧牀中尚無欲心況爲欲蓋所覆雖不欲蓋所覆亦不得言不爲欲使所使廣説如經彼嬰孩小兒於色不識欲心乃至不識法可言無有使耶問曰佛經説五下分結彼亦如是受持何故呵責摩勒迦子耶答曰不以文故以不解義故責其義不責其文長老摩勒迦子作如是説煩惱若行是下分結煩惱若不行者非下分結世尊説使若不斷是下分結不必行與不行復次摩勒迦子説使若現前行是五下分結佛説若成就則是在於三世不必現在復次長老摩勒迦子説使没溺於心是結佛説有諸使得是結如説若不善知見斷欲愛所起之處不名無使恚乃至疑説亦如是

五上分結色愛無色愛掉慢無明問曰五上分結體性是何答曰有八種色愛色界修道所斷有一種無色愛無色界修道所斷有一種掉慢無明是色無色界修道所斷有六種此八種是色無色界修道所斷乃至廣説已説體性所以今當説何故名上分結上分結有何義答曰趣上義是上分結義向上義是上分結義令上生相續義是上分結義問曰若趣上義向上義令上生相續義是上分結義者彼諸煩惱不應立流所以者何漂義流

下義是流義漂諸衆生諸界諸趣諸生生死中故答曰流義異上分結義異亦以界故立上分結此諸煩惱令衆生趣上向上令上生相續以無解脱正智無漏聖道善法故立流此諸煩惱衆生雖生有頂猶爲流所漂不至解脱正智無漏聖道善法中故是故尊者瞿沙作如是説衆生雖久生在上猶爲流所漂

問曰愛何故立二上分結掉慢無明各立一耶答曰掉慢無明亦應説如愛立二上分結而不説者當知此説有餘復次欲以種種文種種説莊嚴於義若以種種文種種説莊嚴於義義則易解復次欲現二種門如愛立二種掉慢無明亦應立二種如掉慢無明立一種愛亦應説一種如是上分結體或四或八如二門二俱通亦如是復次以愛故界別地別體別能生諸煩惱廣説如解愛處此上分結修道所斷問曰何故上分結唯修道所斷答曰上分結能令趣上不墮下見道所斷煩惱能令衆生趣上亦令墮下復次上分結是聖人所行非凡夫所行聖人中是阿那含所行非斯陀含須陀洹所行如是因論生論問曰何故上分結阿那含所行非斯陀含須陀洹所行答曰以阿那含一向上生斯陀含須陀洹亦上生亦下生故復次若出界得果者此身中則行上分結須陀洹斯陀含雖得果不出界復次若出界永斷不善結者則行上分結須陀洹斯陀含亦不出界亦不永斷不善結復次若出界永斷下分結者彼身中則行上分結須陀洹斯陀含不出界亦不永斷下分結復次此煩惱立各別異若身中立上

分結則不立下分結若身中立下分結則不立上分結復次更不復行凡夫所行法故立上分結須陀洹斯陀含猶行凡夫所行法凡夫所行法者共男女同一牀宿衣憍奢耶衣着華鬘以栴檀種種香塗身畜金銀受用金銀器驅使奴婢僮僕亦以手搏頂頭以瓅鞭人起如是等身業共妻婦寢宿摩觸滑人生細滑想如是等凡夫所行法復次更不入毋胎流血中生不住生臟熟臟如是身中立上分結如經說質多居士語諸親里汝等當知我更不入毋胎廣說如上是故尊者瞿沙作如是說若解脫欲恚則解脫入毋胎問曰上分結中掉體爲是結非若是結者波伽羅那所說云何通如說云何結法答言九結是云何非結法答言除九結餘法是也若非結者此經云何通如說云何上分結答言色愛無色愛掉慢無明答曰應作是說是結問曰若然者此經善通波伽羅那所說云何通答曰西方沙門誦持波伽羅那經作如是說云何結法答言九結及五上分結中掉是也云何非結法答言除九結及五上分結中掉餘法是也罽賓沙門非如是說問曰何故罽賓沙門非如是說答曰罽賓沙門應如西方沙門所說而不說者有何意耶答曰以掉是壞相或少分是結少分非結或於一人是結或於一人非結或時是結或時非結少分是結少分非結者色無色界是結欲界非結或於一人是結或於一人非結者於聖人是結於凡夫人非結或時是結或時非結者聖人未離欲界欲非結離欲界欲是結以掉如是壞相

故罽賓沙門所以不說如是因論生論何故色無色界掉立結欲界掉不立答曰欲界是不定界非修地非離欲地此中無如是定爲掉所亂是故欲界掉不立於結色無色界是定界是修地是離欲地彼中四枝五枝定爲掉所亂是故立結如村落中若村落邊住處雖有大聲不能作患阿練若住處雖復小聲猶以爲患彼亦如是復次欲界多諸非法想煩惱如恨很諍諂憍害如是等煩惱障覆於掉不得明了是故欲界掉不立是結色無色界無非法想煩惱彼中掉明了是故立結如村落中村落邊住處多諸行惡比丘而不可識若至阿練若住處遠來可識

阿毘曇毘婆沙論卷第三十八

音釋

澡鑵 澡子浩切洗也鑵古玩切汲水之器也 瞪瞢 瞪直庚切直視也瞢謨中切目不明也 憒 古對切心亂也 欠呿 欠去劒切呿丘加切謂氣擁滯欠呿而解也 伺捕 伺息利切捕薄故切伺捕謂候察而掩取也 憍奢耶 梵語也此云蟲衣憍居妖切 手搏 搏補各切擊也 鏁 蘇果切

阿毘曇毘婆沙論卷第三十九

迦旃延子造

北涼沙門浮陀跋摩共道泰譯

使揵度不善品第一之五

問曰如掉睡俱在三界五種所斷通六識身一切染汙心中可得何以故立掉爲上分結不立睡耶答曰以掉是大過重患多過以是大過重患多過故世尊立上分結波伽羅那經說是不善大地以其多過故作如是說云何結法答言九結及五上分結中掉是也以其多過故波伽羅那復作是說云何不共無明云何不共掉纏以其多過故施設經復作是說凡夫人若生欲愛則起五法一欲愛二欲愛生相三無明使四無明使生相五掉睡無如是大過重患多過故不立上分結中復次以掉黠慧所行猛利能亂四枝五枝定是故立上分結中睡性愚不黠慧猛利隨順於定所行似定若睡在身者速能起定是故不立上分結中復次以睡覆於無明無明立上分結若當立睡爲上分結則爲無明所覆

五見身見邊見邪見見取戒取問曰五見體性是何答曰有三十六種身見三界見苦所斷有三種邊見亦爾邪見三界見苦集滅道所斷有十二種見取亦爾戒取三界見苦見道所斷有六種此三十六使是五見體乃至廣說已說體性所以今當說何故名見見是何義答曰以四事故名見一能視二轉行三所取堅牢四入緣中猛利視者能看問曰此是邪見所視顛倒何所看耶答曰所視雖邪顛倒而性是慧以性是慧故能看如人雖看

不明了亦復名見轉行者問曰一刹那頃有何轉行耶答曰以其性猛利故名轉行所取堅牢者此諸見於緣妄取堅牢非無漏道力無由可斷若佛佛弟子出世以無漏道力乃能截諸見牙如大海中蟲名失獸摩羅彼所噛若草若木非刀不解捨彼亦如是如偈說

愚人所受持　鱣魚所銜物　失獸摩羅噛
非斧不能解

入緣猛利者諸見入緣猛利如針墮泥中復次以二事故名見一以能觀二以轉行復次以三事故名見一與相相應二成其事三不害所緣復次以三事故名見一有期心二堅著三轉行復次以三事故名見一以期心二以方便三以無知期心者壞於期心方便者壞於方便無知者壞期心方便故復次壞期心者壞行定人壞方便者壞行慧者無知者從他邊有所聞謬見法相已總說諸見所以今當別說一一所以者何故名身見答曰從自身生亦從有身生故名身見問曰餘見亦盡從自身生可是身見耶答曰若見從自身生不從他身生不從無身生此見是身見餘見或從自身生或從他身生或從無身生自身生者謂緣自界也他身生者謂緣他界無身生者謂緣無漏問曰如邊見不從他身生亦不從無身生何故不名身見答曰身見以先受名故更以餘事立邊見名以見二邊故復次若見從自身生染著我我所說身見餘見雖有從自身生者而不染著我我所故如我見我所見巳見巳所見亦如是復次若見從自身生不違施戒修說身見餘見雖從自

身生無如是事復次若見從自身生信所作
受是身見餘見雖從自身生無有是事尊者
和須蜜說曰自身名五受陰此見從自身生
故名身見問曰何故說五受陰名自身耶答
曰以自作故復次作故亦是自煩惱業果故
問曰何故名邊見答曰此見受二邊若斷若
常故名邊見如經說迦旃延若以正智如實
知見世間集則不言無世間言無世間者是
斷見若見未來陰生作如是念是衆生死此
生彼而不斷若以正智如實知見世間滅則
不言有世間言有世間者是常見若見陰界
入相續生彼作是念此是滅法非是常復次
此是外道邊故說邊見外道計我是可呵責
下賤之法況復計我是斷常者而不是邊下
賤法耶復次外道計我是名取邊是名妄取
於緣是名所取愚癡何況計我有斷有常而
非邊耶復次此見行斷常二行故名邊見佛
經說比丘當知我不與世間諍世間與我諍
問曰佛何故不與世間諍尊者和須蜜說曰
佛說有因果故若與常見外道共集一處外
道計有果無因所以者何無因故常佛作是
說汝等有者我亦有之汝言無者是愚癡故
若與斷見外道集在一處彼斷見外道說有
因無果所以者何斷果故佛作是說汝等有
者我亦有之汝言無者是愚癡故佛於一邊
取因於一邊取果離於斷常而說中道以是
事故佛不與世間諍世間與佛諍復次佛是
法論世間是非法論法論者不與非法論者
諍復次佛以制法隨順世間世間以實法不
隨順佛復次佛是善除鬪諍根本愛之與見

是鬪諍根本佛善除之世人不除是故作如是說我不與世間諍世間與我諍尊者佛陀提婆說曰佛則正論世間不正論正論不與不正論者諍如一馬行於邪道言行惡道如是外道行邪道故言行諍道復次佛見義見法見善見好是故不與世間諍問曰何故名邪見答曰行邪行故說邪見問曰五見盡行邪行皆是邪見耶答曰以名以行故若五見不立名立行者五見盡是邪見所以者何行邪行故若五見立名立行此見不名邪見行無所有行是名邪見復次行邪行壞前法是邪見餘見雖行邪行無如是事復次若邪行謗一切因果是名邪見餘見雖行邪行無如是事復次行於邪行與施戒修相違餘見雖行邪行無如是事復次若行邪行謗過去未來現在等正覺道及三漏處是名邪見餘見雖行邪行無如是事復次若行邪行謗二種恩謂法恩衆生恩謗法恩者言無施無祠祀無善惡業果報無今世後世謗衆生恩者言無父無母無化生衆生言世無阿羅漢無趣正道乃至廣說餘見雖行邪行無如是事復次若行邪行能起二種無恩謂法無恩衆生無恩起法無恩者言無施乃至廣說起衆生無恩者言無父母乃至廣說是名邪見餘見雖行邪行無如是事復次邪見若行邪行壞現見事如人墮火坑中欲令世人生希有想而作是說我今快樂如是衆生墮熾然陰界入中以邪見故言無有苦餘見雖行邪行無如是事復次若行邪行說名是惡如說比丘當知若人邪見所有身口意業及迴轉法其

所願求盡生不愛不好不妙法所以者何比丘當知以見惡故餘見雖行邪行無如是事不名邪見問曰何故名見取答曰取見故名見取問曰此見亦取五陰何以但說見取耶答曰因見故取五陰復次若取見若取五陰計第一者是名見取問曰何故名戒取答曰此見取戒故名戒取問曰此盡取五陰何以但說取戒耶答曰因戒故取五陰復次以所行故若取戒若取陰以所行淨者名戒取問曰何故名取答曰取他見故名取如身見計我我所邊見計斷常邪見謗言無見取取此諸見以為第一戒取取此諸見以為淨是故取他見名為取

六愛身眼觸生愛耳鼻舌身意觸生愛應說一愛如九結中三界愛立一愛結應說三愛如七使中欲界愛說欲愛使色無色界愛說有愛使應說三愛如經說比丘當知愛河有三謂欲愛色無色愛應說四愛如經說愛從四事生若比丘比丘尼因衣服生愛生便生成立便成立善便善因食生愛因卧具生愛因有生愛若比丘比丘尼生如是愛廣說如上應說五愛謂因苦斷愛乃至修道斷愛應說九愛如上上乃至下下愛應說十八愛如說十八愛行應說三十六愛如說三十六愛行應說百八愛如說百八愛行若以在身若以剎那則有無量無邊愛問曰以何等故世尊廣一愛說六愛略無量愛說六愛身答曰以所依故若一若無量愛盡依此六依六界六道六識身相應而生問曰恚無明亦依此六依乃至與六識相應而生何故唯說六愛

身不説六恚身六無明身答曰應説而不説者當知此説有餘復次若説愛身當知亦説恚身無明身復次以愛在三界通五識身能自成立恚雖通五識身自成立不在三界無明雖在三界不通五識身能自成立復次愛界別地別種別廣説如解愛處問曰何故名身答曰以多故説身不以刹那頃眼觸生愛名身乃至多刹那眼觸生愛名身不以一象名爲象軍乃以多象故名爲象軍車馬步軍亦復如是乃至意觸生多愛名爲愛身七使欲愛使恚使有愛使慢使無明使見使疑使問曰七使體性是何答曰有九十八種欲愛使欲界五種愛通六識身恚使有五種通六識身有愛使色無色界愛有十種慢使三界有十五種在意地無明使三界有十五種見

使欲界有十二色界有十二無色界有十二合三十六種疑使三界四種所斷有十二種此九十八是七使體乃至廣説已説體性所以今當説何故名使使是何義答曰微義是使義堅著義是使義相逐義是使義微義是使義者微名細如七微塵成一細塵堅著義是使義者乃至一刹那頃使一微塵亦生於著相逐義是使義者如空行水行衆生逐影法空行者是鳥水行者是水中蟲鳥以翅力欲渡大海海水中蟲取其相已而作是念無有飛鳥能過大海除金翅鳥王即逐其影彼鳥疲極墮水蟲便吞之如是諸使得一切時常住身中若不正思惟則生依果報果復次微者是體著者是所作相逐者是得復次微者是過去使著是現在使相逐者是未來使

復次微義著義是相應使義相逐義是心不相應使義問曰無有不相應使答曰此中說使得是使外國法師說四種義微義是使義著義是使義遍義是使義相逐義是使義微義是使義者此使自性微細所行亦微細著義是使義者彼使於此身堅著猶如小兒堅著於乳遍義是使義者彼使遍在身中如油在麻中膩在揣中相逐義是使義者如空行水行蟲逐影法復次微義是使義者是使自體著義是使義者是所行遍義是使義者是相應相逐義是使義者是諸得應以三事知使一以自體二以果三以人以自體者欲愛使如食與渠恚使如食苦參子有愛使如乳母染汙衣慢使如憍人無明使如盲人見使如失道疑使如臨岐路人果者修行廣布欲愛使生雀鴛鴦鴿中修行廣布恚使生毒蛇中修行廣布有愛使生色無色界中修行廣布慢使生卑賤中修行廣布無明使生盲闇中修行廣布見使生外道中修行廣布疑使生於邊地以人者欲愛使以難陀等知恚使以氣噓指鬘等知有愛使以阿私陀阿羅吒優陀迦等知慢使以摩那答陀等知無明使以優樓頻螺迦葉等知疑使以摩勒迦子等知

問曰何故嫉慳不立使耶答曰無使相故不立使復次嫉慳是麤煩惱微細是使嫉慳性重使性輕嫉慳性遲使性捷疾復次嫉性習氣不牢固使性習氣牢固習氣牢固者立使不牢固者不立如燒草燒糠皮處火滅其地即冷嫉慳習氣亦復如是如燒佉陀羅木火

雖久滅其地猶熱使性習氣當知亦如是九結愛結恚結慢結無明結見結取結疑結嫉結慳結問曰九結體性是何答曰有百種愛結三界有十五種恚結有五種慢結三界有十五種無明結三界有十五種見結有十八種身見三界有三種邊見亦爾邪見三界有十二種取結有十八種見取三界有十二種戒取三界有六種疑結三界有十二種嫉慳欲界修道所斷有二種已說體性所以今當說何故名結結有何義答曰繫義是結義合苦義是結義雜毒義是結義餘如三結處說已總說九結所以一一說所以今當說云何愛結答曰三界愛立愛結欲界愛立欲愛使色無色界愛立有愛使結說有三愛欲愛色愛無色愛此三種有何差別答曰受佛化者有三種利根中根鈍根爲利根者說愛結中根者說欲愛使有愛使鈍根者說三愛如利根中根鈍根久行已行初行樂略樂廣樂略廣說亦如是復次同苦繫義故欲界愛亦同苦繫色無色界愛亦同苦繫故云何恚結害衆生者是也問曰如於非衆生法中亦起於害何故但說害衆生耶答曰於衆生數法中起恚多非衆生數起恚少復次於衆生數起恚罪重於非衆生數起恚罪輕復次因衆生數恚亦恚非衆生數云何慢結答曰七種慢是慢使一慢二大慢三慢大慢四我慢五增上慢六不如慢七邪慢廣說如雜揵度云何無明結答曰三界無知如是說者好若作是說緣三界無知者則不攝無漏緣使云何見結答曰三見是也謂身見邊見邪見云何取

結答曰二取是也謂見取戒取廣説如波伽羅那經問曰何故五見三見立見結二見立取結耶答曰同苦繫義故身見名女聲是苦繫義非樂如身見邊見邪見亦如是見取戒取名男聲是苦繫義非樂天竺聲論法有男聲女聲非男非女聲復次此二結體等攝使亦等體等者見結體有十八取結體亦十八攝亦如是復次若見行邪行非取是見結若見行邪行取非見是取結云何疑結於諦猶豫何以作此論耶答曰欲令疑意得決定故若遠見高物疑爲是人耶爲是杌耶若知是人疑爲是男耶爲是女耶見二道疑爲是所趣道爲非所趣道耶見二衣二鉢疑爲是我衣鉢耶爲非我衣鉢耶人謂如此是實疑結欲令此義決定是欲界不隱没無記邪智若疑爲有苦集滅道爲無苦集滅道耶此是實疑是名疑結云何嫉結答曰見他善好心不忍云何慳結答曰心堅著問曰何故作此論耶答曰欲令疑者得決定故世人於嫉作慳想於慳作嫉想若人見他好物心生嫉者世人言此人慳此非是慳乃是嫉若人見他牢藏巳妻世人言是慳而實非慳乃是嫉爲斷如是嫉是慳想慳是嫉想亦顯嫉慳差别之相而作此論云何嫉結見他善好心不忍爲斷如是嫉是慳意此結是不忍相非慳著相若見他有好物便生嫉心此於我爲好云何慳結答曰心慳著作如是説巳斷慳作嫉想此結是慳著相非不忍相善守護巳妻不令出故問曰何故於十纒中立慳嫉爲結非餘纒耶答曰無結相者不立有結相者便立復次以現其終故於

十纏中嫉慳是終復次此二能自成立無有二相能自成立者以自力用故成立無二相者一向不善故忿纏覆纏雖能自成立無有二相然外國法師說此二是使不說是纏故不應問睡掉不能自成立以因他力故立非不二相以不善無記故眠悔雖能自成立亦非不二相以眠有善不善無記悔善不善故無慙無愧雖非二相而不自成立因他力故嫉慳非二相亦自成立故復次此二結是下賤可呵責法復次此是惡人下人所行故若世人供養他何故生嫉雖復積聚日千財寶不能持五錢至於後世若當施於他者有何過復次世間以此二結故曾多受毀辱世人輕毀二法謂無威勢貧窮者以修行廣布嫉結令無威勢修行廣布慳結令人貧窮若人

貧窮無有威勢父母兄弟親屬僮僕乃至已妻而輕賤之復次此二結於欲界衆生能爲二事一如獄卒二如守門人如人閉在牢獄以二人守不令出行譬如清淨莊嚴園林以二人守門不令人入惡道當知如牢獄嫉慳當知如獄卒衆生所以不能出惡道獄者以嫉慳所守故人天如清淨莊嚴園林嫉慳如二守門者衆生所以不得人天中樂以嫉慳故以是事故嫉慳立結如經說釋提桓因往至佛所而作是問世尊人天多行何結阿修羅揵闥婆乃至廣說佛告憍尸迦人天多行嫉結慳結阿脩羅龍迦樓羅揵闥婆緊那羅摩睺羅伽如是等衆生亦多行嫉結慳結問曰衆生或有九結或有六結或有三結或有無結九結者具縛凡夫有六結者是離欲界

欲凡夫未離欲愛聖人有三結者離欲聖人無結者是阿羅漢無有衆生成就二結一結者何故世尊說人天阿脩羅等多成就二結答曰以嫉慳是富貴人所行帝釋於二天中尊復次以此二結故天阿脩羅數數共鬪諸天有好食阿脩羅有好女諸天慳惜於食不欲令餘去於女生嫉言於我等好阿脩羅於女慳惜不欲令出於食生嫉言於我等好諸天爲女故下詣阿脩羅城阿脩羅爲食故上詣天城以是事故天阿脩羅數數共鬪爾時帝釋從戰陣出心懷恐懼戰慄未久之間往詣佛所而白佛言天人阿脩羅等以何結故數數共戰世尊以方便力而作是說帝釋當知以嫉慳二結爲汝作患生恐怖厄難猶如重擔以是事故人天阿脩羅等以此二結數數共鬪

九十八使問曰何故作此論答曰欲斷著文沙門意故有著文沙門所說而受持之復作是言佛說七使誰聰明過佛者說九十八使耶欲斷如是說者意故亦欲說九十八使體相性分以是事故而作此論佛經說七使以界以種以行有九十八使七使中欲愛使於九十八使中以種故有五恚使亦爾七使中有愛使於九十八使中以界故有二以種故有五以界以種故有十五七使中慢使於九十八使中以界故有三以種故有五以界以種使有十五無明使亦爾七使中見使於九十八使中以界故有三以行故有五以種故有十二以界以種以行故有三十六七使中疑使於九十八使中以界故有三以種故有

四以界以種故有十二
此三結幾不善幾無記乃至九十八使幾不善幾無記問曰何故作此論答曰或有說一切煩惱盡是不善以無巧便所持故如譬喻者作如是說爲斷如是意亦明煩惱是不善無記故若無巧便所持是不善者諸煩惱應言無巧便不應言是不善所以者何無巧便是無知持是相應不可以自體還應自體復次或有說欲界諸煩惱盡是不善色無色界諸煩惱盡是無記爲斷如是說者意亦明身見邊見是無記法故而作此論復有說者所以作論爲何義故而作論答曰欲令此義成立故作此論是故先作是問以何義故彼尊者作論先立章答曰欲現門故令欲現門故作此論此三結幾不善幾無記答曰一是無記謂身見問曰何故身見是無記耶答曰若法是無慚無愧與無慚無愧相應從無慚無愧生與無慚無愧作依果者是不善身見不與無慚無愧相應不從無慚無愧生不與無慚無愧作依果故是無記復次此結不一向壞期心云何不一向壞期心答曰即如上義復次此結不與施戒修相違故是無記若人計我修行布施欲令我樂持戒欲令我生天習修欲令我得解脫復次此結於自體愚不遍切他若人計我眼見色時不作是念眼能見色色是可見而作是念我能見色我所是可見乃至意知法不作是念意能知法法是可知而作是念我能知法我所是可知不遍切他者如是等顛倒見不遍切他復次以身見不生報故是無記尊者和須蜜說曰何故

此見是無記耶答曰此見不能起麤身口業問曰若然者不善煩惱亦有不能起麤身口業者答曰貪恚愚癡增盛時能起復次此見不能令人墮惡道問曰若然者不善煩惱亦有不能令人墮惡道者答曰貪恚愚癡增盛時能令人墮惡道此見增盛時不能令人墮惡道復次此見不能生不愛果問曰此見能生後有即是生不愛果所以者何如佛說比丘若起後有乃至一刹那者我不稱美所以者何起於有者是苦法故尊者佛陀提婆說曰此見所取是顛倒亦生顛倒應是不善若當身見非不善者誰是不善世尊亦說乃至小愚亦是不善二當分別問曰何故言分別答曰此義應分別是不善分是無記分復次此義當破故言分別毗婆闍婆提作是說此義應解說分明故言分別戒取疑若在欲界是不善若在色無色界是無記問曰何故色無色界煩惱是無記耶答曰若法是無慚無愧與無慚無愧相應從無慚無愧生與無慚無愧作依果者是不善色無色界煩惱與上相違故是無記復次此煩惱不壞期心云何不壞期心以上義故復次色無色界煩惱不能生報以不生報故是無記所以不能生於報者以爲四支五支定所制伏故猶如毒蛇爲呪術制伏則不能螫人彼亦如是復次非報器故色無色界煩惱是無記若當色無色界能生報者爲生何報應生苦受苦受是欲界法不可以色無色界煩惱於欲界中受報復次色無色界非一向能生顛倒有少相似法如色無色界邪見謗言無苦有少樂分見

取見色無色界陰是第一彼有少分第一戒取見色無色界有少分淨亦有能淨欲界道無色界有能淨色界道尊者和須蜜說曰何故色無色界諸煩惱是無記答曰不能起麤身口業故問曰不善煩惱亦有不能起麤身口業者答曰貪恚癡增盛時能起麤身口業彼諸煩惱增盛時不能起麤身口業復次彼諸煩惱不能令人墮惡道中

阿毘曇毘婆沙論卷第三十九

音釋

齧五結切噬也 鱣張連切大魚也 銜胡讒切凡口含物皆曰銜 岐渠羈切道傍出也 粿古火切淨米也 粿皮粿皮穀糠也 揵闥婆梵語也此云香陰 揵巨言切 闥音撻 戰慄戰之膳切慄力質切戰慄恐懼也

阿毘曇毘婆沙論卷第四十

迦旃延子造

北涼沙門浮陀跋摩共道泰譯

使犍度不善品第一之六

問曰不善煩惱亦有不能令人墮惡道者答曰貪恚癡增盛時能令人墮惡道彼諸煩惱增盛時不能令人墮惡道復次彼諸煩惱不能生不愛果問曰若生少後有是不愛果廣說如上尊者佛陀提婆說曰若當色無色界煩惱非不善者誰是不善世尊亦說煩惱生業應是不善三不善根即是不善所以者何此不善根是不善煩惱爲不善法作因作根作出處作本作有作緣作集作生故三漏一是無記二當分別一無記者是有漏所以是無記應如上說二當分別者謂欲漏無明漏欲漏或不善或無記云何不善欲漏是無慙無愧亦與無慙無愧相應者是不善無慙無愧即是自體與無慙無愧相應者取三十四種一向不善者三種少分謂睡眠掉舉無慙無愧相應者是不善云何無記欲漏不與無慙無愧相應是則說身見邊見亦說三種少分謂睡眠掉舉身見邊見相應者是名無記問曰無慙不與無慙相應無愧不與無愧相應可是無記欲漏所攝耶答曰此又應如是說云何無記無慙無愧所不攝不相應欲漏無慙無愧不攝則除無慙無愧不相應則除無慙無愧相應而不說者有何意耶答曰無慙雖不與無慙相應而與無愧相應無愧雖不與無愧相應而與無慙相應所以者何不相離故是故非無記欲界漏所攝無明漏或

不善或無記云何不善無明漏與無慚無愧相應者如是則說欲界四種所斷無明謂集滅道修道所斷及苦諦所斷少分謂三見疑愛恚慢相應無明及不共無明云何無記無明漏不與無慚無愧相應者如是則說欲界身見邊見相應無明色無色界五種所斷無明問曰何故十纏中惟說與無慚無愧相應不說餘耶答曰彼作經者有如是欲如是意隨其欲意而造此論亦不違法相復次此二纏一向不善與一切不善煩惱相應忿纏覆纏嫉纏慳纏雖一向不善而不與一切不善煩惱相應睡纏掉纏雖與一切不善煩惱相應而不一向不善所以者何以不善無記故眠纏悔纏非一向不善所以者何眠有善不善無記悔有善不善無記故無慚無愧一向不善與一切不善煩惱相應故隨有爾許無慚無愧相應有爾許不善煩惱有爾許不善煩惱有爾許無慚無愧相應隨有爾許函有爾許蓋彼亦如是四流一無記謂有流所以者何以是色無色界法故如說色無色界煩惱是無記此亦如是三當分別謂欲流見流無明流欲流或不善或無記云何不善無慚無愧及相應欲流無慚無愧則說無慚無愧體相應欲流則說二十四種一向不善者及三種少分謂睡眠掉與無慚無愧相應者云何無記謂不與無慚無愧相應欲流如是則說睡眠掉少分與欲界身見邊見相應者見流或不善或無記云何不善欲界繫三見謂邪見見取戒取云何無記欲界繫二見謂身見邊見色無色界繫五見無明流或不善或

無記云何不善謂與無慚無愧相應無明流云何無記謂不與無慚無愧相應無明流如流枙亦如是四取一無記謂我語取所以者何以是色無色界法故如說色無色界煩惱是無記此亦如是三當分別謂欲取見取戒取欲取或不善或無記云何不善無慚無愧及相應欲取無慚無愧則說自體及相應欲取則說二十八種一向不善者及四種少分謂睡眠掉無明與無慚無愧相應者云何無記不與無慚無愧相應欲取是則說四種少分謂睡眠掉無明與欲界繫身見邊見相應者見取或不善或無記云何不善欲界繫二見謂邪見見取云何無記欲界繫二見謂身見邊見色無色界四見戒取欲界是不善色無色界是無記四縛二縛是不善謂貪身縛恚身縛二當分別謂見取身縛戒取身縛欲界繫者是不善色無色界繫者是無記五蓋惟不善五結三不善謂恚結慳結嫉結二當分別謂愛結慢結欲界繫是不善色無色界繫是無記五下分結二不善謂欲愛恚結一無記謂身見二當分別謂戒取疑欲界繫是不善色無色界繫是無記上分結惟無記五見二無記謂身見邊見三當分別謂邪見見取戒取欲界繫是不善色無色界繫是無記六愛身二不善謂鼻觸生愛身舌觸生愛身四當分別謂眼觸生愛身耳觸生愛身身觸生愛身欲界繫是不善梵世繫是無記意觸生愛身欲界繫是不善色無色界繫是無記七使二是不善謂欲愛使恚使一是無記謂有愛使四當分別謂慢使無明使見使疑使

慢使疑使欲界繫是不善色無色界繫是無記無明使或不善或無記云何不善與無慙無愧相應無明使云何無記不與無慙無愧相應無明使見使或不善或無記云何不善欲界繫三見云何無記欲界繫二見色無色界繫五見九結三不善謂恚結慳結嫉結六當分別謂愛結慢結取結疑結欲界繫是不善色無色界繫是無記無明結或不善或無記云何不善與無慙無愧相應無明云何無記不與無慙無愧相應無明見結或不善或無記云何不善欲界繫邪見云何無記欲界繫身見邊見色無色界繫三見九十八使三十三不善六十四無記一當分別欲界繫見苦所斷無明使或不善或無記云何不善與無慙無愧相應者云何無記不與無慙無愧相應者此門毗婆沙優波提舍是應廣分別

問曰何故名善何故名不善何故名無記耶答曰若為巧便所持生愛果安隱故名善巧便所持者是道諦生愛果者是苦集諦少分安隱者是滅諦若不為巧便所持生不愛果不安隱者是不善此說苦集諦少分此相違是無記復次生愛果生樂受果是善生不愛果生苦受果是不善與此相違是無記復次生可愛有種子是善生不可愛有種子是不善與此相違是無記復次生可愛趣中是善生不可愛趣中是不善與此相違是無記復次於寂靜分中體性輕舉者是善於增盛分中體性重沒者是不善與此相違是無記尊者婆多說曰以四事故名善一體二親近三能起四實義體者是自體或有說慙愧是自

體或有說三善根是自體親近者謂心心數法能起者能起身口業及心不相應行實義者是涅槃以安隱故說善是以毗婆闍婆提作如是說自體善者是智親近善者是識能起善者能起身口業實義善者是涅槃以四事故名不善一體二親近三能起四實義體者是自體或有說無慚無愧是自體或有說三不善根是自體親近者是心心數法能起者能起身口業及心不相應行實義者是生死不安隱故說不善是以毗婆闍婆提作如是說自體者是愚癡親近者是識能起者能起身口業實義者是生死尊者波奢說曰若法是正觀與正觀相應從正觀生依果解脫果是名善若法非正觀乃至不從正觀生依果是名不善與此相違是名無記如正觀不正觀慚愧無慚無愧善根不善根信等五根五蓋說亦如是集法經說何故名善答曰有愛果妙果適意果可意果故名善報果說亦如是何故名不善答曰有不愛果不妙果不適意果不可意果故名不善報果說亦如是與此相違是無記問曰世尊定記苦定記集定記滅定記道廣說十二入施設解說顯現何以言無記耶答曰不以不解說故言無記但世尊善法記善不善法記不善此法非善法所記非不善法所記故言無記復次世尊說善法有愛果不善法有不愛果此法不生愛不愛果故言無記復次善以二事故名善一以自體二以有報不善亦爾無記雖有自體不生於報故說無記世尊或有不解說名無記（天竺音無記是無答）

如經說沙門瞿曇世界常耶佛言此不應答問曰何故佛不答此問耶答曰外道計人是常彼諸外道往詰佛所作如是問沙門瞿曇人爲是常爲非常耶佛作是念無人我答言無彼諸外道當作是說我不問有無若當說常無常者無法云何說有常無常如問人石女兒爲恭敬孝順不彼作是念石女無兒我若答言無彼當作是說我不問有無若當說恭敬孝順彼當作是說石女無兒云何當說恭敬孝順彼亦如是此論非有非實以非有非實故世尊不答四種答如雜揵度智品廣說此三結幾有報幾無報乃至九十八使幾有報幾無報問曰何故作此論答曰如譬喻者說除思無報因除受無報果爲斷如是說者意亦現五陰是報果復次何故作此論答曰或有說已受報因則無體如迦葉維部彼作是說因義乃至報未熟若報熟彼無因義猶如種子芽未生時有種子義若芽生無種子義彼亦如是爲斷如是意亦明報雖熟因故有體復有說者何故作此論答曰爲外道故外道說善惡業無有果報爲斷如是意亦明善惡業有果報是故爲止他義欲顯已義亦說法相相應義故而作此論假使莫爲止他義莫爲顯已義但欲說法相相應義故而作此論如初門文所說此門文亦應如是說三結若不善者有報無記者無報乃至九十八使亦爾此門是廣說優波提舍毗婆沙問曰爲以自法報俱言有報爲以他法報俱言有報耶若以自法報俱言有報者云何因果不並耶亦違偈說如說

作惡不即熟　如薩遮投乳　不即燒愚小
猶如灰底火
有草名薩遮若摩爲散投之乳中即便成酪因果不爾云何爾耶答曰如灰底火初蹈不熱久住乃熱如是不善業因時生喜樂變成果時生諸惡趣陰界入若以他法報俱言有報者無漏聖道亦與他法報俱應言有報答曰應作是說與自法報俱故言有報問曰若然者云何因果不並耶亦違偈說答曰俱有二種一者有俱二者並俱有俱者有因有果有緣有報是也有因有果者如百億劫前造因雖滅爲後生法作因此法於因雖遠而名有因彼法於果雖遠而名有果有緣者如日月去此四千由旬眼若緣者便生眼識境界雖遠而生眼識名之有緣有報者百億劫前所造業雖滅於今身生報彼業於此報雖遠而言有報並俱者如有覺有觀有喜有用有覺者覺相應法有觀者觀相應法有喜者喜根相應法有用者作觀相應法此中以有俱而作論不以並俱復次俱有二種一有俱二不相離俱有俱者如說有因乃至有報不相離俱者如說有覺乃至有用此中以有俱而作論不說不相離俱復次有三種俱有近俱有遠俱有近遠俱近俱者如說有覺乃至有用遠俱者如說有因乃至有報近遠俱者如說有漏有使有緣有體有漏者有漏法或與漏相應或與漏作所緣相應作緣俱是有漏如有漏有使亦爾有緣者緣有近有遠近緣遠緣俱是有緣如有緣有體亦爾此中以遠俱而作論不以近俱不以近遠俱問曰何故

名報答曰生不相似法故名報報有二種有相似有不相似相似者如依善法生善法依不善法生不善法依無記法生無記法不相似者如善不善法生無記報餘報義如雜揵度智品廣説

此三結幾見道斷幾修道斷乃至九十八使幾見道斷幾修道斷問曰何故作此論答曰或有説凡夫不能離欲聖人不能以世俗道斷結　如譬喻者尊者佛陀提婆作如是説若凡夫人不能斷結而能制纏如是説者名不覆説問曰彼何故作是説耶答曰依佛經故佛經説比丘當知若以聖慧知見法者是名爲斷凡夫人無有聖慧無聖慧故不名爲斷問曰若然者此經云何通如説比丘當知鬱頭藍弗斷欲愛色愛斷空處愛乃至無所有處愛生非想非非想處亦説外道仙人能離欲愛彼作是答此經不斷説斷不離欲説離欲餘經亦説不斷是斷不離欲是離欲不斷是斷者如偈説

人計諸物是我有　死時皆斷不持去
如是智者不應計　於諸物中我有想

不離欲説離欲者如説如村落中童男童女造作土舍若於此土舍未離欲時心生渴愛修治擁護計是我有若離欲時毀壞捨去如此經不斷説斷彼經亦爾然凡夫人不能斷結言凡夫人離欲界欲者以世俗道制伏下界煩惱上緣初禪如闇樓蟲行法離欲界欲乃至離無所有處欲非想非非想處更無上地而可上緣得離非想非非想處欲如人上樹從枝至枝若至樹端更無有枝而便還下

如是凡夫人緣上地法能制伏下地煩惱而不能斷猶如狼狗從麻葦中過雖能摧卧而不能斷彼亦如是爲斷如是說者意亦明凡夫人能離欲世俗道能斷結故而作此論復次所以作論者或有說聖人不以世俗道斷結所以者何彼聖人何爲捨無漏道而用世俗道爲斷如是說者意亦明聖人以世俗道能斷結故而作此論復次所以作論者爲止說頓斷沙門意故有沙門說頓斷法如金剛喻定斷一切結無結不斷不破不入不得其邊故喻如金剛無物不斷不破不入不得其邊謂若鐵牙貝珂玉石摩尼等彼亦如是彼說有四沙門果金剛喻定斷一切結問曰若然者何用三沙門果爲彼作是答三沙門果已制伏煩惱後金剛喻定現在前時斷一切結猶如農夫左手執草右手一時以鎌斷之彼亦如是爲斷如是說者意亦明煩惱有二種有二種對治一見道斷二修道斷見道斷者以見道爲對治修道斷者以修道爲對治復次何故作論者答曰或有說一時見諦非次第見爲止如是說者意亦明見諦有次第故若當一時見諦非次第者則違佛經如經說給孤獨居士往詣佛所作如是問世尊爲一時見諦爲次第見耶佛答言居士次第見諦如登梯法復次所以作論者欲明煩惱有二種有二種對治一見道斷種二修道斷種見道爲見道斷種作對治修道爲修道斷種作對治是故欲止他義欲顯已義亦說法相相應義故而作此論假使莫止他義莫顯已義但欲說法相相應義故而作此論此三結

幾見道斷幾修道斷見道在前有二種身見在前有二種或見道斷或見道修道斷問曰在前是何義答曰立分義先答義是在前義立分義者先立見道所斷分後立不定先答義者先答見道所斷後答不定云何見道斷若身見是非想非非想處繫若堅信堅法以苦忍斷身見在欲界乃至非想非非想處可得以世俗道斷欲界身見乃至無所有處於非想非非想處世俗道便住更無勢用而還起見道現在前斷非想非非想處身見若說身見則定體若說非想非非想處繫則定地若說堅信堅法則定人若說苦忍則定對治若說斷則定已作事此則說身見是不共對治決定對治聖人能斷凡夫不能用無漏道不用世俗道惟用見道不用修道以忍不用智此中則說如是身見餘身見若凡夫斷以修道斷世尊弟子以見道斷何者是餘身見欲界乃至無所有處若凡夫人以修道斷聖人以見道斷凡夫人以世俗道斷聖人以無漏道斷凡夫人以智斷聖人以忍斷凡夫人九種身見作九時斷聖人九種身見作一時斷凡夫人斷有止息聖人斷無止息凡夫人斷不見諦聖人斷見諦是故作如是答餘身見若凡夫人以修道斷世尊弟子以見道斷戒取疑見道在前有二種或見道斷或見道修道斷在前義如上說云何見道斷若戒取疑在非想非非想處繫若堅信堅法以諸忍斷戒取疑從欲界乃至非想非非想處可得世俗道現在前斷欲界戒取疑乃至無所有處世俗道於非想非非想處便住更無勢用

而還起見道現在前斷非想非非想處戒取疑若說戒取疑則定體若說非想非非想處繫則定地若說堅信堅法則定人若說諸忍則定對治若說斷則定巳作事此則說戒取疑是不共對治決定對治聖人能斷凡夫人不能用無漏道不用世俗道惟以見道不用修道以忍不用智此中則說如是戒取疑餘戒取疑凡夫人斷以修道斷世尊弟子以見道斷餘如上說貪恚癡及欲漏修道在前有二種或修道斷或見道修道斷在前是何義答曰立分義先答義是在前義立分義者先立修道所斷分後立不定先答義者先答修道所斷後答不定云何修道斷答曰貪恚癡及欲漏學見迹以修道斷貪恚癡及欲漏有五種見苦斷種乃至修道斷種見道現在前斷苦諦所斷乃至道諦所斷貪恚癡及欲漏於修道所斷便住更無勢用而還起修道現在前斷修道所斷貪恚癡及欲漏若說貪恚癡及欲漏則定體若說學見迹則定人若說修道則定對治若說斷則定巳作事此貪恚癡及欲界漏是不共對治決定對治是聖人所斷非凡夫人是修道斷非見道斷智斷非忍斷此中則說如是貪恚癡及欲漏餘者若凡夫人斷修道斷世尊弟子見道斷餘何者是耶答曰餘者有四種謂見苦所斷乃至見道所斷若凡夫人斷修道斷世尊弟子見道斷餘廣說如上以是事故而作是說若凡夫人斷是修道斷世尊弟子見道斷問曰若說學見迹以修道斷貪恚癡及欲漏則說聖人身中修道所斷者餘若說凡夫人斷以修道

斷若聖人斷以見道斷是則說凡夫聖人身中見苦集滅道所斷貪恚癡及欲漏此中有何餘未稱說者答曰凡夫人身中修道所斷貪恚癡及欲漏問曰此何以不說耶答曰應說而不說者當知此說有餘復次已說在先所說中所以者何以種故立煩惱種不以在身中立煩惱種齊五種無第六種聖人以見道斷見道所斷種以修道斷修道所斷種凡夫人若見道所斷若修道所斷盡合集以修道斷所以者何凡夫人於五種所斷煩惱必以修道斷此義決定以是事故當知已說在前所說中有漏無明漏見道在前有三種或見道斷或修道斷或見道修道斷何者是在前義答曰立分義先答義是在前義先立見道斷種次立修道斷種後立不定先答者先答見道所斷種次答修道所斷種後答不定

云何見道斷若有漏無明漏在非想非非想處繫若堅信堅法以諸忍斷有漏從初禪乃至非想非非想處可得無明漏從欲界乃至非想非非想處可得世俗道現在前斷無明漏從欲界乃至無所有處斷有漏從初禪乃至無所有處於非想非非想處便任更無勢用而還起見道現在前斷非想非非想處見道所斷有漏無明漏見道於修道所斷便任更無勢用而還起修道現在前斷修道所斷有漏無明漏若說有漏無明漏則定體若說非想非非想處繫則定地若說堅信堅法則定人若說諸忍則定對治若說斷則定已作事有漏無明漏是不共對治決定對治聖人所斷非凡夫人以無漏道斷非世俗道以見

道斷非修道以忍斷非智此中則說如是有漏無明漏云何修道斷答曰有漏無明漏學見迹以修道斷有漏無明漏有五種謂見苦斷乃至修道斷見道斷苦諦所斷乃至道諦所斷有漏無明漏見道於修道所斷便住更無勢用而還起修道現在前斷修道所斷有漏無明漏若說有漏無明漏則定體若說學見迹則定人若說修道則定對治若說斷則定已作事有漏無明漏是不共對治決定對治是聖人斷非凡夫人是修道斷非見道是無漏道斷非世俗道是智斷非忍斷此中則說如是有漏無明漏餘者若凡夫斷以修道斷世尊弟子以見道斷問曰何者是餘耶答曰無明漏欲界有四種有漏無明漏從初禪乃至無所有處有四種此若凡夫斷以修道斷若聖人斷以見道斷餘廣說如上在前有三種一不共二畢竟三最初不共在前者如三結畢竟在前者如貪恚癡及欲漏最初在前者如有漏無明漏若煩惱是三界見道所斷應作見道在前二種句如三結是也若是欲界五種所斷應作修道在前二種句如貪恚癡及欲漏是也若是三界五種所斷應作見道在前三種句如有漏無明漏是也此說是略毘婆沙五蓋中悔是修道斷疑若凡夫斷以修道斷世尊弟子斷以見道斷五上分結是修道斷五愛身是修道斷嫉結慳結是修道斷九十八使二十八是見道斷十是修道斷餘若凡夫斷是修道斷世尊弟子斷是見道斷

阿毘曇毘婆沙論卷第四十

音釋

蹈徒到切踐也 鬱頭藍弗梵語也此云猛喜仙人名鬱紆勿切 葦于鬼切大葭也 梯土雞切木階也

阿毗曇毗婆沙論卷第四十一

迦旃延子造
北涼沙門浮陀跋摩共道泰譯

使犍度不善品第一之七

問曰如波伽羅那說九十八使八十八是見道斷十是修道斷此中何故說二十八是見道斷十是修道斷耶答曰此文是了義彼文是未了義此文無餘意彼文有餘意此文無所以彼文有所以此文是實義諦彼文是俗諦復次波伽羅那說順次法說具縛人非超越人此中不說順次法不說具縛人不說超越人復次此中說凡夫聖人離欲聖道所作世俗道所作彼中說聖人離欲不說凡夫說聖道所作不說世俗道復次彼中說離欲界欲乃至離無所有處欲得正決定者先以世俗道斷欲界煩惱乃至無所有處彼見道斷煩惱解脫得差別作證所以者何彼解脫得以見道故而有差別以是事故彼作是說八十八是見道斷十是修道斷是故尊者瞿沙作如是說二十八使是見道斷十是修道斷何故波伽羅那作如是說八十八是見道斷十是修道斷彼作是答二十八決定是見道斷十是修道斷六十不定不定者於見道中而有差別波伽羅那說次第故說八十八是見道斷十是修道斷此門是廣分別毗婆沙

問曰何故名見道斷何故名修道斷耶如見不離修修不離見見道中如實修亦可得修道中如實見亦可得見名爲慧修名不放逸如實是何義耶答曰數數義偏重義是如實義見道中慧多不放逸少修道中不放逸多

慧少復次等量義是如實義如見道中慧亦有爾許不放逸如修道中不放逸亦有爾許慧是故等量義是如實義尊者和須蜜說曰見四眞諦斷諸煩惱云何分別此是見道斷此是修道斷耶答曰以見斷以見制伏以見吐諸煩惱故言見道斷復有說者見道所斷煩惱亦應言修道所斷所以者何見道中如實修可得故如我義以見斷以見制伏以見吐諸煩惱名見道斷何故名修道斷答曰隨所得道修行廣布斷諸生分斷其量斷其種漸使薄令究竟斷故名修道斷復有作是說者修道所斷煩惱亦可言見道斷所以者何修道中亦有如實見故如我義隨所得道修行廣布斷諸生分斷其量斷其種漸使薄令究竟斷故名修道斷此是何義耶答曰見道是猛利道若緣彼時九種煩惱一時斷修道是不猛利道數數修習九種煩惱九時而斷譬如利鈍之刀以用割物利者一下便斷鈍者數數乃斷彼亦如是復次若以見偏多道斷者名見道斷若以修偏多道斷者名修道斷復次若以二相道斷者名見道斷二相者謂見相慧相若以三相道斷者名修道斷三相者謂見相慧相智相復次若以四相道斷者名見道斷四相者謂眼明覺慧若以五相道斷者名修道斷五相者謂眼明覺慧智復次若以忍斷者是見道斷以智斷者是修道斷復次九種結一時斷者是見道斷九種結九時斷者是修道斷復次以未知欲知根斷者是見道斷以知根斷者是修道斷復次斷時如石裂者是見道斷斷時如藕絲絕者是

修道斷復次與發意相違者是見道斷與方便相違者是修道斷復次未曾見諦而見諦斷者是見道斷已曾見諦而重觀斷者是修道斷復次以一因道斷者是見道斷以二因道斷者是修道斷復次如力士著鎧斷者是見道斷如無足人行斷者是修道斷復次若斷時即彼智所知行修道者是見道斷若斷時是餘智餘所知餘行修是諸道斷者是修道斷復次若是向人不成就果斷者是見道斷若是向成就果斷者是修道斷復次若堅信堅法斷者是見道斷若信解脫見到身證斷者是修道斷復次若初出道斷者是見道斷若數數出道斷者是修道斷復次若斷是四沙門果攝者是見道斷若斷或三或二或一沙門果攝者是修道斷復次若緣無所有生者是見道斷若緣有所有生者是修道斷復次若斷已不退者是見道斷若斷已或退不退者是修道斷復次斷已更不縛不繫是見道斷斷已或縛或繫是修道斷復次若斷時忍是無礙道智是解脫道者是見道斷若斷時智是無礙道智是解脫道者是修道斷復次若斷時智作方便道忍作無礙道智所解脫道者是見道斷若斷時智作方便無礙解脫道者是修道斷復次若先得非數滅者是見道斷或先得非數滅後得數滅或先得數滅後得非數滅或一時得數滅非數滅者是修道斷復次若斷時緣一諦道修者是見道斷若斷時緣四諦道修者是修道斷復次若斷時四行道修者是見道斷若斷時十六行道修者是修道斷復次若斷時相似道修

者是見道斷若斷時相似道不相似道修者是修道斷復次若斷時若一三昧修者是見道斷若斷時若三三昧修者是修道斷復次若斷時不起者是見道斷若斷時或起或不起者是修道斷此三結幾見道斷乃至幾修道斷乃至九十八使幾見苦斷乃至幾修道斷問曰何故作此論答曰前門止說頓斷沙門意不止說一時見諦亦不明次第見諦今欲止一時見諦者意亦明次第見諦故而作此論復有說者前門止說一時見諦者意亦明次第見諦而不麤現明了今欲麤現明了止一時見諦者意亦明次第見諦故而作此論復次欲顯現五種斷煩惱及五種對治法故五種斷煩惱者謂見苦斷種乃至修道斷種五種對治法者謂苦忍苦智是見苦斷對治乃至道忍道智是見道斷對治智是修道斷對治以如是事故而作此論此三結幾見苦斷乃至廣說答曰一見苦斷謂身見問曰何故身見唯見苦斷耶答曰緣苦生故還見苦斷復次此見緣果而生若以慧觀果時此見即斷復次身見是顛倒性一切顛倒盡見苦斷若顛倒斷時此見即斷所以者何同一對治故復次此煩惱麤故以初無礙道斷餘細煩惱後金剛喻定斷譬如塵垢不堅著者抖擻便墮若堅著者乃以淳灰多用功力然後乃淨亦如瓦器膩不深入水蕩便去若膩深入以湯煑之然後乃去彼亦如是復次以此見根不深入所緣地以不深入故性劣性劣故最初無礙道斷餘煩惱根深入所緣地以後無礙道乃至金剛喻定斷譬如樹根不

深入者小風吹時而便摧卧其根深入者大風吹時乃能令卧彼亦如是尊者和須蜜說曰何故身見唯見苦斷答曰身見緣五陰後如實見五陰時身見便斷復次此見從常想樂想淨想我想生若見無常想苦想不淨想無我想此見便斷尊者佛陀提婆說曰此見從自身生故名身見若見自身無我此見便斷戒取或見苦斷或見道斷問曰何故戒取非見集見滅斷耶答曰爲外道故外道所行與苦道相違不與集滅相違所以者何外道計集如垢計滅如洗浴處爲求洗浴處故行種種苦行行諸苦行故煩惱垢益更增染心如人爲去垢故入濁水澡浴更增其垢彼亦如是復次因苦生故還見苦斷因道生故還見道斷復次因苦生者是見苦斷因淨生者是見道斷復次内道所行是見苦斷外道所行是見道斷復次非因計因是見苦斷非道計道是見道斷疑見苦集滅道斷問曰何故修道斷中無疑耶答曰若未見其體心生猶豫已見其體心則決定是故修道所斷無有疑三不善根三漏見苦斷乃至修道斷總而言之五種斷或有一種二種四種五種斷者餘門廣說如經本此門是廣說優波提舍毗婆沙問曰何故名見道斷乃至名修道斷耶答曰若緣決定對治決定者名見道斷若緣不決定對治不決定者名修道斷復次若處所決定若緣決定若對治決定者名見道斷若處所不決定緣不決定對治不決定者名修道斷復次若以苦忍苦智作對治乃至道忍道智作對治者名見道斷若以智對治者

名修道斷復次若見苦斷者名見苦斷若見道斷者名見道斷若或見苦或見集或見滅或見道斷者名修道斷復次若違苦者名見苦斷乃至若違道者名見道斷若違苦集滅道斷者名修道斷此三結幾是見幾非見乃至九十八使幾是見幾非見問曰何故作此論答曰或有說一切煩惱皆是見性問曰彼何故作如是說耶答曰彼作是說所行猛利是見性一切煩惱各於自分所行猛利如身見著我我所邊見著斷常邪見著無所有見取著第一戒取著淨所行猛利愛亦如是於染著處所行猛利恚增惡慢自高癡愚疑猶豫所行亦猛利爲斷如是說者意亦明煩惱有是見性有非見性故而作此論此三結幾是見性幾非見性答曰二是見性謂身見戒取一非見性謂疑餘門廣說如經本問曰何故名見耶答曰此中應廣說如五見見處此三結幾有覺有觀幾無覺有觀幾無覺無觀乃至九十八使幾有覺有觀幾無覺有觀幾無覺無觀問曰何故作此論答曰或有說覺觀從欲界乃至有頂如譬喻者說彼何故作是說彼依佛經佛經中說心麤是覺心細是觀此麤細相從欲界乃至有頂中可得尊者佛陀提婆說曰阿毗曇者作如是說心次第相方而有麤細徧三界中然從欲界乃至梵世有覺有觀如是說者則名惡說汝等作如是說麤心是覺細心是觀此麤心細心乃至有頂可得然說覺觀從欲界乃至梵世中有是故汝等所說是惡說非善說惡受持非善受持阿毗曇人作如是說我等所說是善說

善受持非惡受持所以者何我以種種事故說麤細相非以一事如說纏麤使細是中不說覺麤觀細所以者何此二法非覺觀相故如說色陰是麤四陰是細如是則說覺之與觀俱是細法所以者何同行陰攝故如說欲界是麤初禪是細如是亦說覺觀是麤是細所以者何欲界初禪俱有覺觀故如說初禪地麤二禪地細如是則說覺觀是麤所以者何初禪地上更無覺觀故問曰彼說初禪地上有覺觀者云何復說三地差別答曰彼作是說欲界初禪乃至非想非非想處有三種法謂善染汙不隱沒無記欲界初禪善法不隱沒無記法三界染汙法是名有覺有觀地禪中間善不隱沒無記法是名無覺有觀地第二禪已上乃至非想非非想處善法不隱沒無記法是名無覺無觀地問曰若然者彼云何通佛經如經說滅於覺觀定生喜樂入第二禪彼作是答滅善覺觀非染汙問曰若然者爲因何事滅善覺觀非染汙耶法應先滅染汙後離地時乃滅於善但譬喻者說上地有覺觀當知此說是無明果闇果不勤方便果然覺觀欲界初禪中有故欲止他義乃至廣說而作此論此三結幾有覺有觀幾無覺有觀幾無覺無觀答曰三結有三種或有覺有觀或無覺有觀或無覺無觀云何有覺有觀答曰在欲界初禪者云何無覺有觀答曰在禪中間者云何無覺無觀答曰在三禪及四無色者餘門廣說如經本問曰何故名有覺有觀何故名無覺有觀何故名無覺無觀耶答曰與覺俱觀俱與覺相應觀相應與

覺觀俱現在前是名有覺有觀若不與覺俱但與觀俱不與覺相應與觀相應已滅覺與觀俱現在前是名無覺有觀若不與覺觀俱亦不與覺觀相應已滅覺觀是名無覺無觀復次若種種數若種種觀是名有覺有觀若種觀不種數是名無覺有觀若不種數不種觀是名無覺無觀此三結幾樂根相應幾苦根相應幾喜根相應幾憂根相應幾捨根相應乃至九十八使亦如是問曰何故作此論答曰或有說法生時次第生不一時生如譬喻者尊者佛陀提婆作如是說法生時次第生不一時生猶如多伴經過狹道次第而行不得一時若欲二人併行此猶爲難何況多人如是一切有爲法各各從生相生何緣衆多生法共一時生阿毗曇者作如是說有爲法自有一法和合而生自有多法和合而生一法和合生者於一剎那頃生故名一法和合生多法和合生者如一一數法各有一生雖多不相離故名多法和合生復次所以作論者或有說展轉相因力義是相應義彼作是說若法與彼法相因力生者是相應義如心因心力故生心與心相應數法因心力故生數法與心相應數法因數法力故生數法與數法相應心不因數法力生故心不與數法相應爲止如是說者意亦明心與數法相應數法亦與數法相應數法與心相應心不與心相應故而作此論復次所以作論者或有說自體與自體相應不與他相應彼作是說等相敬義是相應義諸法相敬莫過敬自體者爲止如是說者意亦明與他法相應義

故而作此論復次所以作論者或有說自體於自體不名相應不名不相應不名相應者一切諸法不能與自體作緣不名不相應者等相敬義是相應義所以者何諸法相敬莫過敬自體者爲止如是說者意亦明不亂相應法是故爲止他義欲顯已義乃至廣說此三結幾樂根相應幾苦根相應幾喜根相應幾憂根相應幾捨根相應問曰何故但問與受相應不問與餘數法耶答曰彼作經者意欲爾乃至廣說復次受不妨成就妨現前行云何不妨成就如一人成就五受云何妨現前行無有二受一時現前行復次以受一體體有諸根相故復次以受於緣起論中猶如車轂法故復次以受受入一切法故復次若不問受更問何耶若問命等八根彼一向是不相應法若問三無漏根信等五根彼一向是善若作是說何不問意根者以意根故名相應法如以心故名心相應法身見戒取與三根相應除苦根憂根所以除苦根者苦根在五識地此是意地所以不與憂根相應者憂根是憂慼行此是欣踊行總而言之與三根相應此在三界在欲界初禪二禪者與三根相應謂喜根捨根在第三禪與二根相應謂樂根捨根在第四禪及四無色與一根相應謂捨根是故總而言之與三根相應除苦根憂根疑與四根相應除苦根不與苦根相應者以苦根在五識地總而言之與四根相應疑在三界在欲界者與二根相應謂憂根捨根若在初禪二禪者與二根相應謂喜根捨根在第三禪者與二根相應謂樂根捨根

在第四禪及四無色與一根相應謂捨根是故總而言之與四根相應問曰何故欲界疑不與喜根相應初禪二禪則與相應答曰欲界疑喜所行各異故疑所行非喜所行喜所行非疑所行所以者何疑行憂慼喜行欣踊同義是相應義彼不同故不與相應初禪二禪俱行欣踊行故相應復次欲界喜麤疑細麤法不與細法相應所以者何等義是相應義故問曰喜有何麤義耶答曰衆生不應起而起於前物不應起而起云何衆生不應起而起衆生性是苦故云何於前物不應起而起見他人若顛若墮若謬誤應起慈愍而更大笑在初禪二禪者俱微細故相應復次欲界喜輕躁疑居重輕躁不與居重相應所以者何等義是相應義初禪二禪地二俱居重是故相應復次欲界喜從外法生疑從內法生從外生法不與從內生法相應所以者何等義是相應義初禪二禪俱從內生是故相應所以者何等義是相應義初禪二禪俱應復次欲界喜是客疑是舊住客不與舊住相應所以者何等義是相應義初禪二禪俱是舊住是故相應復次欲界疑雖不與喜根相應與餘受相應初禪二禪喜是地性受若不與喜根相應者此則名無受心聚壞相依法壞相應法欲令無如是過故欲界疑不與喜根相應初禪二禪疑與喜根相應貪與三根相應除苦根憂根所以者何貪行欣踊憂苦行憂慼恚與三根相應除喜根樂根所以者何恚行憂慼喜樂行欣踊癡欲漏無明漏與五根相應所以者何此三通六識身所行欣踊亦行憂慼故有漏與三根相應除苦根

憂根所以者何色無色界無憂苦故色無色界無憂苦義根揵度中當廣說除邪見餘門義如經本說邪見與四根相應除苦根總而言之邪見與四根相應然邪見在三界在欲界者與三根相應除苦根樂根在初禪二禪者與二根相應謂喜根捨根在第三禪者與二根相應謂樂根捨根在第四禪及無色定與一根相應謂捨根問曰欲界邪見何者與喜根相應何者與憂根相應答曰有人本性不好布施不好祠祀後若與邪見外道共會一處而聞是語無施無祠祀無善惡業報聞是語時心生信樂便生喜心我所行善好如是邪見與喜根相應有人性好行施祠祀後若與邪見外道共會一處聞作是說無施無祠祀無善惡業報聞是語時心生信樂便生憂心我等所施便為唐捐所以者何無果報故如是邪見與憂根相應此門是廣說優波提舍毗婆沙問曰何故名相應相應義如雜揵度相應因廣說此三結幾欲界繫幾色界繫幾無色界繫問曰何故作此論答曰或有說嫉慳在欲界梵世彼何故作如是說答曰彼依佛經佛經說梵天王語諸梵衆我等皆共住此不往詣沙門瞿曇所而於此處自能至老死彼作是說梵王以嫉慳故而作是言為止如是說者意亦明嫉慳唯在欲界故而作此論三結或欲界繫或色界繫或無色界繫此門義廣說如經本問曰何故名欲界繫何故名色界繫無色界繫答曰縛欲界法故名欲界繫縛色無色界法故名色無色界繫如牛繫著柱名柱繫牛彼亦如是復次欲界

足爲欲界法所繫故名欲界繫色無色界足爲色無色界法所繫故名色無色界繫是名煩惱如偈說

佛有無量行　無足誰將去

如人有足則得自在四方遊行如是有煩惱足者則能行於諸趣諸生死中復次煩惱於欲界作居處想我有想故名欲界繫色無色界煩惱於色無色界作居處想我有想故名色無色界繫居處是愛我有是見以欲界愛潤故見計我我所以色無色界愛潤故見計我我所復次能生欲界樂欲故名欲界繫能生色無色界樂欲故名色無色界繫樂是愛欲是見復次爲欲界生死法所繫故名欲界繫爲色無色界生死法所繫故名色無色界繫復次爲欲界垢所汙毒所害患所過故名欲界繫爲色無色界垢所汙毒所害患所過故名色無色界繫

阿毗曇毗婆沙論卷第四十一

音釋

數數（並作朔頻也）鈍（徒困切不利也）鎧（可亥切甲也）抖擻（抖當口切擻蘇后切抖擻舉振之貌）狹道（狹胡夾切狹道狹隘之路也）轂（古祿切輻所湊者曰轂）謬誤（謬靡幼切差也誤音悟惑也）輕躁（躁則到切輕躁謂不安靜也）唐捐（捐音貧唐捐徒棄也）

阿毗曇毗婆沙論卷第四十二

迦旃延子造
北涼沙門浮陀跋摩共道泰譯

使揵度不善品第一之八

諸結是欲界彼結在欲界耶是有六種一界是二趣是三人是四入是五漏是六自身是界是者如此中說諸結是欲界彼結在欲界耶此中說法處名是欲界法名欲界是色無色界法名色無色界是趣是者如說法法施時而作是言一切是五趣衆盡生死苦人是者如毗尼說是二人在僧數中僧中可得入是者如波伽羅那說云何色陰十色入及法入中色是漏是者如說云何漏法有漏法是身是者如四大揵度說云何內法答曰自身是於六是中以界是而作論不以餘是在有四種一自體在二器在三所行在四處所在自體在者一切諸法自體自相自性在自分中器在者如果在器中如提婆達多在舍中如器在所行在處所在義亦爾此中以四在而作論隨相而說諸結是欲界彼結在欲界耶答曰或結是欲界彼結不在欲界或結在欲界彼結不是欲界或結是欲界彼結亦在欲界或結不是欲界彼結不在欲界云何結是欲界彼結不在欲界耶答曰爲纏所纏魔波旬住梵天上欲與如來語言問曰魔波旬爲何纏所纏欲與如來語言耶答曰爲忿纏所覆故欲與如來語言復有說者爲嫉纏所覆故欲與如來語言復有說者爲慳纏所覆故欲與如來語言評曰應作是說爲十纏所覆起一一纏現在前欲與如來語言問曰何

故名魔答曰斷慧命故名魔復次常行放逸而害自身故名魔何故名波旬答曰常有惡意成就惡法成就惡慧故名波旬尊者瞿沙說曰應言波旬踰所以者何從波旬踰生彼中故住梵天上欲與如來語言問曰魔王住梵天上何所爲耶答曰梵天諸魔經是此論本緣曾聞佛住舍衛國給孤獨精舍祇陀林中爾時有一梵天於梵天上生如是惡見而作是言此處是常不斷棄出寂滅之法更無有常不斷棄出寂滅之法勝此處者爾時世尊知彼梵天心之所念譬如壯夫屈伸臂頃從祇陀林忽然不現至梵天上去梵天不遠而住其邊爾時梵天遙見如來即便請之而白佛言善來大仙此處是常不斷棄出寂滅更無有常勝此處者而汝能捨欲界煩惱亂種種苦事而來此間甚是快事汝可於此安樂常住爾時如來告梵天言此處非常而汝說常此處非是安樂寂靜棄出之處而汝說是安樂寂靜棄出之處汝爲無明所覆故作如是說汝應憶念過去諸梵墮欲界者如華菓落爾時梵天復白佛言善來大仙此處常樂廣說如上第二第三亦如是說爾時如來亦第二第三告梵天言此處無常乃至廣說無明覆汝應憶念過去諸梵墮欲界者如華菓落爾時梵天作是念今者如來難可親近難共語論然諸梵法在離欲地志意閑靜不能與佛競於言論復作是念魔王波旬常與如來共相違逆必能與佛競於言論是時梵王即致波旬到梵天上化作欲界地而以安止爾時梵王復白佛言大仙當知此處是常

乃至更無勝者爾時如來復告梵王此處無常廣說如上爾時波旬白佛言大仙汝莫違逆梵王所說隨其敎勑當奉行之汝若違逆梵王言者猶如有人功德天神來入其舍以杖駈之我不須汝汝若違逆梵王之言亦復如是亦如有人從高轉墮若其不以手足自御復當更墮如人墮樹不堅執枝則受苦痛若堅執枝不受苦痛如是大仙汝莫違逆梵王之言如其所說當奉行之復白佛言大仙今者不見梵衆及與我等圍遶梵王隨順梵王不違其言耶爾時世尊便作是念今者惡魔來留難我知是事已即告魔言汝非梵王亦非梵王眷屬所言惡魔留難我者汝身是也爾時波旬便作是念沙門瞿曇今者已知我心所念心懷恐怖生厭離意在一面坐而不能還爾時梵王以神足力能令波旬還自在宮是故彼經即是此論本緣亦爲纒所纒色界命終生欲界中陰凡夫人色界命終當生欲界欲界中陰在色界中而現在前所以者何法應如是死陰滅處即生中陰猶如種子滅處必生萌芽彼亦如是從死陰至中陰時欲界三十六使若一現在前令生相續是名結是欲界彼結不在欲界此中是者是界是在者除自體在是餘三在云何結在欲界彼結不是欲界爲纒所纒欲界命終生色界中陰凡夫聖人欲界命終生色界中色界中陰在欲界中所以者何法應如是死陰滅處即生中陰猶種子滅處即生萌芽彼亦如是凡夫人從死陰至中陰時色界三十一使若一現在前令生相續聖人從死陰至中陰時

色界修道所斷三使若一現在前令生相續亦結是色無色界住欲界現在前住欲界不死不命終色無色界結現在前凡夫三十一使若一現在前聖人修道所斷三使若一現在前如是等說因愛行禪者因慢行禪者因見行禪者因疑行禪者是名結在欲界彼結不是欲界在者是三在是者是界是云何結是欲界亦在欲界爲纏所纏凡夫聖人欲界命終還生欲界中陰凡夫人生五趣無礙聖人生二趣無礙若生天中若生人中凡夫人從死陰至中陰時三十六使若一現在前令生相續聖人從死陰至中陰時欲界修道所斷四使若一現在前令生相續如從死陰至中陰從中陰至生陰說亦如是亦結是欲界住欲界現在前住欲界不死不命終起欲界

結現在前凡夫人三十六使若一現在前聖人欲界修道所斷四使若一現在前是名結是欲界亦在欲界此中是者是界是在者是四在云何結不是欲界亦不在欲界爲纏所纏色界命終生色界中陰生陰中色界命終生色界中者是凡夫聖人凡夫人亦生上亦生下一一處有多生分聖人生上不生下一一處有一生分凡夫人從死陰至中陰時三十一使若一現在前令生相續聖人修道所斷三使若一現在前令生相續從中陰至生陰說亦如是色界命終生無色界中亦是凡夫聖人凡夫人一一處有多生分聖人一一處有一生分凡夫人從死陰至生陰時無色界三十一使若一現在前令生相續聖人三使無色界命終還生無色界亦是凡夫聖人

凡夫人亦生上亦生下一一處有多生分聖人生上不生下一一處有一生分凡夫人從死陰至生陰時三十一使若一現在前今生相續聖人三使凡夫人無色界命終生色界中從死陰至中陰時色界三十一使若一現在前今生相續亦結是色無色界住色界現在前住色界不死不命終亦是凡夫聖人凡夫人三十一使現在前聖人三使現在前如是等說因愛行禪者因慢行禪者因見行禪者因疑行禪者住無色界不死不命終起無色界三十一使現在前亦是凡夫聖人凡夫人起三十一使現在前聖人三使是名結不是欲界亦不在欲界所以者何在色無色界故是者是界是在者是四在諸結是色界亦在色界耶乃至廣作四句前四句初句作此第二句前第二句作此初句前第三句作此第四句前第四句作此第三句諸結是無色界亦在無色界耶答曰諸結在無色界彼結亦是無色界所以者何無色界唯有無色界繫結故頗有結是無色界不在無色界耶答曰有是無色界結住欲色界現在前不死不命終無色界結現在前亦是凡夫聖人凡夫人起無色界三十一使現在前聖人三使如是等因愛因慢因見因疑行禪者是名結是無色界是者是界是不在無色界所以者何在欲色界故在者除自體在是餘三在諸結非是欲界亦非在欲界耶乃至廣作四句前四句初句作此第二句前第二句作此初句前第三句作此第四句前第四句作此第三句諸結非是色界彼結亦非在色界耶乃至

廣作四句如欲界說諸結非是無色界彼結亦非在無色界耶答曰諸結非是無色界彼結亦非在無色界頗結非在無色界彼結非不是無色界耶答曰有諸結非不是無色界住欲色界現在前住欲色界不死不命終起無色界結現在前亦是凡夫亦是聖人凡夫人起三十一使現在前聖人三使此結非在無色界中所以者何在欲色界故在者三在除自體在非不是無色界所以者何是無色界結故是者是界是問曰何故彼尊者立非句而作論耶答曰彼作經者意欲爾乃至廣說復次欲現言論自在故若人於言論自在者則能以非句而作論於言論不自在者於正句猶不能作何況非句耶復次欲生弟子覺意故若以非句作論則生弟子覺意說法相此亦可爾彼亦可爾復次或有作非句而得長養者如人品中作正句彼人有四彼人有三彼人有二作非句彼人有五彼人有六彼人有四以是事故彼尊者以非句而作論

見諦具足世尊弟子若色不斷爲色所繫耶設爲色所繫色不斷耶乃至識亦如是問曰何故作此論答曰或有說斷色有次第斷分齊斷段段斷如外國法師作是說如染汙心心數法九種斷色亦如是爲斷如是說者意故亦明染汙心心數法九種斷色善有漏不隱沒無記心心數法於最後無礙道一時斷故而作此論問曰何故染汙心心數法九種斷色善有漏不隱沒無記心心數法最後無礙道一時斷耶答曰以明無明常相妨下下明斷上上無明下中斷上中下上斷上下中

下斷中上中中斷中中中上斷中下上下斷下上上中斷下中上上斷下下色善有漏不隱沒無記法不妨明不妨無明但爲明無明作所依處立足處如燈明不與炷油器相妨與闇相妨但炷油器爲燈明作所依處立足處如是色善有漏不隱沒無記法不與明無明相妨而與明無明作所依處立足處復次染汙心心數法隨幾種斷不成就彼種色是染汙者住方便道時即不成就最後無礙道斷色是善不隱沒無記者及餘善有漏不隱沒無記有爲法悉於最後無礙道一時斷此諸法雖已知已斷離三界欲猶故成就是故爲止他義欲顯已義乃至廣說而作此論見諦具足世尊弟子色愛未斷乃至廣說問曰爲避何事說見諦具足爲制何事說世尊弟子答曰見諦具足爲避堅信堅法人世尊弟子爲制愚小凡夫問曰何故堅信堅法人不名見諦具足耶答曰若具足見四眞諦永斷邪見是名見諦具足堅信堅法人見諦未具足而當具足未永斷邪見而當永斷復次若身中無四種無明愚闇有四種智名見諦具足堅信堅法人未捨四種無明愚闇未具四種智故復次若裂四種猶豫疑網生四種決定者是見諦具足堅信堅法人未裂四種猶豫疑網亦未具足四種決定故復次若身中無如霜雹煩惱邪見顛倒及諸惡行者名見諦具足堅信堅法人無是事故不名見諦具足猶如苗稼無諸霜雹名爲具足彼亦如是復次若能降伏四諦方土是名見諦具足堅信堅法未能降伏四諦方土故名不具足問

曰何故凡夫不名世尊弟子耶答曰若聞佛所說於四諦三寶心無有異凡夫不爾或信佛語或信外道語復次若不事餘天唯事於佛是名世尊弟子凡夫人或事於佛或事自在天等復次若於佛有不壞信是名世尊弟子凡夫人無於佛不壞信故不名世尊弟子復次若於佛法心不移動猶如門閫者是名世尊弟子凡夫輕躁猶如樹華復次若有所聞不爲邪聞所壞是名世尊弟子凡夫若有所聞則爲邪聞所壞問曰此中誰是見諦具足世尊弟子耶答曰須陀洹斯陀含阿那含阿羅漢見諦具足世尊弟子若色不斷爲色所繫色若斷即時解脫若解脫即時斷若先斷後得解脫無有是事染汙心心數法或有先斷後得解脫者或有俱斷亦解脫者染汙心有九種下下乃至上上前八種先斷後得解脫後一種亦斷亦得解脫若上上斷餘八種有縁縛乃至第八種斷下下種縁縛八種所以者何盡是一使展轉相使故如是等說是略毗婆沙見諦具足世尊弟子若色未斷爲色所繫耶答曰如是設爲色所繫色不斷耶答曰如是所以者何先作是說色法若斷即時解脫若解脫即時斷若先斷後解脫者無有是事須陀洹斯陀含五地色不斷爲色所繫未離初禪欲阿那含四地色不斷爲色所繫乃至離第三禪欲阿那含未離第四禪欲一地色不斷爲色所繫見諦具足世尊弟子若受不斷爲受所繫耶答曰若爲受所繫彼受不斷須陀洹斯陀含三界修道所斷受不斷爲受所縛未離初禪欲阿那含八地受

不斷爲受所縛乃至離無所有處欲阿那含一地受不斷爲受所繫頗爲受所縛彼受非不斷耶答曰有家家斯陀含一種子彼欲界修道所斷上中結彼結相應受爲下下結所縛家家若斷三種若斷四種如彼結斷彼相應受亦斷彼相應受若爲五若六種結所縛斯陀含已斷六種結如彼結斷相應受亦斷彼相應受爲三種結所縛一種子若斷七種八種結如彼結斷彼相應受亦斷彼相應受爲一種若二種結所繫如受想行識說亦如是見諦具足世尊弟子若色已斷彼色不繫耶答曰如是若色不繫彼色斷耶答曰如是所以者何先作是說若色斷即時解脱若色解脱即時斷若先斷後解脱無有是事離色愛聖人斷五地色彼色不繫離三禪欲未離第四禪欲阿那含四地色斷彼色不繫乃至未離初禪欲阿那含一地色斷彼色不繫見諦具足世尊弟子若受已斷彼受不繫耶答曰若受不繫彼受已斷阿羅漢三界見道修道所斷受已斷不繫離無所有處欲阿那含三界見道所斷八地修道所斷受斷亦不繫乃至未離初禪欲阿那含三界見道所斷一地修道所斷受斷亦不繫須陀洹斯陀含三界見道所斷受斷亦不繫頗有斷非不繫耶答曰有家家斯陀含一種子欲界繫修道所斷上中結斷彼所斷結相應受爲下結所繫家家若斷三種若斷四種結如彼結斷受亦斷彼相應受若爲五種若六種結所繫斯陀含斷六種結如彼結斷受亦斷彼相應受爲三種結所繫一種子若斷七種若八種結如

彼結斷受亦斷彼相應受若爲一種若二種結所繫如受想行識說亦如是問曰家家須陀洹所不攝須陀洹斷上上上中結者爲下若七若八種結所繫此中何以不說耶答曰應說而不說者當知此說有餘復次此是壞相不定故不說若是不壞是定相者此中則說問曰如色無色界結亦可爾如離初禪上上結爲八種結所繫乃至八種結斷爲一種結所繫乃至非想非非想處結斷亦如是何以但說欲界結不說色無色界耶答曰應說而不說者當知此說有餘復次此現初義若說欲界當知說色無色界亦爾復次以欲界結斷時生種種人名若斷三種四種名家家若斷六種名斯陀含若斷七八名一種子離色無色結更無如是異人名故是以不說問曰下結斷亦可爾如下上煩惱斷爲下中下下結所縛若下上上中結斷爲下下結所縛何以但說上中不說下耶答曰應說而不說者當知此說有餘如上上結斷爲下八種結所縛若斷二種爲七種所縛如是一一種斷皆爲下所縛但不能一一作文是故略說家家是須陀洹差別一種子是斯陀含差別家家者若在二家若在三家二家者斷四種結餘有二有種子三家者斷三種結餘有三有種子家家無有斷五種結者所以者何若能斷五種必斷第六種得斯陀含果所以者何第六種結性羸劣不能障礙留難斯陀含果猶如一線不能制象彼亦如是一種子斷若七若八種結餘有一種子問曰餘有二種結在何以言一有種子耶答曰不以一種結在

名一種子以有一有種子故名一種子復有說者無有盡八種結一種子者所以者何若斷八種結必得離欲界九種結不能障礙留難離欲法故復有說者有斷八種結一種子者無有說斷五種家家須陀洹所以者何若斷五種必斷六種得斯陀含第六種結性麤劣不能障礙留難斯陀含果問曰第九種結亦性麤劣不能障礙留難若一種子能斷第八種者亦能斷第九種而得離欲答曰家家須陀洹若斷六種結猶在欲界中生所有決定已熟業應於欲界而受報者不能障礙留難斯陀含果一種子斷九種結更無欲界生分所有決定已熟業應於欲界而受報者能障礙留難不得離欲作如是說者衆生有三時煩惱業能極障礙留難一頂向忍時二聖

人離欲界欲時三得阿羅漢果時頂向忍時者諸惡趣決定業極爲障礙留難若起忍者我等於誰身中而受報耶聖人離欲界欲時者欲界決定諸業應受報者極作障礙留難若離欲者我等於誰身中而受報耶得阿羅漢果時決定應受未來有業極作障礙留難若得阿羅漢果我等於誰身中而受報耶是故有斷八種結是一種子者無有斷五種是家家須陀洹家家有二種有人中家家天中家家天中家家者天上若二生若三生若一天中若二天中若三天中或一天中一家二家三家人中家家者若二生三生分或一天下或二天下或三天下若一天下或一家二家三家中生一種子天中一種子者天中有一生分人中一種子者人中有一生分以三

事故名家家一以業二以根三以斷結以業者或造二生業報或造三生業報以根者得無漏根故斷結者若斷三種若斷四種結於此三事不具一事不名家家以三事故名一種子一以業二以根三以斷結以業者造一生業報以根者得無漏根故斷結者若斷七種若斷八種結於此三事不具者不名一種子問曰聖人住欲界受身造業不耶答曰或有說者不造所以者何以欲界多過患故雖不作受身造業而作受身漏業問曰若聖人不作欲界受身造業者此云何通如說爾時世尊讚說彌勒成佛時事會中有未離欲學人聞說是已皆共立願使我聞見此好妙事已然後乃般涅槃答曰此須臾時於所須物無所乏少不爲苦痛所逼而有所願求若爲苦痛所逼於一切生處更無願求我若能如鳥飛於空者即於今日而般涅槃若作是說聖人不作欲界受身造業者彼作是說彼家家若二生三生造業於凡夫時造若斷三種四種結或凡夫時斷或聖人時斷一種子有一生分業亦凡夫時造彼若斷七種八種結或凡夫時斷或聖人時斷復有說者聖人住欲界受身處造業聖人所造者清淨妙好無諸苦患隨順善法者作是說聖人住欲界受身處造業者家家須陀洹造二生若二生必受報業此業或凡夫時造或聖人時造斷若三若四種結或凡夫時斷或聖人時斷一種子造一生必受報業此業或凡夫時造或聖人時造斷若七若八種結或凡夫時斷或聖人時斷

問曰若人中得須陀洹斯陀含果命終已生欲界天中得阿那含果彼命終已爲生色無色界中不耶若生者增一經說云何通如說有五人此間種子此間畢竟五人者一受七有人二家家人三斯陀含人四一種子人五現法般涅槃人此間種子者此間得正決定此間畢竟者此間盡漏復有五人此間種子彼間畢竟一中般涅槃二生般涅槃三有行般涅槃四無行般涅槃五上流般涅槃此間種子者此間得正決定彼間畢竟者彼間得盡漏若不生者帝釋所問經云何通如偈說

若知於此法　俱生梵世中　於諸梵中勝

威德最在前

即此經說復云何通如帝釋白佛言世尊如我所行正行若有爲我重解說者我當勝進得阿羅漢果能盡苦際我所行正行若無有人爲我說者我必生彼妙色摩㝹摩天中諸根具足無有缺減亦不卑陋有清淨色以受樂爲食身出光明飛行虛空壽命長遠於此命終當生如是天中答曰或有說者如此聖人不生色無色界中問曰若然者增一經善通如說有五種人此間種子此間畢竟帝釋所問經云何通如偈說若知於此法乃至廣說答曰此所說者不說死亦不說生何以知之曾聞釋女瞿夷有三比丘常入其舍以清淨音聲爲其唄唱亦數數爲說法要爾時瞿夷以聞法故心生欣樂厭患女身願男子身命終之後生三十三天爲帝釋子時彼諸天即爲立字稱瞿夷天子時三比丘以自愛音聲故生於下處乾闥婆中乾闥婆是諸天作

樂神也朝夕常爲諸天作樂爾時瞿夷天子見便識之而語之言我因汝等生信樂心猒患女身成男子身命終之後今得生此爲帝釋子汝等淨修無上梵行何緣生此卑下乾闥婆中時乾闥婆聞天子言心生猒離得離欲愛二以神足力往梵天中一猶住此以是事故知其不死亦復不生復有說者彼二此間死生彼中本於人中得達分善根聞瞿夷天子所言心生猒患得正決定後離欲愛得阿那含果命終之後生梵世中雖死雖生非本人中得須陀洹斯陀含者問曰若然者帝釋所問經第二說云何通如說我所行正行乃至廣說答曰帝釋雖當得道果以不知阿毗曇相義故作如是說問曰即於佛前而作是說佛何以不呵之耶答曰佛知此說不能障道後入法時自當知之復有說者如此聖人生色無色界問曰若然者帝釋所說經善通增一經云何通答曰聖人不定或有轉行有不轉行若轉行者如帝釋問經說不轉行者如增一經說是則二經俱通評曰如此聖人不生色無色界所以者何聖人易世必有三事一不退二不轉根三不生色無色界所以者何聖道於彼身中以是舊住故

阿毗曇毗婆沙論卷第四十二

音釋

評（蒲明切品論也）波旬踰（梵語也此云惡國踰音俞）駈（音區逐也）分（扶問切）齊（才詣切分齊限量也）雹（弼角切雨氷也）稼（古訝切禾秀實爲稼）閫（苦本切門限也）羸劣（羸倫爲切瘦也劣龍輟切弱也）摩㝹摩（梵語天名也㝹奴侯切）唄（蒲拜切梵音也）

阿毗曇毗婆沙論卷第四十三

迦旃延子造

北涼沙門浮陀跋摩共道泰譯

使揵度不善品第一之九

五人堅信堅法信解脱見到身證堅信人於此三結幾成就幾不成就乃至九十八使幾成就幾不成就乃至身證於此三結幾成就幾不成就乃至九十八使幾成就幾不成就問曰何故彼尊者於使揵度中因五人而作論智定揵度中因七人而作論耶答曰彼作經者意欲爾乃至廣說復次此使揵度因有使人而作論智定揵度因有使無使人但有智定者而作論有結說亦如是復次彼尊者以人爲章以煩惱爲門慧解脱俱解脱人無結故不立門智定揵度以人爲章以智定爲門慧解脱俱解脱人有智定故而立門以是事故彼尊者於使揵度中因五人而作論智定揵度中因七人而作論七人堅信堅法解脱見到身證慧解脱俱解脱云何堅信人猶如有一多敬多信多淨多愛多隨所聞而解了不好多思不多量不多察不多選擇如好信乃至多隨所聞而解了故若聞佛及佛弟子說法教授爲說苦空無常無我彼作是念能爲我說苦空無常無我甚是快事我應修行苦空無常無我彼修行苦空無常無我時能生世第一法次生苦法忍知欲界諸行是苦空無常無我乃至未生道比智是名堅信人堅信人或是證須陀洹果向或是證斯陀含果向或是證阿那含果向若是具縛若斷五種結得正決定在見道十五心頃是證須

陀洹果向人若斷六種結乃至斷八種結得正決定在見道中十五心頃是證斯陀含果向人離欲界欲乃至離無所有處欲得正決定在見道中十五心頃是證阿那含果向人云何堅法人猶如有一性好多思多量多察多選擇不好多信乃至不好隨所聞而解了以性好多思乃至多選擇故若聞佛及佛弟子說法教授乃至廣說如堅信人是名堅法人云何信解脫人即彼堅信人得道比智捨堅信名得信解脫名問曰爲捨何等耶答曰捨名得名捨道得道捨名者捨堅信名得名者得信解脫名捨道者捨見道得道者得修道信解脫人或是須陀洹或是斯陀含向或是斯陀含或是阿那含向或是阿那含或是阿羅漢向住須陀洹果更不勝進名須陀洹若勝進名斯陀含向住斯陀含果不勝進名斯陀含若勝進名阿那含向若住阿那含果不勝進名阿那含若勝進名阿羅漢向云何見到人堅法人得道比智捨堅法名得見到名問曰爲捨何等得何等耶答曰捨名得名捨道得道乃至廣說如信解脫人云何身證人答曰若人以身證八解脫非以慧盡餘漏是名身證人云何慧解脫人若人不以身證八解脫以慧斷餘漏是名慧解脫人云何俱解脫人答曰若人以身證八解脫以慧盡餘漏是名俱解脫人問曰何以名俱解脫耶答曰煩惱障是一分解脫障是一分斷此二障名俱解脫問曰若得阿羅漢後得滅盡定離於解脫障時有漏心得解脫耶無漏心得解脫耶答曰或有說者有漏心得解脫所以者

何無心定時得解脫評曰應作是說有漏無漏心得解脫所以者何身得解脫世得解脫若不得滅定時出定入定心於彼身不行若於彼身不行於世亦不行若得滅定時入定出定心則於身中行以於身中行故於世亦行如說俱解脫人義餘人義亦應說問曰何故名堅信人答曰此人依信生信依有漏信生無漏信依縛信生解脫信依繫信生不繫信如是等人本性多信若一語言男子汝應田作可以自活彼聞是語而不思惟應作不應作能作不能作有宜便無宜便聞巳便作若復語言男子汝應商估學習兵法親近王者學書算數以此業自活彼不思惟應作不應作能作不能作有宜便無宜便聞巳便作若復語言男子汝應出家彼不思惟我應出家不應出家爲有宜便爲無宜便爲作守護梵行爲不能守護梵行聞是語巳即便出家旣出家巳若復語言比丘汝應勸化彼不思惟我於勸化有力耶無力耶能辦不能辦耶聞巳便作若復語言比丘汝應學誦習彼不思惟我爲能辦誦習爲不能辦耶爲當誦習修多羅毗尼阿毗曇耶聞巳誦習若復語言比丘汝應住阿練若處習阿練若法亦不思惟能與不能聞巳便作以是因緣轉近聖道彼於後時生世第一法次生苦法忍乃至未得道比智於見道十五心頃是名堅信人問曰何故名堅法人答曰此人因法生法因世法生出世法因有漏法生無漏法因縛法生不縛法如是等人本性好思量若有人語言男子汝應田作可以自活彼便思量我能不

能爲有宜便爲無宜便廣説如堅信人皆悉思量以是因縁轉近聖道彼於後時生世第一法次生苦法忍乃至未生道比智於見道十五心頃是名堅法人問曰堅信人有爾許信亦有爾許慧堅法人有爾許慧亦有爾許信何故一名堅信一名堅法耶答曰或信他言入聖道或有内自思惟入聖道若信他言入聖道者名堅信若内自思惟入聖道者名堅法復次或有以定入聖道或有以慧入聖道若以定入聖道者名堅信若以慧入聖道者名堅法如以定以慧定多慧多樂定樂慧鈍根利根從他聞法力依内思惟力親近善知識聞於正法内自思惟如法修行先以定修心後得慧解脱先以慧修心後得定解脱或有得内心定不得慧或有得慧不得内心定無貪偏多無癡偏多説亦如是問曰何故名信解脱答曰以信觀信從信得信以信觀信者以見道信觀修道信從信得信者從向道信得果道信是名信解脱復次此人以信故於三結心得解脱是名信解脱何故名見到答曰此人以見到見以見道見到修道見以向道所攝見到果道所攝見復次此人以見故於三結心得解脱是名見到問曰如信解脱亦可言信到如見到亦可言見解脱何故一説信解脱一説見到耶答曰應説如説信解脱亦應説信到如説見到亦應説見解脱而不説者有何意耶答曰欲現種種文故乃至廣説何故名身證答曰若信解脱若見到得滅定捨信信解脱見到名得身證名爲捨何等得何等外國法師作如是説捨名得

名捨道得道捨名者捨信解脫見到名得名者得身證名捨道者捨信解脫見到道得道者得身證道罽賓沙門作如是說捨名得名者捨信解脫見到名得身證名若不得滅定得阿羅漢果名慧解脫若得滅定得阿羅漢果名俱解脫問曰如見道中有二人堅信堅法修道中有二人信解脫見到何故無學道中唯說一人耶答曰或有以世俗道離欲乃至離無所有處欲或以無漏道若離非想非非想處欲時合爲一道故唯說一人復次或有偏行貪者或有不著若離非想非非想處欲時身中無貪同一相故唯說一人復次或有偏行癡者或有不著若離非想非非想處欲時身中無癡同一相故唯說一人偏行慢者說亦如是復次解脫等故如說如來等正覺所得解脫漏盡阿羅漢比丘所得解脫此二解脫等無差別復次以俱除三界煩惱螺髻故俱不欲未來有俱出最後關要故復有說者無學地亦說二種人一時解脫二不時解脫問曰若然者聖人則有六見道有二堅信堅法修道有二信解脫見到無學道有二時解脫不時解脫云何施設有七人耶答曰以五事故施設七人一以方便二以根三以定四以解脫五以定以解脫以方便者是堅信堅法以根者是信解脫見到以定者是身證以解脫者是慧解脫以定以解脫者是俱解脫應說一堅信人如七人中一人以根故應說三堅信人謂上中下根以性故應說五堅信人謂退法乃至必勝進以道故應說十五堅信人謂苦法忍乃至道比忍以離欲故

應說七十三堅信人欲界有具縛一有離一種欲乃至離九種欲初禪離九種欲無具縛人所以者何離欲界欲即是初禪具縛乃至離無所有處一種欲乃至離九種欲所依身者閻浮提有七十三瞿陀尼有七十三弗婆提有七十三四天王乃至他化自在天各有七十三若在一一身一一剎那則有無量無邊堅信人此中總說一聖堅信人堅法人說亦如是唯除以性故者所以者何彼是不動性故應說一種信解脫人如七人中一人以根故應說三以性故應說五以離欲故應說八十二欲界具縛離一種欲乃至離九種欲乃至離無所有處欲亦如是離非想非非想處一種欲乃至離八種欲及斷第九種欲時所依身者欲界有八十二初禪有七十三第二禪有六十四第三禪有五十五第四禪有四十六空處有三十七識處有二十八無所有處有十九非想非非想處有十具縛斷八種欲及斷第九種欲時若以在身以剎那則有無量無邊信解脫此中總說一信解脫人如信解脫見到說亦如是唯除以性故者所以者何彼是不動性故應說一身證人如七人中一人以根故應說三以性故應說六以離欲故應說十非想非非想處具縛離一種欲乃至離八種欲及斷第九種欲時所依身者欲界有九色界有九無色界有九若以在身以剎那則有無量無邊此中總說一身證人應說一慧解脫人如七人中一人以根故應說三以性故應說六所依身者有三依欲界身色界身無色界身若以在身以剎那則

有無量無邊此中總說一慧解脫人俱解脫亦如是堅信人於此三結幾成就幾不成就先作是說彼尊者以人爲章以煩惱爲門今欲以煩惱門明人堅信人苦比智未生於此三結一切成就若生二成就謂戒取疑一不成就謂身見餘廣說如經本乃至離色愛滅比智生欲色界一切不成就及無色界苦集滅所斷一切不成就餘者成就問曰何故不說道比智耶答曰道比智若生名信解脫如堅信堅法亦如是所以者何此二地等道等離欲等所依身等定等生處等唯根有差別若鈍根者名堅信利根者名堅法信解脫人於此三結一切不成就廣說如經本如信解脫見到亦如是所以者何此二地等道等離欲等所依身等定等生處等唯根有差別若鈍根者名信解脫若利根者名見到身證人於此三結一切不成就餘廣說如經本此中應作論頗有聖人成就九十八使耶答曰有具縛人住苦法忍時頗有人斷八十八使不斷十使而不得果耶答曰有離色愛人得正決定滅比智時欲界三十六使斷色界三十一使無色界苦集滅諦所斷二十八使十不斷者無色界道諦所斷七使修道所斷三使彼不得果所以者何是向道故頗有九十八使斷而非阿羅漢耶答曰有離無所有處欲未離非想非非想處欲欲界三十六使斷色界三十一無色界空處識處無所有處三十一使彼非是阿羅漢所以者何凡夫人亦斷阿那含亦斷評曰不應作此論所以者何以界故立煩惱不以地故

身見於身見有幾緣問曰何故作此論答曰或有説緣無體如譬喻者彼何故作是説耶答曰彼依佛經佛經説無明緣行無明是一相行是若干相云何一相法與若干相作緣尊者佛陀提婆説曰諸師所説緣但有名而無體爲止如是説者意亦明緣有實體若當緣無體者一切諸法亦無體所以者何一切有爲法盡是因緣次第緣除過去現在阿羅漢最後心餘過去現在一切心心數法境界緣威勢緣一切法是復次若緣無體者一切諸法無甚深義諸法若不以緣相觀察則淺近易知若以緣相觀察諸法則深過四海唯佛智能知非餘所知復次若緣無體者則不施設有三種菩提若以上智觀於緣相名佛菩提若以中智名辟支佛菩提若以下智名聲聞菩提復次若緣無體者則無上中下覺差別若下覺者常是下覺中覺常是中覺上覺常是上覺以觀緣相故下覺可令中中可令上是故尊者瞿沙作如是説若緣無體者則師不能教授弟子使覺性增廣以緣有體故則師教弟子下覺爲中中覺爲上本是弟子後便爲師以是事故當知緣實有體相問曰若緣實有體者譬喻者所説經云何通答曰無明體雖一相所作有若干以若干門義爲行作緣猶如一人有五種能人雖是一而有五能彼亦如是復次所以作論者欲現一切有爲法性羸劣無自力由他不自在無所欲作故而作此論或有説有爲法自性羸劣或有説由羸劣因緣生故性羸劣如説比丘當知色是無常能生色因緣亦是無常因緣

生者色云何是常以有爲法性羸劣故或有從四緣生者三緣生者二緣生者乃至無有從一緣生者何況無緣如衆多羸病人或須四人扶者或須三人或須二人乃至無有一人能扶起者何況無人而能起耶彼亦如是無自力者無有自力勢用而能生由他者若無自力名爲由他不自在者莫令我生莫令我滅不得自在無所欲作者無有如是欲作之心誰作我我當作何欲現諸法性劣乃至無所欲作故而作此論復次所以作論者欲止於緣起法過故或謂緣起法唯無明緣行乃至生緣老死更無緣起法欲令此義決定若法從緣生即是緣起此中應說僧伽婆修喻是故爲止他義欲顯已義乃至廣說問曰身見於身見有幾緣答曰或四三二一問曰何故彼尊者作論此中問身見於身見有幾緣答或四三二一如智揵度問法智於法智有幾緣答因次第境界威勢緣也答曰彼作經者意欲爾乃至廣說復次爲現二門二略乃至廣說此身見於身見有幾緣答或四三二一法智於法智有幾緣亦應如是答或四三二一彼法智於法智有幾緣答因次第境界威勢此中身見於身見有幾緣亦應如是答因次第境界威勢復次此說是了義彼說是未了義乃至廣說此是實諦彼是世諦復次此中分別四種法一分別界二分別世三分別刹那四分別次第彼但分別次第身見於身見有幾緣答曰或四三二一云何四身見次第生身見即緣前生身見前生身見與後身見作四緣謂因次第境界威勢如一身

見剎那後次生第二身見剎那若後生身見緣前生身見者前生身見與後生身見作四緣謂因次第境界威勢因緣者有二因謂相似因一切偏因次第緣者後生身見次前身見後生境界緣者後生身見即緣前生身見因緣者如種子法次第緣者如開導法境界緣者如執杖起法威勢緣者是不相障礙法後生身見受前身見四緣威勢故能行世能取果能有所作能知境界云何三答曰如身見次第生身見不緣前身見前生身見於後身見因次第威勢無境界如一身見剎那次生第二身見剎那後生身見雖不緣前生身見或緣色陰或緣受陰或緣想陰或緣識陰除身見或緣餘行陰前生身見與後生身見作三緣因次第威勢無境界因緣者有二因謂相似因一切偏因次第緣者後生身見次前身見後生無境界以不緣前身見故因緣者如種子法次第緣者如開導法威勢緣者是不障礙法後生身見受前身見三緣故能行世能取果能有所作能知緣能知境界復有三緣如身見次第生不相似心後還生身見即緣前身見前生身見與後生身見因境界威勢無次第如一身見剎那後不生第二剎那身見或生邊見或生邪見或生戒取或生見取或生疑或生愛恚慢無明或生善有漏不隱沒無記心還生身見即緣前生身見前生身見與後生身見作三緣謂因境界威勢無次第以生不相似心故境界緣者以緣前身見故後生身見受前生身見三緣勢故能行世乃至廣說云何二如身見次第生不

相似心後生身見不緣前身見前生身見於後生身見因緣威勢緣無境界緣次第緣如一身見刹那後不生第二身見刹那或生邊見乃至生善不隱沒無記心還生身見雖不緣前身見或緣色陰乃至識陰除身見亦緣餘行陰前生身見與後生身見作二緣謂因緣威勢緣因緣者有二因謂相似因一切徧因威勢緣者不障礙故無境界緣不緣前身見故無次第緣後生身見不以前身見後生故後生身見受前身見二緣勢故能行於世廣說如上云何一後生身見於前生身見若緣者境界緣威勢緣若不緣者一威勢緣問曰何故問一緣而答二緣耶答曰諸師作論或有先避過而後答或有先答而後避過先避過而後答者如此說後生身見於前生身見若作緣是境界境界威勢若作境界威勢緣是名避過不作境界一威勢緣是名答先答而後避過者如一行品說若前生不斷是繫是名答若前不生生者已斷是不繫是名避過復有說者此名是答不名避過身見或有一緣或有二緣未來身見於過去現在身見若作境界境界威勢緣若不作境界一威勢緣未來現在身見於過去身見若作境界境界威勢緣若不作境界一威勢緣若過去身見緣未來現在身見故生未來現在身見於過去身見作二緣謂境界威勢緣若過去身見不緣未來現在身見生者未來現在身見於過去身見作一威勢緣問曰如過去身見所作已竟更無所能何故作是說若緣作境界威勢緣若不緣一威勢緣耶答曰過去

身見在現在世時緣未來身見緣已滅墮過去雖滅墮過去更無所作即以前所作而說欲界身見於色界身見一威勢緣無因緣所以者何以地以界因各異故無次第緣所以者何無染汚心命終生上地者無境界緣所以者何無緣下煩惱故有威勢緣不相障礙故色界身見於欲界身見若作次第次第威勢緣若不作次第一威勢緣住色界身見俱心命終以欲界身見俱心令生相續色界身見於欲界身見作二緣謂次第緣威勢緣次第緣者以欲界身見次色界身見後生故威勢緣者以不相障礙故無因緣所以者何以地以界因各異故無境界緣以身見不緣他界故若色界中不住身見俱心命終以欲界身見俱心令生相續者色界身見於欲界身見一威勢緣無次第緣有威勢緣如上說欲界身見於無色界身見一威勢緣無色界身見於欲界身見若作次第次第威勢緣若不作次第一威勢緣廣說如上色界身見於無色界身見一威勢緣無色界身見於色界身見若作次第有次第威勢緣若不作次第一威勢緣廣說如上如身見於身見於不一切偏不一切偏於不一切偏不一切偏於一切偏不一切偏於一切偏者不於上上於下所以者何此中說他界緣一切偏是一切偏總而言之使有十種謂五見疑愛恚慢無明此十使五是一切偏五非一切偏五是一切偏者謂邪見見取戒取疑無明五非一切偏者謂身見邊見愛恚慢此文說他界緣一切偏身見邊見在不一切偏中如身見於身

見如是身見於不一切徧者如身見於邊見於愛於恚於慢是名身見於不一切徧不一切徧於不一切徧者如邊見於邊見於愛於恚於慢於身見愛於愛於恚於慢於邊見於身見恚於恚於慢於愛於身見於邊見慢於慢於身見於邊見於愛於恚是名不一切徧於不一切徧不一切徧於一切徧者如身見於邪見於見取於戒取於疑於無明如身見邊見愛恚慢說亦如是是名不於一切徧於一切徧身見於戒取有幾緣耶答曰或四三二一云何四如身見次第生戒取即緣身見前生身見於後生戒取因次第境界威勢緣如一身見剎那後次第生戒取剎那若後生戒取緣前身見者前生身見於後生戒取作四緣謂因次第境界威勢緣因緣者有二因謂相似因一切徧因次第緣者戒取次身見後生故境界緣者後生戒取緣前身見故生因緣者如種子法乃至威勢緣是不相障礙法後生戒取受前身見四緣勢故能行世廣說如上云何三答曰如身見次第生戒取不緣身見前生身見於後生戒取因次第威勢緣無境界緣如一身見剎那後次第生戒取剎那戒取雖不緣身見或緣色陰乃至識陰或緣餘身見餘行陰前生身見於後生戒取有三緣無境界緣因緣者有二因謂相似因一切徧因次第緣者後生戒取次前生身見後生故威勢緣者不相障礙故無境界緣後生戒取不緣前身見故後生戒取受前生身見三緣勢故能行世廣說如上復有三緣二緣一緣廣說如身見欲界身見於色界戒取

一威勢緣廣說如上色界身見於欲界戒取若作次第不作境界有次第威勢緣如住色界身見俱心命終欲界戒取俱心令生相續欲界戒取不緣色界身見色界身見於欲界戒取有次第威勢緣若作境界不作次第有境界威勢緣若不住色界身見俱心命終欲界戒取俱心令生相續即緣色界身見色界身見於欲界戒取有二緣謂境界威勢緣若作次第境界威勢緣者則有次第境界威勢緣如住色界身見俱心命終欲界戒取俱心令生相續欲界戒取即緣色界身見色界身見於欲界戒取有三緣謂次第境界威勢緣次第緣者欲界戒取次色界身見後生境界緣者欲界戒取緣色界身見故生威勢緣者不相障礙故無因緣以界以地因各異故若不作次第緣不作境界緣一威勢緣若不住色界身見俱心命終欲界戒取俱心令生相續不緣色界身見故生色界身見於欲界戒取一威勢緣無因緣以界以地因各異故無次第緣以不次色界身見後生故無境界緣以不緣色界身見故以不相障礙故一威勢緣欲界身見於無色界戒取一威勢緣無色界身見於欲界戒取廣說如上色界身見於無色界戒取廣說如上無色界身見於色界戒取廣說如上如身見於戒取於邪見於見取於疑於無明說亦如是是名身見於一切徧一切徧於一切徧者如邪見於邪見於見取於戒取於疑於無明見取於見取於戒取於疑於無明於邪見戒取於戒取於疑於無明於邪見於見取疑於疑於無明於邪見於

見取於戒取無明於無明於邪見於見取於戒取於疑是名一切徧於一切徧不一切徧於一切徧者如身見於戒取於邪見於見取於疑於無明亦如是如身見邊見愛恚慢說亦如是是名不一切徧於一切徧若問諸法攝應以入觀察若問智應以諦觀察若問識應以界觀察若問煩惱應以種觀察若如是觀察則法體相易知易見此中問煩惱應以種觀察法有五種見苦斷種乃至修道斷種見苦所斷有二種一一切徧二不一切徧見集所斷亦如是見滅所斷有二種一緣有漏二緣無漏見道所斷亦如是修道所斷非一切徧見苦所斷一切徧於見苦所斷一切徧因次第境界威勢緣因緣者有四因謂相應因共生因相似因一切徧因次第緣者見苦所斷一切徧次第生見苦所斷一切徧境界緣者見苦所斷一切徧即緣見苦所斷一切徧威勢緣者不相障礙故見苦所斷一切徧於見苦所斷不一切徧因次第境界威勢緣因緣者有二因謂相似因一切徧因次第緣者見苦所斷一切徧次第生見苦所斷不一切徧境界緣者見苦所斷不一切徧緣見苦所斷一切徧威勢緣者不相障礙故見苦所斷一切徧於見集所斷一切徧因次第境界威勢因緣者一因謂一切徧因次第緣者見苦所斷一切徧次第生見集所斷一切徧境界緣者見集所斷一切徧緣見苦所斷一切徧威勢緣者不相障礙故見苦所斷一切徧於見集所斷不一切徧見滅所斷見道所斷修道所斷因次第威勢緣無境界緣因緣者

一因謂一切徧因次第緣者見苦所斷一切徧次第生彼諸使境界緣者彼諸使緣於自種不緣他種威勢緣者不相障礙故見苦所斷不一切徧於見苦所斷不一切徧因次第境界威勢緣因緣者有三因謂相應因相似因共生因次第緣者見苦所斷不一切徧後次第生見苦所斷不一切徧境界緣者見苦所斷不一切徧緣見苦所斷不一切徧威勢緣者不相障礙故見苦所斷不一切徧於見苦所斷一切徧因次第境界威勢緣因緣者有一因謂相似因次第緣者見苦所斷不一切徧後次第生見苦所斷一切徧境界緣者見苦所斷一切徧緣見苦所斷不一切徧威勢緣者不相障礙故見苦所斷不一切徧於見集所斷一切徧次第境界威勢緣無因緣次第緣者見苦所斷不一切徧後次第生見集所斷一切徧境界緣者見集所斷一切徧緣見苦所斷不一切徧威勢緣者不相障礙故無因緣所以者何不一切徧使不爲他種作因見苦所斷不一切徧於見集所斷不一切徧見滅所斷見道所斷修道所斷次第威勢緣無因緣無境界緣次第緣者見苦所斷不一切徧後次第生彼諸使威勢緣者不相障礙故無因緣所以者何不爲他種作因無境界緣所以者何不爲他種所緣如見苦所斷一切徧不一切徧見集所斷一切徧不一切徧說亦如是

阿毗曇毗婆沙論卷第四十三

音釋

商賈(商尸羊切賈音古行賣曰商坐販曰賈)罽賓(梵語也此云賤種罽居例切)螺髻(螺落戈切髻古詣切螺髻謂髮髻如螺也)

阿毗曇毗婆沙論卷第四十四

迦旃延子造

北涼沙門浮陀跋摩共道泰譯

使揵度不善品第一之十

見滅所斷有漏緣使於見滅所斷有漏緣因次第境界威勢緣因緣者有三因謂相應因共生因相似因次第緣者見滅所斷有漏緣使後次第生見滅所斷有漏緣使境界緣者見滅所斷有漏緣使緣見滅所斷有漏緣使威勢緣者不相障礙故見滅所斷有漏緣使於無漏緣使因次第威勢緣無境界緣因緣者有一因謂相似因次第緣者見滅所斷有漏緣使後次第生無漏緣使威勢緣者不相障礙故無境界緣所以者何彼使緣無漏使是有漏見滅所斷有漏緣使於見苦見集所斷一切徧使次第境界威勢緣無因緣次第緣者見滅所斷有漏緣使後次第生見苦見集所斷一切徧使故境界緣者見苦見集所斷一切徧使緣見滅所斷有漏緣使故威勢緣者不相障礙故無因緣者見滅所斷有漏緣使非一切徧故於見苦見集所斷不一切徧使於見道所斷修道所斷一切使有次第威勢緣次第緣者見滅所斷有漏緣使後次第生見苦見集所斷不一切徧使見道所斷修道所斷一切使故威勢緣者不相障礙故無因緣者如上所說無境界緣者彼諸使非一切徧故不緣他種見滅所斷無漏緣使於見滅所斷無漏緣使因次第威勢緣無境界緣因緣者有三因謂相應因共生因相似因次第緣者見滅所斷無漏緣使後次第生見

滅所斷無漏緣使威勢緣者不相障礙故無境界緣者彼使緣無漏使是有漏故見滅所斷無漏緣使於見滅所斷有漏緣使因次第境界威勢緣因緣者有一因謂相似因次第緣者見滅所斷無漏緣使後次第生見滅所斷有漏緣使境界緣者見滅所斷有漏緣使緣見滅所斷無漏緣使故威勢緣者不相障礙故於見苦見集所斷一切徧使次第境界威勢緣無因緣次第緣者見滅所斷無漏緣使後次第生見苦見集所斷一切徧使故境界緣者見苦見集所斷一切徧使緣見滅所斷無漏緣使故威勢緣者不相障礙故無因緣者見滅所斷無漏緣使非一切徧故不緣他種於見苦見集所斷不一切徧使見道所斷修道所斷有次第威勢緣無因緣境界緣次第緣者見滅所斷無漏緣使後次第生見苦見集所斷不一切徧使見道所斷修道所斷一切使威勢緣者不相障礙故無因緣者見滅所斷無漏緣使非一切徧故不爲他種作因無境界緣者見苦見集所斷不一切徧使見道修道所斷一切使不緣他種故如見滅所斷有漏緣使無漏緣使見道所斷有漏緣使無漏緣使説亦如是修道所斷使於修道所斷使有因次第境界威勢緣因緣因者有三因謂相應因共生因相似因次第緣者修道所斷使後次第生修道所斷使境界緣者修道所斷使緣修道所斷使威勢緣者不相障礙故修道所斷使於見苦見集所斷一切徧使有次第境界威勢緣無因緣次第緣者修道所斷使後次第生見苦見集所斷一

切徧使境界緣者見苦見集所斷一切徧使緣修道所斷使故威勢緣者不相障礙故無因緣者修道所斷使非一切徧故不爲他種作因於見苦見集所斷不一切徧使見滅見道一切使有次第威勢緣無因緣無境界緣次第緣者修道所斷使後次第生見苦見集所斷不一切徧使見滅見道所斷一切使威勢緣者不相障礙故無因緣者修道所斷使非一切徧故不爲他種作因無境界緣者彼諸使非一切徧故不緣他種此中說一切徧因應如雜揵度智品廣說

使揵度一行品第二之一

九結愛結恚結慢結無明結見結取結疑結嫉結慳結若處所有愛結繫復有恚結繫耶若有恚結繫亦有愛結繫耶如此章及解章義此中應廣說優婆提舍處所有五種一自體處所二緣處所三繫處所四因處所五屬處所自體處所者如見揵度說若處所有所知彼處所亦有所斷耶若處所有所斷彼處所亦有所知耶此中說忍智體名處所見揵度亦說若得彼處所成就彼處所耶或有說者此中說一切法自體名處所復有說者此中說諸法有得相成就相者名處所緣處所者如波伽羅那說一切諸法應以智知隨其處所云何名處所隨智所行隨智緣隨智境界是名處所經亦說有四十四智處所有七十七智處所阿毗曇者作如是說此中說自體處所所以者何以忍以智觀諸有支忍智體名處所尊者瞿沙作如是說此中說緣處所所以者何以智以忍緣於有支故名緣處

所繫處所者如此中說若處所有愛結繫復有恚結繫耶五種法名處所所以者何五種煩惱能繫此五種法故五種法者謂見苦所斷乃至修道所斷因緣處所者如波伽羅那所說云何有處所法云何無處所法乃至云何有因法云何無因法有因法名有處所法無因法名無處所法如偈說

比丘心寂靜　能斷諸處所　盡於生死苦　不受未來有

此中說因是處所所以者何有因故有生死因斷故生死斷屬處所者如經說應捨田舍市肆屬我之心如偈說

不捨田財　牛馬奴婢　種種女色　不得解脫

如世人言此物屬我此處所屬我於此五種處所中依繫處所而作論不依餘處所復有說者有五種處所一界處所二入處所三陰處所四世處所五剎那處所於此十處所中依繫處所而作論犢子部作如是說處所是假名法無有定體結非假名衆生非假名各有定體阿毗曇者作如是說處所非假名結非假名衆生是假名譬喻者作如是說結非假名有定體處所是假名衆生是假名無有定體問曰彼何故說處所是假名法無有定體答曰彼作是說以於境界中有欲無欲故猶如有一端嚴女人他人見已或起敬心或起欲心或起恚心或起嫉心或起猒心或起悲心或起捨心起敬心者如子見母起欲心者如多欲者見可愛色起恚心者如怨相見起嫉心者如共夫者見之起猒心者如修不淨觀者起悲心者是離欲人彼作是念如是

好色不久當壞起捨心者得阿羅漢者以於境界起如是等有欲無欲心故知處所是假名法無有定體此諸煩惱通五識身及在意地通五識身者過去者繫過去處所現在者繫現在處所未來世必生法繫未來世處所必不生者繫三世處所在意地者過去者繫於三世未來者亦繫三世現在者亦繫三世依眼識生使繫於色彼相應法是相應繫彼相應法是意入法入乃至依身識生彼亦如是依意識生使繫十二入彼相應者是相應繫相應法者是意入法入如是說者是一行略毗婆沙若處所有愛結繫復有恚結繫耶答曰若有恚結繫亦爲愛結繫頗爲愛結所繫不爲恚結所繫耶答曰有色無色界法未斷愛結者在三界有五種緣有漏非一切徧恚結在欲界有五種緣有漏非一切徧若是具縛欲界五種處所爲愛結所繫亦爲恚結所繫若爲恚結所繫亦爲愛結所繫若非具縛則愛結長在三界是故得作稱後句若處所有愛結繫復有恚結繫耶答曰若有恚結繫亦有愛結繫處所者是欲界繫五種處所頗爲愛結所繫不爲恚結所繫耶答曰有色無色界愛結未斷未斷者或有入地愛結未斷或有乃至非想非非想處愛結未斷彼非想非非想處或有五種愛結未斷或有乃至修道所斷者未斷彼非想非非想處修道所斷或有九種愛結未斷或有乃至下下種未斷者以總說故言色無色界繫法愛結未斷是名爲愛結所繫不爲恚結所繫所以者何色無色界無恚結故問曰何故色無色界無

有恚結耶答曰非其田器乃至廣說復次衆生猒患恚故願生色無色界若色無色界有恚結者則不爲彼處而修方便若法是下地有上地亦有者則無次第斷法若無次第斷法則無究竟斷法所以者何以次第斷法能生究竟斷法故若無究竟斷法則無解脫出離欲令無如是過故色無色界無有恚結復次若有苦根憂根則有恚結所以者何衆生以憂苦根故於他生恚色無色界無憂苦根復次若有無慚無愧處則有恚結因無慚無愧故衆生起恚色無色界無有無愧無慚如無慚無愧嫉慳男根女根摶食婬愛五蓋勝妙五欲當知亦如是復次若有怨憎相處則有恚結怨憎相者是九惱法色無色界無有怨憎相是故尊者瞿沙作如是說衆生以怨憎故起於恚結色無色界無有怨憎復次色界有恚結近對治近對治者謂慈是也猶如毗嵐摩風處則無雲翳彼亦如是若處所有愛結繫復有慢結繫耶答曰如是若有慢結繫復有愛結繫耶答曰如是所以者何此二結俱在三界有五種緣有漏非一切徧故若是具縛三界五種法爲愛結所繫亦爲慢結所繫若爲慢結所繫亦爲愛結所繫是故得作如是句若處所有愛結繫復有無明結繫耶愛結在三界有五種緣有漏非一切徧無明結在三界有五種緣有漏無漏是一切徧非一切徧若具縛三界五種法爲愛結所繫亦爲無明結所繫若爲無明結所繫亦爲愛結所繫若非具縛無明使則長於一切徧無漏緣是故得作順前句若處所有愛結繫亦

有無明結繫耶答曰若有愛結繫則有無明結繫處所者是三界五種處所煩爲無明結所繫不爲愛結所繫耶答曰有苦智已生集智未生見苦所斷法見集所斷無明使未斷苦智已生集智未生見苦所斷愛結無明結斷見集所斷無明結緣繫見苦所斷法所以者何無明結是一切偏故愛結不爾所以者何自種愛結已斷見集所斷愛結於見苦所斷法不緣繫以非一切偏故非相應繫以是他聚故若處所有愛結繫復有見結繫耶愛結在三界有五種緣有漏非一切偏見結在三界有四種緣有漏無漏是一切偏非一切偏若是具縛三界五種處所爲愛結所繫亦爲見結所繫若爲見結所繫亦爲愛結所繫若非具縛愛結則於五種中長見結非一切偏無漏緣中長是故得作四句若處所有愛結繫復有見結繫耶乃至廣作四句爲愛結所繫不爲見結所繫者集智已生滅智未生見滅所斷見道所斷見不相應法愛結未斷見滅見道所斷見不相應法何者是耶答曰即彼邪見見取戒取愛恚慢疑無明相應法是也如是見不相應爲愛結所繫於自聚中緣繫相應繫於他聚中作緣繫非相應繫非見所以者何見是一切偏能緣五種者已斷餘不斷者於餘見不相應法不緣繫緣無漏故不相應繫以異聚故自體不與自體相應修道所斷法愛結未斷或有九地愛結不斷者或有乃至非想非非想處未斷者彼非想非非想處修道所斷愛結或有九種未斷者或有乃至下下種未斷者總而言之修道所

斷法愛結未斷是名愛結所繫不爲見結所繫所以者何見結是一切徧能緣五種者已斷修道所斷無有見結滅智已生道智未生見道所斷見不相應法愛結緣未斷見道所斷見不相應法何者是耶答曰即彼邪見見取戒取疑愛恚慢無明相應法如是等見不相應法爲愛結所繫自聚有緣繫相應繫他聚有緣繫不爲見結所繫所以者何見結是一切徧能緣五種者已斷餘不斷者於彼法不緣繫以緣無漏故不相應繫是他聚故自體不與自體相應修道所斷法愛結未斷如前說見諦具足世尊弟子愛結未斷廣說如上爲見結所繫非愛結者苦智已生集智未生見集所斷見結未斷苦智已生集智未生見苦所斷愛結斷見結亦斷見集所斷見結緣繫見苦所斷法爲見結所繫非愛結繫所以者何自種愛結已斷他種者於見苦所斷法不緣繫非一切徧故非相應繫是他聚故二俱繫者具縛見道所斷法修道所斷法二俱繫問曰何故名具縛耶答曰爲五處所縛亦能縛五處故言具縛能繫五處者五種斷結爲五處所縛者是五種斷法具縛見苦所斷法一種愛結繫二種見結繫見集所斷亦如是見滅所斷見相應法一種愛結繫三種見結繫見不相應法一種愛結繫二種見結繫見道所斷亦如是修道所斷法一種愛結繫二種見結繫苦智已生集智未生見集見滅見道修道所斷法二俱繫見集所斷修道所斷一種愛結繫一種見結繫見滅所斷見相應法一種愛結繫二種見結繫見不相應

法一種愛結繫一種見結繫見道所斷亦如是見苦所斷法唯爲見結所繫不爲愛結所繫是故不說集智已生滅智未生見滅見道所斷見相應法二俱繫見滅所斷見相應法一種愛結繫一種見結繫見滅所斷見不相應法唯爲愛結所繫不爲見結所繫是故不說見道所斷亦如是修道所斷法唯爲愛結所繫不爲見結所繫是故不說二俱不繫者集智已生見苦見集所斷法二俱不繫滅智已生道智未生見苦見集滅所斷法二俱不繫見諦具足世尊弟子見道所斷法二俱不繫已離欲愛欲界繫法二俱不繫已離色無色界欲色無色界繫法二俱不繫所以者何若結斷者處所亦斷此中作是論頗見滅見道所斷見相應法爲愛結所繫不爲見結所繫非不爲見使所使耶答曰有斷六種欲者行正決定集智已生滅智未生見滅見道所斷六種見相應法爲愛結所繫不爲見結所繫所以者何見結是一切徧緣五種者已斷緣無漏六種見已斷餘三種未斷無漏緣見於六種已斷法無緣繫緣無漏故無相應繫以他聚故未斷三種愛結於見滅見道所斷六種已斷法作緣繫彼非不爲見使所使所以者何三見作見結五見作見使爲見使中見取戒取所使故如愛結見結愛結疑結亦如是所以者何如是結在三界四種斷緣有漏無漏是徧不徧疑結亦如是若處所有愛結繫復有取結繫耶愛結在三界五種斷緣有漏非一切徧取結在三界四種斷緣有漏是一切徧非一切徧若是具縛三界五種處

所愛結繫亦爲取結所繫若爲取結所繫亦爲愛結所繫若非具縛愛結則長於五種取結長於一切徧是故得作四句或爲愛結所繫不爲取結所繫乃至廣作四句爲愛結所繫不爲取結所繫者集智已生滅智未生修道所斷法愛結未斷或有九地愛結未斷或有乃至非想非非想處愛結未斷彼非想非非想處愛結或有九種未斷或有乃至下下種未斷總而言之修道所斷法愛結未斷滅智已生道智未生修道所斷法愛結未斷廣說如上見諦具足世尊弟子修道所斷法愛結未斷是名愛結所繫非取結所繫取結能緣五種者已斷所以者何取結是一切徧能緣五種者已斷取結非修道所斷爲取結所繫不爲愛結所繫者苦智已生集智未生見

苦所斷法見集所斷取結未斷苦智已生集智未生見苦所斷愛結若斷取結亦斷見集所斷取結緣繫見苦所斷是名取結所繫非愛結所繫所以者何自種愛結已斷他種愛結不作緣繫非一切徧故非相應繫以他聚故俱繫者具縛見道修道所斷法二俱繫具縛見苦所斷法爲一種愛結所繫爲二種取結所縛見集所斷亦如是見滅所斷爲一種愛結所繫三種取結所繫見道所斷亦如是修道所斷一種愛結所繫二種取結所繫苦智已生集智未生見集見滅見道修道所斷法二俱繫見集所斷修道所斷法爲一種愛結所繫亦爲一種取結所繫見滅見道所斷法一種愛結繫二種取結繫見苦所斷法唯爲取結所繫不爲愛結所繫是故不說集智

已生滅智未生見滅見道所斷法二俱繫見滅所斷法為一種愛結所繫一種取結所繫見道所斷亦如是修道所斷法唯為愛結所繫不為取結所繫是以不說滅智已生道智未生見道所斷法二俱繫見道所斷法為一種愛結所繫一種取結所繫修道所斷廣說如上二俱不繫者集智已生滅智未生見苦見集所斷法二俱不繫滅智已生道智未生見苦集滅所斷法二俱不繫見諦具足世尊弟子見道所斷法二俱不繫欲愛已斷欲界繫法二俱不繫色愛已斷色界繫法二俱不繫無色愛已斷一切二俱不繫所以者何彼結若斷處所亦斷若處所有愛結繫復有嫉結繫耶愛結在三界五種斷緣有漏非一切徧嫉結在欲界修道所斷緣有漏非一切徧

若是具縛欲界修道所斷法若為愛結所繫亦為嫉結所繫若為嫉結所繫亦為愛結所繫若非具縛愛結長在三界五種斷是故得作稱後句若處所有愛結繫復有嫉結繫耶答曰若為嫉結所繫亦為愛結所繫修道所斷法為一種愛結所繫一種嫉結所繫頗為愛結所繫不為嫉結所繫耶答曰欲界見道所斷法愛結未斷或有四種法愛結未斷或有乃至見道所斷愛結未斷色無色界繫法愛結未斷是名愛結所繫不為嫉結所繫所以者何色無色界無嫉結無嫉結義如上說如愛結嫉結愛結慳結說亦如是如愛結門慢結門說亦如是所以者何此二俱在三界五種斷緣有漏非一切徧若處所有恚結繫復有慢結繫耶恚結在欲界欲界五種斷緣

有漏非一切徧慢結在三界五種斷縁有漏非一切徧若是具縛欲界繫五種處所爲恚結所繫亦爲慢結所繫若爲慢結所繫亦爲恚結所繫若非具縛慢結長在三界是故得作順前句若處所有恚結繫復有慢結繫耶答曰若爲恚結所繫亦爲慢結所繫處所者是欲界五種所斷頗爲慢結所繫不爲恚結繫耶答曰有色無色界慢結未斷或有八地慢結未斷或有乃至非想非非想處慢結未斷彼非想非非想處或有五種斷慢結所繫或有修道所斷慢結所繫彼修道所斷慢結或有九種未斷或有乃至下下種未斷者總而言之色無色界慢結未斷是名慢結所繫不爲恚結所繫所以者何色無色界無恚結色無色界無恚結義如上說若處所有恚結繫復有無明結繫耶恚結在欲界五種所斷縁有漏非一切徧無明結在三界五種所斷縁有漏無漏是一切徧若是具縛欲界五種處所爲恚結所繫亦爲無明結所繫若爲無明結所繫亦爲恚結所繫若非具縛無明結長在三界長一切徧是故得作順前句若處所有恚結繫復有無明結繫耶答曰若爲恚結所繫亦爲無明結所繫處所者欲界繫五種處所頗爲無明結所繫不爲恚結所繫耶答曰有苦智已生集智未生欲界見苦所斷法見集所斷無明結未斷苦智已生集智未生見苦所斷法見集所斷無明結縁繫是名爲無明結所繫不爲恚結所繫所以者何自種恚結已斷他種者於見苦所斷非縁繫非一切徧故非相應繫是他聚故色無色界繫

法無明結未斷或有八地無明結未斷或有乃至非想非非想處無明結未斷彼非想非非想處或有五種未斷或有乃至修道所斷未斷非想非非想處修道所斷或有九種未斷或有乃至下下種未斷總而言之色無色界繫無明結未斷是名無明結所繫不爲恚結所繫所以者何色無色界無恚結色無色界無恚結義如上説若處所有恚結繫復有見結繫耶恚結在欲界五種斷緣有漏非一切徧見結在三界四種斷緣有漏無漏一切徧非一切徧若是具縛欲界五種斷處所有恚結所繫亦爲見結所繫若爲見結所繫亦爲恚結所繫若非具縛恚結長在五種斷見結長在三界一切徧是故得作四句若爲恚結所繫不爲見結所繫耶乃至廣作四句爲恚結所繫不爲見結所繫者未離欲愛集智已生滅智未生欲界繫見滅見道所斷見不相應法恚結未斷欲界繫見滅見道所斷見不相應法何者是耶答曰即彼邪見見取戒取愛恚慢疑無明相應法是也此法恚結未斷自聚緣繫相應繫他聚緣繫非相應繫不爲見結所繫所以者何見結是一切徧緣五種者已斷餘不斷者於見不相應法非緣繫緣無漏故非相應繫以他聚故自體不應自體故欲界繫修道所斷法恚結未斷或有九種未斷或有乃至下下種未斷者滅智已生道智未生欲界繫見道所斷見不相應法恚結未斷欲界繫見道所斷見不相應法何者是耶答曰即彼邪見見取戒取愛恚慢無明疑相應法是也此法恚結未斷自聚中緣繫

相應繫他聚作緣繫非見結繫所以者何見結是一切徧能緣五種者已斷餘不斷者於見不相應法非緣繫緣無漏故非相應繫是他聚故自體不應自體故欲界修道所斷法恚結未斷廣說如上見諦具足世尊弟子欲界修道所斷恚結未斷廣說如上是名爲恚結所繫不爲見結所繫

阿毗曇毗婆沙論卷第四十四

音釋

摶（音團以手摶聚也）　毗嵐摩（梵語也此云迅猛嵐盧含切）

阿毗曇毗婆沙論卷第四十五

迦旃延子造

北涼沙門浮陀跋摩共道泰譯

使揵度一行品第二之二

爲見結所繫不爲恚結所繫者未離欲愛苦智已生集智未生欲界見苦所斷法見集所斷法見結未斷苦智已生集智未生見苦所斷恚結見結已斷見集所斷見結緣繫見苦所斷法爲見結所繫不爲恚結所繫所以者何自種恚結已斷他種者於見苦所斷法非緣繫非一切徧故非相應繫是他聚故色無色界見結未斷或有八地見結未斷或有乃至非想非非想處見結未斷彼非想非非想處或有四種斷見結未斷或有乃至見道斷結未斷者總而言之色無色界繫法見結未斷是名見結繫不爲恚結所繫所以者何色無色界無有恚結廣說如上云何二俱繫具縛欲界見道修道所斷法二俱繫具縛欲界見苦所斷法一種恚結繫二種見結繫見集所斷法亦如是見滅所斷見相應法爲一種恚結繫三種見結繫見不相應法一種恚結繫二種見結繫見道所斷法亦如是欲界繫修道所斷法一種恚結繫二種見結繫欲愛未斷苦智已生集智未生欲界繫見集滅道修道所斷法二俱繫見集所斷法一種恚結繫一種見結繫見滅所斷見相應法一種恚結繫二種見結繫見不相應法一種恚結繫一種見結繫見道所斷法亦如是修道所斷法一種恚結繫一種見結繫欲界見苦所斷法雖爲見結繫不爲恚結繫是故不說集智

已生滅智未生欲界繫是滅所斷見相應法二俱繫欲界見滅所斷見相應法一種恚結繫一種見結繫見不相應法雖爲恚結所繫不爲見結所繫是故不說見道所斷法亦如是欲界修道所斷法雖爲恚結所繫不爲見結所繫是故不說未離欲愛滅智已生道智未生欲界繫見道所斷見相應法二俱繫一種恚結繫一種見結繫欲界繫見道所斷見不相應法及修道所斷雖爲恚結所繫不爲見結所繫是故不說是名二俱繫不繫者集智已生滅智未生見苦見集所斷法二俱不繫色無色界見滅見道所斷見不相應法二俱不繫色無色界修道所斷法二俱不繫滅智已生道智未生欲界見苦集滅所斷法二俱不繫色無色界繫見不相應法及修道所斷法二俱不繫見諦具足世尊弟子見道所斷法二俱不繫色無色界繫修道所斷法二俱不繫已離欲愛欲界繫法二俱不繫已離色愛色界繫法二俱不繫已離無色界愛一切不繫所以者何彼結斷故處所亦斷如恚結見結恚結疑結說亦如是所以者何此二結俱在三界四種斷緣有漏無漏是一切徧非一切徧故問曰欲界中有恚結繫不繫義可爾色無色界中無有恚結云何說言恚結不繫耶答曰不繫有二種一從繫得不繫二性不繫欲界不繫是從繫得不繫以有恚結故色無色界不繫是性不繫以無恚結故亦如毗尼中說有二人名淨脫起一未曾犯戒二雖有所犯如法除却未曾犯戒者名本淨脫起雖有所犯如法除却者名本非淨脫起

得淨脫起彼亦如是若處所有恚結繫復有取結繫耶恚結在欲界五種斷緣有漏非一切徧取結在三界四種斷緣有漏是一切徧非一切徧若是具縛欲界繫五種處所若爲恚結所繫亦爲取結所繫若爲取結所繫亦爲恚結所繫若非具縛恚結長在五種斷取結長在三界是一切徧是故得作四句若處所有恚結復有取結繫耶乃至廣作四句爲恚結所繫不爲取結所繫者未離欲愛集智已生滅智未生欲界繫修道所斷法恚結未斷或有九種未斷或有乃至下下種未斷者滅智已生道智未生欲界繫修道所斷法恚結未斷見諦具足世尊弟子欲愛未斷欲界繫修道所斷法恚結未斷是名恚結所繫不爲取結所繫所以者何取結是一切徧能者五種者已斷修道所斷法中無有取結爲取結所繫不爲恚結所繫者欲愛未斷苦智已生集智未生欲界繫見苦所斷法見集所斷取結未斷苦智已生集智未生欲界見苦所斷取結恚結已斷見集所斷取結緣繫見苦所斷法爲取結所繫不爲恚結所繫所以者何自種恚結已斷他種者於見苦所斷非緣繫非一切徧故非相應繫是他聚故色無色界繫法取結未斷或有八地取結未斷或有乃至非想非非想處者彼非想非非想處或有四種未斷或有乃至一種未斷者總而言之色無色界繫法取結未斷是名取結所繫不爲恚結所繫色無色界無有恚結廣說如上俱繫者具縛欲界繫見道修道所斷法二俱繫具縛欲界見苦所斷法一種恚結繫二

種取結繫見集所斷修道所斷說亦如是欲界繫見滅所斷法一種恚結繫三種取結繫見道所斷法說亦如是欲愛未斷苦智已生集智未生欲界見集滅道修道所斷法二俱繫見集所斷修道所斷一種恚結繫一種取結繫欲界見滅所斷法一種恚結繫二種取結繫見道所斷法說亦如是欲界見苦所斷法雖爲取結所繫不爲恚結所繫是故不說欲愛未盡集智已生滅智未生故欲界繫見滅所斷法一種恚結繫一種取結繫見道所斷法說亦如是修道所斷法雖爲恚結所繫不爲取結所繫是故不說欲愛未斷滅智已生道智未生欲界見道所斷法二俱繫一種恚結繫一種取結繫修道所斷法如上說是名二俱繫俱不繫者廣說如經本乃至離無色界欲二俱不繫所以者何若彼結斷處所亦斷若處所有恚結繫復有嫉結繫耶恚結在欲界如上說嫉結在欲界修道斷緣有漏非一切徧若是具縛欲界修道所斷處所若爲恚結所繫亦爲嫉結所繫若爲嫉結所繫亦爲恚結所繫若非具縛恚結長在五種斷是故得作稱後句若處所有恚結繫復有嫉結繫耶答曰若有嫉結繫亦有恚結繫處所者謂欲界修道所斷處所也頗爲恚結所繫不爲嫉結所繫耶答曰有欲界繫見道所斷恚結未斷或有四種斷恚結未斷或有乃至見道所斷恚結未斷總而言之欲界繫見道所斷法恚結未斷是名恚結所繫不爲嫉結所繫所以者何見道所斷無嫉結故如恚結嫉結恚結慳結說亦如是所以者何此二結

俱是欲界繫修道所斷緣有漏非一切徧故若處所有無明結繫復有見結繫耶無明結在三界五種斷緣有漏無漏是一切徧非一切徧見結在三界四種斷緣有漏無漏是一切徧非一切徧若是具縛三界五種斷處所若爲無明結所繫亦爲見結所繫若爲見結所繫亦爲無明結所繫若非具縛無明結長在五種斷是故得作稱後句若處所有無明結繫復有見結繫耶答曰若爲見結所繫亦爲無明結所繫處所者三界五種斷處所頗爲無明結所繫不爲見結所繫耶答曰有集智已生滅智未生見滅見道所斷見不相應法無明結未斷見滅見道所斷見不相應法何者是也答曰即彼邪見見取戒取愛恚慢疑不共無明相應法是也此法無明結所繫不爲見結所繫自聚中緣繫相應繫他聚中作緣繫非相應繫不爲見結所繫所以者何見結是一切徧能緣五種者已斷餘不斷者於見滅見道所斷見不相應不緣繫緣無漏故不相應繫以他聚故修道所斷法無明結未斷或有九地無明結未斷或有乃至非想非非想處無明結未斷彼非想非非想處或有九種無明結未斷或有乃至下下種未斷者總而言之修道所斷無明結未斷是名無明結所繫非見結所繫所以者何見結是一切徧能緣五種若已斷修道所斷無有見結滅智已生道智未生見道所斷見不相應法無明結未斷及修道所斷法無明結未斷廣說如上見諦具足世尊弟子修道所斷法無明結未斷廣說如上如無明結見結無明結

疑結說亦如是所以者何此二結俱在三界四種斷緣有漏無漏是一切徧非一切徧若處所有無明結繫復有取結繫耶無明結在三界如上說取結在三界亦如上說若是具縛三界五種斷處所如上說若非具縛無明結長在五種斷是故得作稱後句若處所有無明結繫復有取結繫耶答曰若爲取結所繫亦爲無明結所繫頗爲無明結所繫不爲取結所繫耶答曰有集智已生滅智未生修道所斷法無明結未斷廣說如上滅智已生道智未生修道所斷法無明結未斷如上說見諦具足世尊弟子修道所斷法無明結未斷廣說如上若處所有無明結繫復有嫉結繫耶無明結在三界如上說嫉結在欲界如上說若是具縛欲界繫修道斷處所若爲無明結所繫亦爲嫉結所繫若爲嫉結所繫亦爲無明結所繫若非具縛無明結長在三界五種斷是故得作稱後句若處所有無明結繫復有嫉結繫耶答曰若爲嫉結所繫亦爲無明結所繫處所者是欲界繫修道所斷處所頗爲無明結所繫不爲嫉結所繫耶答曰有欲界繫見道所斷法無明結未斷或有四種無明結未斷或有乃至見道一種未斷色無色界繫法無明結未斷或有八地無明結未斷或有乃至非想非非想處未斷即彼非想非非想處或有五種無明結未斷或有乃至修道所斷未斷彼修道所斷無明結或有九種未斷或有乃至下下種未斷者總而言之色無色界無明結未斷如無明結嫉結無明結慳結說亦如上所以者何此二結俱在

欲界如上說
若處所有見結繫復有取結繫耶見結在三界如上說取結在三界亦如上說若是具縛如上說若非具縛取結長在有漏是故得作順前句若處所有見結繫復有取結繫耶答曰若爲見結所繫亦爲取結所繫處所者三界五種斷處所頗爲取結所繫不爲見結所繫耶答曰有集智已生滅智未生見滅見道所斷見不相應法取結未斷滅智已生道智未生見道所斷見不相應法取結未斷廣說如上若處所有見結繫復有疑結繫耶見結在三界如上說疑結在三界亦如上說若是具縛三界五種斷處所若爲見結所繫亦爲疑結所繫若爲疑結所繫亦爲見結所繫若非具縛各各長在自聚中是故得作自根本四句若處所爲見結所繫復爲疑結所繫耶乃至廣作四句爲見結所繫不爲疑結所繫者集智已生滅智未生見滅見道所斷見相應法見結未斷滅智已生道智未生見道所斷見相應法見結未斷是名見結所繫非疑結所繫所以者何疑結是一切徧能緣五種者已斷餘不斷者於見相應法非緣繫緣無漏故非相應繫以他聚故爲疑結所繫不爲見結所繫者集智已生滅智未生見滅見道所斷疑相應法疑結未斷滅智已生道智未生見道所斷疑相應法疑結未斷是名疑結所繫不爲見結所繫所以者何見結是一切徧能緣五種者已斷餘不斷者於疑相應法不緣繫緣無漏故非相應繫以他聚故俱繫者具縛見道修道所斷法二俱繫具縛見苦

所斷法二種見結繫二種疑結繫見集所斷修道所斷法亦如是見滅所斷見相應法三種見結繫二種疑結繫疑相應法三種疑結繫二種見結繫見結疑結不相應法二種疑結繫二種見結繫見道所斷亦如是苦智已生集智未生見集見滅見道修道所斷法二俱繫若智已生集智未生見苦集滅道修道所斷法二俱所繫見苦所斷法一種見結繫一種疑結繫見集所斷修道所斷亦如是見滅所斷見相應法二種見結繫一種疑結繫疑相應法二種疑結繫一種見結繫見結疑結不相應法一種見結繫一種疑結繫見道所斷法亦如是二俱不繫者廣說如經本乃至離無色界欲二俱不繫所以者何彼結若斷處所亦斷若處所有見結繫復有嫉結繫

耶見結在三界如上說嫉結在欲界廣說如上若是具縛欲界修道所斷法若爲見結所繫亦爲嫉結所繫若爲嫉結所繫亦爲見結所繫若非具縛見結長在三界四種斷嫉結長在修道所斷是故得作四句若處所爲見結所繫復爲嫉結所繫耶乃至廣作四句爲見結所繫不爲嫉結所繫者欲界繫見道所斷法見結未斷或有四種未斷或有乃至見道見結未斷色無色界繫法見結未斷或有八地見結未斷或有乃至非想非非想處未斷彼非想非非想處或有四種未斷或有乃至見道見結未斷是名爲見結所繫不爲嫉結所繫爲嫉結所繫非見結所繫者欲愛未斷集智已生滅智未生欲界繫修道所斷法嫉結未斷乃至見諦具足世尊弟子欲愛未

斷欲界繫修道所斷法嫉結未斷是名爲嫉結所繫不爲見結所繫俱繫者具縛人欲界繫修道所斷法二俱繫具縛人欲界繫修道所斷法一種嫉結繫二種見結繫未離欲苦智已生集智未生欲界繫修道所斷法二俱繫一種見結繫一種嫉結繫俱不繫者廣說如經本乃至離無色界愛二俱不繫如見結嫉結見結慳結亦如是如見結門疑結門亦如是若處所有取結繫復有疑結繫耶廣說應如見結取結取結疑結亦如是若處所有取結繫復有嫉結繫耶廣說如經本如取結嫉結取結慳結說亦如是若處所有嫉結繫復有慳結繫耶答曰如是所以者何此俱在欲界修道所斷俱緣有漏俱非一切徧問曰如嫉因他生慳因自起何故答言如是耶答曰嫉緣他亦因他生緣已不因已生慳緣已亦因已生緣他不因他生復有說者此二法緣他亦因他生緣已亦因已生問曰如嫉緣他亦因他生可爾因已亦緣已生云何可爾耶答曰猶如有人爲二比丘作資生物一則成好二不成好不成好者便作是念如我所作或不好使彼所作亦不成好問曰如慳緣已亦因已生可爾緣他亦因他生云何可爾耶答曰慳亦有因他生猶如有人見他布施便生慳心此人何以施他如是物耶是故此二亦緣自他生因自他生若處所有過去愛結繫復有未來愛結繫耶乃至廣說有總相煩惱有別相煩惱別相煩惱者謂愛恚慢嫉慳總相煩惱者謂無明結見結取結疑結別相煩惱繫三界五種處所在未來世者能繫

三世過去不定若前生不斷則繫若前不生生者已斷則不繫現在亦不定若現在前則繫若不現在前則不繫愛結繫三界五種處所未來愛結繫三界五種三世處所過去不定若前生不斷則繫若前不生生者已斷則不繫現在亦不定若現在前則繫若不現在前則不繫如愛結慢結說亦如是恚結繫欲界五種斷三世處所未來恚結繫欲界五種斷三世處所過去不定若前生不斷則繫若前不生生者已斷則不繫現在不定若現在前則繫若不現在前則不繫嫉結繫欲界修道所斷法三世處所未來嫉結繫欲界繫三世修道所斷處所過去不定若前生不斷則繫若前不生生者已斷則不繫現在亦不定若現在前則繫若不現在前則不繫如嫉結慳結說亦如是總相煩惱繫三界五種斷處所過去總相煩惱繫三界五種斷三世處所未來現在說亦如是此說是歷六小七大七略毗婆沙若處所有過去愛結繫復有未來愛結繫耶答曰如是所以者何先作是說未來愛結繫三世處所設有未來愛結繫復有過去愛結繫耶答曰若前生不斷則繫若前不生生者已斷則不繫問曰若過去愛結斷時即彼時未來愛結亦斷何故未來世定過去不定而作是說若前生不斷則繫若前不生生者已斷則不繫耶外國法師作如是說若說前生不斷則繫是說中結若前不生是說下結生者已斷是說上結罽賓沙門復作是說若說前生不斷則繫是說三種結若說前不生是說下結若說生者已斷是說中結

上結如過去上中愛結斷未來亦爾不生下愛結未來世繫處所有未來愛結繫即彼處所過去前生愛結不斷則繫若前不生生者於餘處所生者前不生若於餘處所生即彼處所生生者已斷則不繫若處所有過去愛結繫復有現在愛結繫耶答曰現在若現在前若不起愛結若起餘結現在前若起善不隱沒無記心現在前若無心是故說爲現在前設有現在愛結繫復有過去愛結繫耶答曰若前生不斷則繫若前不生生者已斷則不繫若處所有未來愛結繫復有現在愛結繫耶答曰若現在前廣說如上設有現在愛結繫復有未來愛結繫耶答曰如是所以者何先作是說未來愛結繫三世法若處所有過去愛結繫復有未來現在愛結繫耶答曰

未來則繫現在若現在前廣說如上設有未來現在愛結繫復有過去耶答曰若前生不斷則繫若前不生生者已斷則不繫前生不斷則繫者若處所有未來現在愛結繫即彼處所亦有過去前生愛結者則繫若未來現在愛結處所異過去已生愛結處所異則不繫若前不生即於彼處所生者已斷則不繫若處所有未來愛結繫復有過去現在愛結繫耶答曰或有未來愛結繫無過去現在或有過去無現在或有現在無過去或有過去現在有未來愛結繫無過去現在者若處所愛結未斷則明未來有愛結繫若前不生生者已斷則明過去無愛結繫若不現在前則明現在無愛結繫有過去無現在者若處所前生愛結未斷則明有過去愛結繫不現在

前則明現在無愛結繫若有現在無過去者若有過去愛結繫則有未來愛結繫有現在無過去者若處所愛結現在前則明現在有愛結繫若前不生生者已斷則明過去無愛結繫若現在愛結繫則有未來愛結繫有過去現在者若處所有前生愛結繫則明有過去愛結繫若處所愛結現在前則明有現在愛結繫若過去現在有愛結繫未來必有若處所有現在愛結繫復有過去未來愛結繫耶答曰未來則繫過去若前生不斷則繫若前不生生者已斷則不繫設有過去未來愛結繫復有現在愛結繫耶答曰若現在前廣說如上諸別相煩惱此中略說如愛結作六句恚結慢結嫉結慳結非一切徧無明結作六句亦如是若處所有過去見結繫復有未來見結繫耶答曰如是若有未來見結繫復有過去見結繫耶答曰如是所以者何先作是說諸總相煩惱盡繫三世法未來現在盡緣三世廣說如經本見結作六句諸總相煩惱此中略說如見結作六句取結疑結是一切徧無明結作六句亦如是若處所有過去愛結繫復有過去恚結繫耶答曰若前生不斷則繫若前不生生者已斷則不繫若前生不斷則繫者若處所有過去愛結繫即彼處所有過去前生恚結繫若前不生若於餘處生若生者已斷則不繫設有過去恚結繫復有過去愛結繫耶答曰若前生不斷則繫若前不生生者已斷則不繫若前生不斷則繫者若處所有過去恚結繫即彼處所有過去前生愛結繫若前不生若於餘處生若生者

已斷則不繫若處所有過去愛結繫復有未來恚結繫耶答曰若不斷云何不斷耶答曰未離欲愛設有未來恚結繫復有過去愛結繫耶答曰若前生不斷則繫若前不生生者已斷則不繫若前生不斷則繫者若處所有未來恚結繫即彼處所亦有過去前生愛結繫若前不生若於餘處生若生者已斷則不繫若處所有過去愛結繫復有現在恚結繫耶答曰若現在前云何現在前答曰若不起餘結不起善有漏不隱沒無記心若非無心是名現在前設有現在恚結繫復有過去愛結繫耶答曰若前生不斷則繫若前不生生者已斷則不繫廣說如上若處所有過去愛結繫復有過去現在恚結繫耶答曰或有過去愛結繫無過去現在恚結繫或有過去無

現在或有現在無過去或有過去現在有過去愛結繫無過去現在恚結繫者若處所有前生愛結不斷則繫是明有過去愛結繫即彼處所不生前生恚結生者已斷則不繫是明無過去恚結繫不現在前則明無現在恚結繫或有過去無現在者若處所前生恚結愛結不斷則繫是明有過去恚結愛結繫無現在則明無現在恚結繫或有現在無過去者若處所前生過去愛結不斷則繫是明有過去愛結繫即彼處所恚結現在前則明有現在恚結繫若前不生生者已斷則明無過去恚結繫或有過去現在者若處所有過去前生愛結恚結不斷則繫則明有過去愛結恚結繫即彼處所恚結現在前則明有現在恚結繫設有過去現在恚結繫復有過去愛

結繫耶答曰若前生不斷則繫若前不生生者已斷則不繫廣說如上若處所有過去愛結繫復有未來現在恚結繫耶答曰餘廣說如經本作七句亦如經本如愛結恚結愛結嫉結愛結慳結說亦如是此中差別者應說欲界繫見道所斷法前生愛結不斷則繫愛結慢結愛結無明結廣說如經本若處所有過去愛結繫復有過去見結繫耶答曰若不斷云何不斷答曰若道比智未生設有過去見結繫復有過去愛結繫耶答曰若前生不斷則繫廣說如上若處所有過去愛結繫復有未來見結繫耶答曰若不斷去何不斷答曰道比智未生設有未來見結繫復有過去愛結繫耶答曰廣說如經本作七句亦如經本如愛結見結作七句愛結取結愛結疑結作七句說亦如是過去愛結過去恚結問過去慢結應作七句或有說者七句中初句應作七句所以者何此中問七七句答曰七七句故如先以過去愛結恚結問過去慢結次問未來慢結次問現在次問過去現在次問未來現在次問過去未來次問過去未來現在慢結亦應如是說先以過去愛恚問未來慢作初句次問現在次問過去現在次問未來現在次問過去未來次問過去未來現在次問過去作最後句復以過去愛恚問現在慢作初句次問過去現在次問未來現在次問過去未來次問過去未來現在次問過去次問未來作最後句乃至過去愛恚問過去未來現在慢作初句乃至過去愛恚問過去未來慢作最後句若作是說則有七七句若

作是說則唐捐其功於文無益於義無益亦不成七七句若欲於文有益於義有益亦成七七句者應作是說如先以過去愛恚問過去慢作初句乃至以過去愛恚問過去未來現在慢作最後句應以未來愛恚問未來慢作初句次問現在次問過去現在次問未來現在次問過去未來次問過去未來現在次問過去作最後句復次現在愛恚問現在慢作初句次問過去現在次問未來現在次問過去未來次問過去未來現在次問過去次問未來作最後句乃至以過去未來現在愛恚問過去未來現在慢作初句乃至以過去未來現在愛恚問過去未來現在慢作最後句若作是說則於文義有益七七句成如愛恚問慢作七七句愛恚問無明亦如是乃至問慳結作七七句亦如是置愛結以恚結慢結問無明結作七七句乃至問慳結作七七句亦如是置恚以慢無明問見結作七七句乃至問慳結作七七句亦如是乃至最後取結以疑結嫉結問慳結作七七句亦如是如以二結問一結作七七句以三以四以五以六以七以八問一結作七七句亦如是問曰一行歷六小七大七有何差別答曰名即差別復次以一行法作問名一行以六句作問名歷六以七句作問名小七以二結問一結乃至以八結問一結名大七復次問不相似法不以世定名一行問相似法以世定名歷六問不相似法以世定名小七以二法問一法乃至以八法問一法以世定名大七一行歷六小七大七是名差別

阿毗曇毗婆沙論卷第四十五

阿毗曇毗婆沙論卷第四十六

迦旃延子造

北凉沙門浮陀跋摩共道泰譯

使犍度一行品第二之三

身見攝幾使問曰何故作此論答曰或有說攝法攝他法不攝自法如毗婆闍婆提依佛假名所說經亦依世俗言語法說攝法攝他法不攝自法何者是假名所說經如佛說譬如蓋斗受入蓋子爲蓋子依以蓋斗勝故攝諸蓋子彼作是說蓋斗異於蓋子而攝蓋子是故知攝法攝於他法不攝自法餘經亦說五根慧最勝爲慧所攝慧異四根能攝四根是故知攝他法餘經亦說如佛問呵德迦居士汝云何攝眷屬何以復知已攝眷屬居士答言世尊所說四攝法布施愛語利益同事以此四法攝於眷屬亦知已攝眷屬彼作是說居士眷屬及與攝法各各别異而能相攝是故知攝他法不攝自法餘經復說正見正方便正覺是慧身所攝正念正定是定身所攝彼作是說正見是慧慧身所攝正定定身所攝可爾正覺正方便非慧性正念非定性正覺正方便爲慧身所攝正念爲定身所攝者故知攝法攝於他法世俗言語法者世俗亦作是說户攝户樞縷能攝衣索攝薪束在家之人亦作是說我能攝我家資財象馬僮僕出家之人亦作是說我攝衣鉢及攝沙門所用之物彼以如是假名經所説及世俗言語所攝法故知攝法攝他不攝自法亦明攝法攝於自體若當攝法但攝於他不攝自體者則一法體與一切法體同若一法生一切

法亦生一法滅一切法亦滅復更有過見苦所斷法則攝修道所斷法見苦所斷法若斷修道所斷法亦應斷若然者則後生對治而無有用欲令無如是過故說攝法攝於自性不攝他法問曰若攝法但攝自法不攝他者毗婆闍婆提所引經及世俗言語法云何通答曰彼經是未了義是假名是有餘意問曰云何彼經是未了義是假名是有餘意耶答曰如經說蓋斗受入蓋子能攝蓋子者此中說依持是攝所以者何蓋子依蓋斗蓋斗持蓋子故而不散壞如說五根中慧爲最勝爲慧所攝此中慧是方便說攝所以者何以慧方便故五根能有所行而成大事如說我以世尊所說四攝法攝於眷屬乃至廣說此中說不離散是攝以四攝方便令眷屬不離散故如說正覺正方便正念是慧身定身所攝者此中說隨順是攝正覺正方便隨順慧身正念隨順定身故如說户攝户樞縷能攝衣索攝薪束此中說持是攝如說在家出家人攝田財衣鉢等此中說饒益是攝攝法攝他法者或時攝或時不攝或有所以攝或有所以不攝如偈說

因事生於愛　因事生於恚　世人起愛恚
無不因事者

攝法攝自法者一切時攝皆有所以一切時攝者無有不攝自相時皆有所以者何自體不時所以故攝法若觀察自相法還攝自相法時有何善利耶答曰除去我想聚想能修法想別想若衆生有我想聚想便生貪恚癡心生貪恚癡故於生老病死憂悲苦惱不能

得脱若能除去我想聚想觀色猶如散塵觀無色法前後不俱總觀有爲法離散之相猶如散沙便生空解脱門種子若觀諸行空而不樂生死便生無願解脱門種子若不樂生死而求涅槃便生無相解脱門種子依下三昧便生中三昧依中三昧生上三昧依上三昧能離三界欲觀察自相法還攝自相法時有如是善利身見攝三使總而言之身見攝三使身見在三界欲界身見還攝欲界身見乃至無色界身見還攝無色界身見戒取攝六使疑攝十二使餘攝如經本説問曰云何名攝答曰自體於自體是有是實是可得故名攝自體於自體非異自體於自體非外自體於自體非遠自體於自體不相捨自體於自體非空自體於自體無盈長自體於自體非不已有非不令有非不當有自體還攝自體故名攝非如手把食指捻衣名攝以諸法還攝自體名攝不攝於他三結攝三不善根耶三不善根攝三結耶問曰何故作此論答曰或有説攝法攝於他不攝自體欲重止如是説者意故而作此論三結攝三不善根三不善根攝三結耶答曰各不相攝餘廣説如經本

身見令幾有相續問曰何故作此論答曰或有説不染汚心令有相續如毗婆闍婆提作如是説問曰彼何故作此説耶答曰依佛經佛經説菩薩住正智入母胎住正智住母胎住正智出母胎爲止如是説者意欲明惟以染汚心令有相續故而作此論問曰唯以染汚心令有相續者佛經云何通答曰此説不

顛倒心名正智衆生皆以顛倒心入母胎唯論菩薩菩薩入母胎時有如是念此是我母此是我父於母起母親愛於父起父親敬以不顛倒心入母胎故名正智復次所以作此論者或有說者唯以愛恚二結令有相續如譬喻者彼何故作是說耶答曰彼依佛經佛經說三事合故入母胎一父母有染心共會一處二其母無病值時三受身者現在前當於是時受身者二種心展轉現在前若與欲俱若與恚俱爲止如是說者意亦明一切結令有相續故而作此論問曰若然者佛經云何通答曰彼說中有心不說生有相續心或有說惡道中心以恚心令有相續人天中心以愛心令有相續爲止如是說者意亦明欲界衆生三十六使令有相續色界三十一使無色界三十一使令有相續爲止他義乃至廣說而作此論有亦有多名如此中說衆生數受身處五陰是有如說欲界死生欲界中一切欲界有相續耶此中亦說衆生數受身處五陰名有如說爲纏所纏令地獄有相續此中亦說衆生數受身處五陰名有如說欲界有相續時最初得幾業報相此中亦說衆生數受身處五陰名有如說有四有前時有死有中有生有此中亦如上說如說捨欲界有還令欲界有相續時一切盡滅欲界繫法還起欲界繫法現在前此中亦如上說如說云何有法答言有漏法是此中說一切有漏法是有如說沛仇當知有生時以識爲食此中說生相續時心眷屬名有如說佛告阿難若業能令後生相續是有是亦名有此中說

造未來有思名有如說取緣有阿毗曇者作如是說此中說時五陰名有尊者瞿沙作如是說造未來有業名有如說七有一地獄有二畜生有三餓鬼有四天有五人有六業有七中有此中說五趣五趣因五趣向是有五趣有即是五趣業有是五趣因中有是五趣向如說云何欲有欲界繫取緣能生未來有業此中說業業報不說取緣問曰若此中但說業業報不說取緣者十門中說云何通如說欲有欲界一切使所使色無色有色無色界一切使所使欲界可爾所以者何欲界五種斷業盡能生報色無色界修道所斷業能生報云何可爾答曰十門文應如是說欲有欲界一切使所使色無色有色無色界修道所斷使及通一切使所使而不說者有何意耶答曰此中五種斷心能生有令有相續在有分中是有眷屬故而作是說復有說十門章中說業業報解章義中說業業報及說取緣問曰若然者此云何通如說彼尊者何故先立章欲顯門義云何立章義異解章義異是故如先說者好問曰何故名有答曰生滅故名有問曰若然者所行道亦生滅可是有耶答曰若生滅能令有增廣者是有聖道雖生滅不令有增廣但令損減復次若生滅能令有相續增長生老病死者是有聖道雖復生滅能斷有相續不增長生老病死復次若生滅是苦集道迹是世間生死道迹者是有聖道雖復生滅是苦集滅道迹是世間生死滅道迹復次若生滅是身見體是顛倒體是愛體是使體是貪恚癡立足處雜垢雜毒雜

剌雜滓在有隨苦集諦中者是有聖道與此相違不名爲有復次可畏義是有義問曰若然者涅槃可畏可是有耶如說比丘當知凡夫愚小聞說涅槃無我無彼無我所須一切諸物於此法中生怖畏心答曰若畏有者是正畏涅槃是耶復次可畏法凡夫聖人俱畏涅槃唯凡夫所畏非聖人所畏復次是苦器故名有問曰此亦是樂器如說摩訶男當知若色一向是苦無有樂分不生喜樂者衆生於色不應染著摩訶男以色非一向若有少樂分能生喜樂故衆生染著亦說有三受苦受樂受不苦不樂受亦說所須是道具道是涅槃具亦說所須樂能生道樂道樂能到涅槃答曰生死雖有少樂苦分多以樂分少故說名苦分猶毒瓶雖一滴蜜墮中不以一滴蜜故說名蜜瓶以毒多故說名毒瓶身見少分令欲有相續少分令色有相續少分令無色有相續身見在三界在欲界者令欲有相續在色有者令色有相續在無色有者令無色有相續戒取疑亦如是餘廣說如經本相續有五種一中有相續二生有相續三時相續四法相續五剎那相續中有相續者死陰滅次生中陰中陰續死陰名中有相續生有相續者中陰滅次生生陰生陰續中陰名生有相續時相續者迦羅羅時滅次生阿浮陀時阿浮陀時續迦羅羅時名時相續乃至中年時滅次生老年時老年時續中年時是名時相續法相續者善法後次生不善無記法不善無記法續善法後不善無記說亦如是是名法相續剎那相續者前生剎那次生後

剎那後剎那續前剎那是名剎那相續此五種相續悉入二相續相中謂法相續剎那相續所以者何中有相續生有相續時相續盡是法剎那相續界中欲界有五種相續色界有四除時相續無色界有三除中有相續時相續趣中地獄趣有四除時相續餘四趣及四生有五種相續此中依二種相續而作論謂中有相續生有相續問曰使能令有相續非纏是意地非五識身何故作如是說睡眠掉悔鼻觸生愛舌觸生愛令欲有相續眼觸生愛耳觸生愛身觸生愛令二有相續少入欲有少入色有答曰此文應如是說貪欲蓋恚蓋疑蓋令欲有相續意觸生愛令三有相續餘蓋餘觸生愛不能令有相續若不如是說者當知此說有餘復有以不斷故說名相續若不斷蓋不斷鼻觸生愛舌觸生愛者命終還生欲界若不斷眼觸生愛耳觸生愛身觸生愛者命終生欲色界復有三事故令有相續一不斷二能生果三令有相續使在五識身不善者有二事一不斷二能生果不能令有相續無記者有一事不斷不能生果不能令有相續使在意地不善者有三事不斷能生果能令有相續無記者有二事不斷令有相續不能生果纏在意地五識身不善者有二事不斷能生果不能令有相續無記者有一事不斷不能生果不能令有相續若有此三事者能令有相續

身見以何三昧滅問曰何故作此論答曰欲顯佛出世間有如是希有力故而作此論施設經作如是說閻浮提外有轉輪聖王道廣

一由旬海水覆之若無轉輪聖王時無有衆生能過上者若轉輪聖王出時海水減一由旬轉輪聖王所行道乃現以金沙布上栴檀香水灑之轉輪聖王欲與四種兵衆遊巡四天下時行此道上如是佛不出世時無有衆生能行根本地衆生雖有離欲者依於邊道不得根本若十力轉輪法王出世時根本道爾乃顯現以三十七品金沙布上以戒定慧栴檀香水而以灑之世尊與無量百千萬那由他衆生而行其上至無畏涅槃城是故欲現佛出世間有如是希有力故而作此論身見以何三昧滅亦可言以何道亦可言以何對治亦可言以何正觀如是說者皆同一義滅亦可言斷亦可言無欲亦可言盡亦可言解脫如是等說皆同一義昔有二大師一名耆婆羅二名瞿沙跋摩尊者耆婆羅作如是說此中說畢竟斷無餘斷一向是聖人非凡夫人以無漏道非世俗道七依經是此論根本七依經說根本地不說邊無有依根本地以世俗道而離欲者尊者瞿沙跋摩作如是說此中說畢竟斷無餘斷亦有凡夫人亦有聖人亦世俗道亦以無漏道問曰若然者七依經非此論根本七依經純說根本答曰以是事故阿毗曇照明修多羅其猶如燈經中所不說者此中說之經中所不現者此中顯之經中有餘義者此中說之彼二家所說俱得善通三結依四依未至依四依者依四禪依未至者依未至中間此地名未至問曰何故名未至耶答曰未入根本地根本地未現在前而能離欲名未至地問曰未至地不名

爲依何故作是說或依四或依未至答曰此文應如是說若入四依若不入四依而滅而不說者有何意耶答曰欲重說四依名故如說或入根本得滅或不入根本得滅如人問他男子汝爲入城事得成耶爲不入城事得成耶三結從欲界乃至非想非非想處可得欲界者依未至初禪者依初依依未至二禪者依二依依未至三禪者依三依依未至四禪及無色依四依依未至所以者何三結是見道所斷必以見道而畢竟斷見道必在六地謂未至中間根本四禪若依未至禪得正決定三結則以未至禪滅若依初禪得正決定三結則依初禪滅若依乃至第四禪得正決定及無色三結即依第四禪滅此中說第四禪及無色三結依四禪及未至貪恚癡及欲漏依未至所以者何離欲愛時此法永斷若凡夫人斷依未至斷聖人亦依未至斷世俗道聖道俱依未至斷有漏或依七或依未至依七者四禪三無色定未至者未至中間有漏從初禪乃至非想非非想處可得彼非想非非想處或依未至而離彼欲或乃至依無所有處離彼欲爲無所有處非想非非想處有漏言七依及未至初禪地者或依初依或依未至二禪地者或依二依或依未至乃至識處或依六依或依未至無所有處非想非非想處或依七依或依未至無明漏或依七依或依未至七依者四禪三無色定未至者未至中間禪無明漏欲界乃至非想非非想處可得彼非想非非想處無明漏或依七依或依未至總而言之依七依或依未至若

欲界者依未至在初禪者依初依或依未至乃至識處依六依或依未至無所有處非想非非想處無明漏或依七依或依未至餘廣說如經本諸結過去彼結已繫耶答曰若結過去彼結已繫諸結過去彼得亦過去是也頗結已繫彼結非過去耶答曰有未來現在結是也諸未來現在結得在過去諸結生時或如大牛在前而行或如犢子隨後而行或有俱行如大牛在前行者先生結後生得如犢子隨後行者先生得後生結俱行者結得俱生此中說犢子隨行法諸結未來彼結當繫耶答曰或結未來彼結不當繫乃至廣作四句云何結在未來彼結不當繫耶答曰諸未來結已斷已知已滅已吐於彼斷結心更不退斷者是斷智知者是智知滅者是數滅吐者斷不解脫得解脫得作證於斷彼結心更不退者不退法阿羅漢未來三界見道修道所斷結已斷乃至已吐彼結更不復繫所以者何彼是不退法故若是退法阿羅漢未來三界見道所斷結已斷乃至已吐彼結更不復繫阿那含是不退法者離無所有處欲未來三界見道所斷結及修道所斷八地結已斷乃至已吐彼結更不復繫乃至離欲界欲未離初禪欲三界見道所斷欲界修道所斷法彼結已斷乃至已吐更不復繫不退法斯陀含未來三界見道所斷結及欲界修道所斷六種結已斷乃至已吐更不復繫須陀洹未來三界見道所斷結已斷乃至已吐更不復繫不退法凡夫如菩薩等離無所有處欲八地見道修道所斷結已斷乃至已吐更

不復繫乃至離欲界欲一地說亦如是云何結當繫彼結不在未來耶答曰諸結過去已斷已知已滅已吐於彼斷結必退退法阿羅漢三界過去修道所斷結已斷乃至已吐彼結當繫退法阿那含離無所有處欲過去八地修道所斷結已斷乃至已吐彼結當繫乃至離欲界欲未離初禪欲說亦如是離無所有處欲退凡夫人過去八地見道修道所斷結已斷乃至已吐彼結當繫乃至離欲界欲未離初禪欲說亦如上云何結在未來彼結當繫耶答曰諸未來結已斷乃至已吐彼結必退廣說如過去云何結不在未來彼結不當繫耶答曰諸結過去已斷乃至已吐彼結必不退廣說如未來諸結現在彼結今繫耶答曰若結現在彼結今繫諸結現在彼得亦現在頗結今繫彼結非現在耶答曰有諸過去未來結諸過去未來結得在現在繫過去者如大牛行法現在者如犢子行法

所可用道斷欲界結退彼道時還得彼結得不耶問曰何故作此論答曰或有說無有退法如毗婆闍婆提以現喻故而作是說今現見瓶破唯有碎瓦不可還作瓶如是阿羅漢以金剛喻定破諸煩惱令無有餘不可還成煩惱性亦如燒木爲灰更無木用如是阿羅漢以智慧火燒諸煩惱更無煩惱用以是現喻故言無退法爲斷如是說者意亦明退法有實體若言無退法則違佛經佛經說有二種阿羅漢一退法二不退法復違餘經如說有五因緣時解脫阿羅漢退云何爲五一營事二多誦三和鬭諍四遠行五長病復違餘

經如說尊者瞿醯迦得阿羅漢是時解脫六返退失阿羅漢果第七返時畏退此法以刀自害而死欲令無如是過故說退法實有定體問曰若退法實有定體者毗婆闍婆提說現喻云何通答曰此不必須通所以者何此非修多羅毗尼阿毗曇不可以世間現事難賢聖法賢聖法異世間法異若欲必通有何意耶答曰應說喻過若喻有過義亦有過如瓶破時有餘碎瓦阿羅漢諸結斷時爲有餘結爲無有耶若有餘結是名有結不名阿羅漢若無餘結義異喻異猶如燒木有餘灰在如是阿羅漢諸結盡時爲有餘結爲無餘結若有餘結不名阿羅漢若無餘結義異喻異然木無燒義木微塵與火微塵作因已滅火微塵與灰微塵作因已滅是故作如是說木是灰因灰因木生作燒木想燒木已有餘灰非無所有是故喻不似義如是阿羅漢煩惱盡時非無本性在過去未來世中有相有實體若與結相違諸善功德在彼身中未生之時名結不斷若與結相違諸善功德在彼身中出生之時彼結名斷如是修聖道時不令結體使無本性如是聖道是希有事能令阿羅漢斷一切結不令此結非無本性是故尊者瞿沙作如是說煩惱不在身中行故名斷如提婆達多不在舍中非無提婆達多性彼亦如是問曰毗婆闍婆提云何通育多婆提所引經耶答曰彼作是說阿羅漢退道不退果所以者何果是無爲法故問曰若然者雖不退果而退於道退於道非是退耶若退無學道時爲得學道爲不得耶若得者亦應言

退果若不得者便有大過退無學道不得學道是時應是凡夫毗婆闍婆提復作是說使是纏種子使不與心相應纏與心相應使能生纏纏若現在前名退阿羅漢諸使已斷故不能生纏云何起纏現在前而退耶是故彼作是說言無退法如是說者好彼作是說言無退法者是無知果闇果愚果不勤方便果而退法有相有實體是故爲止他義乃至欲顯已義故而作此論問曰退法體性是何答曰是不成就性不隱沒無記心不相應行陰攝在如是法中如說如是等諸法名心不相應行退異退法異退者是不成就性如上說退法是不善法及隱沒無記法亦如破僧異破僧罪異破僧是不和合性是不隱沒無記心不相應行陰攝破僧罪是妄語僧成就不和合破僧人成就罪如是退異退法異廣說如上復有說者若起使若起纏現在前是退性若然者退法性是染汚復有說者若法隨順退法是退性若作是說一切諸法盡是退性所以者何一切諸法隨順退性故尊者浮陀提婆作如是說退無體性所以者何行者本有如是諸善功德於彼法退失墮落如人爲賊所劫財物有人問言汝失財物體性是何彼答曰無有體性本有財物賊劫之去復有何性猶如有一人劫衣去他人問言汝今失衣體性是何彼答言無有體性所以者何本有此衣人劫之去當有何性猶如有一人裂其衣他人問言汝今衣裂體性是何彼答言無有體性所以者何衣本是完他人裂破當有何性彼亦如是評曰應如上說退體性

是不成就性乃至廣説

阿毗曇毗婆沙論卷第四十六

音釋

户樞 樞昌株切門户之根謂之樞 縷 力主切綫也 盈長 長音仗盈長謂餘剩也 捻衣 捻奴協切攝也捻衣猶攝齋也 滓 壯仕切塵滓也 瞿醯迦 梵語尊者名也瞿權俱切醯馨兮切

阿毗曇毗婆沙論卷第四十七

迦旃延子造

北涼沙門浮陀跋摩共道泰譯

使揵度一行品第二之四

問曰爲退已煩惱現在前爲煩惱現在前退耶若煩惱現在前退者波伽羅那說云何通如說以三事故起欲愛結一不斷不知欲愛使二起欲愛具現在前三不正觀若煩惱現在前退者此經云何通如說有五因緣時解脫阿羅漢退若煩惱現在前退者定揵度說云何通如說以非學非無學心退生學法得云何是阿羅漢起煩惱心現在前何等心次第起煩惱心若當退已起煩惱者施設經說云何通如說或時心遠或時心剛强以遠以剛强故或時起無色界三纏現在前謂愛慢無明然多起慢纏若彼人於無色界三纏起一一現在前是人名於無色界欲盡退住色界欲盡中識身經說復云何通猶如有一起無色界染汚心現在前是時名捨何善根何善根相續耶答曰捨無學善根學善根相續退無學心住於學心波伽羅那經說云何通如說云何退法不善隱沒無記法住何等心起煩惱現在前答曰應作是論或有說者起煩惱現在前退如是後說善通波伽羅那說云何通答曰此爲說煩惱不斷者或有已斷煩惱起煩惱現在前或有未斷煩惱起煩惱現在前此中說煩惱未斷現在前者或有染汚心次第起煩惱現在前或有不染汚心次第起煩惱現在前此中說染汚心次第起煩惱現在前者或有退煩惱現在前或有不退

煩惱現在前此中說不退煩惱現在前者復次此中說能起滿足煩惱者以三事故衆生起於煩惱一以因力二以境界力三以方便力如說不斷不知欲愛使者是說因力起欲愛具現在前者是說境界力不正觀者是說方便力復次不同外道故作如是說外道說以境界故煩惱生若境界壞則無煩惱爲止如是意故彼尊者說因不正觀故煩惱生佛經云何通有五因緣時解脫阿羅漢退答曰此中說退具名退餘經亦說以餘法具故說名餘法此亦如是以退具故名退法定揵度說云何通答曰此中說根退不說果退云何阿羅漢起煩惱心答曰阿羅漢起煩惱現在前若起煩惱現在前便非阿羅漢如凡夫人起無漏法現在前若起無漏法現在前便非凡夫學人起無學法現在前若起無學法現在前便非學人何等心次第起煩惱心現在前答曰畢竟離非想非非想處欲還起非想非非想處結便退彼結次第善心後生若非畢竟離欲者起非想非非想處結退彼次第或起善心或起染污心乃至離初禪欲說亦如是永斷欲界退時二種心次第生煩惱謂善心不隱沒無記心若不都離欲界欲三種心次第生煩惱謂善染污不隱沒無記心復有說者退後煩惱現在前前所說善通施設經識身經說云何通答曰此說不知不覺而作是說先退不知不覺後煩惱起時乃知乃覺我今退猶如比丘誦四阿含不諷誦故而便忘失都不覺知後誦不得乃知忘失而非誦時先忘失誦不得故而知忘失彼亦如是

波伽羅那經說復云何通答曰此說減損善法遠於善法若煩惱數數現在前時遠於善法住何等心起煩惱現在前答曰住不隱沒無記心若威儀若工巧非報心所以者何報心羸劣故問曰羸劣心不能隨順退法耶答曰於出要分中心羸劣煩惱分中心熾盛是時乃退報心於二種心中俱是羸劣評曰住威儀工巧報心中盡退謂欲界不隱沒無記心與三界煩惱心相妨彼心若現在前時三界煩惱不得現在前退或有與欲色界煩惱相妨不與無色界煩惱相妨彼心若現在前時欲色界煩惱不得現在前退若退者起無色界煩惱現在前或有與欲界煩惱相妨不與色無色界煩惱相妨彼心若現在前欲界煩惱不得現在前退若退者起色無色界煩惱乃退或有不與三界煩惱相妨者彼心若現在前時三界煩惱展轉現在前若不得淨禪淨無色得者謂現前行得彼不能以色無色界煩惱現前退若退者起欲界煩惱退若得淨禪得者謂現前行得不得淨無色定彼不能起無色界煩惱退若退者起欲界煩惱退若得淨禪淨無色得者謂現前行得若退者能起三界煩惱展轉現在前問曰退時爲住意地退爲住五識身退耶答曰住意地退非五識身問曰若住意地非五識身者優陀延王因緣云何通曾聞優陀延王將諸宮人婇女詣欝毒波陀山林除却男子純與女人五樂自娛其音清妙燒衆名香時諸婇女或有裸形而起儛者爾時有五百仙人以神足力飛騰虛空經過彼處時諸仙人眼見色耳

聞聲鼻齅香便失神足猶無翼鳥墮彼林中時王見之而問言汝等是誰諸仙答言我是仙人王復問言諸賢汝得非想非非想處定耶答言不得乃至問言汝得初禪耶答言曾得而今已失時王瞋恚作如是言有欲之人見我宮人婇女非其所以便拔利劍斷五百仙人手足彼諸仙人或有住眼識退者或有住耳識退者或有住鼻識退者優陀羅摩子因緣復云何通曾聞優陀羅摩子有王常施其食若食時至以神足力猶如鴈王飛騰虛空詣於王宮時王即前躬自迎抱坐金牀上以諸仙人所食之味而供養之時彼仙人飯食已竟除器澡漱說偈呪願飛空而去是王後時以國事故欲詣餘處作是念若我行後無人如我常法給事仙人仙人性躁或起瞋恚而呪詛我或失王位或斷我命便問其女作如是言仙人若來如我常法汝能供養不女答曰能時王重約勑女盡心奉養然後乃行營理國事後日食時仙人從空飛行而來時王女如父王法躬身迎抱坐金牀上王女身體細軟仙人離欲而復尠薄身觸女時退失神足飯食訖除器澡漱說偈呪願欲飛空去而不能飛時王宮中有後園林即入其中欲修神足耳聞象馬車乘之聲而不得修時彼城中人民恒作是念若今大仙在地行者我等當得親近禮足爾時仙人聰明黠慧善知方便語王女言汝今宣告城中人民今日大仙當從王宮步行而出汝等人民所應作者皆悉作之時彼王女如其所勑即便宣告城中人民是時人民即時除去城中街陌瓦

礫糞穢戀諸旛蓋燒衆名香散種種華嚴飾鮮潔猶如天城是時仙人步行而出去城不遠入林樹間欲修神足聞衆鳥聲修不能得便捨林樹復詣河邊以其本法欲修神足復聞水中魚鱉迴轉之聲而不得修便上山上作是思惟我今所以退失善法皆由衆生凡我所有善法淨行苦行使我當作如是衆生能害世間所有地行飛行水性衆生無免我者發是惡誓願已離八地欲生非想非非想有頂處開甘露門寂靜田中八萬劫中處閑靜樂業報盡已還生此間答波樹林曇摩阿蘭若處作著翅狸身廣五十由旬兩翅各廣五十由旬其身量百五十由旬以此大身殺害空行水陸衆生無得免者身壞命終生阿毗地獄如是等住身識時退帝釋因緣復云何通曾聞佛未出世時天帝釋常往詣提波延那仙人所聽法帝釋後時乘寶飾車欲詣仙人是時帝釋阿修羅女舍芝夫人作是念今者帝釋捨我欲詣諸餘婇女即隱其形上車上帝釋不知乘到仙人所顧視見之而問言汝何故來仙人今者不欲眼見女人汝可還宮爾時舍芝不欲還去帝釋以蓮華莖打時舍芝夫人以女人輭美之音而謝帝釋仙人聞已起如是欲愛而現在前令其螺髮即時落地如是等住耳識而退若住意識不住五識退者如是等諸因緣云何通答曰如是等說皆先依五識生於意識然後乃退尊者僧伽婆修作如是說住五識身亦退所以者何眼見色能生煩惱乃至身觸觸能生煩惱以其對治麤劣故眼見色便退乃至身觸觸

便退評曰應作是說住意地退不住五識所以者何意地有六事不與五識共一退二離欲三死四生五斷善根六還令相續退有三種一得退二不得退三不現前行退得退者得諸善功德而退不得退者一切衆生若勤方便皆應得聖慧眼以貪著名色故不勤方便是名不得退如偈說

一切天世人　皆應得慧眼　貪著名色故
不得見眞諦

又如偈說

愚小衆所敬　是則名失利　亡失諸善法
是名爲頂墮

世尊爲提婆達多故而說此偈彼已起煖善根不久當得頂法於其中間貪著利養故於善法退如是名不得退不現前行退者已得善法不現前行如佛不起佛菩提現在前辟支佛不起辟支佛菩提現在前聲聞不起聲聞菩提現在前是名不現前行退問曰此三種退幾是佛幾是辟支佛幾是聲聞答曰佛有一種退謂不現前行退本得善法不現前行故無不得退所以者何於一切衆生中得最勝根故無得退所以者何非是退法故辟支佛有二種退一不得退二不現前行退不得退者不得佛根故不現前行退者本得善法不現前行故無得退非是退法故聲聞是非時解脫者有二種退一不得退二不現前行退不得退者不得佛辟支佛根故不現前行退者本得善法不現前行故無得退非退法故時解脫阿羅漢有三種退得退者先得善法而退不得退者不得三種根不現前行

退者先得善法不現前行復有說者佛世尊無三種退無得退非是退法故無不得退以住一切衆生中最勝根故無不現前行退所以者何佛於無數阿僧祇劫集諸難行苦行皆欲爲衆生說法故無有少時不爲衆生辟支佛有一種退先得善法不現前行無得退非退法故無不得退若於辟支佛根已定無求佛根故非時解脱阿羅漢有一種退先得善法不現前行無得退非退法故無不得退若於非時解脱根已定不求辟支佛佛根故時解脱有二種退得退者先得善法而退不現前行退者先得善法不現前行無不得退若於時解脱根已定則不求上三種根故評曰應作是說佛世尊有一種退謂不現前行退辟支佛有二種退謂不現前行退不得退非時解脱阿羅漢亦如是時解脱阿羅漢有三種退謂得退不現前行退不得退問曰云何知佛世尊有不現前行退答曰依佛經故知經說佛告阿難如來有四種增上心受現法樂於此四心展轉有退如諸弟子聚會爲說法時若不動法心得解脱身作證不說有退問曰此中爲說不現前行退爲說得退若說不現前行退者不動法心得解脱亦應有退所以者何不能一切時令不動法常現在前若說得退者四種增上心亦不應退所以者何如來是不退法應作此論是不現前行退問曰若然者不動法心得解脱亦應有退答曰不動法心得解脱者以得爲勝若得彼法更無所作增上心以現前行爲勝若不現在前便言是退復有說者若依未至是說不

動法若依根本禪是說增上心如來依未來現在前多若食時若食後爲他說法時說法已欲入定時如來雖於禪定速疾於未至禪速疾勝根本禪猶如疾行之人於行法疾然近處疾勝於遠疾復次自利益是說增上心利益他是說不動如來利益他多自利益少復次慈悲是說不動喜捨是說增上心如來多起慈悲少起喜捨復次大悲是說不動大捨是說增上心如來多起大悲少起大捨尊者瞿沙說曰永斷一切結是說不動如來一切時彼得現在前問曰若佛世尊有不現前行退有不現前行退佛多辟支佛多聲聞多耶答曰如來不現前行退多非聲聞辟支佛所以者何若如來一剎那頃不現前行退勝辟支佛聲聞盡其形壽退以如來有廣大無邊甚深明淨幽隱之法譬如王四天下轉輪聖王若於一日離自國土勝於小王盡其形壽離自國土定犍度作如是說以何等故阿羅漢果退阿那含果退斯陀含果退非須陀洹果耶答曰即彼文說見諦所斷法緣無所有云何緣無所有答曰因無法起云何因無法起答曰因於我起實義中無有我修道所斷法緣於有法云何緣於有法答曰因於有起云何因於有起答曰因淨故淨有少淨如髮爪齒脣形色淨等觀此法作淨想故於不淨法退無有法少分是我我所而計於我觀此法時無有於無我法退是故不退復次斷三界見道所斷煩惱名須陀洹果無有能退三界見道所斷煩惱者須陀洹果復次斷非想非非想處見道所斷煩惱名須陀洹果無

有能退非想非非想處見道所斷煩惱者此因論生論以何等故無有能退非想非非想處見道所斷煩惱答曰非想非非想處煩惱難斷難破難過以難斷難破難過故還令相續亦難復次以忍作對治斷緣無所有煩惱名須陀洹果無有退忍作對治斷緣無所有煩惱者復次以見道能到須陀洹果無有能退見道者如是因論生論以何等故無有能退見道耶答曰見道是速疾道不起道無有勢力起彼道者復次行者入見道名入大法河大法流中猶不能起善不隱没無記心現在前何況染汚心譬如有人墮山澗河峻流之處猶不能據彼此岸何況能渡彼亦如是復次見道是三界見道所斷對治法無有能退三界見道所斷煩惱者復次見道是非想非非想處見道所斷對治無有能退非想非想處煩惱者復次見道是忍作對治斷緣無所有煩惱無有能退忍作對治斷緣無所有煩惱者

問曰若退阿羅漢果住須陀洹果時當言退斯陀含果阿那含果不耶答曰當言退譬如有人從三重屋上墮至於地當言此人墮三重屋彼亦如是問曰彼二沙門果本不成就何以言退答曰以不成就復不成就故云何以不成就復不成就答曰本遠今復遠故復次以斷爾所結故名斯陀含果阿那含果以退結故果亦名退復次諸煩惱以斯陀含果阿那含果爲對治彼煩惱本得成就成就煩惱故彼對治名退復次以無礙解脱道能到斯陀含果阿那含果於彼道退果亦名退復

次斯陀含果阿那含果是阿羅漢果因阿羅漢果若退彼果因亦名退問曰須陀洹果亦是阿羅漢果因阿羅漢果亦是彼果何以退彼果時不退因耶答曰須陀洹果前更無有果若彼退時更無住處若當退須陀洹果者本是見諦今非見諦本是得果今非得果本是決定今非決定本是聖人今非聖人欲令無如是過故說須陀洹果不退

退根本沙門果不命終果中間退命終問曰何故退根本沙門果不命終果中間退命終耶答曰以易見易施設謂此是須陀洹果乃至謂是阿羅漢果果中間不易見不易施設復次行者是時於果生大悅適譬如農夫於六月中修治田業後獲子實積聚場上心大悅適彼亦如是復次是時有三事故一得未曾得道二捨曾得道三斷煩惱同於一味復次是時有五事一得未曾得道二捨曾得道三斷煩惱同於一味四頓得八智五修十六行復次是時是止息處最勝止息處復次是時斷結事事成道方便方便成果中間斷結事未成道方便未成復次是時容廣修道果中間不容廣修道復次行者是時善知功德過惡知功德者是道道果知過惡者是生死法復次行者是時善取相貌如人道中行時不能善取四方相貌若坐一處則能善取四方相貌彼亦如是復次行者是時有隨從知見者猶如有人於村落中間爲人所劫無有隨從知見者若在村落爲人所劫多有隨從知見者復次行者是時先廣修方便道立足處牢固須陀洹果廣修方便道者先爲解脫

故修施持戒聞慧思慧修慧煖頂忍世第一法見道中十五心頃是也斯陀含果廣修方便道者如上說諸善復更有未曾有者離欲界欲方便道六無礙道五解脫道是也阿那含果廣修方便道者如上說諸善復更有未曾有者離欲愛時方便道三無礙道三解脫道是也阿羅漢果廣修方便道者如上說諸善復更有未曾有者離初禪欲時方便道九無礙道九解脫道乃至離無所有處欲說亦如是離非想非非想處欲時方便道九無礙道八解脫道是也復次行者是時斷一切生分止一切生分須陀洹除欲界七生分色無色界一一生處除一生分餘一切生分得非數滅斯陀含除欲界二生分色無色界一一生處除一生分餘一切生分得非數滅阿那含色無色界一一生處除一生分餘一切生分得非數滅阿羅漢一切生分得非數滅復次行者是時頓證三界見道修道所斷煩惱須陀洹頓證三界見道所斷煩惱斯陀含頓證三界見道所斷煩惱及欲界修道所斷六種煩惱阿那含頓證三界見道所斷煩惱及欲界修道所斷九種煩惱阿羅漢頓證三界見道修道所斷煩惱以如是等事故根本沙門果退不命終果中間退者命終離欲界欲乃至離無所有處欲得正決定若退者以上地煩惱退問曰何故退上地煩惱不退下地者耶答曰下地煩惱以為二種對治所害故不能更生復次彼煩惱斷已更有重見道法墮上墮上故不能更生如人偃臥在地大山墮上猶不能動何況能起復次彼結斷已生

於忍智無有退忍智者復次彼結斷已生法智比智無有畢竟退法智比智者復次彼結斷已生世第一法無有退世第一法者復次彼結斷已生增上忍無有退增上忍者復次凡夫人離欲界欲乃至離無所有處欲從欲界乃至無所有處見道修道所斷煩惱合集如刈草法作九種一時斷後得果時於對治退當言成就見道所斷結不耶若成就者無有聖人退見道所斷結者若不成就者云何煩惱同一對治斷於彼對治退或有成就或不成就此事云何可爾

當得阿羅漢果住金剛喻定時成就下下煩惱若退阿羅漢果時還成就非想非非想處下下煩惱爲成就金剛喻定不答曰不成就問曰何故當得阿羅漢果住金剛喻定時成就下下煩惱若退阿羅漢果時成就下下煩惱不成就金剛喻定耶答曰金剛喻定多用功多用方便然後乃得下下煩惱不多用功不多用方便而現在前復次金剛喻定勝進時得下下煩惱退失時得復次金剛喻定與下下煩惱不妨成就妨現前行下下煩惱與金剛喻定妨成就妨現前行如金剛喻定與下下煩惱不妨成就如是住金剛喻定成就下下煩惱如下下煩惱與金剛喻定妨成就亦妨現前行如是住下下煩惱不成就金剛喻定復次金剛喻定是無礙道無有住無礙道退者亦無退已住無礙道者皆住解脫道勝進道而退退已還住解脫道勝進道問曰於何處退答曰界者在欲界非色界非無色界趣者在人趣非餘趣問曰何故六欲天中

無退耶答曰彼處無退具故問曰彼處非不多諸退具耶答曰佛經中所説退具彼中無然諸天得果者多是利根利根者不退問曰若鈍根者人中得果後生六欲天上在彼退耶答曰不退所以者何聖人易世不退不轉根不生色無色界所以者何聖道在彼身中舊住牢固故問曰何等人退何等人不退耶答曰或有信他隨他或有自信自欲若信他隨他入聖道者退自信自欲入聖道者不退復次或有廣因力廣方便力廣不放逸力或有不爾若廣者不退不爾者退復次或有以信入聖道者或有以慧入聖道者若以信入聖道者退若以慧入聖道者不退如以信以慧以奢摩他毗婆舍那可定可慧修定修慧得定得慧得內心定不得慧得慧不得內心定住堅信法住堅法法鈍根利根緣力因力內支力外支力內正思惟從他聞法當知亦如是復次或有不貪多者或有不愚多者不貪多者退不愚多者不退復次或有心善解脫慧善解脫或有心善解脫慧不善解脫若心善解脫慧善解脫者不退若心善解脫慧不善解脫者退問曰退者經幾時答曰經少時不久乃至不自知退若自知退便修勝進方便復次彼煩惱現在前時心生慚愧故速修方便如明目人晝於平地而便顛蹶尋即還起四方顧視無見我者不耶如是行者煩惱起時心生慚愧若佛若佛弟子若諸善人無見我者不耶復次彼煩惱現在前時身心生熱欲令煩惱熱速滅故尋修方便猶如軟身體人小火墮上尋即除却彼亦如是復次

以煩惱臭穢在身不堪忍故尋修方便猶如好淨之人有少不淨墮於身上尋即除却彼亦如是復有說者此事不定或有久者乃至令根猛利信解脫爲見到然後得阿羅漢果

問曰若退阿羅漢果已阿羅漢所不應作者彼人作耶退阿那含斯陀含果已阿那含斯陀含所不應作彼人作耶答曰不作所以者何得果人所作所行異於凡夫故阿羅漢有六種一退法二憶法三護法四等住五能進六不動退法者退憶法者心生厭憶持刀欲自害護法者於已解脫心生愛樂善守護等住者不退不進能進者能進至不動不動者住本根不動問曰退法阿羅漢必退耶憶法者必憶法耶護法者必護法耶等住者必等住耶能進者必能進至不動耶答曰或有說者退法必退乃至能進者必能進至不動以是事故名退乃至名能進若作是說退法必退乃至能進者必能進者以有六事故阿羅漢有六欲界有六色無色界有二謂等住不動若作是說退法阿羅漢不必退乃至能進者不必能進至不動問曰若然者何故名退乃至名能進耶答曰退阿羅漢不必退若退者是退性乃至能進不必能進若能進者是能進性若作是說退法者不必退乃至能進者不必能進以有六性故有六種阿羅漢如是說者欲界有六種色無色界亦有六

阿毗曇毗婆沙論卷第四十七

音釋

裸 郎果切赤體也
僻 文甫切足相背而手翻弄曰僻
澡漱 澡子浩切洗濯也漱蘇奏切蕩口也
呪詛 呪職救切願也詛莊助切沮也呪詛謂呪願之使沮敗也
尠 蘇典切少也
黠慧 黠胡戛切亦慧也
礫 音歷石也
小鱉 并列切甲蟲也
著翅狸 著陟畧切翅音試狸呂支切著翅狸謂置著翅翼能飛之狐狸也
峻 私閏切急也
刈 牛制切割也
顛蹶 顛多年切仆也倒也蹶音厥僵也

阿毗曇毗婆沙論卷第四十八

迦旃延子造

北涼沙門浮陀跋摩共道泰譯

使犍度一行品第二之五

問曰云何立六種阿羅漢耶答曰以根故問曰根有九種上上至下下先說阿羅漢有六種云何以根故阿羅漢有九種答曰或有說者退法阿羅漢成就二種根下下下中憶法成就下上根護法成就中下根等住成就中中根能進成就中上根不動成就上下根辟支佛成就上中根佛成就上上根彼不應作是說無有一人成就二種根者利根者尚不能何況鈍根評曰應作是說退法阿羅漢成就下下根憶法下中護法下上等住中下能進中中不動有二種有從時解脫至不動有性不動從時解脫至不動者中上本性不動者上下辟支佛上中佛上上退法阿羅漢作一事唯退憶法阿羅漢作二事退法憶法護法阿羅漢作三事退法憶法護法等住阿羅漢作四事退法憶法護法等住能進阿羅漢作五事退法憶法護法等住能進復有說退法阿羅漢有三事一退住學根二轉至勝根三即住般涅槃憶法阿羅漢有四事一退住學根二退住退法根三轉至勝根四即住般涅槃護法阿羅漢有五事一退住學根二退住退法根三退住憶法四轉至勝根五即住般涅槃等住阿羅漢有六事一退住學根二退住退法根三退住憶法四退住護法五轉至勝根六即住般涅槃能進阿羅漢有七事一退住學根二退住退法根三退住憶法四

退住護法五退住等住六轉至不動七即住般涅槃問曰憶法阿羅漢退住學根爲得何等學根爲得退法學根爲得憶法學根耶答曰得退法學根非憶法學根所以者何彼未曾得憶法學根故若得者是名爲進不名爲退世尊經說尊者瞿醯迦是時解脫阿羅漢六反退第七反還得時解脫身作證以刀自害而死問曰彼尊者瞿醯迦爲是退法性爲是憶法性若是退法性者何故以刀自害若是憶法性者何故六反退耶答曰應作此論是退法性問曰何故以刀自害答曰猒患退故以刀自害若不退以刀自害者是憶法性所可用道斷欲界結退彼道時還得彼結得不耶答曰還得彼結得諸結得離欲時斷退時還得彼結得所可用道斷色無色界結退彼道時還得彼結得不耶答曰還得彼結得諸結得離欲時斷退時還得彼結得問曰所可用斷結道於彼道不退所可用退道彼道不能斷結無礙道能斷結無有退無礙道者住解脫道退無有以解脫道斷結者何故作是說所可用道斷欲界結退彼道時還得彼結得廣說如上答曰無礙道是解脫道因解脫道是無礙道果若於果退時亦應言因退復次煩惱以無礙道對治若成就彼煩惱時亦當言退彼對治道復次以煩惱故立斷煩惱無礙道若成就煩惱時亦當言退彼無礙道尊者僧伽婆修說曰住無礙道退住解脫道亦退所以者何斷五種結須陀洹退時彼非是退五無礙道五解脫道耶評曰應作是說無有住無礙道退退已住無礙道者退解

脫道還住解脫道
九斷智欲界繫苦集所斷結斷一斷智色無色界苦集所斷結斷二斷智欲界見滅所斷結斷三斷智色無色界見滅所斷結斷四斷智欲界見道所斷結斷五斷智色無色界見道所斷結斷六斷智五下分結斷七斷智色愛斷八斷智一切結斷九斷智問曰九斷智攝一切斷智一切斷智攝九斷智廣說如經本斷者是無爲問曰若斷者是無爲不能有所緣何故彼斷是智耶答曰斷是智果故說智業果說業如說六入是舊業天眼天耳是通果說通阿羅漢是智果說智如是智果故說斷智問曰若然者修道所斷結以智斷故是智果可言斷智見道所斷結以忍斷是忍果云何言斷智耶答曰彼是世俗智果故言斷智如先以世俗道離欲界欲乃至離無所有處欲八地中所斷結斷是世俗智果問曰若然者世俗道能有所作處可爾非想非非想處世俗道不能有所作非想非非想處見道所斷結斷是忍云何是斷智耶尊者僧伽婆修說曰此是慧果說斷智斷有二種一是慧果彼不應作是說所以者何佛經說二斷智一知智二斷智不說斷慧評曰應作是說實義智者是金剛喻定斷是彼果所以者何得阿羅漢果時以金剛喻定斷三界見道修道所斷結頓證解脫得故復有說者從智種中生故名斷智如瞿曇姓中生故名瞿曇彼亦如是復次彼斷性相是斷智彼斷雖不能有所緣而性相是斷智說名斷智如過去未來眼根雖不能見而性相是眼彼亦如是尊

者瞿沙說曰應言正斷是最勝斷相應斷畢竟斷尊者波奢說曰應言棄斷所以者何棄一切生死得此斷故此斷亦可言斷亦可言無欲亦可言滅亦可言諦亦可言斷智亦可言沙門果亦可言有餘涅槃界無餘涅槃界苦法忍滅苦法智生是時彼斷名斷名無欲名滅名諦不名斷智不名沙門果不名有餘涅槃界無餘涅槃界苦比忍滅苦比智生是時彼斷名斷乃至名諦不名斷智不名沙門果不名有餘涅槃無餘涅槃界集法忍滅集法智生是時彼斷名斷名無欲名滅名諦名斷智謂欲界見苦見集所斷結盡斷智不名沙門果不名有餘涅槃無餘涅槃界集比忍滅集比智生是時彼斷名斷名無欲名滅名諦名斷智謂色無色界見苦見集所斷結盡斷智不名沙門果不名有餘涅槃無餘涅槃界滅法忍滅滅法智生是時彼斷名斷名無欲名滅名諦名斷智謂欲界見滅所斷結盡斷智不名沙門果不名有餘涅槃無餘涅槃界滅比忍滅滅比智生是時彼斷名斷名無欲名滅名諦名斷智謂色無色界見滅所斷結盡斷智不名沙門果不名有餘涅槃無餘涅槃界道法忍滅道法智生是時彼斷名斷名無欲名滅名諦名斷智謂欲界見道所斷結盡斷智不名沙門果不名有餘涅槃無餘涅槃界道比忍滅道比智生是時彼斷名斷名無欲名滅名諦名斷智謂色無色界見道所斷結盡斷智名沙門果謂須陀洹果不名有餘涅槃無餘涅槃界是時三界見苦見集見滅及欲界見道所斷結同一味頓證解脫

得是時彼斷名斷名無欲名滅名諦名斷智名沙門果謂須陀洹果不名有餘涅槃無餘涅槃界須陀洹當得斯陀含果斷一種結乃至五種結是時彼斷名斷名無欲名滅名諦不名斷智不名沙門果不名有餘涅槃無餘涅槃界第六無礙道滅第六解脫道生是時彼斷名斷名無欲名滅名諦不名斷智名沙門果謂斯陀含果不名有餘涅槃無餘涅槃界是時三界見道所斷彼斷名斷名無欲名滅名諦名斷智謂先所得斷智名沙門果謂斯陀含果不名有餘涅槃無餘涅槃界欲界修道所斷五種結同一味頓證解脫得是時彼斷名斷名無欲名滅名諦不名斷智名沙門果謂斯陀含果不名有餘涅槃無餘涅槃界斯陀含當得阿那含果斷第七第八種結

時彼斷名斷名無欲名滅名諦不名斷智不名沙門果不名有餘涅槃無餘涅槃界第九無礙道滅第九解脫道生是時彼斷名斷名無欲名滅名諦名斷智謂五下分結盡斷智名沙門果謂阿那含果不名有餘涅槃無餘涅槃界即彼時三界見道所斷結及欲界修道所斷八種結同一味頓證解脫得是時彼斷名斷名無欲名滅名諦名斷智謂本得斷智五下分結盡斷智名沙門果謂阿那含果不名有餘涅槃無餘涅槃界離初禪欲斷一種結乃至斷九種結是時彼斷名斷名無欲名滅名諦不名斷智不名沙門果不名有餘涅槃無餘涅槃界乃至離第四禪欲斷一種結乃至斷八種結說亦如是第九無礙道滅第九解脫道王是時彼斷名斷名無欲名滅

名諦名斷智謂色愛斷斷智不名沙門果不名有餘涅槃無餘涅槃界離空處欲乃至離非想非非想處斷八種結是時彼斷名斷名無欲名滅名諦不名斷智不名沙門果不名有餘涅槃無餘涅槃界金剛喻定滅初盡智生是時九種結斷彼斷名斷名無欲名滅名諦名斷智謂一切結盡斷智名沙門果謂阿羅漢果名有餘涅槃界不名無餘涅槃界即彼時三界見道所斷八地修道所斷非想非非想處修道所斷八種結同一味頓證解脫得是時彼斷名斷名無欲名滅名諦名斷智謂一切結盡斷智名沙門果謂阿羅漢果名有餘涅槃界不名無餘涅槃界若阿羅漢陰界入更不相續入無餘涅槃界是時彼斷名斷名無欲名滅名諦名斷智謂所得斷智名沙門果謂阿羅漢果不名有餘涅槃界名無餘涅槃界問曰諸斷是無爲何以有時名斷智有時不名斷智答曰爾時或有四事或有五事者名斷智四事者一害俱因二俱繫得解脫三得無漏解脫得四害非想非非想處一切徧使五事者即上四事五未離於界見道中有四事修道中有五事苦法忍滅苦法智生是時不害俱因雖害見苦所斷不害見集所斷不俱繫得解脫雖見苦所斷繫得解脫見集所斷不得解脫雖得無漏解脫得不害非想非非想處一切徧使是時唯有一事無三事是故彼斷名斷不名斷智苦比忍滅苦比智生是時不害俱因雖斷見苦所斷因不害見集所斷因不斷俱繫雖斷見苦所斷繫不斷見集所斷繫雖得無漏解脫得而不

畢竟害非想非非想處一切徧使是時唯有二事無有二事故彼斷不名斷智集法忍滅集法智生是時害俱因先害見苦所斷因令害見集所斷因俱繫得解脫先見苦所斷得解脫令見集所斷得解脫得無漏解脫得亦害非想非非想處一切徧使是時得名斷智集比忍滅集比智生是時害俱因先害見苦所斷因令害見集所斷因俱繫得解脫先見苦所斷繫得解脫令見集所斷繫得解脫得無漏解脫得害非想非非想處一切徧使是時具四事故彼斷名斷智滅法忍滅滅法智生是時害俱因先害見苦見集所斷因令害見滅所斷因俱繫得解脫先見苦見集所斷繫得解脫令見滅所斷繫得解脫得無漏解脫得害非想非非想處一切徧使是時具四事故彼斷名斷智滅比忍滅滅比智生道法忍滅道法智生道比忍滅道比智生說亦如是如是則說見道斷智修道中有五事名斷智離欲界一種欲乃至離八種欲是時不害俱因雖斷八種因不斷下下因所以者何九種結展轉爲因故俱繫不得解脫雖八種繫得解脫一種繫不得解脫所以者何九種結展轉相繫故雖得無漏解脫得害非想非非想處一切徧使而不永離界是時唯有二事無三事是故彼斷不名斷智斷第九種結是時害俱因先斷八種因令斷下下因俱繫得解脫先八種繫得解脫令下下繫得解脫得無漏解脫得害非想非非想處一切徧使畢竟離界謂離欲界是時有五事故彼斷名斷智離初禪欲斷一種結乃至斷八種結廣說

如欲界斷第九種時害俱因先斷八種因今斷下下因俱繫得解脫先八種繫得解脫今下下繫得解脫得無漏解脫得害非想非非想處一切徧使而非畢竟離界是時唯有四事無五事是故彼斷不名斷智第二第三禪說亦如是離第四禪欲斷一種結乃至斷八種結不害俱因俱繫不得解脫雖得無漏解脫得害非想非非想處一切徧使而不畢竟離界是時唯有二事無三事是故彼斷不名斷智斷第九種結是時害俱因俱繫得解脫得無漏解脫得害非想非非想處一切徧使畢竟離界是時有五事故彼斷名斷智謂色愛盡斷智如離初禪欲乃至離三禪欲離空處欲乃至離無所有處欲說亦如是離非想非非想處欲斷一種結乃至斷八種結時不害俱因俱繫不得解脫雖得無漏解脫得害非想非非想處一切徧使而不畢竟離界是時唯有二事而無三事是故彼斷不名斷智斷第九種結是時害俱因俱繫得解脫得無漏解脫得害非想非非想處一切徧使畢竟離界是時有五事故彼斷名斷智謂一切結盡斷智問曰爲離四禪修道所斷愛名斷智爲唯離第四禪修道所斷愛名斷智耶答曰或有說離四禪愛名斷智復有說離第四禪九種愛名斷智復有說唯離第四禪下下種愛名斷智評曰應作是說離色界一切修道所斷愛名斷智所以者何若離第四禪下下愛色界一切修道所斷愛盡乃名斷智問曰斷法是最勝法何故二斷得通證謂阿那含阿羅漢果時答曰此二時畢竟離界亦得果

得須陀洹果斯陀舍果是時雖得果不畢竟離界離第四禪欲雖畢竟離界而非得果得阿那舍果時畢竟離界謂離欲界欲得果得阿那舍果得阿羅漢果時畢竟離界謂離無色界得果得阿羅漢果時復次是時畢竟離界斷下分上分結得須陀洹果斯陀舍果時不畢竟離界不斷下分上分結離色愛時雖畢竟離界謂離色界不畢竟斷上分結得阿那舍果時畢竟離界謂離欲界畢竟斷下分結得阿羅漢果時畢竟離界謂離無色界畢竟斷上分結復次是時畢竟離界畢竟斷不善無記煩惱得須陀洹果斯陀舍果時不畢竟離界亦不畢竟斷不善煩惱離色界時雖畢竟離界不畢竟斷無記煩惱得阿那舍果時畢竟離界謂離欲界畢竟斷不善煩惱得阿羅漢果時畢竟離界謂離無色界畢竟斷無記煩惱如不善無記有報無報無生二果一果無慚無愧相應無慚無愧不相應當知說亦如是九斷智誰捨幾誰得幾答曰或有無捨無得者如凡夫人是也問曰此中不問凡夫不應答凡夫復有聖人不捨不得者如住本性者是也勝進者亦如是苦法忍滅苦法智生是時不捨不得苦比忍滅苦比智生是時亦不捨不得集法忍滅集法智生是時得一而無所捨集比忍滅集比智生是時得一而無所捨滅法忍滅滅法智生是時得一而無所捨滅比忍滅滅比智生是時得一而無所捨道法忍滅道法智生是時得一而無所捨道比忍滅道比智生若非離欲人得一而無所捨若是離欲人捨五得一

謂道比智時所得斷是五下分結盡斷也聖人離欲界欲斷一種乃至八種結無得無捨斷第九種結是時捨六得一謂五下分結盡斷智是也離初禪欲斷一種乃至九種結無得無捨第二第三禪亦如是離第四禪欲斷一種乃至八種無得無捨斷第九種得一而無所捨如初禪二禪三禪空處識處無所有處亦如是離非想非非想處欲斷一種乃至八種結亦無得無捨斷第九種時捨二得一謂一切結盡斷智是則説勝進時退時亦有捨有得阿羅漢起無色界煩惱退時捨一得二起色界煩惱退時捨一得一起欲界煩惱退時捨一得六離色愛阿那含起色界煩惱退時捨一而無所得起欲界煩惱退時捨二得六未離色愛阿那含起欲界煩惱退時捨一得六退斯陀含果時無捨無得

此九斷智幾是禪果幾是無色定果幾是根本禪果幾是禪邊果幾是根本無色定果幾是無色定邊果幾是見道果幾是修道果幾是忍果幾是智果幾是法智果幾是比智果幾是法智分果幾是比智分果幾是世俗道果幾是無漏道果幾是禪果者答曰九是禪及眷屬果幾是無色定果者答曰二是無色定及眷屬果幾是根本禪果者答曰阿毗曇者作如是説五是根本禪果尊者瞿沙作如是説八是根本禪果幾是禪邊果者答曰九謂未至依是也非餘禪邊幾是根本無色定果者答曰一幾是無色定邊果者答曰一謂空處邊非餘無色定邊幾是見道果者答曰六幾是修道果者答曰三幾是忍果應説如

見道幾是智果者應說如修道幾是法智果者答曰三幾是比智果者答曰二幾是法智分果者答曰六幾是比智分果者答曰五幾是世俗道果者答曰二幾是無漏道果者答曰九若離色愛得正決定色愛盡斷智何時得耶尊者僧伽婆修說曰道比智現在前時得所以者何道比智亦是向道亦是果道不應作是說住果而言是向彼未曾起一剎那頃向道現在前何故說言向道耶復有說若離空處欲是時於未來世修無漏禪是時得色愛盡斷智此說亦不應爾所以者何是時對治無色界禪未來修不對治色界禪修復有說當得阿羅漢果住金剛喻定三界見道修道所斷結同一味通證解脫得是時得色愛盡斷智評曰應作是說彼從果必起勝果道現在前是時得色愛盡斷智若不從果更起勝果道現在前者離三禪欲人依下地得正決定彼若命終生四禪中若無色界彼不應成就樂根若然者則與十門所說相違如說誰成就樂根若生徧淨若聖人生徧淨上欲令無如是過故從果起必起勝果道現在前是時得色愛盡斷智九斷智攝一切斷智一切斷智攝九斷智耶答曰一切攝九非九攝一切九者如此中說一切者此九及諸餘斷是一切者多九者少一切斷智攝九斷智餘者猶多譬如大器覆於小器餘者猶多彼亦如是不攝何者答曰見諦具足世尊弟子未離欲者欲界繫修道所斷九斷智所不攝聖人離欲界欲時斷初種結乃至斷八種結此斷非九斷智所攝已離欲愛未離色愛色

界修道所斷結斷非九斷智所攝已斷色愛乃至第四禪斷八種結彼斷非九斷智所攝已離色愛未離無色愛無色界修道所斷結非九斷智所攝離空處欲乃至斷非想非非想處八種結彼斷非九斷智所攝問曰苦智已生集智未生三界見苦所斷結斷彼斷非九斷智所攝何故此中不說耶答曰應說此文應如是說一切攝九非九攝一切不攝何等答曰苦智已生集智未生三界見苦所斷煩惱斷彼斷非九斷智所攝餘說如上而不說者有何意耶答曰此中所說斷是有斷智人斷彼雖是斷非是有斷智人斷問曰雖作是說於義不盡所以者何不說凡夫人斷故答曰此是略說現初入門故而作是說

八人向須陀洹果證人住須陀洹果向斯陀含果證人住斯陀含果向阿那含果證人住阿那含果向阿羅漢果證人住阿羅漢果問曰人名有八實體有幾答曰阿毗曇者作如是說人名有八實體有五須陀洹果證人向阿羅漢果名有二實體有二須陀洹果向斯陀含果證人名有二實體有一斯陀含果向阿那含果證人名有二實體有一阿那含果向阿羅漢果證人名有二實體有一尊者瞿沙作如是說八人名有八實體有八彼作是說須陀洹人住須陀洹果不勝進時名成就須陀洹果人若勝進時名向斯陀含果證人捨須陀洹果斯陀含人住斯陀含果不勝進時名成就斯陀含果人若勝進時名向阿那含果證人捨斯陀含果阿那含人住阿那含果不勝進時名成就阿那含果人若勝進時

名向阿羅漢果證人捨阿那含果所以者何以根故說人差別是故生智論作如是說向斯陀含果證人當言成就須陀洹果不耶答曰不成就乃至向阿羅漢果證人當言成就阿那含果不耶答曰不成就評曰八人名有八實體有五如是說者好如名體名數體數名差別體差別名異體異名別體別知名知義當知亦如是問曰若八人名有八實體有五云何說八人差別耶答曰以行聖道故須陀洹若於須陀洹果不勝進時於須陀洹果名得名在身名成就名現前行若於須陀洹果勝進者是時住向於須陀洹果名得不在身中名成就不現前行於向名得名在身中名成就名現前行乃至若於阿那含果不勝進時於阿那含果名得名在身中名成就名現前行若於阿那含果勝進者是時住向於阿那含果名得不在身中名成就不現前行向於向名得名在身中名成就名現前行向須陀洹果證人於此九斷智成就幾不成就幾此中以人為章以斷智為門答曰或不成就或一二三四五廣說如經本

阿毗曇毗婆沙論卷第四十八

阿毗曇毗婆沙論卷第四十九

迦旃延子造
北涼沙門浮陀跋摩共道泰譯

使揵度人品第三之一

結有二種謂見道斷種修道斷種欲界有二種色界有二種無色界有二種頗欲界繫見道所斷修道所斷結頓得耶乃至廣說章及解章義此中應廣說優波提舍問曰何故作此論答曰此諸煩惱於生死中作大繫縛無利險難猶如怨家藏伏於欲界受大苦惱於色無色界受大苦惱於生死中數數迴轉處在母胎闇冥之處生藏熟藏之所逼切不知云何推求此結如實知見而除斷之欲令知故猶如怨家藏伏不知則害知則可避彼亦如是是故應思量觀察種種善語乃至生生之處而不忘失如尊者彌多達子初生時而作是語結有二種謂見道斷種修道斷種欲界有二色界有二無色界有二問曰何故彼生時作如是語答曰彼在母胎爲衆苦所逼而作是念衆生何故數處母胎受如是等苦皆以此二種結故欲說此二結過患故生時便作此語結有二種欲界有二乃至廣說問曰何故名種答曰此中說聚是種如衆多比丘聚名比丘種如婆羅門聚名婆羅門種彼亦如是所言種者亦可言聚亦可言羣實義是一名有差別頓得耶云何名頓得答曰頓得名一時何以知之答曰有經說波斯匿王往詣佛所面共世尊種種言論在一面坐而白佛言我聞沙門瞿曇作如是說於去來今無有沙門婆羅門能如實知見一切法若言

知見無有是處沙門瞿曇爲憶念有此語不佛答王言我不憶念王復問言沙門瞿曇世或有人不善受文義聞時異爲他說異唯願世尊憶念此事而解說之佛答王言我曾作是說於去來今無有頓得如實知見一切法者若言頓得知見無有是處皆從三阿僧祇劫漸漸修行六波羅蜜然後乃知非一時知以是事故知頓得是一時頗欲界繫見道修道所斷結頓得耶答曰頓得離欲凡夫人於彼無欲退問曰誰頓得耶答曰凡夫人離欲愛時欲界繫見道修道所斷結總爲一聚如刈草法九種結一時斷以下下無礙道斷上上結乃至以上上無礙道斷下下結凡夫人以下下結於彼無欲退頓得欲界繫見道修道所斷一種結下中退頓得二種乃至以上上結退頓得欲界繫見道修道所斷九種結色界無色界命終生欲界時凡夫人以下下結乃至上上結令生相續頓得欲界繫見道修道所斷九種結頓捨耶答曰捨凡夫人離欲愛時問曰誰頓捨耶答曰凡夫人離欲愛時欲界繫見道修道所斷九種結總爲一聚如刈草法九種結一時斷以下下無礙道斷上上結乃至以上上無礙道斷下下結彼欲界繫見道修道所斷下下頓捨漸得耶答曰不得所以者何若先得見道所斷結後得修道所斷結若先得修道所斷結後得見道所斷結無有是處漸捨耶答曰捨世尊弟子先捨見道所斷結後捨修道所斷結見道所斷結以見道斷修道所斷結以修道斷頗色界繫見道修道所斷結頓得耶答曰頓得離色

愛凡夫人於彼無欲退問曰誰頓得耶答曰凡夫人離色愛時色界繫見道修道所斷結總爲一聚如刈草法九種結一時斷以下下無礙道斷上上結乃至以上上無礙道斷下下結於彼無欲退若以色界繫下下結退者彼頓得色界繫見道修道所斷一種結下中退頓得二種乃至以上上結退頓得色界繫見道修道所斷九種結若以欲界下下結乃至上上結退彼時頓得色界繫見道修道所斷九種結復有說者此文應如是說離色愛凡夫人以欲界梵世地結退不應作是說所以者何此中說於界頓得不說地頓得若以第四禪結退乃至以欲界結退是時頓得色界繫見道修道所斷結無色界命終生欲色界是時頓得色界繫見道修道所斷結凡夫人無色界命終生欲色界中以下下結乃至上上結令生相續頓得色界繫見道修道所斷九種結頓捨耶答曰捨凡夫人離色愛時問曰誰頓捨耶答曰凡夫人離色愛時色界繫見道修道所斷結總爲一聚如刈草法九種結一時斷以下下無礙道斷上上結彼頓捨色界繫見道修道所斷結乃至以上上無礙道斷下下結頓捨色界繫見道修道所斷結漸得耶答曰不得所以者何無有先得見道所斷後得修道所斷者無有先得修道所斷後得見道所斷者漸捨耶答曰捨世尊弟子先捨見道所斷結後捨修道所斷結見道捨見道所斷修道捨修道所斷頗頓得無色界繫見道修道所斷結耶答曰不得所以者何頓得是凡夫人無有凡夫人能盡斷無色

界結捨彼退頓得無色界見道修道所斷結者頓捨耶答曰不捨所以者何頓捨者是凡夫人無有凡夫人頓捨無色界煩惱者漸得耶答曰不得所以者何無有先得見道所斷結後得修道所斷無有先得修道所斷後得見道所斷者漸捨耶答曰捨世尊弟子先捨見道所斷結後捨修道所斷結見道捨見道所斷結修道捨修道所斷結

有世俗行問曰凡夫人以世俗道離欲時斷九種結幾無礙道捨幾解脫道捨聖人以無漏道斷九種結幾無礙道捨幾解脫道捨答曰或有說者凡夫人斷九種結以三無礙道三解脫道斷謂下下無礙道下下解脫道斷上三種結下中無礙道下中解脫道斷中三種結下上無礙道下上解脫道斷下三種結聖人亦如是復有說者凡夫人斷九種結以一無礙道一解脫道斷聖人斷九種結以九無礙道九解脫道斷問曰何故凡夫人斷九種結以一無礙道一解脫道斷聖人斷九種結以九無礙道九解脫道斷耶答曰凡夫人所用道鈍於前法不能觀察思量一一分別聖人所用道猛利於前法能觀察思量一一分別問曰若作是說欲令凡夫人是下而說是勝欲令聖人勝而說是下所以者何凡夫人斷九種結以一無礙道一解脫道斷聖人斷九種結以九無礙道九解脫道斷是則凡夫人勝於聖人如人多服毒藥一時吐出誰不可耶評曰應作如是說凡夫人斷九種結以九無礙道九解脫道斷聖人亦爾問曰若凡夫人斷九種結以九無礙道九解脫道斷

聖人亦爾者凡夫聖人有何差別答曰凡夫人見道所斷修道所斷結總爲一聚如刈草法九種結一時以九無礙道九解脫道斷聖人見道所斷九種結以一無礙道一解脫道修道所斷九種結以九無礙道九解脫道斷凡夫聖人是謂差別問曰以世俗道斷結時以幾方便以幾入定答曰以三方便以三入定以初方便以初入定斷上三種結以第二方便以第二入定斷中三種結以第三方便以第三入定斷下三種結問曰爲起定斷耶爲不起定斷耶答曰或有說者凡夫人不起定斷聖人或起定或不起定斷復有說者凡夫人或起定不起定斷聖人不起定斷評曰應作是說此事不定凡夫人或不起定聖人或起定不起定凡夫人或起定不起定聖人或不起定而斷結復有說者斷欲界結不起定斷色無色界結或起定或不起定復有說者斷欲界結或起定或不起定斷色無色界結不起定評曰此事不定斷欲界結起定不起定斷色無色界結不起定斷欲界結不起定斷色無色界結起定不起定是則說勝進時凡夫人起下下結退時成就下三種結起中結退時成就六種結起上結退時成就九種結聖人起下下結退時成就下下結乃至起上上結退時成就九種結復有說者凡夫人起下下結退時乃至起上上結退時成就九種結聖人如前說問曰何故凡夫人起下下結退乃至起上上結退時成就九種結聖人起下下結退時成就下下結起下中結退時成就二種乃至起上上結退時成就九種結

答曰凡夫人以世俗定自持彼定性羸劣聖人無漏定自持彼定牢固應作是說凡夫人不服毒藥而死評曰應作是說凡夫人起下下結退還成就下下結乃至起上上結退成就九種結問曰若然者凡夫人聖人有何差別答曰凡夫人若起下下結退成就見道修道所斷下下結乃至起上上結退成就見道修道所斷九種結聖人起下下結退時成就修道所斷下下結乃至起上上結退時成就修道所斷九種結不成就見道所斷結凡夫人聖人是謂差別在欲界聖人有三事一畢竟離欲而命終二退已而命終三漸離欲已而命終凡夫人有二事一畢竟離欲而命終二退已而命終在色界聖人有二事一畢竟離色愛而命終二漸離欲而命終不退所以者何色界無有退者凡夫人有一事畢竟離色愛而命終不退所以者何色界無退無漸離欲而命終者問曰何故聖人有漸離欲而命終凡夫人不爾耶答曰聖人以無漏道自持彼道牢固凡夫人以世俗道自持彼道羸劣復次聖人成就定慧分故漸斷結而命終凡夫人不成就定慧分故不能漸斷結而命終復次聖人成就無漏分故漸斷結而命終凡夫人無無漏分故不能漸斷結而命終復次聖人有業力道力以業力故能漸斷結而命終以道力故能畢竟離欲而命終凡夫人無業力以道力强能畢竟離欲而命終者則退復次欲界聖人分中有漸離欲人若斷三種四種結名家家若斷六種結名斯陀含若斷七種八種結名一種子是故聖人有漸離

欲而命終者凡夫人分中無漸離欲而命終是故凡夫人無漸離欲而命終者尊者僧伽婆修說曰凡夫人亦有漸離欲而命終者住相續心還成就本所斷結評曰不應作是說如前說者好

以世俗道離欲時無礙道有幾行解脫道有幾行答曰無礙道有三行謂麤行苦行麤壞行解脫道有三行謂止行妙行離行問曰若無礙道中有麤行彼解脫道中有止行耶若無礙道中有苦行彼解脫道中有妙行耶若無礙道中有麤壞行彼解脫道中有離行耶答曰或有說者如所問若無礙道有麤行者彼解脫道必有止行若無礙道有苦行者彼解脫道必有妙行若無礙道有麤壞行者彼解脫道必有離行評曰此事不定若無礙道中有麤行彼解脫道中三行展轉現在前若無礙道中有苦行麤壞行者解脫道中三行展轉現在前問曰以世俗道離欲愛時無礙道爲緣何法解脫道爲緣何法答曰九無礙道緣於欲界九解脫道緣於初禪問曰若然者根犍度說善通如說頗思惟色界法能知欲界耶答言能知云何不緣倒錯行倒錯若緣行倒錯云何不爲離欲法作障礙留難耶答曰假令緣行倒錯而不能爲離欲法作障礙留難所以者何於彼離欲法已善修習徑路已成就如見道中緣欲界忍智後緣色無色界忍智現在前緣色無色界忍智後緣欲界忍智現在前如此雖復緣行倒錯而不爲得正決定而作障礙留難所以者何於彼見道已善修習徑路已成就彼亦如是復有說

者九無礙道八解脫道緣於欲界最後解脫道緣於初禪如以滅道智離非想非非想處愛彼九無礙道八解脫道緣於滅道最後解脫道緣於非想非非想處四陰彼亦如是復有說者若離欲愛時起定斷一種結已而住彼一無礙道緣於欲界一解脫道緣於初禪若斷二種結已而住彼二無礙道一解脫道緣於欲界一解脫道緣於初禪若乃至斷八種結已而住彼八無礙道七解脫道緣於欲界第八解脫道緣於初禪復有說者九無礙道九解脫道盡緣欲界如以苦集智離欲愛時九無礙道九解脫道緣於欲界彼亦如是問曰若然者則不緣行倒錯於離欲法不作障礙留難根犍度說云何通耶如說頗思惟色界法能知欲界耶答言能知答曰此說先觀察分別時行者先作如是分別觀察欲界是麤初禪是止問曰根犍度所說復云何通如說頗思惟無色界法能知欲界耶答言不能知行者是時不先分別觀察欲界是麤無色界是止耶何故言不能知耶答曰行者亦分別觀察而所觀是遠非於如是遠觀後而能離欲復有說者九無礙道九解脫道盡緣初禪問曰若然者根犍度說善通如說頗思惟色界法能知欲界耶答言能知亦非緣行倒錯云何緣於他處離他處欲耶答曰若緣餘處離他處欲此亦無過如以滅道智緣於滅道而離苦集所斷欲彼亦如是如是所說盡爲生弟子覺意故然此義最勝初說九無礙道緣於欲界九解脫道緣於初禪者好問曰無礙道中爲修幾行解脫道中爲修幾行

答曰凡夫人離欲愛時無礙道中修麤等三行八解脫道中修六行謂麤等三行止等三行最後解脫道中即修此六行亦修未至初禪無量行乃至離無所有處愛亦如是聖人離欲愛時無礙道中修十九行謂麤等三行有漏無漏十六聖行八解脫道中修二十二行謂麤等三行止等三行有漏無漏十六聖行最後解脫道中即修此二十二行亦修未至初禪無量行聖人離初禪欲時無礙道中修十九行謂麤等三行十六聖行唯修無漏非有漏八解脫道中修二十二行謂麤等三行止等三行十六聖行唯修無漏非有漏最後解脫道即修此二十二行亦修未至第二禪無量行乃至離無所有處愛亦如是問曰何故初禪邊修有漏無漏行上地邊唯修無漏不修有漏耶答曰初禪邊有有漏無漏聖行是故修上地邊唯有無漏行無有漏聖行是故唯修無漏行復有說者凡夫人離欲愛時九無礙道中修九行謂麤等三行慈悲喜捨不淨觀安般念八解脫道中修十二行即上九行及止等三行最後解脫道中即修此十二行亦修未至初禪無量行聖人離欲愛時無礙道中修二十五行謂麤等三行慈悲喜捨不淨觀安般念有漏無漏十六聖行八解脫道中修二十八行即此二十五行及止等三行最後解脫道中即修此二十八行及修未至初禪無量行上地邊如上說問曰何故初禪邊修如是等諸行上地邊不修耶答曰初禪邊有種種善根故修如是等諸行上地邊諸善根少故不修如是等諸行復次欲

界有種種煩惱故須種種對治上地無種種煩惱故不須種種對治此中所説諸行在於現在俱行負重同所作同所緣如上説未來世所修行爲何所緣耶答曰離欲愛時九無礙道中麤等三行修者緣於欲界八解脱道中麤等三行修者緣欲界初禪止等三行修者緣於初禪最後解脱道中麤等三行修者緣於三界止等三行修者緣於初禪乃至非想非非想處離初禪欲時九無礙道中麤等三行修者緣於初禪八解脱道中麤等三行修者緣於初禪二禪止等三行修者緣於二禪最後解脱道中麤等三行修者緣於三界止等三行修者緣於二禪乃至非想非非想處離第二禪欲第三禪欲應隨相説離第四禪欲時九無礙道中麤等三行修者緣於第四禪八解脱道中麤等三行修者緣第四禪及空處止等三行修者緣空處最後解脱道中麤等三行止等三行修者緣於空處乃至非想非非想處問曰若離第四禪欲時八解脱道中麤等三行修者緣於第四禪及空處者識身經所説云何通如説頗有無色界繫心能知色無色界耶答言不知答曰彼中遮一刹那頃不遮多相續若於一刹那頃能知色無色界者無有是處彼解脱道起現在前者未來修行者或緣色界或緣無色界是故一刹那頃不知多相續則知二説便爲善通離空處欲時九無礙道中麤等三行修者緣於空處八解脱道中麤等三行修者緣於空處識處止等三行修者緣於識處最後解脱道中麤等三行止等三行修者緣於識處乃

至非想非非想處離識處欲離無所有處欲應隨相說問曰何故禪中所修諸行緣於三界無色中所修諸行唯緣無色界耶答曰禪能徧緣能緣自地能緣下地亦緣上地無色定不能徧緣唯能緣自地及緣上地不緣下地以是事故禪中所修諸行能緣三界無色中所修諸行唯緣無色界

欲界繫見道所斷結種斷爲何沙門果攝問曰何故作此論答曰諸煩惱先分別在界未分別種今欲分別種故而作此論欲界繫見道所斷結種斷爲何沙門果所攝答曰四沙門果攝或無處所四沙門果者須陀洹須陀洹果攝乃至阿羅漢阿羅漢果攝無處所者凡夫人離欲無處所離欲人得正決定見道中十五心頃無處所次第人見道中見道諦二心頃無處所如是等時欲界見道所斷結種斷無處所欲界繫修道所斷結種斷爲何果攝答曰阿那含果阿羅漢果攝阿那含阿那含果攝阿羅漢阿羅漢果攝無處所者凡夫人離欲無處所離欲人得正決定十五心頃無處所次第人不得言無處所所以者何離欲愛時最後無礙道斷修道所斷結解脫道生時即阿那含果所攝色界繫見道所斷結種斷爲何果攝答曰四沙門果攝或無處所四沙門果如上說或無處所者凡夫人離色愛時無處所離色愛人得正決定十五心頃無處所次第人不得言無處所所以者何道比忍畢竟斷此結道比智生時彼斷即爲果攝色界繫修道所斷結種斷爲何果攝答曰阿羅漢果攝或無處所阿羅漢阿羅漢果

攝無處所者凡夫人離色愛無處所離色愛人得正決定見道中十五心頃道比智現在前無處所次第人離第四禪欲證最後解脫道無處所離空處愛時九無礙道九解脫道無處所乃至離無所有處愛時亦如是離非想非非想處愛時九無礙道八解脫道時及色界繫修道所斷已斷已知結無處所無色界繫見道所斷結種斷爲何果攝答曰四沙門果攝四沙門果如上說此中不說凡夫人無處所所以者何無有凡夫人能離非想非非想處愛者次第人亦不得言無處所所以者何道比忍畢竟斷此結道比智現在前時彼斷即爲果攝無色界繫修道所斷結種斷爲何果攝答曰唯阿羅漢果攝此中無離欲凡夫人所以者何無有凡夫人能離非想非

非想處愛者次第人亦不得言無處所所以者何金剛喻定畢竟斷此結初盡智生時彼斷即爲果攝謂阿羅漢果結有五種謂見苦所斷種乃至修道所斷種問曰何故作此論答曰先分別煩惱在界有二種未分別五種今欲分別故而作此論見苦所斷結種斷爲何果攝答曰四沙門果攝或無處所四沙門果如上說無處所者此中不應說凡夫人離欲次第人見苦時一心頃見集時四心頃見滅時四心頃見道時三心頃是時見苦所斷結種斷彼斷非果攝見集所斷結種斷爲何果攝答曰四沙門果所攝或無處所四沙門果如上說無處所者此中無有凡夫人離欲次第人見集時一心頃見滅時四心頃見道時三心頃是時見集所斷結種斷彼斷非沙

門果攝見滅所斷結種斷彼斷何果攝答曰四沙門果或無處所此中不說凡夫人離欲次第人見滅一心頃見道三心頃是時見滅所斷結種斷彼斷非沙門果攝見道所斷結種斷彼斷爲何果攝答曰四沙門果此中不說凡夫人離欲亦不說次第人所以者何道比智忍畢竟斷比結道比智現在前彼斷即爲果攝修道所斷結種斷彼斷爲何果攝答曰阿羅漢果攝此中不說凡夫人離欲亦不說次第人所以者何金剛喻定畢竟斷此結初盡智現在前彼斷即爲果攝謂阿羅漢果結有九種苦法智所斷結種苦比智所斷結種集法智所斷結種集比智所斷結種滅法智所斷結種滅比智所斷結種道法智所斷結種道比智所斷結種修道所斷結種問曰何故復作此論答曰先分別煩惱在界有二種有五種未分別對治斷種令欲分別故而作此論苦法智所斷結種斷彼斷爲何果攝答曰四沙門果或無處所四沙門果如上說無處所者凡夫人離欲無處所離欲人得正決定見道中十五心頃次第人見苦三心頃見集四心頃見滅四心頃見道三心頃是時苦法智所斷結種斷彼斷非沙門果攝苦比智所斷結種斷彼斷爲何果攝答曰四沙門果攝或無處所四沙門果如上說無處所者此中不說凡夫人離欲次第人見苦一心頃見集四心頃見滅四心頃見道三心頃是時苦比智所斷結種斷彼斷非沙門果攝集法智所斷結種斷彼斷爲何果攝答曰四沙門果攝或無處所四沙門果如上說無處所者

此中不説凡夫人離欲無處所離欲人得正決定見道中十五心頃無處所次第人見集三心頃見滅四心頃見道三心頃是時集法智所斷結種斷彼斷非沙門果攝集比智所斷結種斷彼斷爲何果攝答曰四沙門果攝或無處所四沙門果如上説無處所者此中不説凡夫人離欲次第人見集一心頃見滅四心頃見道三心頃是時集比智所斷結種斷彼斷非沙門果攝滅法智所斷結種斷彼斷爲何果攝答曰四沙門果或無處所四沙門果如上説無處所者凡夫人離欲無處所離欲人得正決定見道中十五心頃無處所次第人見滅三心頃見道三心頃是時滅法智所斷結種斷彼斷非沙門果攝滅比智所斷結種斷彼斷爲何果攝答曰四沙門果或無處所四沙門果如上説無處所者此中不説凡夫人離欲次第人見滅一心頃見道三心頃是時滅比智所斷結種斷彼斷非沙門果攝道法智所斷結種斷彼斷爲何果攝答曰四沙門果或無處所四沙門果如上説無處所者凡夫人離欲無處所離欲人得正決定見道中十五心頃無處所次第人見道二心頃是時道法智所斷結種斷彼斷非沙門果攝道比智所斷結種斷彼斷爲何果攝答曰四沙門果四沙門果如上説此中不説凡夫人離欲亦不説次第人所以者何道比忍畢竟斷此結道比智現在前彼斷即爲果攝修道所斷結種斷彼斷爲何果攝答曰阿羅漢果攝此中不説凡夫人離欲亦不説次第人所以者何金剛喻定畢竟斷此結初盡智

現在前彼斷即爲果攝謂阿羅漢果問曰爲無礙道斷結爲解脫道斷結耶若無礙道斷結者此文所說云何通如說苦法智所斷結種乃至道比智所斷結種若解脫道斷結者智犍度說云何通如說諸結見苦斷彼結苦智斷耶答言彼結苦忍斷諸結乃至見道斷彼結道智斷耶答言諸結道忍斷答曰應作是說諸結無礙道斷問曰若然者智揵度說善通此文所說云何通如說苦法智所斷結種乃至廣說答曰此文應如是說結有九種苦法忍所斷結種乃至道法忍所斷結種而不說者有何意耶答曰忍屬於智是智眷屬若忍所斷亦名智斷猶如屬王之人若有所作亦名王作彼亦如是復次無礙道斷結解脫道持令不動若解脫道不重持者則煩惱更生而爲過患如人先撲怨家臥於地上後一人來重持令不動若後來人不重持者則怨家更起而爲過患又如有人從其舍內逐怨家出後一人來牢閉其門雖復一人逐怨家出後人若不牢閉門者則怨家還入而爲過患亦如有人先盛毒蛇著於瓶內後一人來牢蓋其口雖復一人先盛後來之人不牢蓋口則毒蛇還出而爲過患彼亦如是復次無礙道斷結解脫道功多如根揵度說此中復廣分別復次無礙道斷結彼斷解脫得與解脫俱生以俱生故解脫道亦名斷結復次無礙道斷結解脫道共無礙道同作一事以同作一事故解脫道亦名斷結

阿毗曇毗婆沙論卷第四十九

阿毗曇毗婆沙論卷第五十

迦旃延子造

北涼沙門浮陀跋摩共道泰譯

使犍度人品第三之二

結有十五種欲界見苦所斷結種乃至修道所斷結種色無色界結亦如是問曰何故復作此論答曰先分別諸煩惱在界二種五種對治種未分別界種今欲分別故而作此論

欲界繫見苦所斷結種斷爲何果攝答曰四沙門果或無處所四沙門果如上說無處所者凡夫人離欲無處所離欲人得正決定見道中十五心頃無處所次第人見苦三心頃見集四心頃見滅四心頃見道三心頃是時欲界見苦所斷結種斷彼斷非沙門果攝欲界繫見集所斷見滅所斷見道所斷修道所斷應隨相說色界繫見苦所斷結種斷彼斷爲何果攝答曰四沙門果或無處所四沙門果如上說無處所者凡夫人離色愛無處所離色愛人得正決定見道中十五心頃無處所次第人見苦一心頃見集四心頃見滅四心頃見道三心頃無處所是時色界繫見苦所斷結種斷彼斷非沙門果所攝色界繫見集見滅見道修道所斷結種斷應隨相說無色界五種所斷結種斷亦應隨相說

身見斷爲何果攝答曰四沙門果或無處所四沙門果如上說無處所者是中不說凡夫人離欲次第人見苦一心頃見集四心頃見滅四心頃見道三心頃是時身見斷彼斷非沙門果攝如身見斷下分中身見斷見中身見邊見斷說亦如是戒取疑斷彼斷爲何果

攝答曰四沙門果四沙門果如上說此中不說凡夫人離欲亦不說次第人所以者何道比忍畢竟斷此結道比智現在前彼斷即爲沙門果攝如戒取疑斷見流見梔見取取戒取取戒取身縛見取身縛下分中戒取疑見中邪見取戒取見使疑使見結取結廣說亦如是貪恚癡不善根及欲漏斷彼斷爲何果攝答曰阿那含果阿羅漢果攝或無處所廣說如欲界繫見修道所斷結種斷如欲漏有漏無明漏餘煩惱與彼相似者應隨相說蓋中疑蓋應廣說如道法智所斷結種斷上分結廣說如色無色界修道所斷結種斷眼耳身觸生愛斷爲何果攝答曰阿羅漢果攝或無處所阿羅漢阿羅漢果攝無處所者凡夫人離梵世愛無處所離梵世愛人得正決定見道中十五心頃及道比智無處所次第人斷初禪愛時最後解脱道斷第二禪愛乃至斷無所有處愛九無礙道九解脱道離非想非非想處愛九無礙道八解脱道是時眼耳身觸生愛斷彼斷非沙門果攝九十八使斷廣說如十五結種斷向須陀洹果證人所斷結種斷彼斷爲何果攝答曰無處所所以者何須陀洹果前更無有果能攝彼斷須陀洹須陀洹果攝須陀洹果攝三界見道所斷結種斷向斯陀含果證人所斷結種斷彼斷爲何果攝答曰須陀洹果或無處所須陀洹果攝三界見道所斷結種斷無處所者次第人斷欲界繫五種結斷彼斷非須陀洹果攝所以者何彼勝果道證故如勝果道非果攝斷亦如是斯陀含斯陀含果攝斯陀含果攝

三界見道所斷結種斷及欲界修道所斷六種結斷向阿那含果證人所斷結種斷彼斷爲何果攝答曰斯陀含果或無處所斯陀含果攝三界見道所斷結種斷及欲界修道所斷六種結斷無處所者斷欲界修道所斷七種八種結斷向阿羅漢果證人所斷結種斷彼斷爲何果攝答曰阿那含果或無處所阿那含果攝三界見道所斷結種斷及欲界修道所斷九種結斷無處所者斷初禪九種結乃至無所有處九種結斷非想非非想處八種結所以者何彼勝果道證故如勝果道非果攝彼斷亦爾阿羅漢阿羅漢果攝阿羅漢果攝三界見道修道所斷結種盡問曰如斷一種結乃至斷五種結以得道比智故名須陀洹斷欲界繫五種結非須陀洹果攝若斷七種八種結得正決定得道比智時名斯陀含彼斷七種八種結非斯陀含果攝若離初禪愛乃至離無所有處愛得正決定得道比智時名阿那含果彼斷初禪九種結乃至無所有處九種結非阿那含果攝何以言須陀洹須陀洹果攝斯陀含斯陀含果攝阿那含阿那含果攝何故不說或無處所耶答曰此文應如是說須陀洹須陀洹果攝或無處所斯陀含斯陀含果攝或無處所阿那含阿那含果攝或無處所而不說者有何意耶答曰此說次第具縛人不說超越人

見諦具足世尊弟子未離欲愛欲界繫修道所斷結種斷彼斷爲何果攝答曰斯陀含果或無處所斯陀含果攝欲界修道所斷六種結斷無處所者斷七種八種結斷已離欲愛

未離色愛色界繫修道所斷結種斷彼斷爲何果攝答曰無處所斷初禪九種結乃至第四禪八種結斷無處所已離色愛未離無色愛無色界修道所斷結種斷彼斷爲何果攝答曰無處所斷空處九種結乃至非想非非想處八種結斷無處所

四沙門果謂須陀洹果斯陀含果阿那含果阿羅漢果問曰何故作此論答曰或有說沙門果唯是無爲毗婆闍婆提說問曰彼何故作是說耶答曰彼依佛經佛經說告諸比丘我今當說沙門沙門果沙門人云何名沙門答曰八聖道名沙門云何名沙門果答曰須陀洹果乃至阿羅漢果何者是須陀洹果答曰永斷三結是也何者是斯陀含果答曰永斷三結薄愛恚癡是也何者是阿那含果答曰永斷五下分結是也何者是阿羅漢果答曰永斷愛慢癡一切結是也何者是沙門人答曰成就如是等法名沙門人因此經故說沙門果唯是無爲爲止如是說者意亦明沙門果是有爲無爲故若沙門果唯是無爲非有爲者違於佛經經說有四向有住四果住果者住有爲沙門果不住無爲沙門果問曰是時亦住斷中如施設經說彼住於斷不求勝法不得者得不證者證不解者解答曰言住斷者非如乘象馬住象馬上但於斷法不退不進故言住斷世尊經亦有一向說有爲沙門果者如說比丘當知於此五根令增上猛利通達滿足當得俱解脱阿羅漢果轉不如者得慧解脱乃至堅信問曰若沙門果是有爲無爲者佛經云何通答曰沙門果是有

爲無爲佛經唯説無爲問曰何故佛經唯説無爲沙門果答曰佛經唯説沙門果不説沙門道是沙門亦是沙門果復次此經唯説婆羅門果不説婆羅門道是婆羅門亦是婆羅門果復次佛經説梵行果不説梵行道是梵行亦是梵行果復次佛經説果更無有果道是果更有果復次佛經説離更無有離道是離更有離以是事故欲止他義欲顯已義乃至廣説而作此論四沙門果須陀洹果乃至阿羅漢果云何須陀洹果答曰如波伽羅那説須陀洹果有二種有爲無爲云何有爲須陀洹果答曰證須陀洹果時已得今得當得諸學法已得是過去今得是現在當得是未來是名有爲須陀洹果云何無爲須陀洹果答曰證須陀洹果時諸結斷已得今得當得

廣説如上問曰道是有爲墮世已得今得當得此事可爾斷是無爲不墮於世已得今得當得云何可爾答曰波伽羅那經應如是説諸結斷今得今解今證而不説者有何意耶答曰此説在身中得已得者説過去身得今得者説現在身得當得者説未來身得如須陀洹果斯陀含果阿那含果説亦如是云何阿羅漢果答曰阿羅漢果有二種謂有爲無爲云何有爲阿羅漢果答曰證阿羅漢果時已得今得當得諸無學法廣説如上施設經説云何須陀洹果答曰須陀洹果有二種謂有爲無爲云何有爲須陀洹果答曰彼果得彼得得果得者謂須陀洹果得得得者謂彼得得以得故名果以得得故名成就諸學根學力學戒學善根學八法如是等諸學法是

名有爲須陀洹果云何無爲須陀洹果答曰永斷三結如是等諸結法斷八十八使斷如是等諸使法斷是名無爲須陀洹果云何斯陀含果答曰斯陀含果有二種謂有爲無爲廣說如上此中差別者漸斷愛恚癡及漸斷愛恚法云何阿那含果答曰阿那含果有二種謂有爲無爲有爲阿那含果如上說無爲阿那含果者永斷五下分結永斷如是等結法永斷九十二使永斷如是等使法是名無爲阿那含果云何阿羅漢果答曰阿羅漢果有二種謂有爲無爲云何有爲阿羅漢果答曰阿羅漢果得及彼得得果得者謂阿羅漢得得得者謂彼得得以得故名果以得得故名成就諸無學根無學力無學戒無學善根無學十種法如是等諸無學法是名有爲阿羅漢果云何無爲阿羅漢果答曰永斷愛慢癡一切煩惱出一切趣斷一切生死道滅三種火已過四流摧滅諸慢離於渴愛破散巢窟無上究竟無上寂滅無上安樂愛盡無欲涅槃是名無爲阿羅漢果此是沙門果體性乃至廣說已說體性所以今當說何故名沙門果沙門果是何義答曰聖道名沙門是其果故名沙門果問曰聖道名沙門彼果是沙門果者見道中八忍名沙門八智是有爲沙門果八種結斷是無爲沙門果離欲愛時九無礙道名沙門九解脫道是有爲沙門果九種結斷是無爲沙門果乃至離非想非非想處欲亦如是是則有八十九有爲沙門果八十九無爲沙門果以世分別八十九在過去八十九在未來八十九在現在波伽羅那經

說云何果法答曰一切有爲及數滅隨有幾
許聖道剎那有爾許有爲沙門果隨有幾許
解脫法有爾許無爲沙門果若以剎那在身
分別則有無量無邊沙門果何故佛經唯說
四沙門果答曰或有說者此是如來有餘略
要爲受化者而作是說尊者波奢說曰佛決
定知法相亦如勢用餘人所不知若法次第
相續立沙門果彼次第相續說沙門果復次
是時易見易施設謂此是須陀洹果乃至阿
羅漢果果中間不易見不易施設復次行者
是時於果生大悅適譬如農夫於六月中修
治田業後獲子實積聚場上心大悅適彼亦
如是復次是時有三事故一得未曾得道二
捨曾得道三斷煩惱同於一味復次是時有
五事一得未曾得道二捨曾得道三斷煩惱
同於一味四頓得八智五修十六行復次是
時是止息處復次是時斷結事事成道方便
方便成果中間斷結事未成道方便未成復
次是時容廣修道果中間不容廣修道復次
行者是時善知功德過惡知功德者是道道
果知過惡者是生死法復次行者是時善取
相貌如人道中行持不能善取四方相貌若
坐一處則能善取四方相貌彼亦如是復次
行者是時有隨從知見猶如有人於村落中
間爲人所刼無有隨從知見者若在村落爲
人所刼多有隨從知見者復次行者是時先
廣修方便道立足處牢固須陀洹果廣修方
便道者先爲解脫故修施持戒聞慧思慧修
慧煖頂忍世第一法見道中十五心頃是也
斯陀含果廣修方便道者如上說諸善復更

有未曾有者離欲界方便道六無礙道五解脱道是也阿那含果廣修方便道者如上説諸善復更有未曾有者離欲愛時方便道三無礙道二解脱道是也阿羅漢果廣修方便道者如上説諸善復更有未曾有者離初禪欲時方便道九無礙道九解脱道乃至離無所有處欲時亦如是離非想非非想處欲時方便道九無礙道八解脱道是也復次行者是時斷一切生分止一切生分須陀洹除欲界七生分色無色界一一生處除一生分餘一切生分得非數滅斯陀含除欲界二生分色無色界一一生處除一生分餘一切生分得非數滅阿那含色無色界一一生處除一生分餘一切生分得非數滅阿羅漢一切生分得非數滅復次行者是時頓證三界見道修道所斷煩惱須陀洹頓證三界見道所斷煩惱斯陀含頓證三界見道所斷煩惱及欲界修道所斷六種煩惱阿那含頓證三界見道所斷煩惱及欲界修道所斷九種煩惱阿羅漢頓證三界見道修道所斷煩惱復次根本沙門果退者不命終果中間退者命終復次對五趣故說四沙門果須陀洹果對地獄畜生餓鬼道斯陀含果對人道少分阿那含果畢竟對人道阿羅漢果對於天道復次對四生故須陀洹果對濕生卵生斯陀含果對胎生少分阿那含果畢竟對胎生阿羅漢果對化生復次對二種思故一斷善根思二造五逆業思須陀洹果對斷善根思斯陀含果對造五逆業思阿那含果對彼業報阿羅漢果對彼受報陰所以者何受報必依陰故復

次對三三法故須陀洹果對三結斯陀含果對漸薄三不善根及欲漏阿那含果畢竟對三不善根及欲漏阿羅漢果對有漏無明漏復次對四流故須陀洹果對見流斯陀含果對欲流少分阿那含果畢竟對欲流阿羅漢果對有流無明流對枙亦如是復次對四取故須陀洹果對見取取戒取取斯陀含果對欲取少分阿那含果畢竟對欲取阿羅漢果對我語取復次對三五法故須陀洹果對疑蓋下分中三結斯陀含果對餘蓋下分中二結少分阿那含果畢竟對餘蓋下分中二結阿羅漢果對上分結復次對諸見及六愛身故須陀洹果對五見斯陀含果對鼻舌觸生愛身少分阿那含果畢竟對鼻舌觸生愛身阿羅漢果對餘愛身復次對七使故須陀洹果對見使疑使斯陀含果對欲愛使恚使少分阿那含果畢竟對欲愛使恚使阿羅漢果對餘使復次對九結故須陀洹果對見結取結疑結斯陀含果對恚結嫉結慳結少分阿那含果畢竟對恚結嫉結慳結阿羅漢果對餘結復次對九十八使故須陀洹果對三界見道所斷使斯陀含果對欲界修道所斷少分阿那含果畢竟對欲界修道所斷阿羅漢果對色無色界修道所斷

問曰何故離欲愛時立二沙門果謂斯陀含果阿那含果離色無色界愛時立一沙門果謂阿羅漢果尊者波奢說曰皆以離三界愛故立四沙門果以斷三界見道所斷結故立須陀洹果以斷三界見道所斷結及欲界修道所斷六種結故立斯陀含果以斷三界見

道所斷結及欲界修道所斷九種結故立阿那含果以斷三界見道修道所斷結故立阿羅漢果復次欲界是不定界非修地非定地非離欲地離彼欲時立二沙門果色無色界是修地定地離欲地離彼愛時立一沙門果復次欲界難斷難壞難過離彼欲時立二沙門果色無色界與此相違離彼愛時立一沙門果復次欲界多重過患離彼欲時立二沙門果色無色界與此相違離彼欲時立一沙門果復次欲界是駛流難度離彼欲時立二沙門果猶如有人入山澗大河其水深廣駛疾爲其所漂處處止息然後乃渡如是欲界是流漂界如經說村主當知夫流漂者是上妙五欲離彼欲時立二沙門果色無色界與此相違離彼欲時立一沙門果復次欲界諸煩惱重所作業亦重離彼欲時立二沙門果譬如負重擔人上險難山必數止息然後乃到平地雖復重擔猶能遠有所至如是欲界諸煩惱重所作業亦重離彼欲時立二沙門果色無色界與此相違離彼欲時立一沙門果復次欲界是淤泥糞穢界離彼欲時立二沙門果色無色界與上相違離彼愛時立一沙門果譬如糞穢聚上立堂舍人所不樂如是色無色界雖復妙好以下有不淨欲界故賢聖不樂是故尊者僧伽婆修作如是說欲界多諸過惡謂父母兄弟姊妹妻子死喪亡失財物截劓耳鼻頭手等苦頭痛等四百四病若離此處欲時立四沙門果亦無有過復次以欲界有男身女身離彼欲時立二沙門果色無色界唯有男身離彼欲時立一沙門

果復次欲界有男根女根離彼欲時立三沙門果色無色界無男女根離彼欲時立一沙門果復次欲界有二種煩惱謂不善無記離彼欲時立二沙門果色無色界有一種煩惱謂無記離彼欲時立一沙門果如不善無記有報無報生二果一果與無慚無愧相應不與無慚無愧相應當知亦如是復次以欲界有憂根苦根無慚無愧嫉慳飲食愛婬欲愛諸蓋五欲如是等過離彼欲時立二沙門果色無色界無如是等過離彼欲時立一沙門果問曰聖道沙門是彼果故名沙門果若以無漏道得沙門果者可爾若以世俗道得斯陀含果阿那含果云何可爾答曰如以無漏道離欲愛次第立斯陀含果阿那含果聖人以世俗道離欲愛亦次第立斯陀含果阿那含果尊者僧伽婆修說曰以世俗道斷結無漏道於未來修三沙門果是彼道果不應作如是說所以者何未來道不能有所作復有說者以世俗道現在前斷結無漏道得一切時生無有斷絕二沙門果即是彼果不應作是說所以者何非是彼果復有說者金剛喻定是實義沙門通證三界見道修道所斷煩惱解脫得即是彼果評曰以從多分故名沙門果聖道果多非有漏道果多若以世俗道得斯陀含果三界見道所斷結斷是沙門果欲界繫修道所斷六種結盡是世俗道果若以世俗道得阿那含果三界見道所斷結斷是沙門果欲界繫修道所斷九種結斷是世俗道果是故當知從多分故名沙門果問曰四沙門果幾是假名幾是實義答曰二是假

名謂斯陀含果阿那含果二是實義謂須陀洹果阿羅漢果問曰何故二是假名二是實義答曰以此二果或以世俗道得或以無漏道得須陀洹果阿羅漢果悉以無漏道得故復次斯陀含果阿那含果以世俗假名道得故果亦如是假名須陀洹果阿羅漢果不以假名道得故名實義復次以世俗道無漏道共得故名假名復有說者二是實義謂阿那含果阿羅漢果所以者何佛辟支佛聲聞皆得此二果故問曰外物或得果多或得果少斷法不爾云何言果答曰以方便故言果行者住於高山閑靜房舍於諸飲食資生之物皆悉知量受一七大七法頂安禪鎮行禪毱法杖堅彊精進生如是法是時其師深慰勞言善哉善哉汝行正方便令得此果譬如農夫於六月中修治田業後獲子實聚置場上諸舊農夫慰勞新者善哉善哉汝六月勞勤今獲此果彼亦如是問曰此四沙門果幾是禪果幾是無色定果幾是根本禪果幾是禪邊果幾是根本無色定果幾是無色定邊果幾是見道果幾是修道果幾是忍果幾是智果幾是法智果幾是比智果幾是法智分果幾是比智分果幾是有漏道果幾是無漏道果幾是禪果者答曰四是禪及眷屬果幾是無色定果者答曰一是無色定果謂阿羅漢果幾是根本禪果者答曰二謂阿那含果阿羅漢果幾是禪邊果者答曰四謂初禪邊非餘禪邊幾是根本無色定果者答曰一謂阿羅漢果幾是無色定邊果者答曰無幾是見道果者答曰三除阿羅漢果幾是修道果者

答曰三除須陀洹果幾是忍果者答曰三除阿羅漢果幾是智果者答曰三除須陀洹果幾是法智果者答曰三除須陀洹果幾是比智果者答曰一謂阿羅漢果幾是法智分果者答曰三除須陀洹果幾是比智分果者答曰四幾是世俗道果者答曰二謂斯陀含果阿那含果幾是無漏道果者答曰四

佛經說摩伽陀國毗提希子阿闍世王往詣佛所頭面禮足在一面坐白佛言世尊爲設有現法沙門果可得不耶佛言可得佛告王言我今問汝隨汝意答於意云何若王給侍及諸奴僕不自在者見於大王昇高殿堂五樂自娛受諸快樂便作是念我亦是人然王多修福故昇高殿堂五樂自娛受諸快樂我等亦應修諸福業信家非家剃除鬚髮捨家出家彼於後時即便出家修行十善不殺乃至正見王餘使人於外見之若來白王作是言大王侍使奴僕不自在者今已剃除鬚髮出家學道修行十善王今應當將還如前策使王如其言還將來耶答言不也我應往見親近恭敬如彼本日禮敬迎送於我我今亦應禮敬迎送還恭敬之盡其形壽施與衣服飲食房舍臥具資生之物大王當知如此之事豈非是現法沙門果耶王白佛言實如聖教問曰沙門果有四今者何故說五沙門果耶答曰此是出家近功用果如師子吼經復說此處有初沙門第二沙門第三沙門第四沙門非餘外道沙門婆羅門空行之者汝等應當如是作師子吼此處有初沙門乃至有第四沙門初沙門者是須陀洹第二沙門是

斯陀含第三沙門是阿那含第四沙門是阿羅漢尊者波奢說曰佛世尊先說次第根本法初沙門者是阿羅漢第二沙門者是阿那含第三沙門者是斯陀含第四沙門者是須陀洹須跋陀羅經復說須跋陀羅當知此處若有八聖道便有初沙門果乃至第四沙門果或有說者此中說四向是沙門初沙門者是向須陀洹果證第二沙門者是向斯陀含果證第三沙門者是向阿那含果證第四沙門者是向阿羅漢果證尊者波奢說曰此中說四向四果是沙門如說須跋陀羅當知若有八聖道處當知說向便有初沙門乃至第四沙門當知說果純陀經復說有四沙門無第五沙門四沙門者一勝道沙門二說道沙門三道命沙門四過道沙門勝道沙門者是佛世尊所以者何以佛有自然智故辟支佛亦爾說道沙門者如舍利弗等所以者何我隨佛轉法輪故餘無學聲聞亦爾道命沙門者阿難是所以者何彼是學亦令他住學法多聞持戒具足餘學聲聞亦爾過道沙門者如摩訶羅偷盜者是問曰師子吼經所說沙門須跋陀羅經所說沙門純陀經所說沙門有何差別答曰或有說者師子吼經說住果沙門須跋陀羅經說住向沙門純陀經說在向住果沙門復有說者師子吼經須跋陀羅經說住果沙門純陀經說一切沙門復有說者師子吼經須跋陀羅經說聖人沙門純陀經說聖人凡夫沙門復有說者師子吼經須跋陀羅經說學無學沙門純陀經說學無學非學非無學沙門復有說者師子吼經須跋

陀羅經說淨戒沙門純陀經說淨不淨戒沙門復有說者如師子吼經所說沙門須跋陀羅經純陀經所說亦爾如須跋陀羅經所說沙門師子吼經純陀經所說亦爾如純陀經所說沙門師子吼經須跋陀羅經所說亦爾問曰若然者此說云何通如說作如此師子吼我此衆中有初沙門乃至第四沙門世尊亦說惡戒破諸威儀離於白法之人而師子吼耶答曰亦說所以者何彼雖破戒而不破見雖破方便不破期心若他人問此事爲好爲不好耶答言不好是沙門所應作所不應作耶答曰不應作此事爲有報爲無報耶答曰有報此報爲是可受爲不可受答曰不可受爲惡道中受爲人天中受答言惡道中受爲自身受爲他身受答言自身受非他身受爲是師過爲是經過答言非是師過亦非經過是我之過如是正見於因緣中不愚則九十六種道中所無是故世尊於此衆中作師子吼

佛經說世有三人名多有所作計其所作不易可報若盡形壽衣服飲食隨病醫藥而供養之亦不能報云何爲三有人爲他說法令信家非家捨家出家是名初人多有所作不易可報次復有人爲他說法令他能知集法皆是滅相於諸法中遠塵離垢得法眼淨是人所作不易可報乃至廣說次復有人爲他說法能令他人盡有漏成無漏心得解脫慧得解脫自身作證是人所作不易可報乃至廣說問曰如教人令受優婆塞戒是人亦名多有所作此中何故不說耶答曰應說而不

說者當知此說有餘復次以出家戒是因果故出家戒是比丘戒因是優婆塞戒果復次若敎他出家則名敎他入假名法入法有二種一者入假名法二者入實義法入假名法者剃除鬚髮出家是也入實義法者住世第一法入苦法忍是也復次若敎他出家則令他人脫苦役驅使等種種諸苦復次若敎他出家則救濟他人離於現苦不久亦當得離生老病死苦復次若敎他出家則令他人得現法樂不久亦當得自在樂復次若敎他出家則假名佛出世間不久亦當實義佛出世間復次若敎他出家則敎他人三戒三身三學三修三淨三道三地三根三種菩提復次若敎他出家則得決定解脫道如說若能剃除鬚髮出家者此人必當決定知見四眞諦法復次若敎他出家則敎他人令身少事身少事能生心少事身遠心遠身淨心淨身好心好身端正心端正亦如是復次若敎他出家則敎他剃鬚髮著袈裟剃鬚髮則能生牟尼著袈裟則能去離惡復次若敎他出家則令他人得無盡業無盡財無過業無過財復次若敎他出家則令他人盡形壽持戒淨修梵行傷佉諸利傷佉諸利是何義耶尊者和須蜜說曰有仙人一名傷佉二名諸利淨修梵行威儀具足在家之人所不能行如畫珂貝上非風吹日曝所能壞滅在家之人修行梵行不能如是如畫貝上分明了了在家之人修行梵行不能如是如阿那含猶有妻子畜衆生數非衆生數物凡夫聖人無有差別復次若敎他出家則示他人帝釋轉輪聖王

闍羅王所欲之事問曰何故教他出家置二果唯說須陀洹果阿羅漢果答曰已說在此義中所以者何遠離塵垢得法眼淨三果可爾具縛人漸離欲人永離欲人得正決定悉名遠塵離垢得法眼淨復以現始終故始是須陀洹果終是阿羅漢果如始終始入已度方便畢竟說亦如是復次此二果一向無漏道得非有漏道二果無漏有漏道得如有漏無漏道解脫道繫縛道亦如是復次此果俱過非想非非想處人得須陀洹果過非想非非想處見道所斷結乃得阿羅漢果過非想非非想處修道所斷結乃得復次此現門現略所有沙門果或以見道得或以修道得若說須陀洹果當知已說見道得者若說阿羅漢果當知已說修道得者如見道修道見地修地未知欲知根知根說亦如是復次所有沙門果或因見道所斷結盡而立或因修道所斷結盡而立如見道所斷緣無所有煩惱緣所有煩惱忍對治煩惱智對治煩惱亦如是復次已說在此義中所以者何以必得故若得須陀洹果必得斯陀含果若得阿羅漢果必由阿那含果

阿毗曇毗婆沙論卷第五十

音釋

巢窟 巢鋤交切窟苦骨切木棲曰巢穴處曰窟　枙 音厄轅端橫木駕馬領者曰枙　駛 音史疾也　重擔 擔都濫切　截劓 截昨結切斷也劓音詣刑鼻也　毱 居六切毬也以革為圓囊實以毛髮曰毱　傷佉 梵語仙人名也佉丘迦切　珂貝 珂丘何切螺屬貝之大者曰珂貝博蓋切

阿毗曇毗婆沙論卷第五十一

迦旃延子造

北涼沙門浮陀跋摩共道泰譯

使犍度人品第三之三

須陀洹成就諸學法彼法須陀洹果攝耶問曰何故作此論答曰先說無爲沙門果今欲說有爲無爲沙門果故而作此論須陀洹成就諸學法彼法須陀洹果攝耶答曰或攝或不攝云何攝答曰有爲須陀洹果得已不失得者信解脫得信解脫諸根見到得見到諸根不失者信解脫不轉根作見到不失信解脫諸根云何不攝須陀洹前進得勝妙無漏諸根前進者方便道六無礙道五解脫道如是等前進道所有學法須陀洹成就彼非須陀洹果攝所以者何前進道非果所攝設法須陀洹果攝彼法是學耶答曰或是學或是非學非無學云何是學答曰有爲須陀洹果謂道比智及眷屬云何是非學非無學答曰無爲須陀洹果謂三界見道所斷結斷斯陀含成就諸學法彼法斯陀含果攝耶答曰或攝或不攝云何攝答曰有爲斯陀含果得已不失得者信解脫得信解脫諸根見到得見到諸根不失者信解脫不轉根作見到不失信解脫諸根云何不攝斯陀含前進得勝妙無漏諸根前進者方便道三無礙道二解脫道如是等前進道所有學法斯陀含成就彼非斯陀含果攝所以者何前進道非果所攝設法斯陀含果攝彼法是學耶答曰或是學或是非學非無學學者有爲斯陀含果若道比智及眷屬若第六解脫道及眷屬云何非

學非無學答曰無爲斯陀含果謂三界見道所斷結斷及欲界修道所斷六種結斷阿那含成就諸學法彼法阿那含果攝耶答曰或攝或不攝云何攝答曰有爲阿那含果得已不失得者信解脫得信解脫諸根見到得見到諸根不失者信解脫不轉根作見到不失信解脫諸根云何不攝阿那含前進得勝妙無漏諸根前進者離初禪欲方便道九無礙道九解脫道乃至離非想非非想處愛方便道九無礙道八解脫道如是等前進道所有學法阿那含成就彼非阿那含果攝所以者何前進道非阿那含果攝設法阿那含果攝彼法是學耶答曰或是學或是非學非無學云何是學答曰有爲阿那含果若道比智及眷屬若第九解脫及眷屬云何非學非無學答曰無爲阿那含果三界見道所斷結斷及欲界修道所斷九種結斷阿羅漢成就諸無學法彼法阿羅漢果攝耶答曰如是所以者何阿羅漢所有方便道無礙道解脫道前進道盡阿羅漢果攝設法阿羅漢果攝彼法是無學耶答曰或是無學或是非學非無學云何是無學答曰有爲阿羅漢果盡智無生智無學等見及眷屬云何非學非無學答曰無爲阿羅漢果三界見道修道所斷結斷須陀洹成就諸無漏法彼法須陀洹果攝耶答曰或攝或不攝云何攝答曰須陀洹果得已不失得者信解脫得信解脫性須陀洹果見到得見到性須陀洹果三界見道所斷結斷不失者信解脫不轉根作見到不失信解脫性須陀洹果云何不攝答曰須陀洹果前進得

勝妙諸無漏根方便道六無礙道五解脫道如是等前進道及漸斷結得作證謂欲界修道所斷五種結斷如前進道非果攝彼斷亦爾須陀洹所成就非數滅此滅非是須陀洹果所以者何非數滅是無記須陀洹果是善故設法須陀洹果攝彼法是無漏耶答曰如是所以者何有爲須陀洹果無爲須陀洹果皆是無漏故斯陀含成就諸無漏法彼法斯陀含果攝耶答曰或攝或不攝云何攝答曰斯陀含果得已不失得者信解脫得信解脫性斯陀含果見到得見到性斯陀含果三界見道所斷結斷及欲界修道所斷六種結斷不失者信解脫不轉根作見到不失信解脫性斯陀含果云何不攝答曰斯陀含果前進得勝妙諸無漏根方便道三無礙道二解脫道如是等道及漸斷結得作證謂欲界修道所斷二種結斷如前進道非斯陀含果攝斷亦如是斯陀含果所成就非數滅此滅非是斯陀含果所以者何非數滅是無記斯陀含果是善故設法是斯陀含果攝彼法是無漏耶答曰如是所以者何有爲斯陀含果無爲斯陀含果皆是無漏故阿那含成就無漏諸法彼法阿那含果攝耶答曰或攝或不攝云何攝答曰阿那含果已得不失得者信解脫得信解脫性阿那含果見到得見到性阿那含果三界見道所斷結斷及欲界修道所斷九種結斷不失者信解脫不轉根作見到不失信解脫性阿那含果云何不攝答曰阿那含前進得勝妙無漏諸根離初禪愛方便道九無礙道九解脫道如是乃至離非想非非

想處愛方便道九無礙道八解脫道如是等道及漸斷結得作證謂離七地愛及非想非非想處八種愛如前進道非果攝彼斷亦爾阿那含所成就非數滅廣說如上設法阿那含果攝彼法是無漏耶答曰如是廣說如上阿羅漢成就無漏諸法彼法阿羅漢果攝耶答曰或攝或不攝云何攝答曰已得阿羅漢果不失得者時解脫得時解脫性非時解脫得非時解脫性三界見道修道所斷結斷不失者時解脫不轉根作非時解脫不失時解脫性阿羅漢果云何不攝答曰阿羅漢所成就非數滅於如是法得非數滅謂欲界色無色界繫有漏及無漏法非數滅此滅非是阿羅漢果所以者何非數滅是無記阿羅漢果是善故設法阿羅漢果攝彼法是無漏耶答曰如是所以者何有爲阿羅漢果無爲阿羅漢果皆是無漏故須陀洹成就諸法彼法須陀洹果攝耶此中問轉增法先問學次問無學今問不定須陀洹成就諸法彼法須陀洹果攝耶答曰或法須陀洹果成就彼法非須陀洹果攝云何法須陀洹成就彼法非須陀洹果攝答曰須陀洹前進得勝妙無漏諸根及漸斷結得作證須陀洹所成就非數滅亦成就有漏諸法諸善染汚不隱沒無記善者謂方便善生得善染汚者三界修道所斷染汚不隱沒無記者威儀工巧報如是等法須陀洹成就非須陀洹果攝云何法須陀洹果攝彼法非須陀洹成就答曰不得須陀洹果得已便失不得者信解脫不得見到性須陀洹果見到不得信解脫性須陀洹果得已便

失者信解脱轉根作見到便失信解脱性須陀洹果云何法須陀洹成就彼法亦須陀洹果攝答曰得須陀洹果不失廣說如上云何法須陀洹不成就彼法非須陀洹果攝答曰除上爾所事若法已稱名已說者作第一第二第三句未稱未說者作第四句彼是何耶答曰有三種謂善染污不隱没無記善有二種謂無漏有漏無漏者一切上下無漏道有漏者謂方便善離欲善生得善若本不得若得便失染污者三界見道欲界修道所斷染污須陀洹已斷者不隱没無記者謂威儀工巧報須陀洹所不成就者一切變化心如是等諸法作第四句故言除上爾所事如須陀洹斯陀含亦如是阿那含成就諸法彼法阿那含果攝耶乃至廣作四句云何法阿那含成就彼法非阿那含果攝答曰阿那含前進得勝妙無漏諸根及所斷結得作證阿那含所成就非數滅廣說如上阿那含成就諸餘有漏法彼是何耶答曰有三種謂善染污不隱没無記善者方便善生得善離欲善染污者色無色界繫修道所斷染污不隱没無記者威儀工巧報生變化心如阿那含所成就者云何法阿那含果攝彼法非阿那含成就答曰不得阿那含果得已便失不得者信解脱不得見到性阿那含果見到不得信解脱性阿那含果得已便失者信解脱轉根作見到失信解脱性阿那含果云何法阿那含成就彼法阿那含果攝答曰得阿那含果不失得者信解脱得信解脱性阿那含果見到得見到性阿那含果三界見道所斷結斷欲界

修道所斷九種結斷不失者信解脱不轉根作見到不失信解脱性阿那含果云何法非阿那含成就彼法亦非阿那含果攝答曰除上爾所事若法已稱名已説者作第一第二第三句未稱未説者作第四句彼是何耶答曰有三種謂善染汚不隱沒無記善者謂無漏有漏無漏者上下無漏道有漏者方便善生得善離欲善若本不得若得便失染汚者三界見道所斷染汚欲界修道所斷染汚不隱沒無記者威儀工巧報變化心本不得得已便失者如是等諸法作第四句故言除上爾所事阿羅漢成就諸法彼法阿羅漢果攝耶乃至廣作四句云何法阿羅漢成就彼法非阿羅漢攝答曰阿羅漢成就非數滅謂善染汚不隱沒無記阿羅漢於此法得非數滅

阿羅漢所成就有漏法此法有二種謂善不隱沒無記善者方便善生得善離欲善不隱沒無記者威儀工巧報變化心阿羅漢所成就者云何法阿羅漢果攝彼法非阿羅漢成就答曰阿羅漢本不得得已便失不得者時解脱不得非時解脱性阿羅漢果非時解脱不得時解脱性阿羅漢果得已便失者時解脱轉根作不時解脱失時解脱性阿羅漢果云何法阿羅漢成就彼法阿羅漢果攝答曰阿羅漢果得已不失得者時解脱得時解脱性阿羅漢果不時解脱得不時解脱性阿羅漢果三界見道修道所斷結斷不失者時解脱阿羅漢不轉根作不時解脱不失時解脱性阿羅漢果云何法阿羅漢不成就彼法非阿羅漢果攝答曰除上爾所事若法已稱名

已說者作第一第二第三句未稱未說者作第四句彼是何耶答曰有三種謂善染汚不隱沒無記善者方便善離欲善生得善阿羅漢本不得得已便失者染汚者三界見道修道所斷染汚不隱沒無記者威儀工巧報變化心阿羅漢本不得得已便失者如是等諸法作第四句故言除上爾所事問曰信解脫爲轉根作見到不耶若轉者根揵度中何以不說如說若捨無漏根得無漏根彼盡從果至果耶答曰若從果至果盡捨無漏根得無漏根頗有捨無漏根得無漏根彼非從果至果耶答曰有得正決定道比智現前時時解脫阿羅漢轉根作不動彼尊者有何勞倦不說信解脫轉根作見到耶若信解脫不轉根作見到者此文所說云何通如說若不得須陀洹果得已便失若信解脫不轉根作見到者云何言得已便失耶智揵度說復云何通如說須陀洹於此三三昧未來盡成就過去已滅不失現在若現在前若信解脫不轉根作見到者已滅三昧云何失耶識身經說復云何通如說過去無學心得作三句名已知不名今知不名當知此中成就已知名說時解脫阿羅漢退作信解脫轉根作見到還得阿羅漢果不今成就不當成就時解脫道答曰應作是說信解脫轉根作見到問曰若然者後所說善通根揵度中何故不說耶答曰彼文應如是說得正決定道比智現在前信解脫轉根作見到時解脫轉根作不動應如是說而不說者有何意耶答曰現始終故始是道比智終是時解脫轉根作不動如始終

初入已度方便畢竟亦如是尊者僧伽婆修說曰信解脫轉根作見到得斯陀含果時亦名得果亦名轉根得阿那含果時亦名得果亦名轉根問曰若然者得須陀洹果時何不名轉根得阿羅漢果時何不名轉根耶答曰出過欲界是數數舊法無有衆生不曾不出過欲界者是故離彼欲時得二沙門果亦名得果亦名轉根出過非想非非想處非是數數舊法無有衆生曾出過者是故離彼欲時得二沙門果但名得果不名轉根問曰如汝所說得斯陀含果阿那含果時亦名得果亦名轉根是事可爾退法轉根作憶法乃至等住轉根作能進此中何以不說彼作是答已說在此義中何以知之退法轉根作憶法時得憶法時根不捨退法根乃至等住轉根作

能進時得能進根不捨四種根能進轉根作不動時得不動根不捨五種根彼不應作是說所以者何無有一人成就二根者何況多耶復有說者信解脫不轉根作見到是故根揵度不說問曰若然者智揵度說云何通答曰彼文應如是說須陀洹三三昧未來悉成就現在若現在前過去已滅不應言不失應說而不說者有何意耶答曰誦者錯謬故問曰此文所說復云何通答曰或有說成就過去未來得或有說不成就過去未來得若作是說不成就過去未來得者彼作是說若不得須陀洹果是說未來若得已是說現在便失是說過去若作是說成就過去未來得者彼作是說須陀洹果有三種謂下中上若初住下須陀洹果不得中上須陀洹果故言不

得得下須陀洹果故言得已不應言便失若初住中須陀洹果故言得已不得上須陀洹果故言不得失下須陀洹果故言便失若初住上須陀洹果不應言不得得上須陀洹果故言得已便失者失中下須陀洹果問曰本不成就中下須陀洹果何故言失答曰超過二根故名失所以者何超彼二根能生之勢故作是說識身經復云何通答曰識身經則不可通評曰應作是說信解脫轉根作見到若信解脫不轉根作見到者時解脫亦不轉根作不動所以者何如學地無止息無救護無學地亦爾尊者佛陀羅測說曰信解脫轉根作見到有六事不共一在欲界不在色無色界二依禪不依無色定三用無漏道不用世俗道四用法智不用比智五退非不退六住果道不住勝果道在欲界不在色無色界者欲界有說法人以說法力故能轉鈍根作利依禪不依無色定者本依何地得學果即依彼地信解脫轉根作見到用無漏道不用世俗道者以猛利道能轉根世俗道非猛利用法智不用比智者生欲界轉根者於法智得自在不於比智退非不退者猒患退故轉根住果道非勝果道者若住勝果道轉根者則失多道得少道是名減少不名增益阿毗曇者作如是說信解脫轉根作見到如彼所說但於六事中三事不可爾唯在欲界不在色無色界此事可爾依禪不依無色定此亦可爾唯以無漏道不以世俗道者此亦可爾唯用法智不用比智者此不必爾所以者何或有於比智善得自在非法智退法非不退

法者此不必爾所以者何退法亦能轉根不退法亦能轉根不必退法唯住果道不住勝果道者此不必爾所以者何住果道亦能轉根住勝果道亦能轉根問曰若然者豈非捨多道得少道是損減非增益耶答曰彼求利根不求多道尊者瞿沙跋摩說曰信解脫轉根作見到唯在閻浮提不在餘方問曰依何地得學果即依彼地轉根耶答曰即依彼地亦依餘地是勝地非下須陀洹斯陀含必依未至禪得果轉根阿那含依得果地亦依餘地轉根阿那含極少者成就三地阿那含果謂初禪未至中間禪若依未至若依初禪若依禪中間必成就三地道比智阿那含果若依二禪得正決定者必成就四地道比智阿那含果若依第三禪成就五地若依第四禪成就六地次第人離欲愛時最後解脫道成就三地阿那含果若依初禪得正決定即依初禪轉根者彼捨三地阿那含果得三地阿那含果若依初禪得正決定依第二禪轉根者彼捨三地得四地若依初禪得正決定依第三禪轉根者彼捨三地得五地若依初禪得正決定依第四禪轉根者彼捨三地得六地若依二禪得正決定即依二禪轉根者彼捨四地得四地若依二禪得正決定依第三禪轉根者彼捨四地得五地若依二禪得正決定依第四禪轉根者彼捨四地得六地若依三禪得正決定即依三禪轉根者彼捨五地得五地若依三禪得正決定依第四禪轉根者彼捨五地得六地若依第四禪得正決定即依第四禪轉根者彼捨六地得六地問

曰頗有依上地得果依下地轉根耶答曰或有説者無若有者則捨多道得少道是損減非增益故復有説者有如依第四禪得正決定依第三禪轉根者捨六得五依第四禪得正決定依第二禪轉根者捨六得四依第四禪得正決定依初禪轉根者捨六得三三禪二禪初禪應隨相説問曰若然者豈非捨多道得少道是損減非增益耶答曰若爾亦無有過所以者何彼求利道不求多道頗有離無所有處愛聖人成就一地無漏耶答曰有離無所有處愛依未至禪得正決定見道中十五心頃是也頗有離無所有處愛阿那含成就三地無漏耶答曰有若依初禪未至中間禪信解脱轉根作見到頗有身證人不成就無漏無色定耶答曰有依禪信解脱轉根作見到未離初禪愛依初禪轉根者捨三地無漏道得三地無漏道離初禪愛未離二禪愛依初禪轉根者捨四得三離第二禪愛未離第三禪愛依初禪轉根者捨五得三離第三禪愛未離第四禪愛依初禪轉根者捨六得三離第四禪愛未離空處愛依初禪轉根者捨七得三離空處愛未離識處愛依初禪轉根者捨八得三離識處愛未離無所有處愛依初禪轉根者捨九得三離第二禪愛乃至離識處愛依第二禪轉根者捨九得四離第三禪愛乃至離識處愛依第三禪轉根者捨九得五離第四禪愛乃至離識處愛依第四禪轉根者捨九得六問曰離無所有處愛信解脱轉根作見到捨無色界對治道爲捨斷不若捨者云何不成就結若不捨者對治

已捨以何事故不捨斷耶答曰應作是說不捨問曰對治已捨以何事故不捨於斷答曰無色界對治有二種得雖捨無漏不捨有漏以爲有漏所持故不捨問曰如有漏道能有所作處可爾不能有所作處云何可爾如漸離非想非非想處愛信解脱轉根作見到捨非想非非想處修道所斷對治道爲捨彼斷不若捨者云何不成就結若不捨者對治已捨以何事故不捨於斷答曰或有說者無有漸離非想非非想處愛而轉根者若轉者或是退或畢竟離欲復有說者有漸離非想非非想處愛轉根者捨對治道不捨斷評曰應作是說捨對治道亦捨斷而不成就結如離無所有處愛命終生非想非非想處從欲界乃至識處所有對治道及斷悉捨而不成就

結彼亦如是信解脱轉根作見到時用一方便道一無礙道一解脱道時解脱轉根作不動時或有說以一方便道一無礙道一解脱道評曰應作是說以一方便道九無礙道九解脱道所以者何以更得沙門果重用功故如人壞舍壞已更作名重用功彼亦如是信解脱轉根作見到時方便道是有漏無漏未來亦修有漏無漏道無礙道是無漏未來亦修無漏道解脱道亦是無漏或有說者未來修有漏無漏道或有說者唯修無漏時解脱轉根作不動時方便道是有漏無漏未來修有漏無漏道九無礙道八解脱道唯是無漏未來修無漏道最後解脱道是無漏未來修有漏無漏道及三界善根信解脱轉根作見到時方便道或是曾得或非曾得無礙道解

脫道一向非曾得時解脫轉根作不動時方便道或是曾得或非曾得無礙道解脫道一向非曾得是信解脫轉根作見到時方便道無礙道是信解脫道攝解脫道是見到道攝時解脫轉根作不動時方便道九無礙八解脫道是時解脫道攝最後解脫道是非時解脫道攝信解脫轉根作見到時若住果道而轉根者彼方便無礙解脫道是果道攝若住勝果道而轉根者彼方便無礙道是勝果道攝解脫道是果道攝時解脫轉根作不動時方便無礙解脫道是果道攝所以者何無勝果道故信解脫轉根作見到時住果而轉根者是名捨果得果若住勝果道而轉根者是名捨果捨勝果道而得果時解脫轉根作不動時名捨果得果六種阿羅漢謂退法憶法護法等住勝進不動若退法轉根作憶法時捨退法根得憶法根若憶法轉根作護法時捨憶法根得護法根若護法轉根作等住時捨護法根得等住根若等住轉根作勝進時捨等住根得勝進根若勝進轉根作不動時捨勝進根得不動根如無學地六種修道中六種學性亦如是問曰退法轉根作不動時爲住退法根得不動爲次第轉五種根得不動耶答曰或有說者住退法根轉根得不動無學時異用功多難得是故次第轉學地不爾評曰應作是說一切時次第而轉如修道中有六種性見道中亦有六種性謂退法乃至不動無有轉根者所以者何見道是速疾不起道故如見道中有六種性修行地中亦有六種性謂退故乃至不動若轉者退法緩

法不現在前憶法煖法現在前乃至勝進煖法不現在前不動煖法現在前聲聞性煖法不現在前辟支佛性煖法現在前辟支佛性煖法不現在前佛性煖法現在前如煖法頂法亦如是忍差別者聲聞性忍不現在前辟支佛性忍現在前無有聲聞辟支佛忍不現在前佛忍現在前所以者何忍與惡趣相妨菩薩以願力故當生惡趣復有說者聲聞煖頂不現在前亦不起辟支佛煖頂現在前所以者何如佛自然無師彼辟支佛亦爾如佛一結跏趺坐生諸善法現在前從不淨乃至盡智無生智辟支佛亦爾世第一法亦有六種性退法乃至不動無轉根者所以者何彼善根一刹那頃無住相故須陀洹有六種性退法乃至不動是故作如是說頗有退須陀洹果不成就見道所斷結耶答曰有從上根退住下根時

阿毗曇毗婆沙論卷第五十一

音釋

揵度（梵語也此云法聚揵巨言切）　謬（靡幼切差也）　鈍（徒困切不利也）

阿毗曇毗婆沙論卷第五十二

迦旃延子造

北涼沙門浮陀跋摩共道泰譯

使揵度人品第三之四

欲界死還生欲界盡欲界有相續耶乃至廣作四句有多名比中說有是受身處衆生數五陰有餘有廣說如一行中云何欲界死還生欲界不欲界有相續耶答曰如欲界死生色界中有現在前欲界死生色界亦是聖人亦是凡夫彼色界中有於欲界現在前所以者何法應如是若處所死有滅即處所中有生如種子滅處此處即生於芽彼亦如是欲界死者是欲界死有欲界生者是色界中有非欲有相續色有相續是色界中有云何欲有相續不欲界死不生欲界答曰色界死欲界中有現在前凡夫人於色界死欲界中有於色界現在前法應如是若處所死有滅即處所中有生廣說如上是名欲有相續是欲界中有非欲界死非欲界生所以者何色界死是色界死有色界生是欲界中有云何欲界死還生欲界欲界有相續耶答曰如欲界死還生欲界中有生有欲界死還生欲界亦是聖人亦是凡夫凡夫於諸趣無礙生一一趣中聖人於諸趣有礙生人天中欲界死是欲界死有欲界生是欲界中有欲界有相續者是欲界中有若從中有至生有者欲界死是欲界中有若欲界生是欲界生有欲界有相續者是欲界生有云何非欲界死非欲界生非欲界有相續答曰色界死生色界中有生有色界死生色界中有生有者亦是聖人

亦是凡夫若從死有至中有時不名欲界死所以者何是色界死色界死有非欲界生所以者何色界生是色界中有非欲界有相續所以者何色界有相續是色界中有若從中有至生有時非欲界死所以者何是色界中有死非欲界有相續所以者何色界有相續是色界生有色界死生無色界亦是聖人亦是凡夫彼非欲界死所以者何色界死是色界死有非欲界生無色界生是無色界生有非欲界有相續所以者何無色界有相續是無色界生有無色界死生無色界亦是聖人亦是凡夫凡夫人生上亦生下聖人生上不生下凡夫人一一處多生聖人一一處一生彼非欲界死所以者何無色界死是無色界死有非欲界生所以者何無色界生是無色

界生有非欲界有相續所以者何無色界有相續是無色界生有無色界死生色界是凡夫從死有至中有彼非欲界死所以者何無色界死是無色界死有不生欲界所以者何無色界生是色界中有非欲有相續所以者何色界有相續是色界中有色界死還生色界盡色界有相續耶乃至廣作四句云何色界死還生色界非色界有相續耶答曰色界死欲界中有現在前色界死生欲界是凡夫人欲界中有於色界現在前廣說如上色界死是色界死有生色界是欲界中有非色界有相續所以者何欲界有相續是欲界中有云何色界有相續非色界死非色界生答曰如欲界死色界中有現在前欲界死生色界亦是凡夫亦是聖人彼色界中有於欲界現

在前廣說如上是名色界有相續色界中有非色界死所以者何欲界死是欲界死有非色界生所以者何欲界生是色界中有云何色界死還生色界色界有相續耶答曰色界死還生色界中有生有色界死還生色界亦是凡夫亦是聖人凡夫生上亦生下一一處有多生聖人生上不生下一一處有一生從死有至中有時色界死是色界死有色界生是色界中有色界有相續是色界中有從中有至生有時色界死是色界中有色界生是色界生有色界有相續是色界生有云何非色界死非生色界非色界有相續答曰欲界死生欲界中有生有欲界死還生欲界亦是凡夫亦是聖人廣說如上從死有至中有時非色界死非生色界所以者何欲界死是欲界死有欲界生是欲界中有非色界有相續所以者何欲界有相續是欲界中有從中有至生有時非色界死非色界生所以者何欲界死是欲界中有欲界生是欲界生有非色界有相續所以者何欲界有相續是欲界生有欲界死生無色界亦是凡夫亦是聖人非色界死所以者何欲界死是欲界死有非色界生所以者何無色界生是無色界生有非色界有相續所以者何無色界有相續是無色界生有無色界死生無色界亦是凡夫亦是聖人凡夫生上亦生下一一處有多生聖人生上不生下一一處有一生非色界死所以者何無色界死是無色界死有非色界生所以者何無色界生是無色界生有非色界有相續所以者何無色界有相續是無色界

生有無色界死生欲界是凡夫非色界死所以者何無色界死是無色界死有非色界生所以者何欲界生是欲界中有非色界有相續所以者何欲界有相續是欲界中有無色界死還生無色界盡無色界有相續耶答曰諸無色界死還生無色界盡無色界有相續頗無色界有相續彼非無色界死非不無色界生耶答曰有如欲色界死生無色界亦是凡夫亦是聖人非無色界死所以者何欲色界死是欲色界死有無色界生是無色界生有無色界有相續是無色界生有欲界死還生欲界此人有四欲界凡夫聖人色界凡夫聖人色界死還生色界此人有三色界凡夫聖人欲界凡夫無色界死還生無色界此人有二無色界凡夫聖人欲界凡夫九十八使所使九結所繫聖人十使所使六結所繫色界凡夫六十二使所使六結所繫聖人六使所使三結所繫無色界凡夫三十一使所使六結所繫聖人三使所使三結所繫問曰欲界凡夫不爲色無色界使所使色界凡夫不爲無色界使所使何故說欲界凡夫九十八使所使色界凡夫六十二使所使耶答曰此中說得名所使如欲界凡夫色無色界使得常現前生色界凡夫無色界使得常現前生復次於得不解脫故名使所使欲界凡夫於色無色界使得不得解脫色界凡夫於無色界使得不得解脫復次今得得當得得已得得故作如是說今得得是現在當得得是未來已得得是過去復次能生彼使故作是說能生者生欲界凡夫以離欲愛能生色界諸

使色界凡夫以離色愛能生無色界諸使復次現曾所行有餘勢故欲界衆生無始已來無有不曾起色無色界使者色界衆生無有不曾起無色界使者問曰若然者色界凡夫曾起欲界使無色界凡夫亦曾起欲色界使何故不使耶答曰雖復曾起以離欲故欲界凡夫未離色無色界愛色界凡夫未離無色界愛聖人十使所使問曰欲界聖人有九十八使所使者如具縛人得正決定苦法忍現在前時成就九十八使此中何以不說耶答曰以時少故不久苦智生是故不說復次此中說現行煩惱人入見道人猶不能起善有漏心何況染污餘處亦說現行煩惱人如經說有一婆羅門往詣佛所作如是問汝當爲天人龍阿修羅迦樓羅揵闥婆緊那羅摩睺羅伽耶佛言我不當爲天乃至摩睺羅伽等所以者何婆羅門當知以諸漏故爲天乃至摩睺羅伽等如來永斷諸漏是故婆羅門我不當爲天乃至摩睺羅伽等或有說報現前故名人如經說偈

佛說是人　自調常定　行於梵道　心寂靜樂

此中說身受何界報即名此界衆生身受欲界報即名欲界衆生身受色無色界報即名色無色界衆生佛受人報故即名爲人餘處亦說報現前故名人如十門中說誰成就眼根答曰生色界若生欲界人得已不失如是等報現前故名人如是受欲界報者名欲界衆生受色無色界報者名色無色界衆生非欲界死非欲界生盡非欲界有相續耶乃至廣作非四句前四句初句作此第二句前第

二句作此初句前第三句作此第四句前第四句作此第三句色界非四句亦如是非無色界死非無色界生盡非無色界有相續耶廣說如經本非欲界死非欲界生此人有五欲界凡夫色界凡夫聖人無色界凡夫聖人問曰應有八人何故說五耶如色界死還生色界凡夫聖人色界死生無色界凡夫聖人色界死生欲界凡夫無色界死生無色界凡夫聖人無色界死生色界凡夫如是等有八何故說五答曰以相似故說五亦色界死生色界凡夫無色界死生色界凡夫此二俱是色界凡夫色界死生無色界聖人無色界死生無色界聖人此二俱是無色界聖人色界死生無色界凡夫無色界死生無色界凡夫此二俱是無色界凡夫餘有欲界凡夫色界

聖人以相似故說五非色界死非色界生此人有六欲界凡夫聖人色界凡夫聖人無色界凡夫聖人問曰應有九人何故說六耶如欲界死還生欲界凡夫聖人欲界死生色界凡夫聖人欲界死生無色界凡夫聖人無色界死生無色界凡夫聖人無色界死生欲界凡夫答曰以相似故說六欲界死還生欲界凡夫無色界死生欲界凡夫此二俱是欲界凡夫欲界死生無色界凡夫無色界死生無色界凡夫此二俱是無色界凡夫欲界死生無色界聖人無色界死生無色界聖人此二俱是無色界聖人餘有欲界聖人色界凡夫聖人以相似故說六非無色界死非無色界生此人有四欲界凡夫聖人色界凡夫聖人問曰應有七人何故說四耶如欲界死還生

欲界凡夫聖人欲界死生色界凡夫聖人色界死還生色界凡夫聖人色界死生欲界凡夫何故說四耶答曰以相似故說四欲界死還生欲界凡夫色界死生欲界凡夫此二俱是欲界凡夫欲界死生色界凡夫色界死還生色界凡夫此二俱是色界凡夫欲界死生色界聖人色界死還生色界聖人此二俱是色界聖人餘有欲界聖人以相似故說四此諸人為向所說使所使向所說所結繫頗欲界死不生欲界耶如先說義今則遮於生有頗欲界死不生欲界耶答曰不生生欲色界中有若生無色界若般涅槃餘廣說如經本問曰無色界死生欲色界彼中有於何處現在前答曰或有說者在第四禪不應作是說若無色界有方所者此說便是但無色界無有方所何為遠至第四禪耶復有說者若處所死生無色中即彼處所中有現在前如是說者無色界死生無色界是事不爾評曰應作是說欲界色界死生無色界即彼所生處中有現在前頗欲界死不生欲界不生色界不生無色界耶此中亦遮生有餘廣說如經本問曰此中何故不問般涅槃耶答曰應問而不問者當知此說有餘復次此中說死而生者彼雖死而不生復次此中因人而作論彼般涅槃者捨人名法頗不離欲愛死不生欲界耶毗婆闍婆提於此法中甚愚謂不離欲愛不生欲界復不說有中有頗有不離欲愛欲界死不生欲界耶答曰不生生欲界中有頗不離色愛死不生欲界色界耶答曰不生生欲色界中有頗不離無色愛死不生欲

界色界無色界耶答曰不生生欲色界中有未離欲愛死不生欲界此人有二欲界凡夫聖人未離色愛死不生欲色界此人有四欲界凡夫聖人色界凡夫聖人問曰應有七人欲界死還生欲界凡夫聖人欲界死生色界凡夫聖人色界死還生色界凡夫聖人色界死生欲界凡夫何故說四耶答曰以相似故說四欲界死生欲界凡夫色界死生欲界凡夫此二俱是欲界凡夫欲界死生色界凡夫色界死生色界凡夫此二俱是色界凡夫欲界死生色界聖人色界死生色界聖人此二俱是色界聖人餘有欲界聖人以相似故說四未離無色愛死不生欲色無色界此人有四欲界凡夫聖人色界凡夫聖人問曰應有九人欲界死還生欲界中有凡夫聖人欲界死色界中有凡夫聖人色界死還生色界中有凡夫聖人色界死生欲界中有凡夫無色界死生色界中有凡夫無色界死生欲界中有凡夫何故說四耶答曰以相似故說四欲界死還生欲界中有凡夫色無色界死生欲界中有凡夫此三俱是欲界凡夫欲界死生色界中有凡夫色界死還生色界中有凡夫無色界死生色界中有凡夫此三俱是色界凡夫欲界死生色界中有聖人色界死還生色界中有聖人此二俱是色界聖人餘有欲界聖人以相似故說四此諸人爲向所說使所使向所說結所繫中有爲有爲無問曰何故作此論答曰或有說無中有或有說有中有毗婆闍婆提說無中有育多婆提說有中有問曰毗婆闍婆提依何經說信何事言無

中有答曰彼依佛經佛經說作五無間業作已增廣命終無間生地獄中以生地獄無有間故言無中有偈中亦說

壯年便老病　當生閻羅邊　中間無息處亦不用資粮

以無中息不用資粮故知無中有亦作種種難猶如光影無有中間死有生有無有中間亦復如是問曰育多婆提依何經說信何事言有中有耶答曰彼依佛經佛經說三事合故得入母胎一父母俱有染心共會一處二其母無病值時三揵闥婆現在前揵闥婆者即是中有說揵闥婆現在前故知有中有餘經亦說中有般涅槃以說有中有般涅槃故知有中有餘經復說沙門瞿曇此身已滅未生彼處於其中間摩㝹摩中為施設有諸取不佛告婆蹉於其中間愛是取以說此身滅未生彼處在摩㝹摩中故知有中有亦作種種難若於此死當生鬱單越此間斷滅彼間本無而生如是則有法而無無法而有欲令無如是過故言有中有問曰毗婆闍婆提云何通育多婆提經耶答曰彼經所說是未了義是假名有餘意耶問曰彼以何事為未了義是假名有餘意耶彼作是答佛經說三事合故得入母胎一父母俱有染心共會一處二其母無病值時三揵闥婆現在前不應言揵闥婆若言揵闥婆彼作樂耶應言諸陰行問曰若說揵闥婆若說諸陰行俱非無中有毗婆闍婆提復作是問汝說四生盡有中有二生有三事合可爾謂胎生卵生餘二生不爾答曰若可爾便說不可爾者不說然非無

中有通第二經者有天名中有於彼天中般涅槃故言中有般涅槃中有天者此間死已應生天中未至頂於其中間壽命未盡便般涅槃問曰此天一切經中所不說佛經說有四天王天乃至非想非非想天不說中有天佛經亦說有生般涅槃復有天名生於彼生天而般涅槃言生般涅槃耶乃至上流般涅槃復有天名上流於彼天中而般涅槃言上流般涅槃耶汝說未到諸天壽命未盡而般涅槃衆生多壽命未盡而死除欝單越人兜率天上最後身菩薩如是等衆生皆是中有般涅槃耶婆蹉經復云何通彼作是說摩㝹摩是無色界天彼梵志得天眼有離色愛同及死生無色界中彼梵志以天眼於欲色界中徧觀不見而作是念彼人斷滅行詣佛所作如是問沙門瞿曇此身滅已乃至於其中間爲施設有諸取不佛告婆蹉於其中間愛是取以是義故知生無色中非是斷滅問曰佛經說有種種摩㝹摩佛經或說色無色界天是摩㝹摩或說劫初人是摩㝹摩或說中有是摩㝹摩何以知唯無色界天是摩㝹摩彼作是說何以復知中有是摩㝹摩耶答曰即以此經知所以者何經作是說此身滅已來未生彼處於其中間在摩㝹摩中以是事故知摩㝹摩即是中有種種難復云何通答曰彼作是說不捨死有乃至生有相續如闍樓佉蟲乃至前足未立不放後足彼亦如是若作是說人間死生地獄中未捨人趣地獄趣相續則壞身壞趣二心俱壞趣者亦名人趣亦名地獄趣壞身者亦名人身亦名地獄

身二心俱者謂死時心生時心問曰育多婆提云何通毗婆闍婆提所引經耶答曰彼經是未了義是假名有餘意問曰以何事知是未了義是假名有餘意耶答曰彼經作五無間業作已增廣命終無間生地獄中者此遮餘趣餘業遮餘趣者無間之業必受生地獄趣不生餘趣遮餘業者無間之業必受生報非現報後報此是彼經未了義若如經文不取其義者經說作五無間業作已增廣命終無間生地獄中不必具作五業生地獄中然有作一二三四及無間業所不攝業生地獄中者經說命終無間生地獄中言無間者於此刹那作無間業即此刹那生地獄中耶然有作五無間業已故有壽命百年者是故不悉如經文當依於義偈所說義通亦如是種種難事復云何通答曰此不必須通所以者何此非修多羅非毗尼非阿毗曇不可以世間現喻難賢聖法賢聖法異世間法異若必欲通者有何意耶答曰應說喻過若喻有過義亦有過如光影是無根無心非衆生數法死有生有亦無根無心非衆生數法耶如光影俱生死有生有亦俱生耶然此喻明有中有非無中有如光影無間死有中有中有生有無間亦復如是如是等義說無中有如是等義說有中有二義之中何者爲勝說有中有者勝然毗婆闍婆提說無中有是無明果闇果不勤方便果然中有是實有法是故爲止他義欲顯已義乃至廣說而作此論問曰中有爲是趣攝爲非趣攝若是趣攝施設經說云何通如說五趣爲攝四生四生爲攝五

趣答言四生攝五趣非五趣攝四生不攝何等不攝中有法身經說復云何通如說云何眼界答言四大及清淨造色眼眼根眼入眼界若地獄餓鬼畜生人天眼若修得眼若中有眼若非趣攝者尊者陀羅達多所說云何通如說若向彼趣法即名彼趣彼趣所攝如稻芽生時即名爲稻彼亦如是答曰應作是說中有是趣所攝尊者陀羅達多所說善通施設經說云何通答曰施設經文應如是說五趣攝四生四生攝五趣耶答言展轉隨種相攝而不說者有何意耶答曰誦者錯謬法身經說復云何通答曰法身經文應如是說地獄餓鬼畜生人天眼及修得眼不應說中有眼而不說者有何意耶答曰以中有是微細法於諸趣中顯現已復別顯現猶如賊帥於賊衆中總被呵責亦別呵責女人亦爾有二呵責一以煩惱總被呵責二以體賊復別呵責彼亦如是復有說者中有非趣所攝施設經法身經說善通尊者陀羅達多所說復云何通答曰此不必須通所以者何此非修多羅毗尼阿毗曇是自造義或然不然或有言無或無言有若必欲通者有何意耶答曰以相似故作如是說如地獄形中有形亦爾乃至天趣中有說亦如是評曰應作是說中有非趣所攝所以者何去到彼是趣義去未到彼故非趣所攝復次中有是趣因趣是果因不攝果果不攝因如因果作所作取所取亦如是復次中有是細趣是麤麤不攝細現見不現見了了不了了說亦如是復次中有散亂趣非散亂非散亂不攝散亂復次中是

趣中間法故非趣所攝如田中間非田所攝方土村落中間非方土村落所攝彼亦如是

阿毗曇毗婆沙論卷第五十二

音釋

覍奴侯切 蹉倉何切 佉丘迦切

阿毗曇毗婆沙論卷第五十三

迦旃延子造
北涼沙門浮陀跋摩共道泰譯

使揵度人品第三之五

問曰何處有中有答曰欲色界非無色界問曰何故無色界無中有耶答曰非田非器乃至廣說復次若處所有受二種報業則有中有謂中有報業生有報業無色界唯有生有報業如中有報業生有報業初造報業生有報業細果麤果業說亦如是復次若處所受二種報業謂色報業無色報業是處則有中有無色界唯有無色報業如色報業無色報業相應業不相應業有所依業無所依業有勢業無勢業有緣業無緣業說亦如是復次若處所有三種業謂身口意業則有中有無色界唯有意業復次若有十善業道處則有中有無色界唯有三善業道復次若有五陰報業處則有中有無色界唯有四陰報業復次若有二種白法謂白因白果則有中有無色界唯有白因而無白果復次若有來去處則有中有無色界無有來去問曰若然者死已還生自屍中有何來去耶答曰衆生或有生惡道者或有生四天下者或有生天者或般涅槃者生惡道者識在足下滅生四天下者識在齋邊滅生天者識在面滅般涅槃者識在心邊滅衆生多於面上生愛若心識從足下滅來生面上豈非來去耶若識從足滅還生足中無色界猶無是事問曰中有爲有移轉不耶答曰無有移轉謂於界於趣於處問曰若中有於界無移轉者少聞比丘因緣

云何通曾聞有族姓子於佛法出家不修多聞方便住阿練若處以宿因力故能起世俗初禪謂是須陀洹果乃至起世俗第四禪謂是阿羅漢果於一生中未得謂得未解謂解未證謂證更不求勝進道未得當得未解當解未證當證後身壞命終第四禪中有而現在前當於爾時便作是念我斷一切生分應般涅槃不應更生今我中有何緣而生定無解脱若有解脱我應得之便生謗涅槃邪見以邪見故第四禪中有即滅阿毗地獄中有而現在前命終後生阿毗地獄答曰此是前有時移轉非中有時彼死時第四禪瑞相現在前見彼相已便作是念我斷一切生分應般涅槃今此瑞相何緣而生定無解脱若有解脱我應得之便生謗涅槃邪見生邪見故第四禪瑞相便滅阿毗地獄瑞相而現在前身壞命終生阿毗地獄以是事故知於前有時移轉非中有時問曰若中有於趣無移轉者善行惡行因緣云何通曾聞舍衛國有二人一名善行二名惡行善行者於一身中常行善行不行惡行惡行者於一身中常行惡行不行善行行惡行者以後報善業故天中有現在前當於是時便作是念我一生內常行惡行不行善行應生惡趣不應生天今我天中有何緣而生便作是念定無善惡業報若有者我應得之便生謗因果邪見以邪見故天中有便滅地獄中有即生身壞命終生地獄中行善行者命欲終時以後報不善業故地獄中有而現在前便作是念我一生內常行善行不行惡行應生善趣不應生惡趣

令我地獄中有何緣而生便作是念定是我後報不善之業令生此果即自憶念所作諸善生大善心而現在前地獄中有便滅天中有即生身壞命終生於天上答曰如此皆是前有時移轉非中有時一切衆生死時必有好惡瑞相若多行善衆生死時多見好堂舍樓觀園林浴池遊戲之處多行惡衆生死時多見火燄刀毒狼狗塚墓行惡行者死時以後報善業故天瑞相現在前見已便作是念我一生内常行惡行不行善行我應生惡趣不應生天令此瑞相何緣而生定無善惡業報便生謗因果邪見生邪見故生天瑞相便滅地獄瑞相即生行善行者死時以後報惡業故地獄瑞相現在前見已便作是念我一生内常行善行不行惡行應生善處不生惡趣令此瑞相何緣而生定是我後報不善業故令生此果即自憶念所行諸善生大善心而現在前地獄瑞相便滅天中瑞相即生身壞命終生於天上以是事故此二俱是前有時移轉非中有時問曰若中有於處無移轉者頻婆娑羅王因緣云何通曾聞頻婆娑羅王兜率天中有現在前當生兜率天經須彌山頂見毗沙門天王所食之食其色鮮明香味具足便作是念我先生此後當生兜率天作是念時兜率天中有便滅四天王中有即生命終生於四天王天答曰此亦是前有時移轉非中有時曾聞頻婆娑羅王爲假名子阿闍貰所縛閉在獄中斷其飲食以刀剥足下皮爾時世尊住耆闍崛山以憐愍故便放光明從窻牖中照其身上遇佛光故身得安

隱生念佛心我今遭此厄難世尊而不見念爾時世尊知其心念便告大目揵連汝詣頻婆娑羅王所作如是言我於大王所應作者皆已作之濟汝惡趣決定報業如來尚不得免爾時大目揵連從佛聞是語已即入禪定以禪定力如其所念從耆闍崛山滅如於泉池水中從地而出住頻婆娑羅王前作如是言大王當知如來言無有二慧眼照淨深見因果作如是言我於大王所應作者皆已作之濟汝惡趣決定報業如來尚不得免作是語已而為說法時頻婆娑羅王以飢渴故而不解了便作是言尊者大目揵連何天摶食最為美妙爾時尊者大目揵連次第歎說四天王食時頻婆娑羅王聞已身壞命終生四天王天作毗沙門天王太子名闍那利沙以是事故知是前有時移轉非中有時譬喻者作如是說中有可移轉彼作是說一切諸業皆可移轉造五無間業尚可移轉何況中有若作無間業不可移轉者則無有能過有頂者以有能過有頂者故知五無間業亦可移轉評曰應作是說中有不可移轉問曰住中有為經幾時答曰經於少時不久所以者何彼於六入求受身處是故速令生有相續問曰衆生受身法和合速令生有相續可爾若受身法不和合者如父在罽賓母在真丹父在真丹母在罽賓云何速令生有相續耶答曰應觀此衆生或於母作業可移轉於父作業不可移轉或於父作業可移轉於母作業不可移轉或於父母作業俱不可移轉或於父母作業俱可移轉若於母作業可移轉於

父作業不可移轉者若是威儀具足淨修梵行身持五戒極善男子必至他婦女邊令彼生相續若於父作業可移轉於母作業不可移轉者若是威儀具足淨修梵行身持五戒極善女人必至他男子邊令彼生相續若於父母作業俱不可移轉者受身者雖未死其人雖所求未得便生去心於其道路火不能燒刀不能傷毒不能害必至彼和合令彼生相續問曰若衆生常有欲心者可爾若衆生時有欲心者云何可爾如狗秋時有欲心羆冬時有欲心馬春時有欲心牛夏時有欲心如是等云何可爾答曰以彼衆生業力故非時亦生欲心而得和合令彼生相續復有説者生相似者中如狗時有欲心犲常有欲心應生狗中者生於犲中羆時有欲心熊常有欲心應生羆中者生於熊中馬時有欲心驢常有欲心應生馬中者生於驢中牛時有欲心野牛常有欲心應生牛中者生野牛中尊者奢摩達多説曰中有衆生壽七七日尊者和須密説曰中有衆生壽命七日不過一七所以者何彼身羸劣故問曰若至七日生處不和合者彼斷滅耶答曰不斷滅即於中有而得久住尊者佛陀提婆説曰中有壽命不定所以者何生處緣不定故中有雖得和合生有不和合故令久時住問曰中有形爲大小答曰其形如五六歲小兒問曰其形若爾云何生如是顛倒想於母生愛心於父生恚心答曰其形雖小諸根猛利猶如壁上畫老人像其形雖小而有老相問曰菩薩中有其形大小答曰如前時有少年形等亦以三十

二相嚴身八十種好隨形純黄金色繞身圓光一尋以是事故菩薩住中有時其身光明照百億四天下問曰若然者法須菩提所說偈云何通如說

其形如白象　四足有六牙　來入母胎時
如遊園觀想

答曰此不必須通所以者何此非修多羅毗尼阿毗曇是自造義或然不然或有言無或無言有若必欲通者有何意耶答曰彼方土法以是夢爲吉是故其母夢見是事欲令占相者皆言吉善菩薩於九十一劫更不墮惡趣何緣作畜生形來入母胎問曰中有爲具諸根爲不具諸根答曰諸根皆具所以者何中有初生時六入皆求於有復有說者不具諸根問曰不具何根答曰前時有諸根不具者隨中有故猶如印像似印前時有似中有亦爾評曰應作是說無不具諸根者所以者何中有生時六入皆求於有問曰中有行時云何答曰衆生應生地獄者行時頭下足上如偈說

墮於地獄者　其身皆倒懸　誹謗於賢聖
及諸淨行故

生四天下者則傍行如鳥飛空如壁上畫人飛應生天者頭則上向如仰射虚空箭問曰中有生時爲有衣不答曰一切色界中有生時皆有衣所以者何色界是多慙愧界如法身常以衣覆生身亦爾欲界衆生中有多無衣而生唯除菩薩白淨比丘尼復有說者菩薩中有無衣白淨比丘尼有衣問曰何故菩薩中有無衣白淨比丘尼有衣答曰白淨比

丘尼施四方僧氎問曰菩薩施四方僧衣叚多於白淨比丘尼所施氎縷答曰白淨比丘尼施僧氎已發如是願使我生生之處常著衣服以發願力故中有生時著衣入胎出胎亦常著衣其身轉大衣亦隨大於佛法生信而後出家即以此衣作五種衣勤修方便得阿羅漢般涅槃時即以此衣纏身而闍維之菩薩所行善法皆爲迴向無上菩提以能生於似因之果於最後身得於一切衆生最勝之身問曰中有衆生爲何所食答曰或有說者有飲食處便食飲食河池水邊飲水自在問曰若然者曾聞如瀉囊水著釜鑊中五趣衆生中有散在世間亦復如是一切世間所有飲食但狗中有食者猶不供足何況餘者然彼身輕微飲食麤重若食此食身應散壞若然者云何自活答曰以香爲食若衆生有福德者食清淨飲食華果香氣以自存濟無福德者食糞穢不淨種種臭氣以自存濟中有名中有亦名揵闥婆亦名求有亦名摩㝹摩問曰何故名中有答曰二有中間生故名中有問曰若然者餘有亦在二有中間盡名中有耶答曰若是二有中間趣所不攝者名中有若在二有中間趣所攝者不名中有復次若在二有中間微細難見難明難了者名中有餘者雖在二有中間是麤易見易明易了不名中有何故名揵闥婆答曰以香自活故名揵闥婆何故名求有答曰生時以六入求有故名求有何故名摩㝹摩答曰從意生故名摩㝹摩衆生或有從意生或有從業生或有從報生或有從合會生從意生者謂色

無色界諸天及中有從業生者謂地獄衆生如說彼中衆生爲業所繫從報生者謂飛鳥也從合會生者謂人六欲天佛經說三事合故得入母胎一父母俱有染心共會一處二其母無病值時三揵闥婆現在前三事合者謂父母揵闥婆父母有染心者謂欲心現在前共會一處者謂欲共合會其母無病者其母歡喜時毗尼者作如是說其母以欲濁心如天雨時河水皆濁彼亦如是亦無風冷熱等諸病值時者值女人經水時若經水多薄不成胎若經水少乾不成胎因父母精血分然後成胎是名值時亦名有身揵闥婆現在前者中有現在前若起愛心若起恚心若是男子於母生愛於父生恚彼作是念若無此男子者我當與此女人交會是時便起如是顛倒想見彼人遠去見於自身與此女人而共交會父母合會所有精氣見是已有見已便生喜心生喜心故而便迷悶以迷悶故中有轉重更不移動是時自見已身在母右脇面向母背而坐若是女人於父生愛於母生恚彼作是念若無此女人者我當與此男子交會是時便起如是顛倒想見彼女人遠去見於自身與此男子而共交會父母合會所有精氣見是已有見已便生喜心生喜心故而便迷悶以迷悶故中有轉重更不移動是時自見已身在母左脇面向母腹而坐一切衆生皆有如是顛倒想而入母胎唯除菩薩菩薩入胎時知此是我母此是我父於母生母想於父生父想問曰中有於何處入母身答曰或有說者彼無障礙隨處得入問曰若

無障礙者則不應住母身中答曰以業力故住母身中評曰應作是說中有從生門入母身中以是事故雙産者後出爲大所以者何以先入母胎故施設經說父母福德等者乃能受胎問曰如富貴男子近貧賤女人富貴女人近卑賤男子云何乃能受胎答曰當於是時見彼女人生尊貴想自見已身生卑賤想女人自以爲勝視男爲卑尊貴女人近卑賤男子以他爲勝以已爲賤彼男子見已爲勝以他爲賤是時有如是想福德等故乃能受胎一母腹中有五趣中有如狗豺魚蝦蟇等問曰若地獄中有在彼腹中云何不燒答曰若作業者被燒不作業者不燒若有持戒等著地獄中亦不能燒所以者何以不作業故衆生在地獄前不必被燒如施設經說有

時活地獄衆生冷風來吹唱如是言諸衆生活諸衆生活是時衆生便活以是事故彼中有不必被燒問曰中有若牆壁山林屋舍瓦石所不能礙還於中有爲相障礙不答曰或有說者相障礙問曰若然者云何中有名無障礙答曰唯除中有於餘無障礙復有說者中有於中有還不相障礙所以者何以無言語故問曰所往之處爲中有去疾爲神足去疾答曰或有說者中有去疾所以者何業力勝神足力故評曰應作是說神足去疾非業力疾問曰若然者云何說業力勝神足力答曰應知爲以何事言業力勝佛神足力能留住一切衆生神足力舍利弗除佛目揵連除佛舍利弗彼中有無有衆生呪術法藥草佛與辟支佛能留住使彼生不相續者以是事

故說業力勝神足力問曰中有爲展轉相見不答曰或有說者相見爲見幾所答曰地獄見地獄畜生見畜生餓鬼見餓鬼人見人天見天復有說者地獄見地獄畜生見二趣餓鬼見三趣人見四趣天見五趣復有說者中有非人眼境界是天眼境界問曰天眼爲見幾所答曰四天王報天眼除自地見下地乃至他化自在天除自地見下地復有說者一切欲界眼不見中有色界眼能問曰色界報得眼能見幾所答曰初禪報得眼除自地見下地乃至第四禪除自地見下地若作是說則無有見第四禪中有者評曰應作是說一切報得眼不見中有天眼若清淨者能見中有若不清淨者則不見中有何以知之佛經說若男子女人破戒行惡身壞命終生如是中有其色如黑縷毼亦如闇夜若天眼淨者乃能見之若善男子女人持戒修梵行身壞命終生如是中有其色白淨猶如白氎亦如明月時夜若天眼淨者乃能見之如說毗瑠璃王勤吒惡魔提婆達多即以此身入阿毗地獄問曰如是等爲有中有不耶答曰有在一刹那死有無間生於中有中有無間生於生有但在一刹那如經說帝釋說偈

大仙應當知　我於此坐處　還得天壽命
唯願憶持之

問曰如此爲有死生不若有死生云何受中有若無死生此偈云何通如說我於此坐處還得天壽命答曰應作是說不死不生問曰若然者偈云何通答曰此以斷帝釋惡道因緣故作如是說佛爲帝釋說法得見眞諦斷

惡道因緣得生人天隨意之處欲還向佛作如是愛語我於此坐處還得天壽命乃至廣說如人於牢獄中免濟他人住隨意處其人欲還向彼作如是愛語令我所以得全命者皆是汝恩若無汝者我則永沒復次除見道所斷結病故作如是說佛爲帝釋說法除其見道所斷結病令住第一無病之處謂道道果欲還向佛作如是愛語我於此坐處乃至廣說猶如慈心醫師治他人病令得無病安隱之處其人欲還向醫作如是愛語若無汝者我於此處則爲永没彼亦如是復次得神足壽命故作如是說如經說比丘以何爲壽命謂四神足是其壽命佛爲彼說法得神足壽命欲還向佛作如是愛語我於坐處乃至廣說復次得慧命根故作如是說如經說以慧爲命者是則最勝佛爲說法令其得慧命根欲還向佛作如是愛語我於此坐處乃至廣說問曰彼本無慧命根耶答曰本雖有慧命而是有漏聞佛說法見四眞諦得無漏慧根故作如是說復次除五種似死相故作如是說諸天命欲終時有五似死相五死相現云何五似死相諸天往來之時身衣瓔珞出五樂聲其聲便滅諸天身出光明自身無影或有說者是時身光減少或有說者身光悉滅自身影生諸天身細軟無有垢穢入香池水澡浴出時乃至無一渧水而著身者如蓮華葉是時水滴著身諸天有種種清淨妙好境界漂諸情根不住一境界於境界廻旋猶如火輪而不繫住是時專住於一境界諸天福德之身眼不曾瞬是時便瞬五死相者經

說諸天若男若女命欲終時先有五死相現一衣不垢而垢二華不萎而萎三腋下本不汗而汗四身本不臭而臭五先安本座而今不安五似死相則可除却五死相不可除却爾時帝釋五似死相現不久當五死相現便作是念誰能濟我如是危難除佛世尊更無能者尋詣佛所爾時世尊即爲說法以聞法故除五似死相欲還向佛作如是愛語我於此坐處乃至廣說若作是說言造現法報業者即於座上更得命等八根復有說者是時亦有死生問曰若然者施設經說云何通如說三十三天若男若女初生之時其身如五歲小兒在諸天抱上忽然化生爾時諸天若男若女作如是言此是我男此是我女化生者亦作是言此是我父此是我母問曰爾時諸天爲見帝釋如是相不答曰皆見而作是念今者帝釋有大神力於世尊前現神足力復次諸天中有威德者一名因陀羅二名憂毗因陀羅三名伊舍那四名波闍鉢哆如是等有威德諸天如前有壯年時身初生時身亦爾化生諸天無有死屍評曰彼無死生如前說者好施設經說劫初人有化爲腹行蟲人號之爲腹行化爲三手者號之爲象如是等身變者爲有死生不若有者彼中有云何若無死生者人即作畜生耶答曰應作是說無有死生問曰若然者人即作畜生耶答曰人非即作畜生但畜生身與人身相續復有說者劫初時人其形似人後以時惡飲食惡諂曲多故人形便滅畜生形現在前實是人形是畜生猶如呪術力呪人爲驢雖形是驢

其實是人彼亦如是復有説者衆生從光音天死來生此間實是畜生其形似人後以時惡飲食惡諂曲多故人形便滅還作畜生形如蝦蟇前時形具後時形具前時形圓黑色後時形方而壯復有説者彼有死生問曰若然者中有云何答曰中有微細劫初時人化生無有死屍評曰應作是説無有死生

阿毗曇毗婆沙論卷第五十三

音釋

嚌前西切與臍同　阿闍貰梵語也此云未生怨闍石遮切貰始制切　閅博計切與閉同　剥北角切削也　摶徒官切揑聚也　罽賓梵語也此云賤種罽居例切　犲牀皆切狼屬　氎徒協切細毛布也　釜扶雨切鍑屬　毼胡葛切毛布也　瞬舒閏切目動也　萎於危切蔫也　哆典可切

阿毗曇毗婆沙論卷第五十四

迦旃延子造

北涼沙門浮陀跋摩共道泰譯

使揵度十門品第四之一

二十二根十八界十二入五陰五取陰六界二法謂色法無色法可見法不可見法有對法無對法有漏法無漏法有爲法無爲法三法謂過去未來現在法善不善法無記法欲色無色界繫法學無學非學非無學法見道斷修道斷無斷法四法謂四諦四禪四無量四無色定八解脫八勝處十一切處八智三三昧三結乃至九十八使眼根幾使所使乃至無色界修道所斷無明使幾使所使如此章及解章義此中應廣作優婆提舍二十二根眼根耳根鼻根舌根身根意根男根女根命根樂根苦根喜根憂根捨根信根精進根念根定根慧根未知欲知根知根知已根

問曰何故彼尊者立二十二根而作論答曰彼作經者有如是欲如是意隨其欲意而作論亦不違法相彼意欲立二十二根而作論隨其意立二十二根復有說者此中不應問彼尊者所以立二十二根所以者何佛經說二十二根佛經是此論所爲根本此論亦說二十二根彼尊者不能於二十二根減一根說二十一根增一根說二十三根所以者何佛經不可增減無減可增無增可減故如無增無減無多無少無益無損無量無邊亦如是無量者謂義無量無邊者謂文無邊猶如大海無量無邊無量者謂深無量無邊者謂廣無邊佛經亦如是如尊者舍利弗等百千

萬億那由他論師爲解佛經二句義故造百千萬論盡其覺性猶不能知其量得其邊際問曰置造論者何故佛經說二十二根答曰爲受化者故受化者聞說此法則得增益復次此經皆有所以因緣何者是耶答曰生聞婆羅門往詣佛所問訊世尊種種語已在一面坐而作是言說諸根者多沙門瞿曇說有幾根耶佛告婆羅門我說二十二根謂眼根乃至知已根如來說二十二根則攝一切諸根義婆羅門若有人言沙門瞿曇所說諸根我能遮止更說餘根但有是言而無有實若還問者亦不能知反生愚惑所以者何非其境界故婆羅門問佛若不應廣問此經所以因緣應問婆羅門往至佛所但問二十二根而不問陰界入眞諦沙門果緣起助道等法

耶答曰彼婆羅門所疑處便問不疑者不問復次此婆羅門善能遊歷喜試有所問爲問根義故經歷九十六種外道爲欲知一一道爲說幾根如尼揵子說一根謂命根是故彼不飲冷水不斷生草所以者何於外物中計有命根故問曰外道於外物中計有何根答曰或有說計有意根復有說計有命根復有說外道於外物中計有意根名有根法計有命根名有命法或有說二根者謂業及意復有說若眼不見色耳不聞聲是名聖修根如波羅奢等作如是說問曰何故名波羅奢耶答曰是其人名無有難名者所以者何自有不如義而立名復次波羅奢是其姓如婆羅門各有別姓有姓拘蹉有姓婆蹉有姓奢緻羅有姓婆羅墮波羅奢姓亦如是復次若從

剎利婆羅門姓生者名波羅奢猶如從驢馬生者名爲騾評曰此姓波羅奢故名波羅奢彼有弟子名優多羅摩納婆往詣佛所問訊世尊種種語論在一面坐世尊問言汝師波羅奢爲諸弟子說修根法不摩納答言我師說之佛問云何說摩納答言若眼不見色耳不聞聲是名聖修根時佛難言若不見色名聖修根者盲者便是聖修根人爾時尊者阿難侍佛後立以扇扇佛復難摩納言若汝所說聾者便是聖修根人所以者何以不聞聲故問曰如尊者舍利弗等百千萬億那由他諸大論師唯佛一人能難其義辯及所立言使令不行何故世尊作第一難尊者阿難作第二難世尊何故而不制止尊者阿難耶答曰佛觀阿難咽喉有相欲有所問佛行菩薩道時不曾斷人乃至弟子亦不斷其問復次佛知阿難所說與我所說等無有異無有增減無增減故而不制止復次若師與弟子俱能伏者是名善伏復次欲令外道無餘言故若當世尊作第一難阿難不作第二難者彼梵志還自衆中作如是說雖爲彼師所伏不爲彼弟子所伏雖伏我等弟子不伏我等師若世尊作第一難阿難作第二難則破外道憍慢之心彼作是念弟子猶能伏我何況於師復次爲滿彼梵志意故作如是說彼梵志作是念沙門瞿曇一切力士無能伏者一切論中無能報者一切論中爲最上者往昔諸大論師無能伏者何況我等若彼弟子共我言論往反於理乃可佛於一切時常欲滿化人意如其所念而便作之復次佛以阿難作

證此義人彼諸外道於阿難所生信敬處阿難形容端正善知因陀毗陀羅論是故世尊欲以阿難作證此義人令彼外道於此義中生信敬故復次欲現不斷弟子問難故外道法不聽弟子有所難問所以者何若聽弟子問難者或時令師墮負處門若師墮負處門者則失利養如舍利弗等百千萬億諸大論師所立問難猶無有能共佛等者何況能勝是故佛法不斷弟子問難復次爲現慳法斷故外道所以不聽弟子問難彼作是念或能因是事故多得利養佛則不爾若令一切世人多得利養乃至無有施佛毫末者如來終無異相之言復次欲現善說法中所說具足同於一見無異意故外道法中師所說異弟子所說異師所解異弟子所解異善說法中無如是過如師所說弟子亦爾如師所解弟子亦解於文句義終無有異是故欲現善說法中所說具足同於一見無異意故世尊作第一難阿難作第二難以是事故而不制止阿難所難問曰外道自作是說眼不見色耳不聞聲是名聖修根世尊難言若然者盲聾之人是聖修根則順他說云何名難答曰佛作是說是名大難斷他所說亦名總說諸外道過若眼不見色耳不聞聲名聖修根者汝等何爲捐棄居家除去飾好修行梵行但當害於二根便是聖人是故佛說名爲大難斷他所說亦名總說諸外道過衛世師復說五根謂眼耳鼻舌身根如僧佉經復說十一根謂五覺根五事根五覺根者謂眼耳鼻舌身根五事根者謂語根手根脚根大便根小便

根意根第十一或有說百二十根者謂兩眼根兩耳根兩鼻根舌根身根意根命根五受根信等五根如是等有二十根地獄趣有二十畜生趣有二十餓鬼趣有二十人趣有二十天趣有二十阿修羅趣有二十復有說者諸外道不說百二十根說有百二十主如天主龍主阿修羅主人主如是等上妙之身經百二十處然後得般涅槃彼婆羅門聞說是語心轉疑惑不知何者是實爲說一根者爲說乃至百二十根者彼聞釋種生太子有三十二大人相以自莊嚴身有八十種隨形好純黃金色圓光繞身一尋觀無猒足出家求道得一切智見能斷一切疑與一切決定盡一切問難邊際我應往問即詣佛所到已問訊世尊廣說如上爾時生聞婆羅門白佛言沙門瞿曇說諸根者多爲有幾根問曰何不作如是問九十六種一一道中爲說有幾根答曰彼婆羅門雖復黠慧其性諂曲有如是念若我作如是問者沙門瞿曇當選好者而說佛告婆羅門有二十二根謂眼根乃至知已根如來說如是等根能攝一切根義汝婆羅門若有人言沙門瞿曇所說諸根我能遮止更說餘根但有是言而無有實若還問者亦不能知反生愚惑所以者何非其境界故問曰何故復作是說若有人言乃至廣說答曰欲止彼人先所聞或說一根者乃至說百二十根者皆非如實我雖有一切智見不能於二十二根減一根說二十一增一根說二十三何況外道小智小見邪慧之者以是事故彼婆羅門往詣佛所但問諸根不問陰界

入眞諦沙門果緣起助道法問曰二十二根名有二十二實體有幾答曰阿毗曇者作如是說二十二根名有二十二實體十七彼作是說五根更無别體謂男根女根未知欲知根知根知巳根問曰彼何故說男根女根無别體答曰彼說身根外更無男根女根别體如說云何男根答曰身根少分云何女根答曰身根少分何故三無漏根無有别體答曰九根之外更無三根者别體九根者意根樂根喜根捨根信等五根此九根有時名未知欲知根有時名知根有時名知巳根在見道時名未知欲知根在修道時名知根在無學道時名知巳根復次在堅信堅法身中名未知欲知根在信解脱見到身證身中名知根在慧解脱俱解脱身中名知巳根所以者何九根合聚名未知欲知根九根合聚名知根九根合聚名知巳根以是事故說三無漏根無有别體是故說根名有二十二實體有十七尊者曇摩多羅作如是說二十二根名有二十二實體有十四向說五根無有别體更說三根亦無别體謂命根捨根定根問曰彼何故說命根無别體答曰命根是心不相應行陰彼說心不相應行陰無有别體何故說捨根無别體答曰彼說苦受樂受外更無别捨受諸所受若苦若樂不苦不樂云何名受問曰若然者云何通佛經佛經說有苦受樂受不苦不樂受答曰彼作是說樂受或時上或時下或時黠慧或時不黠慧或時寂靜或時不寂靜苦受亦爾若樂受中下者苦受中下者樂受中不黠慧者苦受中不黠慧者樂

受中寂靜者苦受中寂靜者是名不苦不樂受此不決定在一分中其猶如疑無有決定問曰何故說定根無有別體答曰彼作是說心外無別定根如說云何定根答曰一心是也是故彼說二十二根名有二十二實體有十四尊者佛陀提婆作如是說二十二根名有二十二實體有一謂意根彼說有爲法作二分一四大分二心分四大之外無別造色心外更無別數法彼作是說諸色是四大差別諸無色根是心差別是故說二十二根名有二十二實體有一謂意根評曰如前說者好名有二十二實體有十七如名體名假體假名異相體異相分別名分別體知名知體亦如是此是根體乃至廣說已說體性所以今當說何故名根根是何義答曰威勢義是根義明義是根義異義是根義喜觀義是根義勝義是根義最義是根義主義是根義問曰若威勢義是根義者一切有爲法展轉有威勢無爲法於有爲法亦有威勢如是一切有爲法盡應是根佛何故獨立此二十二法爲根尊者波奢說曰佛世尊決定知法相亦知勢用餘人所不知若法有根相者立根若法無根相者不立根復次威勢緣或有下者或有上者或有減者或有增者若上者增者立根若減者下者是非根法復次雖有爲法展轉有威勢無爲法於有爲法亦有威勢不如二十二根威勢無明義無異義無喜觀義無勝義無最義無主義如一切衆生展轉有威勢緣或有勝者如閻羅王於地獄衆主師子王於獸中封主於村中王於國中轉輪聖

王於四天下自在天王於欲界梵天王於千世界佛於三界佛有如是威勢勝一切衆生如是一切有爲法雖展轉有威勢無爲法於有爲法有威勢不如二十二根威勢有明義乃至主義以是事故威勢義明義乃至主義是根義問曰若威勢義是根義者於何處有威勢耶答曰眼根於四處作威勢緣勝一自莊嚴身二護自身三爲眼識及眼識相應作所依四獨能見色自莊嚴身者雖有妙身一切支體具足若無眼根則無威勢護自身者眼根能見好不好色好者從之惡者避之令此身久住爲眼識及眼識相應法作所依者眼識及相應依眼根生獨能見色者眼根能見色餘二十一根所不能耳根於四處作威勢緣勝一自莊嚴身二護自身三爲耳識及耳識相應作所依四獨能聞聲自莊嚴身者雖有妙身一切支體具足若無耳根則無威勢護自身者耳根能聞好不好聲好者從之惡者避之令此身久住爲耳識及耳識相應法作所依者耳識及相應依耳根生獨能聞聲者耳根能聞聲餘二十一根所不能復有說者眼根擁護生身作威勢緣勝如偈說

譬如明眼人　能避險惡道　世有聰明人
能遠離諸惡

耳根擁護法身作威勢緣勝如偈說

多聞能知法　多聞能遠離　多聞捨無義
多聞到涅槃

復有說者此二俱擁護生身法身作威勢緣勝擁護生身者如上說擁護法身者眼根親近善知識作威勢緣勝耳根從其聞法作威

勢縁勝親近善知識從其聞法能生内正思惟如法修行以是事故經作是說梵摩喻婆羅門二根不壞謂眼根耳根問曰何故於諸根聚中說二根不壞答曰以此二根佛出世時能入佛法門故復次以此二根能解知佛法如說比丘當知若不能如實知他心者應以二處觀察如來一以眼觀色二以耳聽聲鼻舌身根於四處作威勢縁勝一莊嚴自身二護自身三能爲鼻識舌識身識及相應法作所依四鼻獨能齅香舌獨能知味身獨能覺觸莊嚴自身者雖有妙身一切支體具足若於此三根無一一根者則無威勢護自身者以此三根故能食摶食令身久住所以者何以摶食是香味觸入故爲三識及相應法作所依者依此三根能生三識鼻根獨能齅香者鼻根能齅香餘二十一根所不能舌根獨能知味者舌根獨能知味餘二十一根所不能身根獨能覺觸者身根獨能覺觸餘二十一根所不能意根於二處作威勢縁勝一令未來有相續二自在令他隨順令未來有相續者如說佛告阿難若識不在母身名色成迦羅羅不答言不也自在令他隨順者如諸比丘當知心能將世間能生世間若心生處皆得自在復有說者意根於煩惱出要二處作威勢縁勝煩惱處勝者如說心煩惱故衆生煩惱出要處勝者如說心出要故衆生出要男根女根於二處作威勢縁勝一異衆生二分別衆生古昔時人無有男女以少造色生故別便有男女廣長形異顏色言語衣服飲食皆悉有異復有說者男根女根於煩

惱出要二處作威勢緣勝煩惱處勝者不以婬欲合會故勝所以者何此處應爾不足生疑若有男根女根者能受惡戒能斷善根令此身中無善種子能作五無間業如是等事黄門般吒無形二形所不能作出要處勝者若此二根不壞能受遠解脱戒能生禪戒無漏戒能離欲愛色無色愛能生佛種子及聲聞辟支佛種子如是等事黄門般吒無形二形所不能作命根於二處作威勢緣勝一言有根二令諸根不斷隨幾時活言有根死已言無根隨幾時活諸根相續死已諸根不相續復有説者命根於四處作威勢緣勝一令此生相續二擁護此生三能持此生四令此生不斷五受根於煩惱分中作威勢緣勝衆生以受故四方追求行鐵鏁道及鉤道索道上登越高山入於大海有無量畏難所謂波浪洄澓難失獸摩羅難黒風旋風難水中伏山難没水難漂在沙上難墮惡龍宮難墮羅刹國難如是等種種追求皆爲受因問曰無漏受云何於煩惱分作威勢緣勝答曰無漏受以方便初生時於煩惱分作威勢緣勝行者欲生無漏受時亦須追求衣服飲食資生之物是故亦於煩惱分中作威勢緣復有説者受根於煩惱出要分作威勢緣勝樂受於煩惱分作威勢緣勝者如説樂受爲愛所使出要分中作威勢緣勝者如説心樂則定苦受於煩惱分中作威勢緣者如説恚使使苦受苦受於出要分中作威勢緣勝者如説苦能生信不苦不樂受於煩惱分中作威勢緣勝者如説無明使使不苦不樂受不苦不樂

受於出要分中作威勢緣勝者如說依六出要捨觀行信等五根於出要分中作威勢緣勝者如說有信者能親近善人亦如偈說

信能度流　越放逸海　精進除苦　慧到彼岸

復如說若我弟子以信為障故則能障不善外敵修行善法如佛告阿難精進能生菩提若我弟子具足精進身者能捨不善法修行善法如說念是徧法若我弟子以念守門者能捨惡法修行善法如說定是正道不定是邪道定心得清淨非不定心定能知諸陰生滅若我弟子能具足三三昧華鬘者則能捨惡法修行善法如偈說

慧為世間上　能起猒離者　亦能如實知
能盡老死苦

亦說慧於一切法中為無有上亦說姊妹當知我諸弟子以慧刀斷一切結繫使垢纏復說若我弟子具足智慧城者能捨惡法修行善法未知欲知根於未曾見而見法作威勢緣勝知根於已曾見法能除過患作威勢緣勝知已根於已除過患得現法樂作威勢緣勝如是等諸根於如是等諸法作威勢緣勝尊者瞿沙跋摩作如是說實義應說一根謂意根所以者何意根有三事一在內二徧一切處三能有所緣在內者內入所攝徧一切處者從阿毗地獄上至有頂可得能有所緣者緣一切法餘根不具三事眼耳鼻舌身根雖是內入攝不徧一切處不能有所緣命根雖徧一切處亦不內入攝不能有所緣除捨根餘受根雖能有所緣非內入攝不能徧一切處捨根信等五根雖徧一切處能有所緣

非內入所攝三無漏根更無別體諸根合聚立此三根如上說問曰若然者其餘諸根以何事故得名爲根答曰爲意根作所依作依作煩惱作出要作出要處誰作所依答曰眼耳鼻舌身根誰作依答曰命根誰作煩惱答曰諸受根誰作出要答曰信等五根誰作出要處答曰見道修道無學道問曰男根女根以何事故得名爲根答曰以四事故一能有所生二能生欲樂三能制煩惱四能爲染污識及相應法作所依能有所生者生胎生卵生能生欲樂者行欲之人此處生樂徧身中如聖人眉間生聖樂徧在身中彼亦如是制煩惱者須臾間斷能爲染污識及相應作所依者餘所依生三種識或善不善無記此二所依唯生染污愛相應相親近識尊者僧伽婆修說曰命等六根是實義根命等六根者謂眼耳鼻舌身命根所以者何此六是衆生根本問曰若然者餘根以何事故得名爲根答曰此六是衆生根本根本以何爲種子識爲種子誰令其煩惱謂五受根誰令其出要謂信等五根何處得出要謂見道修道無學道男根女根以何事故得名爲根答曰欲界衆生以欲爲苗稼種子從何處而有皆從男根女根尊者瞿沙說曰命等八根是實義根命等八根者謂眼耳鼻舌身男根女根命根所以者何此是衆生根本問曰若然者餘根以何事故得名爲根答曰此八是衆生根本根本以何爲種子謂意根誰令其煩惱謂五受根誰令其出要謂信等五根何處得出要謂見道修道無學道問曰如身根微塵從足

至頂盡徧何故此處所身根名男根女根非餘處所耶尊者和須密說曰以此處所故分別是男是女問曰若然者二形人亦名男亦名女耶答曰此不名男亦不名女復次此處所能生增長人寂靜人增長人者如富蘭那等六師寂靜人者謂佛辟支佛聲聞尊者佛陀提婆說曰此處所能生諸仙能生牟尼能生善調伏者能生善共住者已總說諸根所以今當一一别說云何眼根答曰若眼已見色今見色當見色及餘彼分眼已見色是過去眼今見色是現在眼當見色是未來眼及餘彼分眼者廣說如男處乃至意根說亦如是云何女根答曰身根少分云何男根答曰身根少分云何命根答曰三界中壽云何樂根答曰因觸生樂受若在身若在心覺樂能忍是名樂根云何苦根答曰因觸生苦受在身覺苦不可忍是名苦根云何喜根答曰因觸生喜受在心覺喜能忍是名喜根云何憂根答曰因觸生憂受在心覺憂不可忍是名憂根云何捨根答曰因觸生不苦不樂受若在身若在心覺不苦不樂非可忍非不可忍是名捨根云何信根答曰於遠離寂靜善法生信若信是法善信有是分别受其事取其相如是淨心是名信根精進根念根定根慧根廣說如經本云何未知欲知根答曰不見人不得決定人所有學慧慧根及諸餘根堅信堅法人未見四諦當見四諦是名未知欲知根不見人者謂不見諸諦人不得決定人者不於諸諦得決定所有學慧慧根者則說慧根諸餘根堅信堅法所用八根未見四諦

當見四諦則說八根如是等九根合聚名未知欲知根問曰彼根聚中何故再說慧根一說餘根耶答曰以名勝義勝故彼根聚中慧名勝義亦勝復次慧說名前導如說比丘當知種種善法生時慧爲前導慧爲前相次有慚愧復次慧於三事得決定一於見得決定二於緣得決定三於事得決定彼相應法於二事得決定於緣得決定於事得決定非於見得決定所以者何非見性故非相應共有法得一決定謂於事得決定非見決定非見相故非緣決定非緣法故復次若以慧見煩惱時煩惱則不得久住如穴居衆生人若見時便還入穴彼亦如是復次若身中有慧照則煩惱賊不能偷劫猶如屋中有燈照者賊則不能偷劫彼亦如是復次以慧能照一切

法外物如日月藥草摩尼珠諸天宮能照一界一入一陰一世少分一界少分者謂色界一入少分者謂色入一陰少分者謂色陰一世少分者謂現在世慧能照十八界十二入五陰三世及無爲法復次無慧者縛有慧者解復次佛出世時入佛法者以慧而自娛樂佛法以知解爲勝譬如有目之人能至寶處如是有慧眼者能至佛法寶處譬如盲人雖往寶處而無所見惡慧之人入佛法寶處亦復如是復次慧名爲將亦名爲眼亦名爲頭亦名爲覺亦名覺支亦名爲道亦名道支復次慧名爲眼餘助道法名爲盲如衆多盲人一有目者而將導之令行正路彼亦如是復次慧斷煩惱刀如說姊妹當知聖弟子以智慧刀斷一切結縛使垢纏復次慧說名爲堂

如尊者阿尼盧豆所說我依戒立戒昇無上智慧堂復次慧能立別相總相法能解別相法能解總相法能破自體愚能破緣中愚於諸法中得不顛倒復次慧是諸佛所愛敬諸佛不愛敬人色族財富愛敬有慧者復次諸佛以慧故而有差別非以色族財富等以如是事故慧則再說餘根一說云何知根見人決定人所有學慧慧根及諸餘根信解脫見到身證已見四諦重見四諦是名知根見人者見諸諦決定人者於諸諦決定所有學慧慧根則說慧根諸餘根信解脫見到身證所用八根見四諦重見四諦則說八根如是等九根合聚名知根問曰如無學人重見四諦如退法至憶法憶法至護法護法至等住等住至能進能進至不動何故唯說學人不說無學人耶答曰應說無學而不說者當知此說有餘復次若說始當知亦說終若始說學當知終說無學如始終初入已度方便畢竟說亦如是復次斷未曾斷結得未曾得果者說名重見無學不斷未曾斷結不得未曾得果故不名重見復次若斷未曾斷煩惱得證未曾證解脫得是名重見無學雖證未曾證解脫得而不斷未曾斷煩惱故是故不說如斷煩惱得證解脫得除過患修功德捨穢惡取勝妙去無義取有義盡渴愛受無煩熱樂當知亦如是復次斷未曾斷無知得未曾得智是名重見無學雖得未曾得智不斷未曾斷無知謂染污無知以如是等事故唯說學重見諦不說無學云何知已根答曰若漏盡阿羅漢無學所有慧慧根解脫俱解脫所用

諸根能生現法樂是名知已根漏盡阿羅漢所有慧慧根則說慧解脫俱解脫阿羅漢所用諸根能生現法樂者則說八根如是等九根合聚名知已根問曰學人亦有現法樂何以但說無學答曰應說如說無學現法樂亦應說學現法樂復次若說終當知亦說始說畢竟當知亦說方便說已度當知亦說初入復次以名勝義亦勝故若以法而言無學法勝於學法以人而言無學人勝於學人復次無學人所有猗樂不爲煩惱所覆學人雖有猗樂爲煩惱所覆復次若受猗樂時寛博廣大是說現法樂學人有所作故受猗樂時不寛博廣大不名現法樂無學人無有所作受猗樂寛博廣大故名現法樂譬如國王於諸怨敵未盡降伏所受快樂不寛博廣大彼亦如是復次若無煩惱意語亦滿諸牟尼是說現法樂復次若受現法樂不受後樂是名現法樂學人受現法樂亦受後樂故不名現法樂以如是等事故無學猗樂名現法樂學人猗樂不名現法樂

阿毗曇毗婆沙論卷第五十四

音釋

緻（直利切）　黠（胡八切慧也）　齅（許救切以鼻擸氣曰齅）　洄澓（洄音回澓音伏洄澓水漩流也）　鬘（莫班切）　猗（於宜切輕安也）

阿毗曇毗婆沙論卷第五十五

迦旃延子造

北涼沙門浮陀跋摩共道泰譯

使揵度十門品第四之二

問曰爲有三明阿羅漢不若有者此中何以不說若無者此經云何通如說尊者舍利弗白佛言世尊此五百比丘幾是三明幾是俱解脫幾是慧解脫問曰尊者舍利弗爲知是事不若知者何故問若不知者云何名得聲聞波羅蜜答曰應作是說尊者舍利弗知問曰若知者何故問答曰自有知而故問如毗尼說佛世尊知而故問復次尊者舍利弗爲利益他故問尊者舍利弗雖自知彼會中有不知者無無畏故不能問佛尊者舍利弗無如是過欲利益他故而問復次欲說總相令別異故而問佛爲五百比丘說法聞佛所說得阿羅漢果斷未來有盡可佛意衆生若能得阿羅漢斷未來有是名第一可世尊意尊者舍利弗作如是念此諸尊者雖皆得阿羅漢斷未來有不知誰勤方便欲說如是總相令別異故而問復次佛世尊令五百比丘等住於果舍利弗欲令其道差別故而問復次佛世尊令五百比丘等住無爲解脫舍利弗欲令有爲解脫差別故而問復次欲顯功德寶藏令世知故而問譬如寶藏覆在土中多人不見如是以少欲知足土覆功德寶藏世無知者復次欲令施主生信心故而問有諸檀越於夏四月中以衣食等所須之物供給衆僧欲令施主知之汝等所施值如是等清淨福田故而問復次彼尊者淨行弟子法故

弟子法應問師應答復次為現破憍慢求法
情深故而問復次為壞少有所知生於憍慢
不喜問人故而問尊者舍利弗作如是念我
所有智慧有十六世人所知有一分我猶問
他何況汝等少少知見而不問耶復次欲見
已身法無慳垢故若人慳於法者見他人問
猶尚不喜何況自問復次為止誹謗故而問
諸外道等作如是謗沙門瞿曇夜從優波提
舍拘律陀邊受法晝為弟子說若尊者舍利
弗合十爪掌於大衆中而問於佛彼誹謗便
止復次弟子所說善法欲以如來印印故而
問譬如王家所有符疏若不以王印印者所
經關津而不信用若以王印印者所往之處
而皆信用如是弟子所說善法若不以如來
印印者則於遺法四衆無信受者若以如來
印印者則遺法四衆而皆信受是故弟子所
說欲以如來印印故而問答曰應作是說有
三明阿羅漢問曰此中何故不說答曰應說
此文應如是說若慧解脫俱解脫三明阿羅
漢能生現法樂復次已說在先說義中三明
阿羅漢若是慧解脫若是俱解脫若說慧解
脫當知已說慧解脫有三明者若說俱解脫
當知已說俱解脫有三明者昔有二論師一
名時婆羅二名瞿沙跋摩尊者時婆羅偏讚
歎慧尊者瞿沙跋摩偏讚歎滅定尊者時婆
羅作如是說慧勝滅定所以者何慧能有所
緣滅定無所緣尊者瞿沙跋摩說滅定勝慧
所以者何滅定唯聖人有慧凡聖俱有讚歎
慧者作如是說若有三明不具八解脫者是
名三明若有三明具八解脫者亦名三明具

八解脱無三明者是名俱解脱若有一明二明者是名慧解脱所以者何慧勝滅定故若讃歎滅定者作如是說若具八解脱無三明者是名俱解脱若具八解脱有三明者亦名俱解脱若有三明不具八解脱者是名三明若有一明二明名慧解脱所以者何滅定勝慧故此二所說俱唐揹其功此二所說於文無益於義無益三明或得滅定或不得滅定若得者名俱解脱三明若不得者名慧解脱三明今當重說未知欲知根知根知已根所以何故名未知欲知根答曰未知當知未決定當決定未斷當斷是故名未知欲知根問曰若未知當知未決定當決定未斷當斷名未知欲知根者苦法忍生時觀欲界五陰苦得決定後生苦法智亦觀欲界五陰苦得決定是時名知苦已復知苦何故名未知欲知根不名知根耶答曰苦法忍始觀欲界五陰苦不名已知苦法智名始知復次苦法忍觀欲界五陰決定是苦不名爲智苦法智乃知以智爲決定不以忍復次若後更不生未知欲知道不爲未知欲知覺所覆不以上著下不得自在名知根與此相違故名未知欲知根何故名知根答曰未知已知未決定已決定未斷已斷問曰若未知已知未決定已決定未斷已斷名知根者道比忍現在前除自體及相應共有法餘比智分悉得決定後生道比智於彼相應共有法始得決定名知根何不名未知欲知根耶答曰外國法師說第十六心最初道比智刹那名爲見道問曰此中所論如是說者乃說十五心是見道者

尊者僧伽婆修作如是說道比忍現在前未來有無量道比忍修彼未來修者能於現在道比忍刹那相應共有法得決定不應作是說所以者何未來道不緣有所作問曰若然者其義云何答曰從多分故已得決定者多未得決定者少已得決定猶如大地未得決定如一摶土須彌山芥子大海一渧虛空蚉翅處空喻亦如是復次彼後更無未知欲知道更不爲未知欲知覺所覆不以上著下下不得自在是故不名未知欲知根何故名知已根答曰知已更不知決定已更不決定斷已更不斷是名知已根問曰若知已更不知決定已更不決定斷已更不斷名知已根者何故於三知已法中一獨名爲佛耶答曰佛初成道時覺一切法作别相觀非總相觀聲

聞辟支佛初成道時覺一切法總相觀非别相觀復次若智自知徧知決定知是名爲佛辟支佛智雖自知非徧知非決定知聲聞智不名自知非徧知非決定知復次若於一切種以緣自覺是名爲佛辟支佛雖以緣自覺不於一切種聲聞不於一切種以緣自覺復次若知徧所知覺徧所覺行徧所緣根徧根義所境界徧境界是名爲佛聲聞辟支佛不爾復次若所聞不如重誓是名爲佛聲聞辟支佛不爾復次所不應行習氣於此身永斷是名爲佛聲聞辟支佛不爾復次於甚深十二因緣河能盡其底者是名爲佛聲聞辟支佛不爾如三獸渡河謂兔馬象兔騰踯乃渡馬或盡其底或不盡底而渡香象於一切時足蹈其底而渡如兔渡河聲聞渡因緣河亦

復如是如馬渡河辟支佛渡因緣河亦復如是如香象渡河佛渡因緣河亦復如是復次若永斷二種無知謂染汚不染汚是名爲佛聲聞辟支佛雖斷染汚無知不斷不染汚者復次若永斷二種疑謂是人是杌疑及使性疑是名爲佛聲聞辟支佛雖斷使性疑不斷是人是杌疑復次佛得盡智時於二種障心得解脫謂煩惱障解脫障是名爲佛復次若依所依具足者是名爲佛或有所依具足依不具足如轉輪聖王或依具足所依不具足如辟支佛佛世尊依所依二俱具足如依所依器中物器當知亦爾復次若三事具足是名爲佛一色二族三言語復次若具足三事是名爲佛一誓願具足二功果具足三慈所問具足復次若有三不護有三不共念處是名爲佛復次若所言無二有無盡辯所說無失是名爲佛復次若善知因善知時善知相善知爲他說法是名爲佛復次若有四種智一無畏智二無蓋智三無鈌失智四不退智是名爲佛復次若知種種因知種種果知種種性知種種對治法是名爲佛復次若於世八法得解脫其德無有能得邊者能爲一切厄難者作救護是名爲佛復次若得十八不共法十力四無所畏大悲三不共念處是名爲佛復次若大悲心深遠微細徧一切處於一切衆生無怨憎心深遠者從三阿僧祇劫積聚故微細者濟衆生三苦故徧一切處者緣三界衆生故於一切衆生無怨憎者於怨親中人等不異故如是等事故三巳作法中一說爲佛問曰何故色陰中眼耳鼻舌身立

根色聲香味觸不立根耶答曰無根相故不立根復次若是內入者立根外入者不立根復次若作所依者立根若作所緣者不立根復次若是衆生數者立根若或是或非者不立根復次在自身中者立根不定者不立根復次若自所用者立根不定者不立根復次不共者立根共者不立根問曰受陰中樂受立二根苦受立二根何故不苦不樂受立一根耶答曰應說二根而不說者當知此說有餘復次欲現種種說種種文乃至廣說復次欲現二門二略乃至廣說復次樂受或有黠慧者有不黠慧者或有輕躁者有不輕躁者苦受亦爾樂受中若不黠慧不輕躁者立樂根若黠慧輕躁者立喜根苦受亦爾不苦不樂受不黠慧不輕躁故立一根復次樂受樂根所作異喜根所作異苦受亦爾不苦不樂受所作無異復次雖相對法故樂受對苦受苦受對樂受不苦不樂受無相對故立一根問曰何故想陰不立根耶答曰不立根法多何故獨問想問曰所以問者色陰行陰少分立根少分不立根受陰識陰盡立根想陰不盡立根不少分立根是故問想陰何故不立根答曰無根相故不立根復次根以自力自功用立想以他力他功用不立如傭作人他敎則作不敎不作若受有所覺思有所思識有所識然後想有所想復次爲他所覆故善想爲慧所覆如人憶想不忘世言是人智慧不善想爲顛倒所覆如無常常想顛倒尊者和須密說曰何故想不立根耶答曰威勢義是根義想威勢少問曰想亦有威勢如說一

切有爲法展轉有威勢少問無爲法於有爲法亦有威勢復次根能害煩惱想不能害問曰想亦能害煩惱如說比丘修行廣布無常想除一切欲愛色無色愛尊者佛陀提婆說曰想取相分別分別體唯取想除數法行境界已想然後取相分別問曰煩惱何故不立根答曰無根相故不立根復次威勢義是根義煩惱威勢少故不立根問曰煩惱能没生死遠離涅槃壞諸善法云何言威勢少耶答曰以是下賤可呵法故言威勢少問曰若然者何故染污受立根耶答曰受於煩惱有威勢煩惱威勢少猶如獄卒雖所住處下亦與貴勝交往諸獄卒守門者雖復苦切於人無有威勢而不得與貴勝交往彼亦如是尊者僧伽婆修說曰若法有欲無欲身中可得故立根煩惱唯有欲身中可得故不立根若作是說則憂根知已根不爾所以者何憂根唯有欲人身中可得知已根唯無欲人身中可得是故如前說者好問曰何故受善染污不隱没無記立根慧唯善立根染污不隱没無記不立根耶答曰受於煩惱分中勢用勝善染污不隱没無記盡立根慧於出要法中勢用勝善慧能增益出要染污慧能斷出要法不隱没無記慧於出要法無所增益問曰俱是不相應行陰命根立根受身處何故不立根耶答曰無根相故不立根復次命根是報一切報從業生是以命根立根受身處不定或有是依或有是報是故不立根問曰最勝義是根義滅盡涅槃於一切有爲無爲法中最勝何以不立根耶答曰此是根畢竟盡處

不立根譬如瓶衣畢竟盡處不名瓶衣復次若法行世能取果能有所作能知境界者立根滅盡涅槃與此相違故不立根復次若法是生滅有因是有爲相者立根滅盡涅槃與此相違故不立根復次根屬因屬緣屬所作立根涅槃與此相違故不立根復次若法爲生所生爲老所老爲壞所壞者立根涅槃不爾復次根在陰墮世與苦相續有前後相上中下相者立根涅槃不爾復次言最勝者於有爲法中最勝故立根涅槃於有爲無爲法中最勝故不立根十八界眼界色界眼識界乃至意界法界意識界界名略說亦名廣說略說者於說大經如大因緣經大涅槃經等廣說者於說入經入亦名略說亦名廣說略說者於說界經廣說者於說陰經陰亦名略說亦名廣說略說者於說入經廣說者如說若有所受當知皆苦於如是等經名爲廣說復有說者界亦名略說亦名廣說即於界中不於餘法所以者何界中心色是廣說心數法是略說入亦是略說亦是廣說即於入中不於餘法所以者何入中色是廣說心心數是略說陰亦是略說亦是廣說即於陰中不於餘法所以者何陰中色心是略說心數是廣說如說若有所受當知皆苦此說一向是略復有說者界是廣說亦攝一切法大因緣經大涅槃經雖是廣說不攝一切法入雖攝一切法而非廣說所以者何是中說法故陰不攝一切法所以者何攝一切有爲法不攝無爲法故亦非廣說所以者何是略說故如說若有所受當知皆苦此一向是略說佛所

說經廣略義如此非謂如說法施財施是略說大因緣經大涅槃經是廣說世尊於所知法先廣說十八界即於彼所知次略說十二入於彼十二入除無爲法略說五陰是名世尊廣略之說以如是廣略所說法佛告尊者舍利弗我說諸法若廣若略能知解者難得以如是廣略說故尊者舍利弗請於世尊世尊說法若廣若略能有知解法寶者譬如大海中龍於大海中化作大身上昇虛空興起大雲徧覆虛空放電光出如是雷音我今當雨藥草樹木聞如是音皆生恐怖作如是念大海中龍若降雨者我等皆當没滅是時大地心無疑懼又無異色而請之言汝當降雨經百千歲我盡能受世尊亦爾於主幢佛然燈佛迦羅拘孫陀佛迦那含牟尼佛乃至迦葉佛所長養智身上昇有餘涅槃虛空界中以大悲雲徧覆世間放智電光出無我師子吼音作如是言舍利弗我所說若廣若略知解者難得是時一切受化者聞說是言心懷恐懼唯除尊者舍利弗世尊以未曾聞名味句身而說諸法我等所不能解尊者舍利弗於六十劫中增長如地知見心無恐懼又無異色而請於佛世尊說法若廣若略能有知解法寶之者問曰有法非聲聞辟支佛境界何故尊者舍利弗作如是請佛答曰聲聞所知非佛所知以聲聞境界非佛境界以聲聞所行非佛所行以聲聞根非佛根復次佛聽故請尊者舍利弗作如是念世尊所說常以憐愍知量觀其田器而雨法雨不唐捐其言若說一句前人不受佛則不說世尊知我有

爾所受法器則爲我說如如是法以是事故佛聽故請問曰爲何等受化者說界何等說入何等說陰答曰於界中愚者爲說界於入中愚者爲說入於陰中愚者爲說陰復次受化者或是初行或是已行或是久行爲初行者說界爲已行者說入爲久行者說陰下根中根上根樂廣樂略樂廣略者說亦如是復次若恃性憍慢縱逸者爲說界所以者何性義是界義故若恃財憍慢縱逸者爲說入所以者何輸門義是入義故若恃命憍慢縱逸者爲說陰所以者何陰說名殺賊復次於色心愚者爲說界所以者何界中廣說色心略說數法於色愚者爲說入所以者何入中廣說色略說心心數法於心數法愚者爲說陰所以者何陰中廣說心數法略說色心復次

爲計我者說界爲於所依緣愚者說入爲我慢者說陰佛爲如是受化衆生說陰界入問曰十八界名有十八實體有幾答曰十八界名有十八實體或十七或十二若說六識身則無意界所以者何離六識身外更無意界是故名有十八體有十七若說意界則無六識身所以者何意界之外更無六識身是故名有十八體有十二如名體名假體假乃至知名知體說亦如是問曰十八界體或有十七或有十二者云何立十八界答曰以三事故立十八界一以所依二以依三以境界六界是所依六界是依六界是境界所依者眼界乃至意界依者眼識乃至意識境界者色界乃至法問曰若以所依依境界立十八界者阿羅漢最後心則非意界所以者何不能生

識故答曰彼亦是意界所以識更不相續者非以意界更以餘事故若識生者亦能作所依過去有十八未來現在亦有十八問曰過去有十八界可爾所以者何六識次第滅者是意界未來現在云何有十八界答曰以是決定相故若未來現在識無意界相者過去者亦無以決定相故過去有十八界是故以三事說十八界謂所依依境界佛經作如是喻如大樹葉聚比丘當知無量界性亦復如是雖說無量界性而不過十八界盡以三事故名界謂所依依境界佛經亦說六十二界如多界經說彼亦不過十八盡以三事故名界問曰佛經何故說六十二界答曰欲異外道故外道有六十二見以身見爲本爲對治彼見故說六十二界餘經又說憍尸迦世間有種種無量界衆生各於自界而起貪著生牢彊想言我界勝惟我是實餘者是愚如是盡在十八界亦以三事謂所依依境界復有說者此中諸見以界名說悉在法界中以是事故十八界以三事立界謂所依依境界尊者婆摩勒說曰以四事故立十八界一以自體二以事三以所作四以分別陰以自體者色界乃至法界事者眼識乃至意識所作者何眼界乃至意界分別陰者色陰有十界識陰有七三陰有一界此是界體性乃至廣說已說體性所以今當說何故名界界是何義答曰性義是界義段義分義別義種種相義不相似義分齊義是界義種種所作是界所作聲論者說曰趣義是界義持養義是界義性義是界義者譬如一山之中多有諸性鐵

性白鑞性鉛性銅性銀性金性石性白墡性如是一所依身有十八界性段義是界義者如諸材段次第安置名宫殿樓觀次第安置竹篾名扇名蓋次第安置肉段名爲男女分義是界義者十八分是男十八分是女别義是界義者男别有十八女别有十八種種相義是界義者眼界相異乃至法界相異不相似義是界義者眼界於餘界不相似乃至法界於餘界不相似分齊義是界義者眼界自有分齊餘十七界亦有分齊乃至法界自有分齊餘十七界亦有分齊種種所作是界所作者眼界所作乃至非法界所作法界所作乃至非眼界所作聲論者説趣義是界義者趣諸界諸趣諸生持養義是界義者能持自性故是故性義乃至持養義是界義已總説

界所以今當一一别説云何眼界若眼已見色今見色當見色已見色是過去今見色是現在當見色是未來及諸餘彼分眼外國法師作如是説彼分眼有四種過去有彼分眼界謂眼不見色滅隨過去者現在亦有彼分眼界謂眼不見色今滅者未來亦有彼分眼界謂眼不見色當滅者及未來必不生彼分眼罽賓沙門説彼分眼有五種三種如先説未來必不生彼分眼有二種一與眼識合二不與眼識合若以眼見色於已名自分於餘一切衆生亦名自分若眼不見色於已名彼分於餘一切衆生亦名彼分復有説者若以眼見色於已名自分於餘一切衆生若名彼分若眼不見色於已名彼分於餘一切衆生亦名彼分復有説者若以眼見色於已名自

分於餘一切衆生不名自分亦不名彼分若眼不見色於已爲彼分於餘一切衆生非自分亦非彼分不應作是說云何是眼不名自分亦非彼分評曰如前說者好若以眼見色於已爲自分於餘衆生亦名自分若眼不見色於已名彼分於餘衆生亦名彼分問曰無有以他眼見色者云何已眼於餘衆生名爲自分耶答曰誰說以他眼見色者耶問曰若無說以他眼見色者云何已眼於餘衆生名爲自分耶答曰以所作同故如已眼見色已滅於餘衆生亦名見色已滅無有以他眼見色者問曰自分眼見色彼分眼不見色不見色眼於見色眼云何名彼分答曰展轉爲因故見色眼與不見色眼作因不見色眼與見色眼作因復次以展轉相生故見色眼能生不見色眼不見色眼能生見色眼復次展轉相續故見色眼續不見色眼不見色眼續見色眼復次見色眼不見色眼俱是一界一入一根一見諸界有如是相者此中略說如眼界耳界鼻界舌界身界說亦如是云何色界答曰若色爲眼已見今見當見已見者是過去色今見者是現在色當見者是未來色及餘彼分色彼分色有四種過去有彼分色界謂不爲眼所見已滅者現在有彼分色界謂不爲眼所見今滅者未來有彼分色界謂不爲眼所見當滅者及未來必不生色有色界於一衆生是自分於二三乃至百千衆生是自分色界於一衆生乃至百千衆生是自分者如初生月若生緣彼眼識是自分色界若不生緣彼眼識是彼分色界譬如大會之中

有一端正莊嚴妓女在中種種舞戲若生緣彼眼識是名自分色界若不生緣彼眼識是名彼分色界大衆之中昇高座法師說法亦復如是有色界於一衆生是彼分於二三乃至百千萬一切衆生是彼分謂如須彌山中色大海大地中色問曰如是色界非天眼境界耶答曰雖是境界以不用故然有天眼者不必一切時見所應見色問曰彼色不爲佛眼所見耶答曰是所見以不用故如今無佛無佛眼見色問曰若以眼見色於已是自分於餘一切衆生亦是自分何故色界若爲眼所見是自分不爲眼所見是彼分耶答曰一色界容有一衆生不見二三衆生則見無有一眼二人用見何況多耶色界有如是相者此中略說如色界聲香味觸界說亦如是以世俗言說故作如是說世俗作如是語汝所齅香我亦齅之汝所甞味我亦甞之汝所覺觸我亦覺之實義不爾若一人已齅香第二人所不能齅一人已甞味第二人所不能甞一人已覺觸第二人所不能觸若如世俗言說文說如上若以實義文應如是說如眼界耳界鼻界香界舌界味界身界觸界說亦如是云何眼識界答曰眼緣色生眼識問曰眼識生時除其自體一切法皆作緣何以但說眼色作緣耶答曰此說眼識所依及境界眼是彼所依色是彼境界復次與眼識作近威勢緣者說眼色與眼識作近威勢緣勝於自體生老無常是以故說問曰眼識亦緣色生何以但言眼識不言色識答曰如外入經說緣色生識是名色識乃至廣說

阿毗曇毗婆沙論卷第五十五

音釋

渧（丁歷切水點也）翅（施智切翼也）躑（直隻切躑躅也）蹈（徒到切踐也）

杌（五忽切木無枝也）躁（則到切安靜也）不分齊（分扶問切齊在詣切分齊限量也）

鉛（余專切黑錫也）墡（音善白上也）篾（莫結切析竹層也）

阿毗曇毗婆沙論卷第五十六

迦旃延子造

北涼沙門浮陀跋摩共道泰譯

使揵度十門品第四之三

問曰但一經說色識餘經多說眼識答曰若是內法則說不說外法如內外所依所緣根根義所境界境界不共共說亦如是復次識以所依故有別名從眼生者名為眼識乃至從意生者名為意識如聲以所依故有別名如鼓聲依鼓貝聲依貝琴聲依琴彼亦如是問曰此皆依意何以不盡依名意識耶答曰若依是不共不同別異相作識別名云何眼識所依不共不同別異謂依於眼不依餘乃至身識說亦如是以是事故而作四句或作所依不作次第緣乃至廣作四句作所依不作次第緣者謂俱生眼作次第緣不作所依者謂前次第滅心數法作所依作次第緣者謂意界不作所依不作次第緣者除上爾所事乃至身識說亦如是若為意識作所依亦為意識作次第緣耶答曰若作所依亦作次第緣頗有作次第緣不作所依耶答曰有前次第滅心數法尊者和須密說曰亦緣色生識何故不言色識但言眼識答曰眼為識作所依非色復次眼所作勝復次眼在自身中色則不定復次眼是內入色則不定復次眼屬內色則不定復次眼於識有損益色則不爾問曰若然者色亦有損益答曰一色雖有損益餘色能生眼識眼不爾若一眼壞更無餘眼能生識餘識說亦如是復次眼有上中下識亦有上中下色則不爾復次眼是不共

色則不定如緣一界中色生二界中識無有依一界中眼生二界中識緣一趣中色生五趣中識無有依一趣中眼生二趣中識何況多四生識亦如是復次眼是威勢非色尊者佛陀提婆說曰若眼無留難識亦無留難問曰色若有留難識亦有留難若無色者識何緣生答曰不爾境界常不壞所依有壞若所依壞者識則不生假令有那由他色若所依壞緣色識不生者識則住不生法中問曰眼識識色何故言眼識色耶答曰或說所依以顯依或說依以顯所依說所依以顯依者如此中說眼能識色說依以顯所依者如說眼識所更所分別色見復次以名義勝故如伎人染衣書法猶如伎師作伎時非無伎子伎女及餘侍從時會然伎師於中勝故但言伎師作樂如以染染衣非無人水器等但染勝故言以染染衣如以筆作字令字有差別非無人工紙墨等但筆於中勝故說筆作字令字差別如是雖識能識色以眼勝故說眼識色復次眼是識色具故言眼識色如說伴行於道行者是足非伴伴是道行之具彼亦如是雖識識色眼是識色具故言眼識色有心意識問曰心意識有何差別答曰或有說者無有差別心即是意意即是識如是等皆同一義無有差別如火名火亦名焰亦名熾亦名樵薪如是等十名經說帝釋名因陀羅亦名憍尸迦亦名釋迦亦名千眼一帝釋有如是等十名如阿毗曇說受名為受亦名別受亦名等受亦名覺受一受有如是等五名彼亦如是一心法有三種名復有說差別者名

即差别是名心是名意是名識復次過去名意未來名心現在名識復次說界時名心說入時名意說陰時名識復次遠行義是心義如偈說

獨行遠近　不依於身　能調是者　解脫怖畏

復次前導義是意義如偈說

意為前導　意尊意駛　意若念惡　即言即行　罪惡報應　如影隨形

生相續義是識義復次性義是心義輸門義是意義聚義是識義復次種種雜色義是心義如說比丘當知畜生趣所以有種種雜色者皆由心有種種故有種種雜色歸屬義是意義如說比丘當知此五根雖行種種境界必待意分别終歸屬意分别物體相是識義復次增積義是心義解了義是意義别識義是識義尊者婆奢說曰增積義斷義是心義解了義知義是意義能識義别識義是識義增積是有漏斷是無漏解了是有漏知是無漏能識是有漏别識是無漏心意識是謂差别若界有如是相者此中略說如眼識耳識鼻識舌識身識說亦如是云何意界答曰若意能識法已識今識當識及餘彼分意是名意界已識是過去意界今識是現在意界當識是未來意界及餘彼分意界者未來必不生意界無有過去現在彼分意界如意界意識界亦如是問曰何故不說五識界彼分答曰應說而不說者當知此說有餘復次五識以生為差别彼分是不生法復次五識以所作為差别彼分是無所作復次若說意識界彼分當知亦略說五識界彼分云何法界答

曰已爲意所知今爲意所知當爲意所知已爲意所知是過去法今爲意所知是現在法當爲意所知是未來法問曰何故不說法界彼分耶答曰無有彼分法界所以者何無有如是法非意境界若生一刹那意界除其自體相應共生餘一切法盡緣問曰十色入亦是意界境界何故說名彼分耶答曰不以意界故說自分彼分乃以眼於色有自分彼分色於眼有自分彼分乃至身觸亦如是若以意界說自分彼分者則十二入盡是自分無有彼分所以者何盡是意境界故以是事故作如是說頗有共生法或是自分或是彼分耶答曰有十色入是彼分生老無常是自分所以者何生老無常是法界所攝故法界中無有彼分頗有相應共生法或是自分或是彼分耶答曰有未來必不生意界是彼分彼相應共生迴轉是自分所以者何是法界攝故法界中無有彼分

問曰頗以一眼界微塵作所依一色界微塵作境界能生眼識耶答曰不生所以者何五識身依積聚緣積聚依合聚緣合聚眼識依自界緣自界他界耳識亦爾意識依自界他界緣自界他界餘三識依自界緣自界復次眼識依自緣自緣他耳識亦爾意識依自依他緣自緣他餘三識依自緣自此中說自他者即是界自他復次眼識依近緣近緣遠耳識亦爾意識依近依遠緣近緣遠餘三識依近緣近所以者何根與境界無間識乃得生餘廣說如雜揵度問曰若彼繫眼彼繫色即生彼繫識亦生餘繫識耶答曰或即生彼繫

識亦生餘繫識即生彼繫識者生欲界欲界眼見欲界色生欲界繫識生欲界初禪眼見初禪色生初禪眼識生初禪初禪眼見初禪色生初禪眼識是名即生彼繫識生餘繫識者生欲界以初禪眼見欲界色生初禪識生欲界以第二禪眼見欲界色生初禪識以第二禪眼見初禪色生初禪識以第二禪眼見第二禪色生初禪識以第三禪眼見欲界色生初禪識以第三禪眼見初禪色生初禪識以第三禪眼見第二禪色生初禪識以第三禪眼見第三禪色生初禪識以第四禪眼見欲界色生初禪識以第四禪眼見初禪色生初禪識以第四禪眼見第二禪第三禪第四禪色生初禪識亦如是是則說生欲界者生初禪以初禪眼見欲界色生初禪識餘應隨

相廣說如生欲界者生第二禪第三禪第四禪廣說亦如是問曰彼繫身彼繫眼彼繫色即生彼繫識亦生餘繫識耶答曰即生彼繫識亦生餘繫識即生彼繫識者生欲界以欲界身欲界眼見欲界色生欲界識生初禪以初禪身初禪眼見初禪色生初禪識是則說即生彼繫識生餘繫識者生欲界以欲界身初禪眼見欲界色生初禪識以欲界身第二禪眼見初禪色生初禪識以欲界身第二禪眼見欲界色生初禪識以欲界身第二禪眼見第二禪色生初禪識以欲界身第三禪眼見欲界色生初禪識以欲界身第三禪眼見初禪色生初禪識以欲界身第三禪眼見第二禪

色生初禪識以欲界身第四禪眼見欲界色生初禪識以欲界身第四禪眼見初禪色生初禪識見第二禪乃至見第四禪色說亦如是是則說生欲界者生初禪以初禪身初禪眼見欲界色生初禪識以初禪身第二禪眼見欲界色見初禪色見第二禪色說亦如是以初禪身第三禪眼見欲界色初禪色第二禪色第三禪色說亦如是以初禪身第四禪眼見欲界色初禪色第二禪色第三禪色第四禪色說亦如是如生初禪生第二第三第四禪亦應隨相說以是事故作如是說頗有餘繫身餘繫眼餘繫色生餘繫識耶答曰有生欲界以欲界身第三禪眼見第二禪色生初禪識以第四禪眼見第二禪色以第四禪眼見第三禪色說亦如是生第二禪以第二禪身第三禪眼見欲界色生初禪識亦爾以第二禪身第四禪眼見欲界色生初禪識亦爾以第二禪身第四禪眼見第三禪色生初禪識亦爾生第三禪以第三禪身第四禪眼見欲界色生初禪識亦爾以第三禪身第四禪眼見第二禪色生初禪識亦爾如眼界色界眼識界耳界聲界耳識界說亦如是問曰若彼繫鼻彼繫香即生彼繫識亦生餘繫識耶答曰即生彼繫識不生餘繫識欲界繫鼻欲界香即生欲界繫識如鼻界香界鼻識界舌界味界舌識界說亦如是問曰若彼繫身彼繫觸即生彼繫識亦生餘繫識耶答曰或生彼繫識亦生餘繫識生彼繫識者生欲界以欲界身欲界觸生欲界識生初禪以初禪身初禪觸生初禪識是則說生彼繫識生餘

繫識者生第二禪以第二禪身第二禪觸生初禪識生第三第四禪亦如是所以者何即彼身觸非餘身觸問曰若彼繫意彼繫法即生彼繫識亦生餘繫識耶答曰或生彼繫識或生餘繫識生彼繫識者生欲界以欲界意知欲界法生欲界意識乃至生非想非非想處以非想非非想處意知非想非非想處法生非想非非想處識是則說即生彼處繫識生餘繫識者或有說欲界善心次第生未至餘未至依次第生欲界善心復有說者欲界善心次第生未至依亦生初禪未至依初禪次第生欲界善心復有說者欲界善心次第生未至依初禪中間禪彼三地次第生欲界善心尊者瞿沙作如是說欲界善心次第生未至依初禪中間禪第二禪彼四地次第生欲界善心如行者入超越定從初禪超二禪及眷屬超第三禪現在前此亦如是評曰應作是說欲界善心次第生未至依初禪彼二地次第生欲界善心欲界善心次第生未至依初禪者欲界意次第生初禪意識法或三界繫或不繫彼二地意次第生欲界善心初禪意生欲界意識法或三界繫或不繫初禪次第生第二禪是順次定初禪意生第二禪意識法或三界繫或不繫第二禪次第生初禪是逆次定第二禪意生初禪意識法或三界繫或不繫乃至第三禪次第生第四禪是順次定第三禪意生第四禪意識法或三界繫或不繫第四禪次第生第三禪是逆次定第四禪意生第三禪意識法或三界繫或不繫第四禪次第生空處是順次定第四禪意

生空處意識法或無色界繫或不繫空處次第生第四禪是逆次定空處意生第四禪意識法或三界繫或不繫空處次第生識處是順次定空處意生識處意識法或識處繫或無所有處繫或非想非非想處繫或不繫識處次第生空處是逆次定識處意生空處意識法或無色界繫或不繫乃至無所有處次第生非想非非想處是順次定無所有處意生非想非非想處意識法或非想非非想處繫或不繫非想非非想處次第生無所有處是逆次定非想非非想處意生無所有處意識法或無所有處繫或非想非非想處繫或不繫初禪次第生第三禪是順超定初禪意生第三禪意識法或三界繫或不繫第三禪次第生初禪是逆超定第三禪意生初禪意識法或三界繫或不繫如是乃至識處次第生非想非非想處是順超定識處意生非想非非想處意識法或非想非非想處繫或不繫非想非非想處次第生識處是逆超定非想非非想處意生識處意識法或識處無所有處非想非非想處繫或不繫如是等則說定復有餘定亦可爾欲界有四種變化心欲界有初禪果變化心欲界有第二第三第四禪果變化心此變化心次第生淨禪淨禪次第生變化心淨初禪次第生欲界初禪果變化心初禪意生欲界意識法是變化或四入或二入欲界初禪果變化心次第生淨初禪欲界意生初禪意識法或三界繫或不繫乃至淨第四禪次第生欲界第四禪果變化心第四禪意生欲界意識法是變化若四入若

二入欲界第四禪果變化心次第生淨第四禪欲界意生第四禪意識法或三界繫或不繫如是則說定生時亦可爾欲界命終生初禪欲界意生初禪意識法或八地繫或不繫初禪命終生欲界初禪意生欲界意識法或三界繫或不繫欲界命終乃至生非想非非想處欲界意生非想非非想處意識法或非想非非想處繫或不繫非想非非想處命終生欲界非想非非想處意生欲界意識法或三界繫或不繫乃至無所有處命終生非想非非想處無所有處意生非想非非想處意識法或非想非非想處繫或不繫非想非非想處命終生無所有處非想非非想處意生無所有處意識法或無所有處繫或非想非非想處繫或不繫是則說生時若成就眼界

亦成就色界耶答曰成就眼界亦成就色界頗成就色界非成就眼界耶答曰有生欲界若不得眼界設得便失廣說如根犍度若成就眼界亦成就眼識界耶答曰或成就眼界不成就眼識界乃至廣作四句成就眼界不成就眼識界者生第二第三第四禪眼識不現在前成就眼識界不成就眼界者生欲界不得眼界設得便失成就眼界亦成就眼識界者生欲界得眼界不失若生初禪若生第二第三第四禪眼識界現在前不成就眼界亦不成就眼識界者生無色界若成就色界亦成就眼識界耶答曰若成就眼識界亦成就色界頗成就色界不成就眼識界耶答曰有生第二第三第四禪眼識不現在前若不成就眼界亦不成就色界耶答曰若不成就

色界亦不成就眼界頗不成就眼界非不成
就色界耶答曰有生欲界不得眼界設得便
失若不成就眼界亦不成就眼識界耶答曰
若不成就眼界非不成就眼識界乃至廣作
四句不成就眼界非不成就眼識界者生欲
界不得眼界設得便失不成就眼識界非不
成就眼界者生第二第三第四禪眼識不現
在前俱不成就者生色無色界俱非不成就
者生欲界得眼界不失若生初禪第二第三
第四禪眼識現在前若不成就色界亦不成
就眼識界耶答曰若不成就色界亦不成就
眼識界頗不成就眼識界非不成就色界耶
答曰有生第二第三第四禪眼識不現在前
若成就眼界得不成就色界亦爾耶答曰或
成就眼界得不成就非色界乃至廣作四句
成就眼界得不成就非色界者生欲界失眼
界成就色界得不成就非眼界者生欲界無
眼界命終生無色界俱成就得不成就者生
欲界有眼界命終生無色界若色界命終生
無色界俱不成就不得不成就者除上爾所
事若成就眼界得不成就眼識界亦爾耶乃
至廣作四句成就眼界得不成就非眼識界
者若欲界失眼界第二第三第四禪命終生
無色界成就眼識界得不成就非眼界者欲
界無眼界命終生無色界若第二第三第四
禪眼識現在前而滅者俱成就得不成就者
欲界有眼界命終生無色界若初禪命終生
無色界俱不成就不得不成就者除上爾所
事若成就色界得不成就眼識界亦爾耶乃
至廣作四句成就色界得不成就非眼識界

者第二第三第四禪命終生無色界成就眼識界得不成就非色界者第二第三第四禪眼識現在前滅者俱成就得不成就者欲界初禪命終生無色界俱不成就不得不成就者除上爾所事若不成就眼界得成就色界亦爾耶答曰有若不成就色界得成就眼界亦爾頗不成就眼界得成就非色界耶答曰有生欲界次第得眼界若不成就眼界得成就眼識界亦爾耶乃至廣作四句不成就眼界得成就非眼識界者無色界命終生第二第三第四禪生欲界次第得眼界不成就眼識界得成就非眼界者生第二第三第四禪眼識現在前俱不成就得成就者無色界命終生欲界初禪非俱不成就得成就者除上爾所事若不成就色界得成就眼識界亦爾耶乃至廣作四句不成就色界得成就非眼識界者無色界命終生第二第三第四禪不成就眼識界得成就非色界者生第二第三第四禪眼識現在前俱不成就得成就者無色界命終生欲界初禪非俱不成就得成就者除上爾所事如說眼界色界眼識界乃至意界法界意識界亦應隨相說是則說相似者如眼色眼識界於餘不相似作五三句耳聲耳識界作四三句鼻香鼻識界作三三句舌味舌識界作二三句身觸身識界作一三句也

阿毗曇毗婆沙論卷第五十六

阿毗曇毗婆沙論卷第五十七

迦旃延子造
北涼沙門浮陀跋摩共道泰譯

使犍度十門品第四之四

十二入眼入乃至法入問曰何故作此論答曰此是佛經佛經說生聞婆羅門往詣佛所到已而共世尊種種語論問訊已在一面坐爾時生聞婆羅門曰佛言世尊說一切者多一切有幾種沙門瞿曇爲施設何一切耶佛告婆羅門我施設一切者謂眼入乃至法入是名一切如來說如是法名一切婆羅門若有作是說我能遮止沙門瞿曇所說一切更說餘一切者但有是語而無有實若還問者反生疑惑所以者何非境界故佛經雖作是說而不廣分別佛經是此論所爲根本彼中諸不說者今欲廣說故而作此論問曰若作是說有說一切者謂十八界有說一切者謂五陰及無爲法有說一切者謂四諦及虛空非數滅有說一切者謂名色如是等所說皆但有是語而無有實若還問者反生愚惑非其境界耶答曰此中遮義不遮於文若作是說一切法性十二入攝若更有說餘法非十二入攝者如是說者但有是語空無有實乃至廣說說十二入是勝說妙說最上說問曰說十二入何故名勝說妙說最上說耶答曰說入是中說能攝一切法說界雖能攝一切法而是廣說說陰不攝一切法唯攝有爲法不攝無爲法而是略說說入是中說亦攝一切法若欲觀一切法者當以入門若以入門觀者便生十二智光現十二義像如人瑩磨

十二明鏡在其中立有十二像現彼亦如是一身有十二入可得問曰若一身有十二入可得者云何說有十二入耶答曰以所作異故雖一身中十二入可得然十二入所作各異譬如一屋有十二工巧人居雖同居一屋而所作有十二種彼亦如是復次以二事故立十二入一以所依二以所緣復次以三事故立十二入一以自體二以所依三以所緣自體者謂眼入乃至法入所依者六所依謂眼乃至意所緣者六所緣色乃至法此是入體性乃至廣說已說體性所以今當說何故名入入是何義答曰輸門義是入義輸道義是入義藏義是入義倉義是入義經義是入義殺處義是入義田義是入義泉義是入義流義是入義海義是入義白義是入義淨義

是入義輸門義是入義者猶如城中及與村落所輸之物衆生得已長養於身如是以所依及所緣故令心長養輸道義亦如是藏義是入義者猶如藏中有金等寶物可取如是以所依及所緣故有心心數法等可取倉義是入義者猶如倉中有麥等種種子實可取如是以所依及所緣故有心心數法等可取經義是入義者猶如織機經縷在於處處如是以所依及所緣故心心數法在於處處殺處義是入義者猶如殺處斷百千衆生頭在地如是以所依及所緣故令心心數法爲無常滅所滅田義是入義者猶如田中有種種苗稼可取如是以所依及所緣故有種種心心數法可取泉義是入義者如偈說

佛處泉水生　何處道不通　世間諸苦樂

何處得滅盡
佛作是說
眼耳及與鼻　舌身及與意　此處盡名色
能令無有餘
是處能生泉水乃至廣說流義是入義者如
偈說
一切皆流出　以何制此流　以何爲流戒
令流止不出
佛作是說
世間所有流　當以正念制　亦名爲流戒
慧令流不出
海義是入義者如經說比丘當知眼是大海色是濤波若忍受色濤波者是入能廣度眼海得免洄澓羅刹等難乃至意說亦如是白義是入義者以淨故名白亦名爲淨是故輸門義是入義乃至廣說外道書說入名部那（天竺音部那名根亦名爲入作名爲作也）如彼摩揵提梵志作如是說沙門瞿曇心無部那而不受我女已總說諸入所以今當一一別說其體云何眼入答曰若眼已見色今見色當見色及餘彼分眼入已見色是過去今見色是現在當見色是未來及餘彼分眼入廣說如界處乃至意入說亦如是云何色入答曰若色入已爲眼所見今爲眼所見當爲眼所見廣說如界處問曰十色入皆體是色何故說一入名色不說餘耶答曰以此一入是麤了了現見法復次此入是二眼境界謂肉眼天眼復次此入是三眼境界謂肉眼天眼慧眼復次此入是二入境界爲眼識所緣是故尊者瞿沙作如是說是二眼境界爲眼識所緣是故此入名

爲色入非餘復次此入施設有麤細長短在此在彼故復次此入是大障礙故復次此入可種可生可長外物可種者是種子時可生者是萌芽時可長者是莖葉華果時内物可種者是迦羅羅時可生者是安浮陀時可長者是毘尸健男婆羅奢佉時復次方體是色以色故施設諸方復次由旬體是色以色故施設由旬復次此入能覆餘入猶如巾帽故名色入復次若說二十種二十一種是名色入餘色入不爾聲香味入廣說如界處問曰觸入爲可觸故是觸入爲體是觸故是觸入爲觸所緣故是觸入耶若可觸是觸入者微塵不能觸微塵若體是觸名觸入者體是四大造色非是觸體若爲觸所緣名觸入者亦爲餘數法所緣答曰應作是說可觸故名觸

入問曰若然者微塵不能觸微塵答曰此是世俗言說世俗作如是說眼所更事名見耳所更事名聞鼻所更事名齅舌所更事名嘗身所更事名觸復次以緣身緣觸故生身識生彼能緣實義身識故名觸尊者佛陀提婆說曰應言無觸所以者何合聚無間色觸時假名爲觸無實義觸復次能生餘入增長餘入故名觸入云何法入若法已爲意所知今爲意所知當爲意所知廣說如界處問曰十二入體性是法何故說一入名法非餘入耶答曰雖十二入體性是法然法入應名爲法所以者何如十八界雖體性是法獨法界名法如十智雖體性是法獨法智名法七覺支雖體性是法擇法覺支名法六念念法名法四念處法念處名法四不壞淨於法不壞名

法四無礙法無礙名法三歸三寶法歸法寶名法復次餘入有二名此唯有一名復次餘入是不共名此入是共名以共爲名復次能生一切諸法生在彼中故名法入復次一切諸法印封相生老無常在彼中故名法入復次以名顯明諸法名在彼中故名法入復次諸法來處說名法入如風來處名爲風孔彼亦如是復次能解空法在彼中故名法入問曰若然者能計我法亦在彼中可言我入耶答曰計我非實解空是實復次第一實法謂常住不變不爲生老死所壞滅盡涅槃在彼中故名法入復次能分別總相別相除物體愚及除緣中愚不取虛相慧在彼中故名法入復次彼中有多法故名法入多法者謂色無色法相應不相應法有依無依法有行無行法有緣無緣法有勢用法無勢用法已別說諸入一一體今當求其次第何故世尊於內入中先說眼入乃至意入外入中先說色入乃至法入答曰欲令文義隨順故復次欲令說者隨順受持者亦隨順故復次以有麤細故內六入中眼入麤故先說意入細故後說外六入中色入麤故先說法入細故後說問曰云何立內六入外六入爲以入故爲以法故若以法者一切諸法無有欲心云何立內外若以入者如實義中畢竟無入若無入者云何有內外答曰應作是說以識法故立內外入非一切法若法能與六識作所依是內入作所緣是外入復次根者是內入根義是外入所境界境界亦爾然此內外法不定若我內入是他外入若他內入是我外入佛

經說此六入當知是內法問曰如一切法當知皆是內法何故獨說六入是內法耶答曰世尊欲教諸弟子於內法行禪故如說觀察內根心不外緣復次欲教諸弟子不行虛妄禪故如說汝等不應行虛妄禪計常樂我淨應行不虛妄禪計無常無我無樂無淨計因集有緣當以是八聖行觀察於有復次欲教諸弟子行不共禪故如說汝等不應行共禪法觀麤觀苦觀麤壞觀止妙離應行不共禪法應觀如病如癰如箭入身常是過患無常苦空無我當以此八法觀察於有復次此經說觀察內法若於內法計有我便計我所計已便計已所於我有愛於我所亦有愛若見有我亦見我所爲長養內我故求外所須物佛經說六觸入當知是內法問曰六入六觸入有何差別答曰或有說者無有差別若說六觸入若說六入名雖有異無差別義復有說者名即差別是名觸入是名六入復次若有所作是名觸入若無所作是名六入若作是說現在者是觸入過去未來者是六入復次若已生六入是觸入若未生六入是六入若作是說過去現在是觸入未來是六入復次若爲觸作依是名觸入若爲數法作依名六入復次若爲心心數法作依是名觸入若空不爲心心數法作依是名六入尊者波奢說曰體是六入若爲觸作依名六觸入如鉢體性是鉢比丘用故名比丘鉢彼亦如是尊者富那奢說曰體性入是六入所作入是六觸入猶如鐵鉢體性是鐵以盛酥故名盛酥鐵鉢問曰此亦是六受入六想六思等入何

故獨說六觸入耶答曰應說六受入乃至六思等入而不說者當知此說有餘復次以觸名義勝故若說六觸入當知亦說六受入乃至六思等入復次觸是心心數法令心心數法皆從觸生以觸力故而現在前是故說名觸入佛經說內六入是此岸外六入是彼岸問曰佛說此岸彼岸爲以何法答曰以近遠法故如河於人近者是此岸遠者是彼岸如是心心數法近者是所依遠者是所緣復次如初入已度法故如人初入河處是此岸已度處是彼岸如是心心數法初入如所依已度如所緣復次滅盡涅槃是彼岸彼法外入所攝以攝彼法故外入名彼岸佛經說身見是此岸身見滅是彼岸問曰此中何者是河答曰心心數法是如河所攝衆生數非衆生數漂入大海如是所依所緣所攝衆生心心數法皆漂入生死大海佛經說有八勝處十一切處問曰此亦是入何故但說十二入耶答曰彼亦在此十二入中彼相應共有法當知皆是意入法入佛經說四無色定是處如空處乃至非想非非想處問曰何故世尊說四無色定是處耶答曰欲異外道故外道計彼是四種解脫一無身二無邊意三淨聚四世塔無身者是空處無邊意者是識處淨聚者是無所有處世塔者是非想非非想處爲異外道故作如是說此是生處非是解脫佛經說二處一無想衆生處二非想非非想衆生處問曰何故佛經說此二處名處答曰佛欲異外道故外道計此二處是解脫佛說此是生處非解脫復次此處是退還法而外道

計是解脫佛說此處是衆生退還處還生諸界諸生諸趣中故復次此是散法而外道計是解脫佛說此二處是散法衆生於此處散在諸界諸生諸趣中無想衆生散在欲界非想非非想處衆生散在下地復次壽命長遠故外道計是解脫一切凡夫受身處壽命長遠莫若無想處壽五百大劫一切生處壽命長遠莫若非想非非想處壽八萬大劫佛作是說此是受生處非是解脫復次佛說餘處有二名一是衆生居二是識住亦以二種名說此二處一名衆生居二名處復次衆生居佛說是識住若是衆生居非識住佛說是處如經說尊者舍利弗往詣佛所作如是說世尊說入爲無有上所言一切謂十二入世尊知此法更無有餘世尊無餘之智更無有上無有沙門婆羅門等覺所知過世尊者問曰尊者舍利弗云何能知所言一切謂十二入答曰從佛聞故能知是法佛經所言一切謂十二入尊者舍利弗得不壞信於佛所說生尊重信問曰尊者舍利弗從他聞故能知是法非自現智耶答曰亦自有現智能知所以者何尊者舍利弗於十二入亦能一一知見問曰世尊於十二入一一知見尊者舍利弗於十二入亦一一知見世尊尊者舍利弗所知有何差別答曰世尊一一知見十二入亦以總相亦以別相尊者舍利弗一一知見十二入但以總相不能別相所以者何更有無量入義在十二入中尊者舍利弗須他顯示然後乃知復次尊者舍利弗一一知見十二入從他聞故知世尊所知獨覺無師復次世

尊有一切智一切種智尊者舍利弗有一切智無一切種智復次尊者舍利弗以識身故知尊者舍利弗作是念言一切者謂六識所依及緣復次尊者舍利弗以所說無餘故知佛說十二入眼入乃至意入最後說法入尊者舍利弗作如是念諸法十一入中所不攝說者應盡在法入中是故以所說無餘故知五陰色陰乃至識陰問曰何故作此論答曰此是佛經佛經說五陰乃至廣說佛經雖說五陰而不廣分別佛經是此論所爲根本今欲廣分別故而作此論云何色陰佛經說諸所有色盡是四大及四大造餘經復說云何色陰諸所有色過去未來現在若內若外若麤若細若惡若好若遠若近如是等總名色陰乃至識說亦如是阿毗曇者作如是說云何色陰謂十色入及法入中色是名色陰此三說有何差別答曰各各皆止他義問曰如經說諸所有色皆是四大及四大造此中爲止何等他義答曰佛爲未來世故作是說佛知未來世中當有作是說者四大之外更無造色如佛陀提婆等爲止如是說者意故經作是說諸所有色盡是四大及四大造如說諸所有色過去未來現在若內若外乃至廣說此中爲止何等他義答曰時世有梵志名罕羅尸佉不說有過去未來世尊爲止彼人意故作如是說諸所有色過去未來現在若內若外乃至廣說如說云何色陰謂十色入及法入中色此中爲止何等他義答曰爲止譬喻者意故譬喻者不說法入有色是故尊者達磨多羅作如是說諸所有色盡五識所

依五識所緣云何名爲色非五識所依五識所緣爲止如是説者意故彼尊者造阿毗曇論作如是説云何色陰謂十色入及法入中色問曰若法入中色有實體相者尊者達磨多羅所説云何通答曰可作是説諸所有色盡五識所依六識所緣法入中色雖不爲五識所依五識所緣而爲意識所緣復次法入中色雖非五識所緣彼所依是身識所緣誰是彼所依謂四大是云何受陰謂六受身眼觸生受耳鼻舌身意觸生受如佛經説阿毗曇説亦爾云何想陰謂六想身眼觸生想耳鼻舌身意觸生想如佛經説阿毗曇説亦爾云何行陰答曰佛經説謂六思身眼觸生思耳鼻舌身意觸生思阿毗曇者作如是説行陰或相應或不相應乃至廣説問曰世尊何

故諸相應不相應行陰但説思是行陰非餘相應不相應法耶答曰以思長養行勝是故世尊説思是行如愛長養於集勝是故世尊一切有漏中説愛是集彼亦如是復次造作義是行義思體造作云何識陰謂六識身眼識身乃至意識身如經所説阿毗曇説亦爾此是陰體乃至廣説已説體相所以今當説何故名陰陰是何義答曰聚義是陰義略義是陰義積義是陰義總義是陰義若施設世即是施設陰若説多語陰是多語聚義是陰義者諸所有色過去未來現在若内若外乃至廣説盡聚爲色陰乃至識陰亦爾略義説亦如是積義是陰義者如種種雜物合爲一積如是種種諸色合爲色陰乃至識陰亦爾總義是陰義者諸所有色過去未來現在若

内若外乃至廣說如是等色總名色陰乃至識陰亦爾問曰過去未來現在色可合聚不答曰可能合聚其名不合聚其體乃至識亦如是施設世即是施設陰者如色陰施設有三世乃至識陰亦爾多語是陰語者如多財名財陰多穀名穀陰多軍名軍陰如是億萬那由他極遠多色總爲色陰乃至識陰亦爾問曰一微塵可立色陰不耶答曰或有說不可立若欲立者必須積聚復有說者可立以相故立若一微塵不名陰者衆多合聚亦不名陰阿毗曇者作如是說一微塵不以陰故是一界一入一陰所攝若以陰者是一界一入一陰少分如人於穀聚上取一粒穀他人問言汝取何等彼人若不以穀聚者言我取一粒穀若以穀聚者言我取聚穀一粒穀已總說陰所以今當求其次第世尊何故先說色陰後說乃至識陰答曰欲令文義隨順故復次欲令說者隨順受持者亦隨順故復次以麤細故五陰中色陰麤故先說四無色陰中受陰麤故次色陰說問曰如受非色不住方所云何施設有麤細耶答曰以所行故如世人言我手受苦樂頭足身諸分等皆受苦樂如是等說色受亦爾想轉細於受次受說想行轉細於想次想說行識最細在後說問曰如五陰是作相作是行陰世尊何故一陰說名行陰餘不說耶答曰雖五陰盡是作相而行陰得名行如十八界雖體盡是法而法界得名法乃至三寶三歸雖體是法而法寶法歸得名爲法如是五陰雖體是行而行得名復次此陰有一名餘陰有二名復次此陰

是共名餘陰是共不共名以不共名說復次以能生一切諸法生在彼中故名行陰復次一切諸法印封相生老無常在彼中故名行陰復次以名顯明諸法名在彼中故名行陰復次能解空法在彼中故名行陰問曰若然者能計我法亦在彼中可言我陰耶答曰計我非實解空是實復次能分別總相別相除物體愚及緣中愚不取虛相慧在彼中故名行陰復次彼中有多法故名行陰多法者相應不相應法有依無依法有行無行法有緣無緣法有勢用無勢用法問曰何故諸心心數法中說想受獨立爲陰餘心數法立行陰尊者婆奢說曰世尊決定知法相亦知勢用餘人不能知若法堪任獨立陰者便立不堪任者合集乃立復次欲以種種說種種文莊嚴於義若以種種說種種文莊嚴於義義則易解復次欲現二門二略二入乃至廣說復次此現門現略現始入所有心數法若根性若非根性若說受當知已說根性若說想當知已說非根性如根性非根性明非明有威勢無威勢有力無力當知亦如是復次以此二法故色無色界有差別以受故說色界差別以想故說無色界差別復次行者以此二法故於二界中極生苦惱以受故於色界中極生苦惱以想故於無色界中極生苦惱復次以貪樂受深著顛倒想故衆生於生死中受大苦惱復次以此二法是鬬諍根本受是愛鬬諍根本想是見鬬諍根本如二鬬諍根本二煩惱二邊二箭二戲論二見當知亦如是復次以此二法獨受識住名餘數法在行

陰中受識住名復次行者憎惡此二法故入滅盡定如施設經說以何方便得滅盡定云何修方便得滅盡定答曰彼初行者作如是念云何令我不思諸行令想受不生生者便滅若想受不生生者便滅是名滅定

阿毗曇毗婆沙論卷第五十七

音釋

瑩（烏定切潔也）　癰（於容切腫也）　積（子智切聚也）

阿毗曇毗婆沙論卷第五十八

迦旃延子造

北涼沙門浮陀跋摩共道泰譯

使揵度十門品第四之五

問曰無爲法何故不立陰耶答曰無陰相故不立陰復次以是陰究竟處故不立陰如瓶衣究竟處不名瓶衣彼亦如是復次若法是生滅有因有緣有爲相者立陰無爲法無生滅無因無有爲相故不立陰復次若法屬因屬緣屬和合作者立陰無爲法不屬因不屬緣不屬和合作故不立陰復次若法隨世行能取聖果能有所作能知緣者立陰無爲法與上相違故不立陰復次陰隨世行無爲法不隨世行陰與苦相續無爲法不與苦相續陰有前後無爲法無前後陰有上中下無爲法無上中下復次無爲體非是色亦不名色乃至體非是識亦不名識復次從他生故立陰無爲法不從他生故不立陰無爲法以如是等事故不立陰世尊經說五陰戒陰定陰慧陰解脫陰解脫知見陰問曰如是則有十陰何故說五陰耶答曰此後五陰即在前五陰中戒陰在色陰中餘四陰在行陰中是故說五經中復說尊者阿難作如是言我從佛邊受八萬法陰從比丘邊受二萬法陰問曰有如是等多陰世尊何故說五陰耶答曰雖有如是多陰亦在五陰中或有說佛語體是口業或有說體是名若說體是口業者是色陰攝若說體是名者是行陰攝是故在五陰中問曰法陰齊量爲幾許答曰或有說者如法陰論所說六千偈是一法陰齊量餘法陰

亦爾復有說者如世尊種種言辭說四念處是一法陰齊量四正斷四如意足五根五力七覺八道種亦如是尊者瞿沙說曰五十萬五千五百五十偈是一法陰齊量評曰應作是說衆生行有八萬佛說對治法亦有八萬受化者入佛法中以八萬法即是八萬法陰五取陰色取陰受想行識取陰問曰何故作此論答曰此是佛經佛經說五取陰乃至廣說佛經雖說五取陰而不廣分別今欲廣分別故而作此論云何色取陰答曰若色是有漏是取彼色在過去未來現在若緣彼生欲生愛生恚生癡生怖生如是等心煩惱法生欲生愛者是渴愛生恚者是恚生癡者是無明生怖者或有說者不應作是說所以者何先所說煩惱性即是怖故問曰若然者怖體性是何答曰或有說者是身見性所以者何衆生計我者常怖若說身見當知已說怖復有說者體性是愛所以者何行愛者常怖故若說愛當知已說怖復有說者體性是無明所以者何癡者常怖故若說癡當知已說怖評曰應說怖所以者何怖體性異怖是心數法與心相應在如是法中如是等諸餘法是名心數法問曰何處有此怖答曰在欲界非色無色界問曰若色界無怖者佛經云何通如說比丘當知先生光音衆生見後生者心生恐怖而慰勞言大仙莫怖我等數數曾見燒諸梵宮於彼即滅偈義云何通如偈說

聞諸長壽天　有妙色名譽　心懷恐怖惱
如鹿畏師子

答曰此中說猒離是怖問曰猒離怖畏有何

差別答曰名即差別是名猒離是名怖畏尊者和須密說曰若在欲界名怖若在色界名猒離煩惱中間生者是怖善根中間生者是猒離尊者佛陀提婆說曰於無利事生疑欲得遠離是怖已得遠離心猶生動是猒離怖與猒離是謂差別問曰誰有此怖爲是凡夫爲是聖人答曰或有說者是凡夫非是聖人所以者何聖人已離五恐怖故五恐怖者一不活怖二惡名怖三大衆怖四死怖五惡道怖評曰應作是說凡夫亦怖聖人亦怖問曰聖人非已離五恐怖耶答曰雖無如是等怖有須臾怖問曰何等聖人有怖畏耶爲學人爲無學人答曰亦學人亦無學人學人者須陀洹斯陀含阿那含無學人者阿羅漢辟支佛唯除佛世尊所以者何世尊無有恐怖疑慮毛竪如是等心煩惱法者謂緣彼色一切徧使及修道所斷云何受取陰答曰若受是有漏是取廣說如色陰此中差別者謂緣彼受一切徧非一切徧使如受想行識說亦如是此是取陰體乃至廣說已說體性所以今當說何故名取陰取陰是何義答曰從取生故名取陰能生取故名取陰復次從取轉故名取陰能轉取故名取陰復次能從取受故名取陰能受取故名取陰復次從取長故名取陰能長取故名取陰復次從取廣故名取陰能廣取故名取陰復次屬取故名取陰如人屬王名爲王人彼亦如是中無有我若人問陰汝屬誰耶陰應答言我屬於取復次取於陰中生時生住時住使時使而不衰損是名取陰復次取於陰中生長增廣故是名取

陰復次取於陰中增長饒益故名取陰復次取於陰中生於貪著猶如塵垢是名取陰復次取於陰中心生樂著如魚等樂水故名取陰復次取是陰屋舍立處故名取陰依此陰故生愛見慢無明癡恚諸煩惱及垢與取相似故彼名取陰如欲界取名欲界取陰色界取名色界取陰無色界取名無色界取陰不壞於界不壞於他而壞於身以我取故他陰名取陰以他取故我陰名取陰若不壞身者則一切外物不名取陰所以者何彼外物中無取陰故問曰陰取陰有何差別答曰名即差別此是陰此是取陰復次陰是有漏無漏取陰是有漏復次陰攝三諦取陰攝二諦復次陰受呵責時增長人受呵責讚歎時寂靜人受讚歎取陰唯受呵責時增長人受呵責

陰取陰是謂差別六界地界水界火界風界虛空界識界問曰何故尊者迦旃延子因六界而作論答曰彼尊者有如是欲如是意隨其欲意而作論亦不違法相彼意欲因六界而作論便因六界而作論復次不應求彼尊者何故因六界而立論所以者何此是佛經佛經說十八界佛於十八界中說六界六界攝十八界五界及四界少分攝五界者謂眼識界耳鼻舌身識界四界少分者色界觸界意界意識界虛空界攝色界少分地水火風界攝觸界少分識界攝意界意識界少分云何此二少分答曰此二界有漏無漏攝有漏不攝無漏是故攝少分五界及四界少分攝六界問曰佛何故於十八界中說六界答曰爲受化者受化者於智境界或有全愚或有

少分愚若少分愚者爲說六界全愚者爲說十八界復次受佛化者根有利鈍利根者爲說六界鈍根者爲說十八界復次受佛化者或有疾有遲疾者爲說六界遲者爲說十八界復次受佛化者或有喜略或有喜廣喜略者爲說六界喜廣者爲說十八界復次欲現問故諸所有界若是色性若非色性若說五界當知已說色性諸界若說識界當知已說無色性諸界如色無色可見不可見有對無對相應不相應有依無依有行無行有勢用無勢用有緣無緣當知亦如是復次六界能生養長色無色身生者是識界養者是地水火風界長者是虛空界復次此六界能取持增長色無色身取者是識界持者是地水火風界增長者是虛空界復次此六界是衆生根本是一切處衆生根本是無始已來衆生根本是有所分別無所分別衆生根本衆生根本者欲色界衆生從生有乃至死有此六界無有無勢用時一切處衆生根本者無有欲色界衆生從生有乃至死有此六界無有無勢用時無始已來衆生根本者衆生無有前際無有衆生從生有乃至死有此六界無有無勢用時有所分別無所分別衆生根本者衆生可分別是男是女如波羅奢佉時此六界亦有勢用衆生不可分別是男是女如迦羅羅安浮陀卑尸健男時此六界亦有勢用尊者瞿沙說曰緣此六界故得入毋胎以如是等事故於十八界中說六界云何地界答曰堅總而言之是堅而堅無量差别內法中堅異外法中堅異內法中堅異者謂髮毛

爪齒薄皮厚皮膚肉筋脉骨心脾腎肝肺生藏熟藏胃屎手足等諸身分堅内法分中足堅勝手堅所以者何足行衆生若當以手行者手所有筋血肉則速壞盡如是等身分衆生各自有勝外法中堅異者謂地山大石小石樹木銅鐵白鑞鉛錫金銀瑠璃硨磲碼碯珂貝等諸物如是等内外諸堅總爲堅相云何水界答曰濕總而言之是濕而濕無量差別内法濕異外法濕異内法中濕者謂淚汗洟唾肪髓涎膽膿血腦痰癊尿如是等内濕外法中濕者謂泉池河四海水輪等諸濕如是等内外諸濕總名水界云何火界答曰熱總而言之是熱而熱無量差別内法中熱異外法中熱異内法中熱者能令此身煖所食飲食能令消熟使身安隱若增長時名爲熱病外法中熱者如炬燈燭火燒城燒村火摩尼珠火藥草火日光明火諸天宮光明火波多羅火等或有説内法火熱非外法火所以者何若以飲食著銅鐵釜中然於猛火不能令其色變如腹中食如是等内外法中熱總名火界云何風界答曰輕動總而言之是輕動而輕動相無量差別内法中輕動異外法中輕動異内法中輕動者如上向風下向風住脅風住腹風住背風如針刺風如截刀風臏風出入息風諸支節風等外法中風者如四方風有塵風無塵風偏風不偏風小風大風毗嵐風風輪等風如是等内外諸風總名風界云何虛空界答曰佛經説眼中間空耳中間空鼻中間空口中間空咽喉中間空心中間空心邊空飲食入處住處所食飲食下

向在處是名虛空界阿毗曇者作如是說云何虛空界積聚色邊色積聚色邊色者如牆壁邊樹木邊窻向中行來處指中間色復有說者此文應如是說云何虛空界答曰不可却色邊色色有二種有可却不可却可却色是衆生數不可却者是非衆生數此虛空界是不可却色邊色謂牆壁邊樹中間葉中間窻向行來處邊色舊阿毗曇罽賓沙門作如是說骨亦有虛空界筋肉血皮晝夜明闇形色亦有虛空界問曰緣彼眼識爲生不答曰或有說者不生所以者何以能緣故名緣彼識不以生故復有說者生問曰何故不了了現耶答曰晝爲明所覆夜爲闇所覆故不了了現問曰虛空虛空界有何差別答曰虛空非色虛空界是色虛空不可見虛空界是可見虛空無對虛空界是有對虛空是無爲虛空界是有爲問曰若虛空是無爲者佛經云何通佛經說如來以手摩虛空諸比丘世尊以手摩無爲法耶答曰此中說虛空界是虛空如餘經說比丘當知若畫師若畫師弟子作如是言我能以種種雜色畫虛空中乃至廣說此中說虛空界是虛空如偈說

麋鹿歸林　鳥歸虛空　法歸分別　羅漢歸滅

此中亦說虛空界是虛空又如偈說

虛空無有跡　外道無沙門　愚小有戲論
如來則無有

此中亦說虛空界是虛空餘處亦問虛空而答虛空界如波伽羅那說云何爲虛空答曰爲虛空不障礙色令色周徧問曰何故問虛空而答虛空界答曰虛空界麤虛空細欲以

麤法顯細法故問曰何以知有虛空耶尊者和須密答曰佛說故知有虛空問曰聞他說故知有虛空非已現智知答曰亦已現智知若無虛空者則無容受物處以有容受物處知有虛空以有礙無礙處故知有虛空復次以有障礙無障礙故知有虛空若有障礙處則非是虛空若無障礙處則是虛空尊者佛陀提婆說曰虛空不可知非可知法故所以者何空非色非無色非彼非此所言虛空者是世俗假名分別耳問曰虛空何所作答曰虛空無爲無所作與種種虛空界作近威勢緣種種虛空界與四大作近威勢緣四大與有對造色作近威勢緣有對造色與心心數法作近威勢緣壞如是等展轉次第法言無虛空然虛空實有體相云何識界答曰五識身及有漏意識問曰何故界中不說無漏意識答曰若法能令有增長者立界無漏識與此相違故不立界復次若法能令有相續增長生老病死者立界無漏意識與此相違故不立界復次若法是苦集道是有生老病死道者立界無漏意識與此相違故不立界復次若法體是身見顛倒是愛是使爲貪恚癡作立足處有垢雜毒刺濁墮有墮苦集諦者立界無漏識與此相違故不立界尊者和須密說曰以何等故無漏識不立界答曰此界從有漏生無漏識不從有漏生復次此界能生有漏無漏識不生有漏復次計我者於界中計我無有於無漏識中計我者復次六界假名是人無漏識不假名是人復次界名有報法無漏識不名有報法復次緣是界故而

入母胎不緣無漏識而入母胎復次此六界是無始法無漏識非無始法尊者佛陀提婆說曰此六界是身分無漏識非身分問曰陰取陰界此三有何差別答曰名即差別是名爲陰是名爲取陰是名爲界復次施設有爲是陰施設有漏是取陰施設衆生是界復次所作勝是陰增長所作勝是取陰生相續勝是界陰取陰界是謂差別

二法色法無色法問曰何故作此論答曰爲止人見爲顯智希有故止人見者此色無色法畢竟無人爲顯智希有者爲聰明有智人以此二法解了諸法所以者何此二法能攝一切法故以是事故而作此論云何色法答曰十八入少分十入者眼耳鼻舌身色聲香味觸一入少分者謂法入云何無色法答曰一入謂意入一入少分謂法入問曰云何名色法云何名無色法答曰若法名是色體是色是色若法名非色體非色是無色復次若法體是四大及四大造是色若法體非四大非四大造是無色復次若四大爲因體是造色者是色若法不以四大爲因體非四大造者是無色復次若法可生生增長是色與此相違是無色尊者和須密說曰此中何者是色相答曰漸次來義是色相漸次壞義是色相有方所義是色相障礙義是色相如與怨俱行常有折減義是色相復次有三義是色相有色可見有對有色不可見有對有色不可見無對可取捨相義是色相復次礙義是色相問曰過去未來色微塵及無作色應非色答曰彼亦是色有色相故過去色是已

礙未來色是當礙微塵雖一不能礙合聚則能礙無作色雖是無礙所依是礙何者是所依謂四大是也以四大礙故彼亦有礙譬如樹動影亦隨動復次可除却義是色相復次有一相義是色相眼色相異乃至法入中色相異尊者佛陀提婆說曰障礙可壞義是色相與此相違是無色相問曰何故法入中色十入中不說耶答曰若色經刹那是微塵性者在十入中法入中色雖經刹那非微塵性是故不說復次若色是五識所依五識所緣是十入中說法入中色非五識所依亦非五識所緣是故不說問曰爲色界色多欲界色多答曰若以入故欲界色多所以者何欲界色是二入九入少分色界色是九入少分若以體分色界色多所以者何如施設經所說光音天身轉大梵世天身乃至阿迦膩吒天身亦復轉大梵二法可見法不可見法問曰何故作此論答曰爲止人見顯智希有故廣說如上復有說者所以作此論爲止併義者意故或有說一切法皆是可見如尊者瞿沙等瞿沙作如是說一切法皆是可見以是慧眼境界故爲止如是說者意亦明法是可見不可見故而作此論云何可見法答曰一入謂色入云何不可見法答曰十一入問曰何故十色入中說一是可見餘非可見耶答曰以色入是麤現見廣說如十二入中色入有二十種謂長短方圓好不好高下青黃赤白光影明闇雲煙塵霧復有說二十一種者二十種如前說及虛空一種色此二十種色幾種有色無形幾種有色有形答曰八種有色

無形謂青黃赤白光影明闇餘十二種有色有形復有作四句者或有色無形或有形無色乃至廣作四句有色無形者謂青黃赤白光影明闇此八種是也有形無色者謂身有作色也有色有形者謂長短方圓好不好高下雲煙塵霧等十二種是也無色無形者若色無有色亦無有形是也問曰云何可見義云何不可見義尊者和須密說曰可現在彼此故是可見義不可現在彼此故是不可見義尊者佛陀提婆說曰是眼境界是眼所行處是可見義與此相違是不可見義問曰水器中像鏡中像爲是實爲非實耶譬喻者說言非實所以者何鏡不入面中面不入鏡中云何是實阿毗曇者說言是實所以者何是色入爲眼識所緣故問曰面不入鏡中鏡不入面中云何是實耶答曰說若干種生色爲色入不說一種生色如緣月緣月光珠緣器故出水而有水用如緣日緣日光珠緣乾牛糞故出火而有火用非無其實如因火鑽火燧人力故出火而有火用非無其實如是緣鏡緣面生鏡中像實有像用能生眼識非無其實所聞響聲爲是實耶爲非實也譬喻者說言非實所以者何如一刹那頃聲生時即彼刹那聲滅何容得及生於響耶阿毗曇者說言是實所以者何是耳境界爲耳識所識故問曰如一刹那頃聲生時即彼刹那聲滅何容得及生響耶答曰說若干種生聲爲聲入不說一種生聲如緣舌齒脣齶咽喉等相觸故出聲能生耳識非無其實彼亦如是

二法有對法無對法問曰何故作是論答曰

欲止人見顯智希有故廣說如上云何有對法答曰十色入謂五內入五外入云何無對法答曰二入謂意入法入有對有三種一障礙有對二境界有對三緣有對障礙有對者如以手打手更相障礙以石打石更相障礙如是等是名障礙有對境界有對者如眼對色等是名境界有對緣有對者如心心數法各自受所緣是名緣有對三種有對此中依障礙有對而作論問曰為障礙幾入耶答曰或有說者障礙一入謂觸入餘入非觸復有說者障礙五入內入中障礙身入外入中障礙色香味觸若作是說障礙五入者以手打手時以五打五以手打石等時以五打四以石打石時以四打四以石打手時以四打五復有說者障礙無色入除聲入若以手打眼時豈非礙耶評曰應作是說障礙十入若不障礙聲入者聲則無積聚義施設經說眼決定對色色決定對眼乃至意決定對法法決定對意彼尊者造論說境界有對有眼水中不障礙陸地則障礙如魚等有眼陸地不障礙水中則障礙如人等於水不障礙於陸不障礙如須跋陀人水生羅叉等於水障礙於陸障礙者除上爾所事有眼夜不障礙晝則障礙如鵄梟等晝不障礙夜障礙者如人等晝夜不障礙者如鹿馬狸猫等晝夜障礙者除上爾所事此中何者是有對何者是無對答曰若積聚微塵是有對若不積聚微塵是無對復次種種異相是有對無種種異相是無對復次若覆蔽相是有對無覆蔽相是無對復次若積聚相是有對無積聚相是無對

復次若有大形段是有對無大形段是無對復次若可除却是有對不可除却是無對尊者波奢說曰若別異相是則障礙若有障礙是則積聚若有積聚則是形段則可除却若可除却則是有對與此相違則是無對尊者和須密說曰有別異相有障礙相是有對無別異相無障礙相是無對尊者佛陀提婆說曰可除却相是有對不可除却相是無對尊者瞿沙說曰若是積聚微塵性有色可施設長短亦能出聲者是有對積聚微塵性則說入入有色可施設長短者則說色入亦能出聲者則說聲入與上相違是無對尊者婆摩勒說曰合集多微塵聚是有對與此相違是無對

阿毗曇毗婆沙論卷第五十八

音釋

筋舉欣切骨絡也　脾頻彌切土藏也　腎時賑切水藏也　屎矧視切糞也　肪敷房切脂也　涎徐連切　膽覩敢切肝之府也　痰徒甘切　癊於禁切　膹房粉切　毗嵐梵語也此云迅猛嵐盧含切　鑽祖官切穿也　燧徐醉切取火木也　齶逆各切齒根肉也　鵄梟鵄處脂切梟吁嬌切鵄梟惡聲鳥也

阿毗曇毗婆沙論卷第五十九

迦旃延子造

北涼沙門浮陀跋摩共道泰譯

使犍度十門品第四之六

二法有漏法無漏法問曰何故作此論答曰欲止人見顯智希有故廣說如上復有說者所以作論者爲止併義者意故如摩訶僧祇部說佛身一向無漏問曰彼何故作此說答曰彼依佛經佛經說如來於世間生世間長而出世間不爲世間所染彼作是說若出世間不爲世間所染則知佛身一向無漏爲止如是說者意亦明佛身是有漏若佛身是無漏者無比女不應於佛身生愛心餘廣說如雜揵度云何有漏法答曰十入二入少分謂意入法入云何無漏法答曰二入少分謂意入法入問曰何故名有漏法無漏法耶答曰若法能增長有是有漏與此相違是無漏復次若法能令有相續能增長生老病死是有漏與此相違是無漏乃至廣說若法墮苦集諦是有漏與此相違是無漏尊者和須密說曰云何有漏相云何無漏相答曰從有漏生是有漏相不從有漏生是無漏相復次能生有漏相是有漏不能生有漏相是無漏尊者佛陀提婆說曰若處所能生漏是有漏相若處所不能生漏是無漏相

二法有爲法無爲法問曰何故作此論答曰爲止人見爲顯智希有廣說如上云何有爲法答曰十一入一入少分謂法入云何無爲法答曰一入少分謂法入問曰何故名有爲無爲法耶答曰若法有生滅有因有有爲相

是有爲法與此相違是無爲法復次若法屬因屬緣屬所作屬和合者是有爲法與此相違是無爲法復次若法爲生所生爲住所住爲老所老是有爲法與此相違是無爲法復次若法行世能取果能知緣能所作是有爲法與此相違是無爲法復次若法墮世在陰是苦相續有前後有上中下是有爲法與此相違是無爲法尊者和須密說曰云何是有爲相答曰世相陰相是有爲相云何無爲相答曰非世相非陰相是無爲相尊者佛陀提婆說曰若以衆生故有生滅者是有爲相若不以衆生無生滅者是無爲相

三法過去法未來法現在法云何過去法答曰過去五陰云何未來法答曰未來五陰云何現在法答曰現在五陰問曰何故作此論答曰爲止併義者意故如譬喻者作如是說世是常行是無常行行世時如物從器至器猶如多人從一舍至一舍諸行行世亦復如是爲止如是說者意亦明行即是世世即是行是故四大揵度作如是說世名何法答曰說行之言復有說者所以作論者爲止言無過去未來於世中愚說現在是無爲法者意故亦明過去未來是實有相若無過去未來者則無成就不成就如第二頭第三手第六陰第十三入無有成就不成就者若無過去未來則無成就不成就若有成就不成就則知必有過去未來是實有相若言無過去未來則應如是說彼過去若現在時造因彼果當言在過去當言在未來當言在現在耶若在過去者應言有過去不應言無過去若言

無過去是事不然若言在未來應言有未來不應言無未來若言無未來是事不然若言在現在則因果共俱若因果俱者則違偈說如說

作惡不即受　不如乳成酪　愚蹈灰底火
不即時燒足

若果不在過去未來現在則無果若無果則無因如第二頭第三手第六陰第十三入若有因果不在過去未來現在者則是常如無爲法若果在現在時彼因當言在何處爲在過去爲在未來爲在現在若在過去亦如上說若在未來亦如上說若在現在亦如上說若不在過去未來現在則無因若無因則無果如第二頭第三手第六陰第十三入若有因果不在三世者則應是常如無爲法復次若無過去未來者則無出家法如偈說

若說無過去　則無過去佛　若無過去佛
則無出家法

復次若無過去未來者則常妄語如偈說

若說無過去　而言有臘數　是則一切時
而常故妄語

復次若無過去未來者則無現在所以者何以有過去未來故施設現在若無三世則無有爲法若無有爲法亦無無爲法所以者何以有有爲故則施設無爲若無有爲無爲法則無一切法若無一切法則無解脫出離欲令無如是過故說過去未來是實有相是故爲止他義欲顯已義亦欲顯法相相應義故而作此論問曰世體性是何答曰過去五陰未來現在五陰此是世體性乃至廣說

已說體性所以今當說何故名世世是何義答曰去義是世義問曰諸行不來不去若來者則不去若去者則不來若來者則來處應空所以者何從彼處來故若去者則妨礙去處所以者何去至彼處故是故尊者和須蜜說如是偈

諸行無來相　以諸刹那故　而無有去相
亦無有住者

若行無來去云何有三世耶答曰以所作故若諸行無所作是名未來若有所作是名現在若所作已滅是名過去若眼未見色是未來見色是現在見色已滅是過去問曰若然者現在彼分眼云何有所作答曰以作相似因故若不現在前則不與未來者作相似因若現在前則與未來者作相似因乃至意亦如是如色未作障礙是未來若作障礙是現在若作障礙已滅是過去如受未生是未來受若生是現在受若生已滅是過去受乃至想行識亦如是復次若法未取果與果是未來若取果與果是現在若取果與果已滅是過去復次若法不取不與依果報果是未來若取依果報果未與者是現在若取依果報果已滅是過去復次若法未與相似因一切徧因是未來若與是現在若與已滅是過去復次若法未生未滅是未來若已生未滅是現在若生已滅是過去未生未壞已生未壞已生已壞未生未離已生未離已生已離說亦如是復次若法未作三有爲相是未來若已作一今作二是現在若已作三是過去復次若法未作四緣是未來若作四緣是現在

若作四緣已滅是過去復次若法與三世作因是過去若與二世作因是現在若與一世作因是未來復次若法是三世果是未來若是二世果是現在若是一世果是過去復次以過去未來故施設現在不以現在施設現在以無第四世故以過去現在故施設未來不以未來施設未來以無第四世故以未來現在施設過去不以過去施設過去以無第四世故諸過去所有色所有耶答曰或是過去所有非色所有乃至廣作四句過去所有非色所有者過去四陰是色所有非過去所有者未來現在色所有過去所有亦色所有者謂過去色所有非過去所有非色所有者謂未來現在四陰所有及無爲所有如色作四句乃至識亦作四句如過去作五四句未來現在亦作五四句是則有十五四句若色所有盡是方方分所有耶答曰若是方方分所有盡是色所有頗有色所有非方方分所有耶答曰有過去未來色現在微塵及無作色若受所有彼盡非方方分所有耶答曰若受所有盡非方方分所有頗非方分所有非受所有耶答曰有想行識所有過去未來色現在微塵無作色及無爲法所有如受想行識說亦如是諸所有色盡障礙耶答曰若障礙者盡是色所有頗有色非障礙耶答曰有過去未來色現在微塵及無作色諸所有受盡覺耶答曰若覺盡是受頗有受非覺耶答曰有過去未來受如受想行識說亦如是問曰爲已生生未生生若已生生云何諸行非還轉耶若未生生云何諸行非本無而有耶

答曰應作是說以事故已生生以事故未生生以事故已生生者諸法本住自體相故生以事故未生生者一切未來法是未生法故生問曰爲世生爲世中生若世生者云何不一法生時一切法生若一法生一切法生者則壞世若世中生者云何非行異世耶答曰應作是說以事故世生以事故世中生以事故世生者一剎那生時即是世故以事故世中生者於未來世中一剎那生餘剎那未生故問曰爲彼法生即彼法滅耶爲餘法生餘法滅耶若彼法生即彼法滅者未來法生即未來法滅耶若餘法生餘法滅者色生受滅耶答曰應作是說以事故彼法生即彼法滅以事故餘法生餘法滅以事故彼法生彼法滅者色生即色滅乃至識生即識滅以事故餘法生餘法滅者未來世生現在世滅問曰爲自分生爲他分生若自分生者云何非本無自分而有自分本無物體而有物體若他分生者云何法不捨自體答曰應作是說不自分生亦不他分生然如其法體生已而滅問曰未來世滅過去世增云何不施設二世有增減耶尊者和須密說曰爲增計數過去未來世有增減不若不增計數過去未來世何故言過去未來世有增減耶復次過去未來無量無邊不說有增減譬如於海取百千瓶水不減投百千瓶水不增以海水無量故彼亦如是復次未來法未生未滅故不減過去法生已滅故不增復次未來法未生不壞故不減過去法生已壞故不增復次未來法未生未離故不減過去法生已離故不增尊

者佛陀提婆說曰若法行世者何不說有增減但法因緣和合故生因緣離散則滅問曰過去未來爲有積聚如現在牆壁樹木山巖等爲散在處處若積聚者云何施主所作不唐捐其功云何不有方所云何不是常云何不現見若散在處處者云何說有過去王名善見城名拘奢跋提講堂名善法亦說有毗婆尸佛乃至迦葉佛云何說有未來城名雞頭未來佛名彌勒云何施設宿命智觀過去事願智觀過去未來事云何非本無今有已有還無答曰應作是說或有說者積聚如現在牆壁等問曰若然者云何非檀越所作不唐捐其功答曰以他見故若彼不修功不現修功則現問曰云何不有方所答曰若有方所復有何過云何非是常耶答曰以有剎那

無常故何故不現耶答曰若未爲五識身作境界則不現若已作則現評曰應作是說現在者是積聚未來過去者散在處處所以者何在法數中故問曰若然者云何說有過去答曰說過去如本現在時云何說有未來答曰如未來當現在時云何宿命智願智境界過去答曰如其所更故譬如曾所更字次第立句以顯明義如是彼次第念曾所更事生於知見云何願智境界未來答曰如過去現在比相故知猶如農夫以比相故知云何非本無今有已有還無答曰此則不能通薩婆多中有四種論師一說事異二說相異三說時異四說異異說事異者言法行世時事異體不異譬如金銀器破已更作雖形有異其色不異亦如乳成酪時香味雖異其色不異

如是未來法至現在時雖捨未來法不捨其體現在法至過去時雖捨現在法不捨其體說相異者言法行世時過去法有過去相非不有未來現在相未來法有未來相非不有過去現在相現在法有現在相非不有過去未來相如人愛一女色於餘女色非不有愛彼亦如是說時異者言法行世時以時異故生於異名非其體異譬如算籌初下名一一轉名十復轉名百如是至千萬算籌是一轉其處故有種種名彼亦如是如是說世者名不嬈亂說以所作故便有三世若法未有所作名未來已作名現在所作已滅名過去說異異者言法行世時以前後故生異名猶如一女亦名爲女亦名爲母以其有母故名女以其有女故名母如是法行世時以前後生於異非時異體異如是說者則名嬈亂所以者何一世則有三世過去世有三世過去前後一刹那名過去未來過去中刹那名過去現在未來世亦如是問曰何者是薩婆多中四大論師第一名達摩多羅第二名瞿沙第三名和須密第四名佛陀提婆

三法善法不善法無記法云何善法答曰善五陰及數滅云何不善法答曰不善五陰云何無記法答曰無記五陰及虚空非數滅何故言善不善無記廣說如不善品中

三法欲界繫法色界繫法無色界繫法云何欲界繫法答曰欲界繫五陰云何色界繫法答曰色界繫五陰云何無色界繫法答曰無色界繫四陰何故名欲界繫色界繫無色界繫法廣說如上

三法學法無學法非學非無學法云何學法答曰學五陰云何無學法答曰無學五陰云何非學非無學法答曰有漏五陰及無爲何故名學無學非學非無學答曰以無貪道學斷貪故名學以無貪道不學斷貪名無學所以者何先已學故與此相違名非學非無學無恚無癡說亦如是復次以無愛道學斷愛彼非愛體是學以無愛道學斷愛則遮無學道體非愛者則遮世俗道以無愛道不學斷愛先已學故體非是愛是無學以無愛道不學斷愛則遮學道體非是愛則遮世俗道與此相違是非學非無學復次學斷煩惱學見眞諦是學不學斷煩惱先已斷故不學見眞諦先已見故是無學與此相違是非學非無學復次學斷二求謂欲求有求學斷二求欲滿一求謂梵行求是學不學斷二求先已斷故不學滿一求先以滿故是無學與此相違是非學非無學復次若身中有煩惱得亦有無漏法可得學斷煩惱是學若身中無煩惱得有無漏法可得不學斷煩惱是無學與此相違是非學非無學復次不離愛有無漏法可得學斷愛是學已離愛有無漏法可得不學斷愛是無學與此相違是非學非無學復次見道修道所攝是學無學道所攝是無學三地三根說亦如是復次若無漏法若五種人身中可得者是學五種人者謂堅信堅法信解脫見到身證是學若無漏法二種人身中可得是無學二種人者謂時解脫不時解脫與此相違是非學非無學復次若學無漏法七人身中可得是學七人者是謂四向住

三果人若無漏法一人身中可得是無學一人者謂住一果人與此相違是非學非無學

復次若無漏法十八人身中可得是學若無漏法九人身中可得是無學與此相違是非學非無學

三法見道斷法修道斷法無斷法云何見道斷法答曰若法堅信堅法行諸忍斷彼是何耶答曰見道所斷八十八使及相應法從彼起共生法是名見道所斷法云何修道斷法答曰若法學見迹以修道斷彼是何耶答曰修道所斷十使及彼相應法從彼生身口業共生法不染汙有漏法是名修道斷法云何不斷法答曰無漏法問曰何故名見道斷修道斷無斷法答曰廣說如上

四諦苦諦集諦滅諦道諦問曰何故作此論答曰此是佛經佛經說四諦苦諦乃至道諦佛經雖說四諦而不廣分別佛經是此論所爲根本今欲廣分別故而作此論問曰諦體性是何答曰阿毗曇者作如是說五取陰是苦諦有漏因是集諦數滅是滅諦學無學法是道諦譬喻者作如是說名色是苦諦煩惱業是集諦煩惱業盡是滅諦定慧是道諦毗婆闍婆提作如是說八苦相是苦是苦諦餘有漏法是苦非苦諦生後有愛是集是集諦餘愛餘有漏法是集非集諦生後有愛盡是滅是滅諦餘愛餘有漏法盡是滅非滅諦學八道枝是道是道諦餘學法一切無學法是道非道諦若如所說阿羅漢則成就二諦謂苦諦滅諦不成就集諦所以者何生後有愛是集諦阿羅漢生後有愛已斷故不成就道

諦所以者何彼說學八道支是道諦阿羅漢得果時已捨故尊者瞿沙說曰若是自身陰若是他身陰若是衆生數若非衆生數如是皆是苦是苦諦行者見苦時自見身苦非他身苦非非衆生數所以者何遍切義是苦義他身苦非衆生數不遍切故以是事故生智論作如是說自身中苦遍切非他身中苦非不因自身他身然後遍切若無自身者他身及非衆生數苦何所遍切若自身中苦因他身中衆生數非衆生數苦因是集是集諦行者見集時見自身苦因不見他身苦因不見非衆生數苦因若自身中苦盡若他身中苦盡衆生數非衆生數苦盡是滅是滅諦行者見滅時見自身中滅非他身滅非非衆生數滅若自身對治若他身若衆生數非衆生數

對治是道是道諦行者見道時見自身對治道非他身非非衆生數對治道阿毗曇者作如是說若自身苦若他身苦若衆生數非衆生數苦行者見苦時盡見如是苦問曰行者見苦時見遍切苦他身中苦非衆生數苦非遍切行者見苦時何故見耶答曰彼苦雖非遍切而是所愚處猶豫處應生於智而是處應生決定而是誹謗處應生信敬誰作是說他身中苦非衆生數苦非遍切耶若為他人所打非遍切耶若空中木石墮其身上非遍切耶若自身陰因若他身陰因若衆生數非衆生數陰因盡是集是集諦行者見集時盡見是集若自身苦盡若他身苦盡衆生數非衆生數苦盡是滅是滅諦行者見滅時盡見是滅若自身陰對治若他身若衆生數非衆生

數陰對治盡是道是道諦行者見道時盡見是道此是諦體性乃至廣說

已說體性所以者何今當說何故名諦諦是何義答曰實義是諦義審義如義不顛倒義不異義是諦義問曰若實義審義如義不顛倒義不異義是諦義者虛空非數滅亦是實義乃至是不異義何故不立諦耶答曰若法是苦是苦因是苦盡是苦對治者立諦虛空非數滅非苦非苦因非苦盡非苦對治故不立諦如苦陰病癰箭過患重擔說亦如是復次若法如此岸彼岸河筏者立諦虛空非數滅非此岸彼岸河筏故不立諦復次若法是苦是苦因是道是道果者立諦虛空非數滅與上相違故不立諦復次若法有因有果故立諦虛空非數滅無因果故不立諦復次虛空非數滅無漏故非苦集諦無記故非滅諦無爲故非道諦復次此法不行世故不立三諦無記故不立滅諦復次此法非陰故不立三諦非善故不立滅諦復次此法不與苦相隨故不立三諦非善故不立滅諦復次若法爲邪見無漏正見所緣立諦此法非邪見無漏正見所緣故不立諦復次若法爲無明明所緣者立諦此法不爲無明明所緣故不立諦復次若法體是煩惱出要者立諦此法非煩惱出要故不立諦復次若法能生猒離隨喜者立諦此法不能生猒離隨喜故不立諦問曰若不顛倒義是諦義者顛倒不應爲諦所攝所以者何體是顛倒故答曰以餘事故立顛倒以餘事故爲諦所攝以三事故立顛倒一者轉行以猛利故二者虛妄三者一向

是顛倒以此法實有體性故爲諦所攝復次無常計常無樂計樂不淨計淨無我計我故是顛倒此法有因有果故爲諦所攝問曰若不異義是諦義者妄語不應爲諦所攝所以者何妄語欲誑他作異語故答曰以餘事故立妄語以餘事故爲諦所攝以異語誑他故立妄語有實體性故爲諦所攝復次不見言見不聞言聞不知言知不識言識故立妄語此法有因有果故爲諦所攝是故實義是諦義乃至廣說

問曰云何立四諦爲以體性爲以因果爲以見時若以體性則有三諦所以者何離苦無集離集無苦滅是第二諦道是第三諦若以因果應有五諦苦亦可言因亦可言果道亦可言因亦可言果滅是第五若以見時應有八諦行者先見欲界苦後見色無色界先見欲界諸行因緣後見色無色界先見欲界諸行滅後見色無色界先見欲界諸行對治道後見色無色界答曰應作是說以因果故立諦問曰若然者應有五諦答曰以總說故無五諦道若因若果總名苦滅道總名盡生老病死道問曰苦若因若果亦是苦集道亦是生老病死道答曰以所行異故苦有果義者行四行謂苦空無常無我苦有因義者行四行謂因集有緣道亦有因義亦有果義者盡行一種四行謂道如迹乘復次以三事故立四諦一以體性二以因果三以誹謗生信以體性者四諦體性是有漏無漏以因果者有漏體性有因有果有果者是苦諦有因者是集諦無漏體性亦有因有果亦有果無因有

因有果者是道諦有果無因者是滅諦問曰何故有漏體性有果者立一諦有因者立一諦無漏體性有因有果立一諦耶答曰以誹謗生信故有漏體性生二種誹謗言無苦無集生二種信言有苦集道若因若果生一種誹謗言無有道生一種信言有道以此三事故立四諦復次以見諦時故立四眞諦問曰若然者應有八諦答曰若欲界苦若色無色界苦見苦時總是苦等四行若欲界行因色無色界行因是集時總是集等四行若欲界行滅色無色界行滅見滅時總是滅等四行若欲界行對治色無色界行對治見道時總是道等四行是故見諦時總行故唯有四諦無八諦

阿毗曇毗婆沙論卷第五十九

音釋

算 蘇貫切 計也
嬈 市沼切 與擾同
逼 筆力切 迫也
筏 房越切 桴也

阿毗曇毗婆沙論卷第六十

迦旃延子造

北涼沙門浮陀跋摩共道泰譯

使犍度十門品第四之七

問曰苦集滅道有何相尊者波奢說曰逼切相是苦相有相是集相寂靜相是滅相乘相是道相尊者和須密說曰轉相是苦相能轉相是集相止相是滅相住轉相是道相復次轉有身是苦相能轉有身是集相轉有身盡是滅相住轉有身是道相尊者佛陀提婆說曰物體作諦名五取陰體如熱鐵久共火合與火同色三苦與五取陰合亦復如是是苦諦苦從煩惱生業能迴轉是集諦煩惱業壞更不受有是滅諦修戒修定以慧觀生滅能斷有因是道諦

佛說偈言

一諦無有二　衆生於此疑　種種說諸諦
不說有沙門

問曰有四諦何故說一諦尊者波奢說曰一諦者謂苦諦無第二苦諦一集諦無第二集諦一滅諦無第二滅諦一道諦無第二道諦復次一諦者謂滅諦爲對種種解脫故外道計種種解脫無身解脫無邊意解脫淨聚解脫世俗解脫無身解脫是空處無邊意解脫是識處淨聚解脫是無所有處世俗解脫是非想非非想處佛作是說此是受身處非是解脫眞解脫者唯一滅盡涅槃復次一諦者謂道諦爲對種種道故外道計多種道謂不食道卧灰上道事日月道食風食果道倮形道卧刺棘道著弊衣道佛作是說此非是道

此是邪道非善人所依道眞實道者謂八聖道復次一諦者謂滅諦以能盡身苦故一諦謂道諦能盡惡道苦故

佛經說二諦謂世諦第一義諦問曰云何是世諦云何是第一義諦耶答曰或有說者二諦是世諦謂苦諦集諦所以者何世法在此二諦中故如男女行來現在所作事悉在彼中二諦是第一義諦謂滅諦道諦復有說者三諦是世諦謂苦集滅諦所以者何滅諦佛說是假名彼岸城故一諦是第一義諦謂道諦復有說者道諦亦是世諦所以者何佛說道諦亦是假名如沙門婆羅門評曰應作是說四諦亦是世諦亦是第一義諦苦集諦是世諦者如先所說第一義諦者如苦空無常無我因集有緣是也滅諦說是世諦者佛說滅諦如城如園林第一義諦者盡止妙離道諦是世諦者佛說道諦如袱如石如山如華如水如梯如樓觀第一義諦者道如迹乘若作是說四諦盡是世諦第一義諦者則一切法盡有世諦第一義諦世諦攝十八界十二入五陰第一義諦亦攝十八界十二入五陰問曰世諦中為有第一義諦不若有第一義諦者便是第一義諦無有世諦若無者亦是一諦謂第一義諦答曰應作是說世諦中有第一義諦若世諦中無第一義諦者如來說二諦則不如其實以如來說二諦如其實故世諦中應有第一義諦問曰若然者便有一諦謂第一義諦答曰如是唯有一諦謂第一義諦問曰若然者佛何故說二諦答曰以事故不以體分唯有一諦謂第一義諦以事故

而有差别若以事故名爲世諦不以此事名第一義諦若以事故名第一義諦不以此事名爲世諦猶如一受有四縁性謂因次第境界威勢縁若因以事故名爲因縁不以此事故乃至名威勢縁若以事故名威勢縁不以此事故乃至名因縁又一受有六因性謂相應共生相似一切徧報所作因若以事故名相應因不以此事乃至名所作因若以事故名所作因不以此事乃至名相應因彼亦如是問曰世諦第一義諦爲可得施設别體不雜合耶答曰可得尊者和須密説曰名是世諦名所顯義是第一義諦復次隨順世間所説名是世諦隨順賢聖所説名是第一義諦尊者佛陀提婆説曰若説衆生如其所念相應之言是名世諦若説縁起等法如其所念相應之言是名第一義諦尊者陀羅達多説曰世諦體相是名苦集諦少分

佛經説婆羅門梵志有三諦是婆羅門梵志諦云何爲三婆羅門梵志作如是説不應害衆生如是説者此言是實是名婆羅門梵志初諦婆羅門梵志復作是説我非彼所有彼非我所有如是説者此言是實是名婆羅門梵志第二諦婆羅門梵志復作是説所有集法皆是滅法如是説者此言是實是名婆羅門梵志第三諦問曰此中何者是婆羅門何者是諦答曰佛法外道是婆羅門向所説三諦是名諦餘悉非諦不害衆生者不殺一切衆生我非彼所有彼非我所有者我不屬彼彼不屬我所有集法悉是滅法者所有生法皆當歸滅復有説者此佛法内名婆羅門諦

者向所說三諦佛爲對外道故說此經外道自言是婆羅門而遍切他所以者何爲祠祀故殺牛羊水牛及餘種種衆生佛作是說若遍切衆生不名婆羅門實義婆羅門者謂不惱害一切衆生外道自言是婆羅門爲天女色故而修梵行佛作是說婆羅門者不應爲天女色而修梵行實義婆羅門不爲女色不爲居家無所染著外道自言是婆羅門而貪著斷常見佛作是說婆羅門者不應貪著斷常若知集法即是滅法是實義婆羅門復次此經說三解脫門方便不害一切衆生是空解脫門方便我非彼所有彼非我所有是說無作解脫門方便所有集法悉是滅法是說無相解脫門方便如三解脫門三三昧三種身三學三修三淨說亦如是

佛經說比丘當知觀察四方者是四諦問曰世尊何故說方名諦答曰爲教化故受化者應聞諦以方名說然後悟解如餘經中說佛爲受化者說解脫門名方受化者應聞解脫門以方名說佛便以方名說解脫門彼亦如是問曰四諦四方有何相似答曰俱是法方亦有四諦亦有四問曰何方與何諦相似答曰東方當知如苦諦西方如集諦如行者見諦時前見苦諦後見集諦復有說者東方是集諦西方是苦諦是因果法前因後果故南方如道諦所以者何道諦是福田故北方如滅諦滅諦無有上故

佛經說慧根當知在四諦中問曰爲以攝故言在中爲以緣故言在中若以攝故言在中者慧根不攝四諦四諦不攝慧根若以緣故

言在中者慧能緣一切法答曰應作是說不以攝故亦不以緣故言在中以慧根分別諦時勢用最勝說言在中如信根於四不壞信勢用勝故佛作是說信根當知在四不壞中如精進根於四正斷中勢用勝故佛作是說精進根當知在四正斷中念根於四念處勢用勝故佛作是說念根當知在四念處中定根於四禪中勢用勝故佛作是說定根當知在四禪中復有說者以緣故作如是說問曰若然者慧緣一切法答曰此中說緣有漏無漏慧緣虛空非數滅慧一向有漏故說緣

尊者舍利弗作如是言諸長老當知所有一切善法皆從四諦生四諦所攝在四諦中問曰如三諦是有爲能生善法可爾滅諦是無爲云何能生善法耶答曰雖不能生善法能攝善法復次生有二種一有善法二生善法滅諦雖不生善法而是有善法復次此中說得生滅諦雖不生善法而滅諦得善法生尊者波奢說曰此中說忍及智緣在緣中苦忍苦智道諦所攝緣在苦諦集忍集智道諦所攝緣在集諦滅忍滅智道諦所攝緣在滅諦道忍道智道諦所攝緣在道諦

佛經說如來等正覺隨宜說法皆爲拔濟衆生令得勝處亦爲分別顯現解說四聖諦法云何爲四謂苦聖諦苦集聖諦苦滅聖諦苦滅道聖諦問曰何故言拔濟答曰自拔濟非以他修道故名拔濟何以知之答曰經說有婆羅門名度得迦往詣佛所而說是偈

今見婆羅門　現行在人間　我今禮徧眼
願脫我狐疑

問曰此偈爲説何事答曰彼婆羅門其性懶墮欲令他人修道斷煩惱是故向佛作如是愛語汝實是天而生人間願見矜愍汝爲我故而修聖道斷我煩惱佛即説此偈
我無自在力　能斷汝狐疑　汝見勝法時
乃得度大海
佛作是説婆羅門當知無有他人修道自斷煩惱若當他人修道自斷煩惱者我初在菩提樹下修道之時一切衆生煩惱應斷所以者何我有大悲心普及一切衆生故但他人修道自斷煩惱無有是事若自修道自斷煩惱可有是事猶如他人服藥自除其病無有是事若自服藥自除其病斯有是事是故自拔濟名爲拔濟不以他修道故而得拔濟復次言拔濟者如高山險谷是可畏處凡夫法亦如是平坦地無可畏處聖法亦如是能拔凡夫高山險谷可畏之處安置聖法平坦之地無可畏處故言拔濟復次等入正法中故言拔濟等者是世第一法入正法中者是苦法忍問曰何故説諦名拔濟説陰界入不名拔濟耶答曰以觀諦時得正決定能得果離欲盡漏復次説諦是勝説亦爲勝受化者説以近生法身近得諦故説界爲初行者説入爲已行者説陰爲久行者説
問曰言聖諦者爲以善聖故言聖爲以無漏聖故言聖爲以聖人成就故言聖若以善聖言聖諦者二是善謂滅道二有二種謂苦集若以無漏聖言聖諦者二諦是有漏二諦是無漏若以聖人成就言聖諦者非聖亦成就如説誰成就者苦集諦答曰一切衆生應作

是說聖人成就故言聖問曰若然者非聖亦成就諦答曰言成就者成就四諦凡夫雖成就諦不具四諦問曰聖人亦有不具成就四諦者如具縛人入見道時苦法忍現在前答曰以時少故若苦法智生具成就四復次聖人中有具成就四諦者凡夫中乃至無有一人具成就四諦者尊者僧伽婆修說曰佛在世時凡夫聖人共論此事凡夫人作如是說諸行是常樂我淨聖人作如是說諸行是無常苦空無我凡夫人言我所說是實聖人亦言我所說是實以是事故共諸佛所佛作是言聖所說是實所以者何聖諦是聖人所知見法是故名聖諦復次若身中有聖法印者彼所有諦名爲聖諦復次若得聖戒名爲聖人彼所有諦名爲聖諦復次若得聖慧名爲聖人彼所有諦名爲聖諦復次若得聖舍摩他毗婆舍那名爲聖人廣說如上復次若得聖財名爲聖人廣說如上復次若得聖覺支名爲聖人廣說如上復次若得聖胎名爲聖人廣說如上

云何苦聖諦佛經說生苦老苦病苦死苦不愛會苦愛別離苦求不得苦略說五取陰是苦生相故是生苦住變異相故是老苦逼切相故是病苦盡相故是死苦不愛相共會故是不愛會苦相別離故是愛別離苦不得自在故是求不得苦如是等諸苦皆是有漏五取陰所攝是故略而言之五取陰苦復次生是一切苦立足處一切苦因故名生苦壞可愛盛年故是老苦壞可愛無病故是病苦壞可愛命故是死苦共不可愛境界會故是不

愛會苦與可愛境界離别故是愛别離苦一切意所念不果故是求不得苦如是等諸苦是有漏取陰所攝故作是說略說五取陰是苦問曰五取陰是廣苦何故言略說五取陰是苦答曰五取陰廣亦是苦略亦是苦住五取陰多諸過患說不可盡是故佛說略而言之五取陰是苦猶如有人多諸過惡人作是言此人過惡不可具說略而言之是多過惡人彼亦如是問曰陰中爲有樂不耶若陰中有樂者何以不言樂諦但言苦諦若無者佛經云何通如說摩訶男若色一向是苦無樂不能生喜樂意衆生則更無餘因能令衆生起於愛心摩訶男色非一向苦故衆生於中起染愛心乃至識亦如是又如說三受各有定體不相雜合謂苦樂不苦不樂又如說以所須具能修於道以道能到涅槃以道樂能得涅槃樂答曰應作是說陰中有樂而樂少苦多樂法少苦法多以樂少故說在苦分中譬如毒瓶一滴蜜墮中不以一滴蜜故名爲蜜瓶以毒多故名爲毒瓶彼亦如是復有說者陰中無樂以是事故名爲苦諦不名樂諦問曰若然者佛經云何通答曰受上苦時於中苦作樂想受中苦時於下苦作樂想受地獄苦時以畜生苦作樂想受畜生苦時以餓鬼苦作樂想受餓鬼苦時以人苦作樂想受人苦時以天苦作樂想復有說者如世人所言陰中有樂世人飢渴得飲食寒時得温疲時得乗熱時得涼作如是說我今得樂如聖人言陰中無樂聖人觀阿鼻地獄陰界入如熱鐵丸乃至觀有頂陰界入亦如熱鐵丸

云何苦集聖諦佛經說生後有愛及喜心俱愛處處喜愛是名苦集聖諦問曰世尊何故捨諸有漏法但說愛是集諦非餘法耶答曰施設集諦愛增益勢用勝是故佛唯說愛是集諦非餘有漏法如思於造作法增益勢用勝故佛於一切相應不相應法中說思是行陰彼亦如是復次以愛是過去未來現在苦因根本出處起處因故復次以愛數數生苦勢用勝故如偈說

如樹不拔根　雖斷而復生　不拔愛使本
數數還受苦

復次愛能潤澤亦能燒害猶如熱油滴人身上亦潤亦燒彼亦如是復次以愛能起受生死屍鬼故譬如有水處能起死屍鬼如是有愛水處能起受生死屍鬼復次以愛故受畜衆生數非衆生數物衆生以愛故畜衆生數物謂妻子奴婢及諸僮僕象馬牛羊等衆生數物衆生以愛故畜非衆生數物謂宮殿屋舍種種財寶及種種穀麦復次衆生以愛故長養男身女身衆生以愛故如法供養父母妻子奴婢及諸親屬知識如鳥以愛故於一谷中接取諸蟲於一谷中自養其子復次以愛欲故得未来有身以欲故追求故得復次以愛潤故令生死不萎枯譬如藥果樹木以水潤故而不萎枯彼亦如是復次以愛潤故後有芽生以愛故父母精氣在母胎中爲揵闥婆作所依復次如愛行所依所縁故而生餘煩惱行所依所縁亦生如大魚去處小魚亦隨彼亦如是以是事故說愛是衆煩惱王復次若身中有愛著餘煩惱亦著如衣膩塵

垢亦著彼亦如是復次若身中有愛水諸煩惱則樂著此身譬如有水處魚等水性則生樂著彼亦如是復次愛於醎水難可止足猶如渴人飲於醎水飲已轉渴如是未離欲衆生復於境界轉生渴愛復次以愛故别異衆生能令合會如以水故能令别異土沙而得合會彼亦如是復次以愛故能令衆生善根不熟亦作潤濕令自身相著譬如蠅著酥油蜜濕草之上則不能飛騰虚空彼亦如是復次愛因時所行異果時所行異因時所行如親愛果時所行如怨家猶如商人入海與羅刹交初所行異後所行異初作是言善來賢善善來大仙願爲我等作主乃至廣説後若交會得其意時擲鐵城中食其血肉唯有餘骨愛亦如是因時所行猶如親愛果時所行猶如怨家衆生以愛故造諸惡業墮惡趣中受無量苦復次説愛是受生因如説業是取生因愛是受生因復次愛難斷難却此中應説喻猶如有人爲二羅刹所持一作母形二作怨家形作母形者難除難却作怨家形者易除易却如是未離欲衆生爲二結所因謂恚結愛結恚結易斷易却愛結難斷難却復次以愛結數數微細行愛行時微細難可識知譬如旋師所用利器有所截斷微細難覺彼亦如是復次以愛在三有支中初生是愛增廣是取前次第滅是無明復次佛經説愛是前導如説阿難當知緣愛故有追求緣追求故得緣得故分處緣分處故生徧愛緣徧愛故生貪著緣貪著故生慳緣慳故受不捨緣受不捨故生守護緣守護持刀執杖生種

種鬪諍欺誑妄語生餘種種惡不善法復次以愛於八處染汙定勢用勝故如說味初禪住時亦味起時亦味乃至非想非非想處亦如是復次佛說愛如縛如偈說愛繫縛衆生如繩繫飛鳥乃至廣說復次佛說愛如網如說我愛如網如枝復次佛說愛是廣如說廣無過於愛渴復次說愛如河如說比丘當知三河者謂欲愛色愛無色愛復次愛難斷難過難除故復次愛多諸過患故復次以愛故有界差別地差別種差別能生一切煩惱以如是等事故佛經說愛是集諦非餘有漏法云何苦滅聖諦答曰佛經說生後有愛及喜心俱愛處處喜愛已吐已捨盡無餘是名苦滅聖諦問曰集亦滅何故但說苦滅聖諦不說集滅聖諦答曰應說集滅聖諦亦應說苦滅聖諦而不說者當知此說有餘復次若說苦滅當知已說集滅所以者何苦外更無有集若說苦滅當知已說集滅復次若說苦受化者則生喜心言是滅妙好能滅此弊惡苦集法不爾以如是等事故但說苦滅不說集滅云何苦滅道聖諦答曰佛經說八聖道是也正見乃至正定問曰此亦是集滅道不但是苦滅道何故但說苦滅道不說集滅道耶答曰如說苦滅道聖諦亦應說集滅道聖諦而不說者當知此說有餘復次若說苦滅道聖諦當知已說集滅道聖諦所以者何苦外更無集故復次若說苦滅道聖諦受化者則生喜心言是道妙好能滅此弊惡苦集法不爾復次欲現道力令苦不生故設有人問道汝能令因非因果非果耶彼當答言不能

但能令生苦因緣者不生復次爲止誹謗道故若人年七歲八歲得阿羅漢道後壽百年於其中間身受無量諸苦如是四百四病等世人見之而作是言此人有道爲無所益受苦若此佛作是言道已於此人大有所作此人若身壞命終更不受諸苦以如是等事故說苦滅道聖諦不說集滅道聖諦

問曰世尊何故先說苦諦乃至後說道諦答曰欲令文義隨順故若先說苦諦後乃至說道諦則文義隨順復次若如是說諦則說者亦易受者亦易復次此諸法或以起處得名或以隨義得名或以見時得名以起處得名者如念處禪無色定等行者先修身念處佛先說身念處後乃至說法念處禪無色定廣說亦爾隨義得名者如正斷神足根力覺道等見時得名者如四聖諦行者先見苦諦佛先說苦諦後乃至見道諦佛後說道諦問曰此中因論生論行者何故先見苦諦後乃至見道諦答曰以麤細故四諦中苦諦最麤以苦麤故行者先見三諦細故行者後見如索迦人蛇摩那人兜佉羅人學射之時先射簸箕草人濕泥團等箭矢無不著後漸更學乃至射一毛彼亦如是問曰應先因後果何故行者先見苦果後見集因答曰先見苦後斷集是隨順法云何知苦隨順斷集耶答曰如樹先斷其枝後拔根易如生死樹先知苦枝後拔集根則易問曰道在前滅在後何故行者先證滅後修道答曰先證滅後修道是則隨順若當先修道後證滅者不知此道爲是誰道若先證滅後修道者乃知此道是滅道

如人問他示我道處他人問言爲問至何處道答言欲至城道他人答言此道即是如彼以城示道則得隨順此亦如是以滅示道則得隨順復次行者先以道斷緣三諦愚後起緣道現在前斷緣道愚如人於他面無疑於自面有疑若以明鏡照自面像疑心則除彼亦如是復次緣苦愚持緣集愚緣集愚持緣滅愚緣滅愚持緣道愚不得不除緣苦愚除緣集愚不得不除緣集愚除緣滅愚不得不除緣滅愚除緣道愚如持生亦如是復次觀苦觀能生觀集觀觀集觀能生觀滅觀觀滅觀能生觀道觀不可不生觀苦觀乃至能生觀道觀復次觀苦觀是集觀因是根本是出處是所作是緣是起處集觀是滅觀因等滅觀是道觀因等不可不生觀苦觀乃至生觀道觀復次觀苦觀是觀集觀方便是門是所依乃至滅觀是觀道觀方便是門是所依餘廣說如上復次觀苦觀是觀集觀所依處立足處乃至觀滅觀是觀道觀所依處立足處餘廣說如上尊者波奢說曰行者先知五取陰如癰後求其因知集是因何處能除此因滅處能除誰能滅耶道能滅之如身體細輭之人身生癰瘡受大苦惱作如是念此瘡何由而生知從風冷熱生何處能令無此謂無病處誰能除此謂若塗若熟若破彼亦如是復次行者知此五取陰是過患誰是其因集是其因何處得除滅處得除誰能除之道能除之如人有子作賊行惡親近惡友彼人作是念誰令我子作如是惡知親惡友誰能除制知是善友彼亦如是

彼見苦時先見欲界苦後見色無色界苦問曰何故行者先見欲界苦後見色無色界苦耶答曰以麤細故欲界苦麤色無色界苦細行者先見欲界麤苦後見色無色界細苦問曰若然者色界苦麤無色界苦細何故一時見耶答曰以與此身俱不俱故欲界苦與身俱色無色界苦雖有麤細而不與此身俱故一時見復次欲界苦屬我是我有色無色界苦不屬我不見我有是故俱見復次欲界苦苦痛逼切如負重擔是以先見色無色界苦非苦痛逼切如負輕擔故是以俱見復次欲界苦是近故先見色無色界苦是遠故俱見如近遠俱不俱此身他身說亦如是問曰行者於色無色界苦爲現見不答曰現見有二種一離欲現見二自身現見行者於欲界苦有二種現見謂自身現見離欲現見於色無色界苦雖有離欲現見而無自身現見譬如賈客有財兩擔一自身擔二使他擔於自身擔者有二種現見一知財現見二知重現見於他擔者有一種現見謂知財現見復次欲界苦是善不善無記是以先見色無色界苦是善無記是故俱見復次行者成就欲界凡夫性是以先見不成就色無色界凡夫性是故俱見復次誹謗時先謗無欲界苦是以先於欲界苦生信後誹謗色無色界苦是以後生信

阿毗曇毗婆沙論卷第六十

音釋

倮 郎果切赤體也　刺棘 刺七賜切棘訖力切　簸箕 簸補過切箕居之切